O MUNDO SEGUNDO GARP

John Irving

O MUNDO SEGUNDO GARP

Tradução de
GENI HIRATA

Título original
THE WORLD ACCORDING TO GARP

Primeira publicação na Grã-Bretanha em 1978, Victor Gollancz Ltd.
Edição da Corgi publicada em 1970 e da Black Swan em 1986 e reeditada em 2010.

Copyright © John Irving, 1976, 1977, 1978, 1998

O direito de John Irving ser identificado como autor desta obra foi assegurado por ele em conformidade com o Copyright, Designs and Patents Act 1988.

O epílogo desta edição apareceu primeiro como introdução da edição de 1998 de Modern Library de *The World According to Garp*, Copyright © John Irving, 1998.

Este livro é uma obra de ficção e, exceto em caso de fatos históricos, qualquer semelhança com pessoas reais, vivas ou não, é mera coincidência.

O autor expressa sua gratidão à Fundação Guggenheim.

Agradecimentos sinceros pela permissão para reimprimir "The Plot against the Giant". *Copyright* 1923, 1951 de Wallace Stevens. Reimpresso de *The Collected Poems of Wallace Stevens*, com a autorização de Alfred A. Knopf, Inc.

Trechos deste livro foram publicados sob forma diferente nas seguintes revistas: *Antaeus, Esquire, Gallery, Penthouse, Playboy, Ploughshares* e *Swank*

Direitos para a língua portuguesa reservados
com exclusividade para o Brasil à
EDITORA ROCCO LTDA.
Av. Presidente Wilson, 231 – 8º andar
20030-021 – Rio de Janeiro – RJ
Tel.: (21) 3525-2000 – Fax: (21) 3525-2001
rocco@rocco.com.br
www.rocco.com.br

Printed in Brazil/Impresso no Brasil

preparação de originais
SÔNIA PEÇANHA

CIP-Brasil. Catalogação na fonte.
Sindicato Nacional dos Editores de Livros, RJ.

I72m	Irving, John, 1942-
	    O mundo segundo Garp / John Irving; tradução de Geni Hirata. – Rio de Janeiro: Rocco, 2013.
	
	    Tradução de: The world according to Garp.
	    ISBN 978-85-325-2850-6
	
	    1. Ficção norte-americana. I. Hirata, Geni. II. Título.
	
	13-00452
		CDD–813
		CDU–821.111(73)-3

Para Colin e Brendan

Sumário

1. Boston Mercy 9
2. Sangue e azul 40
3. O que ele queria ser quando crescesse............................ 73
4. A formatura 94
5. Na cidade em que morreu Marco Aurélio..................... 119
6. "A pensão Grillparzer"... 159
7. Mais luxúria 183
8. O segundo filho, o segundo livro, o segundo amor 214
9. O eterno marido 239
10. O cachorro no beco, a criança no céu 260
11. Sra. Ralph 277
12. Acontece com Helen 300
13. Walt pega um resfriado 334
14. O mundo segundo Marco Aurélio................................. 371
15. O mundo segundo Bensenhaver.................................... 396
16. O primeiro assassino... 437
17. O primeiro funeral feminista e outros funerais............... 482
18. Os hábitos do "sapo no fundo"...................................... 515
19. A vida depois de Garp 560

    Epílogo: John Irving e *O mundo segundo Garp* 601

1

Boston Mercy

A mãe de Garp, Jenny Fields, foi presa em Boston, em 1942, por ter ferido um homem num cinema. Isso foi logo depois do bombardeio de Pearl Harbor pelos japoneses, quando as pessoas se mostravam tolerantes com os soldados porque, de repente, todo mundo passara a *ser* soldado. Jenny Fields, entretanto, continuava inabalável em sua intolerância com o comportamento dos homens em geral e dos soldados em particular. No cinema, ela tivera de mudar de lugar três vezes, mas, a cada vez, o soldado também se mudava, sempre para mais perto dela. Por fim, Jenny se viu sentada junto à parede úmida, sua visão da tela quase bloqueada por uma coluna que praticamente a impedia de ver o cinejornal, mas ela decidiu que não iria mudar de lugar novamente. O soldado se levantou outra vez e sentou-se ao seu lado.

Jenny tinha 22 anos. Ela havia abandonado a universidade logo no começo, mas terminara o curso da escola de enfermagem como a primeira de sua classe e gostava de ser enfermeira. Era uma jovem de compleição atlética, tinha o rosto sempre corado, os cabelos escuros e lustrosos e um modo de andar que sua mãe achava masculinizado (ela balançava os braços); além disso, as ancas eram tão estreitas e rígidas que, vista por trás, ela mais parecia um rapaz. Na opinião de Jenny, seus seios eram avantajados demais; achava que a ostentação de seu busto a deixava com a aparência de uma mulher "fácil e vulgar".

Ela, no entanto, não era nada disso. Na verdade, abandonara a universidade ao desconfiar de que o principal objetivo dos pais ao enviá-la para Wellesley era que ela arranjasse um namorado e por fim se casasse com um bom partido. A recomendação de Wellesley viera dos irmãos mais velhos, que asseguraram aos pais que as moças de

Wellesley eram consideradas de boa família e potencialmente ótimas esposas. Jenny achava que sua educação não passava de uma forma gentil de ganhar tempo, como se, na verdade, ela fosse uma vaca, sendo preparada somente para a inserção do aparelho de inseminação artificial.

Ela havia escolhido literatura inglesa, mas, quando lhe pareceu que suas colegas de classe estavam mais preocupadas em adquirir sofisticação e pose para conquistar os homens, não teve dúvidas em trocar a literatura pela enfermagem. Via a enfermagem como algo que podia ser colocado imediatamente em prática, sem nenhuma motivação ulterior em seu estudo. (Mais tarde, ela escreveu, em sua famosa autobiografia, que muitas enfermeiras só pensavam em se exibir para os médicos; mas, a essa altura, seus dias de enfermagem já haviam findado.)

Ela gostava do uniforme simples, sem muitos enfeites; a blusa disfarçava a exuberância dos seios; os sapatos eram confortáveis e adequados ao seu passo rápido. Quando ficava de plantão à noite, ainda tinha tempo para ler. Não sentia nenhuma falta dos universitários, que ficavam contrariados e decepcionados, se eram repelidos pelas garotas, e arrogantes e distantes, quando eram aceitos. No hospital, tinha mais contato com soldados e operários do que com universitários, e eles eram mais francos e menos pretensiosos em suas expectativas; se você cedesse um pouco, eles ao menos se mostravam agradecidos pela oportunidade de vê-la de novo. Então, repentinamente, todo mundo era soldado – e cheios da presunção dos universitários. Foi então que Jenny Fields passou a não querer mais nada com os homens.

"Minha mãe", escreveria Garp mais tarde, "era uma loba solitária."

A fortuna da família Fields era proveniente dos sapatos, apesar de a sra. Fields, da tradicional família Weeks, de Boston, ter trazido algum dinheiro próprio para o casamento. A família Fields se saiu tão bem no ramo de calçados que pôde deixar o bairro das fábricas há muitos anos. Agora viviam em uma casa grande, de telhado de ardósia, em uma praia de New Hampshire, num lugar chamado Dog's Head Harbor. Jenny voltava para casa em seus dias e noites de folga –

principalmente para agradar sua mãe e convencer a grande dama de que, apesar de Jenny estar "desperdiçando a vida como enfermeira", como a mãe costumava dizer, não estava adquirindo hábitos desleixados em sua conduta moral ou em sua maneira de falar.

Jenny frequentemente se encontrava com os irmãos na North Station e voltavam juntos para casa de trem. Como era esperado de todos os membros da família Fields, eles viajavam no lado direito do trem da Boston & Maine, quando partiam de Boston, e no lado esquerdo, quando voltavam. Isso atendia aos desejos do velho Fields, que admitia que a paisagem mais feia e pobre se estendia daquele lado do trem, mas achava que assim todos os Fields seriam forçados a encarar a origem suja e sombria de sua independência financeira e vida abastada. Do lado direito do trem, saindo de Boston, e do lado esquerdo, na volta, passava-se pelo prédio principal da fábrica Fields, em Haverhill, com o imenso *outdoor* onde um enorme sapato de trabalho parecia dar um passo firme em sua direção. O cartaz dominava o leito da ferrovia e refletia-se em inúmeras miniaturas nas janelas. Sob esse pé ameaçador, que parecia dar um passo à frente, lia-se:

FIELDS PARA SEUS PÉS
NA FÁBRICA OU
NOS CAMPOS!

Havia uma linha Fields de sapatos para enfermeiras, e o sr. Fields sempre dava um par à filha quando ela os visitava; Jenny deve ter tido uns 12 pares. A sra. Fields, que insistia em associar a saída de sua filha de Wellesley a um futuro ignóbil, também dava um presente a Jenny nessas ocasiões. A sra. Fields dava à filha uma bolsa de água quente, ou ao menos era o que dizia – e Jenny acreditava, já que nunca abria os embrulhos. Quando sua mãe lhe perguntava "Querida, você ainda tem aquela bolsa de água quente que eu lhe dei?", Jenny parava um pouco para pensar antes de responder, imaginando se a esquecera no trem ou se a jogara fora, e então dizia: "*Talvez* eu a tenha perdido, mamãe, mas tenho certeza de que não preciso de outra." A sra. Fields, então, tirando outra bolsa, ainda embrulhada no papel da farmácia, do lugar onde mantivera o pacote escondido, empurrava-o para a filha. Então, dizia: "*Por favor*, Jennifer, seja mais cuidadosa. E *use-a*, por favor!"

Como enfermeira, Jenny não via muita utilidade em uma bolsa de água quente; considerava-a um objeto estranho, fora de moda, uma maneira antiquada e comovente de proporcionar conforto, em grande parte apenas psicológico. Mas alguns dos embrulhos chegaram ao seu pequeno quarto perto do Boston Mercy Hospital. Ela os guardava em um closet, já entulhado de caixas de sapatos de enfermeira – também fechadas.

Sentia-se desligada da família e achava estranha a maneira como os pais a haviam cumulado de atenções quando criança para, depois, em um determinado momento previamente estipulado, interromperem o fluxo de afeto e passarem às expectativas – como se, por uma breve fase, esperassem que ela absorvesse amor (e recebesse em abundância), e depois, por uma fase muito mais longa e mais séria, esperassem que ela cumprisse certas obrigações. Quando Jenny rompeu os grilhões, deixando Wellesley por algo tão trivial como enfermagem, ela começou a se desligar da família – e eles, embora a contragosto, também iniciaram um processo de desligamento. Na família Fields, por exemplo, teria sido mais apropriado que Jenny tivesse se formado em medicina ou que tivesse permanecido na universidade até se *casar* com um médico. Toda vez que encontrava os irmãos, a mãe e o pai, havia um crescente mal-estar na presença uns dos outros. Estavam todos envolvidos naquele embaraçoso processo de se tornar estranhos.

As famílias provavelmente são assim, pensava Jenny Fields. Sentia que, se algum dia tivesse filhos, não os amaria menos quando tivessem 20 anos do que quando tinham 2; talvez precisassem mais dela aos 20, pensava. Do que realmente precisa uma criança de 2 anos? No hospital, as crianças pequenas eram os pacientes que davam menos trabalho. Quanto mais velhos eram, mais exigentes se tornavam; e menos alguém os queria ou amava.

Jenny sentia como se tivesse crescido em um grande navio, sem nunca ter visto, muito menos compreendido, o que era uma casa de máquinas. Gostava da maneira como o hospital reduzia tudo ao que se comia, se os doentes se beneficiavam com a comida e para onde ela ia. Quando criança, nunca vira pratos sujos. Na verdade, quando as criadas tiravam a mesa, Jenny tinha certeza de que jogavam os pratos fora (demorou algum tempo para ela sequer ter permissão de entrar na cozinha). E, quando o caminhão do leite trazia as garrafas toda manhã, durante muito tempo ela achou que ele também trazia os pratos do dia, já que o ruído das garrafas de vidro era tão parecido com o barulho que as criadas faziam com os pratos por trás das portas fechadas da cozinha, fosse lá o que faziam.

Jenny Fields tinha 5 anos quando viu o banheiro de seu pai pela primeira vez. Chegou até lá numa certa manhã, seguindo o perfume da colônia que ele usava. Descobriu um boxe de chuveiro embaçado de vapor – muito moderno, para 1925 –, um vaso sanitário exclusivo, uma fileira de frascos tão diferentes dos de sua mãe que Jenny achou ter descoberto o covil de um homem misterioso, que havia anos morava em sua casa sem ser detectado. De fato, foi *mesmo* o que descobriu.

No hospital, Jenny sabia exatamente para onde iam todas as coisas – e estava aprendendo, sem qualquer mágica, de onde quase tudo vinha. Em Dog's Head Harbor, quando Jenny era pequena, cada membro da família tinha seu próprio banheiro, seu próprio quarto e sua própria porta com seu próprio espelho atrás. No hospital, ao contrário, a privacidade não era sagrada, nada era secreto; se alguém precisasse de um espelho, tinha de pedi-lo a uma enfermeira.

Quando era pequena, o lugar mais misterioso que ela tivera permissão de investigar por conta própria fora a adega e o panelão de barro que toda segunda-feira ficava cheio de mexilhões. A mãe de Jenny espalhava fubá sobre os mexilhões à noite e, pela manhã, eles eram lavados com água do mar, trazida por um longo cano diretamente do mar para dentro do porão. No fim da semana, os mexilhões estavam limpos e livres de qualquer grão de areia; também haviam engordado tanto que já não cabiam em suas conchas, e os pescoços grandes, obscenos, flutuavam na água salgada. Na sexta-feira, Jenny ajudava a cozinheira a escolhê-los – os mortos não encolhiam o pescoço quando tocados.

Jenny pediu um livro sobre mexilhões. Leu tudo sobre eles: como comiam, como procriavam, como cresciam. Foi a primeira criatura viva que ela compreendeu completamente – sua vida, seu sexo, sua morte. Em Dog's Head Harbor, os seres humanos não eram tão acessíveis. No hospital, Jenny Fields sentia que estava recuperando o tempo perdido. Estava descobrindo que as pessoas não eram muito mais misteriosas ou muito mais atraentes do que os mexilhões.

"Minha mãe", escreveria Garp mais tarde, "não era muito boa em fazer distinções refinadas."

Uma diferença gritante que ela deve ter notado entre mexilhões e pessoas era que a maioria das pessoas tinha algum senso de humor, mas Jenny não era inclinada ao humor. Na época, corria uma piada muito popular entre as enfermeiras em Boston, na qual, entretanto, Jenny Fields não achava nenhuma graça. A piada envolvia outro hospital de Boston. Jenny trabalhava no Boston Mercy Hospital, conhecido como Boston Mercy; havia ainda o Massachusetts General Hospital, conhecido como Mass General. E outro hospital, o Peter Bent Brigham, chamado apenas Peter Bent.

Certo dia, segundo a piada, um motorista de táxi de Boston foi chamado por um homem que veio cambaleando para fora da calçada, na direção do táxi, quase caindo de joelhos na rua. O rosto do homem estava roxo de dor; ele devia estar sufocado ou prendendo a respiração, de modo que tinha dificuldade em falar. O motorista abriu a porta e ajudou-o a entrar, tendo o sujeito imediatamente se deitado de bruços no assoalho do carro, ao longo do banco traseiro, dobrando os joelhos junto ao peito, enquanto gritava:

– Hospital! Hospital!

– O Peter Bent? – perguntou o motorista, já que era o hospital mais próximo. Acontece que *"peter"* é um nome vulgar para pênis e *"bent"* significa "entortado", "caído".

– Ele está muito mais do que *caído*! Acho que Molly decepou-o com uma dentada!

Eram poucas as piadas que Jenny Fields achava engraçadas, e aquela certamente não era uma delas. Jenny não queria saber de piadas de *"peter"*, do qual tratava de se manter distante. Já tinha visto os problemas que *"peter"* podia causar – e os bebês não eram o pior deles. Obviamente, sempre via mulheres que não queriam filhos e se sentiam infelizes por estar grávidas. Achava que elas não deviam ser *obrigadas* a ter filhos, embora sentisse pena principalmente dos bebês indesejados. Também via pessoas que queriam ter filhos, e isso fazia com que desejasse ter um. Um dia, Jenny Fields pensava, gostaria de ter um filho – apenas um. O problema, porém, é que ela queria ter o mínimo possível a ver com um "*peter*" e absolutamente nada a ver com um homem.

A maior parte dos tratamentos de "*peters*" a que Jenny assistia era feita em soldados. O exército dos Estados Unidos só iria começar a se beneficiar da descoberta da penicilina em 1943 e foram muitos os soldados que não tiveram acesso a ela, senão a partir de 1945. No Boston Mercy, no começo de 1942, "*peters*" geralmente eram tratados à base de sulfa e arsênico. Sulfatiazol era o remédio para gonorreia, com a recomendação de ingestão de muita água. Para a sífilis, antes do advento da penicilina, o único recurso era a neoarsfenamina. Jenny considerava aquilo o epítome de tudo a que o sexo podia levar – a introdução de *arsênico* na composição química do organismo humano para tentar limpá-lo.

O outro tratamento do "*peter*" era local e também requeria muito líquido. Jenny frequentemente auxiliava neste método de desinfecção, porque o paciente exigia muitos cuidados nessas ocasiões. Às vezes, ele precisava até mesmo ser imobilizado. Era um processo simples que consistia em injetar pela uretra cem centímetros cúbicos de fluido antes de permitir que ele refluísse, mas o procedimento deixava o paciente desesperado de dor. O inventor do aparelho para esse método de tratamento chamava-se Valentine, e o dispositivo passou a ser conhecido como "irrigador Valentine". Muito depois de o irrigador do dr. Valentine ter sido aperfeiçoado ou substituído por outro aparelho do tipo, as enfermeiras do Boston Mercy ainda se referiam ao processo como "tratamento Valentine" – um castigo apropriado para os amantes, na opinião de Jenny Fields, já que St. Valentine é o padroeiro dos namorados.

"Minha mãe", escreveria Garp, "não tinha inclinações românticas."

Quando aquele soldado no cinema começou a mudar de assento para abordá-la, Jenny Fields pensou que ali estava alguém que merecia um tratamento Valentine. Mas ela não tinha um irrigador à mão; era muito grande, não cabia em sua bolsa. Além do mais, exigia uma considerável cooperação do paciente. O que Jenny tinha, de fato, era um bisturi, que sempre carregava na bolsa. Ela não o roubara do centro cirúrgico do hospital; o bisturi fora descartado por estar com a ponta quebrada (provavelmente caíra no chão ou numa pia) e, assim, não se prestar mais a uma operação. Mas não era para uma operação cirúrgica que Jenny o queria.

No começo, o bisturi cortava o forro de sua bolsa. Certo dia, ela encontrou uma parte de um velho estojo de termômetro, que se encaixava bem na ponta do bisturi, protegendo-a como uma tampa de caneta. Foi essa tampa que ela retirou quando o soldado se mudou para o lugar ao seu lado e apoiou o braço no braço da cadeira que eles (absurdamente) eram obrigados a compartilhar. A mão dele, aliás muito comprida, ficou pendurada na ponta do braço da cadeira, tremendo como o flanco de um cavalo quando tenta afugentar as moscas. Jenny segurava o bisturi, a mão ainda dentro da bolsa, enquanto, com a outra mão, mantinha a bolsa com firmeza no colo branco. Ela imaginava que o uniforme de enfermeira brilhasse como se fosse um escudo sagrado e que, por alguma pervertida razão, aquele verme ali ao seu lado tivesse sido atraído por essa luminosidade.

"Minha mãe", escreveria Garp tempos depois, "passou a vida alerta contra ladrões de bolsas e caçadores de ladrões."

No cinema, entretanto, não era a bolsa que o soldado queria. Ele tocou seu joelho. Jenny falou em alto e bom som:

– Tire essa mão imunda de cima de mim!

Várias pessoas se voltaram para eles.

– Ora, vamos, benzinho... – resmungou o soldado, enfiando a mão rapidamente por baixo da saia do uniforme de Jenny. Mas encontrou suas coxas firmemente trancadas e logo viu que seu braço tinha sido talhado, do ombro ao punho, como um melão macio. Com o bisturi, Jenny atravessara sem dificuldades a insígnia e a camisa, cortando com precisão pele e músculos, chegando até o osso na junta do cotovelo. ("Se eu quisesse matá-lo", disse à polícia, mais tarde, "teria cortado o punho. Sou enfermeira. Sei como sangrar uma pessoa.")

O soldado berrou. De pé e inclinando-se para trás, desfechou um tremendo golpe na cabeça de Jenny com o braço ileso, atingindo-lhe o ouvido com uma pancada tão forte que ela sentiu a cabeça retinir. Jenny revidou atacando-o com o bisturi e removendo uma lasca de seu lábio superior, da espessura e do tamanho aproximados de uma unha do polegar. ("Eu *não* estava tentando cortar sua garganta", disse ela à polícia mais tarde. "O que eu queria mesmo era decepar seu nariz, mas errei o alvo.")

Gritando, de quatro, o soldado fugiu às cegas para o corredor central e dali para a segurança da luz na sala de espera. Na sala de projeção, alguém chorava baixinho, assustado.

Jenny limpou o bisturi na cadeira, enfiou a tampa de termômetro na lâmina e guardou-o de novo na bolsa. Em seguida, dirigiu-se à sala de espera, onde se ouviam gemidos e onde o gerente gritava pelas portas que davam para a sala de projeção às escuras:

– Tem algum médico aí? Por favor! Alguém aí é médico?

Havia uma enfermeira, e ela logo se ofereceu para prestar o socorro que lhe fosse possível. Quando o soldado viu Jenny, desmaiou. E, na verdade, não pela perda de sangue. Jenny sabia bem como sangravam os ferimentos no rosto – eram enganosos. O corte mais profundo no braço do soldado, obviamente, requeria atenção imediata, mas ele não corria risco de morrer, embora ninguém ali, além de Jenny, parecesse saber disso. Havia tanto sangue derramado e seu uniforme de enfermeira estava tão sujo de sangue, que rapidamente as pessoas perceberam que fora ela a autora do ataque. Os subservientes empregados do cinema não permitiram que ela se aproximasse do soldado desmaiado, e alguém lhe arrancou a bolsa das mãos. A enfermeira louca! A esfaqueadora ensandecida! Jenny Fields manteve a calma. Achava que era só uma questão de aguardar que as verdadeiras autoridades compreendessem a situação. Mas a polícia também não foi muito gentil com ela.

– Está saindo com este sujeito há muito tempo? – perguntou-lhe um dos policiais, a caminho da delegacia.

E outro lhe perguntou mais tarde:

– Mas como sabia que ele tinha a intenção de *atacá-la*? Ele alega que só estava querendo se apresentar.

— Esta é uma arma bastante perigosa, garota — disse-lhe um terceiro. — Não devia andar por aí carregando uma coisa dessas. É o mesmo que sair procurando encrenca.

Assim, só restou a Jenny esperar que seus irmãos chegassem para esclarecer a situação. Eram da faculdade de direito em Cambridge, do outro lado do rio. Na verdade, só um deles ainda era estudante de direito, o outro já era professor na mesma escola.

"Ambos", escreveria Garp, "eram da opinião de que a *prática* do direito era vulgar, mas o seu *estudo* era sublime."

Os irmãos não foram muito solidários quando chegaram.

— Você parte o coração de mamãe — disse um deles.

— Devia ter continuado em Wellesley — disse o outro.

— Uma moça que vive sozinha precisa saber se proteger — disse Jenny. — O que poderia ser mais certo?

Mas um de seus irmãos perguntou-lhe se ela poderia provar que nunca tivera qualquer relação com aquele homem.

— Aqui entre nós — sussurrou o outro —, diga-me se está se encontrando com esse sujeito há muito tempo.

Finalmente, tudo foi esclarecido quando a polícia descobriu que o soldado era de Nova York, onde tinha mulher e filho. Estava de licença em Boston e, mais do que tudo, temia que a história chegasse aos ouvidos de sua mulher. Todo mundo parecia concordar que *isso*, sim, seria realmente terrível para todos — e Jenny foi imediatamente liberada sem que nenhuma queixa fosse registrada. Quando ela protestou veementemente porque a polícia não queria lhe devolver o bisturi, um de seus irmãos disse:

— Pelo amor de Deus, Jennifer, será que você não pode roubar outro?

— Eu não *roubei* nada! — exclamou Jenny.

— Você devia procurar fazer amigos — disse um dos irmãos.

— Em Wellesley — disseram ao mesmo tempo.

— Obrigada por terem vindo assim que chamei — disse Jenny.

— Para que serve a família? — disse um deles.

— O sangue fala mais alto — completou o outro. Em seguida, empalideceu, constrangido com a associação, ao ver seu uniforme ensanguentado.

– Eu sou uma boa pessoa – disse Jenny a eles.

– Jennifer – disse-lhe o irmão mais velho, aquele que fora seu primeiro modelo de virtude e sabedoria, com ar sério e solene –, é melhor você não se envolver com homens casados.

– Não vamos contar a mamãe – disse o outro.

– E certamente também não ao papai! – disse o primeiro.

Numa tentativa um tanto desajeitada de demonstrar algum calor humano, ele piscou o olho para ela. O gesto fez seu rosto se contorcer e, por um instante, Jenny se convenceu de que o ídolo de sua infância tinha adquirido um tique nervoso.

Ao lado dos irmãos, havia uma caixa de correio com um cartaz de Tio Sam. Um minúsculo soldado, todo de marrom, caía das mãos enormes de Tio Sam. O soldado iria aterrissar sobre um mapa da Europa. O cartaz anunciava: APOIEM OS NOSSOS RAPAZES! O irmão mais velho viu que Jenny olhava para o cartaz.

– E não se envolva com soldados – acrescentou, apesar de que ele próprio, dentro de alguns meses, também se tornaria um soldado. Seria um dos que não voltariam da guerra. Aquilo partiria o coração de sua mãe, algo a que um dia ele se referira com desprezo.

O outro irmão de Jenny, o único que lhe restara, morreria em um acidente de veleiro muito depois do fim da guerra. Morreria afogado, várias milhas ao largo da praia onde ficava a imponente propriedade da família Fields, em Dog's Head Harbor. De sua desconsolada viúva, a mãe de Jenny diria:

– Ela é jovem e atraente, e as crianças não são umas pestinhas. Ainda é muito cedo, mas, depois de um período decente de luto, tenho certeza de que encontrará alguém.

Foi para Jenny, no entanto, que a viúva de seu irmão por fim se voltou, quase um ano após o afogamento. Ela perguntou a Jenny se achava que já havia passado um "tempo decente" para que pudesse começar o que quer que tivesse de começar "para encontrar alguém". Tinha medo de ofender a mãe de Jenny. Queria saber de Jenny se achava que ela já poderia tirar o luto.

– Se você não se *sente* de luto, por que continua de luto? – perguntara-lhe Jenny.

Em sua autobiografia, Jenny escreveria: "Aquela pobre mulher precisava que alguém lhe dissesse o que *sentir*."

"Minha mãe disse", escreveria Garp, "que aquela foi a mulher mais estúpida que já conhecera. E ela frequentara Wellesley."

Mas Jenny Fields, quando se despediu de seus irmãos em sua pequena pensão perto do Boston Mercy, estava confusa demais para ficar indignada. Também estava machucada – o ouvido onde o soldado a esmurrara doía – e sentia uma dolorosa contração muscular entre as omoplatas, que a impedia de dormir. Achou que devia ter torcido algum músculo quando os empregados do cinema se precipitaram sobre ela na sala de espera e puxaram seus braços violentamente para trás. Lembrou-se, então, que bolsas de água quente eram supostamente boas para dores musculares e, assim, saltou da cama, dirigiu-se ao closet e abriu um dos embrulhos de presente de sua mãe.

O que havia no embrulho não era uma bolsa de água quente. Isso era um eufemismo de sua mãe para algo que não tinha coragem de dizer abertamente. No pacote, havia uma ducha de higiene feminina. A mãe de Jenny sabia para que elas serviam, e Jenny também. Já havia ajudado muitas pacientes a usar o aparelho, embora no hospital não fosse muito usado para evitar a gravidez depois de relações sexuais; era utilizado para a higiene feminina e no tratamento de doenças venéreas. Para Jenny Fields, uma ducha de higiene íntima era uma versão mais delicada e cômoda do irrigador Valentine.

Jenny abriu todos os pacotes. Em cada um deles, havia uma ducha feminina. "Por favor, *use-a*, querida!", sua mãe sempre lhe pedira. Jenny sabia que a mãe, embora com a melhor das intenções, presumia que a filha tivesse uma vida sexual intensa e irresponsável. Sem dúvida, para sua mãe, isso vinha acontecendo "desde Wellesley". Desde que Jenny saíra de Wellesley, a mãe achava que ela fornicava (também como sua mãe diria) desvairadamente.

Jenny Fields arrastou-se de volta para a cama com a bolsa da ducha cheia de água quente aninhada entre as omoplatas. Esperava que as braçadeiras que impediam a água de escorrer direto pelo tubo de borracha não permitissem um vazamento, mas, por garantia, segurou o tubo nas mãos, mais ou menos como se fosse um rosário de borracha, e depositou a ponta com os minúsculos furinhos em um copo vazio. Jenny passou a noite inteira ouvindo a água pingar dentro do copo.

Neste mundo de mentes sujas, costumava pensar, ou você é a esposa de alguém ou sua amante – ou então caminha a passos largos para ser uma coisa ou outra. Se você não se encaixa em nenhuma das duas categorias, então sempre encontra alguém que tenta convencê-la de que há algo de errado com você. Mas, pensava, não há nada de errado comigo.

Foi esse o começo, é claro, do livro que muitos anos depois tornaria Jenny Fields famosa. Apesar de escrita numa linguagem rude, sua autobiografia foi considerada uma ponte entre o mérito literário e a popularidade, muito embora Garp alegasse que a obra de sua mãe possuía "o mesmo mérito literário que um catálogo da Sears, Roebuck".

Mas o que era, afinal, que tornava Jenny Fields vulgar? Certamente não eram seus irmãos advogados, nem o soldado no cinema que sujara de sangue seu uniforme. Não eram as duchas de higiene feminina que sua mãe lhe dava, embora tenham sido responsáveis pelo despejo final de Jenny do quarto onde morava. A dona da pensão (uma mulher rabugenta que, por motivos obscuros, desconfiava de que todas as mulheres estavam sempre à beira de uma explosão de lascívia) descobriu que havia nove duchas no quartinho de Jenny. Por associação, Jenny foi considerada culpada: na mente da perturbada senhora, aquilo era uma indicação clara de um medo de contaminação maior do que o medo que ela própria sentia. Ou pior, aquela profusão de duchas representava uma verdadeira e terrível *necessidade* de higiene íntima, e as razões imagináveis para isso assombravam o pior dos pesadelos da senhoria.

O que quer que a mulher tenha deduzido dos 12 pares de sapatos de enfermeira não se pode nem imaginar. Jenny achou a questão tão absurda, ao mesmo tempo que se deparava com sentimentos próprios tão ambíguos em relação aos presentes de seus pais, que nem protestou. Simplesmente se mudou.

Isso, no entanto, não a tornava vulgar. Já que seus irmãos, seus pais e sua senhoria achavam que ela levava uma vida dissoluta – independentemente da maneira exemplar como se comportava –, Jenny concluiu que todas as manifestações de sua inocência seriam inúteis e poderiam parecer uma atitude defensiva. Alugou um pequeno apartamento, o que prontamente desencadeou uma nova avalanche de pacotes de duchas e uma pilha de sapatos de enfermeira, presentes da mãe e do pai. Ocorreu-lhe que eles deviam pensar que, se ela queria ser prostituta, que ao menos fosse limpa e bem calçada.

Em parte, a guerra impediu que Jenny se preocupasse com o mau juízo que a família fazia dela, e isso evitou que se deixasse levar pela amargura e sentisse pena de si mesma. Não era do feitio de Jenny ficar remoendo um problema. Era uma boa enfermeira e andava cada vez mais atarefada. Muitas enfermeiras estavam se alistando, mas Jenny não tinha nenhuma vontade de mudar de uniforme nem de viajar; era uma jovem solitária e não queria conhecer gente nova. Além do mais, achava o sistema de hierarquia já bastante irritante no Boston Mercy; imaginava que, em um hospital de campanha, só poderia ser muito pior.

Antes de mais nada, sentiria falta dos bebês. Essa era a verdadeira razão de ter permanecido ali quando tantas de suas colegas estavam se alistando. Jenny achava que era melhor em sua função quando lidava com mães e seus bebês, especialmente quando aumentara tão repentinamente o número de bebês, cujos pais estavam na guerra, mortos ou desaparecidos. O que Jenny desejava era principalmente dar coragem a essas mães, que ela, no íntimo, invejava. Para ela, esta era a situação ideal: a mãe sozinha com seu recém-nascido, enquanto o marido era explodido nos céus da França. Uma mulher jovem com seu próprio filho, com uma vida inteira pela frente – apenas os dois. Um bebê sem amarras, na opinião de Jenny Fields. Era quase como um filho de mãe virgem. Ao menos, não haveria necessidade de nenhum *futuro* tratamento de *"peter"*.

Essas mulheres, naturalmente, nem sempre estavam tão felizes com a situação quanto Jenny achava que estaria no lugar delas. Choravam por seus maridos, muitas delas, ou sentiam-se abandonadas (muitas outras). Algumas se ressentiam dos filhos. Queriam um marido e um pai para seus bebês (muitas outras). Mas Jenny Fields as encorajava – manifestava-se a favor da solidão, enaltecia a sorte que tinham.

– Então você não acha que é uma boa mulher? – perguntava-lhes. A maioria respondia que sim.
– E seu bebê não é lindo? – A maioria achava que era.
– E o pai? Como era ele? – Um vagabundo, muitas achavam. Um porco, um sem-vergonha, um mentiroso... um maldito mulherengo filho da mãe! "Mas ele *morreu*!", respondiam umas poucas, aos prantos.
– Então, você está melhor sem ele, não é? – perguntava Jenny.
Algumas acabavam concordando com ela, mas sua reputação no hospital se deteriorava por causa de sua cruzada contra os homens. De um modo geral, as normas do hospital não eram muito favoráveis a mães solteiras.
– Jenny, a velha Virgem Maria! – diziam as outras enfermeiras maldosamente. – Não quer ter um filho da maneira mais fácil. Por que então não pede um a Deus?
Mais tarde, Jenny escreveria em sua autobiografia: "Eu queria um emprego e queria viver sozinha. Isso me tornava suspeita do ponto de vista do comportamento sexual. E eu também queria um filho, mas não queria que, para isso, tivesse que compartilhar nem meu corpo, nem minha vida. Era mais uma razão para me considerarem uma suspeita do ponto de vista sexual."
Era, também, o que a tornava vulgar. (E foi também daí que ela tirou seu famoso título: *Uma suspeita sexual*, a autobiografia de Jenny Fields.)
Jenny Fields descobrira que as pessoas eram mais respeitadas quando se comportavam de maneira chocante do que tentando viver a própria vida com um pouco de privacidade. Jenny *disse* às outras enfermeiras que um dia encontraria um homem que a engravidasse – apenas isso, nada mais. Disse, também, que não aventava a possibilidade de ser preciso tentar mais de uma vez. As enfermeiras, é claro, mal conseguiram esperar para espalhar o que sabiam. Não demorou muito para que Jenny começasse a receber propostas. Ela teria de tomar uma decisão rápida: podia recuar, envergonhada por seu segredo ter sido revelado, ou podia agir com audácia e insolência.
Um jovem estudante de medicina disse-lhe que se oferecia como voluntário sob a condição de que pudesse ter ao menos seis chances

durante um fim de semana de três dias. Jenny disse-lhe que obviamente faltava-lhe autoconfiança. Ela queria um filho que tivesse mais confiança em si mesmo.

Um anestesista comprometeu-se até mesmo a pagar a educação da criança – inclusive a universidade –, mas Jenny disse-lhe que seus olhos eram juntos demais e os dentes desalinhados; não queria que o futuro filho fosse prejudicado por tais desvantagens.

Outro, namorado de uma das enfermeiras, tratou-a de forma cruel; assustou-a na cantina do hospital, entregando-lhe um copo quase cheio de uma substância viscosa e turva.

– Esperma – disse ele, indicando o copo com a cabeça. – Tudo isso é de *um* único jato; eu não brinco em serviço. Se é mesmo só uma chance que você dá, eu sou o seu homem.

Jenny levantou o horrível copo e inspecionou-o friamente. Só Deus saberia o que o copo realmente continha. O namorado da enfermeira ainda acrescentou:

– Isto é apenas uma indicação do material que tenho. Uma profusão de sementes – disse, rindo.

Jenny esvaziou o copo em um jarro de planta.

– Eu quero um filho – disse ela – e não uma criação de espermatozoides.

Jenny sabia que aquilo ia ser difícil. Aprendeu a ouvir as provocações e a responder à altura.

Assim, todos chegaram à conclusão de que Jenny Fields era uma mulher grosseira e que estava indo longe demais. Uma brincadeira era uma brincadeira, mas Jenny parecia determinada. Ou ela estava se mantendo firme em suas intenções somente por teimosia, sem querer dar o braço a torcer, ou pior, realmente pretendia levar aquilo adiante. Os colegas de hospital não conseguiam fazê-la rir, nem levá-la para a cama.

Como Garp escreveria mais tarde sobre o dilema de sua mãe: "Seus colegas entenderam que ela se sentia superior a eles. Nenhum colega de trabalho atura isso."

Foi então que decidiram adotar uma dura campanha contra Jenny. Era uma política da direção, é claro, "para seu próprio bem". Resolveram afastar Jenny dos bebês e suas mães. Ela está obcecada por bebês, disseram. Nada mais de obstetrícia para Jenny Fields. Era preciso mantê-la longe das incubadoras; tinha o coração – ou a cabeça – mole demais.

Assim, afastaram Jenny Fields da maternidade. Ela era uma boa enfermeira, todos diziam, e devia ir para a Unidade de Terapia Intensiva. Sabiam por experiência que uma enfermeira na terapia intensiva do Boston Mercy perdia rapidamente todo o interesse em seus problemas pessoais. Obviamente, Jenny sabia a razão de ter sido afastada dos bebês; lamentava apenas que julgassem tão mal o seu autocontrole. Como achavam estranho o que ela desejava, presumiam que sua resistência também era bem fraca. Não havia lógica nas pessoas, Jenny pensava. Ela sabia que havia tempo de sobra para engravidar. Não tinha a menor pressa. Tudo fazia parte de um plano que futuramente acabaria por se realizar.

Havia uma guerra agora. Na terapia intensiva, Jenny tinha mais contato com essa realidade. Os hospitais das forças armadas enviavam os pacientes especiais ao Boston Mercy e sempre havia os casos terminais. Para lá iam os pacientes idosos, sempre com a vida por um fio, os que se acidentavam nas indústrias, as vítimas de acidentes automobilísticos e crianças vitimadas por terríveis acidentes. Mas, acima de tudo, havia soldados. O que acontecia com eles não era nenhum acidente.

Jenny fez sua própria classificação dos soldados que não tinham sido vítimas de acidentes; ela criou categorias próprias para eles.

1. Havia os que tinham sofrido queimaduras; a maior parte, a bordo de um navio (os casos mais graves vinham do Chelsea Naval Hospital), mas também havia os que tinham sido queimados em aviões e em terra. Jenny os chamava de Externos.

2. Havia os que tinham sido vítimas de tiros ou se ferido internamente, e Jenny os chamava de Órgãos Vitais.

3. Havia aqueles cujos ferimentos pareciam quase místicos para Jenny; eram homens que já não estavam mais presentes ali, cujo cérebro ou coluna vertebral fora irremediavelmente danificado. Às vezes, estavam paralíticos, outras, meramente alheios a tudo ao redor. Jenny lhes dava o nome de Ausentes. De vez em quando, um dos Au-

sentes também podia ter danos Externos ou em Órgãos Vitais; para esses, o hospital inteiro tinha um nome.

4. Eram os Desenganados.

"Meu pai", escreveria Garp, "era um Desenganado. Do ponto de vista de minha mãe, isso deve tê-lo tornado muito atraente. Não haveria laços de qualquer natureza."

O pai de Garp fora um artilheiro de torre esférica de um avião militar atingido nos céus da França.

"O artilheiro da torre de um bombardeiro", escreveu Garp mais tarde, "era o membro da tripulação mais vulnerável às baterias antiaéreas em terra. O fogo antiaéreo do inimigo sempre era visto pelo artilheiro como uma tinta atirada para cima e que se espalhava rapidamente pelo céu como se este fosse um mata-borrão. O homenzinho (pois, para caber na torre esférica, era melhor que o artilheiro fosse pequeno) ficava agachado com suas metralhadoras naquele ninho acanhado – um casulo onde ele mais parecia um inseto preso num frasco de vidro. Essa torre giratória era uma esfera de metal com uma portinhola de vidro; ficava acoplada à fuselagem de um B-17 como um umbigo distendido ou uma teta na barriga do bombardeiro. Dentro da minúscula abóbada, ficavam duas metralhadoras calibre .50 e um soldado franzino, cuja tarefa era colocar em mira os caças que tentassem atacar os bombardeiros. Quando a torre girava, o artilheiro girava com ela. Havia alavancas com botões na parte superior para disparar as metralhadoras; agarrado a esses gatilhos, o artilheiro da torre parecia um feto perigoso suspenso na bolsa amniótica absurdamente exposta do bombardeiro, disposto a tudo para proteger sua mãe. As alavancas também serviam para manobrar a torre até um ponto-limite, de modo que as balas não atingissem os propulsores do próprio avião.

"Com o céu *abaixo* dele, o artilheiro devia sentir muito frio, pendurado ali, como um apêndice. Na hora da aterrissagem, a torre esférica era recolhida – geralmente. Na aterrissagem, se a torre *não* fosse recolhida, era arrastada pela pista, lançando faíscas grandes e flamejantes como os automóveis que derrapam no asfalto."

O técnico sargento Garp, o falecido artilheiro cuja familiaridade com a morte violenta não pode ser exagerada, servia na Oitava Força

Aérea – a força aérea que bombardeou o continente partindo da Inglaterra. O sargento Garp já servira como artilheiro de nariz no B-17C e como artilheiro ventral no B-17E, antes de ser designado para o posto de artilheiro de torre esférica.

Garp não gostava da disposição das metralhadoras ventrais no B-17E. Eram dois artilheiros enfiados no arcabouço da fuselagem do avião, as portinholas uma em frente à outra, e Garp sempre levava uma cotovelada no ouvido quando ele e o colega giravam as metralhadoras ao mesmo tempo. Em modelos posteriores, precisamente por causa dessa interferência entre os artilheiros, a posição das portinholas seria alterada. Mas essa inovação viria tarde demais para o sargento Garp.

Sua primeira missão de combate foi uma expedição à luz do dia com os bombardeiros B-17E contra Rouen, França, em 17 de agosto de 1942, realizada sem nenhuma baixa. O técnico sargento Garp, em sua posição no ventre da nave, levou uma cotovelada no ouvido esquerdo e duas no direito. Parte do problema é que seu companheiro, comparado a Garp, era grandalhão demais, e seus cotovelos ficavam na altura das orelhas de Garp.

Na torre esférica, naquele primeiro dia sobre Rouen, estava um soldado de nome Fowler, que era ainda menor do que Garp. Fowler tinha sido jóquei antes da guerra. Era um atirador melhor do que Garp, mas era na torre esférica que ele queria estar. Garp era órfão, mas gostava de ficar sozinho e queria fugir do aperto e das cotoveladas na fuselagem. É claro que Garp, como a maioria dos artilheiros, sonhava completar sua quinquagésima missão, quando então esperava ser transferido para a Segunda Força Aérea – o comando de treinamento de bombardeiros – onde poderia servir tranquilamente como instrutor de artilharia. Mas, até a morte de Fowler, Garp o invejava por seu lugar particular e seu senso de isolamento, adquirido na qualidade de jóquei.

– É um lugar desagradável para quem peida muito – dizia Fowler, um sujeito sarcástico, com uma irritante tossezinha seca e má reputação entre as enfermeiras do hospital de campanha.

Fowler morreu em uma aterrissagem forçada sobre uma estrada não pavimentada. O trem de pouso bateu em um buraco na estrada e foi arrancado, fazendo o bombardeiro se arrastar de barriga, destruindo a torre de Fowler com toda a força desproporcional de uma árvore tombando sobre uma uva. Fowler, que sempre dizia ter mais confiança em máquinas do que em cavalos ou seres humanos, foi esmagado na torre esférica que não foi recolhida quando o avião pousou. Os outros artilheiros, inclusive o sargento Garp, viram os destroços serem arremessados longe, saindo de baixo da barriga do bombardeiro. O observador de terra mais próximo da aterrissagem vomitou em um jipe. O comandante do esquadrão não teve de esperar o anúncio oficial da morte de Fowler para substituí-lo pelo menor artilheiro do esquadrão depois de Fowler. O pequeno sargento Garp sempre quis ser artilheiro da torre esférica. Foi nomeado em setembro de 1942.

"Minha mãe era obcecada por detalhes", escreveu Garp. Quando traziam um novo ferido, Jenny Fields era a primeira a perguntar ao médico como aquilo acontecera. Então, Jenny os classificava, mentalmente: Externos, Órgãos Vitais, Ausentes e Desenganados. E sempre usava pequenos truques para ajudá-la a se lembrar dos nomes e desastres – cada qual tinha um apelido ou um versinho rimado.

O sargento Garp, no entanto, era um mistério. Em sua trigésima quinta incursão sobre a França, o pequeno artilheiro da torre esférica parou de atirar. O piloto notou a ausência de fogo de metralhadora na torre e achou que Garp tinha sido atingido. O piloto não havia sentido nenhum impacto na barriga do avião. Se Garp fora atingido, esperava que não fosse nada sério. Tão logo o avião pousou, o piloto providenciou a remoção de Garp para o sidecar da motocicleta de um dos médicos – todas as ambulâncias estavam ocupadas. Uma vez instalado, o sargento Garp começou a se masturbar. Havia uma capota de lona para proteger o sidecar do mau tempo, e o piloto rapidamente correu a lona. Havia uma portinhola na cobertura, pela qual o médico, o piloto e os homens que se juntaram ao redor podiam observar o sargento Garp. Para um homem tão pequeno, ele parecia ter uma ereção particularmente grande, mas estava atrapalhado, como uma criança, e com muito menos habilidade do que um macaco no zoológico. Da mesma maneira como o macaco, entretanto, Garp olhava para fora de sua jaula, encarando fixamente os seres humanos que o observavam.

– Garp? – gritou o piloto.

A testa de Garp estava salpicada de sangue, quase todo já seco, mas o chapéu de aviador estava colado no topo da cabeça e pingava, embora não se visse nele qualquer marca aparente.

– Garp! – gritou o piloto outra vez.

Havia um rasgo na esfera de metal onde as metralhadoras de calibre .50 estavam montadas; tudo indicava que algum projétil de artilharia antiaérea tivesse atingido os canos das armas, quebrando sua base e até afrouxando as alavancas dos gatilhos, apesar de não haver nada de errado com as mãos de Garp – só pareciam um tanto desajeitadas na masturbação.

– Garp! – repetiu o piloto.

– Garp? – disse o sargento. Ele imitava o piloto, como um esperto papagaio ou mesmo um corvo. – Garp – disse, como se tivesse acabado de aprender a palavra.

O piloto balançava a cabeça para ele, encorajando-o a lembrar-se de seu nome. Garp sorriu.

– Garp – repetiu. Parecia achar que era assim que as pessoas se cumprimentavam. Nada de olá, olá!, apenas Garp, Garp!

– Meu Deus, Garp – disse o piloto.

Alguns furos de balas e estilhaços de vidro haviam sido vistos na portinhola da torre esférica. O médico abriu o fecho da cobertura do sidecar e examinou os olhos do sargento. Havia algo de errado com eles, que se reviravam independentemente um do outro; o médico achou que o mundo, para Garp, provavelmente estava girando, passando velozmente, depois girando outra vez, se é que ele conseguia enxergar alguma coisa. O que o piloto e o médico não sabiam, naquela ocasião, era que alguns estilhaços finos e pontiagudos do fogo antiaéreo haviam danificado um dos nervos oculomotores de Garp, bem como outras partes de seu cérebro. O nervo óptico é formado principalmente de fibras motoras que regem a maioria dos músculos do globo ocular. Quanto ao resto do cérebro de Garp, tinha recebido muitos cortes e talhos semelhantes aos de uma lobotomia pré-frontal, embora fosse como uma cirurgia malfeita.

O médico temia a gravidade da suposta lobotomia realizada no sargento Garp e, por esse motivo, achou mais indicado não remover o chapéu encharcado de sangue, que estava agarrado à cabeça e puxado para baixo, até onde um calombo duro e brilhante começava a crescer em sua testa. Todos olharam à volta à procura do motociclista do médico, mas ele devia estar vomitando em algum lugar, e o médico concluiu que teria de procurar outra pessoa para se sentar ao lado de Garp no sidecar, enquanto ele mesmo dirigia a motocicleta.

– Garp? – disse o sargento para o médico, como se experimentasse uma palavra nova.

– Garp – confirmou o médico. Garp pareceu satisfeito. Ele mantinha as duas mãos pequeninas em sua impressionante ereção quando, de repente, a masturbação foi bem-sucedida.

– Garp! – grunhiu ele. Havia alegria em sua voz, mas também surpresa. Ele revirou os olhos para os espectadores, implorando ao mundo que parasse de girar. Não sabia ao certo o que havia feito.
– Garp? – perguntou outra vez, desconfiado.

O piloto deu um tapinha em seu braço e sacudiu a cabeça para os outros membros da tripulação de voo e do serviço de terra, como se pedisse que dessem uma força ao sargento e o fizessem se sentir à vontade. E os homens, ainda perplexos com a ejaculação de Garp, repetiram em uníssono "Garp! Garp! Garp!", num coro destinado a acalmar e reconfortar o sargento.

Garp balançou a cabeça com ar de satisfação, mas o médico logo segurou seu braço e sussurrou-lhe, aflito:

– Não! Não mexa a cabeça, Garp, está bem? Garp? Por favor, não mexa a cabeça!

Os olhos do sargento vagavam para longe do piloto e do médico, que esperaram até eles voltarem ao ponto de partida.

– Calma, Garp, calma – sussurrou o piloto. – Aguente firme aí, sim?

O rosto de Garp irradiava uma paz absoluta. Com as duas mãos ainda segurando sua agonizante ereção, o pequeno sargento parecia alguém que acabara de fazer exatamente o que a situação requeria.

Nada podia ser feito pelo sargento na Inglaterra. Ele teve sorte de ser levado para casa, em Boston, muito antes do fim da guerra. Na realidade, o responsável por isso foi um senador. O editorial de um jornal de Boston acusara a Marinha dos Estados Unidos de só transportar feridos para casa se pertencessem a famílias ricas e importantes. No esforço para calar rumores tão infames, um senador norte-americano alegou que sempre que *qualquer* soldado gravemente ferido pudesse voltar para casa, "até um *órfão* teria sua viagem assegurada, como qualquer outra pessoa". Houve um corre-corre para arranjar um órfão ferido que provasse a afirmação do senador. E logo descobriram a pessoa certa.

Não só o sargento Garp era órfão, mas um imbecilizado com um vocabulário de uma só palavra e que, portanto, não iria reclamar para a imprensa. E, em todas as fotografias que tiraram, o artilheiro Garp aparecia sorrindo.

Quando o pobre sargento abobalhado chegou ao Boston Mercy, Jenny Fields teve dificuldade em classificá-lo. Era obviamente um Ausente, mais dócil do que uma criança, mas ela não sabia ao certo o que mais havia de errado com ele.

– Olá! Como vai? – perguntou-lhe, quando ele deu entrada na enfermaria, rindo, em uma cadeira de rodas.

– Garp! – exclamou ele.

O nervo óptico tinha sido parcialmente restaurado, e agora seus olhos saltavam, em vez de girar, mas as mãos estavam envolvidas em ataduras, em consequência do envolvimento de Garp em um incêndio acidental ocorrido na área hospitalar do navio que o transportou de volta para casa. Ele viu as chamas e tentou apagá-las com as mãos; com isso, espalhou um pouco o fogo, que acabou atingindo seu rosto e chamuscando as sobrancelhas. Para Jenny, ele ficou parecido com uma coruja depenada.

Com as queimaduras, Garp passou a ser um Externo e um Ausente ao mesmo tempo. Além do mais, com as mãos tão imobilizadas, ele perdera a capacidade de se masturbar, uma atividade que constava de seus boletins médicos como sendo realizada com frequência e grande sucesso – e sem nenhum constrangimento. As pessoas que o observaram atentamente, depois do acidente com o incêndio no navio, temiam que o infantilizado artilheiro estivesse ficando deprimido. Afinal, fora-lhe tirado o único prazer de adulto que possuía, ao menos até suas mãos se curarem.

Era possível, é claro, que Garp também se incluísse na categoria Órgãos Vitais. Muitos estilhaços haviam penetrado em sua cabeça, e alguns se alojaram em lugares delicados demais para ser removidos. Os danos cerebrais causados ao sargento Garp podiam não ter ficado restritos àquela lobotomia rudimentar – a destruição interna de seu cérebro podia estar evoluindo.

"Nossa deterioração geral já é bastante complicada", escreveria Garp, "sem que seja preciso introduzir estilhaços de fogo antiaéreo em nosso sistema."

Houve um caso anterior semelhante ao do sargento Garp, um paciente com ferimentos de estilhaços na cabeça. Ele passou bem por cinco meses, apenas falando sozinho e, de vez em quando, urinando na cama. Depois, começou a perder cabelos e tinha dificuldade em terminar uma frase. Pouco antes de morrer, começou a desenvolver seios.

Considerando-se os indícios evidentes – as sombras e as agulhas brancas nas radiografias –, o artilheiro Garp provavelmente podia ser classificado como um Desenganado; para Jenny Fields, ele parecia um bom rapaz. O ex-artilheiro de bombardeiro, um homem pequeno, bem arrumado, era tão franco e inocente em suas exigências quanto uma criança de 2 anos. Gritava "Garp!" quando tinha fome e "Garp!" quando estava alegre; perguntava "Garp?" quando alguma coisa o intrigava ou quando se dirigia a estranhos e dizia "Garp", sem interrogação, quando reconhecia a pessoa. Em geral, fazia o que lhe mandavam, mas não se podia confiar muito nele; esquecia-se com facilidade e, se algumas vezes era obediente como uma criança de 6 anos, outras vezes comportava-se como se tivesse apenas 1 ano e meio.

Suas depressões, bem documentadas em sua ficha durante a viagem, pareciam ocorrer simultaneamente às ereções. Nessas ocasiões, ele prendia o pobre e intumescido "peter" entre as mãos cobertas de gaze e chorava. Chorava porque a gaze não lhe dava a mesma sensação agradável que a curta lembrança que tinha de suas mãos, e também porque elas doíam com qualquer coisa que tocassem. Nessas ocasiões, Jenny sentava-se ao seu lado e esfregava-lhe as costas entre as omoplatas, até ele reclinar a cabeça para trás como um gato. Durante todo o tempo, ela conversava com ele, a voz amável e cheia de empolgantes modulações. A maioria das enfermeiras falava a seus pacientes com uma voz monocórdica, uma lenga-lenga monótona, destinada a induzir ao sono, mas Jenny sabia que não era de sono que Garp precisava. Sabia que ele não passava de um bebê e que estava entediado, precisava de uma distração qualquer. Assim sendo, Jenny procurava entretê-lo. Ligava o rádio para ele, mas alguns programas o deixavam nervoso, sem que ninguém descobrisse a razão. Outros causavam-lhe incríveis ereções, que o levavam à depressão, e assim continuamente. Um determinado programa, apenas uma única vez, provocou em Garp uma ejaculação espontânea, e aquilo tanto o surpreendeu e agradou, que ele estava sempre ansioso para *ver* o rádio. Mas Jenny não conseguiu encontrar o programa outra vez, não conseguiu repetir a reação. Ela sabia que, se conseguisse plugar o pobre Garp naquele programa, o trabalho dela e a vida dele seriam muito melhores. Mas não era tão fácil assim.

Ela desistiu de tentar ensinar-lhe uma palavra nova. Quando lhe dava a comida e percebia que ele gostava do que estava comendo, dizia:

– Bom! Isso é *bom*!

– Garp! – concordava ele.

E, quando ele cuspia a comida no babador, fazendo uma careta horrível, ela dizia:

– Ruim! Este negócio é *ruim*, não é?

– Garp! – dizia ele, engasgado.

O primeiro indício que Jenny teve da deterioração de seu estado foi quando pareceu perder o "G". Certa manhã, ele a cumprimentou com um "Arp".

– Garp – disse-lhe ela com firmeza. – G-arp.

– Arp – insistiu ele. Ela compreendeu que estava começando a perdê-lo.

A cada dia, ele parecia regredir. Quando dormia, agitava as mãos no ar com os punhos fechados, os lábios e as bochechas movendo-se como se estivesse mamando, as pálpebras trêmulas. Jenny convivera muito tempo com bebês e sabia que o antigo artilheiro estava mamando em seus sonhos. Houve ocasiões em que ela pensou em roubar uma chupeta da maternidade, mas atualmente preferia ficar distante daquele lugar, onde as piadas dos colegas a irritavam ("Olha quem está aqui, a Virgem Maria Jenny, tentando roubar uma chupeta para seu filho. Quem é o pai sortudo, Jenny?"). Ela observava o sargento Garp mamar em seus sonhos e procurava imaginar que sua regressão final seria tranquila, que ele voltaria à fase fetal e pararia de respirar pelos pulmões; que sua personalidade se dividiria serenamente, metade voltando aos sonhos de um óvulo e a outra, aos de um espermatozoide. Finalmente, ele apenas deixaria de existir.

E foi mesmo quase assim. A fase de amamentação de Garp tornou-se tão séria que ele chegava a acordar de quatro em quatro horas para mamar e até chorava como um bebê, o rosto vermelho e os olhos cheios de lágrimas. Mas logo se aquietava quando ouvia o rádio ou a voz de Jenny. Certa vez, quando ela lhe esfregava as costas, ele arrotou como um bebê. Jenny desatou a chorar. Ficou sentada ao lado de sua cama, desejando-lhe uma jornada rápida e indolor de volta ao útero e mais além.

Se ao menos suas mãos se curassem, ela pensava, ele poderia chupar o dedo. Quando acordava de seus sonhos, ansioso para mamar, ou assim ele imaginava, Jenny colocava o próprio dedo em sua boca para chupar. Apesar de ter dentição de adulto, em seu *pensamento* ele não possuía dentes e nunca tentou mordê-la. Foi a observação desse fato que fez com que Jenny, certa noite, lhe oferecesse o seio, que ele sugou sofregamente, sem parecer se incomodar por não haver nada ali. Jenny começou a achar que, se ele continuasse a mamar em seu peito, ela acabaria produzindo leite; sentia no útero, tanto de forma maternal quanto sexual, os fortes puxões que ele lhe dava. Suas sensações eram tão vívidas que ela chegou a imaginar que seria possível *conceber* um filho simplesmente dando de mamar ao sargento agora transformado em bebê.

E foi mesmo quase assim. Só que o artilheiro Garp não era apenas um bebê. Certa noite, enquanto mamava nela, Jenny percebeu que ele estava com uma ereção que chegava a levantar o lençol; com as mãos atrapalhadas, envoltas em gaze, ele tentava se masturbar, emitindo pequenos grunhidos de frustração enquanto sugava freneticamente seu seio. Foi então que, numa outra noite, ela resolveu ajudá-lo com sua mão fresca e coberta de talco. Ele logo parou de mamar, mas continuou a esfregar a boca em seu seio.

– Ar – gemeu. Havia perdido o "p".

Ele já fora Garp, depois Arp e agora apenas Ar; ela compreendeu que ele estava morrendo. Restavam-lhe apenas uma consoante e uma vogal.

Quando ele ejaculou, ela sentiu o jato molhado e quente em sua mão. Por baixo do lençol, o cheiro era de uma estufa no verão, absurdamente fértil, com um crescimento descontrolado das plantas. Qualquer coisa que fosse plantada ali iria vingar. Foi assim que Jenny Fields interpretou o esperma Garp: se um pouco fosse espalhado em uma estufa, *bebês* brotariam da terra.

Jenny dedicou as 24 horas seguintes a pensar no assunto.

– Garp? – sussurrou Jenny.

Ela desabotoou a blusa e exibiu os seios que sempre considerara grandes demais.

– Garp? – tornou a sussurrar em seu ouvido.

As pálpebras de Garp estremeceram, os lábios se estenderam. Uma cortina branca de correr os separava do resto da enfermaria. De um lado da cama de Garp, havia um Externo, vítima de um lança-chamas, todo besuntado de pomada e envolto em gazes. Não tinha cílios, de modo que parecia estar sempre de vigília, mas era cego. Jenny tirou seus grossos sapatos de enfermeira, as meias brancas e despiu o uniforme. Tocou o dedo de leve nos lábios de Garp.

Do outro lado da cama de Garp, separado pela cortina branca, estava um paciente de Órgãos Vitais, a caminho de se tornar um Ausente. Ele havia perdido a maior parte do intestino grosso e do reto; agora tinha problemas nos rins, e o fígado estava deixando-o louco. Tinha pesadelos terríveis em que era forçado a urinar e defecar, embora isso, para ele, fosse coisa do passado. Já nem sabia quando isso acontecia, tudo era feito através de tubos e sacos de borracha. Estava sempre resmungando e, ao contrário de Garp, resmungava com palavras inteiras.

– Merda!

– Garp? – sussurrou Jenny. Livrou-se da combinação e da calcinha; tirou o sutiã e puxou o lençol.

– Santo Deus! – disse o Externo, baixinho, porque tinha os lábios empolados de queimaduras.

– Maldita merda! – gritou o Órgãos Vitais.

– Garp – disse Jenny Fields, enquanto segurava o membro duro do sargento e montava nele.

– Aaa – disse Garp. Até o "r" desaparecera. Estava reduzido a uma única vogal para expressar sua alegria ou sua tristeza. – Aaa – repetiu, quando Jenny o inseriu dentro dela, sentando-se sobre ele com todo o seu peso.

– Garp? – perguntou ela. – Tudo bem? Isso é bom, Garp?

– *Bom* – concordou ele com toda a clareza. Mas tratava-se apenas de uma palavra extraída de sua memória destroçada, tornada clara por um instante, quando ejaculava dentro dela. Foi a primeira e última palavra de verdade que Jenny Fields o ouviu dizer: bom. Quando seu membro amoleceu e seu fluido vital começou a escorrer de dentro dela, ficou novamente reduzido à vogal "a"; ele fechou os olhos e adormeceu. Quando Jenny ofereceu-lhe o seio, ele não tinha mais fome.

– Meu Deus! – exclamou o Externo, pronunciando o "d" com muito cuidado, já que a língua também estava queimada.

– Mijar! – grunhiu o paciente de Órgãos Vitais.

Jenny Fields lavou Garp e a si mesma com água morna e sabão, numa bacia branca esmaltada do hospital. Obviamente, ela não iria fazer uma ducha. Também não tinha a menor dúvida de que a mágica dera certo. Sentia-se mais receptiva do que uma terra bem adubada e arada e sentira bem o jato da ejaculação de Garp, com a generosidade de uma mangueira de água no verão (como se ele pudesse irrigar um gramado).

Ela nunca mais fez isso outra vez. Não havia mais razão. Ela não sentiu prazer. De vez em quando, ajudava-o com sua mão e dava-lhe o seio quando ele chorava. Em poucas semanas, entretanto, ele não tinha mais ereções. Quando retiraram as ataduras das mãos, notaram que até mesmo o processo de cicatrização parecia estar se dando ao contrário; tornaram a envolver-lhe as mãos em bandagens. Perdeu todo o interesse em mamar. Jenny tinha a impressão de que seus sonhos deviam ser como os sonhos de um peixe. Compreendeu então que Garp voltara ao útero; ele reassumiu a posição fetal, uma figura pequena, encolhida no meio da cama. Não emitia nenhum som. Certa manhã, Jenny o viu dar um chute com o pé pequeno e fraco; em sua imaginação, sentiu um chute *dentro* dela. Apesar de ser cedo demais para isso, ela sabia que o chute verdadeiro estava a caminho.

Em pouco tempo, Garp parou de chutar. Ele ainda obtinha oxigênio respirando com os pulmões, mas Jenny sabia que aquilo não passava da capacidade de adaptação do ser humano. Já não comia. Começou a receber alimentação intravenosa e, assim, ficou novamente ligado a uma espécie de cordão umbilical. Jenny previa sua fase final com certa ansiedade. Haveria uma luta na hora do fim, como a luta frenética de um espermatozoide? O escudo de proteção do espermatozoide seria erguido enquanto o óvulo nu aguardava, na expectativa de sua morte? Na curta viagem de regressão de Garp, como sua *alma* finalmente se dividiria? Mas a fase passou sem que Jenny a observasse. Certo dia, quando ela estava de folga, o técnico sargento Garp morreu.

"Em que *outro* momento ele poderia ter morrido?", escreveu Garp. "Era a única ocasião em que poderia escapar de minha mãe."

"Naturalmente, *senti* alguma coisa quando ele morreu", escreveu Jenny Fields em sua famosa autobiografia. "Mas a melhor parte dele estava dentro de mim. Foi o melhor para ambos, a única maneira de Garp continuar vivendo, a única maneira de eu ter o filho que queria. O fato de o resto do mundo achar isso imoral mostra apenas que o resto do mundo não respeita os direitos de um indivíduo."

Era 1943. Quando a gravidez de Jenny se tornou evidente, ela perdeu o emprego. Claro, era exatamente o que seus pais e irmãos esperavam; não ficaram surpresos. Já fazia muito tempo que Jenny desistira de tentar convencê-los de sua pureza. Ela se movimentava pelos longos corredores da propriedade dos pais em Dog's Head Harbor como um alegre fantasma. Seu comportamento alarmou a família e resolveram deixá-la em paz. Secretamente, Jenny sentia-se muito feliz, mas com todas as horas que dedicara a pensar na esperada criança, era de admirar que nunca tivesse pensado em um nome para ela.

Assim, quando Jenny Fields deu à luz um menino de quatro quilos e meio, não tinha nenhum nome em mente. A mãe de Jenny perguntou-lhe que nome gostaria de dar à criança, mas Jenny acabara de dar à luz e tomar um sedativo, e não se mostrou muito disposta a cooperar.

– Garp – disse ela.

Seu pai, o Rei dos Calçados, achou que ela havia arrotado, mas a mãe de Jenny sussurrou-lhe:

– O nome é Garp.

– Garp? – indagou ele. Tinham de descobrir quem era o pai da criança através do nome. Jenny, é claro, não havia esclarecido coisa alguma.

– Descubra se esse é o nome ou o sobrenome do filho da mãe – sussurrou o pai de Jenny no ouvido da mãe.

– Querida, esse é o nome de batismo ou o sobrenome da família? Jenny estava sonolenta.

– É Garp – disse. – Só Garp, mais nada.

– Acho que é um sobrenome – disse a mulher ao marido.

– Mas qual é o nome de batismo? – perguntou o pai de Jenny, irritado.

– Eu nunca soube – murmurou Jenny. Era verdade, ela nunca soubera.

– Ela nunca soube o nome dele! – rugiu o pai.

– Por favor, querida – disse a mãe. – Ele *deve* ter um nome!

– Técnico sargento Garp – disse Jenny Fields.

– Um maldito soldado, eu sabia! – bradou o pai colericamente.

– Técnico sargento? – indagou a mãe de Jenny.

– T. S. – disse Jenny. – T. S. Garp. Esse é o nome do meu filho.
– Dito isso, adormeceu.

O pai estava furioso.

– T. S. Garp! – gritou. – Que espécie de nome é *esse*?

– É um nome só dele – disse-lhe Jenny mais tarde. – É seu maldito nome *próprio*, só dele.

"Foi muito divertido frequentar a escola com um nome como esse", escreveria Garp. "Os professores sempre perguntavam o significado das iniciais. No começo, eu dizia que eram apenas iniciais, mas ninguém acreditava. Então, eu lhes dizia que telefonassem para minha mãe, que ela explicaria. E telefonavam. E Jenny lhes dizia umas verdades."

E foi assim que o mundo ganhou Garp: nascido de uma boa enfermeira com vontade própria e da semente de um artilheiro de bombardeiro – seu último tiro.

2

Sangue e azul

T. S. Garp sempre achou que morreria cedo. "Como meu pai", escreveu Garp, "acho que tenho uma queda para a brevidade. Sou um homem de um tiro só."

Foi por pouco que Garp escapou de crescer em uma escola exclusiva para moças, onde sua mãe arranjara um emprego como enfermeira. Mas Jenny Fields viu a possibilidade de um futuro assustador que tal decisão envolveria: seu pequeno Garp cercado de mulheres (ofereceram um apartamento para ela e Garp em um dos dormitórios). Imaginou a primeira experiência sexual do filho: uma fantasia inspirada pela visão e contato com uma lavanderia feminina, onde, por brincadeira, as jovens enterrariam a criança em montanhas macias de roupas íntimas. Jenny teria gostado do trabalho, mas foi para o bem de Garp que recusou a oferta. Em vez disso, foi contratada pela grande e famosa Steering School, onde seria simplesmente mais uma enfermeira entre muitas e onde o apartamento oferecido a ela e Garp ficava em um anexo da enfermaria, uma ala fria, com janelas de grade semelhantes às de uma prisão.

– Não se preocupe com isso – disse-lhe seu pai. Estava irritado por ela ter decidido trabalhar fora outra vez. Havia dinheiro de sobra e ele ficaria mais satisfeito se ela continuasse a se esconder na propriedade da família em Dog's Head Harbor até o filho bastardo crescer e ir embora. – Se o menino tiver herdado alguma inteligência – disse o pai de Jenny –, um dia talvez entre para a Steering School, mas, enquanto isso não acontece, não poderia haver um ambiente melhor para ele crescer do que a casa da família.

A alusão à "inteligência herdada" era uma das maneiras que o pai de Jenny encontrara para se referir aos duvidosos antecedentes genéticos de Garp. A Steering School, onde o pai e os irmãos de Jenny haviam estudado, era na época uma escola só para meninos. Jenny acreditava que, se ela pudesse aguentar o confinamento lá – durante os anos de ensino fundamental do pequeno Garp –, estaria fazendo o melhor para seu filho. Para compensá-lo do fato de ter lhe negado um pai, como o velho Fields lhe dizia.

"É estranho", escreveu Garp, "que minha mãe, que se conhecia muito bem para saber que não queria ter nada a ver com homens, acabasse convivendo com oitocentos rapazes."

E foi assim que o pequeno Garp cresceu com a mãe no anexo da enfermaria da Steering School. Não era exatamente tratado como um dos "pirralhos" – o termo que os estudantes usavam para todos os filhos pequenos do corpo docente e do pessoal administrativo. Uma enfermeira da escola não era propriamente considerada da mesma classe ou categoria de um professor. Além do mais, Jenny não tentava criar nenhuma mitologia para o pai de Garp, inventando um casamento para tornar seu filho legítimo. Ela era uma Fields e seu filho era um Garp, como fazia questão de dizer a todo mundo.

– É um nome só dele – enfatizava.

Todos entenderam. Não só certos tipos de arrogância eram tolerados pela comunidade da Steering School, como alguns eram até mesmo encorajados; mas uma arrogância aceitável era uma questão de gosto e estilo. O *motivo* da arrogância de uma pessoa deveria ser digno, magnânimo, e a maneira de alguém se mostrar arrogante deveria ter um certo charme. Jenny Fields não era uma mulher sagaz. Garp escreveu que a mãe "não era arrogante de propósito, mas somente quando estava sob pressão". O orgulho era bem-visto na Steering School, mas Jenny Fields parecia se orgulhar de um filho ilegítimo. Não era motivo para se envergonhar, mas talvez ela devesse dar uma *pequena* demonstração de humildade.

Jenny, entretanto, não só tinha orgulho de Garp, como sentia também uma satisfação especial pela maneira como ele fora concebido. O mundo não tinha conhecimento disso, porque ela ainda não publicara a sua autobiografia; na verdade, nem começara a escrevê-la. Estava esperando que Garp tivesse idade suficiente para compreender a história.

O que Garp sabia era tudo que Jenny contava a quem quer que tivesse coragem de lhe perguntar. A história de Jenny consistia apenas em três frases concisas.

1. O pai de Garp fora um soldado.
2. Ele morrera na guerra.
3. Quem iria perder tempo com casamento quando havia uma guerra?

A precisão e o mistério da história poderiam ter sido interpretados de uma maneira romântica. Afinal, considerando-se os fatos, o pai poderia ter sido um herói de guerra. Podia-se imaginar um caso de amor fadado a um final infeliz. A enfermeira Fields devia ter sido uma enfermeira de campanha. Devia ter se apaixonado no *front*. E o pai de Garp deve ter achado que devia "aos homens" uma última missão. Mas Jenny Fields não inspirava esse tipo de melodrama. Para começar, ela parecia perfeitamente feliz com sua solidão; não parecia nem um pouco sonhadora com relação ao seu passado. Não tinha outras preocupações, era completamente dedicada ao pequeno Garp – e a ser uma boa enfermeira.

Naturalmente, o sobrenome Fields era conhecido na Steering School. O famoso Rei dos Calçados da Nova Inglaterra era um ex-aluno generoso e aventava-se na época que, mais cedo ou mais tarde, ele seria convidado para a diretoria. Ele não era uma das fortunas mais antigas da Nova Inglaterra, mas também não era um novo-rico, e sua mulher, da família Weeks, de Boston, era talvez ainda mais conhecida na escola. Entre os membros mais velhos do corpo docente, havia aqueles que se lembravam de uma sequência de anos e anos, sem interrupção, em que sempre tinha um Weeks se formando. No entanto, para a Steering School, Jenny Fields não parecia ter herdado todas as credenciais. Era bonita, admitiam, mas sem graça; preferia usar o uniforme de enfermeira, mesmo quando podia vestir algo mais interessante. Na verdade, todo aquele negócio de ser enfermeira, de que ela tanto parecia se orgulhar, era bem curioso. Levando-se em conta a sua família, a profissão de enfermeira não era grande coisa para uma Fields ou uma Weeks.

Socialmente, Jenny tinha aquela espécie de seriedade insossa que costuma deixar as pessoas mais frívolas, desconcertadas. Ela lia muito e era frequentadora assídua da biblioteca da escola. Os livros mais procurados quase sempre tinham sido emprestados à enfermeira Fields. Os telefonemas eram educadamente atendidos; Jenny em geral se oferecia para entregar o livro pessoalmente à pessoa que o queria, assim que o terminasse. Logo ela terminava a leitura, mas nada tinha a dizer sobre eles. Em uma comunidade escolar, é estranho alguém ler um livro por algum motivo secreto que não o discutir. Então, por que ela os lia?

Mais estranho ainda era ela comparecer às aulas quando estava de folga. Estava escrito no estatuto da escola que todo o corpo docente, funcionários e/ou seus cônjuges podiam frequentar gratuitamente as aulas de qualquer curso oferecido pela Steering, bastando para isso obter a autorização do instrutor. Quem afastaria uma enfermeira dos elisabetanos, do romance da era vitoriana, da história da Rússia até 1917, de Introdução à Genética e dos cursos Civilização Ocidental I e II? Ao longo dos anos, Jenny Fields foi de César a Eisenhower, passando por Lutero e Lênin, Erasmo, mitose, osmose e Freud, Rembrandt, cromossomos e van Gogh, do Estige ao Tâmisa, de Homero a Virginia Woolf. De Atenas a Auschwitz, ela nunca disse uma só palavra. Era a única mulher nas aulas. Em seu uniforme branco, ela ouvia tão quieta e silenciosamente que os alunos e até mesmo os professores acabavam se esquecendo dela e prosseguindo com suas aulas. Ela permanecia ali, muito séria e atenta, testemunhando tudo que se dizia – talvez sem se convencer de nada, mas possivelmente julgando tudo.

Jenny Fields estava obtendo agora a educação que sempre desejara; parecia a hora certa. Seus motivos, no entanto, não eram egoístas; ela estava avaliando a Steering School para seu filho. Quando Garp tivesse idade para frequentar a escola, ela poderia lhe dar muitas informações úteis – ela conheceria os pontos fracos de cada departamento, os melhores e os piores cursos.

Seus livros ultrapassaram os limites do minúsculo quarto no anexo da enfermaria. Ela passara dez anos na Steering School antes de descobrir que a livraria dava um desconto de 10% a professores e funcionários (que a livraria nunca lhe oferecera). Isso a deixou irritada. Mas era generosa com seus livros e acabava arranjando um lugar para eles em qualquer sala do anexo da enfermaria. Quando ultrapassaram o espaço nas prateleiras, foram se espalhando para a enfermaria principal, a sala de espera e a sala dos raios X. Primeiro, encobriam os jornais e revistas, depois, acabaram substituindo-os. Aos poucos, os doentes começaram a perceber a seriedade da escola Steering – diferente dos hospitais comuns, abarrotados de leituras fúteis e sensacionalistas. Enquanto esperavam a vez de ser atendidos pelo médico, os doentes podiam folhear *The Waning of the Middle Ages;* enquanto esperavam os resultados dos exames de laboratório, podiam pedir à enfermeira o valioso manual de genética *The Fruit Fly Handbook*. Para os muito doentes ou que fossem ficar na enfermaria por mais tempo, sempre havia um exemplar de *A montanha mágica*. Para o garoto com a perna quebrada e para os atletas contundidos, havia os grandes heróis com suas fantásticas aventuras, havia Conrad e Melville em vez de *Sports Illustrated*, em vez da *Time* e *Newsweek*, havia Dickens, Hemingway e Twain. Era um verdadeiro sonho para os amantes da literatura ficarem de cama na Steering! Enfim, um hospital com coisas boas para ler.

Depois de 12 anos da permanência de Jenny na Steering, era comum os bibliotecários da escola dizerem, quando alguém procurava um livro que eles não tinham:

– Talvez o encontre lá na enfermaria.

E, na livraria, quando alguém procurava um livro que não tinham em estoque ou cuja edição estava esgotada, costumavam recomendar:

– Procure a enfermeira Fields na enfermaria, é possível que ela o tenha.

Jenny franzia a testa ao ouvir o pedido e dizia:

– Acho que está no 26, lá no anexo, mas McCarty o está lendo agora. Ele está gripado. Quando acabar, tenho certeza de que terá prazer em passá-lo a você.

Ou podia responder:

– A última vez que o vi acho que foi na sala de hidroterapia. Pode estar um pouco úmido, mas seca logo.

É impossível avaliar a influência de Jenny na qualidade da educação em Steering, mas ela nunca se conformou com o fato de não terem lhe dado o desconto de 10% durante dez anos. "Minha mãe sustentou aquela livraria", escreveu Garp. "Não havia ninguém na Steering que lesse tanto quanto ela."

Quando Garp fez 2 anos, a escola ofereceu a Jenny um contrato de três anos. Era uma boa enfermeira, todos concordavam, e a leve antipatia que sentiam por ela não aumentara naqueles dois primeiros anos. O bebê, afinal, era como *qualquer* outro; talvez sua pele fosse um pouco mais morena no verão e um pouco mais pálida no inverno, e era um pouco gordo. Ele tinha algo de arredondado, como um esquimó, mesmo quando não estava todo agasalhado. Os professores mais jovens que tinham acabado de voltar da guerra comentavam que o garoto tinha o formato de uma bomba. Mas, afinal de contas, filhos ilegítimos também são filhos. A irritação com as esquisitices de Jenny era razoavelmente branda.

Ela aceitou o contrato de três anos. Estava aprendendo, se aperfeiçoando e, ao mesmo tempo, preparando o caminho para o filho na escola. Seu pai sempre lhe dissera que a Steering School podia proporcionar uma "educação de qualidade superior". Mas Jenny queria se certificar disso.

Quando Garp fez 5 anos, Jenny Fields foi promovida a enfermeira-chefe. Era difícil encontrar enfermeiras jovens e ativas, dispostas a tolerar a impertinência e o comportamento indisciplinado dos garotos. Também era difícil encontrar quem quisesse dormir no emprego, e Jenny parecia perfeitamente satisfeita com seu apartamento em uma ala do anexo da enfermaria. Assim, se tornou uma espécie de mãe para muitos deles: levantava-se à noite quando um dos meninos vomitava, quando a chamavam pela campainha ou quebravam o copo de água. Ou quando os meninos malcomportados corriam pelos corredores escuros, apostavam corrida com as macas, organizavam combates de gladiadores em cadeiras de rodas, saíam dos quartos às escondidas para conversar com meninas da cidade através das janelas gradeadas, tentavam subir ou descer pelos galhos das heras que recobriam as antigas paredes de tijolos da enfermaria e do anexo.

A enfermaria era ligada ao anexo por um túnel subterrâneo, suficientemente largo para dar passagem a uma cama sobre rodas com uma enfermeira esbelta de cada lado. De vez em quando, alguns garotos mais levados jogavam boliche no túnel. O barulho chegava a Jenny e Garp na ala mais distante, como se os ratos e coelhos que serviam de cobaias no laboratório do porão tivessem crescido desmesuradamente de um dia para o outro e estivessem rolando os barris de lixo com seus poderosos focinhos.

No entanto, quando Garp fez 5 anos e sua mãe foi nomeada enfermeira-chefe, a comunidade da Steering School começou a notar algo de estranho nele. Não se pode saber ao certo o que há de realmente diferente em um garoto de 5 anos, mas sua cabeça tinha uma certa aparência escorregadia, lisa e escura, que lembrava a de uma foca, e a forma exageradamente compacta do corpo reavivava as velhas especulações a respeito de seus genes. Com relação ao temperamento, o menino parecia-se com a mãe – era determinado, possivelmente chato, alheio, mas sempre atento. Apesar de ser pequeno para a idade, parecia extraordinariamente maduro em outros aspectos; tinha uma calma desconcertante. Perto do chão, como um animal bem equilibrado, parecia ter uma coordenação fora do normal. As outras mães notavam, com um certo alarme, que a criança podia subir em qualquer coisa. Fosse nos brinquedos para escalar dos playgrounds, nos balanços, nos escorregas mais altos, nas arquibancadas, nas árvores mais perigosas: Garp estaria sempre lá no topo.

Certa noite, depois do jantar, Jenny não conseguia encontrá-lo. Garp tinha liberdade de andar pela enfermaria e pelo anexo, conversando com os meninos, e Jenny geralmente o chamava pelo sistema de comunicação interna, quando o queria de volta ao apartamento. "GARP VOLTE", dizia. Garp tinha instruções sobre quais quartos não devia visitar, os casos contagiosos, os meninos que se sentiam muito mal e não queriam ser incomodados. Ele preferia os feridos na prática de esportes; gostava de ver as partes engessadas, as tipoias e as grandes ataduras e gostava de ouvir sobre a causa dos acidentes, repetidas inúmeras vezes. Como a mãe, talvez, uma enfermeira inata, ele gostava de prestar pequenos serviços aos pacientes. Levar e trazer recados, contrabandear alimentos. Certa noite, porém, quando tinha 5 anos, Garp não atendeu ao chamado de sua mãe pelos alto-falantes. A mensagem "GARP VOLTE" soou em todas as dependências da enfermaria e do anexo, até mesmo nos quartos em que Garp tinha ordens rígidas para não entrar – o laboratório, a sala de cirurgias, a sala de raios X. Se Garp não ouvia a mensagem, Jenny sabia que ele estava em dificuldades ou não estava nos prédios. Ela rapidamente organizou um grupo de busca entre os pacientes com melhor capacidade de locomoção.

Era uma noite enevoada no começo da primavera; alguns rapazes saíram e gritaram por Garp no estacionamento e entre as plantas úmidas. Outros procuraram nos recantos mais escuros e nos depósitos de equipamentos onde a entrada era proibida. Jenny foi revistar primeiro aqueles lugares que mais temia. Procurou no tubo da lavanderia, um cilindro liso que passava pelos quatro andares, até o porão, e por onde descia a roupa suja (Garp não tinha permissão nem de jogar a roupa suja no tubo). Mas sob o tubo, no local onde atravessava o teto e lançava seu conteúdo no assoalho da lavanderia, havia apenas roupa suja no cimento frio. Verificou o quarto dos *boilers* e as enormes caldeiras, mas Garp também não tinha sido cozido ali. Procurou no vão das escadas, onde Garp também não podia brincar, mas ele não estava caído, todo quebrado, em nenhum dos quatro andares. Começou, então, a dar vazão a um de seus medos não declarados de que o pequeno Garp pudesse ser vítima de um violador sexual entre os rapazes da Steering School. No começo da primavera, a enfermaria ficava cheia demais para que Jenny conseguisse conhecer todos os pacientes – muito menos conhecê-los tão bem a ponto de suspeitar de suas preferências sexuais. Havia os tolos que iam nadar logo no primeiro dia de sol, antes mesmo de toda a neve desaparecer completamente do solo. Havia as últimas vítimas das renitentes gripes do inverno, com baixa resistência imunológica. Mas, acima de tudo, havia as vítimas remanescentes dos esportes de inverno e os primeiros a se machucarem na prática esportiva da primavera.

Um desses era Hathaway, que agora tocava a campainha em seu quarto no último andar do anexo, chamando Jenny. Hathaway era um jogador de lacrosse que sofrera uma contusão nos ligamentos do joelho; dois dias depois de ser engessado e liberado para andar de muletas, ele saíra na chuva, e as pontas das muletas resvalaram no topo da escadaria de mármore do Hyle Hall. Na queda, ele quebrara a outra perna. Agora, Hathaway, com as duas pernas engessadas, ficava deitado em sua cama no quarto andar do anexo da enfermaria, segurando carinhosamente o bastão de lacrosse nas mãos grandes e fortes. Tinha sido isolado no quarto andar do anexo por causa de sua mania irritante de atirar uma bola na parede e deixá-la ricochetear. Então, ele agarrava a bola no ar com o pequeno cesto na ponta do bastão e a atirava de volta contra a parede. Jenny podia tê-lo obrigado a parar com a brincadeira, mas ela também tinha um filho, afinal, e conhecia a necessidade dos garotos de se dedicarem, mecanicamente, a uma atividade física repetitiva. Parecia relaxá-los, Jenny pensava – quer tivessem 5 anos, como Garp, ou 17, como Hathaway.

Jenny, entretanto, ficava furiosa por Hathaway ser tão desajeitado com seu bastão e estar sempre deixando a bola cair! Ela se dera ao trabalho de colocá-lo em um lugar onde os outros pacientes não se queixariam das batidas da bola na parede, mas, sempre que Hathaway perdia a bola, tocava a campainha para que alguém fosse pegá-la para ele. Embora houvesse um elevador, o quarto andar do anexo ficava fora de caminho. Quando Jenny viu que o elevador estava sendo usado, subiu os quatro lances de escada depressa demais e estava ofegante, assim como furiosa, quando chegou ao quarto de Hathaway.

– *Sei* quanto seu jogo significa para você, Hathaway – disse Jenny –, mas, no momento, Garp está desaparecido e não tenho tempo de ficar procurando sua bola.

Hathaway era um rapaz simpático, de raciocínio um pouco lento, com um rosto frouxo, imberbe, e uma mecha de cabelos ruivos caída na testa, escondendo parcialmente um de seus olhos claros. Ele tinha o hábito de inclinar a cabeça para trás, provavelmente para poder ver por baixo do cabelo, e por isso, além do fato de ser alto, todos que olhavam para Hathaway se deparavam com suas narinas muito largas.

– Srta. Fields? – disse ele. Jenny notou que ele não estava segurando seu bastão de lacrosse.

– O que *foi*, Hathaway? – perguntou Jenny. – Desculpe a pressa, mas Garp está desaparecido. Estou procurando *Garp*.

– Oh! – Olhou ao redor do quarto, talvez à procura de Garp, como se alguém tivesse acabado de lhe pedir um cinzeiro. – Sinto muito – disse, fitando as pernas engessadas. – Quisera poder ajudá-la a procurar por ele.

Jenny deu umas pancadinhas em seu joelho engessado, como se batesse em uma porta atrás da qual alguém pudesse estar dormindo.

– Não se preocupe, por favor – disse.

Esperou que ele lhe dissesse o que queria, mas Hathaway parecia ter se esquecido de que tinha tocado a campainha.

– Hathaway? – perguntou, batendo em sua perna outra vez para ver se havia alguém em casa. – O que você queria? Perdeu sua bola?

– Não – disse Hathaway. – Perdi meu *bastão*.

Mecanicamente, ambos olharam à volta do quarto por um segundo, à procura do bastão desaparecido.

– Peguei no sono – explicou – e, quando acordei, ele havia desaparecido.

Jenny logo pensou em Meckler, o endiabrado do segundo andar do anexo. Meckler era um garoto sarcasticamente brilhante que todo mês passava ao menos quatro dias na enfermaria. Era um fumante inveterado aos 16 anos, editava a maioria das publicações dos estudantes da escola e tinha vencido duas vezes o concurso anual Copa dos Clássicos. Meckler desprezava a comida da escola e vivia de café e sanduíches de ovos fritos da lanchonete Buster's Snack and Grill; na verdade, o lugar onde escrevia a maior parte de seus extensos e sempre atrasados, mas brilhantes, trabalhos. Baixando à enfermaria todo mês para se recuperar de seus excessos físicos e de seu brilhantismo, Meckler voltava-se para brincadeiras de mau gosto pelas quais Jenny nunca conseguia provar sua culpa. Certa vez, encontraram girinos cozidos no bule enviado aos técnicos do laboratório, que se queixaram do gosto estranho do chá. Certa vez, Jenny tinha certeza, Meckler enchera um preservativo com claras de ovo e enfiara-o no puxador da porta de seu apartamento. Só compreendeu que se tratava de claras de ovo porque mais tarde encontrou as cascas. Dentro de sua bolsa. E Jenny também tinha certeza de que fora Meckler o responsável pelo ocorrido no terceiro andar da enfermaria durante a epidemia de catapora, alguns anos antes. Os rapazes se masturbavam, um de cada vez, e corriam para o laboratório da enfermaria pedindo que examinassem suas mãos cheias de esperma ao microscópio – para ver se eram estéreis.

Mas Jenny sabia que aquele não era o estilo de Meckler. Ele teria feito um buraco na rede do cesto do bastão e tornado a colocar o bastão inutilizado nas mãos de Hathaway, ainda adormecido.

– Aposto que Garp está com seu bastão – disse Jenny a Hathaway. – Quando acharmos Garp, acharemos o bastão.

Jenny resistiu, pela centésima vez, ao impulso de ajeitar para trás a mecha de cabelo que quase escondia um dos olhos de Hathaway; em vez disso, apertou delicadamente os grandes dedos dos pés de Hathaway, projetados para fora do gesso.

Se Garp quisesse jogar lacrosse, Jenny pensou, aonde iria? Não para fora, porque já estava escuro; ele perderia a bola. O único lugar onde não havia alto-falante era no túnel subterrâneo entre o anexo e a enfermaria – um lugar perfeito para lançar aquela bola. Jenny sabia porque já interrompera uma partida uma vez, depois da meia-noite. Pegou o elevador diretamente para o porão. Hathaway é um bom garoto, ela pensava. Garp poderia vir a ser pior do que ele quando crescesse. Mas também poderia ser melhor.

Embora com certa lentidão, Hathaway estava pensando. Esperava que o pequeno Garp estivesse bem; gostaria de poder se levantar e ajudar a encontrar o menino. Garp era uma visita frequente no quarto de Hathaway. Para Garp, afinal, um atleta com as duas pernas engessadas era melhor do que a média dos acidentados. Hathaway deixara Garp desenhar por todo o gesso de suas pernas; por cima e entre as assinaturas de amigos, viam-se rostos e monstros da imaginação de Garp. Hathaway olhava para os rabiscos no gesso e se preocupava com Garp. Foi assim que viu a bola de lacrosse, entre as coxas; não a sentira ali por causa do gesso. Lá estava ela, como se fosse um ovo que o próprio Hathaway estivesse chocando. Como Garp poderia jogar lacrosse sem a bola?

Quando ouviu os pombos, Hathaway compreendeu que Garp não estava jogando. Os pombos!, lembrou-se. Queixara-se deles a Garp. Os pombos não o deixavam dormir, arrulhando a noite inteira, enfurnados nos beirais e nas calhas do íngreme telhado de ardósia. Os pombos eram um sério problema para quem quisesse dormir no último andar de todo o prédio da Steering School – os *pombos* dominavam o campus. O pessoal da manutenção havia colocado uma tela de arame em quase todos os beirais do telhado, mas os pombos faziam ninhos em qualquer lugar que encontrassem – nas calhas da chuva no tempo seco, nas brechas sob os beirais e nos nichos formados pelos galhos retorcidos da hera nas paredes. Era impossível expulsá-los. E como arrulhavam! Hathaway detestava-os. Dissera a Garp que, se tivesse ao menos *uma* perna boa, iria acabar com eles.

– Como? – perguntou Garp.

– Eles não gostam de voar à noite – disse Hathaway ao menino. Foi no curso Bio II que Hathaway aprendera sobre os hábitos dos pombos; Jenny Fields fizera o mesmo curso.

– Eu subiria no telhado à noite – dissera Hathaway a Garp –, quando não estivesse chovendo, e os apanharia nas calhas do telhado. É só o que fazem, ficam ali nas calhas, arrulhando e cagando a noite inteira.

– Mas *como* você iria apanhá-los? – perguntou Garp.

Hathaway, então, girou o bastão, com a bola no cesto. Soltou a bola entre as pernas e pousou a rede delicadamente sobre a pequena cabeça de Garp.

– Assim – disse. – Com isto aqui, eu pegaria todos eles facilmente. Um por um.

Hathaway lembrou-se de como Garp sorrira para ele, aquele seu amigo grandalhão, com as duas pernas heroicamente engessadas. Hathaway olhou para fora da janela, viu que estava escuro e que não estava chovendo. Ele meteu o dedo na campainha e não o tirou mais de lá.

– Garp! – exclamou. – Oh, meu Deus!

Quando Jenny Fields viu que era a luz do quarto andar que estava piscando, só pôde pensar que Garp fora devolver o equipamento de Hathaway. Que bom menino, pensou, tomando o elevador novamente para o quarto andar. Correu para o quarto de Hathaway, os sapatos de enfermeira fazendo um ruído estridente. Viu a bola na mão de Hathaway. Seu único olho visível estava apavorado.

– Ele está no telhado – disse-lhe Hathaway.

– No telhado! – exclamou Jenny.

– Está tentando pegar pombos com o meu bastão!

Um homem de estatura normal, de pé no patamar da escada de incêndio no quarto andar, poderia alcançar a beirada da calha com as mãos. Quando a Steering School mandava limpar as calhas, somente depois de todas as folhas terem caído e antes das fortes chuvas da primavera, apenas homens *altos* eram designados para o serviço porque os mais baixos se queixavam de ter que colocar as mãos dentro das calhas sem poder ver o que estavam tocando – pombos mortos, esquilos em decomposição e substâncias pegajosas que não podiam identificar. Somente os homens altos conseguiam ficar no patamar da escada de incêndio e olhar dentro das calhas. Elas eram largas e fundas como um cocho de porcos, mas não eram tão fortes e estavam muito velhas. Naquela época, *tudo* era velho na Steering School.

Quando Jenny Fields saiu pela porta de incêndio do quarto andar e parou no patamar da escada, viu que quase não conseguia alcançar a calha com as pontas dos dedos; não podia olhar, por cima das calhas, para o telhado de ardósia – e na escuridão e na neblina, não conseguia nem ver a parte de baixo da calha até onde ela se estendia na esquina do prédio de ambos os lados. Não via Garp em parte alguma.

– Garp? – sussurrou. Quatro andares abaixo, em meio aos arbustos e ao reflexo brilhante de algum capô ou teto de um carro ali estacionado, ela podia ouvir alguns meninos também chamando por Garp.

– Garp? – sussurrou, um pouco mais alto.

– Mamãe? – perguntou ele, assustando-a, apesar de sua voz ser ainda mais baixa do que a dela. A voz parecia vir de muito perto, e ela imaginou que ele devia estar ao alcance de sua mão, mas, ainda assim, não conseguia vê-lo. Foi então que viu o cesto de rede na ponta do bastão contra a claridade enevoada da lua, como se fosse uma pata estranha de algum animal noturno desconhecido; projetava-se da calha, logo acima de sua cabeça. Quando esticou os braços, ficou apavorada ao tocar uma perna de Garp, que atravessara a calha corroída, rasgando as calças e cortando-se. Estava preso ali, com uma perna enterrada até a altura do quadril e a outra, esticada, pendia da borda do telhado íngreme. Garp estava deitado de barriga para baixo, dentro da velha calha rangente.

Quando a perna atravessou a calha, ele ficou assustado demais para gritar; sentiu que toda a calha estava apodrecida, pronta para desmoronar. Apenas sua voz já era capaz de fazer todo o telhado ruir. Permaneceu ali, com o rosto na calha, e através de um pequeno buraco de ferrugem, observou os outros garotos no estacionamento e entre as plantas, quatro andares abaixo, procurando por ele. O bastão, que de fato abrigava um pombo surpreso, resvalara pela beirada da calha, soltando a ave.

O pombo, apesar de ter sido capturado e solto, não fora embora. Agachou-se dentro da calha, emitindo seus pequenos arrulhos idiotas. Jenny compreendeu que Garp nunca poderia ter subido à calha pela escada de incêndio e estremeceu ao imaginá-lo escalando a hera da parede até o telhado com o bastão na mão. Ela segurou a perna do filho com toda força; seu tornozelo quente, despido, estava levemente pegajoso de sangue, mas ele não se cortara muito na calha enferrujada. Uma injeção antitetânica, ela pensava; o sangue estava quase seco e Jenny achava que ele não iria precisar levar pontos – embora, no escuro, não pudesse ver bem o ferimento. Tentava imaginar como poderia tirá-lo dali. Abaixo dela, os arbustos cintilavam com a luz das janelas do térreo. Assim de longe, as flores amarelas da forsítia pareciam (a ela) as pontas de minúsculas chamas de gás.

– Mamãe? – perguntou Garp.

– Estou aqui – sussurrou ela. – Já peguei você.

– Não me solte – disse ele.

– Está bem – respondeu ela. Como se provocada por sua voz, a calha cedeu mais um pouco.

– Mamãe! – exclamou Garp.

– Está tudo bem – disse Jenny.

Ela se perguntava se o melhor não seria dar um puxão nele para baixo, com força, na esperança de que ele atravessasse o buraco na calha podre. Por outro lado, imaginava que a calha inteira poderia despencar do telhado – e o que aconteceria? Vislumbrou os dois sendo varridos da escada de incêndio e caindo lá embaixo. Mas ela sabia que ninguém poderia subir no telhado para puxar o menino do buraco e passá-lo para ela pela beirada. A calha mal aguentava uma criança de 5 anos; certamente não suportaria o peso de um adulto. O que Jenny sabia é que ela não largaria a perna de Garp para permitir que alguém tentasse tirá-lo dali.

Foi a nova enfermeira, srta. Creen, quem os viu lá de baixo e correu para dentro para chamar o diretor Bodger. A enfermeira Creen estava pensando no holofote do sr. Bodger, acoplado ao seu carro escuro (que cruzava o campus toda noite em busca dos alunos que estivessem do lado de fora depois da hora de recolher). Apesar das queixas do pessoal da manutenção dos jardins, Bodger dirigia pelos caminhos de pedestres e pelos gramados, iluminando com seu holofote os arbustos ao longo dos prédios, tornando o campus um lugar inseguro para os fugitivos – ou para os namorados, que não tinham para onde ir.

A enfermeira Creen também chamou o dr. Pell, porque sua mente, numa crise, sempre se voltava para as pessoas que deveriam assumir o controle da situação. Ela não pensou no corpo de bombeiros, um pensamento que havia passado pela cabeça de Jenny; mas Jenny temia que demorassem demais, e a calha cedesse antes que chegassem; pior ainda, imaginava, insistiriam para que os deixasse cuidar da situação e a obrigariam a soltar a perna de Garp.

Foi com surpresa que Jenny olhou para o tênis pequeno, molhado, de Garp, agora suspenso no clarão ofuscante do holofote de Bodger. A luz aturdia os pombos, cuja percepção da aurora provavelmente não era das melhores e que pareciam quase prontos a tomar alguma decisão ali na calha; os arrulhos e os ruídos da movimentação de seus pés tornavam-se cada vez mais frenéticos.

Lá embaixo no gramado, correndo em volta do carro de Bodger, a rapaziada em suas roupas brancas de hospital parecia enlouquecida com os acontecimentos – ou com as ordens disparadas por Bodger. Corriam de um lado para o outro, procurando atender a suas ordens. Bodger chamava todos os estudantes de "homens".

– Vamos arrumar uma fileira de colchões embaixo da escada de incêndio, homens! Vamos, depressa!

Bodger fora professor de alemão na Steering durante vinte anos antes de ser nomeado diretor; suas ordens de comando soavam como uma rajada de conjugações de verbos alemães. Os "homens" empilhavam colchões, olhando espantados através do esqueleto da escada de incêndio para o uniforme de Jenny, muito branco à luz do holofote. Um dos rapazes parou junto ao prédio, bem embaixo da escada

de incêndio, e a visão das pernas de Jenny o deixou tão aturdido que ele parecia ter esquecido a crise, postado ali, olhando para cima.
— Schwarz! — gritou Bodger para ele.
O rapaz não respondeu, já que seu nome era Warner. O diretor teve de sacudi-lo para que ele despertasse do torpor.
— Mais colchões, Schmidt! — gritou-lhe Bodger.
Um pedacinho da calha, ou uma partícula de folha, caiu no olho de Jenny, fazendo com que ela abrisse mais as pernas para se equilibrar melhor. Quando a calha cedeu, o pombo que Garp pegara foi arremessado para fora da ponta quebrada da calha e forçado a um voo curto e desesperado. O primeiro pensamento que atravessou a cabeça de Jenny foi que aquela visão turva que passou diante de seus olhos era o corpo de seu filho caindo; mas logo se tranquilizou, ao sentir que sua mão ainda agarrava a perna dele. Primeiro, ela caiu sentada e, em seguida, foi arremessada com o quadril contra o patamar da escada pelo peso de um grande pedaço da calha, que ainda continha Garp. Somente quando percebeu que ambos estavam a salvo, sentados no patamar da escada, foi que Jenny soltou a perna do filho. Na canela de Garp, por mais de uma semana, ainda se podia ver uma grande mancha roxa, na forma quase perfeita dos dedos de Jenny.
Vista do chão, a cena era confusa. Bodger viu um repentino movimento de corpos acima dele, ouviu o barulho da calha se partindo e viu a enfermeira Fields cair. Viu um pedaço de quase um metro da calha despencar na escuridão, mas em nenhum momento avistou a criança. Viu o que parecia ser um pombo, mas não seguiu o voo da ave, que atravessou o facho de luz do holofote, cega pelo clarão, e perdeu-se na escuridão. O pombo bateu na borda de ferro da escada de incêndio e quebrou o pescoço. Ele fechou as asas junto ao corpo e projetou-se em espiral diretamente para baixo, como uma bola de futebol meio vazia, indo cair bem fora da linha de colchões que Bodger mandara estender ali, como uma desesperada medida de emergência. Bodger viu o pombo cair e pensou que fosse o corpo do menino.
Bodger era um homem basicamente corajoso e tenaz, pai de quatro crianças educadas com rigor. Sua dedicação ao policiamento do campus tinha não só a intenção de coibir a diversão noturna, como se originava de sua convicção de que quase todos os acidentes eram

desnecessários e podiam, com o devido cuidado, ser evitados. Assim, Bodger acreditava que poderia aparar o menino em pleno ar, porque, em seu coração sempre ansioso, ele estava preparado para tal situação – pegar no ar um corpo em plena queda do céu escuro. O diretor era um homem musculoso, de cabelo à escovinha, cujas proporções curiosamente lembravam um pit bull, compartilhando com essa raça de cães os mesmos olhos miúdos, sempre congestionados e apertados, como os de um porco. Da mesma forma com que um pit bull, Bodger também era bom na arrancada, que foi o que fez, com os braços esticados, sem que os olhinhos perdessem de vista o pombo que caía.

– Vou pegá-lo, filho! – gritou Bodger, o que aterrorizou os meninos em suas roupas de hospital, já que não estavam preparados para aquilo.

Bodger, correndo, atirou-se para pegar o pombo, que bateu em seu peito com tal impacto que nem mesmo ele esperava. A ave fez o diretor cambalear e cair de costas no chão, onde ficou estatelado, ofegante, com o animal morto nos braços, o bico aferroando-lhe o queixo. Um dos garotos girou o holofote do quarto andar e focalizou-o diretamente em cima do diretor. Quando Bodger viu que segurava um pombo no peito, atirou longe a ave morta, que passou por cima das cabeças dos meninos boquiabertos e foi cair no estacionamento.

Houve uma grande confusão na sala de admissão da enfermaria. O dr. Pell chegara e cuidara da perna de Garp – um ferimento irregular, mas superficial, que precisou de um extenso curativo, mas de nenhum ponto. A enfermeira Creen aplicou uma injeção antitetânica em Garp, enquanto o dr. Pell removia uma minúscula partícula enferrujada do olho de Jenny; ela sofrera uma torção nas costas, devido ao peso de Garp e da calha, mas, fora isso, estava bem. O ambiente na sala de admissão era de alegria e satisfação, exceto quando Jenny olhava para o filho. Para o público, Garp era uma espécie de herói sobrevivente, mas ele devia estar ansioso para ver a reação de Jenny quando estivessem a sós de volta ao apartamento.

O diretor Bodger se tornou uma das poucas pessoas da Steering School por quem Jenny mostrava um carinho especial. Ele chamou-a de lado e disse-lhe em tom confidencial que, se ela quisesse, ele poderia repreender o menino – mas somente se Jenny achasse que, partindo dele, a repreensão poderia ser mais eficaz. Jenny mostrou-se grata, e os dois concordaram em alguma ameaça que impressionasse o garoto. Bodger, então, espanou as penas do peito e arrumou a camisa que escapava, como um recheio de creme, de baixo do colete apertado. Em seguida, anunciou, um tanto inopinadamente, para os que ali estavam tagarelando, que desejava ficar a sós com o pequeno Garp por um instante. Todos se calaram. Garp tentou ir embora com Jenny, mas ela disse:

– Não. O *diretor* quer falar com você.

Os dois ficaram a sós. Garp não sabia direito qual era a função do diretor.

– Sua mãe tem muito trabalho aqui, não acha, Garp? – perguntou Bodger. Garp não entendeu, mas balançou a cabeça. – Ela faz um bom trabalho, se quer saber – continuou o diretor. – Ela precisa ter um filho em quem possa confiar. Sabe o que significa *confiar*, Garp?

– Não – respondeu Garp.

– Significa o seguinte: ela pode acreditar que você estará onde *diz* que vai estar? Ela pode acreditar que você nunca vai fazer o que não deve fazer? Confiança é *isso*, rapaz. Acha que sua mãe pode confiar em você?

– Acho – disse Garp.

– Como você ouve os garotos me chamarem? – perguntou o diretor.

– Cachorro Louco? – perguntou Garp. Ele de fato ouvira os meninos na enfermaria chamarem *alguém* de "Cachorro Louco", e o diretor lhe parecia um cachorro louco. Mas o diretor ficou surpreso; ele tinha muitos apelidos, mas nunca ouvira aquele.

– Eu quero dizer que os garotos me chamam de "senhor" – disse Bodger e gostou de ver que Garp era uma criança dócil e que havia percebido pelo seu tom de voz que ele não ficara satisfeito.

– Sim, senhor – disse Garp.

– E você gosta de morar aqui?

– Sim, senhor.

— Bem, se *algum dia* você sair naquela escada de incêndio ou em qualquer lugar perto do telhado outra vez, *não* poderá mais morar aqui. Compreendeu?

— Sim, senhor.

— Então, seja um bom menino para sua mãe ou terá que se mudar para outro lugar bem longe daqui.

Garp sentiu uma escuridão envolvê-lo, com uma sensação de estar muito longe dali, parecida com a que sentira quando estava deitado na calha, quatro andares acima do mundo seguro. Ele começou a chorar, mas Bodger, com a autoridade de um diretor, segurou seu queixo entre os dedos grossos e curtos, o polegar e o indicador, e sacudiu a cabeça do menino.

— *Nunca* mais decepcione sua mãe, rapaz – disse-lhe Bodger. — Se você fizer isso, vai se sentir mal assim toda a sua vida.

"O pobre Bodger tinha razão", escreveu Garp mais tarde. "Eu me *senti* mal a maior parte de minha vida e realmente *decepcionei* minha mãe. Mas a ideia de Bodger do que *realmente* ocorre no mundo era tão suspeita quanto a de qualquer outra pessoa."

Garp referia-se à ilusão que o pobre Bodger alimentara no fim da vida: que fora o pequeno Garp que ele pegara no ar quando o menino caiu do telhado do anexo, e não um pombo. Sem dúvida, já em idade avançada, o momento em que pegara o pombo tinha para o bom diretor a mesma importância, como se houvesse realmente segurado Garp.

Na verdade, a percepção que Bodger tinha da realidade sempre fora meio distorcida. Quando saiu da enfermaria, ele descobriu que alguém roubara o holofote de seu carro. Furioso, vasculhou todos os quartos do hospital, até mesmo os de doenças contagiosas.

— Um dia, essa luz vai iluminar muito bem aquele que a roubou! – vociferava Bodger, mas ninguém se apresentou. Jenny tinha certeza de que fora Meckler, mas não tinha como provar. O diretor voltou para casa sem seu holofote. Dois dias depois, ele caiu de cama com uma gripe e foi tratado no ambulatório como paciente externo. Jenny mostrou-se especialmente atenciosa com ele.

Quatro dias mais tarde, Bodger teve motivo para olhar dentro do porta-luvas de seu carro. Espirrando sem parar, o gripado diretor inspecionava o campus à noite, com um novo holofote montado no carro, quando foi parado por um guarda recentemente contratado pela segurança do campus.

– Pelo amor de Deus, eu sou o diretor – disse Bodger ao trêmulo rapaz.

– Disso eu não tenho certeza, senhor – disse o guarda. – Recebi ordens para não deixar ninguém passar por aqui de carro.

– Deviam ter lhe dito para não se meter com o diretor Bodger!

– Também me disseram isso, senhor, mas não tenho *certeza* se o senhor é mesmo o diretor Bodger.

– Muito bem – disse Bodger, particularmente satisfeito ao ver a dedicação com que o guarda cumpria seu dever. – Posso facilmente provar-lhe quem eu sou.

O diretor lembrou, então, que sua carteira de motorista estava expirada e resolveu mostrar ao guarda os documentos do carro. Quando abriu o porta-luvas, lá estava o pombo morto.

Meckler havia atacado outra vez; e, outra vez, não havia provas. O pombo não estava em adiantado estado de decomposição, não estava pululando de vermes (ainda), mas o porta-luvas do carro do diretor Bodger estava infestado de piolhos. Eles procuravam um novo lugar para morar. O diretor encontrou os documentos do carro o mais rápido possível, mas o guarda não conseguia tirar os olhos do pombo.

– Disseram-me que eles eram um grande problema aqui – disse o guarda. – Disseram-me que eles entram em todo lugar.

– São os *meninos* que entram em todo lugar – resmungou Bodger. – Os pombos são bastante inofensivos, mas os *meninos* têm que ser vigiados.

Jenny, por sua vez, ficou de olho em Garp por um tempo que pareceu a ele longo demais. Ela sempre o vigiara de perto, mas também aprendera a confiar nele. Agora, ela fazia Garp provar-lhe que podia confiar nele outra vez.

Em uma comunidade pequena como a Steering, as notícias se espalhavam mais rápido do que uma epidemia. A história de como o pequeno Garp subiu no telhado do anexo da enfermaria sem o conhecimento de sua mãe lançava suspeitas sobre ambos – sobre Garp, como uma criança que podia exercer má influência sobre outras crianças, e sobre Jenny, como a mãe que não tomava conta do filho. Naturalmente, Garp não notou nenhuma discriminação no começo, mas Jenny logo se deu conta da situação, que aliás ela já previa. Sentiu mais uma vez que as pessoas estavam fazendo suposições injustas. Seu filho de 5 anos fugira para cima do telhado; portanto, ela nunca tomava conta dele adequadamente. E, portanto, ele obviamente era uma criança *estranha*.

Um menino sem pai, diziam alguns, sempre está às voltas com ideias perigosas.

Mais tarde, Garp escreveria: "É estranho que a mesma família que me convenceria da minha própria singularidade não fosse muito apreciada por minha mãe. Ela era uma mulher prática, que acreditava em provas e resultados. Acreditava em Bodger, pois ao menos a função de diretor era clara. Acreditava em ocupações *específicas*: professores de história, treinadores de luta livre e, naturalmente, enfermeiras. Mas a família que me convenceu de minha própria singularidade nunca mereceu o respeito de minha mãe. Minha mãe acreditava que a família Percy não *fazia* nada."

Jenny Fields não era a única a pensar assim. Stewart Percy, apesar de ter um título, não tinha um trabalho de verdade. Ele era o secretário da Steering School, mas nunca fora visto escrevendo à máquina. Na realidade, ele tinha sua própria secretária, e ninguém sabia ao certo *o que* ela poderia ter para datilografar. Durante algum tempo, Stewart Percy pareceu ter alguma vinculação com a Associação dos Antigos Alunos da Steering School, uma organização de ex-alunos ricos e poderosos, tão cheios de uma nostalgia sentimental por sua escola, que eram tidos em alta estima pela administração da Steering. O diretor da associação, no entanto, dizia que Stewart Percy não era benquisto entre os ex-alunos mais jovens e que, por isso, tinha pouco valor para a associação. Os ex-alunos mais jovens ainda se lembravam de Percy da época em que eram estudantes.

Da mesma forma, Stewart Percy não era nada popular entre os alunos, os quais também desconfiavam de que Percy não fazia nada.

Era um homem grande e espalhafatoso, com uma espécie de peito falsamente largo, que, a qualquer momento, podia se revelar meramente uma barriga – o tipo do peito bravamente estufado que podia despencar repentinamente e desabotoar à força o paletó de *tweed* que o continha, levantando a gravata regimental, listrada com as cores da Steering School. "Sangue e azul", como Garp sempre dizia.

Stewart Percy, a quem a mulher chamava de Stewie – apesar de uma geração inteira de alunos da Steering o chamar de Barrigudo –, tinha os cabelos tão brancos que pareciam prateados – e, por isso, era chamado também de Medalha de Prata – e usava um corte de cabelo plano no alto da cabeça. Os garotos diziam que Stewart cortava o cabelo assim para que se parecesse com um porta-aviões, porque Stewart servira na Marinha na Segunda Guerra Mundial. Sua contribuição para o currículo da Steering era um único curso que ele dera durante 15 anos – que foi o tempo necessário para que o Departamento de História criasse coragem e falta de respeito suficientes para impedi-lo de continuar a dar aulas. Durante 15 anos, aquele curso foi um constrangimento para todos. Apenas os mais ingênuos calouros da Steering eram convencidos a escolher seu curso. Chamava-se "Minha parte do Pacífico" e tratava somente daquelas batalhas navais da Segunda Guerra Mundial em que Stewart Percy tomara parte pessoalmente. Tinham sido duas. Não havia textos para o curso; havia apenas as palestras de Stewart e sua coleção particular de slides. Estes tinham sido feitos a partir de velhas fotografias em preto e branco – um processo que resultara em imagens bastante indistintas. Pelo menos uma memorável semana de aula era dedicada aos slides da licença em terra firme que Stewart tirara no Havaí, onde conheceu sua mulher, Midge.

Ele fazia questão de dizer à turma que ela não era uma *nativa* (embora, no slide cinzento, fosse difícil dizer o que ela realmente era).

– Ela só estava lá de *visita*, ela não era de lá – costumava dizer. Seguia-se, então, um número interminável de slides em que Midge aparecia com cabelos louro-acinzentados.

Todos os filhos de Percy eram louros e acreditava-se que eles um dia também se tornariam Medalhas de Prata como o pai. Os alunos da Steering da época de Garp apelidaram Stewie com o nome de um prato que era servido ao menos um dia da semana no refeitório da escola: Ensopado Gordo, fazendo um trocadilho com a palavra "*stew*", que significa "ensopado". Esse prato, por sua vez, era feito das sobras de um outro prato semanal chamado "Carne Misteriosa". Jenny Fields, no entanto, costumava dizer que Stewart Percy era apenas Medalha de Prata – inteiramente feito de cabelos prateados.

Quer o chamassem de Barrigudo ou de Ensopado Gordo, todos os alunos que frequentavam as aulas de Stewart Percy no curso "Minha parte do Pacífico" já deviam saber que Midge não era havaiana, mas alguns realmente ainda tinham de ser informados disso. O que os garotos mais espertos sabiam e que todos os membros da comunidade de Steering já nasciam sabendo – e se obrigavam daí em diante a um desdém silencioso – era que Stewart Percy se casara com Midge *Steering*. Ela era a última dos Steerings, a Princesa da Steering School, até então não reclamada por nenhum professor. Stewart Percy se casara com tanto dinheiro, que não precisava fazer nada, a não ser continuar casado.

O pai de Jenny Fields, o Rei dos Calçados, quando pensava na fortuna de Midge Steering, estremecia dentro dos sapatos.

"Midge era tão tonta", escreveria Jenny Fields mais tarde em sua autobiografia, "que foi passar *férias* no Havaí em plena Segunda Guerra Mundial. E era tão *completamente* tonta que de fato se apaixonou por Stewart Percy e logo começou a ter filhos com ele quase imediatamente – sem mesmo esperar o fim da guerra. E, quando a guerra enfim acabou, ela voltou com ele e os filhos para a Steering School, ordenando à escola que desse um bom emprego ao seu Stewie."

"Quando eu era pequeno", escreveu Garp, "os Percy já tinham três ou quatro filhos, e mais – sempre parecia haver mais – a caminho."

A respeito do contínuo estado de gravidez de Midge Percy, Jenny Fields escreveu um versinho maldoso:

O que terá Midge Percy na barriga,
que inspira tantos cuidados?
Nada mais é, é bom que se diga,
do que uma bola de cabelos prateados.

"Minha mãe escrevia mal", escreveu Garp, referindo-se à autobiografia de Jenny. "Mas, como poeta, era ainda pior."

No entanto, quando Garp tinha 5 anos, era pequeno demais para ouvir tais poemas. Mas qual seria o motivo para tal antipatia de Jenny Fields por Stewart e Midge?

Jenny sabia que Ensopado Gordo a menosprezava. Jenny, porém, não dizia nada, apenas aturava calada, com uma certa inquietação. Garp costumava brincar com os filhos dos Percy, que não tinham permissão para visitar Garp no anexo da enfermaria.

– Nossa casa é bem melhor para crianças – disse Midge a Jenny certa vez, por telefone. – Quero dizer – ela riu –, acho que aqui não há nada que eles possam *pegar*.

Com exceção de uma certa burrice, Jenny pensou, mas disse apenas:

– Sei quem é contagioso e quem não é. E ninguém brinca no telhado.

Para ser justa, Jenny sabia que a casa dos Percy, que sempre fora a casa da família Steering, era especialmente confortável para crianças. Era atapetada e espaçosa, repleta de gerações de brinquedos interessantes. Era rica, mas, sendo cuidada por empregados, também era informal. Jenny invejava a descontração que a família Percy podia manter. Jenny achava que nem Midge nem Stewie tinham inteligência suficiente para cuidar dos filhos como deveriam. Além disso, tinham filhos *demais*. Talvez, quando se têm muitos filhos, Jenny imaginava, os pais não se afligissem tanto com cada um.

Na realidade, Jenny se preocupava com seu Garp quando ele ia brincar na casa dos Percy. Jenny também fora criada em um lar abastado e sabia perfeitamente bem que crianças de classe alta não eram magicamente protegidas contra todos os perigos simplesmente por ter nascido com mais segurança, com metabolismos melhores e genes encantados. No ambiente da escola, entretanto, muitos pareciam pensar assim – porque, de uma maneira superficial, geralmente era o que *parecia*. Havia algo especial a respeito das crianças aristocráticas dessas famílias: os cabelos não caíam, a pele estava sempre lisa e macia. Talvez parecessem não ter nenhuma preocupação devido ao fato de que nada lhes faltava, Jenny pensava. Por outro lado, se perguntava como escapara de ser igual a eles.

Sua preocupação com Garp baseava-se, na realidade, em suas observações específicas dos Percy. As crianças corriam livremente, como se a própria mãe acreditasse que eram protegidas por algum encantamento. Quase albinas, de pele quase translúcida, os filhos dos Percy de fato pareciam dotados de mais magia, e pareciam até mais saudáveis, do que as outras crianças. A despeito do sentimento que a maioria das famílias dos professores nutria em relação a Ensopado Gordo, elas sentiam que as crianças Percy, e até mesmo Midge, tinham "classe". Segundo elas, isso se devia a uma superioridade genética.

"Minha mãe", escreveria Garp, "estava sempre em guerra com aqueles que levavam essa genética muito a sério."

Um dia, Jenny ficou observando o seu Garp, pequeno e moreno, sair correndo pelo gramado da enfermaria, em direção às elegantes casas dos professores, brancas com janelas verdes, em meio às quais a casa dos Percy se destacava como a igreja mais antiga e imponente em uma cidade cheia de igrejas. Jenny viu aquela tribo de crianças correndo pelos caminhos seguros e bem planejados da escola. Garp era o mais ligeiro, perseguido por uma fileira de crianças Percy e, por último, outras crianças que os acompanhavam.

Lá estava Clarence DuGard, cujo pai era professor de francês e cheirava mal, como se nunca tomasse banho; ele não abria uma única janela durante todo o inverno. Lá estava Talbot Jones, cujo pai conhecia mais a respeito da história dos Estados Unidos do que Stewart Percy a respeito da sua pequena parte do Pacífico. Lá estava Emily Hamilton, que tinha oito irmãos e que se formaria em uma escola inferior para meninas exatamente um ano antes de a Steering resolver admitir mulheres. Sua mãe suicidou-se, não necessariamente por causa dessa decisão, mas ao mesmo tempo que foi anunciada (fazendo com que Stewart Percy comentasse que *isso* era o que aconteceria com a admissão de meninas na Steering: mais suicídios). Havia ainda os irmãos Grove, Ira e Buddy, "da cidade"; o pai deles trabalhava no setor de manutenção da escola e o assunto era delicado – os meninos deveriam ou não ser incentivados a frequentar a Steering e qual poderia ser a expectativa quanto ao seu desempenho?

Jenny via as crianças correrem, atravessando os quadrados de grama verdejante e as trilhas recentemente asfaltadas, cercados de prédios de tijolos tão antigos e lisos que pareciam mármore rosado. Com eles, Jenny notou, contrariada, corria também o cachorro dos Percy – para Jenny, um animal desmiolado e estúpido, que havia anos desafiava o regulamento da cidade andando solto por toda parte, da mesma forma como os Percy ostentavam sua informalidade. O cachorro, um gigantesco terra-nova, passara de um filhote que derrubava latas de lixo a um miserável ladrão de bolas de beisebol.

Certo dia, quando as crianças brincavam, o cachorro destruiu uma bola de vôlei. Em geral, não agia por maldade, aquilo fora uma simples brincadeira. Mas, quando o menino, dono da bola esvaziada, tentou arrancá-la da boca do cachorro, este o mordeu com força – perfurações fundas no antebraço. Jenny sabia, como enfermeira, que aquela não era o tipo de mordida que pudesse ser considerada acidental, apenas um caso em que "Bonkers ficou empolgado, porque ele adora brincar com as crianças". Ou assim disse Midge Percy, que dera ao cachorro o nome de Bonkers. Ela contara a Jenny que havia comprado o cachorro logo depois do nascimento de seu quarto filho. A palavra *bonkers* significava "um pouco maluco", dissera a Jenny, e era assim que Midge ainda se sentia em relação a Stewie depois dos primeiros quatro filhos. "Eu me sentia *louquinha* por ele", disse Midge a Jenny, "e assim dei esse nome ao cachorro para provar meus sentimentos por Stew."

"Midge Percy era mesmo maluquinha", escreveu Jenny Fields. "Aquele cachorro era um assassino, protegido por uma das muitas insustentáveis e insensatas frações de lógica pelas quais a classe alta nos Estados Unidos é famosa: as crianças e animais de estimação da aristocracia nunca eram livres *demais*, nem podiam fazer mal a ninguém. As *outras* pessoas não deviam contribuir para a superpopulação mundial, nem soltar os *seus* cachorros, mas os cachorros e filhos dos ricos tinham o direito de correr livremente."

"Vira-latas da classe alta", como Garp viria a chamá-los – tanto os cães quanto as crianças.

Ele teria concordado com sua mãe quando ela dizia que o cão dos Percy, Bonkers, era perigoso. O terra-nova é uma raça de cães de pelagem escorregadia, muito parecidos com os são-bernardos pretos. São geralmente brincalhões e amistosos. Entretanto, no gramado da casa dos Percy, Bonkers pôs fim a um jogo de bola lançando seus oitenta quilos em cima das costas de Garp, de apenas 5 anos, arrancando o lóbulo de sua orelha esquerda – e parte do resto da orelha também. Bonkers provavelmente teria arrancado toda a orelha de Garp se não fosse um animal completamente desprovido de concentração. As outras crianças fugiram em todas as direções.

Um dos filhos mais novos dos Percy correu para dentro de casa. Encontrou a mãe ao telefone e, puxando-a pelo braço, disse:

– Bonkie mordeu um menino.

Era um hábito dos Percy colocar um "y" ou um "ie" no final de quase todos os nomes dos integrantes da família. Assim, as crianças – Stewart (Jr.), Randolph, William, Cushman (uma menina) e Bainbridge (outra menina) – eram chamadas, em família, Stewie Dois, Dopey, Shrill Willy, Cushie e Pooh. A pobre Bainbridge, cujo nome não se prestava àquelas terminações, era a última da família que ainda usava fraldas; assim, numa interessante tentativa ao mesmo tempo descritiva e literária, era chamada de Pooh, numa alusão ao personagem da literatura infantil o Ursinho Pooh.

Era Cushie quem puxava o braço de Midge, dizendo à mãe que Bonkie havia mordido alguém.

– Quem foi que ele pegou desta vez? – disse Ensopado Gordo, pegando uma raquete de *squash*, como se fosse resolver a situação, mas esquecendo-se de que estava completamente despido. Foi Midge quem ajeitou o robe e se preparou para ser o primeiro adulto a correr lá para fora a fim de averiguar o que acontecera.

Stewart Percy tinha o costume de andar sempre despido quando estava em casa. Ninguém sabia a razão. Talvez fosse para amenizar o esforço de ter de andar sempre bem-vestido quando circulava pela escola sem ter mais nada a fazer senão exibir a cabeleira prateada. Ou talvez fosse por necessidade – com toda a procriação pela qual era responsável, devia andar frequentemente nu em casa.

– Bonkie mordeu Garp – disse a pequena Cushie Percy.

Nem Stewart, nem Midge haviam notado que Garp estava ali, na soleira da porta, todo o lado da cabeça sangrando.

– Sra. Percy... – murmurou Garp, tão baixinho que não pôde ser ouvido.

– Então foi Garp, hein? – disse Ensopado Gordo. Ao se inclinar para guardar a raquete no armário, ele soltou um peido. Midge olhou para ele. – Então, Bonkie mordeu Garp – disse Stewart, pensativo. – Bem, isso ao menos mostra que o cachorro tem bom gosto, não é?

– Oh, Stewie – disse Midge, com uma risadinha. – Garp é apenas um garotinho.

E, de fato, lá estava ele, quase desmaiando, o sangue pingando em cima do caríssimo tapete, que se estendia, sem uma única ruga, da entrada até quatro dos monstruosos aposentos do andar térreo.

Cushie Percy, que morreria de parto ainda muito jovem, quando dava à luz o primeiro filho, viu Garp se esvaindo em sangue em cima do precioso tapete da família Steering.

– Oh, que nojo! – exclamou, correndo para fora da casa.

– Vou chamar sua mãe, Garp – disse Midge.

O menino se sentia zonzo, com a baba e o rosnado do enorme cachorro ainda ressoando no que restava de sua orelha.

Durante anos, Garp continuaria a interpretar erroneamente a exclamação de nojo de Cushie Percy. Não achou que ela se referia à sua orelha mordida e cheia de sangue, mas à grotesca nudez do pai, que parecia encher o saguão de entrada, pois fora *isso* o que espantara Garp: o antigo marinheiro barrigudo e de cabelos prateados, dirigindo-se para ele, completamente nu, depois de descer a imponente escadaria em espiral.

Stewart Percy ajoelhou-se diante de Garp e ficou olhando atentamente para o rosto ensanguentado do menino. No entanto, Ensopado Gordo não parecia estar dirigindo sua atenção para a orelha mordida, e Garp imaginou se deveria ou não mostrar àquele enorme homem nu onde ficava seu ferimento. Stewart Percy, entretanto, não estava interessado no ferimento de Garp. Ele examinava os brilhantes olhos castanhos do menino, sua cor e seu formato, e pareceu convencer-se de alguma coisa, porque balançou a cabeça com ar sério, e disse para sua tola e loura Midge:

– *Japa*.

Também só muitos anos mais tarde, Garp viria a compreender aquilo.

– Passei bastante tempo no Pacífico para reconhecer olhos japoneses quando os vejo. Eu *disse* a você que ele era um *japa* – disse Stewart a Midge.

Esse *ele* referia-se a quem ele achasse que era o pai de Garp. A questão da paternidade de Garp era um jogo especulativo, frequente na comunidade da Steering School. E Stewart Percy, baseado em sua experiência na sua parte do Pacífico, concluíra que o pai de Garp era japonês.

"Na ocasião", escreveu Garp, "achei que a palavra 'Japa' significava que eu tinha perdido inteiramente a orelha."

– É besteira chamar a mãe dele – disse Stewie a Midge. – Basta levá-lo à enfermaria. Ela é enfermeira, não é? *Ela* vai saber o que deve ser feito.

É claro que Jenny sabia. Enquanto lavava com cuidado o que restara da orelhinha de seu filho, ela perguntou a Midge:

– Por que não trouxe o cachorro aqui?

– Bonkers? – perguntou Midge.

– Traga-o aqui – disse Jenny – e eu aplicarei uma injeção nele.

– Uma injeção? – Midge deu uma risada. – Está me dizendo que existe realmente uma *injeção* para impedir que ele continue mordendo as pessoas?

– Não – respondeu Jenny. – O que quero dizer é que você poderia economizar seu dinheiro, em vez de levá-lo a um veterinário. Estou me referindo a uma injeção para *matá-lo*. Há uma injeção para isso. Assim, ele não morderá mais ninguém.

Como Garp escreveria, "Foi assim que começou a Guerra Percy. Eu acho que, para minha mãe, aquilo era uma guerra de classes, como aliás eram todas as guerras, segundo ela. Quanto a mim, eu só sabia que devia ficar longe de Bonkers, bem como do resto da família Percy".

Stewart Percy enviou a Jenny Fields um memorando em papel timbrado da Secretaria da Steering School: "Não posso acreditar que você realmente queira que eu mate o Bonkers", escreveu Stewart.

– Pois pode apostar seu traseiro gordo que é exatamente isso o que eu quero – disse-lhe Jenny por telefone. – Ou então, ao menos, prenda-o para sempre.

– Não faz sentido ter um cachorro se ele não puder andar livremente por toda parte.

– Pois então mate-o – retrucou Jenny.

– Bonkers já tomou todas as vacinas que tinha que tomar, muito obrigado – rebateu Stewart. – Na verdade, ele é um cão muito dócil. Só quando é provocado...

"Obviamente", Garp escreveria mais tarde, "o Ensopado Gordo achava que Bonkers fora provocado pela minha aparência 'japa'."

– Mamãe, o que quer dizer "bom gosto"? – perguntou o pequeno Garp a Jenny.

Estavam na enfermaria, onde o dr. Pell costurava a orelha do menino. Jenny lembrou ao médico que Garp já havia tomado uma injeção antitetânica recentemente.

– Bom gosto?

A aparência estranha da orelha parcialmente amputada obrigaria Garp a usar os cabelos mais compridos, um estilo do qual ele sempre reclamaria.

– O Ensopado Gordo disse que Bonkers teve "bom gosto" – disse Garp.

– Por morder você? – perguntou Jenny.

– Acho que sim – respondeu. – O que isso quer dizer?

Jenny sabia muito bem o que aquilo queria dizer. Mas deu uma resposta diferente.

– Quer dizer que Bonkers devia saber que você era o mais gostoso de todos aqueles garotos.

– Sou mesmo? – perguntou Garp.

– É claro que é!

– Mas como é que Bonkers sabia?

– Isso eu não sei.

– O que quer dizer "japa"?

– O Ensopado Gordo o chamou assim?

– Não – respondeu Garp. – Acho que ele estava falando da minha orelha.
– Oh, claro, sua orelha. Quer dizer que você tem orelhas *especiais*.

Jenny estava em dúvida se devia ou não lhe dizer naquele exato momento o que ela pensava dos Percy, ou se ele seria bastante parecido com ela para se aproveitar disso mais tarde, num momento mais importante, quando estivesse sentindo muita raiva. Talvez, pensou, eu deva guardar esse quitute para ele, para uma ocasião em que possa *usá*-lo melhor. Em seu íntimo, Jenny Fields sempre via batalhas maiores no futuro.

"Minha mãe sempre precisava ter um inimigo", escreveu Garp. "Esse inimigo, real ou imaginário, ajudava-a a ver de que maneira *ela* deveria se comportar e como deveria me educar. Ela não tinha uma propensão natural para a maternidade; na realidade, acho que minha mãe duvidava de que *alguma* coisa pudesse acontecer naturalmente. Suas atitudes eram absolutamente deliberadas e conscientes."

Foi a visão de mundo de Ensopado Gordo que se tornou o inimigo de Jenny naqueles primeiros anos da vida de Garp. Essa fase poderia ser chamada "Preparando Garp para a Steering".

Jenny viu o cabelo de Garp crescer e cobrir a orelha defeituosa. Ficava surpresa ao notar como ele era um menino bonito, porque a beleza não fora um fator considerado em sua relação com o técnico sargento Garp. Se o sargento tinha sido bonito ou não, Jenny de fato nunca notara. No entanto, percebia que o filho era realmente bonito, apesar de continuar pequeno, como se tivesse nascido para caber perfeitamente na torre esférica de um bombardeiro.

Jenny via a garotada que cruzava os caminhos, gramados e quadras da Steering crescer e se tornar cada vez mais desajeitada e inibida. Clarence DuGard logo precisou de óculos, que estavam sempre se quebrando; durante anos, Jenny tratou dele por causa de infecções nos ouvidos e uma vez por ter quebrado o nariz. Talbot Mayer-Jones desenvolveu um problema na fala; tinha o corpo em forma de garrafa, embora tivesse ótima disposição, e sofria de uma leve sinusite crônica. Emily Hamilton cresceu tanto que seus joelhos e cotovelos estavam sempre ralados e sangrando devido às constantes quedas; e a maneira como seus seios se desenvolviam fazia Jenny às vezes desejar ter uma filha. Ira e Buddy Grove, "da cidade", tinham tornozelos, punhos e pescoço grossos, e os dedos sempre sujos e machucados de tanto mexerem nas coisas de seu pai no setor de manutenção. E Jenny também via as crianças Percy crescerem, louras e metalicamente limpas, os olhos da cor do gelo esbranquiçado na superfície das águas salobras do rio Steering, que corria pelas salinas até desembocar no mar, ali bem perto.

Stewart Jr., também chamado de Stewart Dois, formou-se na Steering antes mesmo de Garp ter idade para entrar na escola. Jenny tratou Stewart Dois duas vezes por uma torção no tornozelo e uma vez por gonorreia. Mais tarde, ele cursou a Escola de Administração de Harvard, teve uma infecção por estafilococos e divorciou-se.

Randolph Percy continuou a ser chamado de Dopey até o dia de sua morte (de um ataque cardíaco, quanto tinha apenas 35 anos; era um grande procriador, como o pai, e deixou cinco filhos). Dopey nunca conseguiu se formar na Steering, mas foi transferido para outra escola preparatória e, depois de algum tempo, conseguiu o diploma. Certa vez, num almoço de domingo, Midge gritou na sala de jantar: "Nosso Dopey morreu!" Seu apelido soou tão mal naquele contexto que a família finalmente passou a se referir a ele como Randolph.

William Percy, o Shrill Willy, diga-se a seu favor, ficava constrangido com seu estúpido apelido, e, embora fosse três anos mais velho do que Garp, mostrava-se amigo dele de uma forma muito correta, mesmo quando já estava nos últimos anos da escola, e Garp apenas começava. Jenny gostava de William e sempre o chamou por seu verdadeiro nome. Ela tratara sua bronquite diversas vezes e sentiu tanto a notícia de sua morte (na guerra que eclodira logo depois que ele se formou em Yale) que chegou a escrever uma longa carta de pêsames aos pais.

As meninas Percy também foram crescendo, e Garp chegou a desempenhar uma pequena parte na vida de Cushie, já que eram quase da mesma idade. A pobre Bainbridge, a caçula, que tinha a maldição de ser apelidada Pooh, somente encontraria Garp mais tarde, quando ele desabrochava.

Jenny via todas essas crianças e seu Garp crescerem. Enquanto Jenny esperava que Garp tivesse idade para entrar na Steering, a fera negra, Bonkers, envelheceu e ficou lenta – mas não perdeu os dentes, como Jenny reparou. Garp estava sempre de olho nele, mesmo depois que o cachorro já não participava das correrias da garotada; quando ele ficava espreitando da entrada de colunas brancas da casa dos Percy – os pelos sujos, desbotados e embaraçados, parecendo uma moita cheia de espinhos num lugar escuro –, Garp continuava a tomar cuidado com ele. De vez em quando, uma criança mais nova ou alguém novo na vizinhança se aproximava demais e era mordido. Jenny tomava nota dos pontos dados e pedaços de carne arrancados pelas investidas do enorme cão, mas Ensopado Gordo resistia a todas as críticas de Jenny e o animal continuava vivo.

Escreveu Garp: "Acredito que minha mãe tenha passado a gostar da presença do animal, embora jamais admitisse isso. Bonkers era a encarnação do Inimigo Percy, feita de músculos, pelos e mau hálito. Minha mãe deve ter ficado satisfeita de vê-lo envelhecer e perder as forças, enquanto eu crescia."

Quando Garp chegou à idade de ingressar na Steering, Bonkers já tinha 14 anos. Quando Garp foi admitido na Steering School, Jenny Fields já possuía alguns cabelos prateados. Quando Garp começou a cursar a Steering, Jenny já fizera todos os cursos que lhe interessavam e os relacionara por ordem de valor universal e de entretenimento. Quando Garp era aluno da Steering, Jenny Fields recebeu o tradicional prêmio por 15 anos de serviços prestados: um jogo dos famosos pratos de jantar da Steering. Os austeros prédios de tijolos da escola, inclusive o anexo da enfermaria, estavam estampados no fundo do prato, nas cores vivas da Steering School. As velhas cores sangue e azul.

3

O que ele queria ser quando crescesse

Em 1781, a viúva e os filhos de Everett Steering fundaram a Steering Academy, como foi chamada inicialmente, porque Everett Steering anunciara à família, enquanto destrinchava seu último ganso de Natal, que sua única decepção com a *sua* cidade era não ter dado aos filhos uma academia capaz de prepará-los para uma educação superior. Não se referiu às filhas. Ele era um construtor de navios em um vilarejo cuja única ligação com o mar era um rio fadado a desaparecer; Everett sabia disso. Ele era um homem esperto, nem sempre dado a brincadeiras, mas, depois do jantar de Natal, quis organizar uma batalha de bolas de neve com os filhos e filhas. Morreu de apoplexia antes do final da noite. Everett Steering tinha 72 anos; nem seus filhos tinham mais idade para batalhas de bolas de neve, mas era um direito de Everett dizer que a cidade era *sua*.

Ela recebera seu nome num acesso de entusiasmo pela emancipação da cidade depois da Guerra da Independência. Everett Steering organizara a instalação de canhões montados em pontos estratégicos ao longo das margens do rio; os canhões destinavam-se a desestimular um ataque que nunca chegou a acontecer – um ataque dos ingleses, que viriam do mar e subiriam o rio a partir da baía Grande. O rio também se chamava Grande, mas, depois da guerra, passou a se chamar Steering. E a cidade, que nunca tivera um nome, mas sempre fora chamada The Meadows – porque ficava situada nos prados alagados de água doce e salgada, a poucos quilômetros da baía Grande –, também passou a se chamar Steering.

Muitas famílias de Steering dependiam da construção naval ou de alguma outra atividade que subia o rio, vinda do mar. Desde o tempo em que se chamava The Meadows, o vilarejo servia de porto de apoio para a baía Grande. Mas, juntamente com seu desejo de fundar uma academia para rapazes, Everett Steering também dizia a sua família que Steering não continuaria a ser um porto por muito mais tempo. O rio, ele percebera, estava se assoreando.

Durante toda a vida, Everett Steering foi conhecido por contar sempre uma única piada, e somente para a família. A piada era que o único rio batizado com seu nome era de pura lama, e uma lama que aumentava a cada minuto. A terra era toda de pântanos e campinas, da cidade até o mar, e, a menos que as pessoas decidissem que valia a pena manter a cidade como um porto, dragando um canal mais fundo no rio, Everett sabia que dentro de pouco tempo até mesmo um barco a remo teria dificuldades em ir de Steering à baía Grande, a não ser quando houvesse uma maré muito alta. Everett sabia que as marés um dia acabariam enchendo o leito do rio desde sua cidade natal até o Atlântico.

No século seguinte, a família Steering foi esperta o suficiente para se garantir financeiramente, ampliando suas atividades para a indústria têxtil, aproveitando a queda-d'água do rio Steering. Na época da guerra civil, o *único* empreendimento na cidade e no rio Steering era a Tecelagem Steering. Quando percebeu que havia chegado a hora, a família Steering trocou a construção de navios pela tecelagem.

Outra família de Steering que também construía navios não teve tanta sorte. O último navio construído por essa família só conseguiu ir até a metade do percurso de Steering ao mar. Em uma parte do rio, uma passagem estreita, antes muito conhecida como The Gut, o último navio construído em Steering encalhou na lama para sempre. Durante muitos anos, ele poderia ser visto da estrada apenas com a metade para fora da água na maré alta e completamente no seco na maré baixa. As crianças costumavam brincar ali, até que um dia o navio tombou e esmagou o cachorro de alguém. Um criador de porcos chamado Gilmore aproveitou os mastros do navio para construir seu curral. Na época em que Garp frequentava a Steering, a equipe de remadores da escola só podia sair com seus barcos na maré alta. Com a maré baixa, não passava de um lamaçal em toda a sua extensão da cidade até o mar.

Foi, portanto, graças aos instintos de Everett Steering a respeito da água que a academia para meninos foi fundada em 1781. Após mais ou menos um século, a escola floresceu.

"Durante todos esses anos", escreveu Garp, "os sagazes genes dos Steering devem ter sofrido alguma diluição. Os instintos familiares a respeito da água passaram de bons a muito ruins."

Era da seguinte forma que Garp gostava de se referir a Midge Steering Percy: "Uma Steering cujos instintos referentes à água tinham seguido seu curso." Garp achava incrivelmente irônico que "os genes Steering a respeito da água tenham esgotado o estoque de cromossomos quando chegaram a Midge. *Seus* instintos acerca da água eram tão distorcidos que primeiro a levaram ao Havaí e depois à Marinha dos Estados Unidos, na pessoa de Ensopado Gordo".

Midge Steering Percy foi o fim da linhagem sanguínea. A própria escola Steering iria se tornar a última Steering depois dela e talvez o velho Everett tenha previsto isso também; muitas famílias deixaram um legado menor, ou pior. Na época de Garp, pelo menos, a Steering School ainda era incansável e inflexível em seus propósitos: a preparação de jovens para a educação superior. No caso de Garp, ele tinha uma mãe que levava isso muito a sério. O próprio Garp encarava a escola com tal seriedade que até mesmo Everett Steering, com sua única piada, teria ficado satisfeito.

Garp sabia muito bem quais cursos queria fazer e quais professores preferia. Essa é, em geral, a diferença entre o sucesso e o fracasso na escola. Ele não era um aluno realmente brilhante, mas tinha uma boa orientação; a maioria dos cursos ainda estava fresca na memória de Jenny, e ela era uma boa instrutora. Garp não tinha mais pendores intelectuais do que sua mãe, mas possuía a ferrenha disciplina de Jenny. Uma enfermeira tem o talento natural para estabelecer rotinas, e Garp acreditava em sua mãe.

Era somente em uma área que Jenny deixava a desejar em sua orientação. Ela nunca dera muita atenção às atividades esportivas na escola; não tinha sugestões a dar a Garp quanto aos esportes que ele deveria praticar. Ela poderia lhe dizer que ele iria gostar mais do curso de Civilização do Extremo Oriente com o professor Merrill do que do curso A Inglaterra da era Tudor, com o professor Langdell. Mas Jenny era incapaz de distinguir o futebol americano do futebol. Sabia apenas que seu filho era pequeno, forte, bem equilibrado, rápido e solitário. Ela imaginava que ele já soubesse quais esportes gostaria de praticar. Mas ele não sabia.

Garp achava que as regatas eram uma estupidez. Uma equipe remando sincronizadamente o fazia lembrar-se de escravos nas galeras, mergulhando os remos em águas poluídas – e o rio Steering era realmente sujo, poluído com detritos das fábricas e dejetos humanos; além disso, quando a maré baixava, ficava uma lâmina de lodo da água salgada nos baixios de lama (uma sujeira da textura da gordura de *bacon* congelada). O rio de Everett Steering estava entupido de mais do que lama, mas, ainda que suas águas estivessem límpidas e brilhantes, Garp não sentia nenhuma atração pelo remo. Nem pelo tênis. Em um de seus primeiros ensaios, no primeiro ano na escola, Garp escreveu: "Não gosto de bolas. Elas são um obstáculo entre o atleta e o exercício que deve fazer. O mesmo acontece com os discos de hóquei e as petecas do *badminton* – e os *skates*, como os esquis, se interpõem entre o corpo e o solo. E, quando nos afastamos ainda mais da competição, recorrendo a um dispositivo de extensão do próprio corpo – como uma raquete, um bastão ou um taco – toda a pureza do movimento, da força e da concentração se perde." Mesmo aos 15 anos, já se podia sentir nele o instinto para uma estética pessoal.

Já que era pequeno demais para o futebol, um esporte que ainda envolvia uma bola, Garp optou pela corrida de longa distância, chamada *cross-country*, mas pisava em muitas poças e sofria com um resfriado renitente durante todo o outono.

Quando a temporada de esportes de inverno era aberta, Jenny ficava aflita com a inquietação do filho; criticava-o por dar tanta importância a uma simples decisão atlética – por que ele tinha tanta dificuldade em decidir o tipo de esporte que gostaria de praticar? Mas Garp não encarava o esporte como um simples entretenimento. Aliás, *nada* para ele podia ser considerado entretenimento. Desde o começo, ele parecia achar que havia algo extenuante a ser conquistado. ("Os escritores não leem por diversão", escreveria Garp mais tarde, falando por si mesmo.) Ao que parece, antes mesmo de saber que seria um escritor, ou saber o que queria ser, Garp não fazia nada apenas "por divertimento".

Certa vez, Garp estava confinado à enfermaria no dia em que deveria se inscrever para um esporte de inverno. Jenny não permitiu que ele saísse da cama.

– De qualquer modo, você não sabe em que esporte se inscrever – disse-lhe ela.

Tudo que Garp conseguiu fazer foi tossir.

– Não dá para acreditar em tanta tolice. Quinze anos nesta comunidade esnobe e grosseira, e quase se descontrola quando tem que escolher um esporte para ocupar suas tardes.

– Eu ainda não encontrei meu esporte, mamãe – retrucou com voz rouca. – Preciso escolher um.

– Por quê? – perguntou Jenny.

– Não sei – disse, gemendo e tossindo sem parar.

– Ora vejam só! Pois eu mesma vou lá escolher um para você. Vou agora mesmo ao ginásio inscrevê-lo em alguma coisa.

– Não, mamãe, por favor!

Jenny, então, recitou a sua litania, que Garp, em seus quatro anos na Steering, já ouvira muitas vezes.

– Eu sei mais do que você, não sei?

Garp deixou-se cair no travesseiro suado.

– Não a respeito disso, mamãe – disse ele. – Você fez todos os cursos, mas nunca fez parte de nenhum time.

Se Jenny reconheceu aquilo como uma observação perspicaz, não demonstrou, nem admitiu. Era um típico dia de dezembro na Steering, o chão brilhante com o gelo da neve derretida e os montículos de neve suja e enlameada pelas botas dos oitocentos alunos. Jenny Fields se agasalhou bem e atravessou a passos firmes todo o campus cinzento do inverno, como a mãe decidida que era. Parecia uma enfermeira resolvida a levar toda a frágil esperança que pudesse ao enregelado front russo. E foi assim que Jenny Fields chegou ao ginásio da escola. Em seus 15 anos na Steering, Jenny nunca colocara os pés ali; não julgara que fosse importante. Na outra extremidade do campus, rodeado pela imensa área de campos de esporte, quadras de hóquei e de tênis, como uma amostra de uma enorme colmeia humana, Jenny viu o imenso ginásio assomar do meio da neve suja, como uma batalha para a qual ela não se preparara, e seu coração se encheu de preocupação e angústia.

O Ginásio Seabrook, o Estádio Seabrook e os ringues de hóquei no gelo Seabrook – tudo levava o nome do famoso atleta e ás da aviação da Primeira Guerra Mundial, Miles Seabrook, cujo rosto e volumoso torso receberam Jenny num tríptico de fotografias entronizadas em uma vitrine, no amplo saguão de entrada do ginásio. Miles Seabrook, com um capacete de couro de futebol americano na cabeça e largas ombreiras, provavelmente desnecessárias. Sob a foto do velho Nº 32, via-se a camisa de jérsei: muito estragada, desbotada e constantemente atacada pelas traças, estava trancada numa vitrina de troféus, sob a foto de Miles Seabrook na primeira terça parte do tríptico. Um cartaz dizia: SUA VERDADEIRA CAMISA.

A fotografia central no tríptico mostrava Miles Seabrook em uniforme de goleiro de hóquei, naquela época em que os goleiros usavam roupas acolchoadas, mas o rosto estava corajosamente à mostra, os olhos eram claros e desafiadores, e havia cicatrizes por toda parte. O corpanzil de Miles Seabrook enchia toda a rede, fazendo-a parecer muito pequena. Como alguém poderia marcar gol em Miles Seabrook, com suas luvas de couro, do tamanho das patas de um urso e rápidas como as de um gato, o poderoso taco e o peito inflado pelo protetor, os patins parecendo as garras de um gigantesco tamanduá? Embaixo das fotos de futebol americano e hóquei viam-se os resultados dos grandes jogos anuais: em todo esporte da Steering, a temporada terminava com uma tradicional competição com a Bath Academy, quase tão antiga e famosa quanto a Steering, e cujos alunos eram também os odiados rivais da rapaziada da Steering. As cores da Bath Academy eram dourado e verde (na época de Garp, eram chamadas vômito e cocô de neném). STEERING 7, BATH 6; STEERING 3, BATH 0; ninguém conseguia passar por Miles.

O *capitão* Miles Seabrook, como era chamado na terceira foto do tríptico, encarava Jenny metido em um uniforme que ela conhecia muito bem. Logo ela viu que era um traje de aviador; embora os uniformes tivessem mudado entre as duas grandes guerras, não mudaram tanto a ponto de impedir Jenny de reconhecer a jaqueta de voo com gola forrada de pele de carneiro, virada de um jeito atrevido, a tira de prender o capacete sob o queixo, desamarrada, os protetores de ouvidos virados para cima (Miles Seabrooks não podia se resfriar!) e os óculos descuidadamente puxados para a testa. No pescoço, a echarpe completamente branca. Nenhum placar era citado sob esse retrato, mas, se alguém no Departamento de Atletismo da Steering tivesse algum senso de humor, Jenny poderia ter lido: ESTADOS UNIDOS 16, ALEMANHA 1. Dezesseis foi o número de aviões inimigos que Miles Seabrook abateu antes que os alemães o derrubassem.

Fitas e medalhas empoeiradas espalhavam-se pela vitrina de vidro, como oferendas em um altar em honra a Miles Seabrook. Havia um pedaço de madeira velha e gasta, que Jenny erroneamente deduziu ser uma parte do avião abatido, já que estava preparada para qualquer demonstração de mau gosto, mas o pedaço de pau era apenas tudo que restara de seu último taco de hóquei. E por que não seu protetor de testículos?, Jenny pensou. Ou, como as lembranças que se guardam de uma criança morta, um cacho de cabelos? Os quais estavam, em todas as três fotos, cobertos por um capacete, um gorro ou uma grande meia listrada. Jenny logo pensou, com seu característico desdém, que Miles Seabrook devia ter sido careca.

Jenny não gostava das implicações daquela vitrina empoeirada. Ali estava o guerreiro-atleta, para isso bastando só uma troca de uniforme. Cada qual oferecendo apenas uma falsa proteção ao corpo. Como enfermeira da Steering, Jenny vira 15 anos de ferimentos causados pelo futebol americano e pelo hóquei, a despeito de capacetes, máscaras, suportes, acolchoados e todo tipo de outras proteções. E o sargento Garp e muitos outros fizeram Jenny ver que os homens na guerra eram os que tinham as proteções mais ilusórias.

Desanimada, ela seguiu em frente. Ao passar pelas vitrinas de troféus, sentiu como se estivesse se dirigindo para as engrenagens de uma máquina perigosa. Evitou os grandes espaços cobertos das arenas e quadras, de onde vinham gritos e ruídos de competições. Buscou os corredores escuros, onde, imaginava, deveriam ficar os escritórios. Gastei 15 anos para perder meu filho para isto?, pensava.

Jenny reconheceu uma parte daquele cheiro. Desinfetante. Anos de limpeza enérgica. Sem dúvida, um ginásio era um lugar onde germes de monstruoso potencial ficavam à espreita de uma oportunidade de se proliferar. Essa parte do cheiro a fazia se lembrar de hospitais e da enfermaria da Steering – o ar estagnado das salas de cirurgia após uma operação. Mas ali, naquele imenso prédio construído em memória de Miles Seabrook, havia um *outro* cheiro, tão desagradável para Jenny Fields como o cheiro de sexo. O complexo esportivo fora construído em 1919, menos de um ano antes de seu nascimento. O que Jenny sentia ali eram quase quarenta anos de peidos forçados e de suor dos rapazes sob tensão e esforço. O que Jenny sentia era o cheiro de *competição*, ferrenha e cheia de decepções. Ela era uma estranha, aquilo nunca fizera parte de *sua* educação.

Em um corredor que parecia separado das outras áreas centrais do estádio, Jenny parou e ficou ouvindo. Ali perto devia haver uma sala de levantamento de pesos; ouviu o barulho dos pesos de ferro, acompanhados das terríveis arfadas de hérnias em franca progressão – segundo o ponto de vista de uma enfermeira experiente. Na verdade, para Jenny, parecia que todo o edifício gemia e arquejava, como se todos os alunos da escola sofressem de prisão de ventre e buscassem alívio naquele horroroso ginásio.

Jenny Fields sentia-se arrasada, da maneira como somente uma pessoa que sempre foi cuidadosa pode se sentir ao ser confrontada com um erro.

Foi então que Jenny se deparou com um lutador ensanguentado. Ela não sabia como fora surpreendida por aquele rapaz estonteado, coberto de sangue, mas uma porta abrira-se para esse corredor pequeno, de salas aparentemente inofensivas, e por ali saíra o lutador que dera de cara com ela. Seus protetores de ouvidos estavam fora de lugar e o do queixo resvalara para a boca, empurrando o lábio superior para cima, como um peixe fisgado num anzol. O protetor do queixo estava cheio do sangue que lhe escorria do nariz.

Sendo enfermeira, Jenny não ficava impressionada com sangue, mas se encolheu quando percebeu que iria colidir com o rapaz suado e ensanguentado; o rapaz conseguiu desviar-se dela lançando-se bruscamente para o lado. Com admiráveis trajetória e volume, ele vomitou em cima de seu colega adversário que se esforçava para ampará-lo. Com a voz engasgada, ele conseguiu resmungar um "Desculpe", pois os alunos da Steering eram bem-educados.

Seu companheiro fez-lhe o favor de retirar a proteção da cabeça, evitando que ela o sufocasse ou estrangulasse; completamente indiferente à sujeira que ele próprio espalhava, o colega gritou pela porta aberta para dentro da sala de luta livre:

– Carlisle não aguentou!

De dentro daquela sala, cujo calor atraía Jenny da mesma forma como uma estufa no inverno, veio a resposta, numa voz clara de tenor:

– Carlisle! Você se serviu *duas* vezes daquela porcaria que deram no almoço! Mesmo que comesse *só* uma vez, você merecia o que aconteceu! Não tenho nenhuma *pena* de você, Carlisle!

Carlisle, de quem ninguém sentia pena, seguiu em frente, cambaleando pelo corredor; foi sangrando e vomitando até uma porta, por onde entrou. Seu companheiro de luta, que, na opinião de Jenny, também não demonstrava nenhuma pena, largou o protetor de cabeça e o resto dos apetrechos de Carlisle no corredor junto ao vômito e acompanhou-o ao vestiário. Jenny esperava que ele conseguisse mudar de roupa.

Ela olhou para dentro da sala de luta, respirou fundo e entrou. Imediatamente, perdeu o equilíbrio. O chão onde pisava era macio e afundava, o mesmo acontecendo com a parede quando procurou se encostar; percebeu que estava dentro de uma cela acolchoada, em que o revestimento do piso e das paredes era morno e macio, e o ar, tão abafado e fedido de suor que ela mal ousava respirar.

– Feche a porta! – gritou a voz de tenor, porque os praticantes de luta livre, como mais tarde Jenny veio a saber, *adoram* o calor e o próprio suor, especialmente quando estão tentando perder peso, e ficam encantados quando as paredes e o chão estão quentes e macios como as nádegas de raparigas adormecidas.

Jenny fechou a porta, que também era acolchoada, e recostou-se nela, imaginando que alguém poderia abri-la pelo lado de fora e libertá-la. O homem com a voz de tenor era o treinador e, no meio de todo aquele calor escaldante, observou-o andar de um lado para o outro ao longo da parede, incapaz de ficar parado enquanto observava os lutadores, gritando-lhes instruções.

– Trinta segundos! – gritou ele, e instantaneamente os lutadores, emparelhados dois a dois ao redor do ringue acolchoado, se agarraram como se tivessem sido estimulados por um choque elétrico. As duplas, trancadas num abraço violento, pareciam, aos olhos de Jenny, empenhadas numa determinada e desesperada tentativa de estupro.

– Quinze segundos! – gritou o treinador. – Mexam-se!

O par entrelaçado que estava mais perto de Jenny separou-se bruscamente, as pernas se desembaraçando, as veias dos braços e dos pescoços saltando. Um grito arquejante e um fio de saliva saíram da boca de um dos rapazes quando seu adversário desvencilhou-se dele, e eles se separaram, sendo arremessados contra a parede acolchoada.

– Acabou o tempo! – gritou o treinador.

Ele não usou um apito. Os lutadores relaxaram repentinamente, desvencilhando-se um do outro com grande lentidão. Uma meia dúzia deles começou a se arrastar em direção à porta onde Jenny estava; só pensavam no bebedouro e no ar fresco. Jenny imaginou que todos se dirigiam ao corredor para vomitar ou para sangrar em paz – ou as duas coisas.

Jenny e o treinador foram os únicos que permaneceram ali de pé na sala de luta. Ela notou que o treinador era um homem bem asseado, pequeno e compacto como se fosse uma mola; também notou que ele era quase cego, quando apertou os olhos em sua direção, reconhecendo que sua brancura e forma eram estranhas à sala de luta livre. Começou a tatear à procura dos óculos, que em geral escondia por ali, mais ou menos na altura da cabeça, onde não pudessem ser esmagados por um lutador que fosse arremessado em cima deles. Jenny observou que ele era mais ou menos da sua idade e que nunca o vira no campus da escola, com ou sem óculos.

O treinador era novo na Steering. Seu nome era Ernie Holm e até então achara a comunidade de Steering tão esnobe quanto Jenny sempre achara. Por duas vezes, esteve entre os Dez Maiores campeões de luta livre da Universidade de Iowa, mas nunca chegara a conquistar um título nacional. Durante 15 anos, tinha sido treinador em vários colégios de Iowa, tentando criar sozinho sua única filha. Estava farto do Meio-Oeste e resolvera ir para o leste para garantir uma educação melhor para a menina, como sempre dizia. Ela era o cérebro da família, como também gostava de dizer, e era bonita como a mãe, mas isso ele nunca mencionava.

Helen Holm, aos 15 anos, passara a vida inteira sentada durante três horas em salas de treinamento de luta livre desde Iowa até Steering, vendo rapazes de todos os tamanhos suando e lutando uns contra os outros. Anos mais tarde, Helen diria que o fato de ter passado toda a sua infância como a única menina nas salas de luta livre fizera dela uma leitora compulsiva. "Fui criada para ser uma espectadora", dizia. "Fui educada para ser *voyeuse*."

Na realidade, ela era uma leitora tão ávida, que Ernie Holm se mudara para o leste só por causa dela. E foi também por causa dela que aceitara o emprego na Steering, porque ele lera em seu contrato que os filhos dos professores e funcionários tinham o direito de frequentar a Steering de graça, ou receber uma importância que tornasse possível sua matrícula em qualquer outra escola particular. Ernie Holm era um péssimo leitor e, de algum modo, não atentara para o fato de que a Steering School só admitia meninos.

Quando se deu conta, Ernie Holm se viu mudando para a gélida comunidade da Steering no outono, com sua inteligente filha mais uma vez matriculada em uma escola pública pequena e ruim. Na realidade, a escola pública da cidade de Steering era provavelmente pior do que a maioria das escolas públicas, porque os rapazes inteligentes iam para a Steering, e as meninas inteligentes iam estudar em outra cidade. Ernie Holm não pretendia enviar a filha para longe dele – afinal, foi para isso que se mudara, para ficar junto dela. Assim, enquanto Ernie Holm se acostumava às suas novas obrigações na Steering, Helen Holm ficava perambulando pela enorme escola, devorando a livraria e a biblioteca (e certamente ouvindo histórias sobre *outra* grande leitora da comunidade: Jenny Fields). Mas Helen continuava entediada, como sempre vivera em Iowa, compartilhando com colegas chatos a chatíssima escola pública.

Ernie Holm não gostava de ver ninguém chateado. Casara-se, havia cerca de 16 anos, com uma enfermeira, que abandonou a carreira assim que Helen nasceu, para ser mãe em tempo integral. Depois de seis meses, ela queria voltar a trabalhar, mas naquele tempo não havia creches em Iowa, e a mulher de Ernie Holm foi se distanciando cada vez mais, devido à tensão de ter que ser mãe em tempo integral. Um dia, ela o abandonou. Deixou-o com uma filha em tempo integral e sem dar a menor explicação.

Assim, Helen Holm cresceu em salas de luta livre, muito seguras para crianças, já que são acolchoadas e sempre quentinhas. Até então, os livros tinham impedido que Helen se entediasse, mas Ernie Holm se preocupava, imaginando até quando aquele interesse continuaria a ser alimentado no vácuo. Ernie tinha certeza de que a filha possuía os *genes* do tédio.

E foi assim que ele acabou em Steering. E foi assim que Helen, que também não podia prescindir dos óculos, como o pai, estava com ele naquele dia em que Jenny Fields entrou na sala de luta livre. Jenny não notou a presença de Helen; poucas pessoas a notavam quando tinha 15 anos. Helen, no entanto, logo se deu conta da presença de Jenny; ao contrário de seu pai, Helen não tinha que demonstrar golpes e movimentos para os rapazes e, assim, podia manter os óculos no lugar.

Helen Holm costumava prestar muita atenção nas enfermeiras, com a esperança de vir a encontrar sua mãe desaparecida, que o pai nunca fizera questão de procurar. Ernie Holm tinha certa experiência em ouvir "não" das mulheres. Mas, quando Helen era pequena, Ernie inventara para a filha uma história em que ele, sem dúvida, gostava de se imaginar. Era uma história que sempre intrigara Helen.

– Um dia – dizia ele –, você talvez venha a encontrar uma bonita enfermeira, parecendo não saber ao certo onde está, e ela poderá olhar para você dando a impressão de não saber quem você é, mas parecendo curiosa para descobrir.

– E ela talvez seja a minha mãe, não é, papai? – Helen costumava perguntar.

– Ela será sua mãe! – respondia Ernie.

Assim, quando Helen Holm levantou os olhos do livro que estava lendo na sala de luta livre, achou que aquela era sua mãe. Jenny Fields, em seu uniforme branco de enfermeira, sempre parecia deslocada. Ali nos tapetes vermelhos da escola, ela parecia morena e saudável, bem-apessoada e de compleição forte, ainda que não se pudesse dizer que fosse propriamente bonita. Helen Holm deve ter pensado que nenhuma outra mulher se aventuraria naquele inferno de chão macio onde seu pai trabalhava. Os óculos de Helen se embaçaram, e ela fechou o livro. Em seu anônimo conjunto esportivo cinza, que disfarçava o corpo desengonçado de menina de 15 anos – com quadris magros e seios pequenos –, ela permaneceu ali, muito desajeitada, encostada à parede, esperando que o pai mostrasse algum sinal de reconhecimento.

Ernie Holm, porém, ainda estava procurando os óculos; via apenas uma figura turva, branca, vagamente feminina, talvez uma enfermeira, e seu coração parou diante da possibilidade na qual ele realmente nunca acreditara: a volta de sua mulher, dizendo "Oh, quanta falta eu senti de você e de nossa filha!". Que *outra* enfermeira entraria em seu local de trabalho?

Helen viu o transtorno do pai e interpretou aquilo como o sinal esperado. Ela atravessou a sala em direção a Jenny, que ficou espantada e pensou: "Meu Deus, é uma *menina*! Uma menina bonita, de óculos. O que uma menina tão bonita pode estar fazendo num lugar como este?"

– Mamãe? – disse a menina a Jenny. – Sou *eu*, mamãe! Sou a *Helen*.

Ela desatou a chorar e atirou os braços magros ao redor de Jenny, pressionando o rosto banhado em lágrimas contra o pescoço dela.

– Minha nossa! – exclamou Jenny Fields, sendo uma mulher que não gostava de ser tocada. Ainda assim, ela era enfermeira e deve ter percebido a angústia de Helen. Não empurrou a moça, embora soubesse muito bem que não era a mãe dela. Jenny achava que ser mãe *uma vez* era suficiente. Afagou friamente as costas da menina em prantos enquanto olhava para o treinador como se implorasse socorro. Ele já encontrara os óculos.

– E também não sou *sua* mãe – disse-lhe Jenny educadamente, porque ele a olhava com o mesmo ar de alívio que Jenny tinha visto no rosto da menina.

O que Ernie Holm estava pensando era que a semelhança ia além do uniforme e da coincidência de uma sala de luta livre na vida de duas enfermeiras. Mas Jenny estava longe de ser tão bonita quanto a mulher desertora de Ernie, e ele refletia que mesmo 15 anos não teriam tornado sua mulher tão sem graça como Jenny. Mesmo assim, Ernie Holm teve uma boa impressão de Jenny e exibiu um sorriso de desculpas que seus lutadores conheciam muito bem, quando perdiam.

– Minha filha achou que você era a mãe dela – disse Ernie Holm a Jenny. – Faz muito tempo que ela não vê a mãe.

Óbvio, Jenny pensou, sentindo a moça ficar tensa e desvencilhar-se de seus braços.

– Esta não é sua mãe, querida – disse Ernie a Helen, que recuou até a parede; ela era uma moça decidida, que não costumava deixar transparecer suas emoções facilmente, nem mesmo para o pai.

– E você achou que eu era sua *mulher*? – perguntou Jenny a Ernie, pois lhe pareceu, por um instante, que ele também a confundira. Ficou imaginando havia quanto tempo a sra. Holm desaparecera.

– Você de fato me enganou, por um instante – respondeu Ernie educadamente, com um sorriso tímido, raro em seu rosto.

Helen agachou-se em um canto da sala de luta, olhando furiosamente para Jenny, como se ela fosse deliberadamente responsável por seu constrangimento. Jenny comoveu-se com a moça; havia anos que Garp não a abraçava daquela maneira, e era uma sensação da qual mesmo uma mãe muito exigente, como Jenny, sentia falta.

– Como você se chama? – perguntou a Helen. – Meu nome é Jenny Fields.

Naturalmente, era um nome que Helen conhecia. Ela era a outra leitora misteriosa da Steering School. Mas Helen nunca antes deixara transparecer os sentimentos que reservava para sua mãe. Apesar de ter sido um **simples** acidente aquele seu efusivo extravasamento em relação a Jenny, Helen não conseguia se arrepender inteiramente. Helen tinha aquele mesmo sorriso tímido do pai e olhava agradecida para Jenny; estranhamente, Helen sentiu vontade de abraçá-la outra vez, mas se conteve. Alguns lutadores já começavam a voltar para a sala, ainda engasgados com a água do bebedouro, onde aqueles que estavam querendo perder peso tinham apenas bochechado.

Ernie acenou com os braços para que saíssem.

– Chega de treinamento por hoje – disse-lhes Ernie Holm. – Podem ir para fora correr um pouco.

Obedientemente, e até aliviados, foram recolhendo os protetores de cabeça, jaquetas e demais acessórios. Ernie Holm esperou todos saírem da sala, enquanto sua filha e Jenny Fields esperavam por uma explicação; finalmente, chegara a hora de esclarecer as coisas, e não havia nenhum outro lugar em que Ernie Holm se sentisse mais à vontade do que numa sala de luta livre. Para ele, era o lugar natural para contar uma história, ainda que fosse uma história sem nenhum final e difícil de entender, especialmente para uma estranha. Assim, depois que todos os rapazes tinham saído para as suas corridas, Ernie começou, com muita paciência, a contar sua história de pai e filha, a breve história da enfermeira que os abandonara e da vida deles no Meio-Oeste, de onde haviam chegado fazia tão pouco tempo. Era uma história que Jenny pôde apreciar, naturalmente, pois ela não conhecia nenhum pai único com uma filha única. E, embora tenha se sentido tentada a contar a eles a *sua* história – já que havia algumas interessantes semelhanças e diferenças –, Jenny limitou-se a repetir sua versão padrão: o pai de Garp fora um soldado e assim por diante. E quem tem tempo para pensar em casamento quando existe uma guerra? Embora não fosse toda a história, claramente agradou a Helen e Ernie, que ainda não tinham encontrado ninguém tão franco e receptivo como Jenny na comunidade da Steering School.

Ali, na sala vermelha, quente, naqueles tapetes macios, cercados de paredes acolchoadas, onde se ensinava luta livre, o ambiente era propício a uma repentina e inexplicável intimidade.

Naturalmente, Helen se lembraria daquele primeiro abraço por toda a vida, por mais que seus sentimentos por Jenny viessem a sofrer altos e baixos. A partir daquele momento, ali na sala de luta livre, Jenny Fields era o mais próximo que Helen tivera de uma mãe. Jenny também jamais se esqueceria da sensação de ser abraçada como mãe e chegaria a comentar em sua autobiografia como o abraço de uma filha era diferente do abraço de um filho. Não deixava de ser irônico que sua única experiência para fazer tal comentário tivesse ocorrido naquele dia de dezembro no gigantesco ginásio erigido em homenagem a Miles Seabrook.

Seria uma pena se Ernie Holm sentisse algum desejo por Jenny Fields e imaginasse, ainda que por um breve instante, que ali estava uma outra mulher com quem poderia compartilhar sua vida. Porque Jenny Fields não era chegada a tais sentimentos; ela só achava que Ernie era um homem bom e simpático, que talvez pudesse ser seu amigo. Se isso acontecesse, ele seria o primeiro.

Ernie e Helen devem ter ficado perplexos quando Jenny pediu-lhes para ficar a sós, por um instante, na sala de luta livre. Para quê?, devem ter se perguntado. Foi então que Ernie se lembrou de perguntar-lhe o que fora fazer ali.

– Vim matricular meu filho em luta livre – respondeu Jenny sem hesitar. Esperava que Garp aprovasse.

– Muito bem, pode ficar – disse Ernie. – E por favor apague as luzes e desligue os aquecedores quando sair. A porta se tranca automaticamente.

Quando ficou sozinha, Jenny desligou as luzes e ficou ouvindo o ronco dos enormes aquecedores ir diminuindo até parar. Ali na sala escura, a porta escancarada, ela tirou os sapatos e ficou andando de um lado para o outro no tapete. Apesar da aparente violência daquele esporte, pensava, por que me sinto tão *segura* aqui? Seria por causa dele? Ernie, entretanto, passou muito rapidamente por sua cabeça; ele era apenas um homem pequeno, bem-arrumado, musculoso, que usava óculos. Se Jenny pensasse em homens, o que realmente nunca acontecia, achava-os mais toleráveis quando eram pequenos e bem-arrumados, e preferia que homens *e* mulheres fossem musculosos – e fortes. Ela gostava de ver pessoas com óculos como somente uma pessoa que não precisa deles pode gostar e até mesmo achar bonito. Mas era principalmente naquela *sala* que ela estava pensando – a sala de luta livre, vermelha, enorme, mas contida, acolchoada contra a dor. Deixou-se cair de joelhos, apenas para sentir a maciez dos tapetes. Deu uma cambalhota e rasgou o vestido; em seguida, sentou-se no tapete e ficou olhando para o rapagão que surgiu na porta da sala escurecida. Era Carlisle, o aluno que vomitara todo o almoço; mudara de roupa e voltara para ser mais castigado, e olhava para aquela enfermeira toda de branco reluzente nos tapetes vermelhos às escuras, agachada como uma ursa em sua caverna.

— Desculpe-me — disse. — Só estava procurando alguém para lutar mais um pouco.

— Bem, não olhe para *mim* — disse Jenny. — Vá correr com os outros lá fora!

— Sim, senhora... já estou indo.

Quando bateu a porta, que se trancou atrás dela, Jenny percebeu que havia deixado os sapatos lá dentro. Um zelador não conseguiu encontrar uma chave que abrisse a porta, mas emprestou-lhe uns sapatos grandes, de basquete, que estavam na seção de Achados e Perdidos. Jenny arrastou-se pela neve enlameada até a enfermaria, com a sensação de que sua primeira incursão no mundo dos esportes a deixara mais do que um pouco mudada.

No anexo, em sua cama, Garp continuava tossindo sem parar.

— Luta livre! — exclamou com voz rouca. — Pelo amor de Deus, mamãe, está querendo me matar?

— Acho que você vai gostar do técnico — disse Jenny. — Eu o conheci e ele parece ser um bom sujeito. Conheci a filha dele, também.

— Oh, meu Deus! — gemeu Garp. — A *filha* dele também luta?

— Nada disso. Ela gosta muito de ler — disse Jenny, com aprovação.

— Parece mesmo muito interessante, mamãe. Não percebe que me juntar à filha do treinador pode custar o meu pescoço? É isso que você quer?

Mas Jenny não estava tramando nada daquilo. Pensava apenas naquela sala de luta livre e em Ernie Holm; seus sentimentos por Helen eram inteiramente maternais e, quando o filho aventou francamente a possibilidade de um arranjo — do possível interesse *dele* pela jovem Helen Holm —, Jenny ficou alarmada. Ela nunca havia pensado na possibilidade de seu filho se interessar por alguém dessa forma — achava que, ao menos, isso ainda iria levar muito tempo. Aquilo foi muito inquietante para ela, que só conseguiu dizer:

— Você só tem 15 anos. Não se esqueça disso.

— Bem, quantos anos tem a filha? — perguntou Garp. — E qual é o nome dela?

— Helen — respondeu Jenny. — E também só tem 15 anos. E usa *óculos* — acrescentou, com uma certa hipocrisia. Afinal, ela sabia o

que *ela* pensava de óculos; talvez Garp também gostasse deles. – Eles vieram de Iowa – acrescentou e sentiu-se muito mais esnobe do que aqueles odiosos almofadinhas que pululavam na comunidade da Steering School.
– Meu Deus, *luta livre*! – gemeu Garp novamente.
Jenny sentiu-se aliviada ao ver que ele abandonara o assunto Helen, mas ficou constrangida consigo mesma pela maneira como se opunha claramente à possibilidade. A moça é bastante bonita, pensou – porém não chegava a chamar a atenção; e os rapazes não se sentem atraídos apenas por aquelas que se *destacam* mais? E eu iria preferir que Garp se interessasse por uma dessas?
Quanto a *esse* tipo de garotas, Jenny logo se lembrava de Cushie Percy – um pouco atrevida na maneira de falar e um pouco descuidada quanto à sua aparência; além disso, uma mocinha de 15 anos, bem-nascida como Cushman Percy, devia ser tão *desenvolvida*? Jenny, nesse ponto, detestou-se por ter lhe ocorrido a expressão *bemnascida*.
Aquele fora um dia bastante confuso para Jenny. Adormeceu, desta vez despreocupada com a tosse do filho porque percebia que o futuro lhe reservava problemas bem mais sérios. Exatamente quando pensava que já estavam livres de problemas! Devia discutir o assunto *meninos* com alguém – talvez com Ernie Holm; esperava estar certa a respeito dele.
Acabou que Jenny estava certa a respeito da sala de luta livre – e do grande conforto que proporcionava ao seu Garp. O menino também gostava de Ernie. Naquela primeira temporada de luta livre na Steering, Garp trabalhou duro e com satisfação para aprender seus primeiros golpes e chaves. Apesar de severamente surrado pelos rapazes de sua categoria de peso, ele nunca se queixava. Ele sabia que havia encontrado seu esporte e seu passatempo. Iria consumir ali a maior parte de suas energias, até que chegasse o momento de se dedicar à literatura. Adorava a singularidade do combate e o aterrorizante limite imposto pelo círculo desenhado no tapete; gostava do terrível condicionamento; do constante esforço para se manter no peso certo. E, naquela primeira temporada na Steering, Jenny

ficou aliviada ao ver que Garp raramente mencionava o nome de Helen Holm, que estava sempre lá sentada, de óculos, em seu conjunto esportivo cinza, lendo. Às vezes, ela levantava os olhos, quando havia algum grito mais forte de dor ou uma queda estrondosa no tapete.

Foi Helen quem devolveu os sapatos de Jenny no anexo da enfermaria, e Jenny ficou tão embaraçada que nem mesmo convidou a jovem para entrar. Por um instante, tinham parecido tão próximas. Mas Garp estava em casa e Jenny não queria ter de apresentá-los. Além do mais, Garp estava gripado.

Um dia, na sala de luta livre, Garp sentou-se ao lado de Helen. Ele estava constrangido com uma espinha no pescoço e com o fato de estar muito suado. Os óculos dela estavam tão embaçados, que Garp duvidava que ela pudesse ver o que estava lendo.

– Você gosta mesmo de ler, hein? – disse ele a ela.

– Não tanto quanto sua mãe – respondeu Helen, sem olhar para ele.

Dois meses depois, Garp lhe disse:

– Você vai estragar sua vista, lendo num lugar quente como este.

Ela encarou-o, desta vez com os óculos muito límpidos e ampliando seus olhos de uma maneira que o assustou.

– Meus olhos já estão estragados. Já nasci com os olhos estragados.

Para Garp, no entanto, eles pareciam bem bonitos; tão bonitos, aliás, que não conseguiu pensar em mais nada para lhe dizer.

Logo a temporada de luta livre chegou ao fim. Garp recebeu uma carta convidando-o a fazer parte da equipe júnior da escola e ele inscreveu-se em atletismo, sua escolha mais simples para um esporte de primavera. Devido ao treinamento de luta livre, seu condicionamento físico era bastante bom, de modo que resolveu correr os mil e quinhentos metros. Ficou em terceiro lugar no time da escola, mas nunca passou disso. Ao chegar ao fim da prova, Garp sentia-se como se estivesse apenas começando. ("Eu já era um escritor nessa época, embora não soubesse", escreveria Garp anos mais tarde.) Ele também competiu no lançamento de dardos, mas sem muito sucesso.

O treino em lançamento de dardos na Steering era feito num campo atrás do estádio de futebol, onde passavam grande parte do tempo espetando rãs. As águas do curso superior do rio Steering corriam por trás do Estádio Seabrook; muitos dardos se perdiam ali, e muitas rãs eram mortas. A primavera é uma droga, Garp pensava; estava inquieto e sentia falta da luta livre. Por não poder lutar, aguardava ao menos o verão, quando poderia correr na estrada, até a praia em Dog's Head Harbor.

Um dia, na última fileira da arquibancada vazia do Estádio Seabrook, ele viu Helen Holm sozinha com um livro. Subiu as escadas até ela, batendo o dardo no chão de cimento para fazer barulho, pois não queria que ela se assustasse com sua chegada repentina. Ela não se assustou. Havia semanas que vinha observando Garp e os outros atirarem seus dardos.

– Já matou muitos bichinhos por hoje? – perguntou-lhe Helen. – Está procurando mais alguma coisa para caçar?

"Desde o começo", escreveria Garp, "Helen sempre soube usar as palavras."

– Com a quantidade de livros que você lê, acho que vai acabar sendo escritora – disse Garp a Helen. Estava tentando agir naturalmente, mas sentia-se culpado e procurou esconder a ponta do dardo com o pé.

– Não há o menor perigo – disse ela, parecendo não ter dúvidas quanto a isso.

– Bem, talvez você se case com um escritor – disse-lhe Garp.

Ela levantou os olhos para ele, com o rosto muito sério. Os novos óculos, também contra o sol, assentavam melhor para as suas maçãs do rosto altas do que os outros, que estavam sempre lhe escorregando pelo nariz.

– Se algum dia eu me casar, será mesmo com um escritor – disse Helen. – Mas duvido que vá me casar.

Garp falara em tom de brincadeira, mas a seriedade de Helen o deixou nervoso.

– Bem, mas se casar, tenho certeza de que não será com um *lutador* de luta livre.

– Disso você pode ter certeza – disse Helen. Talvez Garp não tenha sido capaz de disfarçar seu desapontamento, porque Helen apressou-se a acrescentar: – A menos que o lutador seja também escritor.

– Mas acima de tudo um escritor, não é? – arriscou Garp.

– Sim, um escritor *de verdade* – disse Helen, com um certo ar de mistério, mas também como alguém disposto a esclarecer o que diz. Mas Garp não teve coragem de perguntar-lhe. Deixou que ela voltasse ao livro.

Foi uma longa descida pelas escadas do estádio, arrastando o dardo. Será que algum dia ela vai usar alguma outra roupa que não aquele conjunto cinza?, perguntava-se. Garp escreveu mais tarde que descobriu que tinha imaginação quando tentava imaginar como seria o corpo de Helen. "Com ela sempre metida naquele maldito conjunto esportivo, eu *tinha* que imaginar seu corpo, já que não havia nenhuma outra maneira de vê-lo." Garp imaginava que Helen devia ter um corpo muito bonito – e, em nenhum lugar de tudo que escreveu, nunca houve qualquer menção a ter ficado decepcionado quando finalmente o viu.

Foi naquela tarde, no estádio vazio, com sangue de rã na ponta de seu dardo, quando Helen Holm provocou sua imaginação, que T. S. Garp decidiu ser escritor. Um escritor *de verdade*, conforme dissera Helen.

4
A formatura

T. S. Garp escreveu um conto por mês durante todo o tempo em que esteve na Steering, do fim do primeiro ano até a formatura, mas foi somente no terceiro ano que ele mostrou a Helen alguma coisa de sua autoria. Depois de seu primeiro ano como espectadora na Steering, Helen foi mandada para a Talbot Academy, uma escola para moças, e Garp passou a vê-la somente em alguns fins de semana. Às vezes, ela assistia às competições locais de luta livre. Foi depois de uma dessas lutas que Garp a viu e pediu que o esperasse até ele tomar banho; ele tinha algo em seu armário que queria lhe dar.

– Nossa! – exclamou Helen. – São seus protetores de cotovelos velhos?

Ela já não frequentava mais a sala de luta livre, nem mesmo quando estava em casa em longas férias da Talbot. Agora, usava meias verde-escuras até os joelhos e uma saia de flanela cinza, pregueada; geralmente seu suéter era de uma só cor, sempre escura, e combinava com as meias. Os cabelos escuros e compridos estavam sempre presos numa trança enrolada no alto da cabeça, com muitos grampos. A boca era muito larga, com lábios bem finos, e ela nunca usava batom. Garp sabia que o seu perfume era agradável, embora nunca a tivesse tocado. Nem imaginava que alguém o fizesse. Era tão magra e quase tão alta quanto uma árvore nova – era mais alta do que Garp uns cinco centímetros ou mais. As maçãs de seu rosto eram salientes e quase desagradáveis de se ver, mas os olhos por trás dos óculos eram sempre meigos e grandes, de um castanho brilhante, cor de mel.

– Será que são suas velhas sapatilhas de lutador? – perguntou-lhe Helen, ao ver o envelope grande e volumoso.

– É algo para você ler – disse Garp.
– Já tenho muita coisa para ler, Garp.
– Mas é algo que eu escrevi.
– Nossa! – exclamou Helen.
– Não precisa ler agora. Pode levar para a sua escola e me escrever uma carta.
– Já tenho muita coisa para escrever. Sempre tenho muitos trabalhos para entregar.
– Então, podemos conversar sobre isso depois. Você vai estar aqui nos feriados de Páscoa, não vai?
– Sim, mas já tenho um compromisso – disse Helen.
– Puxa vida! – exclamou Garp. Mas, quando estendeu a mão para pegar o conto de volta, ela segurou o envelope com tanta força que os nós dos seus dedos ficaram brancos, e ele não conseguiu pegá-lo.

Na categoria de 65 quilos, no seu primeiro ano na escola, Garp terminou a temporada com 12 vitórias e uma derrota, perdendo apenas nas finais do campeonato da Nova Inglaterra. Em seu último ano, ele não perderia nenhuma luta. Foi o capitão do time, também foi eleito O Mais Valoroso Lutador e conquistou o título da Nova Inglaterra. Sua equipe representaria o começo de um domínio de quase vinte anos da luta livre na Nova Inglaterra, com as equipes da Steering, treinadas por Ernie Holm. Naquela região do país, Ernie possuía o que chamava de vantagem de Iowa. Após sua saída, a luta livre entrou em decadência na Steering. Talvez por ser a primeira de muitas estrelas da Steering, Garp sempre foi muito especial para Ernie Holm.

Helen, entretanto, não dava a menor importância a isso. Ficava contente quando os lutadores de seu pai venciam, porque isso o deixava feliz. Mas no último ano de Garp, quando ele foi o capitão da equipe, Helen nunca assistiu a uma única luta. Entretanto, não deixou de devolver o conto, pelo correio de Talbot, com esta cartinha:

Caro Garp,
Este conto é promissor, embora eu ache que, no momento, você ainda seja mais lutador do que escritor. Há um grande cuidado com a linguagem e uma boa sensibilidade para as pessoas, mas a situação pa-

rece um pouco forçada e o final da história é bastante infantil. Agradeço-lhe, no entanto, por havê-lo submetido à minha apreciação.

Sinceramente,
Helen

Naturalmente, ainda haveria outras cartas de rejeição na carreira de escritor de Garp, mas nenhuma iria significar tanto para ele quanto aquela. Helen, na verdade, até que fora muito generosa. O conto que Garp lhe entregou falava a respeito de dois namorados assassinados num cemitério pelo pai da moça, que os confunde com ladrões de túmulos. Depois de tal desafortunado engano, os namorados são sepultados lado a lado; por alguma razão não explicada, seus túmulos são imediatamente saqueados. Não ficava claro o que tinha acontecido com o pai – e menos ainda com os ladrões de túmulos.

Jenny disse a Garp que suas primeiras tentativas de escrever fugiam bastante à realidade, mas Garp era incentivado pelo professor de inglês – o mais próximo que a escola tinha de um escritor residente, um homenzinho frágil, gago, chamado Tinch. Ele tinha um mau hálito que fazia Garp se lembrar do bafo de cachorro de Bonkers – algo como um aposento fechado cheio de gerânios mortos. Mas o que Tinch dizia, embora não cheirasse bem, era muito gentil. Ele elogiava a imaginação de Garp e ensinou-lhe, de uma vez por todas, a boa gramática e o amor pela linguagem exata. No tempo de Garp, os alunos da Steering davam a Tinch o apelido de Fedido e sempre espalhavam bilhetinhos sobre seu mau hálito, deixavam loções de gargarejo sobre sua mesa e, pelo correio da escola, lhe mandavam escovas e pastas de dente.

Foi depois de uma dessas mensagens – um pacote de pastilhas de hortelã preso a um mapa da Inglaterra literária – que Tinch perguntou à sua turma de composição se os alunos achavam que ele tinha mau hálito. A classe inteira ficou muda, mas Tinch escolheu Garp, seu aluno favorito e aquele em quem mais confiava, *e* lhe perguntou à queima-roupa:

– Você acha, Garp, que eu tenho m-m-mau hálito?

A verdade saía e entrava pelas janelas abertas naquele dia de primavera do último ano de Garp na escola. Ele era conhecido por sua sinceridade absoluta, suas proezas em luta livre e suas composições em inglês. Seu desempenho nas outras disciplinas variava de razoável a fraco. Desde pequeno, como alegou mais tarde, sempre procurara a perfeição sem se comprometer muito. Suas notas, em testes de aptidões gerais, mostravam que ele não era muito apto em coisa alguma, não tinha dons naturais. Isso não constituiu nenhuma surpresa para ele, que compartilhava com a mãe a crença de que *nada* vinha naturalmente. No entanto, quando um crítico literário, depois do segundo romance de Garp, o chamou de "escritor nato", ele tentou fazer uma brincadeira. Enviou uma cópia da crítica à banca examinadora da Princeton, em Nova Jersey, com um bilhete pedindo que revisassem suas notas anteriores. Depois, enviou uma cópia dos seus resultados nos testes para o crítico, onde dizia: "Muito obrigado, mas não sou 'nato' em coisa nenhuma." Na opinião de Garp, ele não era mais escritor nato do que uma enfermeira nata ou até mesmo um metralhador de bombardeiro nato.

– G-G-Garp? – gaguejou o sr. Tinch, inclinando-se sobre o rapaz, que sentiu o cheiro da terrível verdade e pensou no prêmio do curso Composição Inglesa. Garp tinha certeza de que poderia ganhar o prêmio anual de criação literária. O único juiz era sempre Tinch. E, se conseguisse passar no curso de matemática, que estava repetindo, poderia se formar com respeitabilidade e deixar sua mãe muito feliz.

– Você acha que eu tenho m-m-mau hálito, Garp? – perguntou Tinch.

– "Bom" ou "mau" é uma questão de opinião, senhor.

– E qual é a *sua* opinião, G-G-Garp?

Garp nem pestanejou.

– Na *minha* opinião, senhor, seu hálito é melhor do que o de todos os professores desta escola.

E olhou para Benny Potter, do outro lado da sala. Benny Potter, de Nova York, era um petulante *nato*, e o olhar fulminante de Garp fez o risinho irônico sumir do seu rosto, porque os olhos de Garp diziam-lhe claramente que ele quebraria seu pescoço, se ele desse um pio sequer.

– Muito obrigado, Garp – disse Tinch.

E Garp, afinal, ganhou o prêmio, mesmo depois de ter juntado ao seu último trabalho um bilhete que dizia:

> Sr. Tinch: Eu menti na sala de aula, porque não queria que aqueles idiotas rissem do senhor. No entanto, acho que o senhor deveria saber que seu hálito é realmente muito ruim. Desculpe-me.
> T. S. Garp

– Quer saber de u-u-uma coisa? – disse Tinch a Garp quando estavam a sós, conversando a respeito do último conto de Garp.
– O que, senhor?
– Não há nada que eu possa f-f-fazer sobre o meu hálito. Acho que é porque eu estou m-m-morrendo – disse, com uma piscadela. – Estou a-a-apodrecendo de dentro para fora!

Garp, porém, não achou graça e, durante muitos anos depois de formado, sempre pedia notícias do velho professor, ficando aliviado ao saber que ele nada tinha de terminal.

Tinch viria a morrer no pátio central da Steering em uma noite de inverno de causa inteiramente alheia ao seu mau hálito. Voltava de uma festa de professores, onde todos achavam que bebera demais. Escorregou no gelo do caminho e caiu, perdendo os sentidos. O vigia noturno só achou o corpo quase ao amanhecer, quando então Tinch já morrera congelado.

Foi uma infelicidade que Garp tivesse recebido a notícia por intermédio do petulante Benny Potter. Garp encontrara-o por acaso em Nova York, onde Potter trabalhava para uma revista. A opinião desfavorável que Garp tinha de Potter era aumentada pela opinião desfavorável que ele tinha de todas as revistas, e também porque acreditava que Potter sempre tivera inveja do seu sucesso como escritor. "Potter é um desses infelizes que dizem ter uma dúzia de romances guardados na gaveta, mas não têm coragem de mostrá-los a ninguém."

Nos seus anos na Steering, porém, Garp também não era dado a mostrar o que escrevia. Somente Jenny e Tinch acompanhavam seu progresso – sem contar aquele único conto que dera a Helen Holm. Garp resolvera não mostrar mais nenhum trabalho a Helen até que escrevesse algo tão bom que ela não pudesse criticar.

– Você soube? – perguntou Benny Potter a Garp em Nova York.
– O quê? – disse Garp.
– O velho Fedido bateu as botas – disse Benny. – Morreu c-c-congelado.
– O que foi que disse?
– O velho Fedido – repetiu Potter. – Tomou um porre e, quando caminhava de volta para casa pelo pátio da escola, caiu e quebrou a cachola e não acordou mais.
– Seu idiota – disse Garp. Ele nunca gostara daquele apelido que haviam dado ao velho professor.
– Estou lhe contando a verdade, Garp – insistiu Benny. – Estava um frio danado, dez abaixo de zero. Mas sempre pensei – acrescentou perigosamente – que aquele forno da sua boca fosse conservá-lo bem q-q-q-quentinho.

Estavam no bar de um hotel elegante, em algum lugar entre a Park Avenue e a Third Avenue; Garp nunca sabia se localizar quando estava em Nova York. Tinha marcado com outra pessoa para almoçarem, quando dera de cara com Potter, que o levara até ali. Garp agarrou Potter por baixo dos braços e sentou-o no bar.

– Você é um desgraçado nojento, Potter.
– Sei que nunca gostou de mim – disse Benny.

Garp deu um empurrão em Benny Potter, e ele caiu para o lado da pia do bar, molhando os bolsos do casaco aberto.

– Deixe-me em paz! – disse Benny. – Você sempre foi o puxa-saco favorito do velho Fedido!

Garp deu-lhe outro empurrão, e Benny caiu sentado dentro da pia, que estava cheia de copos sujos. A água com sabão esparramou-se em cima do bar.

– Por favor, não se sente em cima do balcão, senhor – disse o barman a Benny.
– Santo Deus, não está vendo que estou sendo agredido, seu idiota? – disse Benny.

Garp já ia saindo, e o barman teve de puxar Benny para fora da pia e fazê-lo sentar-se longe do bar.

– Aquele filho da mãe, minha bunda ficou toda molhada!

– Por favor, queira moderar a linguagem enquanto estiver aqui, senhor – disse o barman.

– A porra da minha carteira está encharcada! – disse Benny, tirando-a do bolso traseiro das calças e mostrando-a ao barman. – Garp! – berrou, mas Garp já estava longe. – Você sempre teve um péssimo senso de humor, Garp!

É verdade que, particularmente no seu tempo na Steering, Garp era bem desprovido de senso de humor, ao menos quando se tratava de luta livre e do que ele escrevia – seu passatempo favorito e sua futura carreira.

– Como você sabe que vai ser um escritor? – perguntou-lhe Cushie Percy certa vez.

Garp estava no último ano da escola, e eles caminhavam para fora da cidade, ao longo do rio Steering, a um lugar que Cushie disse conhecer. Ela viera de Dibbs para passar o fim de semana em casa. A Dibbs School era a quinta escola preparatória que Cushie Percy frequentava; começara em Talbot, na turma de Helen, mas Cushie tinha problemas de disciplina e fora convidada a sair. Os problemas de disciplina se repetiram em três outras escolas. Entre os rapazes da Steering, a Dibbs School era famosa – e popular – pelas garotas com problemas de disciplina.

A maré estava alta no rio Steering, e Garp ficou observando um barco de oito remos deslizar pelo curso do rio; uma gaivota o seguia. Cushie Percy segurou a mão de Garp. Cushie tinha muitas maneiras complicadas de testar o afeto de um rapaz por ela. Muitos rapazes da Steering estavam dispostos a se agarrar com Cushie quando estavam sozinhos com ela, mas não gostavam de ser *vistos* em demonstrações de afeto. Garp, Cushie notou, não se importava. Ele segurava sua mão com firmeza; claro, haviam crescido juntos, mas ela não achava que fossem amigos íntimos. Ao menos, Cushie pensava, se Garp quisesse o que os outros queriam, não ficava com vergonha de ser visto perseguindo seu intento. Era por isso que Cushie gostava dele.

– Achei que você fosse se dedicar à luta livre – disse-lhe Cushie.

– Eu *pratico* luta livre e *vou* ser escritor.

– E vai se casar com Helen Holm – completou Cushie, em tom de provocação.

– Talvez – respondeu Garp, afrouxando um pouco o aperto de sua mão.

Cushie sabia que aquele – Helen Holm – era mais um assunto delicado para Garp e que ela deveria tomar cuidado.

Um grupo de rapazes da Steering se aproximou deles pela trilha; quando se cruzaram, um deles voltou-se e disse:

– Olha lá o que vai fazer, hein, Garp?

Cushie apertou sua mão.

– Não ligue para eles, Garp.

– Não ligo mesmo.

– Sobre o que você vai escrever? – perguntou-lhe Cushie.

– Não sei – respondeu Garp.

Ele nem sabia se iria para a faculdade. Algumas faculdades do Meio-Oeste haviam se interessado pelo seu preparo em luta livre, e Ernie escrevera algumas cartas. Duas delas quiseram conhecê-lo pessoalmente, e ele as visitara. Em suas salas de luta livre, ele se sentira mais *indesejado* do que inferior em categoria. Os que praticavam luta livre naquelas universidades pareciam mais empenhados em derrotar o adversário do que ele. Uma delas, entretanto, fez-lhe uma proposta cautelosa – uma pequena soma em dinheiro por um ano, mas sem promessas para o ano seguinte. Bastante justo, considerando-se que ele era da Nova Inglaterra. Ernie, porém, já o tinha avisado.

– Olhe aqui, rapaz. Lá este esporte é diferente. Quero dizer, você tem capacidade e, sem falsa modéstia, teve um bom preparo. O que lhe faltou foi competição. E é isso que você tem que querer, Garp. Você tem que se interessar de verdade, sabe como é?

E, quando ele perguntou a Tinch para qual escola deveria ir para tornar-se *escritor*, Tinch mostrou-se embaraçado, sem saber o que dizer, o que era bem típico dele.

– A-a-acho que deve ir para uma b-b-boa escola, mas, se v-v-vai mesmo escrever, não a-a-acha que fará isso em qualquer l-l-lugar?

– Você tem um corpo bonito – sussurou-lhe Cushie Percy, e ele apertou sua mão.

– Você também, Cushie – disse-lhe ele com sinceridade.

Ela, aliás, tinha um corpo que era um absurdo. Pequeno, mas completamente desabrochado, de uma forma compacta. Garp achava que o nome dela não deveria ser Cushman, mas *Cushion*, que significa almofada. Aliás, era assim que costumava chamá-la quando eram crianças. "Oi, Cushion, quer dar uma volta?"

Ela disse que conhecia um bom lugar.

– Para onde está me levando? – perguntou Garp.

– Ah! – exclamou ela. – É *você* quem está *me* levando! Só estou lhe mostrando o caminho. E o lugar – disse ela.

Saíram para fora da trilha no ponto em que o rio Steering, antigamente, se chamava The Gut. Um navio encalhara ali em certa ocasião, porém não havia mais nenhum sinal dele. Somente as margens escondiam uma história. Fora nessa curva estreita que Everett Steering imaginara liquidar com os ingleses – e ali estavam os canhões de Everett, três enormes tubos de ferro, enferrujando em suas bases de concreto. Originalmente, eles giravam, é claro, mas, anos mais tarde, as autoridades da cidade haviam construído aquelas bases, fixando-os no lugar para sempre. Ao lado deles, via-se um aglomerado permanente de balas de canhão, também fixadas com cimento. As balas também já estavam esverdeadas e avermelhadas de ferrugem, como se tivessem pertencido a algum navio havia muito tempo afundado. A plataforma de concreto onde os canhões tinham sido fixados estava agora cheia de lixo atirado pela moçada – latas de cerveja vazias e copos quebrados. A rampa gramada que descia até o rio parado e quase vazio estava pisoteada, como se carneiros tivessem pastado por ali – mas Garp sabia que eram marcas deixadas pelos rapazes com suas namoradas. Ocorreu a Garp que a escolha de lugar feita por Cushie não tinha sido muito original, mas isso era bem próprio dela.

Garp gostava de Cushie, e William Percy sempre o tratara bem. Garp não conheceu bem Stewie Dois porque era muito novo, e Dopey era Dopey. Garp achava que a pequena Pooh era uma criança estranha e medrosa, mas Cushie puxara diretamente à mãe, Midge Steering Percy, com seu jeito desmiolado. Ele se sentia desonesto para com Cushie por não lhe dizer francamente o que pensava de seu pai, o Ensopado Gordo.

– Você nunca esteve aqui antes? – perguntou-lhe Cushie.

– Talvez, com minha mãe – disse Garp –, mas já faz muito tempo. Claro que ele sabia o que significava "os canhões". Uma expressão popular na Steering era "se dar bem nos canhões" – como em "Me dei bem nos canhões no último fim de semana" ou "Você devia ter visto o que o velho Fenley andou fazendo lá nos canhões". Até mesmo os canhões estavam cheios de inscrições informais como "Paul transou com Betty, '58" e "M. Overton, '59, mandou ver aqui".

Do outro lado do rio lento e indiferente, Garp via os jogadores de golfe do Steering Country Club. Mesmo de longe, seus trajes ridículos pareciam estranhos contra o campo muito verde que se estendia depois das áreas planas e alagadas das margens cobertas de capim. Os trajes de pregas e estampas de xadrez contrastavam com os tons de cinza, verde e marrom das margens e os faziam parecer animais terrestres cautelosos e afastados de seu habitat natural, perseguindo aquelas bolinhas brancas que corriam e saltavam por cima de um lago.

– Meu Deus, como esse jogo é tolo – disse Garp, repetindo sua tese de jogos com bolas.

Cushie já ouvira isso antes e não estava interessada. Ela sentou-se num lugar macio – o rio corria lá embaixo, havia moitas ao redor e, acima deles, as bocas abertas dos grandes canhões. Garp olhou dentro do canhão mais próximo e ficou espantado ao se deparar com a cabeça de uma boneca quebrada, fitando-o com um único olho de vidro.

Cushie desabotoou a camisa dele e mordiscou de leve seus mamilos.

– Eu gosto de você – disse ela.

– Eu também gosto de *você*, Cushion.

– Isso vai estragar tudo? – perguntou-lhe Cushie. – O fato de sermos velhos amigos?

– Ah, claro que não – disse ele. Esperava que passassem logo ao "*isso*", porque "*isso*" nunca havia acontecido a Garp antes e ele contava com a experiência de Cushie. Beijaram-se, deitados na grama já muito pisoteada. Cushie beijava com a boca aberta, fazendo seus dentes se chocarem com os dele.

Sincero, mesmo naquela idade, Garp quis lhe dizer, balbuciando quase incompreensivelmente, que achava seu pai um idiota.

– Claro que é – concordou Cushie. – Sua mãe também é um pouco estranha, não acha?

Bem, sim, ele era da mesma opinião.

– Mas eu gosto dela assim mesmo – disse ele, o mais fiel dos filhos. Mesmo naquele momento.

– Oh, eu também gosto dela – disse Cushie.

Tendo dito o necessário, Cushie se despiu. Garp fez o mesmo, mas, de repente, ela lhe perguntou:

– Espera aí, onde está aquilo?

Garp entrou em pânico. Onde estava o *quê*? Achava que *aquilo* era o que ela estava segurando.

– Aquilo o quê? – perguntou.

– E essa, agora! Você não trouxe nenhuma?

Garp não sabia o que deveria ter trazido.

– Trouxe o quê?

– Ora, Garp! – exclamou Cushie. – Você não trouxe as camisinhas?

Ele olhou-a com ar de desculpas. Era apenas um garoto que vivera a vida inteira com a mãe e a única camisinha que já vira fora uma que estava enfiada na maçaneta da porta do apartamento deles no anexo da enfermaria, provavelmente uma molecagem de um garoto chamado Meckler – que havia muito tempo se formara e fora se destruir longe dali.

De qualquer modo, ele deveria ter sabido. Já ouvira muitas conversas sobre camisinhas, naturalmente.

– Venha cá. – Ela levou-o até os canhões. – Você nunca fez isso antes, não é mesmo?

Ele apenas sacudiu a cabeça, encabulado, sincero até o fim.

– Oh, Garp – exclamou ela –, se você não fosse um velho amigo... – Ela sorriu, mas ele sabia que não iam mais fazer aquilo. Ela apontou para dentro da boca do canhão do meio. – Olhe ali. – Ele olhou. Viu cacos de vidro que brilhavam como as pedras que, em sua imaginação, deveriam existir em praias tropicais; e algo mais, embora não tão agradável de ver. – Camisinhas! – disse-lhe Cushie.

O canhão estava cheio de camisas de vênus. Centenas de preservativos! Um mostruário de nascimentos impedidos. Como os cachorros que urinam ao redor de seu território, os rapazes da Steering School deixavam seus restos na boca do canhão gigantesco que guardava o rio Steering. O mundo moderno deixava sua mácula em mais um marco histórico.

Cushie começou a se vestir.

– Você não sabe nada – disse, caçoando dele. – Então, como pretende escrever?

Ele já suspeitava de que isso seria um problema dentro de alguns anos, uma pedra nos seus planos de carreira.

Ele ia começar a se vestir, mas ela o fez se deitar para poder contemplá-lo.

– Você *é* mesmo bonito. E está tudo bem, Garp – disse e deu-lhe um beijo.

– Posso ir *buscar* camisinhas – disse ele. – Não demoraria muito, não é? Depois, poderíamos voltar.

– Meu trem sai às cinco horas. – Cushie sorriu compreensivamente.

– Não sabia que você tinha dia certo para voltar – disse Garp.

– Bem, mas você sabe que até mesmo a Dibbs tem suas regras. – Cushie parecia magoada com a reputação de sua escola. – E, além disso, você anda se encontrando com Helen. Sei que vocês se encontram.

– Mas não desta forma – admitiu ele.

– Garp, você não deve contar tudo para todo mundo.

Esse era outro problema com o que ele escrevia, também, conforme Tinch lhe dissera.

– Você é sério demais, o tempo todo – disse Cushie, porque, pela primeira vez, estava em posição de lhe falar com franqueza.

No rio que corria abaixo deles, um barco de oito remos deslizava pelo estreito canal de água que restava a The Gut, rumando em direção ao abrigo de barcos da Steering, antes que a maré baixasse e os deixasse sem condições de regressar.

Foi então que Garp e Cushie viram o jogador de golfe. Ele tinha descido pelo terreno úmido, coberto de capim, do outro lado do rio; com suas coloridas calças de xadrez enroladas acima dos joelhos, entrou no lamaçal deixado pela maré que já baixara. À frente dele, nos baixios ainda mais pantanosos, estava sua bola de golfe, talvez a uns dois metros de distância da água. Ele continuou avançando, cautelosamente, e agora a lama já lhe chegava quase aos joelhos. Usando o taco de golfe para se apoiar, enfiou a ponta brilhante na lama e soltou uma praga.

– Harry, volte pra cá! – alguém o chamou. Era o seu parceiro, um homem trajando a mesma indumentária espalhafatosa, calças curtas mais verdes que a própria grama e meias amarelas até os joelhos.

O outro, chamado Harry, teimosamente continuou tentando aproximar-se da bola. Parecia um exótico pássaro aquático correndo atrás de seu ovo numa mancha de óleo derramado.

– Harry, você vai *afundar* nessa merda! – o amigo avisou-o.

Nesse ponto, Garp reconheceu o parceiro de Harry: o homem de verde e amarelo era o pai de Cushie, Ensopado Gordo.

– Mas é uma bola novinha! – gritou Harry.

Foi então que sua perna esquerda desapareceu, até o quadril. Tentando voltar, Harry perdeu o equilíbrio e caiu sentado. Logo ficou atolado até a cintura, com o rosto apavorado muito vermelho acima da camisa azul-celeste – muito mais azul do que qualquer céu. Ele sacudiu o taco, que escapou de sua mão e voou para dentro da lama, a poucos centímetros da bola, cada vez mais branca e longe do seu alcance.

– Socorro! – gritou Harry. No entanto, de gatinhas, ele conseguiu se arrastar para mais perto de Ensopado Gordo e da segurança da margem.

– Isso parece que está cheio de enguias! – gritou ele. Conseguiu mover o tronco para frente, usando os braços como uma foca usaria suas nadadeiras em terra firme. Um barulho gorgolejante o perseguia, como se, por baixo da lama, houvesse uma boca escancarada querendo sugá-lo.

Escondidos nas moitas, Garp e Cushie abafavam suas risadas. Harry deu um último impulso para chegar à terra firme. Stewart Percy, tentando ajudar, adiantou um pé na lama e prontamente perdeu o sapato e a meia amarela.

– Ssshhh! Fique *quieto*, Garp! – falou Cushie. Ambos repararam, então, que Garp estava tendo uma ereção.

– Ah, que pena – murmurou Cushie, olhando tristemente para sua ereção. Porém, quando ele tentou puxá-la para o chão, em cima da grama, ela disse: – Não quero saber de filhos, Garp. Nem mesmo seus. E o seu talvez seja um *japa*, você sabe. E certamente isso é o que eu não quero.

– O quê? – Uma coisa era não saber nada a respeito de camisinhas, mas o que ela estava querendo dizer com bebês japoneses?

– Ssshhh – sussurrou ela. – Vou lhe dar algo sobre o qual poderá escrever.

Os desesperados golfistas já tinham conseguido abrir caminho pelo capim das margens pantanosas e voltado para o imaculado campo de golfe, quando Cushie abaixou-se e mordiscou seu umbigo. Garp nunca soube ao certo se sua memória foi despertada pela palavra *japa* e se, naquele momento, ele realmente se lembrara de estar sangrando na casa dos Percy – a pequena Cushie dizendo aos pais que "Bonkie mordeu Garp" (e o escrutínio que ele sofreu de Ensopado Gordo, completamente nu). Também pode ser que Garp tenha se lembrado do Ensopado Gordo dizendo que ele tinha olhos de japonês, e então teve um vislumbre de sua história pessoal. Sem maiores considerações, naquele momento Garp resolveu pedir à sua mãe mais detalhes de sua vida do que ela havia lhe fornecido até então. Sentiu que precisava saber mais do que o simples fato de seu pai ter sido um soldado e assim por diante. Mas também sentia os lábios macios de Cushie Percy em sua barriga e, quando de repente ela o tomou em sua boca quente, ele ficou tão surpreso que se esqueceu completamente de sua decisão. Ali, à sombra dos três canhões da família Steering, T. S. Garp teve sua iniciação sexual de uma forma relativamente segura quanto ao risco de procriação. É claro que, do ponto de vista de Cushie, também foi sexo sem reciprocidade.

De mãos dadas, fizeram o caminho de volta, pelas margens do rio Steering.

– Quero ver você no próximo fim de semana – disse-lhe Garp. Estava resolvido a não esquecer as camisinhas desta vez.

– Sei que você ama a Helen, Garp – disse Cushie. Ela provavelmente detestava Helen Holm, se de fato a conhecia. Helen era muito esnobe a respeito de sua inteligência.

– Mesmo assim, quero vê-la.

– Você é um bom garoto, Garp – disse-lhe Cushie, apertando sua mão. – E é também o meu amigo mais antigo.

Mas ambos deviam saber que é possível conhecer uma pessoa a vida inteira sem se tornarem amigos.

– Quem lhe contou que meu pai era japonês? – perguntou-lhe Garp.

– Não sei – disse Cushie. – E também não sei se era mesmo.

– Eu também não sei – admitiu Garp.

– Não entendo por que você não pergunta à sua mãe.

Claro que ele já tinha perguntado, mas Jenny sempre mantivera a sua primeira e única versão.

Quando Garp telefonou para Cushie na Dibbs, ela disse:

– Nossa, é você! Meu pai acabou de telefonar me proibindo de ver, escrever ou falar com você! Não posso nem mesmo ler as suas cartas, como se você me escrevesse alguma. Acho que algum daqueles golfistas nos viu lá nos canhões. – Ela achava tudo aquilo muito engraçado, mas Garp só pensava que seu futuro nos canhões estava acabado. – Vou estar em casa no fim de semana de sua formatura – disse-lhe Cushie.

Mas Garp ficou pensando se as camisinhas ainda estariam em bom estado por ocasião de sua formatura, se ele as comprasse agora. Será que as camisinhas se estragavam? Em quantas semanas? Deveria guardá-las na geladeira? Não havia ninguém a quem perguntar.

Garp pensou em perguntar a Ernie Holm, mas tinha medo de que Helen viesse a saber de suas relações com Cushie Percy. Embora não tivesse nenhum compromisso com Helen que pudesse caracterizar uma infidelidade, Garp tinha sua imaginação e seus planos.

Escreveu a Helen uma longa carta confessando sua "lascívia", como chamava o que estava sentindo, e explicando que aquilo nada tinha a ver com seus "sentimentos mais elevados" por ela, como se referia a eles. Helen respondeu prontamente dizendo que não entendia por que ele estava contando tudo aquilo a *ela*, mas que, na sua opinião, ele *escreveu* muito bem sobre o assunto. Disse-lhe que estava mais bem escrito do que o conto que ele lhe mostrara, por exemplo, e que esperava que ele continuasse a lhe mostrar o que escrevia. Acrescentou que sua opinião sobre Cushie Percy, pelo pouco que a conhecia, era de que se tratava de uma garota um pouco *estúpida*, "mas agradável", Helen escreveu. E, se Garp era dado àqueles acessos de lascívia, conforme ele dizia, era até bom ter por perto alguém como Cushie.

Garp respondeu dizendo que só lhe mostraria outro conto quando conseguisse escrever um que fosse suficientemente bom para ela. Também falou sobre o que pensava a respeito de não entrar para a universidade. Em primeiro lugar, ele achava que a única razão para ingressar na universidade era a luta livre, mas ele não sabia se estava disposto a praticar esse esporte em tal nível. Não via razão para simplesmente continuar a lutar em uma universidade pequena onde o esporte não tinha a devida importância. "Só valeria a pena", escreveu Garp a Helen, "se eu quisesse ser o melhor." E tentar ser o melhor em luta livre não era o que ele queria, ainda mais sabendo que provavelmente jamais *seria* o melhor. E quem já ouvira falar em ir para a universidade para ser o melhor *escritor*?

E de onde havia tirado essa ideia de ser o melhor?

Helen escreveu-lhe sugerindo que ele fosse à Europa, e Garp discutiu a ideia com Jenny.

Para sua surpresa, Jenny nunca pensara que ele realmente fosse para a universidade; não achava que essa era a finalidade das escolas preparatórias.

– Se o objetivo da Steering School é dar aos seus alunos uma educação de primeira – disse Jenny –, para que você precisa de *mais* educação? Quero dizer, se você tiver prestado atenção às aulas, então já tem a educação necessária. Certo?

Garp não se sentia educado, mas disse que concordava com ela. Achava que tinha aproveitado bem as aulas. Quanto à Europa, Jenny mostrou-se interessada.

– Bem, eu certamente gostaria de fazer isso – disse ela. – É melhor do que ficar aqui.

Foi então que Garp percebeu que sua mãe pretendia ficar *com* ele.

– Vou descobrir qual é o melhor lugar para um escritor na Europa – disse Jenny. – Eu mesma estava pensando em escrever um livro.

Garp sentiu-se tão mal que resolveu ir dormir. Quando acordou, escreveu para Helen dizendo-lhe que estava condenado a ser acompanhado por sua mãe pelo resto da vida. "Como posso escrever com minha mãe espiando por cima do meu ombro?" Helen não teve respostas para isso; disse que iria mencionar o problema ao seu pai e talvez Ernie lhe desse algum conselho. Ernie Holm gostava de Jenny; às vezes, a levava ao cinema. Jenny até se tornara uma admiradora de luta livre e, apesar de não poder haver nada além de amizade entre eles, Ernie simpatizava com a história da mãe solteira. Ele ouvira e aceitara a versão de Jenny como tudo que *ele* precisava saber e a defendia calorosamente diante daqueles, na comunidade da Steering, que demonstravam curiosidade em saber mais.

No entanto, quando se tratava de assuntos culturais, Jenny preferia se aconselhar com Tinch. Perguntou-lhe qual seria o melhor lugar na Europa onde um rapaz e sua mãe pudessem ir – qual era o clima mais inspirador para um artista, o melhor ambiente para escrever. O sr. Tinch estivera na Europa pela última vez em 1913 e ficara apenas durante um verão. Fora primeiro à Inglaterra, onde ainda tinha alguns parentes vivos, sua linhagem britânica, mas eles o deixaram tão apavorado com tantos pedidos de dinheiro e com tanta indelicadeza que Tinch resolveu fugir para o continente. Mas as pessoas foram muito rudes com ele na França e na Alemanha. Como tinha o estômago fraco, ficou com medo da comida italiana e assim foi parar na Áustria.

– Em Viena – disse Tinch a Jenny –, encontrei a verdadeira Europa. Era um lugar con-con-contemplativo e artístico. Dava para sentir a tristeza e a gr-gr-grandeza.

Um ano depois, teria início a Primeira Guerra Mundial. Em 1918, a gripe espanhola mataria muitos vienenses que haviam sobrevivido à guerra. A gripe mataria Klimt e o jovem casal Schiele. Quarenta por cento da população masculina remanescente não sobreviveria à Segunda Guerra Mundial. A Viena para onde Tinch mandaria Jenny e Garp era uma cidade sem vida. Seu cansaço ainda poderia ser confundido com uma natureza c-c-contemplativa, mas Viena perdera a sua antiga g-g-grandeza. Entre as meias verdades de Tinch, Jenny e Garp ainda sentiam a tristeza. "E qualquer lugar pode ser artístico", Garp escreveria mais tarde, "se houver um artista trabalhando ali."

– Viena? – perguntou Garp a Jenny, da mesma forma com que dissera "Luta livre?" havia mais de três anos, acamado e duvidando da capacidade da mãe de escolher um esporte para ele. Mas lembrava também que ela fizera uma boa escolha e, além do mais, ele não sabia nada sobre a Europa e muito pouco sobre qualquer outro lugar. Garp estudara três anos de alemão na Steering, e isso ajudaria. Jenny, que não tinha muito jeito para línguas, lera um livro sobre estranhas personagens da história austríaca: Maria Teresa e fascismo. *Do Império ao Anschluss!* era o nome do livro. Garp vira aquele livro durante anos no banheiro, mas agora ninguém conseguia encontrá-lo. Parecia ter sumido pelo ralo.

– A última pessoa que vi com ele foi Ulfelder – disse Jenny.

– Mas ele se formou há três anos, mamãe.

Quando Jenny participou ao diretor Bodger que iria embora, ele disse que a Steering sentiria muito a sua falta e que ela sempre encontraria seu lugar ali, se resolvesse voltar. Jenny não quis ser indelicada, mas resmungou que uma enfermeira sempre poderia encontrar um lugar onde quer que fosse; ela não sabia, é claro, que jamais voltaria a ser enfermeira. Bodger ficou intrigado com o fato de Garp não querer ir para a universidade. Na opinião do diretor, Garp nunca mais fora um problema disciplinar na Steering desde que sobrevivera ao telhado no anexo da enfermaria aos 5 anos. E, por causa do papel que ele representara naquela aventura, Bodger tinha uma predileção especial por Garp. Além do mais, era fã de luta livre e uma das poucas pessoas que gostavam de Jenny. Bodger acabou aceitando que o rapaz estivesse decidido a entrar no "ramo de escrever", como ele dizia. Naturalmente, Jenny não contou a Bodger que ela também tinha planos de se tornar escritora.

Essa parte do plano deixou Garp muito contrariado, mas não disse uma única palavra a Helen a respeito do assunto. Tudo estava acontecendo muito depressa, e Garp só conseguia confidenciar suas apreensões a Ernie Holme, seu treinador de luta livre.

– Tenho certeza de que sua mãe sabe o que está fazendo – disse-lhe Ernie. – Você tem que estar seguro a *seu* respeito.
Até o velho Tinch ficou entusiasmado e otimista com o plano.
– É um pouco ex-ex-excêntrico – disse ele a Garp –, mas muitas boas ideias também o são.
Anos mais tarde, Garp se lembraria de que aquela afetuosa gagueira de Tinch era uma espécie de mensagem de seu corpo. Garp escreveu que o corpo de Tinch estava tentando lhe dizer que um dia ele iria morrer c-c-congelado.
Jenny dizia que eles partiriam logo depois da formatura, mas Garp gostaria de ficar na Steering durante o verão.
– Mas para fazer o quê, Garp, pelo amor de Deus?
Garp queria dizer a sua mãe que era por causa de Helen, mas não escrevera nenhum conto bastante bom para lhe mostrar; já lhe dissera isso. Só lhe restava partir e escrever da Europa. Também não poderia esperar que Jenny ficasse ali mais um verão, para que ele pudesse se encontrar com Cushie Percy nos canhões; talvez esse encontro já estivesse fadado a não acontecer. Ainda assim, ele tinha esperança de poder se encontrar com Cushie no fim de semana da formatura.
No dia da formatura, choveu. Um aguaceiro varreu o encharcado campus da Steering com tal intensidade que as torrentes de água entupiram os esgotos da rede pluvial e os carros que vinham de fora para a formatura singravam as ruas como se fossem iates em uma borrasca. As mulheres pareciam desavoradas em seus vestidos de verão, e as bagagens dos formandos eram enfiadas às pressas nos grandes carros das famílias. Uma enorme tenda vermelha fora erguida na frente do Ginásio Miles Seabrook, e os diplomas foram entregues naquele ambiente abafado de circo; os discursos se perderam no barulho da chuva batendo na lona vermelha.
Ninguém se demorou por ali. Os carrões foram embora da cidade. Helen não comparecera porque a formatura em Talbot seria no fim de semana seguinte e ela ainda estava prestando exames. Cushie Percy estivera presente à fracassada cerimônia, Garp tinha certeza, mas ele não conseguira vê-la. Ele sabia que ela devia estar com sua ridícula família e achou melhor manter distância do Ensopado Gordo,

afinal um pai enfurecido ainda era um pai, muito embora a honra de sua filha já estivesse perdida havia muito tempo.

Quando o sol despontou no final da tarde, já não fazia diferença. O tempo estava úmido em Steering, e o caminho do estádio Seabrook aos canhões ficaria encharcado durante dias. Garp imaginava a água escorrendo aos borbotões, formando sulcos na relva macia dos canhões; até o rio Steering devia estar cheio. Os próprios canhões deviam estar transbordando; os canos eram virados para cima e se enchiam de água toda vez que chovia. Com o tempo assim, cacos de vidro e montes de camisas de vênus transbordavam dos canhões, formando poças imundas na base de concreto. Garp sabia que não haveria como convencer Cushie a ir até lá naquele fim de semana.

Mas a caixa com três preservativos estava ali no bolso, alimentando sua esperança.

– Olhe – disse Jenny –, comprei umas cervejas. Pode tomar um porre, se estiver a fim.

– Nossa, mamãe! – exclamou Garp.

Assim mesmo, ele bebeu um pouco com ela. Depois, ficaram os dois ali sentados, sozinhos, na noite de sua formatura. Não havia mais ninguém na enfermaria, e todas as camas estavam desfeitas, sem lençóis, a não ser as deles. Garp bebeu a cerveja e ficou imaginando se *tudo* seria um anticlímax; tranquilizou-se, pensando nas poucas histórias boas que tinha lido. Apesar de ter tido sua educação na Steering, Garp não era um grande leitor – nada comparável a Helen ou Jenny, por exemplo. Quando encontrava um livro de que gostasse muito, lia-o várias vezes; isso o impedia de ler qualquer outra coisa durante muito tempo. Durante sua permanência na Steering, lera *The Secret Sharer*, de Joseph Conrad, 34 vezes. Também lera *The Man Who Loved Islands*, de D. H. Lawrence, 21 vezes; estava pensando em lê-lo outra vez.

Pelas janelas do minúsculo apartamento no anexo da enfermaria, via-se o campus da Steering, escuro, molhado e deserto.

Jenny percebeu que Garp estava deprimido.

– Bem, encare as coisas do seguinte modo: você só precisou de quatro anos para se formar na Steering, mas *eu* venho frequentando esta maldita escola há 18 anos.

Jenny não era muito resistente a bebidas. Na metade da segunda cerveja, ela já estava dormindo. Garp carregou-a para o quarto; ela já havia tirado os sapatos, e Garp retirou apenas seu distintivo de enfermeira, com receio de que ela rolasse na cama e se espetasse. A noite estava quente e por isso ele não a cobriu.

Ele bebeu mais uma cerveja e saiu para dar uma volta.

Claro que ele sabia muito bem para onde iria.

A casa da família Percy – originalmente a casa da família Steering – assentava-se em seu próprio gramado, agora encharcado, bem perto do anexo da enfermaria. Só havia uma luz acesa na casa de Stewart Percy, e Garp sabia de quem era o quarto aceso: a pequena Pooh Percy, agora com 14 anos, não conseguia dormir no escuro. Cushie também contara a Garp que Bainbridge ainda gostava de usar fraldas, e Garp pensava que talvez fosse porque a família insistia em chamá-la de Pooh.

— Bem — dissera Cushie —, não vejo nada de errado nisso. Ela não *suja* as fraldas, entendeu? Quero dizer que ela não precisa das fraldas, apenas gosta de usá-las de vez em quando.

Garp ficou parado na grama molhada, embaixo da janela iluminada, tentando se lembrar qual era o quarto de Cushie. Como não conseguiu, resolveu acordar Pooh; ela certamente o reconheceria e com toda certeza chamaria Cushie. Mas Pooh surgiu à janela como um fantasma e aparentemente não reconheceu de imediato quem estava ali tenazmente agarrado à hera da parede. Bainbridge Percy tinha os olhos de uma corça paralisada pelos faróis de um carro, prestes a ser atropelada.

— Pelo amor de Deus, Pooh, sou *eu* — sussurrou Garp.

— Quer falar com Cushie, não é? — perguntou-lhe Pooh, mal-humorada.

— Isso mesmo! — grunhiu ele. Então, a hera não aguentou o peso e despencou, lançando Garp nas moitas embaixo. Cushie, que dormia de maiô, veio ajudá-lo a se desembaraçar do meio das plantas.

— Puxa, assim você vai acabar acordando a casa inteira — disse ela. — Andou bebendo?

— Andei *caindo* — respondeu Garp, irritado. — Sua irmã é realmente estranha.

– Está tudo molhado aqui fora. Aonde podemos ir?

Garp havia pensado nisso. Ele sabia que na enfermaria havia sessenta camas vazias.

Porém, mal tinham passado pela varanda da casa, quando se depararam com Bonkers. A fera negra já estava sem fôlego, por ter descido os degraus da varanda, e o focinho cinzento estava coberto de cristais de gelo; seu hálito alcançava Garp como algo podre atirado em seu rosto. Bonkers rosnava, mas até mesmo seu rosnado arrefecera.

– Diga a ele para cair fora daqui, Cushie – falou Garp, baixinho.

– Ele é surdo – disse Cushie. – Está muito velho.

– Sei bem a idade dele...

Bonkers latiu, um som agudo e rangente, como a dobradiça de uma porta sem uso sendo aberta à força. Ele estava mais magro, mas ainda assim devia pesar uns setenta quilos. Vítima de ácaros e sarna, de arame farpado e com mordida fraca de cachorro velho, Bonkers cheirava seu inimigo e o mantinha encurralado contra a varanda.

– Vá embora, Bonkie! – sussurrou Cushie, entre dentes.

Garp tentou se esquivar do cão e notou como a reação de Bonkers era lenta.

– Ele está quase *cego* – murmurou Garp.

– E quase já não tem faro – acrescentou Cushie.

– Ele já devia estar morto – falou Garp consigo mesmo, tentando se desviar do cachorro. De modo um pouco vago, Bonkers o seguiu. Sua boca ainda fazia Garp se lembrar da agressão que sofrera, e os músculos flácidos de seu peito desgrenhado davam uma ideia da força do seu ataque muito tempo antes.

– Ignore-o – sugeriu Cushie, mas, no mesmo instante, o cão investiu contra Garp.

Seus movimentos, no entanto, já eram bastante lentos, de modo que Garp conseguiu desviar-se; ele agarrou e puxou com força as patas dianteiras do animal, ao mesmo tempo que jogava todo o seu peso em cima dele. Bonkers caiu de focinho no chão, as patas traseiras ainda se debatendo. Garp tinha o controle das patas dianteiras imobilizadas, mas a enorme cabeça do cachorro era mantida abaixada apenas com o peso do peito de Garp. Enquanto mantinha seu peso sobre a espinha do animal e enfiava o queixo em seu pescoço peludo,

Bonkers começou a rosnar de forma aterrorizante. Na refrega, uma *orelha* apareceu na boca de Garp – e Garp mordeu-a com toda força. O cão uivou de dor. Garp mordeu aquela orelha pelo pedaço que faltava na sua, pelos quatro anos que passara na Steering e pelos 18 anos de sua mãe.

Somente quando as luzes se acenderam na casa dos Percy foi que Garp largou a orelha de Bonkers.

– Corra! – disse Cushie. Garp agarrou sua mão e saíram correndo. Sentia um gosto horrível na boca. – Puxa, você tinha que mordê-lo, Garp?

– Ele me mordeu primeiro.

– Eu me lembro. – Ela apertou sua mão, e ele a conduziu para o lugar onde queria levá-la.

– Mas que diabo está acontecendo aqui? – ouviram Stewart Percy gritar.

– Foi o Bonkie! Foi o Bonkie! – gritou-lhe Pooh Percy no meio da noite.

– Bonkers, venha cá! – chamou o Ensopado Gordo. – Aqui, Bonkers! Aqui, Bonkers!

E todo mundo ouviu o retumbante uivo de dor do cachorro surdo.

Foi uma comoção capaz de atravessar o campus vazio e acordar Jenny Fields, que chegou à sua janela no anexo da enfermaria para ver o que acontecia. Felizmente para Garp, ele viu quando Jenny acendeu a luz. Fez Cushie se esconder atrás dele, num dos corredores do anexo desocupado, enquanto ele buscava o atendimento médico de Jenny.

– O que aconteceu com você? – perguntou-lhe Jenny. Garp só queria saber se o sangue que escorria pelo seu queixo era seu mesmo ou era de Bonkers. À mesa da cozinha, Jenny retirou um pedaço de uma coisa escamosa e preta que estava grudada na garganta de Garp, que se soltou e caiu em cima da mesa – tinha o tamanho de uma moeda de um dólar. Os dois ficaram olhando para aquilo.

– O que é isto, Garp?

– Uma orelha – respondeu Garp. – Ou um pedaço dela.

Sobre a mesa branca esmaltada, estava aquele pedaço preto de uma orelha, ligeiramente enrolado nas bordas e gretado como uma luva de couro velha e seca.

– Me atraquei com Bonkers.

– Orelha por orelha – disse Jenny Fields.

Garp não tinha nem um arranhão; o sangue pertencia inteiramente a Bonkers.

Depois que Jenny voltou para o quarto, Garp levou Cushie pelo túnel que ia até a enfermaria principal. Durante 18 anos, ele trilhara aquele caminho. Levou-a para a ala mais distante do apartamento da mãe, no anexo; ficava em cima da sala principal de admissão, perto das salas de cirurgia e anestesia.

Assim, o sexo para Garp estaria para sempre associado a determinados cheiros e sensações. A experiência continuou às escondidas, mas transcorreu sem pressa: uma recompensa final a tantas dificuldades. Aquele cheiro ficaria gravado em sua memória como algo profundamente pessoal e, ainda assim, vagamente *hospitalar*. Os arredores pareceriam para sempre desertos. O sexo, para Garp, permaneceria em sua mente como um ato solitário cometido em um universo abandonado – depois de um dia de chuva. Era sempre um ato de tremendo otimismo.

Cushie, é claro, sempre evocaria para Garp muitas imagens de canhões. Quando a terceira camisinha foi usada, ela perguntou se ele havia comprado apenas uma caixa. Não há nada que um lutador de luta livre aprecie mais do que um estado de exaustão conseguido a duras penas. Ele adormeceu, apesar das reclamações de Cushie.

– Da primeira vez, você não tinha nenhuma – dizia ela – e agora não trouxe o suficiente. Você tem sorte de sermos velhos amigos.

Ainda estava escuro e longe de amanhecer, quando Stewart Percy os acordou. Sua voz violava a enfermaria como uma moléstia inominável.

– Abram! – ouviram-no gritar e foram até a janela para ver o que estava acontecendo.

Na grama muito, muito verde, de roupão e chinelas – e com Bonkers ao seu lado, preso na correia –, o pai de Cushie berrava para

as janelas do anexo da enfermaria. Não demorou muito até Jenny aparecer.
– O senhor está doente? – perguntou ela a Stewart.
– Quero a minha filha! – berrou Percy.
– O senhor está bêbado? – perguntou Jenny.
– Deixe-me entrar! – continuou Stewart a berrar.
– O médico não está e duvido de que haja alguma coisa que eu possa fazer pelo senhor.
– Filha da mãe! – berrou Stewart. – Seu filho bastardo seduziu minha filha! Sei que eles estão lá dentro, naquela enfermaria obscena!
Agora é mesmo uma enfermaria obscena, pensou Garp, deliciando-se com a proximidade e o cheiro de Cushie, trêmula ao seu lado. No ar fresco, através da janela escura, eles tremiam em silêncio.
– Devia ver o meu *cachorro*! – gritou Stewart, a voz cada vez mais esganiçada. – Sangue por toda parte! O cão escondido embaixo da rede! A varanda toda suja de sangue! Que diabo o bastardo do seu filho fez a Bonkers?
Garp sentiu Cushie encolher-se ao seu lado quando Jenny falou. O que Jenny disse deve ter feito Cushie Percy lembrar-se de sua própria observação, 13 anos antes. O que Jenny disse foi:
– Garp mordeu Bonkie.
Então, ela apagou a luz e, na escuridão lançada sobre a enfermaria e o anexo, ouvia-se apenas a respiração de Ensopado Gordo e a chuva que continuava a cair sobre a Steering School, lavando toda a sujeira.

5

Na cidade em que morreu Marco Aurélio

Quando Jenny levou Garp para a Europa, ele estava bem mais preparado para o confinamento solitário de uma vida de escritor do que a maioria dos rapazes de 18 anos. Ele já desabrochava em um mundo de sua própria imaginação; afinal, fora criado por uma mulher que acreditava que o confinamento solitário era um modo de vida perfeitamente natural. Ainda se passariam muitos anos até Garp notar que não tinha amigos, e isso nunca pareceu estranho a Jenny Fields. À sua maneira educada e distante, Ernie Holm foi o primeiro amigo que Jenny Fields já tivera.

Antes de Jenny e Garp encontrarem um apartamento, eles moraram em mais de uma dezena de pensões em toda Viena. Fora ideia do sr. Tinch que essa seria a maneira ideal de escolherem a parte da cidade de que mais gostavam; morariam em todos os bairros e depois decidiriam o que lhes convinha. Mas viver em uma pensão por um curto período devia ter sido mais agradável para Tinch no verão de 1913. Quando Jenny e Garp foram para Viena, era 1961, eles logo se cansaram de carregar suas máquinas de escrever de pensão em pensão. No entanto, foi essa experiência que deu a Garp o material para seu primeiro conto importante, "A pensão Grillparzer". Garp nem sabia o que era uma pensão, antes de ir para Viena, mas logo descobriu que uma pensão tinha menos a oferecer do que um hotel; era sempre menor e nunca elegante; às vezes, oferecia café da manhã, às vezes não. Uma pensão era às vezes um bom negócio e às vezes um erro. Jenny e Garp encontraram pensões que eram limpas, confortáveis e hospitaleiras, mas quase sempre eram velhas e desgastadas.

Jenny e Garp não desperdiçaram muito tempo para decidir que queriam morar na Ringstrasse ou em suas proximidades. Ringstrasse era a grande avenida em círculo bem no coração da parte velha da cidade; era onde se podia encontrar praticamente de tudo e onde Jenny conseguia se sair um pouco melhor sem falar nada de alemão – era a parte mais sofisticada, mais cosmopolita de Viena, se é que tal parte de Viena existia.

Para Garp, era divertido estar no comando da situação, no que dizia respeito à sua mãe; três anos de alemão na Steering fizeram dele o líder, e ele notoriamente gostava de ser o chefe da casa.

– Coma o *schnitzel*, mamãe – dizia-lhe ele.
– Acho que este *Kalbsnieren* parece interessante.
– Rim de vitela, mamãe – dizia Garp. – Você gosta de rim?
– Não sei – admitia Jenny. – Acho que não.

Quando finalmente se mudaram para seu próprio apartamento, Garp assumiu as compras. Jenny passara 18 anos comendo nos refeitórios da Steering; nunca aprendera a cozinhar e agora não conseguia ler as instruções. Foi em Viena que Garp descobriu quanto gostava de cozinhar, mas a primeira coisa que ele afirmou gostar na Europa foi o WC – o *water closet*. Quando morava em pensões, Garp descobriu que o WC era um quartinho onde havia somente o vaso sanitário; foi a primeira coisa na Europa que pareceu sensata a Garp. Escreveu a Helen que "é o sistema mais inteligente que já vi – urinar e defecar em um lugar e escovar os dentes em outro". O WC, é claro, também teria um proeminente papel no conto de Garp, "A pensão Grillparzer", mas ainda por um bom tempo Garp não escreveria esse conto, nem qualquer outro.

Apesar de ser extraordinariamente autodisciplinado para um rapaz de 18 anos, havia coisas demais para ver, ao lado das novas funções pelas quais Garp de repente passou a ser responsável. Isso fez dele uma pessoa extremamente ocupada e, durante meses, só tinha tempo para escrever para Helen. Apesar de tentar, estava empolgado demais com seu novo território para desenvolver a rotina necessária para escrever.

Ele tentou escrever um conto sobre uma família; tudo que sabia quando começou era que a família tinha uma vida interessante, e seus membros eram muito unidos. Isso não era suficiente.

Jenny e Garp mudaram-se para um apartamento de pé-direito alto, com as paredes de cor creme, no segundo andar de um prédio antigo na Schwindgasse, uma ruazinha no quarto distrito. Ficava bem perto da Prinz-Eugen-Strasse, da Schwarzenbergplatz e do Belvedere Superior e Inferior. Garp acabou indo a todos os museus de arte da cidade, mas Jenny nunca ia a nenhum, exceto o que ficava no Belvedere Superior. Garp explicou-lhe que esse museu continha apenas obras de pintores dos séculos XIX e XX, mas Jenny retrucou que esses dois séculos já lhe bastavam. Garp falou que ela podia ao menos caminhar pelos jardins até o Belvedere Inferior e ver a coleção barroca, mas Jenny sacudiu a cabeça; ela fizera vários cursos de história da arte na Steering – já tivera educação suficiente, dizia.

– Mas você precisa ver os Brueghels, mamãe! Basta pegar o Strassenbahn subindo a Ring e descer na Mariahilferstrasse. O enorme museu do outro lado da rua, em frente ao ponto o bonde, é o Kunsthistorisches.

– Mas se eu posso *andar* pelo Belvedere – argumentava Jenny –, para que pegar o bonde?

Ela também podia ir andando até a Karlskirche e havia alguns edifícios de embaixadas bem interessantes perto dali, subindo-se pela Argentinierstrasse. A Embaixada da Bulgária ficava bem em frente ao prédio deles, na Schwindgasse. Jenny, entretanto, dizia que preferia permanecer nas imediações de onde morava. Havia um café a uma quadra do apartamento, e ela às vezes ia lá e lia os jornais em inglês. Nunca saía para comer em lugar algum, a menos que Garp a levasse; e, a menos que ele cozinhasse para ela no apartamento, ela não comia nada em casa. Estava totalmente absorvida pela ideia de escrever – mais ainda do que o próprio Garp, nessa época.

– Não tenho tempo para fazer turismo nesta fase da minha vida – disse ao filho. – Mas você, vá em frente, absorva a cultura. É isso que você deve fazer.

"Absorva, a-a-absorva", dissera-lhes Tinch. Para Jenny, era exatamente o que Garp deveria fazer. Quanto a si mesma, achava que já absorvera o suficiente para ter muito o que dizer. Jenny Fields tinha 41 anos. Achava que a parte interessante de sua vida já ficara para trás; tudo que queria fazer agora era escrever sobre isso.

Garp deu-lhe um pedaço de papel para ela levar sempre na bolsa. Ali estava escrito o seu endereço, caso ela se perdesse: Schwindgasse 15/2, Wien IV. Garp precisou ensinar-lhe, a duras penas, como pronunciar o endereço.

– *Schwindgassefünfzehnzwei!* – dizia Jenny, como se cuspisse.
– Outra vez! – dizia Garp. – Quer *continuar* perdida se algum dia se perder?

Garp explorava a cidade durante o dia e descobria lugares aonde levar Jenny à noite e nos finais de tarde, quando ela encerrava sua sessão de escrita. Saíam para tomar uma cerveja ou uma taça de vinho; ele, então, lhe contava como fora o seu dia. Jenny ouvia com toda atenção, educadamente. Vinho e cerveja a deixavam sonolenta. Em geral, jantavam bem em algum lugar agradável e depois Garp escoltava Jenny até em casa, tomando o bonde. Garp se orgulhava de nunca usar táxis, porque aprendera a usar o sistema do Strassenbahn com perfeição. Às vezes, ele ia a uma feira pela manhã, voltava cedo para casa e cozinhava a tarde toda. Jenny nunca se queixava; para ela, era indiferente comer fora ou em casa.

– Este é um Gumpoldskirchner – dizia Garp, explicando o vinho.
– Harmoniza muito bem com o Schweinebraten.
– Que palavras engraçadas! – comentava Jenny.

Em uma avaliação do estilo de prosa de Jenny, Garp escreveria mais tarde: "Minha mãe lutava tanto com o inglês que não era de admirar que nunca tivesse se dado ao trabalho de aprender alemão."

Apesar de se sentar todos os dias diante da máquina de escrever, Jenny Fields não era escritora. Embora escrevesse – fisicamente –, não gostava de reler o que escrevia. Logo começou a tentar lembrar-se dos bons livros que lera e do que os tornava diferentes de seus rascunhos. Ela simplesmente começara do começo. "Nasci em...", e assim por diante. "Meus pais queriam que eu estudasse em Wellesley, no entanto..." E, é claro: "Decidi que queria um filho só meu e finalmente consegui um da seguinte maneira..." Mas Jenny havia lido histórias muito boas para saber que a sua não *soava* como as boas histórias de sua lembrança. Perguntava-se o que havia de errado e frequentemente dava a Garp a incumbência de ir às poucas livrarias que vendiam livros em inglês. Queria examinar com mais atenção como os romances começavam; ela produzira rapidamente mais de trezentas páginas datilografadas, mas achava que aquilo ainda não era o começo do seu livro.

Jenny, porém, sofria calada com os seus problemas de escritora; mostrava-se alegre com Garp, embora raramente prestasse muita atenção ao que ele dizia. Durante toda a sua vida, Jenny Fields sempre acreditara que as coisas tinham um começo e um fim. Como a educação de Garp – como a sua própria. Como o sargento Garp. Sua afeição pelo filho não diminuíra em nada, mas achava que sua fase de atuação como mãe tinha acabado; achava que cuidara de Garp até ali e agora podia deixar que ele encontrasse seu próprio caminho sozinho. Não podia passar a vida matriculando-o em luta livre ou outra atividade qualquer. Jenny gostava de viver com o filho; na verdade, nunca lhe ocorreu que algum dia pudessem viver separados. Mas Jenny esperava que Garp ocupasse todos os seus dias em Viena por conta própria, e foi o que ele fez.

Garp não tinha progredido em sua história sobre uma família unida, exceto que encontrara algo muito interessante para eles fazerem. O pai era uma espécie de inspetor, e a família o acompanhava em suas andanças. Seu trabalho consistia em inspecionar todos os restaurantes, hotéis e pensões na Áustria – avaliando-os e atribuindo-lhes uma classificação: A, B ou C. Era um emprego que Garp imaginava que *ele* próprio gostaria de ter. Em um país como a Áustria, tão dependente do turismo, a classificação e reclassificação dos estabelecimentos turísticos onde clientes e hóspedes comiam e dormiam *deviam* ter uma enorme importância, mas Garp não conseguia imaginar o que poderia ser tão importante – ou para quem. Até então, tudo o que ele tinha era a tal família com um emprego engraçado. Eles revelavam as falhas; eles atribuíam notas. E daí? Era mais fácil escrever para Helen.

Naquele final de verão e início de outono, Garp andava a pé ou de bonde por toda Viena, sem se encontrar com ninguém. Escreveu a Helen dizendo que "fazia parte da adolescência o sentimento de que não existe ninguém à sua volta que se pareça tanto com você a ponto de poder compreendê-lo"; Garp escreveu que achava que Viena intensificava esse sentimento nele "porque aqui em Viena, de fato, não existe ninguém como eu".

Sua percepção era, no mínimo, numericamente correta. Havia bem poucas pessoas em Viena que sequer tivessem a mesma idade de Garp. Poucos eram os vienenses nascidos em 1943; aliás, poucos eram os vienenses nascidos do início da ocupação nazista em 1938 até o fim da guerra em 1945. E, apesar de haver um número surpreendente de bebês nascidos de estupros, poucos vienenses *quiseram* ter filhos até 1955, que marcou o fim da ocupação russa. Viena foi uma cidade ocupada por estrangeiros durante 17 anos. Para a maioria dos vienenses, isso é compreensível – esses 17 anos não foram um período apropriado para ter filhos. Garp passou pela experiência de viver em uma cidade que o fazia se sentir estranho por ter 18 anos. Isso deve tê-lo feito amadurecer mais rápido e deve ter contribuído para sua crescente noção de que Viena era mais "um museu que abrigava uma cidade morta", como escreveu a Helen, do que uma cidade viva.

A observação de Garp não foi feita em tom de crítica. Ele gostava de perambular em um museu. "Uma cidade mais real talvez não me agradasse tanto", escreveria mais tarde. "Mas Viena estava em seu leito de morte; permanecia imobilizada, deixando que eu a fitasse, pensasse nela e a olhasse outra vez. Em uma cidade *viva*, eu jamais poderia ter observado e notado tanta coisa. As cidades vivas não ficam imóveis."

Dessa forma, T. S. Garp passou os meses quentes observando Viena, escrevendo cartas a Helen Holm e administrando a vida doméstica de sua mãe, que havia acrescentado o isolamento do ato de escrever à vida de solidão que escolhera. "Minha mãe, a escritora", como Garp se referia a ela, jocosamente, em inúmeras cartas a Helen. Mas invejava Jenny só pelo fato de ela estar conseguindo escrever. Sentia-se encalhado em sua história. Percebeu que podia continuar dando à sua família fictícia uma aventura após a outra, mas aonde isso o levaria? A mais um restaurante B com tal deficiência em suas sobremesas que jamais conquistaria a classificação A; a mais um hotel B, resvalando para C com a mesma certeza de que o cheiro de mofo no saguão jamais iria desaparecer. Talvez alguém da família do inspetor pudesse ser envenenado em um restaurante classe A, mas o que isso significaria? E poderia haver um louco, ou mesmo um criminoso, escondendo-se em uma das pensões, mas o que ele teria a ver com o plano da trama?

Garp sabia que não tinha um plano de trama.

Certo dia, viu quatro artistas de circo, vindos da Hungria ou da Iugoslávia, que se exibiam na estação de trem. Tentou imaginá-los em sua história. Havia um urso que dirigia uma motocicleta, em círculos, girando e girando pelo estacionamento. Logo se formou uma pequena plateia, e um homem que andava apoiado nas mãos ia recolhendo as moedas que os espectadores davam pela apresentação do urso em um pote equilibrado nas solas dos pés; de vez em quando, ele perdia o equilíbrio e caía, mas o urso também.

Por fim, a motocicleta recusou-se a dar partida outra vez. Nunca se soube qual era a função dos outros dois membros do circo; exatamente quando se preparavam para assumir o espetáculo no lugar do urso e do homem que andava sobre as mãos, a polícia chegou e pediu-lhes que preenchessem um monte de formulários. Isso não tinha nenhum interesse, e o pequeno grupo de espectadores se dispersou. Garp foi o único que permaneceu ali por mais tempo, não porque tivesse interesse em novos números daquele circo decrépito, mas porque queria incluí-los em sua história. Não conseguia, porém, imaginar de que maneira. Quando estava deixando a estação, ele ainda pôde ouvir o urso vomitando.

Durante semanas, o único progresso de Garp com seu conto foi o título: "O Departamento de Turismo da Áustria". Não gostou. Voltou a ser turista em vez de escritor.

Mas, quando o tempo começou a esfriar, Garp cansou-se de turismo; passou a reclamar com Helen por não responder a suas cartas com mais frequência – um sinal de que estava escrevendo demais para ela. Helen estava muito mais ocupada do que ele; ingressara na universidade e estava fazendo mais do que o dobro do número médio de disciplinas por semestre. Se havia alguma semelhança entre ela e Garp nesses primeiros anos, era que ambos se comportavam como se estivessem indo a algum lugar com muita pressa.

– Deixe a pobre Helen em paz – advertiu-o Jenny. – Pensei que você fosse escrever alguma coisa além de cartas.

Garp, porém, não gostava da ideia de competir com sua mãe no mesmo apartamento. A máquina de escrever de Jenny nunca fazia nem mesmo uma pausa para ela pensar; Garp sabia que o barulho regular das teclas provavelmente poria um termo à sua carreira de escritor, antes mesmo de ela começar. "Minha mãe desconhecia o silêncio da hora da revisão", ele observou em certa ocasião.

Em novembro, Jenny já tinha seiscentas páginas de manuscrito, mas ainda tinha a sensação de não ter realmente começado. Garp ainda não encontrara nenhum tema que pudesse jorrar dele dessa forma. A imaginação, ele concluiu, era mais difícil de acessar do que a memória.

Ele só deu um "salto" de sua estagnação, como disse quando escreveu a Helen, em um dia frio em que nevava, quando visitou o Museu Histórico da Cidade de Viena. O museu ficava a uma curta distância a pé da Schwindgasse, e ele vinha protelando sua visita, exatamente por saber que poderia andar até lá a qualquer momento. Foi Jenny quem lhe falou do museu. Era um dos dois ou três lugares que ela visitara sozinha, justamente porque ficava logo do outro lado da Karlsplatz e bem dentro do que ela chamava de sua vizinhança.

Jenny mencionou que havia um quarto de um escritor no museu; havia se esquecido de quem era o quarto. Ela achou interessante a ideia de ter o quarto de um escritor no museu.

– O *quarto* de um escritor, mamãe?

– Sim, o aposento completo – disse Jenny. – Toda a mobília do escritor e talvez até as paredes e o assoalho. Não sei como fizeram isso.

– Não sei *por que* fizeram isso – disse Garp. – O quarto inteiro está no museu?

– Sim, acho que é um quarto de dormir – disse Jenny –, mas era também onde o escritor realmente *escrevia*.

Garp revirou os olhos. Parecia-lhe obsceno. Será que a escova de dentes do escritor estaria lá? E até o penico?

Era um quarto absolutamente comum, mas a cama parecia pequena demais – como a de uma criança. A mesa onde ele escrevia também parecia pequena demais. Não eram a cama nem a mesa de um escritor expansivo, pensou Garp. A madeira era escura; tudo parecia muito frágil; Garp achava que sua mãe tinha um quarto melhor para escrever. O escritor cujo quarto fora conservado no Museu Histórico da Cidade de Viena chamava-se Franz Grillparzer; Garp nunca ouvira falar dele.

Franz Grillparzer morreu em 1872; era um poeta e dramaturgo austríaco, de quem poucas pessoas fora da Áustria haviam ouvido falar. Era um daqueles escritores do século XIX que não sobreviveram ao século XIX com nenhuma popularidade duradoura, e posteriormente Garp argumentara que Grillparzer não merecia nem mesmo ter sobrevivido ao século XIX. Garp não estava interessado em peças teatrais e poemas, mas foi à biblioteca e leu aquela que era considerada a mais marcante obra em prosa de Grillparzer: o longo conto intitulado "O pobre violinista". Talvez, pensou Garp, seus três anos de alemão na Steering não fossem suficientes para permitir que ele apreciasse a história; em alemão, ele a detestou. Mais tarde, encontrou uma tradução do conto em inglês em um sebo na Habsburgergasse; continuou detestando-o.

Garp considerou o famoso conto de Grillparzer um melodrama ridículo; também achou que era mal escrito e de um sentimentalismo banal e piegas. Muito vagamente, fazia-o lembrar os contos russos do século XIX, nos quais quase sempre os personagens eram procrastinadores indecisos, completos fracassos em todos os aspectos da vida prática; Dostoiévski, porém, na opinião de Garp, era capaz de fazê-lo se interessar por tais infelizes. Já Grillparzer o entediava com suas baboseiras chorosas.

Naquele mesmo sebo, Garp comprou uma tradução inglesa de *Meditações*, de Marco Aurélio; ele fora obrigado a ler Marco Aurélio nas aulas de latim na Steering, mas nunca o lera em inglês antes. Comprou o livro porque o dono da livraria disse-lhe que Marco Aurélio morrera em Viena.

"Na vida de um homem", escreveu Marco Aurélio, "seu tempo é apenas um momento, seu ser um fluxo incessante, os sentidos a luz mortiça de uma vela, o corpo uma presa dos vermes, a alma um constante turbilhão, o destino, negro, e a fama, duvidosa. Em resumo, tudo o que é do corpo é como água corrente, tudo o que é da alma, como sonhos e devaneios." Garp achou que Marco Aurélio devia estar mesmo morando em Viena quando escreveu aquilo.

Garp imaginou que o assunto das lúgubres observações de Marco Aurélio era sem dúvida *tema* para os mais sérios textos literários; em relação a Grillparzer e Dostoiévski, a diferença não estava no assunto. A diferença, Garp concluiu, era inteligência e elegância; a diferença era arte. Por alguma razão, essa óbvia descoberta lhe agradou. Anos mais tarde, Garp leu em uma introdução crítica à obra de Grillparzer que o autor austríaco era "sensível, angustiado, dado a crises paranoicas, quase sempre deprimido, rabugento e sufocado de melancolia; em resumo, um homem moderno e complexo".

"Talvez tenha sido assim", escreveu Garp, "mas era também um péssimo escritor."

A convicção de Garp de que Franz Grillparzer era um "mau" escritor pareceu proporcionar ao rapaz sua primeira sensação de autoconfiança verdadeira como artista – mesmo antes de ter escrito qualquer coisa. Talvez, na vida de todo escritor, deva haver aquele momento em que algum outro escritor é atacado e considerado incapaz. O instinto assassino de Garp em relação ao pobre Grillparzer era quase um segredo de luta livre; era como se Garp tivesse observado um adversário em uma competição com outro lutador; descobrindo suas fraquezas, Garp *sabia* que poderia fazer melhor. Ele até mesmo forçou Jenny a ler "O pobre violinista". Foi uma das poucas vezes em que ele buscou sua opinião em literatura.

– Uma droga – sentenciou Jenny. – Simplista. Sentimentalismo barato. Água com açúcar.

Ambos ficaram encantados.

– Na verdade, eu não gostei do quarto dele – disse Jenny a Garp. – Não parecia o quarto de um escritor.

– Bem, não creio que isso faça diferença, mamãe – disse Garp.

– Mas era um quarto muito acanhado – resmungou Jenny. – Era escuro demais e parecia cheio de nove-horas.

Garp deu uma espiada no quarto de sua mãe. Em cima da cama e da penteadeira, e presas com fita adesiva ao espelho de parede – quase ocultando a própria imagem da mãe – viam-se as folhas espalhadas de seu incrivelmente longo e confuso manuscrito. Garp achava que o quarto de sua mãe também não se parecia muito com o quarto de um escritor, mas não fez nenhum comentário.

Escreveu a Helen uma carta longa e pretensiosa, citando Marco Aurélio e desancando Franz Grillparzer. Na opinião de Garp, "Franz Grillparzer morreu definitivamente em 1872 e, como um vinho local barato, não podia ir muito longe de Viena sem estragar". A carta foi uma espécie de flexão dos músculos e talvez Helen tenha percebido isso. Era uma carta calistênica; Garp fez uma cópia em papel carbono e decidiu que havia gostado tanto dela que guardou o original e enviou a cópia carbono a Helen. "Sinto-me um pouco como uma biblioteca", escreveu-lhe Helen. "É como se você quisesse me transformar em uma gaveta de arquivo."

Estaria Helen se queixando? Garp não era bastante sensível à vida da própria Helen para se dar ao trabalho de perguntar. Ele simplesmente escreveu de volta dizendo que estava "se preparando para escrever". Tinha certeza de que ela iria gostar dos resultados. Helen pode ter sentido vontade de se afastar dele, mas não deu nenhum sinal de ansiedade; na universidade, ela estava devorando as disciplinas numa proporção três vezes maior do que a média. Ao final do primeiro semestre, já havia praticamente completado também as disciplinas do segundo. A introspecção e o ego de um jovem escritor não assustavam Helen Holm; ela estava progredindo em seu próprio ritmo inacreditavelmente acelerado e gostava de pessoas determinadas. Além do mais, gostava de receber cartas de Garp; ela também tinha um ego, e as cartas de Garp, como sempre dizia a ele, eram muito bem escritas.

Em Viena, Jenny e Garp deliciavam-se com piadas de Grillparzer. Começaram a descobrir pequenos sinais do falecido Grillparzer por toda a cidade. Havia uma Grillparzergasse, um Kaffeehaus des Grillparzers; e, certo dia, em uma confeitaria, ficaram admirados de descobrir uma espécie de bolo de camadas que tinha o nome do escritor: Grillparzertorte! Era doce demais. Assim, quando Garp cozinhava para sua mãe, perguntava-lhe se ela queria os ovos cozidos ou à la Grillparzer. Um dia, no Schonbrunn Zoo, viram um antílope particularmente desengonçado e acabrunhado, que ficava tristemente parado no seu imundo alojamento de inverno. Garp identificou-o: *der Gnu des Grillparzers*.

A propósito de sua própria escrita, Jenny certo dia comentou com Garp que se sentia culpada de "fazer um Grillparzer". Explicou que isso significava que havia inserido uma cena ou um personagem estridente "como o disparo de um alarme". A cena a que se referia era aquela no cinema em Boston quando o soldado a abordara. "No cinema", Jenny Fields escreveu, "um soldado consumido em luxúria aproximou-se de mim."

– É horrível, mamãe – admitiu Garp. A expressão "consumido em luxúria" era o que Jenny queria dizer com "fazer um Grillparzer".

– Mas era isso mesmo – disse Jenny. – Era luxúria, sim, senhor.

– É melhor dizer que ele estava *embriagado* de luxúria – sugeriu Garp.

– Credo! – protestou Jenny. Outro Grillparzer. Era da *luxúria* que ela não gostava, de um modo geral. Discutiram a luxúria da melhor maneira possível. Garp confessou sua luxúria por Cushie Percy e apresentou uma versão adequadamente amenizada da cena da consumação. Jenny não gostou.

– E Helen? – perguntou Jenny. – Você sente isso por Helen?

Garp admitiu que sentia.

– Que horror – disse Jenny. Ela não compreendia a sensação e não entendia como Garp podia associá-la a prazer, menos ainda a afeto.

– "Tudo o que é do corpo é como água corrente" – disse Garp, sem jeito, citando Marco Aurélio; sua mãe apenas sacudiu a cabeça. Jantaram em um restaurante muito vermelho, perto da Blutgasse.

– Rua Sangrenta – traduziu Garp para ela, satisfeito.

– Pare com essa mania de ficar traduzindo tudo – disse-lhe Jenny. – Não quero saber tudo. – Ela achou que a decoração do restaurante era vermelha *demais* e a comida, cara demais. O serviço era lento, e eles iniciaram o trajeto de volta para casa tarde da noite. Fazia frio, e as luzes vistosas da Karntnerstrasse não eram suficientes para aquecê-los.

— Vamos pegar um táxi – disse Jenny. Mas Garp insistiu em que, depois de cinco quadras, eles poderiam tomar o bonde com a mesma facilidade.

— Você e seus malditos Strassenbahns – disse Jenny.

Era evidente que o assunto "luxúria" tinha estragado a noite para eles.

O primeiro distrito cintilava com as luzes feéricas da decoração de Natal. Entre os imponentes pináculos da igreja de Santo Estêvão e o maciço edifício da Ópera, estendiam-se vários quarteirões de lojas, bares e hotéis; nesses sete quarteirões, eles podiam se sentir como se estivessem em qualquer lugar do mundo em uma noite de inverno.

— Uma noite dessas, temos que ir à Ópera, mamãe – sugeriu Garp. Estavam em Viena havia seis meses e ainda não tinham ido à Ópera, mas Jenny não gostava de ficar acordada até altas horas da noite.

— Vá você sozinho – disse Jenny.

Ela viu, mais à frente deles, três mulheres paradas, em longos casacos de pele. Uma delas tinha um regalo – um abrigo para as mãos, da mesma pele do casaco, e o segurava diante do rosto, respirando dentro dele para aquecer as mãos. A mulher tinha uma aparência muito elegante, mas havia algo do falso esplendor do Natal nas outras duas que estavam com ela. Jenny ficou com inveja do regalo de pele nas mãos da mulher.

— É isso que eu quero – anunciou Jenny. – Onde posso comprar um desses? – disse, apontando para a mulher adiante deles, mas Garp não sabia a que ela se referia.

As mulheres, ele sabia, eram prostitutas.

Quando as prostitutas viram Jenny subindo a rua com Garp, ficaram intrigadas com o relacionamento que poderia haver entre eles. Viam um rapaz bonito, com uma mulher também bonita, mas muito simples, que parecia ter idade para ser mãe dele; mas Jenny andava de braço dado com Garp, formalmente, quando caminhavam juntos, e havia algo como tensão e confusão na conversa que Garp e Jenny mantinham – o que fez as prostitutas pensarem que Jenny não podia ser a mãe do rapaz. Então, Jenny apontou para elas, e isso as irritou. Acharam que Jenny era outra prostituta que invadira o território delas e pegara um rapaz que parecia rico e nem um pouco sinistro – um bonito rapaz que poderia pagar a *elas*.

Em Viena, a prostituição é legal e controlada de uma forma complexa. Existe uma espécie de sindicato; há certificados médicos, *checkups* periódicos, carteiras de identificação. Somente as prostitutas de melhor aparência têm permissão para trabalhar nas ruas elegantes do primeiro distrito. Nos distritos mais distantes, as prostitutas são mais feias ou mais velhas, ou ambos; eram também mais baratas, é claro. Os preços são tabelados de acordo com o distrito a que a prostituta pertence. Quando as prostitutas viram Jenny, saíram para o meio da calçada para bloquear a passagem dela e de Garp. Haviam concluído rapidamente que Jenny não estava à altura de uma prostituta do primeiro distrito e que ela provavelmente estava trabalhando por conta própria – o que era ilegal – ou havia saído do seu distrito para tentar ganhar um pouco mais de dinheiro; se assim fosse, isso iria deixá-la em má situação com as outras prostitutas.

Na verdade, a maioria das pessoas não confundiria Jenny com uma prostituta, mas era difícil dizer exatamente com que ela parecia. Vestira-se com o uniforme de enfermeira por tantos anos que não sabia ao certo como se vestir em Viena; geralmente, exagerava nos trajes quando saía com Garp, talvez para compensar o velho roupão com o qual escrevia. Jenny não tinha nenhuma experiência em comprar roupas para si mesma e, numa cidade estrangeira, todas as roupas lhe pareciam um pouco diferentes. Sem nenhuma preferência em particular, ela simplesmente comprava as roupas mais caras; afinal, *tinha* bastante dinheiro e não tinha a paciência nem o interesse necessários para fazer uma pesquisa pelas lojas. Em consequência, tudo nela parecia novo e vistoso, e, ao lado de Garp, não parecia pertencer à mesma família. O traje permanente de Garp na Steering costumava ser formal, com calças confortáveis, paletó e gravata – uma espécie de uniforme padrão, urbano e descontraído, que o tornava anônimo em todo lugar.

– Pode perguntar àquela mulher onde ela comprou aquele regalo? – perguntou Jenny a Garp. Para sua surpresa, as mulheres plantaram-se no meio da calçada, impedindo-lhes a passagem.

– Elas são *prostitutas*, mamãe – sussurrou-lhe Garp.
Jenny Fields ficou paralisada. A dona do regalo falou-lhe asperamente. Jenny não entendeu uma única palavra do que ela disse, é claro; olhou para Garp, esperando uma tradução. A mulher continuou despejando uma torrente de palavras em cima de Jenny, que não tirava os olhos do filho.
– Minha mãe queria lhe perguntar onde comprou esse bonito regalo de pele – disse Garp em seu alemão claudicante.
– Ah, eles são *estrangeiros*! – disse uma das mulheres.
– Nossa, ela é *mãe* dele! – disse outra.
A mulher com o regalo olhou fixamente para Jenny, que agora olhava fixamente para o regalo da mulher. Uma das prostitutas era bem jovem, com os cabelos puxados para cima, formando um coque no alto da cabeça, e salpicados de estrelinhas douradas e prateadas; também tinha uma tatuagem verde, em forma de estrelinha, em uma das faces, e uma cicatriz, que puxava seu lábio superior apenas ligeiramente para cima – de modo que, por um instante, ficava-se sem saber exatamente o que havia de errado com seu rosto, embora definitivamente houvesse alguma coisa. No entanto, não havia nada de errado com seu corpo; era alta e magra, e era difícil encará-la, embora Jenny não tirasse os olhos dela agora.
– Pergunte quantos anos ela tem – disse Jenny a Garp.
– *Ich Bin* 18 – disse a jovem. – Falo bem inglês.
– É a idade do meu filho – disse Jenny, cutucando Garp.
Jenny não havia entendido que as mulheres *a* tinham confundido com uma meretriz; quando Garp lhe contou, mais tarde, ela ficou furiosa – mas apenas consigo mesma.
– São as minhas roupas! Eu não sei me vestir!
Daquele momento em diante, Jenny Fields não vestiria mais nada que não seu uniforme de enfermeira; passou a usá-lo em todos os lugares, como se estivesse eternamente de plantão, apesar de nunca mais ter voltado a ser enfermeira.
– Posso ver o seu regalo? – perguntou Jenny à mulher; Jenny presumira que todas elas falavam inglês, mas somente a mais nova sabia a língua. Garp traduziu, e a mulher tirou as mãos do regalo, com

certa relutância. Um agradável perfume exalou do ninho quente em que suas mãos longas, cintilantes de anéis, tinham estado entrelaçadas.

A terceira mulher tinha um sinal de catapora na testa, como uma marca deixada por um caroço de pêssego. Fora essa imperfeição, e uma boca pequena e rechonchuda como a de uma criança gorducha, tinha a beleza padrão de uma jovem, Garp imaginava, de vinte e poucos anos; ela devia ter seios enormes, mas era difícil saber ao certo com aquele seu casaco de pele.

A mulher do regalo, na opinião de Garp, era linda. Tinha um rosto comprido, potencialmente triste. Seu corpo, na imaginação de Garp, era sereno. A boca era muito calma. Apenas os olhos e as mãos descobertas no frio da noite permitiam que Garp visse que ela devia ter a idade de sua mãe, no mínimo. Talvez fosse até mais velha.

– Foi um presente – disse ela a Garp, a respeito do regalo. – Veio com o casaco. – Eram de uma pele clara, com reflexos prateados, muito lustrosa.

– É de pele verdadeira – disse a mais jovem, que falava inglês; ela obviamente admirava tudo que dissesse respeito à prostituta mais velha.

– Naturalmente, você pode comprar um desses, não tão caro, praticamente em qualquer lugar – disse a mulher com a marca na testa a Garp. – Procure na Stef's – disse ela, numa gíria estranha que Garp quase não compreendeu, e ela apontou para a Karntnerstrasse. Mas Jenny não olhou naquela direção e Garp apenas balançou a cabeça, continuando a olhar para os longos dedos desprotegidos da mulher mais velha, cintilando com anéis.

– Estou com frio nas mãos – disse ela suavemente a Garp, que pegou o regalo das mãos de Jenny e o devolveu à prostituta. Jenny parecia em estado de torpor.

– Vamos *conversar* com ela – disse Jenny a Garp. – Quero lhe perguntar algumas coisas a respeito daquele assunto.

– A respeito de que assunto, mamãe? – disse Garp. – Santo Deus!

– Aquele sobre o qual estávamos conversando – disse Jenny. – Quero lhe fazer perguntas sobre *luxúria*.

As duas mais velhas olharam para a que sabia inglês, mas seus conhecimentos da língua não lhe permitiram entender coisa alguma do que fora dito.

– Está fazendo muito frio, mamãe – queixou-se Garp. – E já é tarde. Vamos embora para casa.

– Diga-lhe que queremos ir a um lugar aquecido, apenas para sentar e conversar – disse Jenny. – Ela vai concordar, se nós lhe pagarmos por isso, não vai?

– Creio que sim – resmungou Garp. – Mamãe, ela não sabe nada sobre luxúria. Provavelmente não sente nada parecido com isso.

– Quero falar com ela a respeito de luxúria *masculina* – disse Jenny. – Sobre *sua* luxúria. Ela deve saber algo sobre isso.

– Pelo amor de Deus, mamãe! – disse Garp.

– *Was macht's?* – perguntou-lhe a graciosa prostituta. – O que foi? O que está acontecendo aqui? Ela quer comprar o regalo?

– Não, não – disse Garp. – Ela quer comprar *você*.

A mais velha pareceu perplexa; a da cicatriz de catapora soltou uma gargalhada.

– Não, não – explicou Garp. – Apenas para *conversar*. Minha mãe só quer lhe fazer umas perguntas.

– Está muito frio aqui – disse a prostituta, desconfiada.

– Há algum lugar aonde a gente possa ir? – sugeriu Garp. – Onde você quiser.

– Pergunte a ela quanto ela cobra – disse Jenny.

– *Wie viel kostet?* – murmurou Garp.

– Custa 500 *schillings* – disse a prostituta – para o habitual.

Garp teve de explicar a Jenny que isso era mais ou menos vinte dólares. Jenny Fields viveria mais de um ano na Áustria e não aprenderia os números em alemão, nem tampouco o sistema monetário.

– Vinte dólares só para conversar? – perguntou Jenny.

– Não, não, mamãe – disse Garp –, isso é para o serviço *habitual*.

Jenny refletiu. Vinte dólares seria muito para o serviço habitual? Não sabia.

– Diga que lhe pagaremos dez dólares – disse Jenny, mas a prostituta ficou em dúvida, como se a conversa, para ela, pudesse ser mais difícil do que o "serviço habitual". No entanto, sua indecisão fora influenciada por mais do que o preço; ela não confiava em Garp e Jenny. Ela perguntou à prostituta mais jovem, que falava inglês, se eles eram ingleses ou norte-americanos. Quando a outra lhe disse que eram americanos, isso pareceu tranquilizá-la um pouco.

– Os ingleses costumam ser uns pervertidos – disse ela a Garp, com simplicidade. – Os americanos geralmente são mais normais.

– Nós só queremos *conversar* com você – insistiu Garp, mas ele pôde ver que a prostituta continuava a imaginar algum ato de monstruosa esquisitice envolvendo mãe e filho.

– Duzentos e cinquenta *schillings* – a mulher com o regalo de *mink* finalmente aceitou. – E vocês pagam o meu café.

Assim, foram a um lugar frequentado pelas prostitutas, aonde iam para se aquecer, um bar minúsculo com mesas minúsculas; o telefone tocava sem parar, mas somente uns poucos homens espreitavam com cara de poucos amigos junto aos cabides, avaliando as mulheres. Uma espécie de regulamento estabelecia que as mulheres não podiam ser abordadas ali dentro do bar; o lugar era uma espécie de refúgio, uma zona neutra.

– Pergunte que idade ela tem – disse Jenny a Garp.

No entanto, quando ele perguntou, a mulher fechou os olhos devagar e sacudiu a cabeça.

– Está bem – disse Jenny. – Pergunte por que ela acha que os homens gostam dela.

Garp revirou os olhos.

– Bem, estou vendo que *você* gosta dela, não é mesmo? – perguntou Jenny a ele. Garp disse que gostava. – Bem, o que é que ela tem que você *deseja*? – perguntou-lhe Jenny. – Não me refiro às partes sexuais, quero dizer, há mais alguma coisa prazerosa? Algo para imaginar, para pensar, algum tipo de *aura*?

– Mamãe, por que você não paga a *mim* 250 *schillings* e não faz mais nenhuma pergunta a ela? – disse Garp, impaciente.

– Não seja impertinente – disse Jenny. – Quero saber se ela acha degradante sentir-se *desejada* dessa forma, e depois ser *possuída* dessa forma, imagino, ou se ela pensa que isso só é degradante para os homens.

Garp esforçou-se para traduzir aquilo. A mulher pareceu refletir muito seriamente, mas talvez não estivesse compreendendo a pergunta, ou o alemão de Garp.

– Não sei... – disse finalmente.
– Tenho outras perguntas – disse Jenny.
Isso continuou por mais uma hora. Então, a mulher disse que tinha de voltar ao trabalho. Jenny não parecia nem satisfeita, nem decepcionada com a falta de resultados concretos da entrevista; parecia apenas insaciavelmente curiosa. Garp nunca desejara tanto alguém como agora desejava aquela mulher.
– Você a deseja? – perguntou-lhe Jenny tão repentinamente que ele não pôde mentir. – Quero dizer, depois de tudo isso, olhando para ela, falando com ela, você realmente deseja ter relações sexuais com ela também?
– Claro, mamãe – disse Garp, constrangido.
Jenny não parecia mais perto de compreender a luxúria do que estava antes do jantar. Olhou para o filho com uma mistura de incredulidade e surpresa.
– Está bem – disse ela. Entregou-lhe os 250 *schillings* que deviam à mulher e mais 500 *schillings*. – Faça o que quer fazer – disse a ele – ou o que acha que *tem* que fazer, mas primeiro leve-me para casa.
A prostituta vira o dinheiro mudar de mãos; tinha o olho treinado para calcular o total correto.
– Olhe – disse ela a Garp, tocando-o com os dedos frios como seus anéis –, tudo bem para mim se sua mãe quiser pagar para você ir comigo, mas ela não pode vir conosco. Não vou permitir que ela fique nos olhando, de jeito nenhum. Ainda sou católica, acredite ou não – continuou. – Se quiser coisas desse tipo, vai ter que falar com a Tina.
Garp se perguntou quem seria Tina; estremeceu ao pensar que para ela não havia nada de estranho.
– Vou levar minha mãe para casa – disse Garp à mulher que achava bonita. – E não vou voltar para vê-la.
Ela, porém, sorriu para ele, e Garp imaginou que sua ereção iria irromper pelo seu bolso cheio de *schillings* soltos e *groschen* sem valor. Somente um de seus dentes perfeitos – da arcada superior na frente – era inteiramente de ouro.
No táxi – que Garp concordara em tomar de volta para casa –, ele explicou a sua mãe como era o sistema vienense de prostituição.

Jenny não se surpreendeu ao saber que a prostituição ali era legal, mas sua surpresa foi saber que era *ilegal* em tantos outros lugares.

– Por que não deveria ser legal? – perguntou. – Por que uma mulher não pode usar seu corpo como quiser? Se alguém quiser pagar por isso, é apenas mais um negócio escuso. Você acha que vinte dólares é muito dinheiro por isso, Garp?

– Não, é razoável – disse Garp. – Ao menos, é até barato para as bem bonitas.

Jenny deu-lhe um tapa.

– Você sabe tudo sobre isso! – disse ela. Em seguida, pediu desculpas; nunca havia batido nele antes, ela só não conseguia entender essa maldita luxúria, luxúria, luxúria!

No apartamento da Schwindgasse, Garp fez questão de *não* sair; na verdade, já estava em sua cama e dormindo antes mesmo de Jenny, que andava de um lado para o outro em seu quarto, em meio às páginas do manuscrito. Uma frase fervilhava em sua cabeça, mas ainda não conseguia vê-la com clareza.

Garp sonhou com outras prostitutas; ele havia visitado duas ou três delas em Viena – mas nunca pagara os preços do primeiro distrito. Na noite seguinte, após um jantar mais cedo em Schwindgasse, Garp foi ver a mulher do regalo de *mink*.

Seu nome de guerra era Charlotte. Não ficou surpresa ao vê-lo. Charlotte tinha experiência suficiente para saber quando havia fisgado alguém, embora ela nunca tenha dito a Garp a sua idade exata. Sempre se cuidara muito e, quando estava completamente despida, sua idade só era aparente nas veias das longas mãos. Havia estrias na barriga e nos seios, mas ela disse a Garp que a criança morrera havia muito tempo. Não se incomodou quando Garp tocou a cicatriz da cesariana.

Após visitar Charlotte quatro vezes no mesmo lugar no primeiro distrito, ele a encontrou por acaso no Naschmarkt em uma manhã de sábado. Ela comprava frutas. Seus cabelos deviam estar um pouco sujos, porque ela os cobrira com um lenço e usava um penteado de menina – com franja e duas tranças curtas. A franja parecia um pouco oleosa em sua testa, e ela parecia mais pálida à luz do dia. Estava sem maquilagem e usava *jeans* americanos, tênis e um suéter longo, com gola alta rulê. Garp não a teria reconhecido se não tivesse visto suas mãos pegando as frutas; ela usava todos os seus anéis.

No começo, ela não respondeu quando ele falou com ela, mas Garp já havia lhe contado que ele fazia todas as compras e cozinhava, para ele e para sua mãe, e ela achara muita graça naquilo. Passada a irritação inicial por encontrar um cliente em suas horas de folga, pareceu recuperar o bom humor. Garp não soube, por algum tempo, que ele era da mesma idade que o filho de Charlotte teria. Charlotte mostrou um grande interesse na maneira como Garp vivia com sua mãe.

– E como vai indo sua mãe com o livro dela? – perguntou Charlotte.

– Ela continua lá datilografando – disse Garp. – Acho que ela ainda não resolveu o problema da luxúria.

Mas Charlotte só permitia que Garp zombasse de sua mãe até um certo ponto.

Garp se sentia bastante inseguro perto de Charlotte, a ponto de nunca ter lhe dito que *ele* também estava tentando escrever; sabia que ela iria dizer que ele era novo demais para ser escritor. Às vezes, ele também pensava assim. E sua história ainda não estava pronta para ser contada a ninguém. O máximo que fizera fora mudar o título. Agora, intitulava-se "A pensão Grillparzer", e esse título era a primeira coisa concreta a agradá-lo naquele conto. Ajudava-o a enfocar os acontecimentos. Agora, tinha um lugar em mente, um único lugar onde quase tudo que era importante iria acontecer. Isso também o ajudava a pensar em seus personagens de uma maneira mais focalizada – a família de agentes de classificação, os outros residentes de uma pensão pequena e triste em algum lugar (teria de ser pequena e triste, e localizada em Viena, para se chamar Franz Grillparzer). Esses "outros residentes" formariam uma espécie de circo; tampouco um bom circo, imaginava, mas um circo que não tinha nenhum outro lugar para onde ir. Todas as outras pensões se recusaram a aceitá-lo.

No mundo das classificações, tudo estaria enquadrado em uma espécie de experiência classe C. Esse tipo de raciocínio fez Garp dar início, lentamente, ao seu trabalho no que ele pensava ser a direção certa. Quanto a isso, ele tinha razão, mas ainda era algo novo demais para ele começar a escrever sobre o assunto. De qualquer modo, quanto mais escrevia para Helen, menos escrevia o que realmente importava; e ele não podia discutir isso com sua mãe, já que a imaginação não era, de fato, o ponto forte de Jenny. E, naturalmente, teria sido tolice falar com Charlotte a tal respeito.

Garp geralmente encontrava Charlotte no Naschmarkt aos sábados. Faziam compras e, às vezes, almoçavam juntos em um restaurante sérvio não muito longe do Stadtpark. Nessas ocasiões, Charlotte pagava sua própria conta. Em um desses almoços, Garp confessou-lhe que era difícil para ele pagar regularmente a tabela do primeiro distrito sem ter de explicar à mãe aonde estava indo aquele fluxo regular de dinheiro. Charlotte ficou zangada com ele por falar de negócios quando ela não estava trabalhando. Teria ficado mais zangada ainda se ele tivesse admitido que a via menos vezes profissionalmente, porque os preços do sexto distrito, de uma outra mulher que ele conhecera na esquina da Karl Schweighofergasse com Mariahilfer, eram muito mais fáceis de esconder de Jenny.

Charlotte tinha em baixa consideração suas colegas que trabalhavam fora do primeiro distrito. Certa vez, dissera a Garp que estava planejando se aposentar ao primeiro sinal de diminuição do seu valor no primeiro distrito. Ela jamais trabalharia nos distritos mais distantes. Tinha muito dinheiro economizado, disse-lhe, e iria se mudar para Munique (onde ninguém conhecia o seu passado) e se casar com um jovem médico que pudesse tomar conta dela, de todas as formas, até a sua morte; era desnecessário para ela explicar a Garp que ela sempre exercera atração sobre homens mais jovens, mas Garp não gostou nada de sua alegação de que os médicos seriam – em última análise – desejáveis. Talvez tenha sido essa opinião a respeito de os médicos serem mais desejáveis que tenha levado Garp, em sua carreira literária, a encher suas obras de personagens antipáticos que eram quase sempre médicos. Mesmo que assim tenha sido, isso só lhe ocorreu muito tempo depois. Não há nenhum médico em "A pensão Grillparzer". No começo, também há bem pouco sobre a morte, embora esse fosse o tema para o qual o conto iria convergir. No começo, Garp tinha apenas um *sonho* de morte, mas era um sonho fantástico, e ele o atribuiu à personagem mais velha de sua história: uma avó. Garp desconfiava de que isso significasse que ela seria a primeira a morrer.

A PENSÃO GRILLPARZER

Meu pai trabalhava no Departamento de Turismo da Áustria. Foi ideia de minha mãe que nossa família o acompanhasse em suas viagens de inspeções como espião do Departamento de Turismo. Minha mãe, meu irmão e eu viajávamos com ele quando saía em suas missões secretas para descobrir a falta de cortesia, a poeira, a comida malfeita e outras faltas cometidas por restaurantes, hotéis e pensões da Áustria. Tínhamos instruções para criar dificuldades sempre que possível, nunca pedir exatamente o que estava no cardápio, imitar os pedidos esquisitos dos estrangeiros – dizer a que horas queríamos o banho, pedir aspirinas e perguntar onde era o zoológico. Tínhamos instruções para ser civilizados, mas exigentes; e, quando terminava a visita, fazíamos um relato para meu pai já dentro do carro.

Minha mãe dizia, em seu relatório:

– O cabeleireiro está sempre fechado de manhã. Mas fazem boas recomendações de outros fora do hotel. Acho que estaria tudo bem, desde que eles não anunciassem que têm um cabeleireiro no hotel.

– Mas o caso é que eles anunciam, sim – dizia meu pai. Em seguida, registrava a queixa em um bloco enorme.

Era sempre eu quem dirigia o carro. Informei:

– O carro está estacionado, mas alguém andou 14 quilômetros com ele, desde que o entreguei ao porteiro até quando fui buscá-lo na garagem do hotel.

– Essa é uma questão que deve ser tratada diretamente com a gerência – disse meu pai, fazendo a devida anotação.

– O vaso sanitário estava vazando água – disse eu.

– Não consegui abrir a porta do WC – disse meu irmão, Robo.

– Robo – interveio minha mãe –, você sempre tem problemas com portas.

– Esse hotel é classe C? – perguntei.

– Acho que não – disse meu pai. – Ainda está relacionado na classe B.

Continuamos rodando durante algum tempo em silêncio; nosso parecer mais grave dizia respeito à mudança de classificação de um hotel ou uma pensão. Levávamos muito a sério a questão da reclassificação.

– Creio que isso deve ser resolvido com uma carta para a gerência – sugeriu mamãe. – Não uma carta dura demais, mas também não muito amável. Apenas uma constatação dos fatos.

– Sim, é isso mesmo. Eu até que gostei dele – disse papai. Ele sempre fazia questão de conhecer os gerentes dos estabelecimentos.

– Não esqueça que eles andaram rodando com o nosso carro, papai. Isso é realmente imperdoável.

– Não gostei muito dos ovos – disse Robo. Ele ainda não tinha 10 anos, e sua opinião não era levada muito a sério.

Tornamo-nos uma equipe de avaliadores bem mais rigorosa quando meu avô morreu e herdamos a vovó, a mãe de minha mãe, que passou a nos acompanhar em nossas viagens. Johanna, como se chamava, era uma verdadeira dama, acostumada a viajar na classe A, enquanto o serviço de meu pai consistia mais frequentemente na investigação de estabelecimentos das classes B e C. Eram esses locais – os hotéis (e pensões) B e C – que mais interessavam aos turistas. Nos restaurantes, nos saíamos um pouco melhor. As pessoas que não podiam se dar ao luxo de frequentar lugares caros para dormir ainda queriam o melhor quando se tratava de comer.

– Não estou disposta a servir de cobaia para comida duvidosa – Johanna foi logo dizendo. – Vocês podem ficar muito satisfeitos com esse emprego estranho que lhes proporciona férias gratuitas, mas vejo que há um enorme preço a pagar por isso: a ansiedade de não saber em que espécie de alojamento vocês vão passar a noite. Os americanos podem achar fascinante que ainda tenhamos quartos sem banheiro privativo, mas já estou velha demais para sair pelo corredor à cata de um lugar para tomar banho e fazer as minhas necessidades. O desconforto é apenas metade do problema. Sempre há a possibilidade de se contrair moléstias, e não apenas da comida. Se a cama não estiver em condições, podem crer que não vou me deitar nela. Além disso, as crianças são jovens e impressionáveis, e vocês devem pensar na clientela em alguns desses estabelecimentos; devem se perguntar seriamente sobre as influências.

Minha mãe e meu pai balançaram a cabeça, calados.

– Ande mais devagar! – disse-me vovó de repente. – Você é apenas um rapazinho que gosta de se exibir. – Reduzi a velocidade. – Viena – continuou vovó, com um suspiro saudoso. – Em Viena, eu sempre me hospedava no Ambassador.

– Johanna, não vamos inspecionar o Ambassador – disse papai.

– Já imaginava – disse Johanna. – Pelo que estou vendo, não vamos nem para um hotel classe A, não é mesmo?

– Bem, esta viagem é para estabelecimentos de classe B – admitiu meu pai. – Em sua maioria.

– Quer dizer então que vamos inspecionar um classe A nesta viagem? – perguntou vovó.

– Não – admitiu papai. – Vamos inspecionar um classe C.

– Tudo bem – disse Robo. – Na classe C, sempre há brigas.

– Já imaginava – disse Johanna.

– É uma pensão classe C, bem pequena – disse papai, como se o tamanho do estabelecimento fosse desculpa.

– E eles estão querendo passar para a classe B – disse minha mãe.

– Mas tem havido algumas reclamações – acrescentei.

– Claro que sim – disse Johanna.

– E animais também – acrescentei. Minha mãe lançou-me um olhar de reprovação.

– Animais? – perguntou Johanna.

– É apenas uma suspeita de animais – minha mãe me corrigiu.

– Sim, vamos ser justos – disse meu pai.

– Mas que maravilha! – exclamou vovó. – Uma suspeita de animais. Encontraram pelos nos tapetes? Fezes pelos cantos? Sabem que tenho um acesso violento de asma quando entro em qualquer aposento por onde tenha passado um gato?

– A reclamação não foi a respeito de gatos – disse eu. Minha mãe me deu uma cotovelada enérgica.

– Cachorros? – indagou Johanna. – Cachorros raivosos! Eles mordem a gente quando vamos ao banheiro.

– Não – disse eu. – Não se trata de cachorros.
– Ursos! – gritou Robo.
Minha mãe, porém, interveio:
– Não temos certeza a respeito do urso, Robo.
– Vocês não estão falando sério, não é? – disse Johanna.
– Claro que não é sério! – disse papai. – Como poderia haver ursos em uma pensão?
– Houve uma carta de denúncia – disse eu. – Claro que o Departamento de Turismo achou que devia ser uma brincadeira de mau gosto. Mas depois houve uma segunda carta, de alguém que também vira o urso.

Meu pai usou o espelho retrovisor para me fuzilar com os olhos, mas eu achava que, se todos nós estávamos a par da investigação, seria melhor que vovó também ficasse de sobreaviso.

– Provavelmente, não é um urso de verdade – disse Robo, sem dúvida desapontado.

– Um homem disfarçado de urso! – exclamou Johanna. – Onde já se viu isso? Uma besta humana esgueirando-se por lá num disfarce! Com que intenção? Tenho certeza de que é um homem numa fantasia de urso! É nessa pensão que eu quero ir primeiro! Já que vamos ter uma experiência C nesta viagem, vamos acabar com isso de uma vez.

– Mas não fizemos reservas para esta noite! – disse minha mãe.
– É isso mesmo. Devemos ao menos lhes dar uma chance de se prepararem – disse meu pai. Embora ele nunca revelasse às suas vítimas que trabalhávamos para o Departamento de Turismo, meu pai acreditava que as reservas eram simplesmente uma forma decente de lhes dar tempo de se prepararem e se apresentarem da melhor forma possível.

– Tenho certeza de que não precisamos de reservas num lugar frequentado por homens que se disfarçam de animais – disse Johanna. – Tenho certeza de que eles sempre têm vagas lá. Sem dúvida, os hóspedes estão sempre morrendo em suas camas, de pavor ou de algum ataque indescritível do louco fantasiado de urso.

– Quem sabe não é mesmo um urso de verdade? – disse Robo, esperançoso, pois, pelo rumo da conversa, ele certamente preferia um urso de verdade ao monstro imaginado por sua avó. Acho que Robo não tinha medo de um urso de verdade.

Levei o carro o mais discretamente possível até à esquina escura e acanhada da Planken com a Seilergasse, à procura da pensão classe C que queria passar a B.

– Não tem estacionamento – disse eu a meu pai, mas ele já tinha feito uma anotação em seu bloco.

Estacionei em fila dupla e ficamos dentro do carro, observando a Pensão Grillparzer, com apenas quatro andares, espremida entre uma confeitaria e uma tabacaria.

– Estão vendo? – disse meu pai. – Não tem nenhum urso por aqui.

– Nem homens, espero – retrucou minha avó.

– Eles só vêm à noite – disse Robo, olhando cautelosamente a rua em ambas as direções.

Entramos e logo encontramos o gerente, Herr Theobald, que, no mesmo instante, colocou Johanna em guarda ao declarar:

– Três gerações viajando juntas! – exclamou. – Como nos velhos tempos! – acrescentou, dirigindo-se especialmente a vovó. – Antes de todos esses divórcios e com os jovens querendo apartamentos separados. Esta é uma pensão familiar! Foi pena não terem feito reservas, porque então eu poderia colocar todos bem perto uns dos outros.

– Não estamos acostumados a dormir no mesmo quarto – disse-lhe vovó.

– Mas é claro que não! – disse Theobald. – Só quis dizer que os quartos seriam vizinhos.

– E a que distância vamos ficar uns dos outros? – perguntou minha avó, claramente preocupada.

– Bem, só tenho dois quartos vagos – disse ele. – E só um deles é bastante grande para acomodar os dois rapazes com os pais.

– E o meu quarto fica muito longe do deles? – perguntou Johanna sem perder a calma.

– Seu quarto fica bem em frente ao WC! – explicou Theobald, como se isso fosse uma grande vantagem.

Quando éramos encaminhados aos nossos quartos, vovó deixou-se ficar para trás, ao lado de papai, e pude ouvi-la resmungar desdenhosamente, no fim de nossa procissão.

– Não foi assim que imaginei a minha aposentadoria. Em frente ao WC, ouvindo todo mundo entrar e sair.

— Nenhum quarto é igual ao outro — explicava Theobald. — A mobília veio toda de nossa família.

Dava para acreditar. O quarto grande que eu e Robo devíamos compartilhar com nossos pais era um enorme museu de quinquilharias, onde todas as cômodas tinham puxadores diferentes. Por outro lado, o lavatório tinha torneiras de bronze e a cabeceira da cama era de madeira trabalhada. Eu via que papai estava avaliando tudo aquilo para futuras anotações no bloco gigantesco.

— Você pode fazer isso depois — disse Johanna a ele. — Onde é que eu fico?

Como uma família unida, acompanhamos Theobald e minha avó pelo longo corredor, enquanto meu pai ia contando os passos até o WC. O tapete do corredor estava gasto e desbotado. Ao longo das paredes, viam-se velhas fotografias de equipes de patinação de velocidade, exibindo nos pés os estranhos patins, de pontas curvas como os sapatos de bobos da corte ou antigos trenós.

Robo, que saíra correndo na frente, anunciou a descoberta do WC.

O quarto da minha avó era cheio de peças de porcelana, madeira lustrada e um leve cheiro de mofo. As cortinas estavam úmidas. A cama tinha uma desconcertante saliência no centro, como o dorso arrepiado de um cachorro — dava até a impressão de haver ali um corpo magro e comprido, estendido por baixo da colcha.

Vovó não disse nada. Quando Theobald saiu do quarto meio zonzo, como um homem ferido a quem acabaram de dizer que ele vai sobreviver, ela perguntou a meu pai:

— Com base em que a Pensão Grillparzer pretende obter uma classificação B?

— É decididamente classe C — disse meu pai.

— Nasceu C e vai morrer C — disse eu.

— Eu, por mim, lhe dava a classificação E ou F — sentenciou minha avó.

Na sala de chá meio escura, um homem sem gravata cantava uma canção húngara.

— Não significa que ele seja húngaro — disse meu pai, tentando tranquilizar Johanna, mas ela se mostrou cética.

– Eu diria que as chances não são a seu favor.

Johanna não quis chá nem café. Robo comeu um pedacinho de bolo, que achou bom. Minha mãe e eu fumamos um cigarro; ela estava tentando parar de fumar, e eu estava começando. Assim sendo, dividimos o mesmo cigarro; na realidade, havíamos prometido nunca fumar um cigarro inteiro sozinhos.

– Ele é um grande hóspede – sussurrou Herr Theobald ao meu pai, indicando o cantor. – Conhece músicas do mundo inteiro.

– Pelo menos, da Hungria ele sabe – disse minha avó, sorrindo.

Um homenzinho, bem escanhoado, mas com aquela permanente sombra azulada da barba no rosto magro, falou com minha avó. Usava uma camisa branca e limpa (mas amarelada pelo tempo e pelas lavagens), calças de um terno e um paletó que não combinava.

– Desculpe, não entendi o que disse – retrucou minha avó.

– Eu disse que conto sonhos – informou o homem.

– O senhor conta sonhos – disse vovó. – Quer dizer, o senhor tem sonhos?

– Eu sonho e também conto sonhos – disse ele, misteriosamente.

O cantor interrompeu a canção e entrou na conversa.

– Qualquer sonho que a senhora quiser – disse o cantor. – Ele pode contar.

– Tenho certeza de que não quero saber de nenhum sonho – disse vovó.

Ela olhou com desagrado para o tufo de pelos negros que saíam pela gola aberta da camisa do cantor. Quanto ao homem que "contava" sonhos, ela se recusava sequer a olhar para ele.

– Vejo que a senhora é uma grande dama – disse o homem dos sonhos a vovó. – A senhora não reage a todos os seus sonhos.

– Claro que não – disse vovó.

Ela lançou a meu pai um daqueles olhares que diziam "Como é que você foi deixar que isso acontecesse comigo?".

– Mas eu sei um – insistiu o homenzinho, fechando os olhos.

O cantor puxou uma cadeira e, de repente, percebemos que ele tinha se chegado para muito perto de nós. Robo sentou-se no colo de papai, embora já fosse bem grande para isso.

– Em um grande castelo – começou o homem dos sonhos –, uma mulher estava deitada ao lado do marido. Despertara repentinamente, no meio da noite, sem ter a menor ideia do que a havia acordado. Sentia-se completamente desperta, como se já estivesse acordada havia horas. Ela também percebeu claramente, sem olhar, sem dizer uma palavra, sem tocá-lo, que seu marido também tinha acordado de repente.

– Espero que isso possa ser ouvido por uma criança – disse Theobald com uma risada, mas ninguém lhe deu atenção.

Minha avó cruzou as mãos no colo e ficou olhando para eles, com os joelhos juntos e os pés enfiados embaixo da cadeira de espaldar reto. Minha mãe segurou a mão de meu pai.

Sentei-me ao lado do homem dos sonhos, cujo casaco cheirava a zoológico.

– A mulher e o marido ficaram acordados – continuou ele –, ouvindo os sons do castelo, que haviam alugado e ainda não conheciam muito bem. Ouviram barulhos no pátio, que nunca se davam ao trabalho de trancar à chave. O pessoal do vilarejo sempre ia passear no castelo e as crianças tinham permissão para se balançar no grande portão do pátio. O que os teria acordado?

– Ursos – disse Robo, mas papai colocou as pontas dos dedos na boca de Robo.

– Ouviram cavalos – disse o homem dos sonhos. Johanna, com os olhos fechados, a cabeça inclinada para a frente, pareceu estremecer em sua cadeira incômoda. – Ouviram cavalos resfolegando e pisoteando, e alguém tentava mantê-los calmos. O marido estendeu o braço e tocou na mulher. "Cavalos?", disse ele. A mulher saltou da cama e foi para a janela que dava para o pátio. Até hoje ela jura que o pátio estava cheio de soldados a cavalo. E que soldados! Eles usavam armaduras! As viseiras de seus elmos estavam abaixadas, e o murmúrio de suas vozes era baixo e difícil de se ouvir, como vozes em uma estação de rádio fraca e distante. Suas armaduras chocalhavam conforme os cavalos se remexiam, inquietos. Ali, no pátio do castelo, havia um tanque redondo de uma antiga fonte que estava seca, mas a mulher viu que ela agora jorrava água, e os cavalos bebiam no tanque. Os cavaleiros estavam alertas, nem desmontaram dos cavalos. Olhavam para as janelas escuras do castelo, como se soubessem que não tinham sido convidados àquele bebedouro para os cavalos, como se fosse uma parada de descanso, antes de seguir para seus destinos. A mulher viu seus escudos brilharem ao luar. Ela voltou sorrateiramente para a cama e deitou-se, permanecendo imóvel junto ao marido.

"'O que é?', perguntou ele.

"'Cavalos', respondeu ela.

"'Foi o que pensei', disse ele. 'Vão comer todas as flores.'

"'Quem foi que construiu este castelo?', perguntou ela. Ambos sabiam que era um castelo muito antigo.

"'Carlos Magno', disse ele, querendo voltar a dormir.

"A mulher, porém, ficou acordada, ouvindo o barulho da água, que agora parecia escorrer por todo o castelo, borbulhando em todos os drenos, como se a fonte estivesse recebendo água de todos os lados. Ouvia também as vozes distorcidas dos cavaleiros que falavam baixinho. Eram os soldados de Carlos Magno falando em sua língua morta! Para a mulher, as vozes dos soldados eram tão mórbidas quanto o século VIII e o povo chamado de francos. Os cavalos continuavam bebendo.

"A mulher permaneceu acordada durante muito tempo, esperando que os soldados fossem embora; não temia nenhum ataque por parte deles, pois tinha certeza de que se dirigiam a algum outro lugar e só haviam parado para descansar um pouco em um lugar que já conheciam. Ela achava, no entanto, que, enquanto a água continuasse correndo, ela não deveria perturbar o silêncio e a escuridão do castelo. Quando finalmente adormeceu, imaginava que os soldados de Carlos Magno continuavam lá embaixo, no pátio.

"Quando amanheceu, o marido perguntou a ela: 'Você também ouviu o ruído de água correndo?' Sim, certamente, ela tinha ouvido. Mas a fonte estava seca, naturalmente, e pela janela podiam ver que as flores não tinham sido comidas, e todo mundo sabe que cavalos comem flores.

"'Veja', disse o marido; ambos tinham descido ao pátio. 'Não há pegadas de cavalos, nem excrementos. Devemos ter sonhado que ouvimos cavalos.' Ela não lhe disse que havia soldados também, nem que, em sua opinião, era improvável que duas pessoas tivessem o mesmo sonho. Também não lhe lembrou que ele era um fumante inveterado, com o olfato tão prejudicado que nem mesmo sentia o cheiro de sopa fervendo na panela; o cheiro de cavalos, ao ar livre, era sutil demais para ele.

"Ela viu os soldados, ou sonhou com eles, mais duas vezes, enquanto permaneceram no castelo, mas seu marido nunca mais acordou junto com ela. Aquilo sempre acontecia repentinamente. Certa vez, ela despertou com um gosto de metal na língua, como se sua boca tivesse tocado em algum objeto de ferro, velho e ácido – uma espada, uma cota de malha, um peitoral de armadura. Eles estavam lá fora outra vez, apesar de estar ainda mais frio. Da água da fonte, levantava-se uma névoa densa que os envolvia, e os cavalos estavam cobertos de cristais de gelo. Na vez seguinte, já não havia tantos deles, como se o inverno ou suas batalhas estivessem reduzindo seu número. Na última vez, os cavalos lhe pareceram esqueléticos, e os homens davam a impressão de armaduras vazias, delicadamente equilibradas nas selas. Os cavalos tinham verdadeiras máscaras de gelo nos focinhos. Sua respiração e também a dos homens condensavam."

– O marido dela – continuou o homem dos sonhos – morreria de uma infecção respiratória. Mas ela não sabia disso quando teve aqueles sonhos.

Minha avó levantou a cabeça e deu uma bofetada no rosto de barba azulada do homem dos sonhos. Robo retesou-se no colo de papai, e mamãe agarrou a mão de vovó. O cantor empurrou a cadeira para trás e ficou de pé num salto, apavorado ou pronto para uma briga, mas o homem dos sonhos simplesmente fez uma mesura para minha avó e saiu da escura sala de chá. Era como se ele tivesse feito um contrato com Johanna, contrato que agora estava terminado sem que nenhum dos dois estivesse satisfeito. Meu pai fez uma anotação no seu bloco gigantesco.

– E então? Não acham que foi uma grande história? – disse Herr Theobald. Ele riu e passou a mão nos cabelos de Robo, algo que Robo detestava.

– Herr Theobald – disse minha mãe, ainda segurando a mão de vovó –, meu pai morreu de infecção respiratória.

— Oh, puxa vida! Sinto muito, meine Frau — disse, voltando-se para vovó, mas a velha Johanna não respondeu.

Levamos vovó para jantar em um restaurante classe A, mas ela mal tocou na comida.

— Aquele homem era um cigano — disse-nos ela. — É um homem satânico e, ainda por cima, é húngaro.

— Por favor, mamãe — disse minha mãe. — Ele não tinha como saber sobre o papai.

— Ele sabe mais do que você — retrucou vovó rispidamente.

— O schnitzel está excelente. O Gumpoldskirchner vai muito bem com ele — anunciou papai, anotando em seu bloco.

— O Kalbsnieren está ótimo — disse eu.

— Os ovos também estão bons — disse Robo.

Vovó não disse mais nada até retornarmos à Pensão Grillparzer, onde notamos que a porta do WC ficava a uns trinta centímetros do chão, parecendo uma porta de vaivém de toalete americano ou de um saloon de filme de faroeste.

Vovó, então, foi logo dizendo:

— Ainda bem que usei o WC do restaurante! Isso aqui é revoltante! Vou tentar passar a noite sem expor minhas canelas a todos que passarem por aqui.

Quando já estávamos no quarto da família, papai disse:

— Johanna não morou num castelo? Creio que houve uma época em que ela e o vovô alugaram um castelo.

— Sim, foi antes de eu nascer — disse mamãe. — Eles alugaram o Schloss Katzelsdorf. Vi algumas fotos.

— Bem, então foi por isso que o sonho do húngaro a perturbou tanto — disse papai.

— Alguém está andando de bicicleta no corredor — falou Robo. — Vi uma roda passar... por baixo de nossa porta.

— Robo, vá dormir — disse mamãe.

— Mas escutei o barulho que ela fazia — insistiu Robo.

— Boa-noite, meninos — disse papai.

— Se vocês podem conversar, nós também podemos — protestei.

— Então falem um com o outro — disse papai. — Estou conversando com sua mãe.

– Quero ir dormir – disse mamãe. – Gostaria que fizessem silêncio.
Tentamos. É possível até que tenhamos dormido. Então, Robo me falou baixinho que queria ir ao WC.
– Você sabe onde é.
Robo saiu, deixando a porta entreaberta. Ouvi quando andava pelo corredor, passando a mão pela parede. Mas ele logo voltou.
– Tem gente no WC – disse ele.
– Então, espere até que saia.
– Mas a luz não estava acesa – disse Robo. – Vi por baixo da porta. Tem alguém lá dentro, no escuro.
– Eu também prefiro ficar lá no escuro.
Mas Robo fez questão de me contar exatamente o que vira. Disse que, por baixo da porta, vira duas mãos.
– Mãos? – perguntei.
– Sim, onde deveriam estar os pés – disse Robo. – Dos dois lados do vaso. Onde deviam estar os pés.
– Ora, me deixe em paz, Robo!
– Por favor, venha ver – pediu ele.
Fui até lá com ele, mas não havia ninguém no WC.
– Já foram embora.
– Na certa, saíram andando com as mãos no chão e os pés para cima – disse eu. – Vá fazer xixi. Eu espero aqui.
Ele entrou no WC e urinou no escuro. Quando estávamos quase chegando de volta ao quarto, um homenzinho escuro, com o mesmo tipo de pele e de roupas do interpretador de sonhos que enfurecera vovó, passou por nós no corredor. Ele piscou para nós e sorriu. Não pude deixar de notar que ele andava apoiado nas mãos.
– Você viu? – falou Robo, baixinho. Entramos no quarto e fechamos a porta.
– O que foi? – perguntou mamãe.
– Um homem que anda apoiado nas mãos – disse eu.
– Um homem que faz xixi com as mãos no chão e os pés para cima, mamãe – disse Robo.
– Classe C – murmurou meu pai, dormindo; papai sempre sonhava que estava fazendo anotações em seu enorme bloco.
– Falaremos sobre isso amanhã de manhã – disse mamãe.

— Ele provavelmente era um acrobata que estava se exibindo para você, Robo – disse eu –, porque você é um garoto.

— Como ele sabia que eu era um garoto quando estava no WC? – perguntou Robo.

— Tratem de dormir – sibilou mamãe, baixinho.

Foi então que ouvimos o grito de vovó no corredor.

Mamãe enfiou o bonito roupão verde, e papai pôs um roupão de banho e os óculos. Vesti umas calças por cima do pijama. Robo foi o primeiro a chegar ao corredor. Vimos, por baixo da porta, que a luz do WC estava acesa. Lá dentro, vovó gritava sem parar.

— Estamos todos aqui, vovó! – gritei.

— Mamãe? O que foi? – perguntou minha mãe.

Ficamos todos ali, parados na claridade que vinha por baixo da porta do WC. Víamos os chinelos roxos de vovó e seus tornozelos brancos como porcelana por baixo da porta. Ela parou de gritar.

— Ouvi cochichos quando estava na cama – disse ela.

— Éramos Robo e eu, vovó.

— Então, quando parecia que todos já tinham ido embora, eu vim ao WC – disse Johanna. – Não acendi a luz. Não fiz nenhum barulho, e então ouvi e vi a roda.

— A roda? – perguntou papai.

— Uma roda passou pela porta várias vezes – disse vovó. – Ia e vinha pelo corredor.

Meu pai girou o dedo na altura da cabeça e fez uma careta para mamãe.

— Há alguém que está precisando de um novo par de rodas – disse ele baixinho à mamãe, mas ela fuzilou-o com o olhar.

— Então, acendi a luz, e a roda sumiu.

— Eu disse a vocês que havia uma bicicleta no corredor – falou Robo.

— Cale a boca, Robo! – disse papai.

— Não, não era uma bicicleta – disse vovó. – Só tinha uma roda!

Papai continuava a agitar as mãos ao lado da cabeça.

— Ela está com falta de uma ou duas rodas – disse ele, irritado, para mamãe. Mas ela lhe deu um cascudo e quase derrubou seus óculos.

– Então, alguém veio e olhou por baixo da porta – disse vovó. – Foi aí que eu gritei.

– Alguém? – papai disse.

– Eu vi as mãos dele. Eram mãos de homem, cabeludas – explicou vovó. – Estava com as mãos no tapete bem do lado de fora da porta. E certamente devia estar olhando para mim, de baixo para cima.

– Não, vovó – disse eu. – Acho que ele estava apenas aqui de pernas para o ar.

– Não seja atrevido – disse minha mãe.

– Mas nós vimos um homem andando com as mãos – insistiu Robo.

– Não viram, não – disse papai.

– Vimos, sim – confirmei.

– Vamos acabar acordando a pensão inteira – advertiu-nos mamãe.

Ouviu-se a descarga do vaso, e vovó saiu lá de dentro, com apenas um pouco de sua antiga dignidade intacta. Ela estava com três roupões, um por cima do outro. O pescoço era muito comprido, e o rosto estava todo besuntado com um creme branco. Parecia um ganso atrapalhado.

– Ele era um poço de maldade e vileza – disse-nos ela. – Conhecedor de terríveis magias.

– O homem que olhou para você? – perguntou mamãe.

– O homem que contou o meu sonho – disse vovó. Uma lágrima escorreu pelo seu rosto enrugado e besuntado de creme. – Aquele era o meu sonho – repetiu ela –, e ele o contou para todo mundo. É inexplicável como ele o descobriu – sussurrou para nós. – Meu sonho, de cavalos e soldados de Carlos Magno. Eu era a única pessoa que sabia. Tive esse sonho quando você nem era nascida ainda, minha filha. E aquele mágico maligno contou tudo como se fosse uma novidade.

"Nunca contei, nem mesmo a seu pai, todo o meu sonho. Nunca tive certeza se tinha sido mesmo um sonho ou não. E agora temos aqui um homem que anda com as mãos, que tem as mãos cabeludas, e também temos rodas mágicas. Quero que os meninos durmam comigo."

E foi assim que Robo e eu dividimos o quarto grande, longe do WC, com vovó, que se deitou nos travesseiros de minha mãe e de meu pai com o rosto cheio de creme, brilhando como o rosto de um fantasma molhado. Robo ficou acordado, olhando para ela. Creio que Johanna não conseguiu dormir muito bem. Imagino que estivesse revivendo seus sonhos de morte – revivendo o último inverno dos soldados enregelados de Carlos Magno, com suas estranhas vestimentas de metal, cobertas de neve, e as armaduras congeladas e impossibilitadas de se abrirem.

Quando senti que não aguentava mais e precisava ir ao banheiro, os olhos de Robo, arregalados e brilhantes, me seguiram até a porta.

Havia alguém no WC. Não havia nenhuma luz por baixo da porta, mas, do lado de fora, encostado à parede, estava um monociclo. O dono estava lá dentro do WC escuro, dando descargas sucessivas, como uma criança, sem dar tempo à caixa de se encher novamente.

Aproximei-me, para olhar por baixo da porta, mas o ocupante não estava apoiado nas mãos, já que eu via o que pareciam pés, na posição quase certa, mas não chegavam a tocar o chão; as solas estavam viradas para mim, parecendo almofadas escuras e sujas. Eram pés enormes, ligados a pernas grossas e peludas. Eram pés de urso, só que sem as garras. As garras dos ursos não são retráteis, como as dos gatos. As garras de um urso sempre podem ser vistas. Ali, portanto, estava um impostor fantasiado de urso ou um urso de verdade, do qual haviam tirado as garras. Um urso domesticado, talvez. Ao menos, sua presença no WC mostrava que era um urso treinado. Pelo cheiro que eu sentia, porém, não tive a menor dúvida de que não se tratava de um homem fantasiado. Era um urso de verdade.

Recuei, andando de costas até a porta do antigo quarto de vovó, atrás da qual meu pai estava à espreita de novos distúrbios. Ele abriu-a de repente, e caí dentro do quarto, assustando nós dois. Mamãe sentou-se na cama e puxou o edredom por cima da cabeça.

– Peguei-o! – gritou papai, agarrando-me.

O chão estremeceu. O monociclo do urso escorregou da parede e caiu contra a porta do WC, de onde o urso saiu cambaleando, tropeçando no monociclo e tentando equilibrar-se. Olhou com medo para o outro lado do corredor e, pela porta aberta, viu meu pai sentado em cima do meu peito. Apanhou o monociclo com as patas dianteiras e soltou um grunhido. Papai bateu a porta com um estrondo.

Do final do corredor, veio uma voz de mulher.

– Onde você está, Duna?

O urso respondeu com um novo grunhido.
Meu pai e eu ouvimos a mulher se aproximar.
– Oh, Duna, está treinando outra vez? – disse ela. – Está sempre treinando! Mas é melhor fazer isso durante o dia.
O urso não respondeu. Papai abriu a porta.
– Não deixe mais ninguém entrar – disse mamãe, ainda debaixo da coberta.

No corredor, uma mulher bonita, embora não muito jovem, estava parada ao lado do urso, que agora se equilibrava no monociclo, apoiando uma pata enorme no ombro dela. A mulher usava um turbante vermelho-vivo e um vestido longo, desses que se enrolam no corpo, parecendo uma cortina. Sobre o colo farto, estava um colar de garras de urso, e os brincos tocavam-lhe os ombros. O vestido deixava um dos ombros nu e ali havia um sinal que meu pai e eu olhávamos fascinados.

A mulher dirigiu-se a meu pai.
– Boa-noite. Desculpe-nos se perturbamos seu sono. Duna está proibido de treinar à noite, mas ele adora o trabalho dele.

O urso resmungou e saiu pedalando pelo corredor. Ele sabia se equilibrar bem, mas não era cuidadoso, esbarrando nas paredes e deslocando as fotografias dos times de patinação. A mulher fez uma rápida mesura, despedindo-se de meu pai, e seguiu pelo corredor, atrás do urso, chamando-o, ao mesmo tempo que ia endireitando as fotos.

– Duna é o nome do Danúbio em húngaro – explicou-me meu pai.
– Esse urso tem o nome do nosso querido Donau. – Às vezes, minha família parecia se surpreender com o fato de os húngaros também poderem amar um rio.

– É mesmo um urso de verdade? – perguntou mamãe, ainda embaixo da coberta, mas deixei a meu pai a tarefa de explicar-lhe tudo. Eu sabia que, pela manhã, Herr Theobald teria muitas explicações a dar, e eu iria ouvir tudo de novo.

Atravessei o corredor para ir ao WC, mas saí de lá às pressas por causa do mau cheiro deixado pelo urso e pela desconfiança de que devia haver pelos do animal por toda parte. Minhas suspeitas, porém, não se justificavam, pois o urso havia deixado tudo limpo – ao menos, para um urso.

– Eu vi o urso – sussurrei para Robo quando voltei ao quarto, mas Robo se enfiara na cama da vovó e dormia, aninhado junto a ela, que, aliás, estava bem acordada.

– A cada vez, eu via menos soldados – disse ela. – Da última vez que vieram, eram apenas nove. Pareciam tão famintos; deviam ter comido os cavalos que sobraram. Fazia muito frio. Claro que eu queria ajudá-los! Mas não estávamos vivos na mesma época. Como eu poderia ajudá-los se eu nem sequer havia nascido? Claro que eu sabia que todos iriam acabar morrendo! Mas aquilo demorou muito.

"Na última vez em que vieram, a fonte estava congelada. Tiveram de usar as espadas e lanças para quebrar o gelo em pedaços. Fizeram uma fogueira e derreteram o gelo em um caldeirão. Tiraram ossos de seus alforjes, ossos de todos os tipos, que colocaram na água para fazer uma sopa. Deve ter saído um caldo muito ralo, já que não restava mais nada naqueles ossos. Nem sei que ossos eram aqueles. Deviam ser de coelhos, imagino, e talvez de um veado ou de um javali. Talvez dos cavalos sacrificados. Não quero nem pensar que pudessem ser de soldados mortos..."

– Já é hora de dormir, vovó – disse.

– Não se preocupe com o urso – retrucou ela.

"E agora? O que pode acontecer?", perguntava-se Garp. Não se sentia seguro sobre o que de fato tinha acontecido, nem por quê. Garp era um bom contador de histórias; podia inventar situações, uma atrás da outra, e todas elas pareciam se encaixar. Mas o que significavam? Aquele sonho e aqueles artistas desesperados e o que iria acontecer a todos eles – tudo tinha de ser bem concatenado. Qual explicação seria mais natural? Que espécie de final poderia tornar todos eles parte de um mesmo mundo? Garp tinha consciência de que não sabia o suficiente, ainda não. Ele, porém, confiava em seus instintos; eles o haviam levado bem até ali com "A pensão Grillparzer". Agora, precisava confiar no instinto que lhe dizia para não dar nem mais um passo adiante até saber muito mais.

O que tornava Garp mais velho e prudente do que os rapazes de 19 anos nada tinha a ver com a sua experiência, nem com o que havia aprendido até então. Ele tinha alguns instintos, alguma determinação e mais paciência do que a maioria; e adorava trabalhar com afinco. De um modo geral, além da gramática que Tinch lhe ensinara, isso era tudo. Somente dois fatos o impressionavam: que sua mãe realmente acreditasse que poderia escrever um livro e que o relacionamento mais importante em sua vida atual fosse com uma prostituta. E foram esses fatos que contribuíram enormemente para o desenvolvimento do seu senso de humor.

Ele colocou "A pensão Grillparzer", como se costuma dizer, de lado. Achava que sua história retornaria no devido tempo. Tinha consciência de que precisava saber mais; tudo que lhe restava fazer era andar por Viena, observar e aprender. Viena estava à sua espera. A vida parecia estar à sua espera. Observou Charlotte atentamente e prestou atenção a tudo que a mãe fazia, mas o problema era que ele era jovem demais. "É de *visão* que eu preciso", pensava ele. Uma visão geral própria. "Chegarei lá", repetia a si mesmo, como se estivesse treinando para mais uma temporada de luta livre – pulando corda, correndo em pistas curtas, levantando peso – algo que parecia sem sentido, mas necessário.

"Até Charlotte tem uma visão de mundo", pensava ele. Sabia com certeza que sua mãe também tinha. Garp não tinha nada que se comparasse à absoluta clareza com que Jenny Fields via o mundo. Mas sabia que conceber uma visão própria do mundo era apenas uma questão de tempo – desde que o mundo real lhe prestasse uma pequena ajuda. O mundo real em breve a prestaria.

6

"A pensão Grillparzer"

Quando a primavera chegou a Viena, Garp ainda não havia terminado "A pensão Grillparzer". Não havia nem mesmo, é claro, escrito a Helen a respeito de seu relacionamento com Charlotte e suas colegas de trabalho. Jenny imprimira um ritmo cada vez maior ao seu hábito de escrever. Finalmente encontrara a frase que fervilhava em sua mente desde a noite em que discutira "luxúria" com Garp e Charlotte. Tratava-se, na verdade, de uma frase antiga, de seu passado, e foi com essa frase que ela realmente *começou* o livro que a tornaria famosa.

"Neste mundo de mentes sujas", escreveu Jenny, "ou você é esposa ou é amante de alguém – ou está rapidamente a caminho de se tornar uma coisa ou outra." A frase estabeleceu uma tônica para o livro, o que lhe faltara até então. Jenny estava descobrindo que, ao começar dessa forma, uma aura fora lançada sobre sua autobiografia, ligando todas as partes desencontradas da história de sua vida, da mesma forma que um nevoeiro lança um manto unificando uma paisagem desigual, da mesma forma como uma onda de calor penetra em todas as dependências de uma casa cheia de recantos. Essa frase serviu para inspirar outras parecidas, e Jenny as usava como fios de cores vivas na trama de uma tapeçaria cujo desenho ainda não era aparente.

"Eu queria um emprego e queria morar sozinha", escreveu. "Isso fazia de mim uma suspeita sexual." E isso, também, lhe deu um título: *Uma suspeita sexual – a autobiografia de Jenny Fields*. O livro viria a ter oito edições encadernadas e seria traduzido em seis idiomas, antes mesmo de ser publicado em brochura, cuja venda poderia manter Jenny e um regimento de enfermeiras em novos uniformes durante um século.

"Depois, eu quis um filho, mas não queria ter que compartilhar meu corpo nem minha vida com ninguém", escreveu Jenny. "E isso também fez de mim uma suspeita sexual." Jenny encontrara o fio com o qual costuraria seu livro tão desordenado.

No entanto, com a chegada da primavera a Viena, Garp teve vontade de fazer uma viagem. Pensou na Itália, talvez, e quem sabe alugar um carro.

– E você sabe dirigir? – perguntou-lhe Jenny. Ela sabia muito bem que ele jamais aprendera; nunca houve necessidade de carro.

– Bem, eu também não sei. Além disso, estou trabalhando e não posso parar agora. Se você quer viajar, vai ter que viajar sozinho.

Foi na sede do American Express, onde ele e Jenny iam buscar a correspondência, que Garp conheceu seus primeiros jovens viajantes norte-americanos. Eram duas moças, ex-alunas da Dibbs, e um rapaz chamado Boo, que fora aluno da Bath. Depois de se conhecerem, uma das jovens interpelou Garp.

– Ei, e quanto a nós? Somos todos ex-alunos de escolas preparatórias...

Seu nome era Flossie e parecia ser namorada de Boo. A outra jovem chamava-se Vivian e, por baixo da mesinha de café, na Schwarzenbergplatz, Vivian apertou o joelho de Garp entre os seus e, enquanto bebericava o vinho, um fio de saliva escorreu pelo canto de sua boca.

– Acabo de vir do dentista – explicou-lhe, falando com dificuldade. – Estou com tanta novocaína na droga da minha boca que nem sei se ela está aberta ou fechada.

– Meio a meio – disse-lhe Garp.

No íntimo, entretanto, ele pensava: "Ora, bolas! Por que não?" Tinha saudades de Cushie Percy e seu relacionamento com prostitutas estava começando a fazer com que *ele* se sentisse um suspeito sexual. Charlotte, agora percebia, estava apenas dando vazão aos seus instintos maternais. Embora tentasse imaginá-la em outro nível, tinha a triste certeza de que esse nível jamais ultrapassaria o profissional.

Flossie, Vivian e Boo iam para a Grécia, mas concordaram em ficar em Viena mais três dias para Garp lhes mostrar a cidade. Durante esse tempo, ele dormiu duas vezes com Vivian, que já se livrara dos efeitos da novocaína. Também dormiu uma vez com Flossie, enquanto Boo saíra para trocar cheques de viagem e o óleo do carro. Garp sabia que o pessoal da Steering não gostava muito dos rapazes da Bath, mas foi Boo quem riu por último.

Era impossível saber se Garp pegara gonorreia com Vivian ou com Flossie, mas ele estava convencido de que a *fonte* era Boo. Na opinião de Garp, tratava-se de uma "lembrança" de Bath. Quando os primeiros sintomas começaram a aparecer, o trio, naturalmente, já havia partido para a Grécia, e Garp teve de enfrentar a queimação e o prurido sozinho. Não devia haver um caso pior de gonorreia em toda a Europa, pensava Garp. Somente muito mais tarde, ele se lembraria do caso com humor, mas, naquela ocasião, nada tinha de engraçado, e ele não se sentia com coragem de pedir os conselhos profissionais de sua mãe. Sabia que ela se recusaria a acreditar que ele não contraíra a doença de uma prostituta. Reuniu coragem para pedir a Charlotte que lhe recomendasse um médico especialista no assunto; ela certamente deveria conhecer algum. Mais tarde, ele chegaria à conclusão de que Jenny provavelmente teria ficado *menos* furiosa com ele do que Charlotte.

— E a gente pensa que os americanos conheceriam um mínimo de higiene básica! – disse Charlotte, indignada. – Devia pensar em sua mãe! Sempre achei que você tivesse um gosto melhor. Gente que anda espalhando isso por aí para alguém que mal conhece, bem, dá para desconfiar, não?

Mais uma vez, ele fora apanhado de surpresa, sem ter com ele uma camisa de vênus.

Assim, a contragosto, Garp foi procurar o médico pessoal de Charlotte, um homem alegre chamado Thalhammer, que não tinha o polegar esquerdo.

— E eu era canhoto – disse Herr Doktor Thalhammer a Garp. – Mas tudo pode ser superado, desde que tenhamos a energia necessária. Podemos aprender qualquer coisa, se tivermos força de vontade!

Falava animadamente e com convicção, demonstrando a Garp como podia escrever a receita com a mão direita, e com uma caligrafia invejável. A cura foi simples e indolor. Na época de Jenny, no velho e bom Boston Mercy, teriam lhe aplicado o antigo tratamento

Valentine, e ele teria aprendido, de maneira bem mais enfática, que nem todos os jovens ricos são limpos.

Também não escreveu a Helen sobre isso.

Garp andava desanimado. Ainda estavam na primavera, e a cidade ia se abrindo de muitas formas diferentes, como botões em flor. Garp, no entanto, já se cansara de andar por Viena. Mal conseguia convencer sua mãe a parar de escrever por uns instantes para jantarem juntos. Quando foi procurar Charlotte, suas amigas lhe disseram que ela estava doente; já fazia semanas que não trabalhava. Durante três sábados seguidos, Garp não a viu no Naschmarkt. Quando interpelou suas colegas em uma noite de maio na Karntnerstrasse, notou que elas relutavam em falar sobre Charlotte. Por fim, a mulher com a marca na testa disse-lhe que Charlotte estava mais doente do que pensara no começo. A mais jovem, mais ou menos da idade de Garp, com o defeito no lábio e que falava um pouco de inglês, tentou explicar-lhe:

– O *sexo* dela está doente.

Era uma curiosa maneira de dizer aquilo, pensou Garp. Ele não ficou surpreso de ouvir dizer que o sexo de *alguém* estava doente, mas quando sorriu diante da observação, a jovem que falava inglês fechou a cara e se afastou.

– Você não compreende – disse a prostituta com a marca na testa. – Esqueça a Charlotte.

O mês de junho passou sem que Charlotte voltasse. Garp resolveu, então, procurar Herr Doktor Thalhammer e lhe perguntar onde poderia encontrá-la.

– Duvido de que ela queira ver alguém – disse-lhe Thalhammer –, mas os seres humanos podem se adaptar praticamente a tudo.

Bem perto de Grinzing e dos Bosques de Viena, no 19º distrito, onde não se encontram prostitutas, Viena parece um vilarejo que é uma pequena imitação dela. Nesses subúrbios, as ruas são arborizadas, e o calçamento da maioria ainda é de pedras. Como não conhecesse bem aquela parte da cidade, Garp tomou o bonde 38 até a distante Grinzinger Allee e teve de caminhar de volta até a esquina da Billrothstrasse com a Rudolfinergasse para chegar ao hospital.

O Rudolfinerhaus é um hospital particular em uma cidade onde a medicina é socializada. Os velhos muros de pedra são do mesmo amarelo Maria Teresa que se vê no palácio Schonbrunn ou nos Belvederes Superior e Inferior. O Rudolfinerhaus tem seus próprios pátios e jardins internos, e custa quase tanto quanto qualquer hospital nos Estados Unidos. O hospital normalmente não fornece pijamas para seus pacientes, por exemplo, porque eles geralmente preferem usar suas próprias roupas. Para ali vão os vienenses que podem se dar a tal luxo, bem como os estrangeiros que não confiam muito na medicina socializada, embora fiquem chocados com os preços.

Em junho, quando Garp esteve lá, ficou impressionado com o lugar por estar cheio de mães jovens e bonitas que tinham acabado de ter seus bebês. Mas também estava cheio de pacientes ricos que ali estavam para recuperar a saúde. E também estava parcialmente cheio de gente rica, como Charlotte, que ia ali para morrer.

Charlotte tinha um quarto particular porque, segundo ela, já não havia razão para fazer economias. Assim que a viu, Garp se deu conta de que ela estava morrendo. Devia ter perdido uns 15 quilos. Garp viu que ela usava o que restara de seus anéis nos dedos médio e indicador; os outros dedos estavam tão finos que os anéis certamente escorregariam. Charlotte tinha o tom opaco do gelo que se formava sobre o salobre rio Steering. Ela não pareceu surpresa ao ver Garp, mas estava tão dopada que ele imaginou que Charlotte já não tinha condições de se surpreender com nada. Garp levou-lhe uma cesta de frutas; desde o tempo em que faziam compras juntos no mercado, ele sabia do que Charlotte gostava, mas ela era obrigada a usar um tubo na garganta várias horas por dia, o que deixava sua garganta tão dolorida que só conseguia ingerir líquidos. Garp comeu algumas cerejas, enquanto Charlotte enumerava as partes de seu corpo que haviam sido retiradas. Ela achava que eram seus órgãos genitais, boa parte do trato digestivo e algo que estava ligado ao processo de eliminação.

– Ah, e meus seios, eu acho – disse ela.

O branco de seus olhos estava cinzento, e ela mantinha as mãos sobre o peito onde antes tivera os seios. Garp tinha a impressão de que não haviam tocado em seus seios; pareciam ainda estar ali, sob o lençol. Mais tarde, porém, pensou que, tendo sido uma mulher tão bonita, Charlotte era capaz de manter o corpo de tal maneira a criar a *ilusão* de seios.

– Graças a Deus que eu tenho dinheiro – disse Charlotte. – Você não acha que este é um lugar Classe A, Garp?

Garp concordou com um movimento da cabeça. No dia seguinte, ele levou uma garrafa de vinho; o hospital era muito tolerante em relação a bebidas e visitantes. Esse talvez fosse um dos luxos pelos quais se pagavam.

– Ainda que conseguisse sair daqui, o que eu iria fazer? – disse Charlotte. – Eles também retiraram a minha bolsa.

Ela tentou tomar um gole de vinho e adormeceu logo em seguida. Garp pediu a uma enfermeira que explicasse o que Charlotte quis dizer com "bolsa", embora desconfiasse do que poderia ser. A ajudante de enfermagem tinha mais ou menos a mesma idade de Garp; ela ficou muito corada e desviou o olhar ao traduzir aquela gíria.

"Bolsa" era a expressão usada pelas prostitutas quando se referiam à vagina.

– Obrigado – disse Garp.

Uma ou duas vezes, em suas visitas a Charlotte, ele encontrara lá as duas colegas de profissão dela. Mostravam-se tímidas na presença de Garp, ali à luz do dia, no quarto ensolarado de Charlotte. A mais nova, que falava inglês, chamava-se Wanga. Ela cortara o lábio daquela forma quando era criança, ao tropeçar e cair, quando corria de volta para casa com um vidro de maionese. Ela explicou, no seu inglês atrapalhado, que a família estava se preparando para ir a um piquenique, mas que, em vez disso, tiveram de levá-la ao hospital.

A outra, mais madura e menos expansiva, com a cicatriz de caroço de pêssego e seios como dois melões, não se mostrou disposta a explicar como conseguira aquela marca na testa. Ela era a famosa "Tina", para quem nada era "esquisito" demais.

De vez em quando, Garp encontrava-se com Herr Doktor Thalhammer. Certa vez, saíram juntos do hospital e Garp acompanhou Talhammer até o carro do médico.

– Quer uma carona? – ofereceu Thalhammer, simpático. No carro, estava uma bonita colegial que Thalhammer apresentou a Garp como sua filha. Todos conversaram livremente sobre *Die Vereinigten Staaten*, e Thalhammer garantiu a Garp que não era trabalho nenhum levá-lo até a porta de sua casa, na Schwindgasse. A filha de Thalhammer parecia-se um pouco com Helen, mas ele não podia nem sequer pensar em pedir para vê-la novamente. O fato de seu pai tê-lo tratado recentemente de gonorreia parecia a Garp um constrangimento intransponível – apesar do otimismo de Thalhammer de que as pessoas podem se adaptar a *qualquer coisa*. Garp, entretanto, duvidava de que Thalhammer pudesse se adaptar a essa situação.

Para Garp, por toda parte, agora, a cidade lembrava morte. Os parques e jardins fervilhantes de gente tinham para ele um forte cheiro de decadência. Até os grandes mestres da pintura nos grandes museus tinham por tema a morte. Havia sempre velhos e aleijados viajando no Strassenbahn 38 para ir à Grinzinger Allee, e as flores de perfume forte plantadas ao longo das alamedas bem tratadas dos jardins do Rudolfinerhaus só traziam a Garp recordações de velórios. Relembrava todas as pensões onde ele e Jenny haviam ficado quando chegaram à Áustria, havia mais de um ano. Lembrava-se dos papéis de parede desbotados e desiguais, das quinquilharias empoeiradas, das louças lascadas, das dobradiças rangentes, gemendo por falta de lubrificação. "Na vida de um homem", escrevera Marco Aurélio, "seu tempo é apenas um momento... seu corpo, uma presa dos vermes..."

A jovem ajudante de enfermagem a quem Garp perguntara sobre o significado de "bolsa" mostrava-se cada vez mais impertinente com ele. Certo dia, quando chegou mais cedo, antes do horário de visitas, ela perguntou-lhe, de modo até bastante agressivo, qual era o seu relacionamento com Charlotte. Um membro da família? Ela vira as outras visitas de Charlotte – as vistosas colegas de profissão da paciente – e presumiu que Garp fosse apenas um cliente da velha prostituta. Sem parar para pensar e sem mesmo saber por quê, Garp respondeu:

– Ela é minha mãe.

Garp notou a surpresa da jovem, que, dali em diante, passou a tratá-lo com mais respeito.

– O que foi que você disse a eles? – perguntou-lhe Charlotte baixinho, alguns dias mais tarde. – Acham que você é meu *filho*.

Garp confessou sua mentira, e Charlotte confessou que não fizera nada para desmenti-la.

– Obrigada – sussurrou ela. – Fico feliz de enganar esses porcos. Eles se julgam superiores. – Em seguida, procurando demonstrar um pouco de sua antiga licenciosidade, da qual nada mais restava, acrescentou: – Eu iria para a cama com você de graça, uma vez, se ainda tivesse o meu equipamento. Talvez duas vezes, pela metade do preço.

Ele ficou emocionado e chorou ali mesmo, diante dela.

– Não seja criança – disse ela. – O que eu realmente *sou* para você, Garp?

Depois que ela adormeceu, ele leu em seu prontuário que ela estava com 51 anos.

Charlotte morreu uma semana depois. Quando Garp chegou ao seu quarto, ele estava vazio e completamente limpo; a cama, sem cobertas; as janelas, escancaradas. Quando foi perguntar por Charlotte, encontrou uma enfermeira nova no andar – uma solteirona de cabelos grisalhos, que sacudia a cabeça insistentemente.

– *Fraulein* Charlotte – repetiu Garp. – Era paciente de Herr Doktor Thalhammer.

– Ele tem muitos pacientes – disse a enfermeira, enquanto consultava uma lista, mas Garp não sabia o verdadeiro nome de Charlotte. Por fim, não conseguiu encontrar outra maneira de identificá-la.

– A prostituta. Ela era uma prostituta.

A mulher olhou-o friamente; se Garp não conseguia detectar nenhuma satisfação em sua expressão, também não detectava nenhuma compaixão.

– A prostituta morreu – disse a velha enfermeira.

Pode ter sido apenas imaginação, mas Garp achou ter notado um leve tom de triunfo em sua voz.

– Um dia, *meine Frau* – disse-lhe ele –, você também vai morrer.

Ao deixar o Rudolfinerhaus, ele pensou que aquela tinha sido uma maneira bem vienense de falar. Maldita cidade velha e cinzenta, puta decadente, ele pensou.

Naquela noite, Garp foi à ópera pela primeira vez. Para sua surpresa, descobriu que era cantada em italiano e, como não entendia nada da língua, preferiu considerar todo o espetáculo uma espécie de serviço religioso. Caminhou pela noite, até as torres iluminadas da igreja de Santo Estêvão. A construção da torre sul da catedral, como ele lera em alguma placa, foi iniciada em meados do século XIV e terminada em 1439. Viena, pensou Garp, era um cadáver. Toda a Europa devia ser um cadáver bem-vestido, num caixão aberto.

"Na vida de um homem", escrevera Marco Aurélio, "seu tempo é apenas um momento... o destino, negro..."

Nesse estado de espírito, Garp voltou para casa, passando pela Karntnerstrasse, onde encontrou a famosa Tina. A marca de catapora em sua testa, sob as luzes de néon da cidade, era de um azul-esverdeado.

– *Guten Abend*, Herr Garp – disse ela. – Adivinha.

Tina explicou que Charlotte deixara uma espécie de herança para Garp. A herança era que ele poderia ter Tina e Wanga de graça, uma de cada vez ou as duas ao mesmo tempo. Tina achava que as duas juntas seria mais interessante... e mais rápido. Mas talvez ele não gostasse das duas. Garp admitiu que não se interessava por Wanga, por ela ser quase da sua idade e porque não gostava daquela cicatriz causada pelo vidro de maionese, embora ele jamais diria isso na presença dela, para não ferir seus sentimentos.

– Então você pode vir comigo duas vezes – disse Tina, satisfeita. – Uma vez agora e uma vez – acrescentou – depois que tiver recuperado o fôlego. Esqueça a Charlotte. A morte acontece a todo mundo.

Ainda assim, Garp recusou a oferta.

– Bem, eu estou sempre por aqui. Venha quando quiser. – Ela esticou o braço e descaradamente agarrou-o com sua mão grande e quente. Mas Garp apenas sorriu, curvou-se diante dela, como os vienenses costumam fazer, e caminhou de volta para casa, para junto de sua mãe.

Ele gostou da leve dor que experimentou. Sentiu prazer naquela tola renúncia e mais prazer ainda em *imaginar* Tina, mais do que poderia ter sentido se tivesse realmente desfrutado de seu corpo um tanto grosseiro. Aquela marca funda e prateada em sua testa era quase do tamanho da boca e dava a Garp a impressão de um pequeno túmulo aberto.

O que Garp estava saboreando era o começo de um transe de escritor havia muito tempo buscado, onde o mundo é abrangido por um único e envolvente tom de voz. "Tudo o que é do corpo é como água corrente, tudo o que é da alma, como sonhos e devaneios", lembrou Garp. Foi somente em julho que Garp retomou o trabalho em "A pensão Grillparzer". Sua mãe terminava os originais do livro que logo iria modificar a vida de ambos.

Em agosto, Jenny terminou seu livro e anunciou que agora ela estava pronta para viajar, finalmente conhecer um pouco a Europa – a Grécia, talvez?

– Vamos pegar um trem para algum lugar – disse. – Eu sempre tive uma grande vontade de viajar no Expresso do Oriente. Até onde ele vai?

– De Paris a Istambul, eu acho – disse Garp. – Mas você vai ter que ir sozinha, mamãe. Tenho muito o que fazer agora.

Ele pagou na mesma moeda, Jenny teve de admitir. Ela estava tão saturada de *Uma suspeita sexual* que não conseguia sequer fazer mais uma revisão dos originais. Nem sabia o que fazer com eles agora. Deveria simplesmente ir a Nova York e entregar a história de sua vida a um estranho qualquer? Queria que Garp o lesse, mas viu que ele estava finalmente concentrado em seu próprio livro e achou que não deveria incomodá-lo. Além disso, não se sentia segura. Grande parte da história de sua vida era também a história da vida *dele* – receava que aquilo pudesse perturbá-lo.

Garp trabalhou durante todo o mês de agosto na conclusão de seu conto, "A pensão Grillparzer". Helen, exasperada, escreveu a Jenny. "Garp morreu?", perguntou ela. "Por favor, mande notícias." Essa Helen Holm é uma garota inteligente, Jenny pensou. Helen recebeu uma resposta bem maior do que esperava. Jenny enviou-lhe uma cópia do manuscrito de *Uma suspeita sexual*, com um bilhete explicando que aquilo era o resultado do que ela andara fazendo o ano inteiro, e agora Garp também estava escrevendo alguma coisa. Jenny pediu a Helen que desse uma opinião franca sobre o livro. Talvez, Jenny dizia na mesma carta, um dos professores de sua universidade pudesse orientá-la sobre o que fazer com um livro pronto.

Quando não estava escrevendo, Garp fazia um passeio ao zoológico para relaxar. O zoológico fazia parte dos belos terrenos e jardins que circundavam o Palácio Schonbrunn. Garp tinha a impressão de que muitos dos prédios do zoológico eram ruínas da guerra, com três quartas partes destruídas, mas que tinham sido parcialmente restauradas para abrigar os animais. Isso deu a Garp a estranha impressão de que o zoológico já existiria em Viena durante a guerra, o que o fez se interessar por aquele período. Todas as noites, na hora de dormir, lia relatos históricos, muito específicos, sobre Viena durante as ocupações nazista e russa. Esse interesse não estava desassociado dos temas de morte que assombravam a história de "A pensão Grillparzer". Garp descobriu que, quando alguém está escrevendo alguma coisa, tudo à sua volta parece relacionado com ela. Viena estava morrendo, o zoológico não fora tão bem recuperado dos danos causados pela guerra da mesma forma como haviam sido as casas onde as *pessoas* viviam; a história de uma cidade era como a história de uma família – há intimidade, e até mesmo afeição, mas a morte acabava por separar uns dos outros. Somente a vívida lembrança mantém os mortos vivos para sempre. A tarefa do escritor é imaginar tudo de uma forma tão pessoal que a ficção se torne tão vívida quanto as recordações pessoais. No prédio onde moravam, na Schwindgasse, ele ainda podia ver os furos feitos pelas metralhadoras nas paredes de pedra da entrada.

Agora ele sabia o que significava aquele sonho da avó.

Escreveu a Helen dizendo-lhe que um jovem escritor precisava desesperadamente viver com alguém, e ele havia decidido que queria morar com ela; talvez até mesmo se *casar* com ela, propôs, porque a atividade sexual era simplesmente necessária, mas tomava muito tempo quando era preciso ficar constantemente *planejando* como consegui-la. Assim sendo, Garp concluía, era muito melhor viver com ela!

Helen rasgou várias cartas antes de finalmente enviar-lhe uma que lhe dizia simplesmente para ir se danar. Por acaso, ele pensava que ela estudava tanto na universidade somente para proporcionar-lhe os prazeres do sexo sem ter nem mesmo que *planejar*?

Garp não teve a mesma dificuldade para enviar-lhe uma resposta. Disse simplesmente que estava ocupado demais e não tinha tempo para lhe explicar tudo. Ela teria de ler o que ele estava escrevendo para poder julgar sua seriedade.

"Não tenho a menor dúvida quanto à sua seriedade", escreveu-lhe ela. "E no momento, já tenho coisas demais para ler."

Ela não disse que estava se referindo ao livro de Jenny, *Uma suspeita sexual*, que compreendia 1.158 laudas. Embora mais tarde Helen viesse a concordar com Garp que não se tratava de nenhuma joia literária, tinha de reconhecer que era uma história fascinante.

Enquanto Garp dava os retoques finais em seu conto, bem mais curto, Jenny Fields arquitetava seu próximo passo. Em sua incessante agitação, comprara uma revista americana em uma grande banca de jornais, onde havia um artigo que contava como um corajoso editor de uma das mais importantes editoras de Nova York acabara de rejeitar os originais que lhe haviam sido submetidos por um infame autor, ex-funcionário do governo, que fora condenado pelo roubo de dinheiro público. O livro era uma "ficção" mal disfarçada das sórdidas negociatas políticas do próprio criminoso. No artigo, o editor dizia que se tratava de uma história nojenta, que o autor nem sabia escrever, e que, portanto, não deveria tirar proveito de sua vida corrupta. O livro, naturalmente, acabou sendo publicado por outra editora, fazendo com que seu desprezível autor e seu editor ganhassem rios de dinheiro. "Às vezes, sinto que é minha responsabilidade dizer 'não', mesmo sabendo que há muita gente que gosta desse tipo de leitura." O tal livro acabou merecendo várias críticas sérias, como as que são feitas para os bons livros, mas Jenny ficou bastante impressionada com o editor que recusara o livro e recortou o artigo da revista. Ela fez um círculo em torno do seu nome – um nome simples, quase parecido com o nome de um ator ou de um animal em um livro infantil: John Wolf. Na foto da revista, John Wolf tinha uma aparência bem cuidada e estava muito bem-vestido. Assemelhava-se a muita gente que vive e trabalha em Nova York, onde os bons negócios e o bom senso obrigam as pessoas a se cuidar e a se vestir da melhor forma possível. Para Jenny Fields, entretanto, ele parecia um anjo. Tinha certeza de que ele seria o *seu* editor. Estava convencida de que sua vida *não* era corrupta e que John Wolf a acharia digna de ganhar dinheiro com sua história.

Garp tinha outras ambições para "A pensão Grillparzer". Não iria ganhar muito dinheiro com seu conto. Inicialmente, seria publicado em alguma revista "séria" onde praticamente ninguém o leria. Anos mais tarde, quando ele fosse bem conhecido, seria publicado de forma mais cuidadosa e receberia muitas críticas favoráveis. Mas, durante toda a sua vida, "A pensão Grillparzer" não lhe proporcionaria o dinheiro suficiente nem para comprar um bom carro, embora ele esperasse bem mais do que dinheiro ou transporte de seu conto. Na realidade, o que ele esperava era convencer Helen Holm a vir morar, ou mesmo se casar, com ele.

Quando terminou "A pensão Grillparzer", disse Garp à mãe que queria voltar para casa e ver Helen. Ia enviar-lhe uma cópia do conto, de modo que, quando ele chegasse de volta aos Estados Unidos, Helen já o teria lido. Pobre Helen, pensou Jenny. Ela sabia quanto Helen tinha para ler. Jenny também ficou preocupada pela maneira como Garp referia-se à Steering como "casa", mas ela também tinha suas razões para querer ver Helen, e Ernie Holm certamente gostaria de sua companhia por alguns dias. Sempre havia a casa de seus pais, a mansão em Dog's Head Harbor, caso Garp e Jenny precisassem de um lugar para ficar ou fazer seus planos.

Garp e Jenny eram pessoas tão singularmente obcecadas que nunca haviam parado para se perguntar por que não tinham visto mais da Europa, e agora já estavam de partida. Jenny arrumou nas malas seus uniformes de enfermeira. Na mente de Garp, restou apenas a herança que Charlotte lhe deixara, a cargo de Tina.

Garp tinha vivido da imaginação dos favores de Tina durante o tempo que levara escrevendo "A pensão Grillparzer", mas, como viria a aprender no decorrer da vida, as exigências da vida literária e da vida real nem sempre combinavam. Ele fora sustentado pela imaginação enquanto escrevia, mas agora, que *não* estava escrevendo, queria ver Tina. Foi procurá-la na Karntnerstrasse, mas a prostituta do vidro de maionese, que falava inglês, disse-lhe que Tina não trabalhava mais no primeiro distrito.

– Assim é a vida – disse Wanga. – Esqueça Tina.

Garp constatou que poderia mesmo esquecer Tina. A luxúria, como dizia sua mãe, fazia coisas assim. E afinal, descobriu também que o tempo havia amenizado sua aversão à cicatriz do vidro de maionese de Wanga e, de repente, chegou até a gostar dela. Assim, esteve com ela duas vezes, e, como iria aprender durante toda a sua vida, quase tudo parece uma decepção para um escritor depois que ele termina uma obra.

Garp e Jenny haviam passado 15 meses em Viena. Era setembro. Garp e Helen tinham apenas 19 anos e logo ela iria voltar para a universidade. O avião os levou de Viena a Frankfurt. As lembranças de Wanga já não causavam aquele leve formigamento em sua pele. Quando Garp pensava em Charlotte, imaginava que ela fora feliz. Afinal, nunca fora obrigada a deixar o primeiro distrito.

O avião voou de Frankfurt a Londres. Garp releu "A pensão Grillparzer" com a esperança de que Helen não o rejeitaria. De Londres a Nova York, Jenny leu o conto do filho. Em termos do que *ela* havia passado mais de um ano escrevendo, a história de Garp pareceu a Jenny um pouco fantasiosa. Mas seu gosto pela literatura nunca fora muito apurado e ela se encantou com a imaginação do filho. Mais tarde, ela diria que "A pensão Grillparzer" era exatamente o tipo de história que seria de esperar de um rapaz sem uma família convencional.

Talvez fosse mesmo. Helen diria mais tarde que era na conclusão de "A pensão GrillParzer" que se podia vislumbrar o que era o mundo segundo Garp.

A PENSÃO GRILLPARZER (conclusão)

Na sala do café da manhã da Pensão Grillparzer, confrontamos Herr Theobald com a coleção de seus outros hóspedes que haviam perturbado o nosso sono. Eu estava cada vez mais convencido de que meu pai iria se revelar como um espião do Departamento de Turismo.

– Homens que andam por aí apoiados nas mãos – disse meu pai.

– Homens que olham por baixo da porta do WC – disse vovó.

– Aquele homem ali – eu disse, apontando para o homenzinho encolhido no canto da mesa, tomando café da manhã com seus companheiros, o homem dos sonhos e o cantor húngaro.

— É assim que ele ganha a vida - explicou-nos Herr Theobald. E, como para demonstrar que isso era verdade, o homem saiu andando com as mãos.

— Faça-o parar com isso - disse papai. - Já sabemos que ele pode andar de pernas para o ar.

— Mas perceberam que ele não sabe andar de outro modo? - perguntou o homem dos sonhos repentinamente. - Sabiam que suas pernas são inúteis? Ele não tem os ossos das pernas. É maravilhoso que ele possa andar com as mãos! Caso contrário, não poderia se locomover.

O homem balançou a cabeça, embora fosse difícil para ele, naquela posição.

— Por favor, sente-se - disse mamãe.

— Não há nada de errado em ser aleijado, mas você é mau - disse minha avó, corajosamente, apontando para o homem dos sonhos. - Sabe de coisas que não tem o direito de saber. Ele sabia a respeito do meu sonho - disse ela, dirigindo-se a Herr Theobald, como se estivesse dando parte de um roubo em seu quarto.

— Sei que ele é um pouco mau mesmo - admitiu Theobald. - Mas não é sempre! E ele cada vez se comporta melhor. Ele não tem culpa de saber o que sabe.

— Eu só estava tentando esclarecê-la - disse o homem dos sonhos a vovó. - Achei que lhe faria bem. Afinal de contas, seu marido já morreu há muito tempo e já é hora de deixar de dar tanta importância a esse sonho. A senhora não foi a única que já teve esse sonho.

— Pare! - disse vovó.

— Bem, achei que a senhora devia saber.

— Não, agora já chega, por favor - disse-lhe Herr Theobald.

— Eu sou do Departamento de Turismo - anunciou meu pai, provavelmente porque já não sabia mais o que dizer.

— Oh, Santo Deus! - exclamou Herr Theobld.

— A culpa não é de Theobald - disse o cantor. - A culpa é nossa. É muita bondade dele nos aceitar aqui, embora isso possa lhe custar a reputação.

— Eles se casaram com minha irmã. São da família, entendem? O que posso fazer? - explicou-nos Theobald.

- "Eles" são casados com sua irmã? – perguntou mamãe.
- Bem, ela se casou primeiro comigo – disse o homem dos sonhos.
- E depois ela me ouviu cantar! – disse o cantor.
- Ela nunca se casou com o outro – disse Theobald, e todos olharam com pena para o homem que só podia andar com as mãos.
- Eles faziam um número de circo, mas depois tiveram problemas políticos – continuou Theobald.
- Éramos os melhores na Hungria – disse o cantor. – Nunca ouviram falar no Circo Szolnok?
- Não, receio que não – disse meu pai, muito sério.
- Nós nos apresentamos em Miskolc, Szeged, Debrecen – disse o homem dos sonhos.
- Duas vezes em Szeged – disse o cantor.
- Teríamos ido até Budapeste, se não fosse pelos russos – disse o homem que andava com as mãos.
- É verdade. Foram os russos que lhe arrancaram os ossos das pernas.
- Falem a verdade – disse o cantor. – Ele já nasceu sem os ossos. Mas é verdade que tivemos problemas com os russos.
- Eles queriam prender o urso – disse o homem dos sonhos.
- Falem a verdade – disse Theobald.
- Nós resgatamos a irmã dele, que estava com os russos – disse o homem que andava com as mãos.
- É por isso que me sinto obrigado a hospedá-los – disse Herr Theobald. – Eles dão um duro danado, mas quem, neste país, se interessa pelo que eles fazem? É um espetáculo húngaro. Aqui não há nenhuma tradição de ursos em monociclos – disse-nos Theobald. – E os malditos sonhos não significam nada para nós, vienenses.
- Diga logo a verdade – disse o homem dos sonhos. – Tudo aconteceu porque eu interpretei os sonhos que não devia. Trabalhávamos numa boate na Karntnerstrasse, mas fomos expulsos de lá.
- Você nunca deveria ter contado aquele sonho, – disse o cantor, com ar sério.
- Ora, foi culpa de sua mulher também! – disse o homem dos sonhos.
- Ela era sua mulher naquela época – retrucou o cantor.

– Parem com isso! Por favor! – implorou Theobald.

– A gente se apresenta em prol de crianças doentes – disse o homem dos sonhos. – E em alguns hospitais públicos também, especialmente nas festas de Natal.

– Vocês deviam usar mais o urso – aconselhou Herr Theobald.

– Então fale com sua irmã sobre isso – disse o cantor. – O urso é dela. Foi ela quem o treinou e foi ela quem o deixou ficar preguiçoso, desleixado e cheio de maus hábitos.

– Ele é o único de vocês todos que nunca faz pouco de mim – disse o homem que andava com as mãos.

– Eu, por mim, gostaria de ir embora – disse minha avó. – Tudo isso foi uma terrível experiência para mim.

– Por favor, minha cara senhora – apressou-se Herr Theobald a dizer –, nós só queríamos mostrar que não tivemos intenção de ofender. Estes são tempos difíceis! Eu preciso da classificação B para atrair mais turistas e não posso, em sã consciência, mandar o Circo Szolnock embora.

– Sã consciência, uma ova! – disse o homem dos sonhos. – Ele tem medo da irmã. Ele nem sonharia em nos mandar embora!

– Se ele sonhasse, você logo saberia – disse o homem que andava com as mãos.

– Eu tenho medo é do urso – disse Herr Theobald. – Ele faz tudo que ela manda.

– Ele até que é um bom urso e nunca fez mal a ninguém. Você sabe perfeitamente bem que ele não tem garras, e os dentes são bem poucos – disse o homem aleijado.

– A pobre criatura tem muita dificuldade para comer – admitiu Herr Theobald. – Ele está muito velho e suja tudo.

Por cima do ombro de meu pai, vi o que ele anotava em seu bloco: "Um urso deprimido e um circo sem trabalho. Toda a família depende da irmã."

Naquele mesmo momento, lá fora na calçada, nós a víamos cuidando do urso. Ainda era bem cedo e havia pouco movimento na rua. De acordo com a lei, naturalmente, ela trazia o urso preso na coleira, mas aquilo não passava de uma formalidade. Em seu vistoso turbante vermelho, a mulher andava para cima e para baixo na calçada, acompanhando os lentos movimentos do urso em seu monociclo. O animal pedalava com facilidade de um parquímetro ao outro; às vezes, apoiando-se em um deles para fazer a volta. Notava-se que ele era muito hábil no monociclo, mas também se notava que o monociclo era o fim de sua carreira. Via-se que o urso sabia que ele não poderia ir mais longe em seu monociclo.

– Ela devia tirá-lo da rua agora – disse Herr Theobald, nervoso. – O pessoal da confeitaria ao lado já reclamou. Disseram que o urso espanta a freguesia.

– O urso até que atrai a freguesia – disse o homem sobre as mãos.

– Ele atrai algumas pessoas e afugenta outras – disse o homem dos sonhos repentinamente sombrio, como se a profundidade do que acabara de dizer o deixasse deprimido.

Mas nós tínhamos ficado tão entretidos com as peripécias do Circo Szolnok que nos esquecemos da velha Johanna. Quando minha mãe viu que ela estava chorando baixinho, disse-me que fosse buscar logo o carro.

– Tudo isto foi demais para ela – sussurrou meu pai para Theobald. O Circo Szolnok ficou envergonhado.

Lá fora na calçada, o urso pedalou até mim e entregou-me as chaves do carro, estacionado junto ao meio-fio.

– Nem todo mundo gosta de receber as chaves dessa maneira – disse Herr Theobald à irmã.

– Ah, achei que ele iria gostar – disse ela, despenteando meus cabelos. Ela era atraente como uma garçonete de bar, o que significava dizer que era mais atraente à noite. À luz do dia, parecia mais velha do que o irmão e mais velha também do que os dois maridos. Com o tempo, imaginei que ela deixaria de ser irmã e mulher, para ser a mãe de todos eles. Aliás, ela já era a mãe do urso.

– Venha cá – disse-lhe ela.

O urso ficou pedalando apaticamente sem sair do lugar, apoiado no parquímetro. Ele lambeu o vidro do medidor do parquímetro. Ela deu um puxão na correia. Ele olhou fixamente para ela. Ela puxou a correia outra vez. Insolentemente, ele começou a pedalar, primeiro para um lado, depois para o outro. Parecia ter ficado mais interessado porque viu que havia gente que parara para olhá-lo. Então, começou a exibir-se.

– Não vá fazer nenhuma tolice, Duna! – disse-lhe a irmã.

O urso, porém, pedalava cada vez mais rápido, indo para frente, para trás, dando voltas e driblando os parquímetros; a irmã teve de soltar a correia.

– Duna, pare com isso! – gritava ela.

O urso, no entanto, estava fora de controle. Ele passou com a roda muito junto ao meio-fio, onde o monociclo derrapou, atirando-o com força contra o para-choque de um carro estacionado. Ele sentou-se na calçada com o monociclo ao seu lado; era fácil ver que não havia se ferido, mas ficou muito encabulado, e ninguém riu. A irmã ficou zangada e repreendeu-o, mas foi sentar-se ao lado dele na calçada. "Duna, Duna", ela repetia, mas com carinho. Ele sacudia a enorme cabeça, sem conseguir encará-la. A pelagem no canto de sua boca estava cheia de espuma de saliva, e ela a limpou com a mão. Ele afastou sua mão com a pata.

– Voltem quando quiserem! – gritou Theobald, pateticamente, quando entrávamos no carro.

Minha mãe ficou sentada no carro com os olhos fechados, massageando as têmporas, de modo que parecia não ouvir nada do que dizíamos. Alegava que essa era sua única defesa para viajar com uma família tão turbulenta.

Eu não queria fazer o relato habitual a respeito do cuidado com o carro, mas vi que meu pai estava tentando manter a ordem e a calma. Ele já tinha o enorme bloco aberto no colo como se tivéssemos acabado de completar uma investigação de rotina.

– Como está o marcador de quilometragem? – perguntou-me.

– Alguém rodou 35 quilômetros com o carro – disse eu.

– Aquele urso terrível esteve aqui – disse vovó. – O banco aqui atrás está cheio de pelos e eu sinto o cheiro dele.

– Não estou sentindo cheiro nenhum – disse papai.

– Também sinto o perfume daquela cigana de turbante – disse vovó. – Está pairando aqui em cima, junto do teto do carro.

Papai e eu cheiramos. Mamãe continuava a massagear as têmporas.

No chão do carro, junto aos pedais do freio e da embreagem, vi alguns daqueles palitos verdes de menta que o cantor húngaro costumava ter sempre no canto da boca, como se fosse uma cicatriz. Mas não mencionei nada. Já era demais imaginar todos eles passeando pela cidade em nosso carro – o cantor na direção e o aleijado ao seu lado, acenando com os pés para fora da janela. E, no banco traseiro, separando o homem dos sonhos de sua ex-mulher, a enorme cabeça esfregando o estofado do teto, as manoplas relaxadas no amplo colo, o velho urso, esparramado como um bêbado manso.

– Pobre gente – disse mamãe, os olhos ainda fechados.

– Mentirosos e criminosos – disse minha avó. – Místicos e refugiados, com animais domesticados.

– Fizeram o possível – disse papai –, mas não conseguiram o que queriam.

– Estariam melhor num zoológico – disse vovó.

– Pois eu achei divertido – disse Robo.

– Será difícil sair da classe C – disse eu.

– Estão abaixo de Z – disse Johanna. – Estão abaixo do alfabeto humano.

– Acho que devem receber uma carta – disse mamãe.

Papai, entretanto, ergueu a mão, como se fosse nos abençoar, e ficamos todos calados. Ele fazia suas anotações no bloco e não queria ser perturbado. Tinha o rosto sério. Eu sabia que vovó confiava em seu veredito. Mamãe sabia que era inútil discutir. Robo já estava entediado. Continuei dirigindo pelas ruas estreitas; entrei na Spiegelgasse, rumo à Lobkowitzplatz. A Spiegelgasse é tão estreita que se podia ver o reflexo do carro nas vitrinas das lojas por onde passávamos. Essa superposição de imagens fazia parecer que nossa passagem por Viena era uma espécie de truque cinematográfico, como se fizéssemos um passeio numa cidade de conto de fadas.

Quando vovó adormeceu no carro, mamãe disse:

– Não creio que, neste caso, uma mudança de classificação faça muita diferença, de uma maneira ou de outra.

– Não – disse papai –, não faz mesmo.

Quanto a isso, ele estava certo, embora se passassem anos antes que eu tornasse a ver a Pensão Grillparzer.

Quando minha avó morreu, de repente, durante o sono, mamãe declarou que estava cansada de viagens. A verdadeira razão, no entanto, era que ela se sentia atormentada pelo sonho da vovó.

– Os cavalos são tão magros... – disse-me ela, certa vez. – Quero dizer, eu sempre soube que deviam ser magros, mas não tanto. E os soldados... eu sabia que eram infelizes, mas não tanto.

Meu pai saiu do Departamento de Turismo e foi trabalhar para uma agência de detetives, especializada em hotéis e lojas de departamentos. Ele gostava do trabalho, embora se recusasse a trabalhar durante as festas de Natal, quando, segundo ele, algumas pessoas deviam ter permissão para pequenos roubos.

Meus pais me pareciam mais tranquilos à medida que envelheciam e eu realmente sentia que eram bastante felizes quando estavam no fim da vida. Sei que a força do sonho de vovó foi minimizada pelo mundo real, especialmente pelo que aconteceu a Robo. Ele foi para uma escola particular e era muito querido lá, mas foi morto por uma bomba de fabricação caseira em seu primeiro ano na universidade. Ele nem sequer estava metido em política. Em sua última carta para os pais, ele escreveu: "A seriedade das facções radicais entre os estudantes é superestimada. E a comida é execrável." Então, ele foi para a aula de história, e a sala explodiu.

Somente depois que meus pais morreram é que deixei de fumar e decidi viajar outra vez. Levei minha segunda esposa à Pensão Grillparzer. Com minha primeira mulher, eu nunca chegara nem mesmo a Viena.

A pensão Grillparzer não conseguira manter a classificação B por muito tempo; aliás, quando lá cheguei, ela já estava completamente desclassificada. A irmã de Herr Theobald era a encarregada da pensão. Aquela antiga atração esdrúxula havia desaparecido e agora exibia um cinismo sem sensualidade, como se fosse uma tia velha e solteirona. Seu corpo era amorfo, e os cabelos estavam tingidos de uma cor parecida com bronze, de modo que a cabeça parecia uma dessas esponjas de cobre que se usam para arear panelas. Ela não se lembrava de mim e ficou desconfiada de minhas perguntas. Como eu lhe dava a impressão de saber muito a respeito de seus antigos sócios, ela provavelmente pensou que eu fosse da polícia.

O cantor húngaro fora embora com outra mulher que se encantara com sua voz. O homem dos sonhos fora levado embora, para um hospício. Seus próprios sonhos haviam se transformado em pesadelos, e toda noite ele acordava a pensão inteira com gritos horripilantes. Sua remoção das depauperadas dependências da pensão, disse a irmã de Herr Theobald, foi quase simultânea à perda da classificação B concedida por meu pai.

Herr Theobald já falecera. Ele tombara no corredor, apertando o coração, numa noite em que se levantara para investigar o que pensava ser um ladrão. Mas tratava-se apenas de Duna, o urso descontente, vestido com o terno listrado do homem dos sonhos. Não me explicaram a razão que levara a irmã de Theobald a vestir o urso daquela forma, mas o choque de ver o animal pedalando seu monociclo com as roupas deixadas pelo lunático fora suficiente para dar tamanho susto em Herr Theobald que lhe causara a morte.

O homem que só podia andar sobre as mãos sofrera problemas igualmente sérios. Seu relógio de pulso prendeu-se numa escada rolante, e ele não conseguiu desvencilhar-se; a gravata, que raramente usava porque ela se arrastava pelo chão quando ele andava sobre as mãos, foi puxada para baixo da escada rolante na extremidade de saída, estrangulando-o. Atrás dele, formou-se uma longa fila de pessoas andando sem sair do lugar, dando sempre um passo para trás, deixando a escada avançar e novamente dando outro passo para trás. Levou algum tempo até alguém tomar a coragem de passar por cima do corpo. O mundo está cheio de mecanismos cruéis, ainda que não intencionais, que não foram feitos para pessoas que andam com as mãos.

Depois disso, conforme me contou a irmã de Theobald, a Pensão Grillparzer decaiu da classe C para outras ainda piores. Como os encargos da administração recaíssem todos em suas costas, ela já não tinha tempo para cuidar de Duna, que se tornou senil e indecente em seus hábitos. Em certa ocasião, ele perseguiu o carteiro por uma escada de mármore com tal agressividade que o homem caiu e quebrou a bacia. O ataque foi notificado à polícia, que resolveu pôr em prática uma antiga lei que proibia animais soltos em lugares públicos. Duna foi expulso da Pensão Grillparzer.

Durante algum tempo, a irmã de Theobald manteve o urso em uma jaula no pátio da pensão, mas ele era sempre perseguido por cachorros e crianças, e as pessoas dos apartamentos que davam para o pátio atiravam-lhe restos de alimentos (e coisas piores). Ele se tornou arredio e dissimulado, fingia dormir a maior parte do tempo e acabou comendo um gato. Depois disso, foi envenenado duas vezes e ficou com medo de comer qualquer coisa que lhe davam naquele lugar perigoso. Não houve outra saída senão doá-lo ao zoológico Schonbrunn, tendo havido até dúvidas quanto à possibilidade de o aceitarem. Ele não tinha dentes, estava doente, talvez com alguma moléstia contagiosa, e sua longa história de haver sido tratado como um ser humano não o preparara para a rotina mais monótona da vida no zoológico.

A permanência na jaula no pátio da pensão tinha piorado o seu reumatismo e até mesmo seu único talento, de pedalar o monociclo, tornou-se irrecuperável. Ele caiu na primeira vez em que tentou andar no monociclo no zoológico. Alguém riu. Quando alguém ria de alguma coisa que ele fizesse, explicou a irmã de Theobald, Duna nunca mais fazia aquilo outra vez. Por fim, ele acabou ficando no zoológico por caridade, mas morreu apenas dois meses depois de ter sido internado. Na opinião da irmã de Theobald, Duna morreu de vergonha – consequência de uma erupção que se alastrou na pele de seu peito, tornando necessário raspá-lo. Um urso raspado, disse um funcionário do zoológico, morre de vergonha.

No pátio frio da pensão, vi a jaula vazia do animal. Os pássaros não haviam deixado ali nenhuma semente de frutas, mas, num canto da jaula, havia um grande monte seco de excremento de urso – tão sem vida, e até mesmo sem cheiro, quanto os cadáveres encontrados no holocausto de Pompeia. Não pude deixar de pensar em Robo. O urso, pelo menos, havia deixado restos.

No carro, fiquei ainda mais deprimido ao notar que nem um único quilômetro havia sido acrescentado ao marcador, nem um único quilômetro fora rodado ilicitamente. Já não havia mais ninguém por ali capaz de tais liberdades.

– Quando estivermos bem longe de sua preciosa Pensão Grillparzer – disse-me minha segunda mulher –, gostaria que me dissesse por que você me trouxe a um lugar tão decadente.
– É uma longa história – admiti.
Eu pensava na curiosa falta de amargura ou entusiasmo que notara no relato da irmã de Theobald. Havia, em sua história, a insipidez e a apatia que sempre associamos a contadores de histórias que aceitam desenlaces infelizes, como se a sua vida e as de seus companheiros jamais tivessem sido exóticas para ela, como se eles sempre tivessem protagonizado um esforço ridículo e fadado ao insucesso para obter uma reclassificação.

7
Mais luxúria

E foi assim que ela se casou com ele, para fazer-lhe a vontade. Helen achou que o conto era bom, para quem começava. O velho Tinch também o aprovou.
– É cheio de lou-lou-curas e tris-tristeza.
Tinch aconselhou Garp a enviar o "A pensão Grillparzer" à sua revista predileta. Garp esperou três meses pela seguinte resposta:

> O conto é apenas ligeiramente interessante, mas nada traz de novo nem na linguagem, nem na forma. Agradecemos, no entanto, por tê-lo submetido à nossa apreciação.

Garp ficou intrigado e mostrou a recusa a Tinch. O professor também não compreendeu.
– Acho que só estão interessados na *no-no-nova* ficção – disse Tinch.
– E como é isso? – perguntou Garp.
Tinch admitiu que não sabia muito bem.
– Creio que a nova ficção se interessa pela linguagem e pela f-f-forma – disse Tinch. – Mas não sei do que se trata realmente. Às vezes, é sobre ela mesma.
– Sobre ela mesma?
– É uma espécie de ficção sobre fi-fi-ficção – tentou explicar Tinch.
Garp continuou sem compreender, mas o que importava para ele era que Helen gostara de seu conto.
Quase 15 anos mais tarde, quando Garp publicou seu terceiro romance, aquele mesmo editor da revista predileta de Tinch escreveu uma carta a Garp. A carta era muito elogiosa a ele e a sua obra e pe-

dia prioridade para publicar na revista qualquer coisa *nova* que ele escrevesse. No entanto, T. S. Garp tinha uma memória prodigiosa e a indignação de uma pessoa ultrajada. Ele encontrou o velho bilhete de recusa em que seu conto era considerado "apenas ligeiramente interessante"; o bilhete estava cheio de manchas de café e tinha sido dobrado tantas vezes que estava quase se rasgando nas dobras, mas Garp anexou-o assim mesmo à carta que enviou em resposta ao editor e que dizia o seguinte:

> Estou apenas ligeiramente interessado em sua revista e continuo não fazendo nada novo com a linguagem ou a forma. Agradeço-lhe, no entanto, por me haver escrito.

Garp possuía um enorme ego que tudo fazia para ele não esquecer os insultos ou recusas a seus trabalhos. Felizmente para Helen, ela também possuía um ego feroz, pois, se não tivesse uma grande autoestima, teria acabado odiando-o. Por assim dizer, tinham sorte. Muitos casais vivem juntos e depois descobrem que não se amam; outros nunca chegam a descobrir. Há os que se casam e a descoberta ocorre nos momentos mais inoportunos de suas vidas. No caso de Garp e Helen, eles mal se conheciam, mas tinham suas intuições – e, a seu modo obstinado e deliberado, se apaixonaram depois do casamento.

Talvez o fato de estarem sempre tão ocupados com suas respectivas carreiras os tenha impedido de examinar seu relacionamento. Helen iria se formar dois anos depois de ter começado a universidade, obteria seu título de Ph.D. em Literatura Inglesa com apenas 23 anos, e seu primeiro emprego – como professora assistente em uma faculdade feminina – aos 24 anos.

Garp levaria cinco anos para terminar seu primeiro romance, mas seria um bom romance, que lhe granjearia uma reputação respeitável como escritor, embora não lhe trouxesse dinheiro algum. Por essa época, Helen já ganhava pelo casal. Durante todo o tempo em que Helen frequentava a escola e Garp escrevia, era Jenny quem se encarregava de cuidar das finanças.

O livro de Jenny foi um choque maior para Helen quando o leu do que para Garp. Afinal, ele vivera com ela e não se surpreendia mais com sua excentricidade; para ele, tornara-se lugar-comum. O que o deixou realmente espantado, no entanto, foi o sucesso do livro. Nunca imaginara tornar-se uma figura pública – a personagem principal de um livro escrito por alguém, antes mesmo de haver escrito o seu.

O editor, John Wolf, jamais esqueceria aquela manhã em seu escritório, quando conheceu Jenny Fields.

– Tem uma enfermeira lá fora que quer falar com o senhor – anunciou sua secretária, revirando os olhos, imaginando que o chefe estivesse às voltas com algum caso de reconhecimento de paternidade.

John Wolf e a secretária jamais poderiam imaginar que era um manuscrito de 1.158 laudas que tornava a maleta de Jenny tão pesada.

– É sobre mim mesma – disse ela a John Wolf, abrindo a maleta e colocando os pesados originais em cima da mesa. – Quando é que vai poder lê-lo?

Pareceu a John Wolf que a mulher pretendia permanecer em seu escritório *enquanto* ele lia o manuscrito. Deu uma olhada na primeira frase ("Neste mundo de mentes sujas...") e logo começou a pensar no que poderia fazer para se livrar dela.

Posteriormente, é claro, ele ficou em pânico ao não encontrar um número de telefone para se comunicar com ela; queria dizer-lhe que sim, claro que queriam publicar *aquilo*! Não poderia imaginar que Jenny Fields fosse hóspede de Ernie Holm, na Steering, onde os dois ficavam conversando até altas horas da noite, todas as noites (as habituais preocupações dos pais quando descobrem que os filhos de 19 anos estão querendo se casar).

– Aonde é que eles vão todas as noites? Só voltam para casa às duas ou três horas, e ontem estava chovendo. Choveu a noite toda e eles nem sequer têm carro – perguntou Jenny, preocupada.

Eles iam para a sala de luta livre. Helen, é claro, tinha uma chave. E um tapete de luta livre era tão familiar e confortável para eles quanto qualquer cama. E muito maior.

– Eles dizem que querem ter filhos – queixou-se Ernie. – Eu acho que Helen deve terminar seus estudos.

– Com filhos, Garp jamais terminará seu romance – disse Jenny.

Ela pensava que, afinal, fora obrigada a esperar 18 anos para *começar* o seu livro.

– Os dois são muito trabalhadores – disse Ernie, para tranquilizar-se e a Jenny.

– E vão ter que ser mesmo.

– Não sei por que não podem simplesmente *viver* juntos – disse Ernie. – *Depois*, se tudo der certo, poderão se casar e ter filhos.

– Não consigo compreender por que *alguém* precisa viver com outra pessoa – disse Jenny Fields.

Ernie pareceu ficar magoado.

– Bem, você gosta que Garp viva com você. E eu gosto que Helen viva comigo. Sinto saudades quando ela vai para a escola.

– É *luxúria* – disse Jenny, com ar sinistro. – O mundo está doente de tanta luxúria.

Ernie ficou preocupado com ela, mal sabendo que Jenny estava prestes a se tornar rica e famosa para sempre.

– Quer uma cerveja? – perguntou a Jenny.

– Não, obrigada.

– Eles são bons garotos – disse Ernie.

– Mas a luxúria acaba tomando conta deles – disse Jenny Fields, desanimada.

Ernie Holm foi até a cozinha e abriu outra cerveja para si mesmo.

Fora justamente o capítulo sobre "luxúria" em *Uma suspeita sexual* que perturbara Garp. Uma coisa era ser filho famoso de mãe solteira e outra inteiramente diferente era ser um caso famoso das necessidades de um adolescente, ver seus desejos sexuais se tornarem populares através de um livro. Helen achava graça em tudo aquilo, mas confessou que não podia compreender a atração dele pelas prostitutas.

"A luxúria faz com que o melhor dos homens se comporte mal", escrevera Jenny – uma afirmação que deixara Garp particularmente furioso.

– O que ela entende disso? – esbravejou. – É coisa que nunca sentiu, nem mesmo uma só vez na vida. Que autoridade pode ter para falar do assunto? É o mesmo que ouvir uma planta descrever os motivos de um mamífero!

Outros críticos, entretanto, foram mais cordiais com Jenny. Embora houvesse publicações mais sérias que às vezes a criticassem duramente, os meios de comunicação, de um modo geral, mostravam-se calorosos com o livro. "A primeira autobiografia verdadeiramente feminista que celebra de modo claro um estilo de vida, ao mesmo tempo que ataca um outro", alguém escreveu. "Este livro corajoso faz a importante afirmação de que uma mulher pode passar a vida inteira sem uma ligação sexual de *qualquer* espécie", escreveu outro crítico.

– Nos dias de hoje – John Wolf a prevenira –, você vai ser considerada a voz certa na hora certa ou vão achar que está redondamente enganada.

Ela foi considerada a voz certa na hora certa, mas Jenny Fields, ali sentada em seu uniforme muito branco, no restaurante a que John Wolf levava apenas seus escritores favoritos, sentia-se desconfortável com o rótulo de *feminista*. Não sabia ao certo o que significava, mas a palavra *feminismo* a fazia se lembrar de higiene feminina e do antigo tratamento Valentine. Afinal de contas, sua formação era em enfermagem. Jenny argumentou timidamente que apenas tinha feito a escolha certa para viver a sua vida e, como a sua escolha não era muito bem-vista, ela se sentira na obrigação de dizer alguma coisa para defendê-la. Ironicamente, um grupo de jovens da Universidade da Flórida, em Tallahassee, achou a ideia de Jenny *muito* popular e criou uma controvérsia ao planejar a própria gravidez. Durante algum tempo, em Nova York, essa síndrome entre mulheres determinadas a não manter contato com os homens foi chamada de "fazer à moda de Jenny Fields". Mas Garp sempre dizia que aquilo era "fazer à moda de Grillparzer". Quanto a Jenny, ela simplesmente achava que as mulheres deviam ter o mesmo direito dos homens de tomar decisões conscientes sobre o rumo de suas vidas. Se isso fazia dela uma feminista, disse, então ela *era* mesmo uma delas.

John Wolf gostava muito de Jenny Fields e fez todo o possível para prepará-la para as críticas ou elogios que o livro viesse a receber. Jenny, no entanto, nunca conseguiu compreender até que ponto um livro poderia ser considerado "político", nem como poderia ser usado como tal.

– Fui educada para ser enfermeira – diria ela mais tarde, em uma de suas desconcertantes entrevistas. – A enfermagem foi minha primeira escolha, a primeira coisa que realmente quis fazer. Parecia-me simplesmente muito natural e prático que uma pessoa saudável, e eu sempre gozei de ótima saúde, ajudasse as pessoas que precisavam. Acho que foi esse mesmo espírito que me levou a escrever o livro.

Na opinião de Garp, sua mãe nunca deixou de ser enfermeira. Ela cuidara dele durante todo o tempo em que ele frequentara a Steering School; tinha sido uma parteira laboriosa para dar à luz a estranha história de sua própria vida; por fim, acabou sendo uma espécie de conselheira para mulheres com problemas. Tornou-se uma figura famosa por sua força; as mulheres buscavam seus conselhos. Com o sucesso repentino de *Uma suspeita sexual*, Jenny Fields revelou uma nação de mulheres decididas a fazer escolhas quanto ao modo de conduzirem suas vidas; essas mulheres sentiam-se encorajadas pelo próprio exemplo de Jenny quando tinham de tomar decisões que não eram muito bem-vistas.

Ela poderia ter começado a escrever uma coluna de conselhos em qualquer jornal que quisesse, mas Jenny Fields não queria mais ser escritora – da mesma forma como decidira, havia muitos anos, que não queria mais estudar; da mesma forma como decidira que não queria mais saber da Europa. De certa forma, entretanto, ela *nunca* deixou de ser enfermeira. Seu pai, o chocado Rei dos Calçados, morreu de ataque cardíaco logo após a publicação de *Uma suspeita sexual;* embora a mãe de Jenny jamais tenha culpado o livro pela tragédia – como Jenny também nunca se culpou –, Jenny sabia que a mãe não podia viver sozinha. Ao contrário de Jenny Fields, ela se habituara a viver com outras pessoas. Ela estava velha agora, e Jenny a imaginava vagando pelos grandes aposentos de Dog's Head Harbor, sem nenhum propósito, quase privada de suas faculdades mentais na ausência do companheiro.

Jenny foi cuidar da mãe e foi na mansão de Dog's Head Harbor que começou a desempenhar seu papel de conselheira de mulheres que buscavam algum conforto em sua capacidade de tomar decisões práticas.

– Até mesmo as mais *estranhas* decisões! – reclamava Garp, que, no entanto, estava feliz e bem acompanhado.

Garp e Helen tiveram o primeiro filho quase imediatamente. Era um menino e recebeu o nome de Duncan. Garp costumava brincar, dizendo que a razão para os capítulos curtos de seu primeiro romance fora Duncan. Garp escrevia nos intervalos das mamadas, cochilos e troca de fraldas.

– Era um romance de cenas curtas – diria ele mais tarde – e o crédito pertencia inteiramente a Duncan.

Helen ia diariamente para a escola e só concordara em ter um filho se Garp assumisse o compromisso de cuidar dele. Garp adorou a ideia de nunca ter de sair de casa. Escrevia e tomava conta de Duncan; cozinhava, escrevia e continuava tomando conta do menino. Quando Helen chegava, encontrava um lar razoavelmente feliz. Desde que o romance fosse progredindo bem, nenhuma tarefa de rotina, por mais maquinal que fosse, conseguia perturbar Garp. Na verdade, quanto mais maquinal, melhor. Todos os dias, ele deixava Duncan por duas horas com a vizinha do andar inferior e ia fazer ginástica. Logo se tornou uma anomalia no colégio feminino onde Helen ensinava, correndo em volta do campo de hóquei ou pulando corda durante meia hora num dos cantos do ginásio. Sentia falta de suas lutas e queixava-se a Helen por ela não ter arranjado um emprego em um colégio que tivesse luta livre. Helen reclamava que o Departamento de Língua Inglesa era muito pequeno, além de não gostar do fato de ser exclusivamente feminino, mas era um bom emprego e continuaria ali até que aparecesse alguma coisa melhor.

Na Nova Inglaterra, tudo ficava perto. Passaram a visitar Jenny na praia e Ernie na Steering. Garp levava Duncan à sala de luta livre da Steering e o fazia rolar pelo tapete como se fosse uma bola.

– Era aqui que o papai lutava – dizia-lhe.

– Era aqui que o papai fazia *tudo* – acrescentava Helen, referindo-se, naturalmente, à própria concepção de Duncan e à sua primeira noite com Garp, uma noite chuvosa, no ginásio Seabrook, trancado e vazio, deitados nos tapetes vermelhos e macios que se estendiam de parede a parede.

– Bem, finalmente você me pegou – dissera-lhe Helen num sussurro, chorosa, mas Garp ficara ali estatelado de costas no tapete, perguntando-se *quem* afinal pegara *quem*.

Quando a mãe de Jenny morreu, ela passou a visitar Helen e Garp com mais frequência, apesar da objeção de Garp ao que ele chamava de "entourage" de sua mãe. Jenny Fields andava sempre acompanhada por um pequeno séquito de admiradoras ou, de vez em quando, por outras figuras que se consideravam parte daquilo que viria a ser chamado de movimento feminista. Em geral, queriam o apoio ou o endosso de Jenny às suas decisões. Sempre havia um caso ou uma causa que requeria o branco puro do uniforme de Jenny na plataforma dos discursos, embora ela raramente falasse muita coisa ou por tempo longo demais.

Após os discursos, apresentavam a autora de *Uma suspeita sexual*, que todos logo reconheciam por causa do uniforme de enfermeira. Aos cinquenta e poucos anos, Jenny continuava a ser uma mulher atleticamente atraente, direta e simples. Ela levantava-se e dizia "Isto está certo" ou, às vezes, "Isto está errado", dependendo da ocasião. Era ela quem tomava as decisões, como antes tomara as difíceis decisões de sua própria vida. Por isso, podia-se contar com ela na defesa de questões femininas.

A lógica por trás de tudo isso deixava Garp furioso durante dias seguidos. Em certa ocasião, uma repórter de uma revista feminina pediu para entrevistá-lo sobre como era ser filho de uma feminista famosa. Quando a entrevistadora descobriu o tipo de vida que Garp escolhera, seu "papel de dona de casa", como disse jocosamente, Garp subiu pelas paredes.

– Faço o que quero fazer – disse. – E não dê outro nome a isso. Só estou fazendo o que tenho vontade de fazer, exatamente como aconteceu com minha mãe. Ela também fez o que bem entendeu que devia fazer.

A entrevistadora pressionou-o, dizendo que ele parecia amargurado. Disse compreender que devia ser difícil para um escritor desconhecido ter uma mãe que escrevera um livro conhecido no mundo inteiro. Garp respondeu que era pior não ser compreendido e que não guardava o menor ressentimento com o sucesso de sua mãe. Às vezes, não gostava de certo tipo de gente com quem ela se envolvia.

– Aquelas parasitas que se agarram a ela – disse.

O artigo na revista feminina dizia que Garp também vivia à custa da mãe, aliás muito confortavelmente, e que, por isso, não tinha nenhum direito de ser hostil ao movimento feminista. Essa foi a primeira vez que Garp ouviu falar em "movimento feminista".

Poucos dias depois, Jenny foi visitá-lo, acompanhada de uma de suas "ativistas", como Garp as chamava. Era uma mulher corpulenta, silenciosa, com cara de poucos amigos, que ficou na porta do apartamento de Garp sem querer tirar o casaco. Ela olhou com ar de desconfiança para o pequeno Duncan, como se esperasse, com extremo desagrado, o momento em que a criança viria ao seu encontro.

– Helen está na biblioteca – disse Garp a Jenny. – Eu estava saindo para dar uma volta com Duncan. Quer vir com a gente?

Jenny olhou interrogativamente para a mulher que a acompanhava; ela apenas deu de ombros. Garp achava que a maior fraqueza de sua mãe, desde que se tornara famosa, era, nas palavras dele, "ser usada por todas as mulheres frustradas e instáveis que simplesmente desejavam ter sido as autoras de *Uma suspeita sexual*, ou algo de igual sucesso".

Garp não estava gostando de ficar ali acuado em seu próprio apartamento pela companheira grande e muda de sua mãe, que mais parecia um guarda-costas de Jenny. Talvez fosse, pensou. E uma imagem desagradável de sua mãe, com sua acompanhante mal-encarada, atravessou-lhe a mente – a imagem de uma assassina perversa contratada para impedir que os homens tocassem no uniforme branco de Jenny.

– O que houve com a *língua* dessa mulher, mamãe? – perguntou Garp, num sussurro.

A superioridade do silêncio daquele mulherão era uma afronta para ele. Duncan estava tentando conversar com ela, mas a mulher apenas fixou nele um olhar severo. Jenny explicou-lhe baixinho que a mulher não falava simplesmente porque não tinha língua. Literalmente.

– Cortaram-lhe a língua fora – disse Jenny.

– Santo Deus! – sussurrou Garp. – Como foi que isso aconteceu?

Jenny revirou os olhos, um hábito que contraíra do filho.

– Você realmente não lê nada, não é mesmo? Você nunca se preocupa em saber o que está acontecendo!

O que "estava acontecendo", na opinião de Garp, nunca tinha a menor importância diante do que ele estava fazendo – do que estava escrevendo. Uma das coisas que o aborreciam em sua mãe (desde que ela fora adotada pela política feminista) era o fato de estar sempre discutindo as *notícias*.

– Está querendo me dizer que isso foi *notícia*? Foi um acidente tão famoso que eu deveria conhecer?

– Meu Deus! – exclamou Jenny, exausta. – Não foi um acidente famoso. Foi deliberado.

– Está me dizendo que alguém cortou fora a língua dela?

– Exatamente – respondeu Jenny.

– Santo Deus! – exclamou Garp.

– Nunca ouviu falar em Ellen James? – perguntou Jenny.

– Não – admitiu Garp.

– Pois é. Existe uma sociedade inteira de mulheres agora só por causa do que aconteceu com Ellen James – informou-o Jenny.

– E o que foi que aconteceu com ela?

– Dois homens a violentaram quando tinha 11 anos – disse Jenny. – Depois, cortaram sua língua para que ela não pudesse denunciá-los. Eram tão burros que não sabiam que uma menina de 11 anos já sabe *escrever*. Ellen James escreveu uma descrição tão detalhada dos homens que eles foram presos, julgados e condenados. E, na prisão, alguém os assassinou.

– Caramba! – exclamou Garp. – Então, *essa* é Ellen James? – falou ele baixinho, já olhando para a mulher grandalhona e muda com mais respeito.

Jenny revirou os olhos outra vez.

– Não, Garp. Esta é uma mulher da *Sociedade* Ellen James. Ellen ainda é uma criança, uma menina magrinha e loura.

– Está dizendo que essa Sociedade Ellen James anda por aí sem falar? – disse Garp. – Como se *elas* não tivessem língua?

– Não, estou dizendo que elas *não* têm língua – disse Jenny. – As mulheres que ingressam na Sociedade Ellen James têm a língua cortada. Para protestar contra o que aconteceu a Ellen James.

– Puxa vida! – exclamou Garp, olhando para a mulher com renovada antipatia.
– Elas se intitulam "ellen jamesianas" – disse Jenny.
– Mamãe, não quero ouvir mais nada a respeito dessa porcaria.
– Pois esta mulher aqui é uma delas. Foi você quem perguntou.
– Que idade tem Ellen James agora?
– Está com 12 anos – respondeu Jenny. – Tudo isso aconteceu há apenas um ano.
– E essas "ellen jamesianas" – perguntou Garp –, elas fazem reuniões, elegem presidentes, tesoureiros e coisas desse tipo?
– Por que não pergunta a ela? – disse Jenny, indicando a imbecil junto à porta. – Pensei que não quisesse mais ouvir falar disso.
– Como posso lhe perguntar se ela não tem língua pra me responder? – disse Garp entre dentes.
– Ela *escreve* – disse Jenny. – Todas as ellen jamesianas carregam um bloquinho para escrever o que querem dizer. Você sabe o que quer dizer *escrever*, não sabe?
Felizmente, Helen chegou naquele momento.
Garp teria ocasião de encontrar outras ellen jamesianas. Embora se sentisse profundamente abalado com o que acontecera a Ellen James, sentia apenas nojo daquelas tristes imitações adultas, que tinham por hábito apresentar às pessoas um cartão que dizia mais ou menos o seguinte:

Olá! Meu nome é Martha. Sou da Sociedade Ellen James. Você sabe do que se trata?

Os que não sabiam recebiam outro cartão.
As ellen jamesianas representavam, para Garp, a espécie de mulheres que haviam se apoderado de sua mãe e procuravam usá-la para levar adiante suas causas grotescas.
– Vou lhe dizer algo sobre essas mulheres, mamãe – disse ele a Jenny certa vez. – Todas elas, provavelmente, mal sabiam se expressar; provavelmente nunca tiveram nada importante em suas vidas que valesse a pena ser dito. Assim, perder a língua não foi um grande

sacrifício. Na verdade, é bem provável que isso as tenha poupado de situações embaraçosas. Entende o que quero dizer?

– Falta-lhe um pouco de compaixão, Garp – disse-lhe Jenny.

– Eu tenho *muita* pena... de Ellen James – retrucou Garp.

– Essas mulheres devem ter passado por outros sofrimentos – disse Jenny. – É isso que faz com que queiram se aproximar umas das outras.

– E infligir ainda mais sofrimento a elas mesmas, mamãe?

– O estupro é um problema de todas as mulheres, Garp – disse Jenny.

Garp detestava aquele linguajar de sua mãe, aquela maneira de falar "de todas". Para ele, tratava-se de um caso de levar a democracia a um extremo idiota.

– É um problema de todos os homens também. Vamos supor que, da próxima vez que houver um estupro, eu corte fora meu *pênis* e o traga pendurado no pescoço. Você também respeitaria *isso*?

– Estamos falando de gestos *sinceros* – disse Jenny.

– Estamos falando de gestos *estúpidos* – retrucou Garp.

Entretanto, ele jamais se esqueceria de sua primeira "ellen jamesiana" – a mulher grandalhona que fora ao seu apartamento com Jenny. Ao sair, escreveu um bilhetinho a Garp, que enfiou na mão dele, como se fosse uma gorjeta.

– Mamãe tem um novo guarda-costas – sussurrou para Helen ao se despedirem. Em seguida, leu a nota.

Sua mãe vale dois de você.

Na verdade, ele não tinha motivos para se queixar de sua mãe – nos primeiros cinco anos de seu casamento, Jenny pagara todas as suas contas.

Garp costumava brincar que dera o título de *Procrastinação* ao seu primeiro livro porque levara muito tempo para escrevê-lo, mas trabalhara nele com constância e cuidado. Garp nada tinha de procrastinador.

O romance foi considerado "histórico". Passava-se na Viena do tempo da guerra, 1938-45, e durante o período da ocupação russa. O personagem principal é um jovem anarquista obrigado a viver na clandestinidade depois do *Anschluss*, à espera do momento certo para desfechar seu golpe contra os nazistas. Só que ele espera demais. Deveria ter atacado antes da ocupação nazista, mas não só não tem certeza de nada, como também é jovem demais para perceber direito o que está acontecendo. Além disso, sua mãe, viúva, gosta de sua vida particular. Sem se preocupar com política, entesoura o dinheiro deixado pelo marido.

Durante os anos da guerra, o jovem anarquista trabalha no zoológico de Schonbrunn. Quando a população de Viena começa verdadeiramente a passar fome e quando os assaltos noturnos ao zoológico para roubar comida tornam-se comuns, o anarquista resolve soltar os animais restantes – que são, é claro, inocentes quanto à *Procrastinação* de seu país e a seu servilismo à Alemanha nazista. Mas, nessa ocasião, os próprios animais já estão morrendo de fome: quando o anarquista os liberta, eles o devoram. "Era simplesmente natural", escreveu Garp. Os animais, por sua vez, são facilmente abatidos pelas multidões esfaimadas que vagam pela cidade em busca de alimento, pouco antes da chegada das forças russas. Isso, também, era "simplesmente natural".

A mãe do anarquista sobrevive à guerra e vai viver na zona de ocupação russa (Garp deu-lhe o mesmo apartamento onde ele e sua mãe moraram, na Schwindgasse). A tolerância da viúva avarenta acaba se esgotando com as repetidas atrocidades que ela agora vê cometidas pelos russos, sendo o estupro a mais comum. Aos poucos, ela vê a cidade recuperar a moderação e a complacência, e lembra-se com grande arrependimento de sua própria inércia durante a escalada do poder nazista. Finalmente, os russos deixam a cidade; é 1956 e Viena se recolhe para dentro de si mesma outra vez. Mas a mulher lamenta a perda do filho e a destruição de sua cidade. Todo fim de semana, ela passeia pelo zoológico de Schonbrunn, parcialmente reconstruído e novamente saudável, relembrando as visitas secretas que fazia ao filho durante a guerra. É a Revolução da Hungria que leva a velha senhora a tomar sua decisão final. Centenas de milhares de novos refugiados chegam a Viena.

Em um derradeiro esforço para despertar a cidade complacente – para que ela não fique, mais uma vez, inerte, como uma espectadora passiva –, a mãe tenta fazer o que o filho já fizera antes: ela solta os animais do zoológico de Schonbrunn. Mas agora eles estão bem alimentados e satisfeitos, e apenas alguns podem ser levados a abandonar as jaulas. Os poucos que se aventuram ficam perambulando pelas trilhas e jardins de Schonbrunn, até ser facilmente recolhidos e devolvidos ao cativeiro. Um urso já bem velho sofre uma violenta crise de diarreia. O gesto de libertação da velha senhora era bem-intencionado, mas não fazia sentido algum e foi inteiramente inócuo. Ela foi presa, e o médico da polícia descobre que ela tem câncer em estágio terminal. Está desenganada.

Finalmente, e com certa ironia, sua fortuna tem utilidade para ela. Morre cercada de luxo no mais importante hospital particular de Viena, o Rudolfinerhaus. Em seus sonhos, às vésperas da morte, ela imagina que alguns animais conseguem fugir do zoológico: um casal de ursos pretos asiáticos. Sonha que eles sobrevivem e se multiplicam com tanto sucesso que se tornam famosos como uma nova espécie de animais no vale do Danúbio.

Mas isso era apenas a sua imaginação. O romance termina – após a morte da viúva – com a morte do urso atacado de diarreia, no zoológico de Schonbrunn. "Assim é a revolução nos tempos modernos", escreveu um crítico, que considerou *Procrastinação* "um romance antimarxista".

O romance foi elogiado pela precisão da pesquisa histórica – um aspecto em que Garp não tinha o menor interesse. Também foi citado pela originalidade e por ter uma abrangência tão incomum para o primeiro romance de um jovem escritor. John Wolf fora o editor de Garp e, apesar de ter combinado com ele de *não* mencionar na orelha do livro que esse era o primeiro romance do filho da líder feminista Jenny Fields, poucos foram os críticos que deixaram de bater nessa tecla.

"É surpreendente que o agora famoso filho de Jenny Fields", escreveu um deles, "tenha se tornado o que sempre pretendeu ser quando crescesse." Essa e outras piadinhas irrelevantes a respeito do parentesco dele com Jenny deixavam Garp furioso pelo fato de seu livro não poder ser lido e discutido por seus próprios defeitos e/ou méritos. John Wolf, entretanto, explicou-lhe a dura realidade: a maioria dos leitores provavelmente estava mais interessada em quem ele era do que naquilo que escrevia.

"O jovem Garp continua escrevendo sobre ursos", pilheriou um engraçadinho que tivera a paciência de desenterrar o conto sobre a Pensão Grillparzer de sua obscura publicação. "Talvez, quando crescer, resolva escrever sobre gente."

De qualquer modo, era uma estreia literária mais impressionante do que a maioria delas – e também chamou mais atenção. Nunca se tornou, evidentemente, um livro popular, nem tampouco fez com que o nome T. S. Garp ficasse conhecido. Jamais faria dele o "produto doméstico" – como Wolf se referia a Jenny – que era sua mãe. O livro era completamente diferente, como ele era um escritor diferente, e sempre seria, dizia-lhe John Wolf.

"O que esperava?", escreveu-lhe John Wolf. "Se quiser ser rico e famoso, é melhor escolher uma outra linha. Se estiver levando a coisa a sério, então aguente firme. Se quiser fazer disso um meio de vida, então você está por fora deste mundo. E lembre-se: você tem apenas 24 anos. Acho que ainda vai escrever muitos livros."

John Wolf era um homem honrado e inteligente, mas Garp não pensava como ele e não estava satisfeito. Ele ganhara algum dinheiro, e Helen agora tinha um salário. Agora que não *precisavam* mais do dinheiro de Jenny, Garp achava que nada havia de errado em aceitar alguma soma quando ela desejasse dar-lhe. E também achava que ao menos já fizera jus a um novo prêmio: pediu a Helen que lhe desse outro filho. Duncan estava com 4 anos e já tinha idade suficiente para apreciar um irmão ou irmã. Helen concordou, sabendo como ele tinha tornado tudo fácil para ela quando tivera Duncan. Se Garp estava disposto a trocar fraldas entre um capítulo e outro, era problema dele.

Na verdade, foi mais do que a simples vontade de ter um segundo filho que levou Garp a querer aumentar a prole. Ele sabia que era um pai vigilante e possessivo demais e achava que poderia aliviar um pouco a pressão que exercia sobre Duncan com seus temores e ansiedades paternais, se houvesse outra criança para absorver um pouco do seu excesso de ansiedade.

— Fico muito feliz que você queira outro filho — disse Helen — e vamos providenciar. Mas eu gostaria que você *relaxasse*, só quero que seja feliz. Você escreveu um bom livro, agora vai escrever outro. Não foi isso que sempre quis?

No entanto, ele reclamava das críticas feitas a *Procrastinação* e se lamuriava a respeito das vendas. Estava sempre reclamando de sua mãe e vociferando contra suas "amigas sicofantas". Finalmente, Helen achou melhor falar com ele:

— Você está querendo demais. Elogios incondicionais em demasia, ou amor, ou algo que seja *incondicional*, de qualquer modo. Você quer que o mundo diga "Amo você, amo seus livros", e isso é demais. Na verdade, já é uma doença.

— Mas foi isso o que *você* disse — argumentou Garp. — Você disse que adorava meus livros e que me amava. Foi exatamente isso que você sempre me disse.

— Mas não se esqueça que só existe uma Helen — retrucou ela.

De fato, era verdade, e ele a amava muito. Ele sempre diria que ela fora a decisão mais sábia que ele tomara na vida. Ele reconhecia que algumas de suas decisões não tinham sido nada acertadas. Nos primeiros cinco anos de seu casamento, ele só traíra Helen uma vez — e foi algo muito breve.

Ela era uma *babysitter* da escola onde Helen trabalhava, uma caloura da turma de inglês de Helen; era boazinha com Duncan, mas Helen dizia que ela não era muito boa aluna. Chamava-se Cindy, tinha lido *Procrastinação* e ficara devidamente deslumbrada. Quando ele a levava para casa, ela não parava de fazer perguntas sobre seu trabalho: como tal ideia lhe ocorrera? O que o levara a fazer dessa maneira? Ela era uma coisinha pequenina, cheia de meneios, trejeitos e arrulhos — tão confiante, constante e estúpida quanto um pombo da Steering. Helen a chamava de "filhote ossudinho", mas Garp sentia-se atraído por ela, embora não a chamasse de nenhum nome especial. A família Percy lhe dera uma aversão permanente a apelidos. E ele gostava das perguntas que Cindy lhe fazia sem cessar.

Cindy ia abandonar a escola, porque não gostava de colégios femininos. Queria conviver com gente mais velha, e com homens. Embora a escola tivesse permitido que ela fosse morar fora do campus, em seu próprio apartamento, no segundo semestre do seu primeiro ano, ela ainda achava que havia muitas "restrições" e preferia viver num "ambiente mais real". Imaginava que a Viena de Garp era o "ambiente mais real", apesar dos esforços de Garp para convencê-la do contrário. O "filhote ossudinho" tinha o cérebro de um cachorrinho e era tão macia e influenciável quanto uma banana. Mas desejava-a e percebia que não teria dificuldades e que ela estava à sua disposição – como as prostitutas da Karntnerstrasse. E o custo seria apenas de algumas mentiras.

Helen leu para ele a crítica de uma revista famosa. Na crítica, *Procrastinação* era considerado "um romance complexo e comovente, com nítidas ressonâncias históricas... o drama engloba os anseios e agonias da juventude".

– Ah, danem-se os "anseios e agonias da juventude". – Era um desses anseios da juventude que estava lhe causando problemas agora.

E, quanto a "drama", nos primeiros cinco anos de seu casamento com Helen, T. S. Garp só conheceu um drama da vida real, e não tinha muito a ver com ele.

Garp estava correndo no parque da cidade quando encontrou a menina, de 10 anos, nua, correndo à sua frente na mesma trilha. Quando percebeu que ele estava cada vez mais perto, deixou-se cair e cobriu o rosto, depois cobriu as partes íntimas e, por fim, tentou esconder os seios quase inexistentes. Era um dia frio de final de outono, e Garp viu o sangue nas coxas da menina e os olhos inchados e apavorados. Ela começou a gritar para ele, sem parar.

– O que foi que houve com você? – perguntou ele, embora soubesse muito bem. Ele olhou ao redor, mas não havia ninguém por ali. Ela encolheu-se, apertando os joelhos contra o peito, e tornou a gritar. – Eu não vou lhe fazer mal nenhum – disse Garp. – Só quero ajudá-la. – Mas a menina gritava ainda mais alto. É claro, meu Deus! O terrível molestador devia ter-lhe dito exatamente aquilo pouco tempo atrás, pensou Garp. – Para onde ele foi? – perguntou-lhe. Em seguida, mudou o tom de voz, tentando convencê-la de que estava do seu lado. – Vou matá-lo para você.

Ela fitou-o em silêncio, a cabeça sacudindo-se sem parar, os dedos beliscando incessantemente a pele esticada dos braços.

– Por favor, pode me dizer onde estão suas roupas? – disse Garp.

Ele não tinha nada para lhe dar para vestir, exceto sua camiseta. Estava de calção e tênis de corrida. Tirou a camiseta por cima da cabeça e, no mesmo instante, sentiu frio. A menina gritou, extraordinariamente alto, e escondeu o rosto.

– Não, não tenha medo, é para você vestir – disse-lhe Garp.

Ele deixou a camiseta cair sobre ela, mas a menina esquivou-se e chutou-a para longe. Em seguida, abriu a boca e mordeu com força o próprio punho.

"Ela ainda não tinha idade suficiente para ser menina ou menino", escreveu Garp. "Somente ao redor dos mamilos era possível notar uma pequena diferença. Não havia coisa alguma visível em suas partes pudendas sem pelos, e suas mãos eram as de uma criança ainda sem sexo. Talvez houvesse alguma coisa de sexual em sua boca – os lábios estavam inchados –, mas não fora ela que fizera aquilo a si mesma."

Garp começou a chorar. O céu estava cinzento, folhas mortas espalhavam-se por toda parte ao redor deles e, quando Garp começou a chorar alto, a menina pegou a camiseta e cobriu-se. Estavam nessa estranha posição – a criança encolhida sob a camiseta de Garp e agarrada aos pés dele, que chorava convulsivamente –, quando a polícia montada do parque, uma dupla, surgiu na trilha e os avistou, logo imaginando que se tratava de um estuprador e sua vítima. Garp escreveu que um dos policiais separou-o da criança manobrando o cavalo entre eles, "por pouco não atropelando a menina". O outro policial baixou o cassetete na clavícula de Garp. Um lado de seu corpo ficou paralisado – "mas não o outro". E foi com esse outro lado que ele derrubou o policial da sela.

– Não fui eu, seu filho da mãe! – berrou Garp. – Eu somente a encontrei aqui, bem aqui, faz apenas um minuto.

O policial, esparramado no meio das folhas, sacara a arma, mas se manteve imóvel. O outro policial, ainda montado no cavalo irrequieto, gritou para a menina, perguntando se tinha sido ele. A menina estava apavorada com os cavalos e olhava para eles e para Garp. Ela provavelmente não sabia ao certo o que havia *acontecido*, pensou Garp, e muito menos quem fora o autor. Mas a menina sacudiu a cabeça energicamente.

– Para onde ele foi? – perguntou o policial montado.

A menina, porém, continuava olhando para Garp, puxando o queixo e esfregando o rosto, tentando explicar-se com as mãos. Aparentemente, não conseguia falar. Ou talvez não tivesse *língua*, pensou Garp, lembrando-se de Ellen James.

– É a *barba* – disse o policial desmontado. Ele ficara em pé, mas não guardara a arma. – Ela está dizendo que ele tinha barba. – Garp ainda usava barba, naquela ocasião.

– Foi *alguém* de barba – disse Garp. – Como a *minha*? – perguntou à garota, passando a mão em sua barba escura e arredondada, brilhante de suor.

Ela, no entanto, sacudiu a cabeça e passou os dedos pelo lábio superior, inchado e machucado.

– Tinha bigode! – gritou Garp.

Ela balançou a cabeça e apontou na direção de onde Garp viera, mas Garp não se lembrava de ter visto ninguém perto da entrada do parque. O policial montado inclinou-se sobre o cavalo e partiu pelo meio das folhas, afastando-se deles. O outro policial não tinha tornado a montar e tentava acalmar o cavalo.

– Cubra-a, ou tente encontrar as roupas dela – disse-lhe Garp.

Garp começou a correr pela trilha, atrás do primeiro policial; sabia que havia coisas que não se conseguia ver de cima de um cavalo. Além disso, Garp tinha tanta confiança em sua capacidade de correr que achava que poderia alcançar o cavalo, talvez até mesmo ultrapassá-lo.

– Ei, é melhor você esperar aqui! – gritou o policial atrás dele.

Garp, porém, já tinha disparado e não parecia disposto a parar. Foi acompanhando o caminho aberto pelo cavalo entre as folhas. Ele havia percorrido uns oitocentos metros da trilha, quando viu a figura curvada de um homem, a uns 25 metros do caminho, quase encoberto pelas árvores. Garp gritou para a figura, um senhor grisalho, com um bigode branco, que olhou para ele por cima do ombro com uma expressão tão surpresa e envergonhada que Garp teve a certeza de haver encontrado o criminoso. Ele partiu como uma flecha na direção do homem, que estivera urinando e agora abotoava as calças apressadamente. Tinha o ar de alguém que fora apanhado fazendo algo que não devia.

– Eu só estava... – começou o homem a dizer, mas Garp já se atirara sobre ele, a barba espessa e aparada encostada no rosto do sujeito. Garp cheirou-o como um cão de caça.

– Se foi você mesmo, seu miserável, eu vou descobrir pelo *cheiro*! – disse Garp.

O homem afastou-se, apavorado, daquele bruto seminu, mas Garp segurou-o pelos pulsos e enfiou o nariz em suas mãos. Tornou a cheirar e o homem deu um grito, como se temesse que Garp fosse mordê-lo.

– Fique bem quieto aí! – disse Garp. – Foi você? Cadê as roupas da menina?

– Por favor! – suplicou o homem. – Eu só queria ir ao banheiro.

Ele não tivera tempo de fechar as calças, e Garp olhou desconfiado para a braguilha.

"Nenhum cheiro se iguala ao cheiro de sexo", escreveu Garp. "Não há como disfarçá-lo. É tão forte e distinto como cerveja derramada."

Assim, Garp ajoelhou-se ali no mato, desafivelou o cinto do homem, abriu suas calças e abaixou a cueca até os tornozelos, para olhar as partes genitais do homem apavorado.

– Socorro! – gritou o velho.

Garp inspirou fundo, e o homem desabou no meio das árvores novas. Cambaleando como um fantoche preso pelos braços, atirou-se sobre os ramos finos, mas suficientemente densos para não o deixarem cair.

– Socorro! *Meu Deus!* – gritava.

Garp, entretanto, já corria de volta para a trilha, as pernas abrindo caminho entre as folhas, os braços fustigando o ar, a clavícula latejando.

Na entrada do parque, o policial montado vasculhava o estacionamento, olhando dentro dos carros e em volta da pequena construção de tijolos onde ficavam os banheiros. Algumas pessoas o observavam, percebendo sua agitação.

– Nada de bigodes – gritou o policial para Garp.

– Se ele conseguiu chegar aqui antes de você, já pode ter fugido.

– Vá dar uma olhada no banheiro dos homens – disse o policial, indo até onde estava uma senhora com um carrinho de criança cheio de cobertores.

Todo banheiro masculino fazia Garp lembrar-se dos WC. Na entrada, ele cruzou com um rapaz que saía. Estava bem barbeado e o lábio superior tão liso que quase brilhava. Parecia um colegial. Garp entrou no banheiro como um cão com o pelo arrepiado na nuca. Olhou por baixo das portas procurando pés. Não teria ficado surpreso se visse duas mãos – ou um urso. Procurou costas enfileiradas no longo mictório – ou pessoas usando as pias, escuras de sujeira, esquadrinhando os espelhos manchados. Mas não havia ninguém no toalete dos homens. De repente, Garp sentiu um cheiro. Ele usava uma barba cheia e aparada havia muito tempo e não reconheceu de imediato o cheiro de creme de barbear. Sabia apenas que sentira um cheiro estranho àquele lugar malcheiroso. Então, deu uma olhadela na pia mais próxima e viu grumos de espuma e pelos nas bordas.

O rapaz bem barbeado que parecia um colegial estava atravessando o estacionamento calmamente, embora com uma certa pressa, quando Garp irrompeu pela porta do banheiro masculino.

– É *aquele* ali! – gritou Garp.

O policial olhou para o rapaz sem compreender.

– Mas *ele* não tem bigode! – disse.

– Acabou de raspá-lo! – gritou Garp.

Garp atravessou correndo o estacionamento, em direção ao rapaz, que também disparou para o labirinto de trilhas que cruzava o parque. Enquanto corria, um monte de coisas começou a cair de seu casaco: uma tesoura, uma navalha, um tubo de creme de barbear e, em seguida, um punhado de roupas, obviamente da menina. Ali estavam os *jeans*, com uma joaninha aplicada no quadril, e uma blusa de jérsei, com uma rã sorridente no peito. Claro que não havia sutiã. Não era necessário. Foram suas calcinhas que mais impressionaram Garp. Eram muito simples, de algodão azul; costurada à cintura, havia uma flor azul, sendo cheirada por um coelhinho também azul.

O policial simplesmente jogou o cavalo em cima do rapaz que fugia. O peito do animal bateu no rosto do fugitivo, atirando-o no chão de asfalto da entrada do parque, e uma pata traseira tirou-lhe um naco em forma de ferradura da perna. O rapaz dobrou-se em posição fetal, ali no chão, segurando a perna. Garp chegou ao local, com as calcinhas com o coelhinho azul na mão, e entregou-as ao policial. Outras pessoas – a mulher com o carrinho cheio de cobertores, dois meninos de bicicleta, um homem magro com um jornal na mão – aproximaram-se, trazendo os objetos que o rapaz deixara cair. A navalha, o resto das roupas da menina. Ninguém falava. Garp escreveu mais tarde que, naquele momento, ele viu a curta história do jovem molestador de crianças espalhada ali entre as patas do cavalo: a tesoura, o creme de barbear. Era absolutamente claro! O rapaz deixava crescer o bigode, atacava sua vítima, depois raspava o bigode (justamente o que uma criança nunca esqueceria).

– Você já fez isso antes? – perguntou Garp ao rapaz.

– O senhor não pode fazer-lhe nenhuma pergunta – disse o policial.

Mas o garoto sorriu estupidamente para Garp.

– Só que nunca fui *apanhado* antes – respondeu-lhe com petulância.

Quando ele sorriu, Garp viu que lhe faltavam todos os dentes da frente do maxilar superior – haviam sido arrancados pela pata do cavalo. Via-se apenas a gengiva ensanguentada. Garp compreendeu que alguma coisa devia ter acontecido àquele rapaz para que ele se tornasse tão *insensível* à dor – e a tudo o mais.

Do meio das árvores, no fim da trilha do parque, surgiu o outro policial puxando o cavalo, a menina montada na sela, enrolada no casaco dele e abraçada à camiseta de Garp. Não parecia reconhecer ninguém. O policial conduziu-a até onde estava o criminoso deitado no chão, mas a menina não olhou para ele. O outro policial desmontou, foi até onde estava o rapaz e virou seu rosto ensanguentado, para que ela o visse bem.

– É ele? – perguntou à menina.

Ela olhou para o rapaz, sem expressão alguma. O estuprador soltou uma risada com uma cusparada de sangue. A criança não teve nenhuma reação. Garp, então, enfiou o dedo na boca do rapaz e, com o sangue, pintou um bigode em seu lábio superior. A menina começou a gritar sem parar. Os cavalos assustaram-se. A criança continuou a gritar, até que um dos policiais levou o rapaz dali. Então, parou de gritar e devolveu a Garp a sua camiseta. Ela não parava de afagar a crina preta e grossa no pescoço do cavalo, como se nunca houvesse cavalgado antes.

Garp pensou que ficar montada no cavalo devia estar machucando-a, mas de repente ela perguntou:

– Posso dar mais uma voltinha?

Garp ao menos ficou satisfeito por ver que ela ainda tinha língua.

Foi então que ele viu o senhor bem-vestido, cujo bigode não tinha culpa nenhuma. Estava saindo do parque ainda temeroso, caminhando cautelosamente em direção ao estacionamento, olhando ansiosamente ao redor, à procura daquele louco que tão violentamente havia lhe arrancado as calças para cheirá-lo, como se fosse um perigoso onívoro. Ao ver Garp ao lado do policial, pareceu aliviado. Imaginou que ele fora preso e, enchendo-se de coragem, caminhou para eles. Garp pensou em fugir, para evitar a confusão e as explicações, mas, nesse mesmo instante, o policial disse, com uma risada:

– Preciso anotar seu nome. E o que você faz, além de correr pelo parque.

– Sou escritor – disse-lhe Garp.

O policial pediu desculpas por nunca ter ouvido falar dele, mas na época Garp só havia escrito "A pensão Grillparzer". Havia realmente muito pouco que o policial *pudesse* ter lido. O policial ficou intrigado.

– Um escritor que ainda não publicou nada? – perguntou deixando Garp um tanto deprimido. – Então, do que é que vive?

– Vivo à custa de minha mulher e de minha mãe – admitiu Garp.

— Bem, nesse caso, tenho que lhe perguntar o que *elas* fazem – disse o policial. – Para constar nos registros. Nós sempre gostamos de saber o que as pessoas fazem para viver.

O ofendido senhor de bigode branco, que chegara a tempo de ouvir apenas o fim do interrogatório, disse:

— Exatamente o que eu pensava. Um vagabundo, um desprezível canalha!

O policial fitou-o sem compreender. No começo de sua carreira de escritor, quando ainda não havia publicado quase nada, Garp ficava furioso sempre que era forçado a confessar como ganhava seu sustento. Naquele momento, sentiu-se mais inclinado a causar confusão do que a esclarecer seus meios de vida.

— Ainda bem que você o pegou – disse o senhor de bigode ao policial. – Este parque costumava ser muito bom, mas agora a gente vê cada tipo por aqui... Vocês precisam intensificar o patrulhamento.

O policial imaginou que ele estivesse se referindo ao molestador. Como não queria que o assunto fosse discutido ali na frente da criança, fez um sinal com os olhos indicando a menina, que continuava rigidamente montada no cavalo, para que o velho entendesse por que não deveria continuar.

— Oh, não, o que foi que ele fez a essa *criança*? – gritou o velho, como se tivesse acabado de reparar na menina, ou acabado de notar que ela estava apenas enrolada no casaco do policial e segurando suas roupas. – Que horror! – gritou, olhando furiosamente para Garp. – Que monstruosidade! O senhor vai querer o meu nome, não é? – perguntou ao policial.

— Para quê? – disse o policial.

Garp não conteve um sorriso.

— Olhe só para ele! Ainda fica rindo! – gritou o velho. – Para testemunhar, é claro! Contarei o que vi em qualquer tribunal do país, se for para condenar esse tipo aí!

— Mas testemunhar o quê? – perguntou o policial, ainda confuso.

— Ora, ele também fez... isso... *comigo*!

O policial olhou para Garp, que revirou os olhos. Ele ainda acreditava que aquele senhor idoso se referia ao rapaz que atacara a menina, mas não entendia por que ele estava tratando Garp daquela maneira.

– Sim, bem, claro – disse, tentando acalmar o velho tolo. Tomou nota de seu nome e endereço.

Meses mais tarde, Garp estava comprando uma caixa de três preservativos quando esse mesmo velho entrou na farmácia.

– O quê?! É *você*! – gritou. – Já o soltaram assim tão depressa? Achei que fosse ficar *anos* na prisão!

Garp levou alguns instantes para reconhecer o homem. O balconista achou que o velho era maluco. O velho, com seu bigode branco e bem aparado, caminhou para Garp.

– Vejam só como estão as leis! – exclamou. – Imagino que o soltaram por bom comportamento. Na prisão não havia velhos nem crianças para você *cheirar*, hein? Ou um advogado conseguiu soltá-lo com base em alguma falha processual? Aquela pobre criança traumatizada para toda a vida e você aí, livre, continuando a rondar os parques!

– O senhor está enganado – disse-lhe Garp.

– Sim, este é o sr. Garp – disse o farmacêutico. Não acrescentou "o escritor". Se tivesse cogitado acrescentar alguma coisa, Garp sabia, teria sido "o herói", porque o farmacêutico vira as ridículas manchetes sobre o crime e a prisão no parque.

ESCRITOR SEM SUCESSO NÃO FRACASSA COMO HERÓI!
CIDADÃO CAPTURA TARADO NO PARQUE;
FILHO DE FAMOSA FEMINISTA MOSTRA TALENTO PARA
SOCORRER MENINAS...

Por causa disso, Garp ficou meses sem conseguir escrever, mas o artigo impressionou todos que o conheciam do supermercado, do ginásio, da farmácia. Por essa época, *Procrastinação* tinha sido publicado, mas ninguém parecia saber disso. Durante semanas, funcionários e balconistas o apresentariam aos outros fregueses dessa forma:

– Este é o sr. Garp, o que prendeu o tarado no parque.

– Que tarado?

– Aquele que foi preso no parque da cidade. O Garoto do Bigode. Andava atrás de garotinhas.

– Crianças?
– Sim. Foi o sr. Garp aqui que o apanhou.
– Bem, na verdade – diria Garp –, foi o policial a cavalo.
– E ainda o fez engolir todos os dentes! – exclamavam, deliciados, o farmacêutico, o caixa, o balconista aqui e ali.
– Bem, isso, na verdade, foi o cavalo – admitia Garp com modéstia.
E, às vezes, alguém perguntava:
– E o senhor, o que *faz*, sr. Garp?
O silêncio que se seguia mortificava Garp, e, durante aqueles instantes, ele ficava ali parado, pensando se não seria melhor dizer que ele *corria* para ganhar a vida. Atravessava os parques, um caçador de tarados profissional. Ficava rondando cabines telefônicas, à espera de desastres. Qualquer dessas respostas faria mais sentido para eles do que sua verdadeira ocupação.
– Sou escritor – admitiria Garp finalmente. Decepção, até mesmo desconfiança, era tudo que ele via naqueles rostos que antes mostravam admiração.
Na farmácia, para piorar as coisas, Garp deixou *cair* a caixa de preservativos.
– A-*ha*!– exclamou o velho. – Olhe só! O que ele pretende fazer com isso?
Garp se perguntou quais seriam as opções para o que ele poderia fazer com aquilo.
– Um tarado à solta por aí – assegurou o velho ao farmacêutico. – À procura de crianças inocentes para violá-las.
A indignação do velho irritava tanto a Garp que ele nem mesmo teve vontade de esclarecer o mal-entendido. Na verdade, chegava a achar graça quando se recordava da maneira como lhe arrancara as calças lá no parque e não se arrependia nem um pouco do acidente.
Somente tempos depois é que Garp chegou à conclusão de que aquele senhor de bigode branco não tinha o monopólio da indignação. Garp estava levando Duncan para assistir a um jogo de basquete entre colégios e ficou perplexo ao ver que a pessoa que estava recebendo os bilhetes na entrada não era outro senão o Garoto do Bigode

– o verdadeiro estuprador, o tarado que atacara a indefesa menina no parque.

– Você já está *solto*?! – disse Garp, atônito.

O tarado sorriu ostensivamente para Duncan.

– Uma inteira e uma meia – disse ele, destacando os bilhetes.

– Como foi que conseguiu sair? – perguntou Garp, tremendo de indignação.

– Ninguém conseguiu provar nada – respondeu ele com insolência. – Aquela garota boba nem mesmo *falava*.

Garp pensou novamente em Ellen James, que tivera a língua cortada aos 11 anos.

Sentiu uma repentina simpatia pela indignação do velho que ele tão violentamente atacara para arrancar-lhe as calças. Tão terrível era a sua sensação de injustiça que era até mesmo capaz de compreender que mulheres desesperadas cortassem a própria língua. Sua vontade era agredir o Garoto do Bigode ali mesmo, diante de Duncan. Quisera poder marcá-lo para sempre, como uma espécie de lição de moral.

Mas havia muita gente na fila querendo assistir ao jogo e Garp estava atravancando a entrada.

– Vá andando, palerma – falou o tarado, e, em sua expressão, Garp imaginou estar vendo o deboche do mundo. No rosto do garoto, via-se a insípida prova de que ele estava deixando crescer *outro* bigode.

Foi somente muitos anos mais tarde que Garp tornou a ver a menina, já crescida. Foi ela quem o reconheceu primeiro. Ele saía de um cinema em outra cidade, e ela estava na fila para comprar ingressos, acompanhada de amigos.

– Olá, como vai? – perguntou Garp. Ficou satisfeito de ver que ela possuía amigos. Para Garp, isso significava que ela era normal.

– O filme é bom? – perguntou a jovem.

– Como você está crescida! – disse Garp. A moça corou e só então ele percebeu que cometera uma gafe. – Bem, o que quero dizer é que já faz muito tempo... uma ocasião que se deve esquecer! – acrescentou, entusiasticamente.

Os amigos dela já estavam entrando no cinema, e a jovem deu uma rápida olhada na direção deles, para se certificar de que ela e Garp estavam realmente a sós.

– É mesmo. Eu me formo este mês – disse ela.
– Já está indo para a universidade? – perguntou Garp, admirado.
– Mas já faz tanto tempo assim?
– Ah, não, estou me formando no *secundário* – disse ela, com um riso nervoso.
– Que maravilha! – disse Garp. E, sem saber por quê, acrescentou: – Vou fazer o possível para comparecer.
A jovem assustou-se.
– Não, por favor – disse. – *Por favor*, não vá.
– Está bem, não irei – concordou Garp rapidamente.
Ele a viu diversas vezes depois desse encontro, mas a jovem nunca o reconheceu de novo porque ele havia raspado a barba.
– Por que você não deixa crescer a barba outra vez? Ou ao menos o bigode – Helen lhe dizia de vez em quando. Mas sempre que Garp encontrava a jovem do parque e não era reconhecido, ficava mais convencido de que devia continuar bem barbeado.

"Inquieta-me o fato de ter tido contato com tantos estupros em minha vida", escreveu Garp. Aparentemente, ele se referia à menina de 10 anos que encontrara no parque, à pequena Ellen James, de 11 anos, e à sua terrível sociedade – aquela sociedade das amigas mutiladas de sua mãe, com o simbólico protesto que infligiam a si mesmas e as privava da fala. Mais tarde, ele viria a escrever um romance que o tornaria ainda mais um "produto doméstico" e que tinha muito a ver com estupros. Talvez a forte repulsa que o estupro causava a Garp se devesse ao fato de que o ato o fazia sentir nojo de si mesmo – de seus próprios instintos masculinos, que de outra forma eram inatacáveis. Nunca sentira vontade de violar ninguém, mas achava que o estupro fazia os homens se sentirem culpados por associação.

No caso específico de Garp, ele comparava sua culpa pela sedução de "filhote ossudinho" a uma situação de estupro, embora esse não fosse o caso. No entanto, era um ato deliberado. Ele até comprara os preservativos com semanas de antecedência, sabendo muito bem como seriam usados. Os piores crimes não eram os premeditados? Garp não iria sucumbir a uma repentina paixão pela *babysitter*. Ele iria planejar e estar preparado para quando Cindy sucumbisse à paixão *dela* por ele. Deve ter sentido algum remorso, sabendo para que eram os preservativos, quando deixou cair a caixa diante daquele senhor do parque e o ouviu acusá-lo de estar à procura de crianças inocentes para violar. O que era verdade.

Ainda assim, ele tentou criar obstáculos ao seu desejo pela garota. Por duas vezes, escondeu os preservativos, sem contudo esquecer onde os escondera. E, no dia da última noite em que Cindy ficaria com Duncan, Garp fez amor desesperadamente com Helen no final da tarde. Quando deveriam estar se vestindo para jantar fora ou preparando o jantar de Duncan, Garp trancou o quarto e pegou Helen à força.

– Está maluco? Nós vamos sair.

– Estou com um tesão terrível. Por favor, não fuja – implorou ele.

Ela levou na brincadeira.

– *Por favor*, senhor. Tenho por hábito nunca fazer isso antes do *hors-d'oeuvres*.

– *Você* é o meu *hors-d'oeuvres*.

– Ah, *muito obrigada*.

– Ei, a porta está trancada – disse Duncan, batendo.

– Duncan – gritou Garp –, vá lá fora ver como está o tempo.

– O tempo? – disse Duncan, tentando forçar a porta do quarto.

– Acho que está nevando no quintal! Vá dar uma espiada.

Helen prendeu o riso e outros ruídos contra o ombro forte de Garp e ficou surpresa com a rapidez do ato. Duncan voltou à porta do quarto, reportando que era primavera no quintal e em todos os outros lugares. Garp deixou-o entrar agora que havia terminado.

Mas ele sabia que não havia terminado. Enquanto voltava com Helen do jantar, pensava que sabia exatamente onde estavam os preservativos: embaixo da máquina de escrever, onde tinham estado desde a publicação de *Procrastinação*.

– Você parece cansado – disse Helen. – Quer que eu leve Cindy para casa?

– Não. Tudo bem – murmurou. – Eu mesmo a levo.

Helen sorriu e roçou o rosto em sua boca.

– Meu selvagem amante das tardes – sussurrou ela. – *Sempre* que quiser, pode me levar para jantar fora assim dessa maneira.

Ele ficou muito tempo sentado com o "filhote ossudinho" no carro, diante do apartamento dela. Escolhera bem a ocasião: as aulas tinham terminado, e Cindy sairia da cidade. Ela já estava contrariada por ser obrigada a dizer adeus ao seu escritor predileto ou, ao menos, o único que conhecia pessoalmente.

– Tenho certeza de que o próximo ano será bom para você, Cindy – disse ele. – Se voltar aqui para ver alguém, não deixe de ir lá em casa. Duncan vai sentir sua falta.

Ela olhava fixamente para as luzes do painel do carro e depois levantou para ele os olhos cheios de lágrimas. Seu rosto estampava tudo que acontecia entre eles.

– Vou sentir sua falta – choramingou ela.

– Não, não – disse Garp. – *Não* sinta minha falta.

– Eu *amo* você, Garp – sussurrou ela, recostando a cabecinha no ombro dele.

– Não, não diga isso – falou, sem tocá-la. Ainda não.

Os três preservativos continuavam pacientemente guardados ali em seu bolso, enrolados como cobras.

No apartamento dela, com o ar abafado e mofado, ele usou apenas um deles. Ficou surpreso ao ver que toda a mobília já havia sido levada. Juntaram as malas e fizeram delas uma cama bem desconfortável. Ele teve o cuidado de não ficar nem um segundo além do estritamente necessário, com receio de que Helen desconfiasse que ele passara muito tempo em um simples adeus *literário*.

A água da chuva formara um riacho caudaloso no terreno da escola, e Garp livrou-se furtivamente dos dois preservativos que haviam sobrado, lançando-os pela janela do carro em movimento, imaginando que algum vigia do campus teria visto e já estaria vasculhando a margem para recuperar as provas: os preservativos pescados da correnteza! A descoberta da arma do crime que leva ao crime praticado.

Mas ninguém o viu, não foi descoberto por ninguém. Nem mesmo Helen, já adormecida, acharia estranho o cheiro de sexo. Afinal, havia apenas algumas horas, o odor fora legitimamente adquirido. Mesmo assim, Garp entrou no chuveiro e caiu na cama bem limpo, aninhando-se contra Helen. Ela murmurou uma palavra de carinho e, instintivamente, estirou uma perna por cima dele. Quando ele não retribuiu, ela forçou as nádegas para trás, contra ele. Garp sentiu um nó na garganta ao pensar na confiança que ela lhe dedicava e em seu amor por ela. Acariciou-lhe o ventre, já intumescido pela gravidez.

Duncan era uma criança saudável e inteligente. O primeiro romance de Garp fizera dele ao menos o que ele queria ser. A luxúria ainda perturbava a sua vida jovem, mas ele tinha sorte porque sua mulher compartilhava-a com ele. Em breve, um segundo filho viria completar sua cuidadosa e ordenada aventura. Ele estava sempre apalpando o ventre de Helen ansiosamente, à procura de um pontapé ou qualquer outro sinal de vida. Embora houvesse concordado com Helen que seria bom ter uma menina, Garp esperava que fosse um menino.

Mas por quê? Lembrava-se da menina no parque, da imagem de Ellen James sem a língua e também das difíceis decisões de sua mãe. Sentia-se um homem de sorte por ter Helen a seu lado. Helen tinha suas próprias ambições e não se deixava manipular por ele. Mas lembrava-se das prostitutas da Karntnerstrasse e de Cushie Percy (que morreria de parto). E agora havia Cindy, cujo cheiro ainda continuava com ele apesar do banho. Cindy chorara sob seu corpo, deitada em cima das malas. Uma veia azul pulsara na têmpora de Cindy, a têmpora translúcida de uma criança muito clara. E, embora Cindy ainda tivesse língua, não conseguira dizer nada na hora da despedida.

Garp não queria uma filha por causa dos *homens*. Por causa dos homens *maus*, sem dúvida. "Mas até mesmo por causa de homens como eu", pensou.

8

O segundo filho, o segundo livro, o segundo amor

Nasceu um menino. O segundo filho. O irmão de Duncan recebeu o nome de Walt – não era Walter nem o alemão *Valt*; terminava simplesmente em um *t*. Walt – soava como a cauda de um castor batendo na água, como uma bola de *squash* bem rebatida. Ele caiu em suas vidas e, de repente, eles tinham dois meninos.

Garp estava tentando escrever um segundo romance. Helen arranjou seu segundo emprego, como professora de inglês na universidade estadual, na cidade vizinha à escola feminina. Garp e os meninos tinham um ginásio masculino para usar, e Helen, de vez em quando, tinha um aluno de pós-graduação brilhante para aliviar a monotonia de alunos mais novos; também tinha mais – e mais interessantes – colegas de trabalho.

Um deles era Harrison Fletcher; sua especialidade era o romance vitoriano. Helen, entretanto, gostava dele por outras razões, entre elas o fato de também ser casado com uma escritora. O nome dela era Alice e também estava trabalhando em seu segundo romance, apesar de nunca ter terminado o primeiro. Quando os Garp a conheceram, acharam que ela podia ser facilmente confundida com uma das adeptas da Sociedade Ellen James – ela simplesmente não falava. Harrison, que Garp chamava de Harry, nunca havia sido chamado de Harry antes, mas ele gostava de Garp e parecia apreciar seu novo nome como se fosse um presente que Garp tivesse lhe dado. Helen continuou a chamá-lo de Harrison, mas, para Garp, ele era Harry Fletcher. Foi o primeiro amigo de Garp, apesar de tanto Garp quanto Harrison sentirem que Harrison preferia a companhia de Helen.

No entanto, nem Helen nem Garp sabiam o que fazer com a Silenciosa Alice, como a chamavam.

– Ela deve estar escrevendo um livro fantástico – costumava dizer Garp –, visto que está consumindo todas as palavras dela.

Os Fletcher tinham uma única filha, com idade intermediária entre Duncan e Walt; estava implícito que queriam mais um filho. Mas o livro, o segundo romance de Alice, vinha em primeiro lugar. Quando estivesse terminado, teriam um segundo filho.

Os dois casais jantavam juntos de vez em quando, mas os Fletcher só comiam fora, o que quer dizer que nenhum dos dois sabia cozinhar. Garp, ao contrário, estava numa fase em que fazia o próprio pão e sempre mantinha uma panela de molho cozinhando a fogo lento no fogão. Helen e Harrison discutiam principalmente sobre livros, ensino e seus colegas. Almoçavam juntos no restaurante da universidade e ainda conversavam – longamente – à noite, por telefone. Garp e Harry iam a jogos de futebol, de basquete e a lutas livres. Três vezes por semana, jogavam *squash*, o esporte preferido de Harry – o único esporte que ele praticava. Garp, no entanto, conseguia jogar de igual para igual com Harry simplesmente porque adquirira um preparo físico melhor com suas corridas. Pelo prazer do jogo, Garp reprimia sua aversão a bolas.

No segundo ano dessa amizade, disse Harry a Garp que Alice gostava muito de ir ao cinema.

– Eu *não* gosto – admitiu Harry –, mas Helen disse que você gosta, então, por que não vai com Alice?

Alice Fletcher dava risadinhas durante os filmes, especialmente filmes sérios. Ela sacudia a cabeça, incrédula, diante de quase tudo que via. Garp levou meses para notar que Alice tinha uma espécie de bloqueio ou defeito nervoso na fala; talvez fosse psicológico. No começo, Garp pensou que o problema fosse causado pela pipoca.

– Acho que você tem um problema de dicção, Alice – disse ele, quando a levava para casa certa noite.

– Shim – admitiu ela, balançando a cabeça. Na maioria das vezes, era apenas um cicio; outras, algo completamente diferente. Às vezes, não se notava nada. O nervosismo parecia agravar o problema.

– Como vai indo o livro? – perguntou-lhe Garp.

– Bem – respondeu ela. Em uma dessas ocasiões em que foram ao cinema, ela deixou escapar que gostara de *Procrastinação*.

– Quer que eu leia o seu trabalho? – ofereceu-se Garp.
– Quero, shim – respondeu, balançando a cabeça.
Ela estava sentada e, com seus dedos fortes e curtos, amarrotava a saia no colo, do mesmo modo que Garp vira sua filha enrugar suas roupas – a criança, às vezes, enrolava a saia, como uma persiana, até acima da calcinha (Alice, é claro, não chegava a esse ponto).
– Foi devido a um acidente? – perguntou-lhe Garp. – Seu problema com a fala. Ou é defeito de nascença?
– É de nascença – disse Alice.
Quando o carro parou diante da casa dos Fletcher, Alice puxou o braço de Garp, abriu a boca e apontou para dentro, como se isso explicasse tudo. Garp viu as fileiras de dentes pequenos e perfeitos, e uma língua grossa e de aparência saudável, como a língua de uma criança. Ele não viu nada de particular, mas estava escuro no carro e, de qualquer modo, não saberia identificar o problema ainda que o visse. Quando Alice fechou a boca, Garp viu que ela estava chorando – e também sorrindo, como se aquele ato de exposição tivesse exigido dela uma enorme confiança nele. Garp balançou a cabeça como se compreendesse tudo muito bem.
– Entendo – murmurou.
Ela limpou as lágrimas com as costas de uma das mãos e apertou a de Garp com a outra.
– O Harrishon está tendo um caso – disse ela.
Garp sabia que Harry não estava tendo um caso com Helen, mas não sabia o que a pobre Alice pensava.
– Não com Helen – disse Garp.
– Não, não – apressou-se Alice a dizer, sacudindo a cabeça. – Outra peshoa.
– Quem?
– Uma alhuna – disse Alice, choramingando. – Uma garota eshtúpida.
Já fazia alguns anos que Garp se envolvera com Cindy, mas depois disso ele fizera o mesmo com outra *babysitter*; para sua vergonha, até já esquecera seu nome. Achava, sinceramente, que seu interesse por *babysitters* tinha sido superado para sempre. No entanto, se solidarizava com Harry – ele era seu amigo e um amigo importante

para Helen. Também se solidarizava com Alice. Ela era digna de ser amada. Possuía uma espécie de vulnerabilidade terminal e a exibia como uma suéter muito justa, colada em seu corpo compacto.

– Sinto muito – disse Garp. – Será que posso fazer alguma coisa?

– Diga a ele para *deshistir*...

Para Garp, nunca fora difícil desistir, mas ele nunca fora professor – com alunas na cabeça, ou nas mãos. Talvez o caso de Harry fosse diferente. A única coisa em que Garp conseguiu pensar – e que talvez fizesse Alice se sentir melhor – foi confessar seus próprios erros.

– São coisas que acontecem, Alice – disse ele.

– Não com voshê – retrucou Alice.

– Já aconteceu duas vezes comigo – disse Garp.

Ela olhou para ele, chocada.

– Diga a verdade – insistiu ela.

– A verdade – disse ele – é que aconteceu duas vezes. Duas *baby-sitters*.

– Shanto Deush! – exclamou Alice.

– Mas não foram importantes – disse Garp. – Eu amo Helen.

– *Ishto* é importante – disse Alice. – Ele me magoa. E eu não conshigo eshcrever.

Garp conhecia bem o problema de escritores que não conseguiam "eshcrever". E isso o fez se apaixonar instantaneamente por Alice.

– O safado do Harry está tendo um caso – disse Garp a Helen, mais tarde.

– Eu sei – admitiu Helen. – Eu disse a ele para parar, mas ele continua insistindo. Ela nem sequer é uma boa aluna.

– O que podemos fazer? – perguntou-lhe Garp.

– Maldita luxúria – disse Helen. – Sua mãe tinha razão. É mesmo um problema dos homens. Fale *você* com ele.

– Alice me contou sobre seus casos com *babysitters* – disse Harry a Garp. – Não é a mesma coisa. Essa garota é especial.

– Uma *aluna*, Harry – disse Garp. – Pelo amor de Deus.

– Uma aluna *especial* – retrucou Harry. – Não sou como você. Fui honesto, contei tudo a Alice desde o começo. Ela só tem que se adaptar. Eu lhe disse que ela também é livre para fazer o mesmo.

– Ela não conhece nenhum aluno – disse Garp.

– Ela conhece *você* – falou Harry. – E está apaixonada por você.
– O que podemos fazer? – perguntou Garp a Helen. – Ele está tentando me juntar com a Alice para se sentir melhor com o que está fazendo.
– Ao menos, ele foi honesto com ela – disse Helen a Garp.
Seguiu-se um desses silêncios noturnos em que se pode identificar a respiração de cada membro da família. As portas abertas no corredor do andar de cima permitiam ouvir Duncan respirando preguiçosamente, um garotinho de quase 8 anos e com muita vida pela frente; Walt, com aquela respiração curta e ansiosa de uma criança de 2 anos; Helen, fria e regular. Garp prendeu a respiração. Compreendeu que ela sabia tudo a respeito das *babysitters*.
– Harry lhe contou? – perguntou ele.
– Você devia ter contado primeiro a mim, antes de contar a Alice – disse Helen. – Quem foi a segunda?
– Esqueci o nome dela – admitiu Garp.
– É degradante – disse Helen. – E indigno de mim; é indigno de você, Garp. Espero que já tenha superado isso.
– Sim, já – respondeu Garp, referindo-se a *babysitters*. Mas... e a luxúria em si? Ah, bem. Jenny Fields havia identificado um problema que existia no fundo do coração de seu filho.
– Temos que ajudar os Fletcher – disse Helen. – Gostamos muito deles para não fazer nada.
Helen, pensou Garp, admirado, movia-se pela vida deles como se fosse um ensaio que ela estivesse estruturando – com introdução, depois a apresentação de prioridades básicas e então a tese.
– Harry acha que a aluna é *especial* – observou Garp.
– Malditos *homens* – disse Helen. – Cuide da Alice. Vou mostrar a Harrison o que é especial.
Assim, certa noite, depois de Garp ter preparado um elegante prato de frango com páprica e *Spatzle*, disse-lhe Helen:
– Eu e Harrison vamos lavar a louça. Leve Alice para casa.
– Levá-la para casa? Agora?!
– Mostre seu livro a ele – disse Helen a Alice. – Mostre-lhe *tudo* que quiser. Vou mostrar a seu marido o idiota que ele é.

– Ei, o que é isso? – disse Harry. – Somos todos amigos e queremos *continuar* assim, não é?

– Seu filho da mãe – disse Helen a ele. – Você trepa com uma aluna e diz que ela é especial. Você insulta sua mulher, você me insulta! *Vou* lhe mostrar o que é especial.

– Calma, Helen – disse Garp.

– Vá com Alice – insistiu Helen. – E deixe que ela leve sua própria *babysitter* para casa.

– Ei, o que é isso? – disse Harrison Fletcher.

– Cale-she, Harrishon!– disse Alice. Ela agarrou a mão de Garp e levantou-se da mesa.

– Malditos *homens* – falou Helen.

Garp, mudo como um dos adeptos de Ellen James, levou Alice para casa.

– Eu posso levar a *babysitter*, Alice – ofereceu-se Garp.

– Volte *depresha* – pediu ela.

– Bem depressa, Alice.

Ela o fez ler o primeiro capítulo de seu romance em voz alta.

– Quero *ouvir* o que eshcrevi – disse-lhe – e eu meshma não posho *fazer* isho.

Assim, Garp leu para ela. E ficou aliviado ao ouvir quanto soava bem. Alice escrevia com tal fluência e cuidado que Garp poderia ter *cantado* as frases, descontraidamente, e teriam soado muito bem.

– Você tem um estilo encantador, Alice – disse-lhe ele, e ela chorou. E, naturalmente, fizeram amor e, apesar do que se sabe sobre tais coisas, *foi* realmente especial.

– Não foi? – perguntou Alice.

– Sim, *foi* – admitiu Garp.

Agora, ele pensou, vamos ter um problema.

– O que vamos fazer agora? – perguntou Helen a Garp.

Ela fizera Harrison esquecer a aluna "especial"; Harrison agora estava convencido de que *Helen* era a pessoa mais especial que ele já encontrara na vida.

– Foi você quem começou tudo isso – disse-lhe Garp. – Se tem que acabar, cabe a você fazer isso, eu acho.

— É fácil falar — disse Helen. — Eu *gosto* de Harrison. Ele é meu melhor amigo e não quero perder isso. Só não estou muito interessada em ir para a cama com ele.
— Mas *ele* está interessado — disse Garp.
— Meu Deus, eu sei disso! — exclamou Helen.
— Ele acha que você é a melhor que já teve — continuou Garp.
— Ah, que droga — disse Helen. — Imagine como Alice vai se sentir.
— Alice não está pensando nisso — falou Garp.

Alice estava pensando em *Garp*. Ele sabia disso e receava que tudo fosse terminar. Às vezes, Garp achava que Alice era a melhor que ele já tivera.

— E quanto a você? — perguntou-lhe Helen. ("Nada mais era como antes", ele escreveria um dia.)
— Estou bem — disse Garp. — Gosto da Alice, gosto de você, gosto do Harry.
— E Alice? — perguntou Helen.
— Alice gosta de mim — disse Garp.
— Nossa! — exclamou Helen. — Então, todos nós gostamos uns dos outros, exceto que eu não gosto muito de ir para a cama com Harrison.
— Então, está acabado — disse Garp, sem conseguir disfarçar a decepção em sua voz. Alice lhe dissera, chorando, que o caso entre eles *jamais* poderia terminar. ("Poderia? Poderia?", gritara, chorando. "Eu não posho shimpleshmente *deshistir*!")
— Bem, as coisas não estão melhores do que antes? — perguntou Helen a Garp.
— Você provou seu ponto de vista — disse Garp. — Conseguiu fazer Harry largar a maldita aluna. Agora, só precisa ir se desvencilhando dele aos poucos.
— E quanto a você e Alice? — perguntou Helen.
— Se acabou para um de nós, acabou para todos — disse Garp. — É justo.
— Eu sei o que é *justo* — disse Helen. — Também sei o que é *humano*.

As cenas de adeus que Garp imaginava conduzir com Alice eram violentas, carregadas do discurso incoerente de Alice e sempre terminando com eles fazendo sexo desesperadamente – mais uma decisão fracassada, molhada de suor e adocicada com o luxuriante odor de sexo, ah, sim.

– Acho que Alice é um pouco *amalucada* – disse Helen.
– Alice é uma excelente escritora – retrucou Garp. – Uma escritora de verdade.
– Malditos *escritores* – resmungou Helen.
– Harry não dá valor ao talento de Alice – Garp ouviu-se dizendo.
– Caramba! – murmurou Helen. – É a última vez que tento salvar o casamento de alguém que não o meu mesmo.

Helen levou seis meses para se desvencilhar de Harry e, durante esse tempo, Garp se encontrou com Alice o maior número de vezes possível, ao mesmo tempo que tentava avisá-la de que aquele quarteto amoroso não iria durar muito mais. Ele também tentou avisar a si mesmo, porque a ideia de abrir mão de Alice o apavorava.

– Não é a mesma coisa para nós quatro – disse Garp a ela. – Vai ter que acabar, e muito breve.
– E daí? – retrucou Alice. – Não acabou até agora, não é meshmo?
– Não, ainda não – admitiu Garp.

Ele lia em voz alta tudo que ela escrevia e depois faziam sexo tão intensamente que ele ardia no chuveiro e não conseguia usar um suporte de atleta para correr.

– Temos que continuar e *continuar* – dizia Alice, fervorosamente.
– Sem parar, enquanto podemos.
– Você sabe que isso *não pode* durar – tentou Garp avisar a Harry, enquanto jogavam uma partida de *squash*.
– Eu sei, eu sei – disse Harry –, mas é ótimo *enquanto* dura, não é?
– Não é mesmo? – perguntou Alice. Garp amava Alice? Oh, sim, ele a amava.
– Sim, sim – disse Garp, balançando a cabeça. Ele achava que sim.

Helen, no entanto, sendo a que menos aproveitava a situação, era a que mais sofria. Quando ela finalmente decretou o fim do caso, não pôde deixar de demonstrar sua euforia. Os outros três não puderam deixar de demonstrar seu ressentimento com o fato de Helen parecer tão animada, enquanto eles mergulhavam em tamanha desolação. Sem nenhuma imposição formal, houve uma moratória de seis meses para os casais se reverem, fora os encontros por acaso. Naturalmente, Helen e Harry se cruzavam no Departamento de Inglês. Garp cruzava com Alice no supermercado. Certa vez, ela deliberadamente bateu o carrinho de compras no dele; o pequeno Walt foi arremessado no meio das frutas, legumes e latas de suco, e a própria filha de Alice pareceu igualmente alarmada com a colisão.

— Shenti a necheshidade de algum *contato* – admitiu Alice.

Uma noite, ela ligou para a casa dos Garp, muito tarde, quando eles já estavam dormindo. Helen atendeu o telefone.

— O Harrishon está aí? – perguntou ela a Helen.

— Não, Alice – respondeu Helen. – Algum problema?

— Ele não está *aqui* – disse Alice. – Não vejo o Harrishon desde hoje cedo!

— Vou aí, ficar com você – sugeriu Helen. – Garp pode ir procurar Harrison.

— *Garp* não pode vir ficar comigo? – perguntou Alice. – *Você* vai procurar Harrishon.

— Não, é melhor que *eu* vá ficar com você – insistiu Helen. – Garp pode ir procurar Harrison.

— Eu quero Garp – disse Alice.

— Sinto muito, mas não é possível – disse Helen.

— Shinto muito, Helen. – Alice começou a chorar ao telefone e a desencadear uma torrente de palavras que Helen não conseguia entender. Ela passou o telefone a Garp.

Garp ouviu Alice e conversou com ela por cerca de uma hora. Ninguém saiu à procura de "Harrishon". Helen achava que conseguira se sair muito bem aguentando os seis meses de moratória em que permitira que tudo continuasse. Esperava que os outros ao menos se controlassem adequadamente, agora que tudo estava terminado.

— Se o Harrison saiu por aí trepando com alunas, eu vou *realmente* crucificá-lo – disse Helen. – Que *idiota*! E se Alice se diz uma escritora, por que não está escrevendo? Se ela tem tanto a dizer, por que desperdiça o tempo ao telefone?

O tempo, Garp o sabia, resolveria tudo. O tempo também provaria que ele estava errado a respeito de Alice como escritora. Ela podia escrever bem, mas não conseguia completar nada. Ela nunca terminou seu segundo romance, não durante todos os anos em que os Garp conviveram com os Fletcher – nem em todos os anos posteriores. Ela podia dizer qualquer coisa de uma forma maravilhosa, mas não conseguia levar nada a cabo – como Garp comentou com Helen, quando finalmente ficou exasperado com Alice. Ela simplesmente não conseguia colocar um *ponto final*.

Harry, da mesma forma, também não se comportou bem. A universidade negou-lhe o direito de permanência no cargo – um triste revés para Helen, porque ela realmente gostava de ter Harrison como amigo. Mas a aluna que Harry largara para ficar com Helen não se deixou derrotar com tanta facilidade; ela espalhou a história de sua sedução pelo Departamento de Inglês – embora, é claro, reclamasse principalmente de ter levado um fora. Os colegas de Harry passaram a olhá-lo com desconfiança. E, naturalmente, o apoio que *Helen* dava ao caso de Harrison Fletcher para que fosse confirmado no emprego não era levado a sério nos bastidores, uma vez que o relacionamento *dela* com Harry também fora revelado pela aluna rejeitada.

Até a mãe de Garp, Jenny Fields, apesar de tudo que representava para as mulheres, concordava com Garp que o próprio cargo de Helen na universidade, que lhe fora concedido com tanta facilidade quando ela era mais nova do que o pobre Harry, fora apenas um gesto simbólico do Departamento de Inglês. Alguém provavelmente lhes dissera que precisavam de uma mulher no departamento no nível de professor assistente, e Helen aparecera. Embora Helen não duvidasse de suas próprias qualificações, sabia que não fora seu mérito próprio que lhe garantira o cargo.

Mas Helen também não tivera um caso com nenhum aluno. Pelo menos, ainda não. Harrison Fletcher havia permitido, imperdoavelmente, que sua vida sexual fosse mais importante para ele do que o cargo. Ele arranjou outro emprego, de qualquer modo. E talvez o que restara da amizade entre os Garp e os Fletcher tenha sido preservado pelo fato de os Fletcher terem sido obrigados a se mudar. Assim, os dois casais se viam apenas umas duas vezes por ano e a distância foi dispersando quaisquer ressentimentos que restassem. Alice podia apresentar sua prosa perfeita a Garp – por cartas. A tentação de se tocarem, até mesmo de fazer colidir seus carrinhos no supermercado, foi eliminada, e todos se acomodaram no tipo de amizade que muitos velhos amigos desenvolvem – eram amigos quando tinham notícias um do outro, ou quando, ocasionalmente, se reuniam. E, quando não estavam em contato, não pensavam uns nos outros.

Garp jogou fora seu segundo romance e começou um *segundo* segundo romance. Ao contrário de Alice, ele era um verdadeiro escritor – não porque sua prosa fosse mais bonita do que a dela, mas porque ele sabia o que todo artista devia saber: como Garp dizia, "Você só cresce chegando ao fim de alguma coisa e começando outra nova". Mesmo que esses supostos finais e recomeços sejam ilusões. Garp não escrevia mais rápido do que ninguém, nem escrevia *mais*; ele simplesmente trabalhava sempre com a ideia em mente de chegar ao fim.

Ele sabia que seu segundo livro estava inchado com a energia que lhe restara de Alice.

Era um texto recheado de sexo e diálogos ferinos que deixavam os parceiros feridos; o sexo no livro também deixava os parceiros com sentimento de culpa e geralmente querendo mais sexo. Esse paradoxo foi mencionado por vários críticos que alternadamente consideraram o fenômeno "brilhante" e "tolo". Um desses críticos definiu o romance como "amargamente verdadeiro", mas apressou-se a ressaltar que a amargura condenava o romance ao status de "apenas um clássico menor". Se um refinamento maior tivesse eliminado essa amargura, teorizava o crítico, "uma verdade mais pura teria emergido".

Muitas outras tolices foram publicadas a respeito da "tese" do romance. Um determinado crítico debateu a ideia de que o romance parecia inferir que *somente* relacionamentos sexuais podiam revelar profundamente as pessoas a si mesmas; no entanto, era justamente durante os relacionamentos sexuais que as pessoas pareciam perder qualquer profundidade que tivessem. Garp dizia que jamais tivera uma tese e com mau humor declarou em uma entrevista que havia escrito "uma comédia séria sobre casamento, mas uma farsa sexual". Posteriormente, escreveu que "a sexualidade humana transforma em farsa nossas mais sérias intenções".

Mas, independentemente do que Garp dissesse – ou mesmo os críticos – o livro não foi um sucesso. Intitulado *O segundo fôlego do corno*, confundiu quase todo mundo, até mesmo os críticos. O segundo romance de Garp vendeu alguns milhares de exemplares a menos do que *Procrastinação*, e, apesar de John Wolf assegurar a Garp que isso era o que normalmente acontecia a segundos romances, Garp, pela primeira vez na vida, sentiu que havia fracassado.

John Wolf, que era um bom editor, protegeu Garp de uma crítica em particular, até temer que ele a descobrisse por acaso. Wolf, então, com certa relutância, enviou a Garp o recorte de um jornal da Costa Oeste com a crítica, com um comentário anexo de que ele ouvira dizer que o crítico sofria de um desequilíbrio hormonal. A crítica assinalava, rudemente, que era sórdido e patético que T. S. Garp, "o filho sem talento da famosa feminista Jenny Fields tenha escrito um romance sexista que chafurda em sexo, e nem sequer instrutivamente". E assim por diante.

Ter sido educado por Jenny Fields não fizera de Garp o tipo de pessoa facilmente influenciável pela opinião que outras pessoas tivessem dele, mas nem mesmo Helen gostou de *O segundo fôlego do corno*. Até Alice Fletcher, em todas as suas cartas de amor, nunca mencionou a existência do livro.

O segundo fôlego do corno era sobre dois casais que mantinham um caso.

– Nossa! – exclamou Helen quando soube qual era o tema do livro.

– Não é sobre *nós* – disse Garp. – *Não* é sobre nada disso. Apenas *usa* isso.

– E você vive me dizendo – argumentou Helen – que ficção autobiográfica é a pior espécie de ficção.

– Este livro *não* é autobiográfico – disse Garp. – Você vai ver.

Ela não viu. Apesar de o romance não ser sobre Helen e Garp e Harry e Alice, *era* a respeito de quatro pessoas cujo relacionamento desigual e sexualmente difícil é um fracasso.

Cada membro do quarteto é fisicamente deficiente. Um dos homens é cego. O outro gagueja em proporções tão monstruosas que seu diálogo é irritantemente difícil de ler. Jenny deu uma bronca em

Garp por ter retratado de forma tão ridícula o pobre e falecido sr. Tinch, mas os escritores, Garp tinha a triste certeza, eram apenas observadores – bons e implacáveis imitadores do comportamento humano. Garp não tivera a menor intenção de ofender a memória de Tinch; apenas usara uma das características dele.

– Não sei como você pôde fazer isso com Alice – disse Helen, exasperada.

Helen se referia às deficiências, especialmente as deficiências das mulheres. Uma tinha espasmos musculares no braço direito – sua mão estava sempre se lançando para frente, batendo em copos de vinho, vasos de flores, rostos de crianças. Certa vez, quase castrou o marido (acidentalmente) com um gancho de podar galhos. Somente seu amante, o marido da outra mulher, é capaz de acalmar esse terrível e incontrolável espasmo – de modo que a mulher se torna, pela primeira vez na vida, dona de um corpo perfeito, inteiramente intencional em seus movimentos, dominado e controlado apenas por ela mesma.

A outra mulher sofre de permanente e imprevisível flatulência. A que peida é casada com o gago; o cego é casado com o perigoso braço direito.

Ninguém no quarteto, para crédito de Garp, é escritor. ("Devíamos ser gratos pelas pequenas bênçãos?", perguntou Helen.) Um dos casais não tem filhos, e não deseja ter. O outro casal está tentando ter um filho; esta mulher concebe, mas sua euforia é esfriada pela ansiedade de todos quanto à identidade do verdadeiro pai. De quem será a criança? Os casais buscam hábitos reveladores no recém-nascido. Ele vai gaguejar, peidar, ter movimentos descontrolados ou vai ser cego? (Garp viu isso como seu comentário final – em nome de sua mãe – sobre a questão de *genes*.)

De certo modo, *O segundo fôlego do corno* é um romance otimista, ainda que somente pelo fato de que a amizade que une os casais finalmente os convence a romper sua ligação. Mais tarde, o casal sem filhos se separa, desiludidos um com o outro – mas não necessariamente como resultado da experiência. O casal com o filho consegue se manter unido. A criança se desenvolve sem nenhum defeito perceptível. A última cena do romance é o encontro por acaso das duas mulheres; passam uma pela outra em uma escada rolante de uma loja de departamentos na época do Natal, a que peidava subindo, a dona do perigoso braço direito descendo. Ambas estão carregadas de embrulhos. No momento em que passam uma pela outra, a mulher que sofre de flatulência incontrolável solta um peido nítido e agudo, a do braço espasmódico atinge um senhor idoso à sua frente, fazendo-o rolar pela escada abaixo, por sua vez derrubando uma série de pessoas. Mas é Natal. As escadas rolantes estão apinhadas de gente e é grande a algazarra. Ninguém é ferido e tudo, nesta época de festas, é perdoável. As duas mulheres, afastando-se em suas esteiras mecânicas, parecem encarar serenamente os fardos uma da outra e sorriem penosamente.

– É uma comédia! – Garp não cessava de exclamar. – Ninguém entendeu. É para ser muito *engraçado*. Daria um ótimo filme!

Mas ninguém sequer comprou os direitos autorais para uma edição de bolso.

Como podia ser visto pelo destino do homem que caminhava com as mãos, Garp tinha uma cisma com escadas rolantes.

Helen disse que ninguém do Departamento de Inglês fizera a menor menção a *O segundo fôlego do corno*. No caso de *Procrastinação*, muitos de seus colegas bem-intencionados haviam ao menos tentado uma discussão. Disse ainda que o livro era uma invasão de sua privacidade e ela esperava que tudo não tivesse passado de um capricho do qual Garp logo se esqueceria.

– Santo Deus, eles acham que é você? – perguntou-lhe Garp. – Qual é o problema de seus estúpidos colegas? Você peida pelos corredores da universidade? Seu ombro se desloca nas reuniões de departamento? O pobre Harry gaguejava em suas aulas? – Garp berrou, indignado. – Por acaso eu sou cego?

– *Sim*, você é cego – disse Helen. – Você tem seus próprios termos para o que é realidade e o que é ficção, mas acha que as outras pessoas conhecem o seu sistema? Tudo, de alguma forma, se resume em sua *experiência*, por mais que você disfarce, mesmo que seja apenas uma experiência imaginária. Sim, as pessoas *acham* que sou eu, *acham* que é você. E, às vezes, eu também acho.

O cego no romance é um geólogo.

– Por acaso eles já me viram alguma vez às voltas com pedras? – esbravejou Garp.

A mulher da flatulência faz trabalho voluntário em um hospital; é ajudante de enfermagem.

– Você vê minha mãe se queixando? – perguntou Garp. – Ela me escreveu dizendo que nunca peidou em um hospital, somente em casa e de maneira controlada?

Mas Jenny Fields realmente se queixou com seu filho a respeito de O *segundo fôlego do corno*. Disse-lhe que ele havia escolhido um tema decepcionantemente restrito, de pouca importância do ponto de vista universal.

– Ela se refere a sexo – disse Garp. – É clássico. Uma lição sobre o que é universal por uma mulher que nunca sentiu desejo sexual. E o papa, que fez voto de castidade, decide a questão de contracepção para milhões de pessoas. O mundo é louco! – desabafou Garp.

A mais nova amiga de Jenny era um transexual de mais de 1,90 m de altura chamada Roberta Muldoon. Antes Robert Muldoon, jogador do Eagles, da Filadélfia, o peso de Roberta despencara de 107 para 80 quilos desde a sua bem-sucedida operação de mudança de sexo. As doses de estrogênio haviam afetado sua força e minado sua resistência. Garp também imaginava que as antigas e famosas "mãos rápidas" de Robert Muldoon já não eram tão rápidas. No entanto, Roberta Muldoon era uma grande companheira de Jenny Fields. Roberta adorava a mãe de Garp. Fora o livro de Jenny, *Uma suspeita sexual*, que dera a Robert Muldoon a coragem de fazer a operação de mudança de sexo – em um inverno, quando estava na cama de um hospital da Filadélfia, recuperando-se de uma cirurgia no joelho.

Jenny Fields agora apoiava Roberta em sua briga com as redes de televisão. Essas, segundo Roberta, fizeram um acordo nos bastidores para não a empregar como locutora esportiva para a temporada de futebol. Os *conhecimentos* de Roberta sobre futebol não diminuíram em nada desde toda a administração de estrogênio, Jenny argumentava. Movimentos de apoio em todos os *campi* universitários do país fizeram de Roberta Muldoon uma figura extraordinariamente controversa. Roberta era inteligente e sabia se expressar, e naturalmente entendia de futebol. Seria uma apresentadora muito melhor do que aqueles pobres de espírito que se apresentavam como comentaristas.

Garp gostava dela. Conversavam sobre futebol e jogavam *squash*. Roberta sempre ganhava as primeiras partidas, uma vez que tinha mais força do que ele e um preparo físico de atleta, mas sua resistência não se igualava à dele, e, sendo o maior jogador na quadra, ela se cansava. Roberta também acabou se cansando de seu caso contra as emissoras de televisão, mas desenvolveu um grande fôlego para outras coisas mais importantes.

– Você, sem dúvida, representa uma grande melhoria em comparação com a Sociedade Ellen James, Roberta – Garp lhe dizia.

Ele gostava mais das visitas de sua mãe quando ela vinha acompanhada de Roberta. E Roberta batia bola com Duncan durante horas. Roberta prometeu levá-lo a um jogo dos Eagles, mas Garp não ficou à vontade com isso. Roberta era muito visada; ela realmente enfurecera algumas pessoas. Garp imaginava vários ataques e ameaças de bomba contra Roberta – e imaginava Duncan desaparecendo no imenso e ululante estádio de futebol da Filadélfia, onde ele seria perseguido por um pedófilo.

Foi o ódio fanático existente nas cartas que Roberta Muldoon recebia que provocou a imaginação de Garp, mas, quando Jenny Fields lhe mostrou algumas da mesma espécie dirigidas a ela, a ansiedade dele aumentou. Era um aspecto do caráter público da vida de sua mãe que ele não havia considerado: algumas pessoas realmente a odiavam. Escreviam a Jennifer desejando que ela tivesse câncer. Escreviam a Roberta Muldoon dizendo que esperavam que os pais dela ou dele estivessem mortos. Um casal escreveu a Jenny Fields dizendo que gostaria de fazer uma inseminação artificial nela com esperma de elefante – assim, ela explodiria de dentro para fora. O bilhete estava assinado: um casal legítimo.

Um homem escreveu a Roberta Muldoon que ele sempre fora fã dos Eagles e até seus avós haviam nascido na Filadélfia, mas agora ele iria torcer pelos Giants ou pelos Redskins e iria dirigir até Nova York ou Washington – ou até mesmo Baltimore, se necessário – para assistir aos jogos, porque Roberta havia pervertido toda a linha ofensiva dos Eagles com seus modos efeminados.

Uma mulher escreveu a Roberta Muldoon que ela esperava que Roberta fosse atacada pelos Oakland Raiders. A mulher achava que os Raiders eram o pior de todos os times de futebol – talvez mostrassem a Roberta como era divertido ser mulher.

Um aluno de uma escola secundária do Wyoming escreveu a Roberta Muldoon dizendo que tinha vergonha de jogar na mesma posição que ela jogara nos Eagles e que iria escolher outra posição no time, uma que nunca tivesse sido ocupada por um transexual.

Um agressivo jogador de uma escola de Michigan escreveu a Roberta que, se ela algum dia fosse a Ypsilanti, ele gostaria de trepar com ela, mas fazia questão que ela estivesse com seu uniforme de ombreiras largas.

– Isso não é nada – disse Roberta a Garp. – Sua mãe recebe coisa muito pior. Tem muito mais gente que *a* odeia.

– Mamãe – disse Garp –, por que você não se afasta por uns tempos? Tire férias. Escreva outro livro. – Ele nunca pensou que um dia ouviria a si mesmo dizendo isso, mas de repente ele viu Jenny como uma vítima em potencial, expondo-se, por meio de outras vítimas, a todo ódio, crueldade e violência do mundo.

Quando indagada pela imprensa, Jenny sempre dizia que estava escrevendo outro livro. Somente Garp, Helen e John Wolf sabiam que isso era mentira. Jenny Fields não estava escrevendo nem uma palavra.

– Já fiz tudo que eu queria fazer a *meu* respeito – disse Jenny a seu filho. – Agora, estou interessada nas outras pessoas. E, quanto a você, preocupe-se *com você* mesmo – falou com ar sério, como se, em sua opinião, a introversão do filho, sua vida imaginária, fosse uma maneira mais perigosa de viver.

Helen também tinha o mesmo temor – especialmente quando Garp não estava escrevendo; e, por mais de um ano depois de *O segundo fôlego do corno,* Garp não escreveu. Então escreveu durante um ano e jogou tudo fora. Ele escreveu cartas ao seu editor; foram as cartas mais difíceis que John Wolf já tivera de ler, quanto mais responder. Algumas tinham de 10 a 12 páginas. Em geral, acusavam John Wolf de não se empenhar o bastante na venda de *O segundo fôlego do corno*.

– Todo mundo *odiou* o livro – ressaltou John Wolf. – Como poderíamos ter incrementado as vendas?

– Você nunca defendeu o livro – escreveu Garp.

Helen chegou a escrever a John Wolf pedindo-lhe que fosse paciente com Garp, mas ele conhecia os escritores muito bem e era sempre muito gentil e paciente.

Por fim, Garp escreveu cartas a outras pessoas. Respondeu a algumas cartas insultuosas que sua mãe recebeu – aqueles raros casos com o endereço do remetente. Escreveu longas cartas tentando convencer essas pessoas a desistirem de seu ódio.

– Você está se tornando um assistente social – disse-lhe Helen.

Garp, porém, até se ofereceu para responder a algumas das cartas de Roberta Muldoon. Roberta, no entanto, tinha um novo amante e não estava nem um pouco interessada no assunto.

– Meu Deus, Roberta! – queixou-se Garp. – Primeiro você muda de sexo e agora está apaixonada. Apesar de ser uma jogadora com peitos, você é realmente uma chata.

Os dois eram muito amigos e sempre jogavam *squash* quando Roberta e Jenny vinham à cidade, o que não ocorria com a frequência necessária para ocupar todo o tempo disponível de Garp. Ele passava horas jogando com Duncan – e esperando que Walt crescesse para jogar também. Estava preparando uma tempestade.

– O terceiro romance é o melhor – disse John Wolf a Helen, porque ele pressentia que ela estava cansada da inquietação de Garp e precisava de uma palavra de incentivo. – Dê-lhe tempo, o livro virá.

– Como ele pode saber que o terceiro é o melhor? – esbravejou Garp, enfurecido. – Meu terceiro livro nem sequer existe. E da forma como foi publicado, pode-se dizer que o meu segundo também não existe. Esses editores são cheios de mitos e profecias que se realizam por si mesmas! Se ele sabe tanto a respeito de terceiros romances, por que ele próprio não escreve seu terceiro romance? Por que ele não escreve o primeiro?

Helen, no entanto, sorriu, beijou-o e começou a ir ao cinema com ele, apesar de detestar filmes. Ela estava feliz com seu emprego; as crianças estavam felizes. Garp era um bom pai e um bom cozinheiro e fazia amor com ela de modo mais elaborado quando não estava escrevendo do que quando estava mergulhado no trabalho. Vamos deixar que o terceiro aconteça, Helen pensou.

Seu pai, o bom e velho Ernie Holm, dera os primeiros sinais de problemas cardíacos, mas ele estava feliz na Steering. Ele e Garp faziam uma viagem juntos todo inverno para ver uma das grandes lutas livres em Iowa. Helen tinha certeza de que o bloqueio de Garp para escrever era apenas um pequeno contratempo que ela precisava suportar.

– Ele virá – disse Alice Fletcher a Garp, ao telefone. – Não pode *forshá-lo*.

– Não estou tentando forçar nada – afirmou ele. – Simplesmente não há nada para forçar. – Mas ele pensou que a desejável Alice, que nunca conseguia terminar nada, nem mesmo seu amor por ele, não tinha condições de entender o que ele queria dizer.

Então, Garp recebeu sua própria correspondência insultuosa. Uma carta indignada, endereçada a ele por alguém que se ofendeu com O *segundo fôlego do corno*. Também não se tratava de uma pessoa cega e gaga, que sofria de flatulência e espasmos musculares – como se poderia imaginar. Era apenas o que Garp precisava para sair de sua letargia.

Caro Imbecil
[escreveu a leitora ofendida]

Li seu romance. Você parece achar os problemas dos outros muito engraçados. Vi seu retrato. Com sua espessa cabeleira, acho que pode rir dos carecas. E em seu livro cruel, você ri das pessoas que não conseguem ter orgasmos, das que não têm a sorte de ter um casamento feliz e daqueles cujos maridos e mulheres são infiéis uns aos outros. Você devia saber que as pessoas que têm esses problemas não acham graça nenhuma. Olhe o mundo à sua volta, imbecil – é um vale de lágrimas, pessoas sofrendo, ninguém acreditando em Deus ou educando seus filhos de maneira certa. Seu imbecil, você não tem nenhum problema, por isso pode zombar das pobres pessoas que sofrem!

> Sinceramente,
> (sra.) I. B. Poole
> Findlay, Ohio

Essa carta atingiu Garp como uma bofetada. Nunca se sentira tão completamente incompreendido. Por que as pessoas insistiam em pensar que, se você fosse "cômico", não podia ser também "sério"? Garp achava que a maioria das pessoas confundia ser profundo com ser sóbrio, ser sincero com ser profundo. Aparentemente, se você *parecesse* sério, você era sério. Provavelmente, outros animais não podiam rir de si mesmos, e Garp acreditava que o riso estava ligado à compaixão, da qual estávamos sempre carentes. Ele fora, afinal, uma criança sem senso de humor – e nunca religiosa, então talvez agora ele levasse a comicidade mais a sério do que as outras pessoas.

Para Garp, entretanto, era penoso ver sua visão interpretada como *zombaria*. Perceber que sua arte o fazia parecer cruel deu a Garp uma profunda sensação de fracasso. Com muito cuidado, como se estivesse falando com um suicida em potencial, no alto de um hotel desconhecido e estranho, Garp escreveu à sua leitora de Findlay, Ohio.

Cara sra. Poole

O mundo realmente é um vale de lágrimas, as pessoas sofrem terrivelmente, poucos acreditam em Deus ou educam bem seus filhos. Tem toda razão a respeito de tudo isso. Também é verdade que as pessoas que têm problemas não acham, de um modo geral, que eles sejam *engraçados*.

Horace Walpole disse certa vez que o mundo é cômico para aqueles que pensam e trágico para os que sentem. Espero que concorde comigo que Horace Walpole de certa maneira simplifica o mundo ao dizer isso. Certamente, nós dois pensamos e sentimos. Com relação ao que é cômico e ao que é trágico, sra. Poole, o mundo está todo misturado. Por essa razão, eu nunca compreendi por que "sério" e "engraçado" são considerados opostos. É simplesmente uma verdadeira contradição para mim que os problemas das pessoas sejam muitas vezes engraçados e que mesmo assim as pessoas geralmente sejam tristes.

Sinto-me envergonhado, no entanto, que a senhora pense que estou rindo das pessoas ou ridicularizando-as. Levo as pessoas muito a sério. Na realidade, elas são tudo que eu levo a sério. Portanto, não sinto senão compaixão e solidariedade pela maneira como as pessoas se comportam – e só conto com o riso para consolá-las.

O riso é a minha religião, sra. Poole. Como na maioria das religiões, admito que meu riso é um sinal de desespero. Quero lhe contar uma pequena história para ilustrar o que quero dizer. A história se passa em Bombaim, Índia, onde muitas pessoas morrem de fome todos os dias; mas nem todo mundo em Bombaim passa fome.

Entre a população que não passa fome em Bombaim, Índia, houve um casamento, e uma festa foi realizada em homenagem ao noivo e à noiva. Alguns convidados trouxeram elefantes para a festa. Eles não tinham realmente a consciência de que estavam se exibindo, só estavam usando os elefantes para transporte. Embora possa nos parecer uma maneira muito ostentosa de se locomover, não creio que esses convidados do casamento viam dessa forma. É provável que a maioria deles não fosse diretamente responsável pelo grande número de compatriotas indianos que morriam de fome à sua volta. A maioria estava apenas tirando uma folga de seus próprios problemas e dos problemas do mundo, para comemorar o casamento de um amigo. Mas, se você fosse um dos indianos famintos e passasse pelo local dessa festa e visse todos aqueles elefantes estacionados do lado de fora, sem dúvida, teria sentido um certo rancor.

Além do mais, alguns dos que se divertiam na festa se embebedaram e começaram a dar cerveja ao seu elefante. Esvaziaram um balde de gelo e o encheram de cerveja e saíram para o estacionamento, rindo. O elefante, com sede e calor, tomou todo o balde. O elefante gostou. Assim, os foliões lhe deram mais vários baldes de cerveja.

Quem sabe qual pode ser o efeito da cerveja em um elefante? Essas pessoas não pretendiam fazer nenhum mal, estavam apenas se divertindo – e provavelmente o resto de suas vidas não era 100% divertido. Possivelmente, precisavam dessa festa. Mas essas pessoas também estavam sendo estúpidas e irresponsáveis.

Se um desses muitos indianos famintos tivesse se arrastado pelo estacionamento e visto esses convidados bêbados dando cerveja a um elefante, tenho certeza de que teria ficado ofendido e com raiva. Mas espero que você veja que não estou *zombando* de ninguém.

O que acontece em seguida é que os foliões bêbados são convidados a *sair* da festa porque seu comportamento com o elefante é inadmissível para os demais convidados da festa. Ninguém pode culpar os outros convidados por se sentirem assim; alguns podem realmente ter achado que estavam evitando que a situação ficasse fora de controle, apesar de as pessoas nunca conseguirem evitar isso.

Arrogantes e insolentes com a cerveja, os foliões subiram atabalhoadamente em seu elefante e saíram do estacionamento – sem dúvida, uma grande demonstração de felicidade – colidindo com outros elefantes e objetos, porque o elefante dos foliões arrastava-se de um lado para o outro em sua entorpecida embriaguez, com os olhos vermelhos e saturado de baldes de cerveja. O animal jogava o tronco para frente e para trás como um membro artificial mal colocado. O elefante estava tão instável que bateu em um poste de eletricidade, arrancando-o completamente e derrubando os fios de tensão sobre sua enorme cabeça – o que o matou, bem como os foliões que o montavam, instantaneamente.

Sra. Poole, por favor, acredite em mim: eu não acho isso "engraçado". Mas eis que se aproxima um daqueles indianos famintos. Ele vê todos os convidados da festa de casamento chorando a morte de seus amigos e do elefante de seus amigos; muito choro, roupas finas rasgadas, comidas e bebidas finas derramadas. Sua primeira reação é a de aproveitar a oportunidade para entrar furtivamente no local da festa enquanto os convidados estão distraídos e roubar um pouco da boa comida e da boa bebida para sua família faminta. A segunda reação é começar a rir incontrolavelmente pela maneira como os foliões acabaram com a própria vida e com a vida de seu elefante. Em comparação à morte pela fome, esse método extraordinário de morrer devia parecer engraçado, ou ao menos rápido, para o subnutrido indiano. Mas os convidados da festa não pensam assim. É uma tragédia para eles; já estão falando sobre o "trágico acidente" e, embora pudessem talvez relevar a presença de um "mendigo" em sua festa – e até tolerar que roubasse sua comida –, não podem perdoá-lo por rir pela morte dos amigos e do elefante.

Os convidados, indignados com o comportamento do mendigo (com o fato de ele ter rido, não por ter roubado), afogam-no em um dos baldes de cerveja que os falecidos foliões usaram para dar a bebida ao elefante. Eles alegam que isso representa "justiça". Vemos que a história é sobre luta de classes – e, portanto, "séria". Mas gosto de considerá-la uma comédia sobre um desastre natural: são apenas pessoas tentando, de uma forma meio tola, assumir o controle da situação cuja complexidade está além de sua capacidade de compreensão – uma situação composta de partes eternas e triviais. Afinal, com algo tão grande quanto um elefante, poderia ter sido muito pior.

Espero, sra. Poole, que eu tenha tornado a minha intenção mais clara. De qualquer modo, agradeço-lhe por ter se dado ao trabalho de me escrever, porque eu gosto de ouvir a opinião dos meus leitores, ainda que de forma crítica.

Sinceramente,
Imbecil

Garp era um homem exagerado. Ele tornava tudo barroco, acreditava no exagero, e sua ficção também era extremista. Nunca esqueceu seu fracasso com a sra. Poole. Ela sempre o preocupava, e a resposta dela à sua pomposa carta deve tê-lo perturbado ainda mais.

Caro sr. Garp
[escreveu a sra. Poole]

Nunca pensei que o senhor fosse se dar ao trabalho de me escrever uma carta. O senhor deve ser um homem doente. Vejo, pela sua carta, que acredita em si mesmo e acho que isso é bom. Porém, a maior parte do que diz é lixo e tolices para mim, e não quero que tente me explicar mais nada outra vez, porque é entediante e um insulto à minha inteligência.

Atenciosamente,
Irene Poole

Garp era, como suas crenças, contraditório. Era muito generoso com outras pessoas, mas terrivelmente impaciente. Ele estabelecia seus próprios padrões para quanto tempo de paciência todos mereciam. Podia ser extremamente amável, até resolver que já fora amável demais. Então, ele se virava e voltava com toda a fúria.

Cara Irene
[Garp escreveu à sra. Poole]

Você devia parar de ler livros ou então se esforçar muito mais.

Caro Imbecil
[escreveu Irene Poole]

Meu marido disse que se você escrever para mim de novo, ele vai acabar com sua raça.

Sinceramente,
Sra. Fitz Poole

Caros Fitzy & Irene
[Garp rebateu imediatamente]

Fodam-se.

E assim seu senso de humor se perdeu, e o mundo foi privado de sua compaixão.

Em "A pensão Grillparzer", Garp havia conseguido evocar comédia (por um lado) e compaixão (por outro). A história não depreciava as *pessoas* que nela figuravam, nem com um humor forçado, nem com qualquer outro exagero racionalizado como necessário para transmitir uma ideia. Nem a história sentimentalizava as pessoas, nem banalizava sua tristeza.

Mas agora o equilíbrio desse poder de contar histórias se perdera em Garp. Seu primeiro romance, *Procrastinação*, em sua opinião, sofria do peso pretensioso de toda aquela história fascista da qual ele não participara realmente. Seu segundo romance sofria de sua incapacidade de imaginar o *suficiente* – isto é, ele achava que não havia usado sua imaginação o suficiente para ir além de sua própria experiência, bastante comum. Recebera O *segundo fôlego do corno* com uma certa frieza. Parecia-lhe outra experiência comum, embora fosse "real".

Na realidade, Garp agora achava que ele estava impregnado demais de sua própria vida feliz (com Helen e as crianças). Sentia que corria o risco de limitar sua capacidade como escritor de uma maneira bastante comum: escrevendo, essencialmente, sobre si mesmo. No entanto, quando olhava para bem longe de si mesmo, Garp só enxergava ali o convite à pretensão. Faltava-lhe imaginação – "seus sentidos, a luz mortiça de uma vela". Quando alguém lhe perguntava como estava indo seu trabalho, ele só conseguia dar uma resposta lacônica, uma cruel imitação de Alice Fletcher.

– Já *deshisti*.

9
O eterno marido

Nas Páginas Amarelas do catálogo telefônico de Garp, "Matrimônio" estava listado perto de "Madeira". Depois de "Madeira", seguiam-se vários assuntos iniciados com "Ma", até "Matrimônio e Terapia familiar". Garp procurava "Madeira" quando encontrou "Matrimônio"; ele tinha algumas perguntas inocentes para fazer sobre peças pequenas de madeira quando a palavra "Matrimônio" chamou sua atenção e evocou perguntas mais interessantes e perturbadoras. Garp nunca percebera, por exemplo, que havia mais conselheiros matrimoniais do que madeireiras. Mas certamente isso devia depender do lugar onde a pessoa vivia, pensou. No interior, haveria mais madeireiras, uma vez que haveria mais interesse em madeiras.

Garp estava casado havia quase 11 anos. Durante esse tempo, encontrara pouca utilidade para madeira, menos ainda para aconselhamento familiar. Não era por causa de problemas pessoais que Garp se interessava pela extensa lista de nomes nas Páginas Amarelas. Era porque ele passava muito tempo tentando imaginar como seria ter um emprego.

Havia o Centro Cristão de Aconselhamento e o Serviço Pastoral de Aconselhamento da Comunidade. Garp imaginava calorosos ministros, esfregando sem parar as mãos secas e gordas. Emitiam frases de efeito, untuosas como bolhas de sabão, dizendo coisas como "Não temos ilusão de que a Igreja possa ser de grande ajuda para problemas individuais, como os seus. Os indivíduos devem buscar soluções individuais. Devem conservar sua individualidade. No entanto, nossa experiência diz que muitas pessoas identificaram sua própria individualidade especial na Igreja".

E lá ficava o perplexo casal, que esperara discutir o orgasmo simultâneo – mito ou realidade?

Garp notou que membros do clero também ofereciam aconselhamento. Havia um Serviço Social Luterano, um Reverendo Dwayne Kuntz (que era "certificado") e uma Louise Nagle que era "Ministra de todas as almas", afiliada a algo denominado Associação de Conselheiros Matrimoniais e de Família (que a havia "certificado"). Garp pegou um lápis e desenhou pequenos zeros ao lado dos nomes dos conselheiros com afiliação religiosa, já que acreditava que todos eles deviam oferecer conselhos bastante otimistas.

Quanto ao ponto de vista dos conselheiros com formação mais "científica", ele já não tinha tanta certeza. Tinha menos certeza ainda da própria formação desses conselheiros. Um deles era um "psicólogo clínico certificado", outro simplesmente acrescentava "Clínico Geral" ao seu nome. Garp sabia que esses títulos podiam significar qualquer coisa e podiam não significar nada. Um aluno de pós-graduação em sociologia, um ex-especialista em administração. Um era bacharel em ciências – talvez em botânica. Outro era um Ph.D. – mas seria em casamento? Outro se dizia apenas dr. – mas um doutor em medicina ou um doutor em filosofia? Em matéria de terapia conjugal, quem seria melhor? Um era especializado em "terapia de grupo"; outro, talvez menos ambicioso, prometia apenas "avaliação psicológica".

Garp acabou selecionando dois de sua preferência. O primeiro foi o dr. O. Rothrock – "Oficina de autoestima. Aceitam-se cartões de crédito".

O segundo foi um M. Neff – "Somente com hora marcada". Havia apenas um número de telefone depois do nome de M. Neff. Não teria nenhuma qualificação ou seria uma expressão de suprema arrogância? Talvez ambos. Se eu precisasse de alguém, pensou Garp, tentaria M. Neff primeiro. O dr. O. Rothrock com seus cartões de crédito e sua oficina de autoestima era obviamente um charlatão. Mas M. Neff era sério. Garp tinha certeza de que M. Neff tinha visão.

Garp folheou um pouco as Páginas Amarelas em torno de "Matrimônio". Encontrou "Maçonaria", "Maternidade – vestuário" e "Manutenção de tapetes esportivos" (somente um anunciante, de fora da cidade, telefone de Steering: o sogro de Garp, Ernie Holm, recuperava tapetes de luta livre como um *hobby* ao menos um pouco rentável. Garp não pensava muito em seu antigo treinador. Ele passou por "Manutenção de tapetes esportivos" sem reconhecer o nome de Ernie). Depois, encontrou "Máquinas de cortar carne – Veja Serras" e "Mausoléus". Foi o suficiente. O mundo era complicado demais. Garp voltou para "Matrimônio".

Então, Duncan chegou da escola. O filho mais velho de Garp tinha agora 10 anos. Era um garoto alto, com o rosto delicado, bem delineado, de Helen Garp, e seus olhos ovais, castanho-amarelados. Helen tinha a pele com um leve bronzeado natural, e Duncan também herdara sua maravilhosa pele. De Garp, ele herdara o nervosismo, a teimosia, as crises de sombria autopiedade.

– Papai? – disse ele. – Posso passar a noite na casa de Ralph? É muito importante.

– O quê? – disse Garp. – Não. Quando?

– Andou lendo a lista telefônica outra vez?

Sempre que Garp lia um catálogo telefônico, Duncan já sabia, era como tentar acordá-lo de um cochilo. Ele sempre lia o catálogo, em busca de nomes. Garp tirava o nome de seus personagens da lista telefônica. Quando tinha um bloqueio em seu trabalho, lia o catálogo à procura de outros nomes e refazia inúmeras vezes os nomes de seus personagens. Quando viajava, a primeira coisa que procurava no hotel era a lista telefônica, que geralmente roubava.

– Papai? – repetiu Duncan. Presumiu que o pai estivesse em um de seus transes com listas telefônicas, vivendo as vidas de seus personagens de ficção. Garp, na verdade, se esquecera que tinha uma tarefa com a lista telefônica neste dia que não era ficcional. Esquecera-se da madeira e pensava apenas na audácia de M. Neff e no tipo de conselheiro matrimonial que ele seria.

– Papai! – exclamou Duncan. – Se eu não telefonar de novo para Ralph antes da janta, a mãe dele não vai deixar eu dormir lá.

– Ralph? – disse Garp. – Ralph não está aqui.

Duncan levantou o belo queixo e revirou os olhos; era outro gesto característico que herdara de Helen, e também tinha herdado a mesma linda garganta.

– Ralph está na casa *dele*, papai. Eu estou aqui na *minha* casa, mas quero passar a noite na casa de Ralph, com Ralph.

– Não pode, porque você tem aula amanhã – disse Garp.
– Mas hoje é sexta-feira – rebateu Duncan. – Santo Deus!
– Não blasfeme, Duncan – disse Garp. – Pergunte à sua mãe, quando ela chegar do trabalho.

Garp sabia que estava tentando ganhar tempo. Ele suspeitava de Ralph e, pior ainda, tinha medo que Duncan passasse a noite na casa dele, embora Duncan já tivesse feito isso. Ralph era um menino mais velho em quem Garp não confiava. Além do mais, Garp não gostava da mãe de Ralph – ela saía à noite e deixava os meninos sozinhos (Duncan admitira isso). Helen certa vez se referira à mãe de Ralph como "largada", uma palavra que sempre intrigara Garp (e uma aparência, nas mulheres, que o atraía). O pai de Ralph não morava com eles, de modo que a aparência "largada" da mãe de Ralph era intensificada pelo fato de ser uma mulher sozinha.

– Não *posso* esperar até mamãe voltar para casa – disse Duncan. – A mãe de Ralph disse que ela tem que saber antes do jantar ou eu não poderei ir.

O jantar era responsabilidade de Garp, e a lembrança da refeição o distraiu. Perguntou-se que horas deveriam ser. Duncan parecia nunca voltar da escola à mesma hora.

– Por que não chama Ralph para dormir aqui?

Um truque conhecido. Ralph geralmente passava a noite com Duncan, assim poupando Garp de sua ansiedade sobre o desleixo da sra. Ralph (nunca conseguia se lembrar do sobrenome de Ralph).

– Ralph *sempre* passa a noite aqui – disse Duncan. – Quero ir pra *lá*.

E fazer *o quê?*, perguntava-se Garp. Beber, fumar maconha, torturar animais domésticos, espionar a largada sra. Ralph fazendo sexo? Mas Garp sabia que Duncan tinha 10 anos e era muito ajuizado, muito cuidadoso. Os dois garotos provavelmente gostavam de ficar sozinhos em uma casa onde Garp não estava supervisionando-os com seu sorriso, perguntando-lhes se queriam alguma coisa.

– Por que não telefona para a sra. Ralph e lhe pergunta se você pode esperar até sua mãe chegar para dizer se você irá ou não? – perguntou Garp.

– Meu Deus, papai, *sra.* Ralph! – gemeu Duncan. – A mamãe só vai dizer "Por mim, está bem. Pergunte a seu pai." É o que ela sempre diz.

Garoto inteligente, pensou Garp. Ele estava preso numa armadilha. Quase deixando escapar que estava aterrorizado que a sra. Ralph iria matar todos eles num incêndio durante a noite, quando seu cigarro, com o qual dormia, atearia fogo aos seus cabelos, não havia mais nada que Garp *pudesse* dizer.

– OK, pode ir – disse, contrariado.

Garp nem sabia se a mãe de Ralph fumava. Ele simplesmente não gostara dela, assim que a vira, e desconfiava de Ralph apenas pelo fato de ser mais velho do que Duncan e, portanto, segundo a imaginação de Garp, capaz de corromper Duncan de maneiras terríveis.

Garp desconfiava da maioria das pessoas por quem sua mulher e seus filhos se sentiam atraídos. Tinha uma necessidade imperiosa de proteger as poucas pessoas que amava do que ele imaginava que "todas as outras pessoas" eram. A pobre sra. Ralph não era a única vítima talvez caluniada por suas pressuposições paranoicas. Eu devia sair mais de casa, Garp pensava. Se eu tivesse um emprego – um pensamento que ele remoía todos os dias, uma vez que não estava escrevendo.

Podia-se dizer que não havia nenhum emprego no mundo que atraísse Garp e certamente nenhum para o qual estivesse qualificado. Tinha consciência do quanto eram mínimas as suas qualificações. Sabia escrever; *quando* escrevia, achava que escrevia muito bem. Mas uma das razões que o faziam pensar em arranjar um emprego era que sentia que precisava saber mais a respeito de outras pessoas; ele queria superar a desconfiança que tinha de todo mundo. Um emprego o forçaria, ao menos, a ter contato com outras pessoas – e, se não fosse obrigado a conviver com outras pessoas, permaneceria em casa.

Foi por causa do seu trabalho como escritor, no começo, que ele nunca levara a ideia de um emprego a sério. Agora, era por causa desse mesmo trabalho que estava pensando que precisava de um emprego. Ele achava que estava perdendo a capacidade de criar personagens, mas talvez a verdade é que nunca tivesse criado muitos

personagens dos quais *gostasse*; e já fazia anos que não escrevia nada que apreciasse.
– Estou indo! – gritou Duncan, já de saída.
Garp parou de sonhar. O garoto levava uma mochila cor de laranja brilhante nas costas, com um saco de dormir amarelo enrolado e amarrado embaixo da mochila. Garp escolhera as duas peças, por causa da visibilidade.
– Eu lhe dou uma carona – disse Garp, mas Duncan revirou os olhos outra vez.
– Mamãe está com o carro, papai – falou –, e ela ainda está no trabalho.
Claro. Garp deu um sorriso contrafeito. Então, ele viu que Duncan ia levar sua bicicleta e gritou-lhe da porta:
– Por que não vai *andando*, Duncan?
– Por quê? – perguntou Duncan, exasperado.
Para que sua espinha não seja quebrada quando um carro dirigido por um adolescente maluco ou um bêbado cardíaco o atropele e arremesse fora da rua, pensou Garp – e seu peito maravilhoso, quente, se estraçalhe contra o paralelepípedo, seu crânio tão especial rache quando você aterrissar na calçada e algum idiota o enrole num tapete velho, como se você fosse o animal de estimação de alguém achado na sarjeta. Então, os idiotas dos subúrbios aparecem e dão palpites, tentando adivinhar a quem ele pertence ("Acho que deve ser daquela casa verde e branca, na esquina da Elm com a Dodge.") Então, alguém o traz para casa, toca a campainha e me diz "Hum, sinto muito"; e apontando para o embrulho ensanguentado no banco traseiro do carro, pergunta: "É seu?".
Mas tudo o que Garp acabou dizendo foi:
– Ah, tudo bem, Duncan, *vá* de bicicleta. Mas tenha cuidado!
Garp ficou olhando Duncan atravessar a rua, pedalar até o quarteirão seguinte, olhar antes de virar (*Bom garoto; veja só como ele sinaliza com a mão... mas talvez tenha sido apenas para me tranquilizar*). Era um subúrbio seguro, de uma cidade pequena e segura. Amplos gramados verdes, casas de uma única família – a maioria, famílias da universidade, com uma ou outra casa grande dividida em apartamentos para alunos de pós-graduação. A mãe de Ralph, por

exemplo, parecia ser uma eterna aluna de pós-graduação, embora tivesse uma casa inteira só para si – e apesar de ser mais velha do que Garp. Seu ex-marido era professor da Faculdade de Ciências e provavelmente pagava sua anuidade. Garp lembrava-se de Helen ter dito que o sujeito estava morando com uma aluna.

A sra. Ralph provavelmente é uma pessoa perfeitamente agradável, pensou Garp; ela tem um filho e sem dúvida o ama. Ela decerto leva a sério o desejo de fazer alguma coisa de sua vida. Se ela ao menos fosse um pouco mais *cuidadosa*!, pensou Garp. É preciso ter cuidado. As pessoas não se davam conta disso. É tão fácil estragar tudo, pensou.

– Olá! – disse alguém, ou ele *achou* que alguém dissera.

Olhou à sua volta, mas quem quer que tivesse falado com ele desaparecera, ou nunca estivera ali. Ele percebeu que estava descalço (sentia frio nos pés; era um dia do começo da primavera), parado na calçada diante de sua casa, um catálogo telefônico na mão. Gostaria de continuar imaginando M. Neff e a questão da terapia conjugal, mas sabia que já era tarde – tinha de preparar a janta e nem sequer fora ao mercado. A um quarteirão dali, ele podia ouvir o zumbido das máquinas que alimentavam os enormes freezers do supermercado. (Essa fora uma das razões de terem se mudado para esta vizinhança – o fato de Garp poder ir a pé ao supermercado, enquanto Helen levava o carro para o trabalho. Além disso, havia um parque ali perto onde ele podia correr.) Havia ainda os exaustores nos fundos do supermercado e Garp podia ouvi-los sugando o ar estagnado dos corredores da loja e soprando leves odores de comida no quarteirão. Garp gostava disso. Tinha o coração de um cozinheiro.

Ele passava os dias escrevendo (ou tentando escrever), correndo e cozinhando. Levantava-se cedo e preparava o café da manhã para si mesmo e para as crianças. Ninguém vinha almoçar em casa, e ele próprio nunca fazia essa refeição. À noite, preparava o jantar para a família. Era um ritual que ele adorava, mas sua ambição culinária estava subordinada ao resultado do seu dia de trabalho e à qualidade de sua corrida. Se não tivesse conseguido escrever bem, ele descontava em si mesmo com uma corrida longa e penosa. Às vezes, um dia ruim como escritor o deixava tão exausto que ele mal conseguia correr mais do que um quilômetro e meio. Nessas ocasiões, ele tentava salvar o dia com uma esplêndida refeição.

Helen nunca conseguia adivinhar como fora o dia de Garp pelo que ele cozinhava para a família. Um jantar especial podia significar uma comemoração ou podia significar que a comida era a única coisa que dera certo, que preparar o jantar era o único trabalho que impedia Garp de se desesperar.

"Se você for cuidadoso", escreveu Garp, "se usar bons ingredientes e não pular nenhuma etapa, em geral conseguirá preparar um prato muito bom. Às vezes, é o único produto que pode salvar o seu dia: o que você faz para comer. Com relação ao produto de um dia escrevendo, vejo que se podem ter todos os ingredientes certos, dedicar muito tempo e atenção e, ainda assim, não obter nada. O mesmo se dá com o amor. Cozinhar, portanto, pode manter a sanidade mental de uma pessoa que se esforça muito."

Ele entrou em casa e procurou um par de sapatos. Praticamente todos os seus sapatos eram tênis de corrida – tinha muitos pares. Estavam em diferentes fases de amaciamento. Garp e os filhos usavam roupas limpas, mas amassadas. Helen gostava de se vestir bem e, embora Garp lavasse sua roupa, ele se recusava a passar qualquer coisa a ferro. Helen passava as próprias roupas e às vezes uma camisa para Garp. Passar roupa era a única tarefa convencional doméstica que Garp se recusava a fazer. Preparar a comida, cuidar das crianças, lavar as roupas comuns, limpar a casa – isso ele fazia. Na cozinha, era um especialista. Com as crianças, era um pouco tenso, mas consciencioso. Com a limpeza, era um pouco compulsivo. Praguejava quando via roupas, louças ou brinquedos espalhados, mas não deixava nada fora de lugar – tinha mania de arrumação. Às vezes, pela manhã, antes de sentar-se para escrever, ele corria pela casa com um aspirador de pó ou limpava o forno. A casa nunca estava desarrumada ou suja, mas havia sempre um ar de limpeza feita a toque de caixa. Garp jogava muita coisa fora e sempre havia algo faltando na casa. Durante meses, ele deixava que as lâmpadas queimassem sem substituí-las, até Helen notar que estavam vivendo quase em completa escuridão, amontoados ao redor de duas lâmpadas que funcionavam. Ou, quando se lembrava das lâmpadas, se esquecia do sabonete e da pasta de dentes.

Helen também dava alguns toques pessoais na casa, mas Garp não assumia nenhuma responsabilidade por isso – plantas, por exemplo. Ou Helen cuidava delas ou elas morriam. Quando Garp via que uma parecia estar murchando ou estava amarelada, ele a jogava no lixo. Dias mais tarde, Helen perguntaria pela planta, e ele diria que "estava com alguma doença. Eu vi uns bichinhos nela. Estavam espalhando um monte de sujeira pelo chão".

Era assim que Garp dava conta dos trabalhos domésticos.

Dentro de casa, ele encontrou seus tênis de corrida amarelos e calçou-os. Guardou o catálogo telefônico em um armário onde mantinha os apetrechos de cozinha mais pesados (ele empilhava listas telefônicas por todo canto, depois ficava quase louco e revirava a casa toda para encontrar a que queria). Colocou um pouco de azeite de oliva em uma frigideira de ferro e picou uma cebola enquanto esperava o azeite esquentar. Já passara da hora de começar a fazer a janta e ele nem sequer fora ao mercado ainda. Um molho de tomate básico, um pouco de macarrão, uma salada verde, seu pão especial. Assim, ele poderia ir ao mercado depois de começar a preparar o molho e só precisaria comprar verduras. Apressou-se a picar os ingredientes do molho (agora um pouco de manjericão fresco), mas era importante não colocar nada na frigideira enquanto o azeite não estivesse na temperatura certa, muito quente, mas não fumegando. Garp sabia que existem certas coisas na arte de cozinhar, assim como na arte de escrever, que não se pode apressar.

Quando o telefone tocou, ele ficou com tanta raiva que atirou um punhado de cebolas na frigideira e se queimou com o azeite que espirrou.

– Que merda! – praguejou.

Deu um pontapé no armário ao lado do fogão, arrancando a pequena dobradiça da porta, que se abriu. Um catálogo telefônico deslizou para fora, e Garp ficou olhando fixamente para ele, espantado. Então, colocou o resto das cebolas e o manjericão fresco no azeite e abaixou a chama. Pôs a mão queimada sob a água fria corrente e, fazendo uma careta com a dor da queimadura, esticou-se a ponto de quase perder o equilíbrio e pegou o catálogo telefônico com a outra mão.

(Aqueles vigaristas, pensou Garp. Quais seriam as qualificações indispensáveis de um conselheiro matrimonial? Sem dúvida, pensou, é mais uma daquelas coisas em que os psicólogos simplistas alegam ser especialistas.)

– Droga, você ligou na hora errada, estou no meio de uma maldita coisa! – esbravejou ao telefone.

Olhou para as cebolas murchando no azeite quente. Não havia ninguém que pudesse estar telefonando que ele temesse ofender. Essa era uma das várias vantagens de estar desempregado. Seu editor, John Wolf, só faria a observação de que a maneira de Garp atender o telefone simplesmente confirmava sua ideia da vulgaridade de Garp. Helen estava acostumada ao seu modo de atender o telefone. E, se a ligação fosse para Helen, seus amigos e colegas de trabalho já consideravam Garp um tanto grosseiro. Se fosse Ernie Holm, Garp experimentaria um pequeno remorso momentâneo. O técnico sempre se desculpava demais, o que deixava Garp constrangido. Se fosse sua mãe, Garp sabia que ela responderia no mesmo tom, gritando-lhe: "Outra mentira! Você nunca está no meio de nada. Você vive nas beiradas."

Garp esperava que não fosse Jenny. No momento, não havia nenhuma outra mulher que fosse telefonar para ele. A menos que fosse da creche, informando sobre um acidente com o pequeno Walt. Somente se fosse Duncan, telefonando para dizer que o zíper do saco de dormir escangalhara ou que ele acabara de quebrar a perna, é que Garp teria se sentido culpado pelo seu tom agressivo. Os filhos sempre têm o direito de interrompê-lo no meio de alguma coisa – é o que geralmente fazem.

– Exatamente no meio de *quê*, querido? – perguntou-lhe Helen. – Exatamente no meio de *quem*? Espero que ela seja simpática!

A voz de Helen ao telefone tinha um tom *sexy* de zombaria. Isso sempre surpreendia Garp – sua maneira de falar –, porque Helen não era assim, ela nem sequer era dada a flertes. Embora particularmente ele a achasse muito excitante, não havia nada de insinuante ou sedutor em sua maneira de vestir, nem em seus hábitos no mundo lá fora. Entretanto, ao telefone, ela soava ousada para ele, sempre fora assim.

– Eu me queimei – disse ele, dramaticamente. – O azeite está quente demais, e as cebolas estão queimando. O que você quer?

– Pobrezinho – disse ela, ainda zombando. – Você não deixou nenhum recado com Pam.

Pam era a secretária do Departamento de Inglês. Garp esforçou-se para se lembrar qual era o recado que deveria ter deixado com ela.

– Você se queimou muito? – perguntou Helen.

– Não. – Ficou emburrado. – *Qual* recado?

– Os pedaços de madeira – disse Helen.

Madeira, Garp lembrou-se. Ele ficou de ligar para as madeireiras para levantar os preços de algumas peças de madeira cortadas. Helen as pegaria na volta do trabalho. Lembrou-se, então, que a terapia conjugal o distraíra.

– Me esqueci – disse ele. Helen, Garp tinha certeza, teria uma solução alternativa. Ela já teria previsto isso antes mesmo de telefonar.

– Ligue para eles agora – disse Helen – e eu ligarei de volta para você quando chegar à creche. Então, irei pegar a madeira com Walt. Ele gosta de madeireiras.

Walt estava com 5 anos. O segundo filho de Garp estava no maternal ou o que quer que fosse, e o ar de irresponsabilidade geral que reinava ali provocava em Garp seus piores pesadelos.

– Ah, está bem – disse Garp. – Vou começar a telefonar agora. – Ele estava preocupado com seu molho e detestava ficar batendo papo com Helen ao telefone quando estava em tal estado de preocupação e contrariedade. – Encontrei um emprego interessante – disse-lhe ele, saboreando seu silêncio. Mas ela não ficou em silêncio por muito tempo.

– Você é um escritor, querido – disse Helen. – Você já tem um emprego interessante.

Às vezes, Garp ficava em pânico, achando que Helen queria que ele ficasse em casa e "apenas escrevendo" – porque isso tornava a situação doméstica muito confortável para ela. Mas era confortável para ele também. Era o que ele achava que queria.

– Preciso mexer as cebolas – disse ele, interrompendo-a. – E minha queimadura está doendo muito – acrescentou.

– Vou tentar ligar de volta quando você estiver no meio de alguma coisa – disse ela, continuando a zombar dele alegremente, a risada mal contida na voz provocante. Aquele seu jeito tanto o atraía quanto enfurecia.

Ele mexeu as cebolas e amassou meia dúzia de tomates no azeite quente. Em seguida, acrescentou pimenta, sal, orégano. Telefonou somente para a madeireira mais perto da creche de Walt. Helen era muito meticulosa a respeito de algumas coisas, como comparar os preços de tudo, mas ele a admirava por isso. Madeira era madeira, pensou Garp. O melhor lugar para mandar cortar os pedaços de madeira era no lugar mais próximo.

Conselheiro *matrimonial*! Garp pensou novamente, dissolvendo uma colher de sopa de extrato de tomate em uma xícara de água morna e acrescentando-a ao molho. Por que todos os trabalhos sérios são feitos por charlatães? O que poderia ser mais sério do que aconselhamento conjugal? No entanto, ele imaginava que um conselheiro matrimonial de certa forma estava em uma posição inferior à de um quiroprático em uma escala de confiança. Assim como muitos médicos desdenhavam os quiropráticos, os psiquiatras desprezariam os conselheiros matrimoniais? Não havia ninguém a quem Garp desprezava mais do que psiquiatras – esses perigosos simplificadores, esses ladrões da complexidade de uma pessoa. Para Garp, os psiquiatras eram o desprezível recurso final de todos aqueles que não conseguiam livrar-se de suas próprias confusões.

Os psiquiatras abordam as confusões sem o devido respeito, pensou Garp. O objetivo dos psiquiatras era clarear a cabeça. Na opinião de Garp, esse objetivo quase sempre era alcançado (quando era alcançado) simplesmente livrando-se de tudo que estivesse causando confusão. Garp sabia que essa era a melhor maneira de fazer uma faxina. O truque é *usar* a confusão – fazer com que ela trabalhe a seu favor. "É fácil para um escritor dizer isso", Helen havia lhe dito. "Os artistas de fato podem 'usar' a confusão em seu proveito, ao passo que a maioria das pessoas não consegue, e elas simplesmente não querem saber de confusão. Eu sei que eu não quero. Que grande psiquiatra você poderia ter sido! O que você faria se um pobre homem que não soubesse usar sua confusão o procurasse e só quisesse se ver livre de sua confusão? Imagino que você o aconselharia a *escrever* um livro sobre isso." Garp lembrou-se dessa conversa sobre psiquiatras, e isso o deixou deprimido. Ele sabia que simplificava demais tudo que o deixava furioso, mas estava convencido de que a psiquiatria simplificava tudo excessivamente.

Quando o telefone tocou, ele disse:

– A madeireira na Springfield Avenue. É a mais perto daí.

– Sei onde fica – disse Helen. – Você só telefonou para essa?

– Madeira é madeira. Pedaços de madeira são pedaços de madeira. Vá à Springfield Avenue e eles já estarão à sua espera.

– *Que* emprego interessante você encontrou? – perguntou-lhe Helen. Ele percebeu que ela andara pensando no assunto.

– Aconselhamento matrimonial.

Seu molho de tomate fervia, enchendo a cozinha com vapores aromáticos. Helen manteve um silêncio respeitoso do outro lado da linha. Ele sabia que ela teria dificuldade em perguntar, desta vez, que qualificações ele achava que tinha para tal função.

– Você é escritor – disse-lhe ela.

– Qualificações perfeitas para o trabalho. Anos despendidos refletindo sobre o lamaçal dos relacionamentos humanos; horas passadas tentando adivinhar o que as pessoas têm em comum. O fracasso do amor, a complexidade do compromisso, a necessidade de compaixão.

– Então, *escreva* sobre isso – disse Helen. – O que mais você quer? – Ela sabia muito bem o que vinha em seguida.

– A arte não ajuda ninguém – disse Garp. – As pessoas não podem realmente usá-la. Não podem comê-la, não podem vesti-la, não podem se abrigar nela. E, se ficarem doentes, a arte também não pode curá-las.

Essa, Helen sabia, era a tese de Garp sobre a inutilidade básica da arte. Ele rejeitava a ideia de que a arte tivesse qualquer valor social – que pudesse ter, que devesse ter. Segundo ele, as duas coisas não podiam ser confundidas: havia a arte e havia a ajuda às pessoas. Ali estava ele, às voltas com as duas – como sua mãe, afinal. Porém, fiel à sua tese, ele via a arte e a responsabilidade social como dois atos distintos. A confusão surgia quando certos idiotas tentavam combinar esses dois campos. Garp se irritaria durante toda a vida com sua crença de que a literatura era um artigo de luxo. Gostaria que ela fosse mais básica – embora detestasse esse tipo de arte.

– Vou pegar as peças de madeira agora – disse Helen.

– E, se as peculiaridades da minha arte não fossem qualificação suficiente – disse Garp –, eu mesmo, como você sabe, sou casado. – Fez uma pausa. – Tenho filhos. – Outra pausa. – Tive uma variedade de experiências relacionadas ao casamento, nós dois tivemos.

– Springfield Avenue? – disse Helen. – Não demoro.

– Tenho experiência mais do que suficiente para a função – insistiu ele. – Já fui financeiramente dependente, já experimentei a infidelidade.

– Muito bem – disse Helen. E desligou.

Garp, porém, pensou: talvez o aconselhamento conjugal seja uma área de charlatanismo, mesmo que o conselheiro seja uma pessoa honesta e qualificada. Recolocou o fone no gancho. Sabia que podia se anunciar nas Páginas Amarelas com muito sucesso – mesmo sem mentir.

FILOSOFIA MATRIMONIAL
E ACONSELHAMENTO FAMILIAR
T. S. GARP
autor de *Procrastinação* e *O segundo fôlego do corno*

Deveria acrescentar que eram romances? Garp notou que pareciam manuais de aconselhamento matrimonial.

Mas ele atenderia seus pacientes em casa ou em um escritório?

Garp pegou um pimentão verde e colocou-o no centro de uma das bocas de gás do fogão. Acendeu a chama, e o pimentão começou a queimar. Quando estivesse completamente enegrecido, Garp o deixaria esfriar, depois rasparia toda a pele queimada. Dentro, estaria um pimentão assado, muito doce, e ele o fatiaria e deixaria marinar em azeite, vinagre e um pouco de manjerona. Esse seria o tempero da salada. Mas a principal razão de gostar de temperar a salada dessa maneira era que assar o pimentão na chama do gás deixava a cozinha com um cheiro delicioso.

Virou o pimentão com uma pinça. Quando já estava queimado, Garp retirou-o do fogo e lançou-o dentro da pia. O pimentão fez um chiado.

– Pode protestar quanto quiser – disse Garp a ele. – Não lhe resta muito tempo.

Ele estava distraído. Geralmente, gostava de parar de pensar em outras coisas enquanto cozinhava – na verdade, se obrigava a isso. Mas estava sofrendo uma crise de confiança sobre aconselhamento matrimonial.

– Você está sofrendo uma crise de confiança sobre sua capacidade de escrever – disse-lhe Helen, entrando na cozinha com mais ainda do que sua costumeira autoridade. As recém-cortadas peças de madeira sob seus braços apontavam para ele como canos de metralhadoras.

– Papai, tem alguma coisa queimando – disse Walt.

– Era um pimentão e eu *quis* queimá-lo – respondeu Garp.

– Toda vez que não consegue escrever, você faz alguma bobagem – disse Helen. – Embora eu deva confessar que essa distração é melhor do que a última que você teve.

Garp esperava que ela já tivesse a resposta pronta na ponta da língua, mas não imaginava que estivesse tão preparada. O que Helen chamava de sua última "distração" do bloqueio em suas atividades literárias fora uma *babysitter*.

Garp enfiou uma colher de madeira até o fundo do molho de tomate. Encolheu-se quando algum idiota dobrou a esquina perto da casa arranhando a marcha e cantando os pneus com um ruído que atravessou Garp como se fosse de um gato sendo atropelado. Olhou instintivamente para Walt, que estava bem ali – são e salvo na cozinha.

– Onde está Duncan? – perguntou Helen. Ela começou a se dirigir para a porta, mas Garp se atravessou no caminho.

– Duncan foi para a casa de Ralph.

Não ficou preocupado, *desta* vez, com a possibilidade de que o carro em alta velocidade significasse que Duncan fora atropelado, mas Garp tinha o costume de correr atrás dos carros que dobravam a esquina em velocidade. Ele havia adequadamente recriminado todo motorista incauto na vizinhança. As ruas do bairro de Garp formavam quadras, cada esquina sinalizada com placas para o motorista parar. Em geral, Garp conseguia alcançar um carro, a pé, se o motorista obedecesse aos sinais de PARE.

Ele desceu a rua correndo, atrás do barulho do carro. Às vezes, quando o carro estava em velocidade realmente alta, Garp precisava de três ou quatro sinais para alcançá-lo. Certa vez, correu cinco quarteirões e estava tão ofegante quando alcançou o carro transgressor que o motorista teve certeza de que tinha havido um assassinato na vizinhança, e Garp estava tentando denunciar o crime ou era o próprio assassino.

A maioria dos motoristas ficava impressionada com Garp e, ainda que falassem mal dele depois, eram educados e pediam desculpas em sua presença, assegurando-lhe que não correriam em alta velocidade pelo bairro outra vez. Era evidente para eles que Garp estava em excelente forma física. A maioria era de garotos do colégio que ficavam facilmente constrangidos – pegos em flagrante se exibindo para suas namoradas com um carro turbinado ou deixando marcas quentes de pneu em frente à casa delas. Garp não era tolo de pensar que conseguia mudar aqueles hábitos. Tudo que esperava era que fossem correr em outro lugar.

O atual infrator era, na verdade, uma mulher (Garp viu os brincos brilhando e os braceletes no braço enquanto se aproximava do carro por trás). Ela estava prestes a arrancar do sinal, quando Garp deu umas batidas com a colher de pau na janela, assustando-a. A colher de pau, pingando molho de tomate, parecia, de relance, ter sido mergulhada em sangue.

Garp esperou que ela abaixasse o vidro de sua janela e já esboçava seus primeiros comentários ("Desculpe-me se a assustei, mas queria lhe pedir um favor pessoal...") quando reconheceu que a mulher era a mãe de Ralph – a notória sra. Ralph. Duncan e Ralph não estavam no carro; ela estava sozinha e era óbvio que estivera chorando.

– Sim. O que foi? – disse ela.

Garp não sabia se ela o havia reconhecido como pai de Duncan ou não.

– Desculpe-me tê-la assustado – começou Garp. Parou. O que mais poderia lhe dizer? Com o rosto molhado e lambuzado, provavelmente tendo acabado de sair de uma briga com seu ex-marido ou um amante, a pobre mulher parecia estar sofrendo a aproximação de sua meia-idade como uma gripe; o corpo parecia encolhido de tristeza, os olhos estavam vermelhos e vagos.

– Sinto muito – balbuciou Garp. Sentia muito por toda a vida dela. Como poderia lhe dizer que tudo que queria era que ela diminuísse a velocidade?

– O que foi? – perguntou ela novamente.

– Sou o pai de Duncan – respondeu Garp.

– Eu sei que é – disse ela. – Sou a mãe de Ralph.

– Eu sei – disse ele, sorrindo.

– O pai de Duncan se encontra com a mãe de Ralph – falou ela, sarcasticamente. Em seguida, irrompeu em prantos. Sua cabeça caiu para frente e bateu na buzina. Ela endireitou-se bruscamente e bateu na mão de Garp, que estava apoiada em sua janela aberta. Os dedos de Garp se abriram, e ele deixou a colher de cabo longo cair no colo dela. Ambos ficaram olhando fixamente para a colher; o molho de tomate produziu uma mancha em seu vestido bege um tanto amarfanhado.

– Você deve achar que sou uma péssima mãe – disse a sra. Ralph.

Garp, sempre consciente da segurança, estendeu a mão entre os joelhos dela e desligou a ignição. Resolveu deixar a colher em seu colo. A maldição de Garp era ser incapaz de esconder seus sentimentos das pessoas, mesmo de estranhos. Se ele tivesse pensamentos desdenhosos a respeito de alguém, de algum modo essa pessoa saberia.

– Não sei nada sobre o tipo de mãe que você é – disse Garp. – Acho que Ralph é um bom menino.

– Ele pode ser uma peste – disse ela.

– Talvez prefira que Duncan não fique com vocês esta noite? – perguntou Garp *esperançosamente*. Para Garp, ela não parecia saber que Duncan estava passando a noite com Ralph.

Ela olhou para a colher em seu colo.

– É molho de tomate – disse Garp. Para sua surpresa, a sra. Ralph pegou a colher e a lambeu.
– Você é cozinheiro? – perguntou ela.
– Sim, gosto de cozinhar.
– Está muito bom – disse a sra. Ralph, entregando-lhe a colher. – Eu devia ter arranjado um como você: um desgraçado musculoso que gostasse de cozinhar.
Garp contou mentalmente até cinco. Em seguida, disse:
– Eu teria prazer em ir buscar os garotos. Eles podiam passar a noite conosco, se você quiser ficar sozinha.
– Sozinha! – exclamou ela. – Eu estou quase sempre sozinha. Gosto de ter os meninos por perto. E eles também gostam – disse ela.
– Sabe por quê? – A sra. Ralph olhou maldosamente para ele.
– Por quê? – perguntou Garp.
– Eles gostam de me ver tomar banho – disse ela. – Há uma fenda na porta. Não é uma gracinha que Ralph goste de exibir sua mãe para os amigos?
– Sim – respondeu Garp.
– O senhor não aprova, não é, sr. Garp? – perguntou-lhe ela.
– O senhor não me aprova de modo algum.
– Lamento muito que esteja tão infeliz – disse Garp.
No banco ao lado dela, em seu carro bagunçado, havia um livro em brochura: *O eterno marido*, de Dostoiévski. Garp lembrou-se que a sra. Ralph estava estudando.
– Em que está se especializando? – perguntou-lhe ele tolamente. Lembrou-se de que ela era uma eterna estudante de pós-graduação. Seu problema era provavelmente uma tese que não chegava ao fim.
A sra. Ralph sacudiu a cabeça.
– Você realmente não se mete em confusão, hein? Há quanto tempo é casado?
– Quase 11 anos.
A sra. Ralph pareceu mais ou menos indiferente. Ela fora casada por 12 anos.
– Seu garoto está em boas mãos comigo – disse ela, como se de repente estivesse irritada com ele e estivesse lendo sua mente com

absoluta clareza. – Não se preocupe, sou totalmente inofensiva... com crianças – acrescentou. – E não fumo na cama.

– Tenho certeza de que é bom para os meninos vê-la tomar banho – disse-lhe Garp e imediatamente se sentiu envergonhado, embora fosse uma das poucas coisas que ele lhe dissera com sinceridade.

– Não sei – retrucou ela. – Não pareceu fazer muito bem ao meu marido, e *ele* me observou durante anos.

Ela ergueu os olhos para Garp, cujo maxilar doía de tantos sorrisos forçados. Apenas toque em seu rosto ou dê um tapinha em sua mão, ele pensou. Ao menos, *diga* alguma coisa. Mas Garp não tinha jeito para ser amável e ele nunca flertava.

– Bem, maridos *são* mesmo engraçados – balbuciou. Garp, o conselheiro matrimonial, cheio de conselhos. – Acho que a maioria não sabe o que quer.

A sra. Ralph riu amargamente.

– Meu marido encontrou uma vadia de 19 anos – disse ela. – Ele parecia saber o que queria.

– Sinto muito – disse-lhe Garp. O conselheiro matrimonial é o homem dos pedidos de desculpas, como um médico portador de más notícias, aquele que diagnostica todos os casos terminais.

– Você é um escritor – disse-lhe a sra. Ralph, acusadoramente. Ela brandiu o exemplar de O *eterno marido* para ele. – O que acha disso?

– É uma bela história – respondeu Garp.

Felizmente, era um livro de que se lembrava – perfeitamente complicado, repleto de contradições humanas.

– Acho que é uma história *doentia* – disse-lhe a sra. Ralph. – Gostaria de saber o que há de tão especial em Dostoiévski.

– Bem – disse Garp –, seus personagens são muito complexos, psicológica e emocionalmente, e as situações são muito ambíguas.

– Suas mulheres são *menos* do que objetos, elas nem sequer têm uma *forma*. São apenas ideias, que os homens discutem e com as quais brincam. – Ela atirou o livro em Garp pela janela. O livro bateu em seu peito e caiu no meio-fio. Ela cerrou os punhos no colo, olhando fixamente para a mancha no vestido, que parecia um alvo entre suas pernas. – Puxa, veja só o meu estado.

— Sinto muito — disse Garp outra vez. — Talvez deixe uma mancha permanente.

— Tudo deixa uma mancha! — gritou a sra. Ralph. Ela deixou escapar uma risada tão louca que apavorou Garp. Ele não disse nada e ela continuou: — Aposto que acha que tudo de que eu preciso é de uma boa *trepada*.

Para ser sincero, Garp raramente pensava tal coisa das pessoas, mas, quando a sra. Ralph mencionou isso, ele *de fato* pensou que, no caso *dela*, essa solução tão simplista podia se aplicar.

— E aposto como você acha que eu deixaria *você* fazer isso — disse ela, olhando-o furiosamente.

Garp, de fato, *concordava* com essa solução.

— Não, não acho que deixaria.

— Sim, você acha que eu ia *adorar* — disse a sra. Ralph.

Garp deixou pender a cabeça.

— Não — reafirmou.

— Bem, no *seu* caso — disse ela —, eu até *poderia*. — Ele olhou para ela, que retribuiu com um sorriso malicioso. — Talvez o tornasse um pouco menos presunçoso — disse a sra. Ralph.

— Você não me conhece o suficiente para falar comigo assim — disse Garp.

— Eu sei que você é *presunçoso* — disse a sra. Ralph. — Você se acha superior. — Era verdade, Garp sabia; ele *era* superior. Também sabia agora que daria um péssimo conselheiro matrimonial.

— Por favor, dirija com cuidado — disse Garp, afastando-se do carro. — Se houver alguma coisa que eu possa fazer, por favor, telefone.

— Como, por exemplo, se eu precisar de um bom *amante*? — perguntou-lhe a sra. Ralph, perversamente.

— Não, isso não — disse Garp.

— Por que você me parou? — perguntou-lhe ela.

— Porque achei que estava dirigindo em alta velocidade — respondeu ele.

— Acho que você é um sujeitinho metido a besta — disse-lhe ela.

— Acho que você é uma desleixada irresponsável — disse-lhe Garp.

Ela deu um grito como se tivesse sido esfaqueada.

— Olhe, sinto muito — disse ele (outra vez) —, mas vou lá pegar o Duncan.

— Não, *por favor* — pediu ela. — Eu posso cuidar dele, eu realmente *quero* fazer isso. Ele vai ficar bem, vou tomar conta dele como se fosse meu filho! — Isso não foi realmente um grande consolo para Garp. — Não sou *tão* desleixada assim... com *crianças* — acrescentou. Ela conseguiu esboçar um sorriso assustadoramente atraente.

— Sinto muito — disse Garp, repetindo sua litania.

— Eu também — disse a sra. Ralph.

Como se as coisas tivessem sido acertadas entre eles, ela deu partida no carro e passou pelo sinal de PARE e pelo cruzamento sem olhar para os lados. Afastou-se devagar, porém mais ou menos no meio da rua. Garp acenou-lhe com a colher de pau.

Então, ele abaixou-se, pegou *O eterno marido* e voltou para casa.

10

O cachorro no beco, a criança no céu

— Temos que tirar o Duncan da casa daquela louca — disse Garp a Helen.
— Bem, faça isso. É você quem está preocupado.
— Você tinha que ver como ela dirige.
— Bem, provavelmente Duncan não vai ficar andando de carro por aí com ela.
— Ela pode levar os meninos para comer uma pizza. Tenho certeza de que ela não sabe cozinhar.
Helen olhava para *O eterno marido*.
— É um livro estranho para uma mulher dar ao marido de outra mulher — comentou.
— Ela não me deu o livro, Helen. Ela *atirou-o* em cima de mim.
— É uma bela história.
— Ela disse que era simplesmente *doentia* — falou Garp, exasperado. — Disse que era injusto com as mulheres.
Helen pareceu intrigada.
— Eu diria que essa nem sequer é uma questão — disse ela.
— Claro que não é! — berrou Garp. — Essa mulher é uma idiota! Minha mãe iria adorá-la.
— Oh, coitada da Jenny — disse Helen. — Não comece a descontar nela.
— Termine seu macarrão, Walt — disse Garp.
— Você é um saco, papai — resmungou Walt.
— Belo palavreado. Isso não se diz, Walt, e eu não *sou* um saco.
— É, sim.
— Ele nem sabe o que isso significa — disse Helen. — Eu mesma não sei bem o que significa.

– Cinco anos – disse Garp. – Não é bonito dizer isso às pessoas – Garp repreendeu Walt.
– Tenho certeza de que ele ouviu isso de Duncan – disse Helen.
– Pois é, Duncan aprende com Ralph – disse Garp –, que sem dúvida ouviu de sua maldita mãe!
– Agora é você que tem que moderar a linguagem – disse Helen. – Walt pode perfeitamente ter aprendido isso com você mesmo.
– Comigo, não! Impossível – declarou Garp. – Nem *eu* sei direito o que significa. Nunca digo essa palavra.
– Mas usa muitas outras parecidas – disse Helen.
– Walt, coma o seu macarrão – insistiu Garp.
– Acalme-se – disse Helen.
Garp olhou para o macarrão deixado por Walt como se fosse um insulto pessoal.
– Pra que me aborrecer? – disse ele. – Este menino não come nada.
Terminaram a refeição em silêncio. Helen sabia que Garp estava inventando uma história para contar a Walt depois da janta. Ela sabia que Garp fazia isso para se acalmar sempre que estava preocupado com as crianças – como se o ato de inventar uma boa história para elas fosse uma forma de manter as crianças a salvo para sempre.
Com as crianças, Garp era instintivamente generoso, fiel como um animal, o mais afetuoso dos pais. Ele compreendia Duncan e Walt profundamente, e a cada um em separado. Entretanto, Helen tinha certeza de que ele não percebia como sua ansiedade em relação às crianças as tornava ansiosas – até mesmo imaturas. Por um lado, ele as tratava como adultos, mas, por outro, era tão protetor que não os deixava crescer. Ele não aceitava que Duncan tivesse 10 anos e que Walt tivesse 5. Às vezes, em sua mente, as crianças pareciam paradas no tempo, com 3 anos apenas.
Helen ouviu a história que Garp inventou para Walt com seu interesse e preocupação de sempre. Como muitas das histórias que Garp contava às crianças, começava como uma história infantil e terminava como algo que Garp parecia ter inventado para si próprio. Seria de imaginar que os filhos de um escritor tivessem mais histórias lidas para elas do que as outras crianças, mas Garp preferia que os filhos ouvissem apenas as *suas* histórias.

– Era uma vez um cachorro... – disse Garp.
– Que tipo de cachorro? – perguntou Walt.
– Um enorme pastor-alemão – disse Garp.
– Como ele se chamava? – perguntou Walt.
– Não tinha nome – respondeu Garp. – Ele vivia em uma cidade na Alemanha, depois da guerra.
– Que guerra? – perguntou Walt.
– A Segunda Guerra Mundial – falou Garp.
– Ah, claro – disse Walt.
– O cachorro estivera na guerra – continuou Garp. – Tinha sido um cão de guarda, de modo que era muito feroz e inteligente.
– Muito *mau* – disse Walt.
– Não – retrucou Garp –, ele não era mau e também não era bonzinho, e às vezes era as duas coisas. Ele era o que seu dono o treinava para ser, porque ele era treinado para fazer o que quer que seu dono mandasse.
– Como ele sabia quem era o dono dele? – perguntou Walt.
– Não sei – disse Garp. – Depois da guerra, ele ganhou um novo dono. Esse dono tinha um café na cidade. Você podia tomar café, chá e refrigerantes lá e ler os jornais. À noite, o dono do cachorro deixava uma luz acesa, dentro do café, de modo que você pudesse olhar através da vitrina e ver todas as mesas vazias, com as cadeiras viradas para baixo em cima delas. O chão também era limpo, e o enorme cachorro ficava andando de um lado para o outro pelo assoalho a noite inteira. Era como um leão em sua jaula no zoológico, ele nunca ficava parado. Às vezes, as pessoas o viam lá dentro e batiam no vidro da vitrina para chamar sua atenção. O cachorro apenas as fitava – ele não latia, nem rosnava. Apenas parava de andar de um lado para o outro e ficava olhando fixamente para a pessoa, até que ela fosse embora. A pessoa tinha a sensação de que, se ficasse ali muito tempo, o cachorro saltaria através da vitrina, em cima dela. Mas ele nunca fez isso. Ele nunca fez nada, na verdade, porque ninguém nunca invadira o café à noite. Bastava ter o cachorro ali. O cachorro não precisava *fazer* nada.
– O cachorro *parecia* muito mau – disse Walt.

– Agora você entendeu a situação – disse-lhe Garp. – Toda noite era a mesma coisa para aquele cachorro e, de dia, ele ficava amarrado em um beco ao lado do café. Ficava preso a uma longa corrente, amarrada ao eixo frontal de um velho caminhão do exército, que fora rebocado para o beco e abandonado lá, para sempre. Esse caminhão não tinha rodas.

– Você sabe o que são blocos de concreto – continuou Garp. – O caminhão ficava em cima de blocos de concreto para não se mover nem um centímetro sobre os eixos. Havia espaço apenas para o cachorro se enfiar embaixo do caminhão e ficar deitado, protegendo-se do sol ou da chuva. A corrente tinha o tamanho suficiente apenas para o cachorro poder andar até o fim do beco e ver as pessoas na calçada e os carros na rua. Se você estivesse vindo pela calçada, às vezes podia ver o focinho do cachorro se projetando do beco. Era só até ali que ia a corrente, nem um centímetro a mais.

"Você podia estender a mão para o cachorro e ele a cheirava, mas ele não gostava que tocassem nele e nunca lambia sua mão, como alguns cachorros costumam fazer. Se você tentasse afagá-lo, ele abaixava a cabeça e se esgueirava de volta para o beco. A maneira como ele olhava para a pessoa a fazia pensar que não seria uma ideia muito boa segui-lo para dentro do beco e insistir em afagá-lo."

– Ele morderia – disse Walt.

– Bem, não se pode ter certeza – disse Garp. – Na verdade, ele nunca mordeu ninguém, ou ao menos eu nunca soube que tivesse mordido alguém.

– Você esteve lá? – perguntou Walt.

– Estive – disse Garp. Ele sabia que o contador da história sempre estava "lá".

– Walt! – chamou Helen. Garp se irritava quando ela ficava ouvindo as histórias que ele contava aos filhos. – É isso que quer dizer "vida de cachorro" – disse ela.

Mas nem Walt, nem seu pai gostaram da interrupção. Walt pediu:

– Continue, papai. O que aconteceu com o cachorro?

As responsabilidades estavam sempre caindo sobre seus ombros. Por que o instinto das pessoas as fazia esperar que algo *acontecesse*?

Se você começa uma história sobre uma pessoa ou um cachorro, alguma coisa deve acontecer a eles.

– Continue! – gritou Walt, impaciente.

Garp, absorto em sua arte, frequentemente se esquecia do auditório. Continuou:

– Se muitas pessoas estendiam a mão para o cachorro cheirar, ele voltava pelo beco e ia se esconder embaixo do caminhão. Podia-se ver apenas a ponta do focinho preto para fora. Ou ele ficava embaixo do caminhão ou na saída do beco para a calçada. Ele nunca parava no meio do caminho. Ele tinha seus hábitos e nada o fazia mudá-los.

– Nada? – perguntou Walt, desapontado. Ou melhor, preocupado de que nada fosse acontecer.

– Bem, *quase* nada – admitiu Garp, e Walt animou-se. – Havia uma *coisa* que o incomodava, apenas uma. Somente isso podia deixar o cachorro furioso. Era até mesmo a única coisa que podia fazer o cachorro latir. Isso realmente o deixava maluco.

– Ah, claro, um *gato*! – exclamou Walt.

– Um gato *terrível* – disse Garp, numa voz que fez Helen parar de reler *O eterno marido* e prender a respiração. Coitado do Walt, pensou ela.

– Por que o gato era terrível? – perguntou Walt.

– Porque ele implicava com o cachorro – disse Garp.

Helen ficou aliviada ao ver que, aparentemente, era nisso que se resumia todo o "terrível".

– Não é certo implicar com os outros – disse Walt, com conhecimento de causa.

Walt era vítima de Duncan em matéria de provocação. Era *Duncan* quem deveria estar ouvindo esta história, Helen pensou. Uma lição sobre implicância para Walt obviamente era um desperdício.

– Implicar é *terrível* – disse Garp. – Mas esse gato *era* terrível. Era um velho gato de rua, sujo e mau.

– Qual o nome dele? – perguntou Walt.

– Ele não tinha nome – respondeu Garp. – Ele não pertencia a ninguém. Estava sempre faminto, então roubava comida. Ninguém podia censurá-lo por isso. E estava sempre brigando com outros gatos e acho que ninguém podia censurá-lo por isso também. Ele tinha apenas um olho. O outro se perdera havia tanto tempo que o buraco se fechara e o pelo crescera no lugar. Não tinha orelhas. Ele sempre teve que lutar o tempo todo.

– Coitadinho! – exclamou Helen.

– Ninguém podia culpar o gato por ser como era – disse Garp –, exceto por implicar com o cachorro. Isso era errado; ele não precisava fazer isso. Ele vivia com fome, então era obrigado a roubar; e ninguém cuidava dele, então tinha que brigar. Mas ele não *precisava* implicar com o cachorro.

– Não é certo implicar – voltou Walt a dizer.

Definitivamente, uma história para Duncan, Helen pensou.

– Todos os dias – disse Garp –, esse gato vinha pela calçada e parava para se limpar na saída do beco. O cachorro saía de baixo do caminhão, correndo tanto, que a corrente se retorcia atrás dele como uma serpente que acabou de ser atropelada na rua. Já viu isso?

– Ah, claro – disse Walt.

– E, quando o cachorro chegava ao final de sua corrente, ela dava um tranco no pescoço dele para trás, e ele era levantado do chão e aterrissava no calçamento do beco, às vezes ficando sem ar ou batendo a cabeça. O gato nem saía do lugar. Ele sabia até onde a corrente alcançava e ficava lá se limpando e fitando o cachorro com seu único olho. O cachorro ficava maluco. Latia e se debatia com sua corrente até o proprietário do café, seu dono, ter que sair e espantar o gato. Então, o cachorro voltava para baixo do caminhão.

"Às vezes, o gato voltava imediatamente depois, e o cachorro ficava lá embaixo do caminhão o tempo que suportava, o que não era muito tempo. Ele ficava lá deitado, enquanto o gato se lambia na calçada, e logo era possível ouvir o cachorro começar a ganir baixinho. O gato simplesmente olhava para ele no fundo do beco e continuava a se lamber. Logo o cachorro começava a rosnar embaixo do caminhão e a se debater como se estivesse sendo atacado por abelhas, mas o gato continuava seu banho. Finalmente, o cachorro se arremetia pelo beco outra vez, estalando a corrente atrás dele... apesar de saber o que ia acontecer. Ele sabia que a corrente iria arrancá-lo do chão e estrangulá-lo, atirá-lo no calçamento do beco e, depois que se levantasse, o gato ainda estaria lá, a apenas alguns centímetros, se limpando. Então, o cachorro latia até ficar rouco e seu dono, ou outra pessoa, ia espantar o gato."

– Esse cachorro *odiava* esse gato – continuou Garp.

– *Eu* também – disse Walt.

– E eu também – disse Garp.

Helen não gostou da história – tinha um final óbvio demais. Ficou calada.

– Continue – pediu Walt.

Garp sabia que parte de contar (ou fingir contar) uma história para uma criança consistia em contar algo com um final óbvio.

– Um dia – continuou Garp –, todo mundo pensou que o cão finalmente enlouquecera. Durante um dia inteiro, ele saiu correndo de baixo do caminhão para a saída do beco, até a corrente arrancá-lo do chão; em seguida, fazia tudo de novo. Mesmo quando o gato não estava lá, o cachorro continuou a arremessar-se pelo beco, lançar todo o seu peso contra a corrente e ser jogado no calçamento. Isso assustou algumas pessoas que passavam pela calçada, especialmente aquelas que viam o cachorro vir em sua direção e não sabiam que havia uma corrente.

"Nessa noite, o cachorro estava tão cansado que não ficou andando pelo café. Dormiu no chão como se estivesse doente. Qualquer um podia ter invadido o café naquela noite e acho que o cachorro não teria acordado. No dia seguinte, ele fez a mesma coisa, embora fosse evidente que seu pescoço estava dolorido porque ele gania toda vez que a corrente o arrancava do chão. E, nessa noite, ele dormiu no assoalho do café como se fosse um cachorro morto, assassinado bem ali.

"Seu dono chamou um veterinário, e o veterinário aplicou umas injeções no cachorro. Acho que para acalmá-lo. Por dois dias, o cachorro ficou deitado no chão do café durante a noite e embaixo do caminhão durante o dia, e, mesmo quando o gato passava pela calçada ou ficava se limpando na saída do beco, o cachorro não se mexia. Coitado do cachorro", acrescentou Garp.

– Ele ficou triste – disse Walt.

– Mas você acha que ele era *inteligente*? – perguntou Garp.

Walt ficou intrigado com a pergunta, mas disse:

– *Acho* que era, sim.
– Era mesmo – concordou Garp –, porque durante todo o tempo que ele ficou correndo até o fim da corrente, ele andou movendo o caminhão onde a corrente estava presa, embora só um pouquinho. Apesar de o caminhão estar parado ali havia anos, tão preso naqueles blocos de concreto que os prédios à sua volta podiam desmoronar que ele não se abalava do lugar, *mesmo assim*, aquele cachorro fizera o caminhão se *mover*. Só um pouquinho. Você acha que o cachorro moveu o caminhão o *suficiente*? – perguntou Garp a Walt.
– Acho que sim – disse Walt.
Helen era da mesma opinião.
– Ele só precisava de alguns centímetros para alcançar o gato – disse Garp.
Walt balançou a cabeça. Helen, confiante no sangrento final, mergulhou de volta em O *eterno marido*.
– Um dia – disse Garp, devagar –, o gato veio e sentou-se na calçada na saída do beco e começou a lamber as patas. Esfregou as patas molhadas nos buracos das antigas orelhas e no buraco agora fechado onde antes ficava seu olho e ficou olhando para o cachorro no fundo do beco, embaixo do caminhão. O gato estava ficando entediado agora que o cachorro não avançava mais para ele. E, então, o cachorro saiu de lá.
– Acho que o caminhão se moveu o suficiente – disse Walt.
– O cachorro arremessou-se pelo beco mais depressa do que nunca, de modo que a corrente vinha saltando atrás dele, e o gato não se mexeu, embora, *desta vez*, o cachorro pudesse alcançá-lo. Só que – disse Garp – a corrente não alcançou *realmente* o gato. – Helen grunhiu. – O cachorro abriu a boca em cima da cabeça do gato, mas a corrente estrangulou-o de tal forma que ele não conseguiu fechar a boca. O cachorro se engasgou e foi arremessado para trás, como antes. O gato, vendo que a situação havia mudado, fugiu.
– Santo Deus! – exclamou Helen.
– Ah, não – disse Walt.
– Claro, não se pode enganar um gato como esse duas vezes – disse Garp. – O cachorro tinha uma única chance e a estragou. Aquele gato jamais o deixaria chegar perto outra vez.

– Que história terrível! – exclamou Helen.
Walt, calado, parecia concordar com Helen.
– Mas *outra* coisa aconteceu – disse Garp.
Walt ergueu os olhos, subitamente interessado. Helen, exasperada, prendeu a respiração outra vez.
– O gato ficou tão apavorado que correu para o meio da rua, sem olhar. Independentemente do que tenha acontecido, você não vai para o meio da rua sem olhar, não é, Walt?
– Não – disse Walt.
– Nem que um cachorro esteja avançando para mordê-lo – insistiu Garp. – *Nunca. Nunca* se vai para o meio da rua sem olhar.
– Não, claro, eu sei – disse Walt. – O que aconteceu com o gato?
Garp bateu as palmas das mãos com tanta força que a criança deu um salto.
– Ele foi morto na hora! – exclamou Garp. – Bum! E estava morto. Ninguém podia fazer nada. Teria tido mais chance se o cachorro o tivesse pegado.
– Um carro atropelou o gato? – perguntou Walt.
– Um caminhão – disse Garp – passou em cima de sua cabeça. Seu cérebro saiu pelos buracos onde antes ficavam suas orelhas.
– Esmagou-o? – perguntou Walt.
– Ficou achatado no asfalto – disse Garp, estendendo a mão, a palma na horizontal, diante do rosto sério de Walt. Santo Deus, Helen pensou, era mesmo uma história para Walt, afinal de contas. *Não corra para o meio da rua sem olhar!*
– Fim – disse Garp.
– Boa-noite, papai.
– Boa-noite, filho.
Helen ouviu quando se beijaram.
– *Por que* o cachorro não tinha nome? – perguntou Walt.
– Não sei – disse Garp. – Não corra para o meio da rua sem olhar.
Depois que Walt adormeceu, Helen e Garp fizeram amor. Helen teve uma súbita compreensão referente à história de Garp.
– Aquele cachorro jamais poderia ter movido o caminhão. Nem um centímetro.
– Certo – disse Garp.

Helen teve certeza de que Garp realmente havia estado lá.
– Então, como você pôde movê-lo? – perguntou-lhe ela.
– Eu também não pude movê-lo – disse Garp. – Ele nem se mexia. Então, eu tirei um elo da corrente do cachorro, à noite, quando ele estava patrulhando o café. Levei-o a uma loja de ferragens e, na noite seguinte, *acrescentei* mais elos à corrente, uns 15 centímetros.
– E o gato nunca correu para o meio da rua? – perguntou Helen.
– Não, isso foi para o Walt – admitiu Garp.
– Claro – disse Helen.
– A corrente ficou longa o suficiente – falou Garp. – O gato não escapou.
– O cachorro matou o gato? – perguntou Helen.
– Cortou-o ao meio com uma dentada – respondeu Garp.
– Em uma cidade na Alemanha? – perguntou ela.
– Não, na Áustria – disse Garp. – Foi em Viena. Eu nunca morei na Alemanha.
– Mas como o cachorro pôde ter ido à guerra? – perguntou Helen. – Ele já teria 20 anos quando você chegou lá.
– O cachorro não foi à guerra – explicou Garp. – Era apenas um cachorro. Seu *dono* é que tinha ido à guerra, o proprietário do café. É por isso que ele sabia como treinar o cachorro. Ele o treinou para matar qualquer um que entrasse no café quando já estava escuro lá fora. Quando ainda estava claro, qualquer um podia entrar; depois que escurecia, nem mesmo o dono podia entrar.
– Essa é boa! – disse Helen. – Suponha que houvesse um incêndio. Esse método parece ter uma série de inconvenientes.
– Ao que tudo indica, trata-se de um método de guerra – disse Garp.
– Bem – falou Helen –, dá uma história melhor do que o *cachorro* ter estado na guerra.
– Acha mesmo? – perguntou-lhe Garp. Pareceu a Helen que, pela primeira vez em sua conversa, ele ficara alerta. – Isso é interessante – disse ele –, porque acabo de inventar isso.
– Sobre o dono ter estado na guerra? – perguntou Helen.
– Bem, mais do que isso – admitiu Garp.
– Que parte da história você inventou? – perguntou-lhe Helen.

– Toda ela – disse ele.

Estavam na cama e Helen permaneceu deitada silenciosamente, sabendo que aquele era um dos momentos mais delicados de Garp.

– Bem, *quase* tudo – acrescentou ele.

Garp nunca se cansava desse jogo, embora Helen certamente se cansasse. Ele esperava que ela perguntasse: *Qual* parte? Qual é verdade e qual é inventada? Então, ele lhe diria que não fazia diferença, ela só tinha de dizer a ele em que ela não *acreditava*. Então, ele mudaria essa parte. Toda parte em que ela acreditava era verdade, toda parte em que não acreditava precisava ser trabalhada. Se ela acreditasse em tudo, então tudo era verdade. Helen sabia que, como contador de histórias, Garp era implacável. Se a verdade se adequasse à história, ele a revelaria sem constrangimento; mas, se qualquer verdade fosse malsucedida em uma história, ele a mudaria sem hesitação.

– Quando você parar com essa brincadeira – disse ela –, eu só gostaria de saber o que realmente aconteceu.

– Bem, *na verdade* – disse Garp –, o cachorro era um *beagle*.

– Um *beagle*!

– Bem, na verdade, um *schnauzer*. Ele de fato *ficava* amarrado no beco o dia inteiro, mas não a um caminhão do exército.

– A um Volkswagen? – tentou adivinhar Helen.

– A um carrinho de lixo – disse Garp. – O carrinho, parecido com um trenó, era usado para puxar as latas de lixo até a calçada no inverno, mas o *schnauzer*, é claro, era pequeno e fraco demais para arrastá-lo, em qualquer época do ano.

– E o dono do café? – perguntou Helen. – Ele não esteve na guerra?

– Ela – disse Garp. – Era uma viúva.

– O marido dela tinha sido morto na guerra? – arriscou Helen.

– Ela era uma *viúva* jovem – disse Garp. – O marido dela morrera ao atravessar a rua. Ela era muito ligada ao cachorro, que o marido lhe dera pelo primeiro aniversário de casamento. Mas a nova senhoria não permitia cães no apartamento, então a viúva o deixava solto no café todas as noites.

"Era um lugar vazio, assombrado, e o cachorro ficava nervoso lá dentro. Então, vingava-se sujando tudo durante a noite. As pessoas paravam e espreitavam pela vitrina e riam de toda a sujeira que o cão fazia. Essas risadas deixavam o cão ainda mais nervoso, de modo que ele sujava ainda mais. Pela manhã, a viúva ia cedo para o café, para limpar a sujeira e arejar o lugar. Ela batia no cachorro com um jornal e o arrastava para o beco, onde ele ficava amarrado ao trenó de lixo o dia inteiro."

– E não havia nenhum gato? – perguntou Helen.

– Oh, havia um monte de gatos – disse Garp. – Eles iam ao beco para vasculhar as latas de lixo do café. O cachorro nunca tocava nas lixeiras, porque ele tinha medo da viúva e ele tinha *pavor* de gatos. Sempre que havia um gato no beco, saqueando as lixeiras, o cachorro entrava embaixo do trenó de lixo e se escondia lá até o gato ir embora.

– Meu Deus – disse Helen. – Então, também não havia nenhuma provocação?

– Sempre há provocação – disse Garp, solenemente. – Havia uma menina que ia à saída do beco e ficava chamando o cachorro para a calçada, só que a corrente dele não permitia que chegasse até a calçada, e o cachorro latia! Latia! Latia sem parar para a menina, que ficava na calçada chamando "Venha, venha", até alguém abrir a janela e gritar para ela deixar o pobre vira-lata em paz.

– Você estava lá? – perguntou Helen.

– *Nós* estávamos lá – disse Garp. – Todo dia, minha mãe ficava escrevendo em um quarto, cuja única janela dava para esse beco. Aquele cachorro latindo a deixava maluca.

– Então, *Jenny* moveu o trenó de lixo – disse Helen –, e o cachorro comeu a menina, cujos pais deram queixa na polícia, que mandou sacrificar o cachorro. E *você*, é claro, foi um grande consolo para a triste viúva, que talvez tivesse quarenta e poucos anos.

– Trinta e tantos – disse Garp. – Mas não foi assim que aconteceu.

– O *que* aconteceu? – perguntou Helen.

– Uma noite, no café – disse Garp –, o cachorro teve um derrame cerebral. Muita gente foi acusada de ser responsável por assustar tanto o cachorro que provocou o mal súbito. Houve uma espécie de competição em relação a isso na vizinhança. Estavam sempre fazendo coisas como se aproximar furtivamente do café e se arremessar contra a vitrina e a porta, gritando como gatos gigantes, criando um frenesi de dor de barriga no cachorro apavorado.

– O derrame *matou* o cachorro, espero – disse Helen.

– Na verdade, não – disse Garp. – O derrame paralisou a traseira do animal, de modo que ele só podia mover a parte dianteira e sacudir a cabeça. A viúva, no entanto, agarrou-se à vida do pobre cachorro como se apegava à lembrança do falecido marido e mandou um carpinteiro, com quem estava dormindo, construir um carrinho para a traseira do cachorro. O carrinho tinha rodas, de modo que o cachorro apenas andava com as patas dianteiras e rebocava sua traseira paralisada no carrinho.

– Meu Deus! – exclamou Helen.

– Você não acreditaria no *barulho* que aquelas rodinhas faziam – disse Garp.

– Provavelmente, não – disse Helen.

– Mamãe dizia que não conseguia ouvir aquilo – disse Garp –, porque o barulho do carrinho era mais patético do que os latidos do cachorro para a estúpida garotinha. E o cachorro não conseguia fazer uma curva sem derrapar. Ele ia saltitando e depois virava, então as rodas traseiras deslizavam para o lado, mais rápido do que ele conseguia andar, e então ele rolava. Quando caía de lado, ele não conseguia se levantar. Ao que parece, eu era o único a vê-lo nesse sofrimento; ao menos, era sempre eu que ia até o beco e o colocava em pé outra vez. Assim que estava sobre as rodas de novo, ele tentava me morder – disse Garp –, mas era fácil fugir dele.

– Assim, certo dia – disse Helen –, você desamarrou o *schnauzer*, e ele correu para o meio da rua sem olhar. Não, desculpe-me: ele *rolou* para o meio da rua, sem olhar. E os problemas de todo mundo se acabaram. A viúva e o carpinteiro se casaram.

– Não é verdade – disse Garp.

– Eu quero a verdade – disse Helen, sonolentamente. – O que aconteceu ao maldito *schnauzer*?

– Não sei – respondeu Garp. – Mamãe e eu voltamos para este país e você sabe o resto.

Helen, abandonando-se ao sono, sabia que somente o seu silêncio faria Garp se revelar. Ela sabia que esta história devia ser tão inventada quanto as outras versões, ou que as outras versões pudessem ser verdade em grande parte; até mesmo que *esta* versão pudesse ser verdade em grande parte. Qualquer combinação era possível com Garp.

Helen já estava dormindo quando perguntou Garp a ela:

– Qual história você prefere?

Mas fazer amor deixava Helen sonolenta, e ela achava que a voz de Garp soando sem parar aumentava a sua sonolência. Era sua maneira preferida de adormecer – depois de fazer amor, ouvindo a voz de Garp.

Isso deixava Garp frustrado. À hora de dormir, seus motores estavam quase frios. Fazer amor parecia revitalizá-lo, deixá-lo alerta e aumentar sua disposição para conversar, comer, ler a noite toda. Nesse período, ele raramente tentava escrever, apesar de às vezes anotar recados para si mesmo sobre o que escreveria mais tarde.

Mas não esta noite. Em vez disso, ele puxou as cobertas para trás e ficou observando Helen dormir; depois, cobriu-a novamente. Foi ao quarto de Walt e observou-o dormir. Duncan estava passando a noite na casa da sra. Ralph. Quando Garp fechou os olhos, viu um clarão no horizonte, que ele imaginou ser a famigerada casa de Ralph – em chamas.

Garp observou Walt, e isso o acalmou. Ele adorava ficar acompanhando as crianças de perto, estudando-as. Deitou-se ao lado de Walt e sentiu o hálito fresco do menino, lembrando-se de quando o hálito de Duncan tornou-se azedado durante o sono, como acontece com os adultos. Fora uma sensação desagradável para Garp, pouco depois de Duncan ter feito 6 anos, sentir que o hálito de seu filho estava ficando rançoso e levemente malcheiroso durante o sono. Era como se o processo de decomposição, de morrer lentamente, já tivesse se iniciado nele. Essa foi a primeira percepção que Garp teve da mortalidade de seu filho. Com esse odor, apareceram as primeiras descolorações e manchas nos dentes perfeitos de Duncan. Talvez fosse apenas pelo fato de Duncan ser o primogênito, mas a verdade era que Garp se preocupava mais com Duncan do que com Walt – apesar de uma criança de 5 anos parecer mais propensa (do que uma de 10 anos) aos acidentes infantis habituais. E quais são esses acidentes?, Garp se perguntou. Ser atropelado por um carro? Engasgar-se com amendoins? Ser raptado por estranhos? O câncer, por exemplo, estava fora de cogitação.

Havia tantos motivos de preocupação, quando se tratava de crianças, e Garp se preocupava muito a respeito de tudo. Às vezes, especialmente durante aqueles ataques de insônia, ele se achava psicologicamente inapto para a paternidade. Então, preocupava-se com *isso* também e sentia-se ainda mais ansioso em relação aos seus filhos. E se o pior inimigo deles acabasse sendo *ele* próprio?

Logo ele adormeceu ao lado de Walt, mas os sonhos de Garp eram sempre tenebrosos. Não dormiu por muito tempo – começou a gemer, sua axila doía. Walt gemia também. Garp desvencilhou-se da criança chorosa, que parecia estar tendo o mesmo sonho que Garp tivera, como se o corpo trêmulo de Garp tivesse transferido seu sonho para Walt. Mas Walt estava tendo seu próprio pesadelo.

Não teria ocorrido a Garp que sua história instrutiva do cachorro que fora à guerra, do gato provocador e do inevitável caminhão assassino pudesse ter sido apavorante para Walt. Mas em seu sonho Walt via o enorme e abandonado caminhão do exército, mais parecendo um tanque de guerra, coberto de canhões, instrumentos estranhos e apetrechos anexos de aparência maligna. O para-brisa era uma fenda do tamanho das que existem nas caixas de correio para colocar as cartas. Obviamente, era todo preto.

O cachorro preso ao caminhão era do tamanho de um pônei, embora mais magro e muito mais maligno. Ele trotava, em câmera lenta, em direção ao fim do beco, sua corrente de frágil aparência enrolando-se atrás dele. A corrente não parecia forte o suficiente para deter o cachorro. Na saída do beco, com as pernas trêmulas e tropeçando em si mesmo, irremediavelmente atrapalhado e incapaz de fugir dali, o pequeno Walt cambaleava em círculos, mas não conseguia sair do lugar, fugir daquele cão terrível. Quando a corrente arrebentou, o enorme caminhão arremessou-se para a frente, como se alguém o tivesse ligado, e o cachorro o alcançou. Walt agarrou o pelo áspero e suado do cachorro (a axila de seu pai), mas o animal se soltou. O cachorro avançou em sua garganta, mas Walt saiu correndo para o meio da rua, onde caminhões como aquele do beco desfilavam pesadamente, as monumentais rodas traseiras enfileiradas como enormes rosquinhas dos lados. E, por causa das pequenas fendas para armas no lugar de para-brisas, os motoristas, naturalmente, não podiam ver; não podiam ver o pequeno Walt.

Então, seu pai o beijou, e o pesadelo de Walt se desfez. Ele estava em outro lugar, novamente em segurança. Podia sentir as mãos e o cheiro do pai e ouvi-lo dizer que aquilo fora apenas um sonho.

No sonho de Garp, ele e Duncan estavam voando em um avião. Duncan precisava ir ao banheiro. Garp apontou para o fim do corredor entre as poltronas. Havia portas lá, uma pequena cozinha, a cabine do piloto, o toalete. Duncan queria que Garp o levasse até lá, que lhe mostrasse *qual* porta, mas Garp zangou-se com ele.

– Você já tem 10 anos, Duncan – disse Garp. – Sabe ler. Ou pergunte à aeromoça. – Duncan cruzou as pernas, amuado. Garp empurrou o menino para o corredor. – Cresça, Duncan – disse ele. – É uma daquelas portas lá. Vai.

Contrariada, a criança desceu o corredor em direção às portas. Uma aeromoça sorriu para ele e passou a mão em sua cabeça, mas Duncan, tipicamente, não perguntou nada. Ele chegou ao final do corredor e olhou de volta para Garp. O pai acenou para ele, com impaciência. Duncan encolheu os ombros desamparadamente. *Qual* porta?

Exasperado, Garp levantou-se.

– *Tente* uma delas! – gritou ele ao filho, e as pessoas olharam para Duncan, lá parado.

Envergonhado, ele abriu imediatamente a porta mais próxima. Então lançou um rápido olhar para trás, para o pai, um olhar surpreso, mas desprovido de crítica – antes de parecer ser sugado pela porta que abrira. A porta bateu atrás de Duncan, fechando-se. A aeromoça gritou. O avião deu um pequeno mergulho; em seguida, corrigiu a altitude. Todo mundo olhou para fora da janela. Algumas pessoas desmaiaram, outras vomitaram. Garp correu pelo corredor, mas o piloto e outro membro da tripulação impediram-no de abrir a porta.

– Essa porta deve estar sempre trancada, idiota! – gritou o piloto para a aeromoça em prantos.

– Eu pensei que estivesse trancada! – lamentou-se ela.

– Para onde dá esta porta? – gritou Garp. – *Meu Deus*, para onde dá? – Ele viu que não havia nada escrito em nenhuma das portas.

– Sinto muito, senhor – disse o piloto. – Foi uma fatalidade.

Mas Garp deu-lhe um empurrão, imprensou um passageiro contra as costas de um assento, deu um soco na aeromoça, lançando-a para fora do corredor. Quando abriu a porta, Garp viu que ela dava para fora – para o céu infinito – e, antes que pudesse gritar por Duncan, ele foi sugado para dentro das alturas, onde se lançou em busca do filho.

11
Sra. Ralph

Se Garp pudesse ter um pedido amplo e ingênuo atendido, pediria que lhe fosse possível tornar o mundo seguro. Para crianças e adultos. Achava o mundo desnecessariamente perigoso para ambos.

Depois que Garp e Helen fizeram amor, e Helen adormeceu – e depois dos pesadelos –, Garp se vestiu. Quando se sentou na cama para amarrar o tênis de corrida, apoiou-se nas pernas de Helen, acordando-a. Ela estendeu a mão para tocá-lo e sentiu seu calção de corrida.

– Aonde é que você vai? – perguntou-lhe.

– Vou ver como o Duncan está – disse ele.

Helen ergueu-se sobre os cotovelos e olhou para o relógio. Passava de uma hora da manhã e ela sabia que Duncan estava na casa de Ralph.

– Como você pretende ver como o Duncan está? – perguntou-lhe ela.

– Ainda não sei... – respondeu ele.

Como um pistoleiro buscando sua vítima, como o molestador de crianças que apavora os pais, Garp caminha sorrateiramente pelo bairro adormecido naquela noite de primavera, verde e escura. As pessoas roncam e sonham, deixando de lado os cortadores de grama. Está fresco demais para que liguem os aparelhos de ar-condicionado. Algumas janelas estão abertas, algumas geladeiras zumbem. Há uma espécie de gorjeio ininterrupto, quase imperceptível, de algumas televisões sintonizadas no *The Late Show*, e o clarão cinza-azulado das telas dos aparelhos de TV pulsam de algumas das casas. Para Garp, aquele clarão lembra um câncer, insidioso e entorpecedor, fazendo o mundo adormecer. Talvez a televisão *cause* câncer, pensa Garp, mas sua verdadeira irritação é a de um *escritor*: ele sabe que, onde quer que haja uma televisão ligada, há alguém que não está *lendo*.

Garp caminha rápida e silenciosamente pela rua, já que não quer encontrar ninguém. Seu tênis está amarrado frouxamente, o calção, solto. Não usava um suporte de atleta porque não planejava correr. Apesar de o ar da primavera ser fresco, ele está sem camisa. Nas casas escurecidas, um ou outro cachorro *rosna* quando ele passa. Tendo acabado de fazer amor, Garp imagina que seu cheiro é tão penetrante quanto o de morangos cortados. Ele sabe que os cachorros sentem seu cheiro.

Esses subúrbios são bem policiados e, por um instante, Garp fica apreensivo de ser flagrado – infringindo alguma lei não escrita sobre trajes apropriados, ao menos culpado por não portar nenhum documento de identificação. Ele se apressa, convencido de que está indo em socorro de Duncan, salvando seu filho da fogosa sra. Ralph.

Uma jovem numa bicicleta sem iluminação quase colide com ele, os cabelos esvoaçando para trás, os joelhos descobertos e brilhantes, seu hálito surpreendendo Garp como uma mistura de grama recém-cortada e cigarros. Garp se agacha. Ela grita e bamboleia a bicicleta ao redor dele, ergue-se sobre os pedais e pedala com força, afastando-se, sem olhar para trás. Talvez ache que ele seja um pretenso exibicionista, com o torso e as pernas nuas, pronto para abaixar o calção. Garp acha que ela está voltando de algum lugar onde não deveria ter estado. Está metida em encrenca, ele imagina. No entanto, pensando em Duncan e na sra. Ralph, já tem problemas demais na cabeça no momento.

Quando Garp avista a casa de Ralph, acredita que ela deveria receber o prêmio Luz do Quarteirão: todas as janelas estão fortemente iluminadas, a porta da frente está aberta, a cancerígena televisão está estrondosamente alta. Garp suspeita que a sra. Ralph esteja dando uma festa, mas, quando se aproxima furtivamente – o gramado enfeitado com sujeira de cachorro e equipamentos esportivos estropiados –, parece-lhe que a casa está deserta. Os raios letais da televisão pulsam pela sala de estar, atulhada de pilhas de sapatos e roupas. Pressionados contra o sofá velho e envergado estão os corpos abandonados de Duncan e Ralph, parcialmente enfiados em seus sacos de dormir, ambos dormindo (naturalmente), mas parecendo ter sido assassinados pela televisão. Na doentia luz da TV, seus rostos parecem exangues.

Mas onde estará a sra. Ralph? Saiu à noite? Foi dormir com todas as luzes acesas e a porta aberta, deixando os meninos sob os raios da TV? Garp se pergunta se ela teria se lembrado de desligar o forno. A sala está salpicada de cinzeiros. Garp receia que haja cigarros ainda queimando. Ele permanece atrás da sebe e aproxima-se da janela da cozinha, sentindo o ar para ver se há cheiro de gás.

Vê-se um monte de louça suja dentro da pia, uma garrafa de gim na mesa da cozinha, o cheiro azedo de limões espremidos. O cordão para acender a luminária, antes curto demais, foi substancialmente encomprimido por uma única perna e quadril de uma meia-calça feminina – cortada ao meio, sem que se veja o que foi feito da outra metade. O pé da meia de náilon, com manchas transparentes de gordura, balança na brisa, acima da garrafa de gim. Garp não sente cheiro de nada se queimando, a não ser que haja um fogo brando embaixo do gato, perfeitamente deitado em cima do fogão, habilmente estendido entre as bocas de gás, o queixo pousado no cabo da pesada frigideira, a barriga peluda aquecida pela chama-piloto. Garp e o gato se entreolham. O gato pisca.

Garp, no entanto, acredita que a sra. Ralph não possui a concentração necessária para se transformar em um gato. Com sua casa – sua *vida* – totalmente desordenada, a mulher parece ter abandonado o navio ou talvez desmaiado no andar de cima. Ela estará na cama? Ou na banheira, afogada? E onde estará a fera cujos perigosos dejetos transformaram o gramado em um campo minado?

Nesse exato momento, ouve-se o barulho estrondoso na escada dos fundos de um corpo pesado, que cai e abre, com a pancada, a porta da escada que dá para a cozinha, assustando o gato, que foge e faz a engordurada frigideira de ferro resvalar para o chão. A sra. Ralph aterrissa no piso de linóleo da cozinha, com o traseiro nu, encolhendo-se, um roupão tipo quimono completamente aberto e meio preso acima de sua cintura grossa, um drinque milagrosamente intacto na mão. Ela olha para o drinque, surpresa, e toma um gole.

Os seios grandes, apontados para baixo, brilham. Eles se espalham pelo peito sardento quando ela se inclina para trás apoiando-se nos cotovelos e arrota. O gato, num canto da cozinha, mia para ela, queixoso.

– Oh, cale-se, Titsy – diz a sra. Ralph para o gato. Mas, quando tenta se levantar, ela geme e cai estatelada de costas no chão. Seus pelos púbicos estão úmidos e brilham para Garp. A barriga, marcada de estrias, é tão branca e enrugada como se a sra. Ralph tivesse ficado submersa na água por um longo tempo. – Vou botá-lo para fora daqui, nem que seja a última coisa que eu faça – diz ela para o teto da cozinha, embora Garp presuma que esteja falando com o gato. Talvez ela tenha quebrado o tornozelo e esteja bêbada demais para sentir, Garp pensa. Talvez tenha quebrado a coluna.

Garp desliza pelo lado da casa até a porta da frente, aberta. Ele chama:

– Tem alguém em casa?

O gato dispara pelo meio de suas pernas e desaparece lá fora. Garp espera. Houve grunhidos vindos da cozinha – os sons estranhos de um corpo deslizando.

– Ora vejam só – diz a sra. Ralph, surgindo no vão da porta, o roupão de flores desbotadas mais ou menos arrumado. Ela deixara o drinque em algum lugar.

– Vi todas as luzes acesas e achei que houvesse algum problema – murmura Garp.

– Você chegou tarde demais – diz-lhe a sra. Ralph. – Os dois garotos estão mortos. Eu nunca deveria tê-los deixado brincar com aquela bomba. – Ela examina o rosto impassível de Garp em busca de algum indício de senso de humor, mas vê que ele não aprecia esse tipo de brincadeiras. – OK, quer ver os corpos? – pergunta.

Ela o puxa pelo cós de elástico do calção. Garp, ciente de que não está usando o suporte de atleta, avança atabalhoadamente atrás do calção, colidindo com a sra. Ralph, que o liberta com um estalo do elástico e caminha para dentro da sala. O cheiro que ela exala o confunde – como baunilha derramada no fundo de um saco de papel fundo e molhado.

Com uma força surpreendente, a sra. Ralph segura Duncan por baixo dos braços, em seu saco de dormir, e o coloca em cima do enorme sofá envergado e cheio de altos e baixos. Garp a ajuda a erguer Ralph, que é mais pesado. Eles ajeitam os garotos no sofá, pés contra pés, arrumando os sacos de dormir e colocando travesseiros sob as cabeças. Garp desliga a televisão, e a sra. Ralph anda tropegamente pela sala, apagando luzes, recolhendo cinzeiros. Parecem marido e mulher, fazendo a limpeza depois de uma festa.

– Boa-noite! – sussurra a sra. Ralph para o aposento repentinamente às escuras, enquanto Garp tropeça em uma almofada, tateando a caminho das luzes da cozinha.

– Você não pode ir ainda – diz a sra. Ralph num sussurro. – Tem que me ajudar a botar uma pessoa para *fora* daqui. – Ela segura seu braço, deixa cair um cinzeiro. O quimono se abre completamente. Garp, abaixando-se para pegar o cinzeiro, roça um de seus seios com o cabelo. – Tem um idiota lá em cima no meu quarto – diz ela a Garp – e ele se recusa a ir embora. Não consigo fazê-lo ir embora.

– Um idiota? – diz Garp.

– Um verdadeiro imbecil – diz a sra. Ralph –, um maldito pateta.

– Um pateta? – repete Garp.

– Ah, por favor, faça-o ir embora – pede ela a Garp.

Puxa o cós de elástico de seu calção novamente e, desta vez, dá uma olhada descarada.

– Santo Deus, você não veste muita coisa, hein? – diz ela. – Não sente frio? – Coloca a mão espalmada no estômago nu de Garp. – Não, não sente – diz, estremecendo.

Garp afasta-se dela lentamente.

– Quem é? – pergunta ele, temendo se ver envolvido na expulsão de casa do ex-marido da sra. Ralph.

– Venha, vou lhe mostrar – sussurra ela. Arrasta-o pela escada dos fundos, por um canal estreito entre a pilha de roupa para lavar e sacos enormes de ração animal. Não era de admirar que ela tivesse caído dali, ele pensa.

No quarto, Garp imediatamente olha para o labrador-retriever preto esparramado na cama ondulante de colchão de água da sra. Ralph. O cachorro rola apaticamente de lado e bate a cauda.

A sra. Ralph dorme com seu cachorro, Garp pensa, e não consegue tirá-lo da cama.

– Venha, garoto – diz Garp. – Saia daqui.

O cachorro bate a cauda com mais força e urina um pouco.

– *Ele*, não – diz a sra. Ralph, dando um forte empurrão em Garp.

Ele se equilibra na cama, que chacoalha. O enorme cachorro lambe seu rosto. A sra. Ralph aponta para uma poltrona ao pé da cama, mas Garp primeiro vê o rapaz refletido no espelho da penteadeira. Sentado nu na poltrona, ele penteia as pontas do seu rabo de cavalo fino e louro, que mantém sobre o ombro e perfuma com um dos sprays que ali estão. Sua barriga e coxas têm a mesma aparência úmida e escorregadia que Garp viu na barriga e nos pelos da sra. Ralph, e seu jovem pênis é tão magro e arqueado quanto a espinha dorsal de um galgo.

– Ei, como vai? – diz o rapaz para Garp.

– Bem, obrigado – responde Garp.

– Livre-se dele – diz a sra. Ralph.

– Eu venho tentando fazê-la *relaxar*, sabe? – diz o garoto a Garp. – Estou tentando fazer com que ela apenas se deixe *levar*, entendeu?

– Não deixe que ele fale com você – diz a sra. Ralph. – Ele enche o saco de qualquer um.

– Todo mundo é tão tenso – diz o garoto a Garp.

Ele vira-se na poltrona, reclina-se e coloca os pés no colchão de água. O cachorro lambe seus longos dedos dos pés. A sra. Ralph chuta seus pés para fora da cama.

– Está vendo o que quero dizer? – pergunta o rapaz a Garp.

– Ela quer que você vá embora – diz Garp.

– Você é o marido dela? – perguntga o garoto.

– Isso mesmo – diz a sra. Ralph –, e ele vai arrancar seu pinto se você não cair fora.

– É melhor você ir – diz-lhe Garp. – Eu o ajudo a encontrar suas roupas.

O rapaz fecha os olhos, parece meditar.

– Ele só sabe fazer isso – diz a sra. Ralph a Garp. – Tudo que esse garoto sabe fazer é fechar os malditos olhos.

– Onde estão suas roupas? – pergunta Garp ao rapaz. Deve ter 17 ou 18 anos, Garp pensa. Talvez já tenha idade suficiente para a faculdade ou uma guerra. O rapaz continua em seus devaneios, e Garp delicadamente o sacode pelo ombro.

– Não toque em mim, cara – diz o garoto, os olhos ainda fechados. Há um tom tolamente ameaçador em sua voz que faz Garp se afastar e olhar para a sra. Ralph. Ela encolhe os ombros.

– Foi o que ele me disse, também – diz ela. Como seu sorriso, Garp percebe, o gesto de encolher os ombros é instintivo e sincero. Ele agarra o rabo de cavalo do rapaz, passa-o pela sua garganta e puxa-o até a nuca. Prende a cabeça do garoto na dobra do seu braço e segura-o firmemente nessa posição. Os olhos do rapaz se abrem.

– Pegue suas roupas, está bem? – diz-lhe Garp.

– Não toque em mim – repete o rapaz.

– Eu *estou* tocando em você – diz Garp.

– OK, OK – diz o rapaz.

Garp deixa-o se levantar. O garoto é vários centímetros mais alto do que ele, mas, sem dúvida, uns cinco quilos mais leve. Ele procura suas roupas, mas a sra. Ralph já encontrou o longo *caftan* roxo, de brocado, absurdamente pesado. O rapaz veste-o como uma armadura.

– Foi bom trepar com você – diz ele à sra. Ralph –, mas você tem que aprender a relaxar mais.

A sra. Ralph ri tão asperamente que o cachorro para de balançar a cauda.

– Você devia recomeçar do zero – diz ela ao garoto – e aprender tudo de novo, do começo. – Ela se estende na cama ao lado do labrador, que descansa a cabeça sobre sua barriga. – Ah, pare com isso, Bill! – diz ela ao cachorro, irritada.

– Ela é muito tensa – informa o garoto a Garp.

– Você não sabe nada sobre *como* fazer uma pessoa relaxar – diz a sra. Ralph.

Garp conduz o jovem para fora do quarto, pela traiçoeira escada dos fundos e pela cozinha, até a porta da frente, sempre aberta.

– Sabe, foi *ela* quem me convidou a entrar – explica o garoto. – Foi ideia *dela*.

– Ela também lhe pediu para ir embora – diz Garp.

– Sabe, você é tão tenso quanto ela – diz-lhe o rapaz.
– As crianças sabiam o que estava acontecendo? – pergunta-lhe Garp. – Eles estavam dormindo quando vocês dois subiram?
– Não se preocupe com as crianças – diz o garoto. – As crianças são lindas, cara. E sabem muito mais do que os adultos acham que sabem. As crianças são perfeitas até os adultos colocarem as mãos nelas. As crianças estavam muito bem. Crianças *sempre* estão bem.
– Você tem filhos? – murmura Garp, incapaz de se conter. Até então Garp teve grande paciência com o jovem, mas ele não é paciente quando o assunto é crianças. Não aceita nenhuma outra autoridade nesse campo. – Adeus – diz ele ao rapaz. – E não volte. – Garp o empurra, mas suavemente, pela porta aberta.
– Não me empurre! – berra o garoto, tentando dar-lhe um soco. Garp, porém, agacha-se, desviando-se, e já se levanta com os braços presos ao redor da cintura do rapaz. Para Garp, ele parece pesar 38, talvez quarenta quilos, mas obviamente pesa mais do que isso. Garp mantém o rapaz imobilizado no abraço apertado, com os braços presos às costas, e o carrega para a calçada. Quando o garoto para de se debater, Garp o coloca no chão.
– Sabe para onde ir? – pergunta-lhe Garp. – Precisa de indicação? – O garoto respira profundamente, apalpa as costelas. – E não conte a seus amigos onde eles podem vir xeretar depois – diz Garp. – E nem use o telefone.
– Nem sei o nome dela, cara – choraminga o garoto.
– E não me chame de "cara" outra vez – diz Garp.
– Está bem, cara – diz o garoto.
Garp sente uma agradável secura na garganta, que ele reconhece como um sinal de que está pronto para bater em alguém, mas deixa a sensação passar.
– Por favor, agora comece a se afastar daqui – diz Garp.
A uma quadra de distância, o rapaz grita:
– Adeus, cara!
Garp sabe que pode alcançá-lo rapidamente, se quiser. Essa visão cômica o atrai, mas seria decepcionante se o rapaz não ficasse com medo, e Garp não sente nenhuma vontade premente de magoá-lo. Garp acena em despedida. O rapaz ergue o dedo médio para ele

e se afasta, seu roupão idiota arrastando-se pelo chão – como se fosse um primitivo cristão perdido nos subúrbios.

Cuidado com os leões, garoto, Garp pensa, enviando uma bênção protetora ao rapaz. Em poucos anos, ele sabe, Duncan terá esta idade; Garp pode apenas torcer para que venha a achar mais fácil se comunicar com Duncan. Dentro de casa, a sra. Ralph chora. Garp a ouve falando com o cachorro.

– Oh, Bill – soluça. – Me desculpe se o trato mal, Bill. Você é tão bonzinho.

– Adeus! – grita Garp para cima das escadas. – Seu amigo já foi embora e eu estou indo também.

– Droga! – grita a sra. Ralph. – Como pode me deixar assim? – Sua lamúria torna-se mais alta. Logo, Garp pensa, o cachorro vai começar a latir.

– O que posso fazer? – grita Garp escada acima.

– Podia ao menos ficar e conversar comigo! – grita a sra. Ralph. – Maldito palerma bonzinho!

O que será um palerma bonzinho?, Garp se pergunta, enquanto escolhe onde pisa na escada.

– Você provavelmente acha que isso acontece comigo o tempo todo – diz a sra. Ralph, a expressão totalmente desfeita. Ela está sentada na cama com as pernas cruzadas, o quimono apertado em volta do corpo, a enorme cabeça de Bill no colo.

Garp, de fato, *pensa* assim, mas ele sacode a cabeça.

– Eu não tenho que me humilhar para me divertir – diz a sra. Ralph. – Pelo amor de Deus, sente-se. – Ela puxa Garp para a cama balançante. – Não há água suficiente neste maldito colchão – explica. – Meu marido costumava enchê-lo o tempo todo, porque ele vaza.

– Sinto muito – diz Garp. O conselheiro matrimonial.

– Espero que você nunca abandone a *sua* mulher – diz a sra. Ralph. Ela toma a mão de Garp e a segura no colo; o cachorro lambe os dedos dele. – É a maior cretinice que um homem pode fazer – continua a sra. Ralph. – Ele simplesmente me disse que fingia seu interesse por mim; "há anos", disse ele! E ainda disse que qualquer outra mulher, nova ou velha, o atraía mais do que eu. Não é muito gentil, hein?

– Não, não é – concorda Garp.
– Por favor, acredite, nunca me envolvi com ninguém até ele me deixar – diz a sra. Ralph.
– Acredito – diz Garp.
– Isso abala a autoconfiança de uma mulher – diz a sra. Ralph. – Por que eu não deveria tentar me divertir?
– *Deveria*, sim – diz Garp.
– Mas eu sou tão *sem jeito* para essas coisas! – confessa a sra. Ralph, levando as mãos aos olhos e balançando-se na cama.

O cachorro tenta lamber seu rosto, mas Garp o afasta. O animal pensa que Garp está brincando com ele e salta por cima do colo da sra. Ralph. Garp bate no focinho do cachorro – com força demais – e o pobre se afasta, ganindo.

– Não machuque o meu Bill! – grita a sra. Ralph.
– Só estava tentando ajudá-la – diz Garp.
– Não é machucando *Bill* que você vai *me* ajudar – diz a sra. Ralph. – Santo Deus, será que todo mundo ficou maluco?

Garp deixa-se cair de costas na cama de água, fecha os olhos com força; a cama oscila como um pequeno oceano, e Garp solta um gemido.

– Não sei como ajudá-la – confessa. – Sinto muito pelos seus problemas, mas, na verdade, não há nada que eu possa fazer, não é? Se quer me dizer alguma coisa, vá em frente – diz ele, os olhos ainda fechados –, mas ninguém pode ajudá-la a se sentir melhor.

– Essa é uma maneira muito animadora de falar com alguém – diz a sra. Ralph.

Bill está respirando nos cabelos de Ralph. Ele tenta lamber sua orelha. Garp se pergunta: seria Bill ou a sra. Ralph? Então, ele a sente agarrá-lo por dentro do calção e pensa friamente: se eu realmente não *quisesse* que ela fizesse isso, por que me deitei de costas?

– Por favor, não faça isso – diz ele.

Ela certamente pode sentir que ele não está interessado e o solta. Ela deita-se ao seu lado, depois se vira de costas para ele. A cama chacoalha violentamente quando Bill tenta se enfiar entre eles, mas a sra. Ralph dá-lhe uma cotovelada tão forte entre as costelas, que o cachorro tosse e abandona a cama, indo para o chão.

– Coitadinho. Desculpe, Bill – diz a sra. Garp, chorando baixinho. Bill bate a cauda no chão. A sra. Ralph, como se para completar sua humilhação, solta um peido. Seus soluços são regulares, como o tipo de chuva que Garp sabe que pode durar o dia todo. Garp, o conselheiro matrimonial, se pergunta o que poderia dar à mulher um pouco de *confiança*.

– Sra. Ralph? – diz Garp e, logo em seguida, tenta engolir o que acabou de dizer.

– O quê? – pergunta ela. – O que foi que você disse? – Ela se esforça para se erguer sobre os cotovelos e vira-se para fitá-lo com raiva. Ela o ouviu, ele sabe. – Você disse "sra. Ralph"? – pergunta ela. – Santo Deus, "sra. Ralph"! – exclama. – Você nem sequer sabe o meu *nome*!

Garp senta-se na beirada da cama; tem vontade de ir juntar-se a Bill no chão.

– Eu a acho muito atraente – murmura ele para a sra. Ralph, mas olhando para Bill. – Realmente, acho.

– Prove – diz a sra. Ralph. – Maldito mentiroso. Mostre-me.

– Não posso mostrar-lhe – diz Garp –, mas não é porque eu não a ache atraente.

– Eu nem sequer lhe dou uma ereção! – grita a sra. Ralph. – Aqui estou eu, seminua, e quando você está ao meu lado, na minha maldita cama, nem sequer tem uma ereção respeitável.

– Eu estava tentando esconder isso de você – diz Garp.

– Conseguiu – diz a sra. Ralph. – Qual é o meu nome?

Garp sente que nunca esteve tão consciente de uma de suas terríveis fraquezas: como ele precisa que as pessoas gostem dele, como ele quer ser apreciado. A cada palavra, ele percebe, sua situação fica pior e mais ele mente descaradamente. Agora ele sabe o que é um palerma.

– Seu marido deve ser maluco – diz Garp. – Você *me* parece melhor do que a maioria das mulheres.

– Oh, por favor, pare com isso – diz a sra. Ralph. – Você deve ser doente.

Devo ser, ele concorda, mas diz:

– Você devia ter confiança em sua sexualidade, acredite-me. E, mais importante ainda, devia desenvolver a confiança em você mesma de outras formas.

– Nunca houve outras formas – admite a sra. Ralph. – Nunca fui boa em nada, a não ser em sexo, e agora nem nisso eu sou boa mais.

– Mas você está estudando – diz Garp, tentativamente.

– Tenho certeza de que não sei *por quê* – diz a sra. Ralph. – Ou é isso que você quer dizer com desenvolver confiança de outras formas?

Garp aperta os olhos com força, deseja ficar inconsciente. Quando ouve a água do colchão chacoalhar como ondas, ele sente o perigo e abre os olhos. A sra. Ralph se despiu e se espalhou na cama, nua. As pequenas ondas ainda batem sob seu corpo forte e bruto, que confronta Garp como um robusto barco a remo ancorado em águas turbulentas.

– Mostre-me que você tem uma ereção e pode ir embora – diz ela. – Mostre-me sua ereção e acreditarei que gosta de mim.

Garp tenta pensar em uma ereção. A fim de fazer isso, ele fecha os olhos e pensa em outra pessoa.

– Seu filho da mãe – diz a sra. Ralph, mas Garp descobre que já tem uma ereção.

Nem foi tão difícil quanto ele imaginava. Abrindo os olhos, é forçado a reconhecer que a sra. Ralph não é totalmente desprovida de sedução. Ele tira o calção e mostra-se para ela. O próprio gesto aumenta a ereção. Ele se vê atraído por seus pelos úmidos e encaracolados. Mas a sra. Ralph não parece nem decepcionada, nem impressionada com a demonstração. Está resignada a ser desiludida. Ela dá de ombros. Vira-se, voltando seu traseiro grande e redondo para Garp.

– OK, então você realmente conseguiu – diz ela a ele. – Obrigada. Pode voltar para casa agora.

Garp tem vontade de tocá-la. Morto de constrangimento, ele acha que pode gozar só de olhar para ela. Sai atabalhoadamente do quarto e desce as deploráveis escadas. Toda aquela atitude autodestrutiva da mulher já teria acabado ao menos por *aquela* noite?, pergunta-se. Duncan estaria a salvo?

Ele pensa em estender sua vigília até a reconfortante luz do amanhecer. Pisando na frigideira que havia caído e fazendo-a bater contra o fogão, Garp não houve nem sequer um suspiro da sra. Ralph e apenas um queixume de Bill. Se os garotos acordassem e precisassem de alguma coisa, ele temia que a sra. Ralph não os ouviria.

São três e meia da madrugada na casa finalmente silenciosa da sra. Ralph quando Garp resolve limpar a cozinha, para passar o tempo até o amanhecer. Familiarizado com as tarefas domésticas, ele enche a pia e começa a lavar a louça.

Quando o telefone tocou, Garp sabia que era Helen. De repente, ocorreu-lhe que coisas terríveis deveriam estar passando por sua cabeça.

– Alô – disse Garp.

– Poderia me dizer o que está acontecendo, por favor? – perguntou Helen.

Garp percebeu que ela estava acordada havia muito tempo. Eram quatro horas da manhã.

– Nada, Helen – disse Garp. – Houve um pequeno problema aqui e eu não quis deixar o Duncan.

– Onde está a mulher? – perguntou Helen.

– Na cama – admitiu Garp. – Ela desmaiou.

– De *quê*? – perguntou Helen.

– Ela andou bebendo – disse Garp. – Havia um rapaz aqui com ela e ela me pediu para fazê-lo ir embora.

– Então, você ficou sozinho com ela? – perguntou Helen.

– Não por muito tempo – disse Garp. – Ela dormiu.

– Imagino que não levaria muito tempo mesmo – disse Helen –, com ela.

Garp deixou que houvesse um silêncio. Já fazia algum tempo que ele não sentia o ciúme de Helen, mas não teve dificuldade em lembrar sua surpreendente qualidade ferina.

– Não está acontecendo nada, Helen – disse Garp.

– Diga-me o que você está fazendo, exatamente, neste momento – disse Helen.

– Estou lavando a louça – respondeu Garp. Ouviu sua respiração funda, controlada.

– Por que você ainda está aí? – perguntou Helen.
– Não quis deixar Duncan – falou Garp.
– Acho que você devia trazer Duncan para casa – disse Helen. – Agora mesmo.
– Helen – disse Garp. – Eu me comportei. – Soou um pouco defensivo, até mesmo para Garp. Além do mais, ele sabia que não se comportara tão bem assim. – Nada aconteceu – ele acrescentou, sentindo-se um pouco mais seguro em relação à verdade do que estava dizendo.
– Não vou lhe perguntar por que você está lavando a louça suja dela – disse Helen.
– Para passar o tempo – disse Garp.
Mas, na verdade, ele não havia pensado no que estava fazendo, até agora, e lhe pareceu sem sentido – esperando amanhecer, como se acidentes só acontecessem quando está escuro.
– Estou esperando Duncan acordar – disse ele, mas assim que acabou de falar percebeu que também isso não fazia sentido.
– Por que não o acorda? – perguntou Helen.
– Sou bom em lavar louças – disse Garp, tentando desanuviar a conversa.
– Conheço tudo em que você é bom – falou Helen um pouco amargamente demais para parecer uma piada.
– Você vai ficar doente de preocupação, pensando dessa maneira – disse Garp. – Helen, de verdade, por favor, pare com isso. Não fiz nada de errado. – Mas Garp tinha a lembrança incômoda de um puritano sobre a ereção que a sra. Ralph lhe provocara.
– Já fiquei doente de preocupação – disse Helen, mas sua voz se suavizou. – Por favor, volte para casa agora.
– E deixar Duncan?
– Pelo amor de Deus, acorde-o! – disse ela. – Ou *carregue*-o.
– Já vou pra casa – disse Garp. – Por favor, não se preocupe, não pense o que está pensando. Vou lhe contar tudo que aconteceu. Você provavelmente vai adorar esta história. – Mas ele sabia que teria dificuldade em lhe contar todos os detalhes e que precisaria pensar com muito cuidado sobre as partes que deveria omitir.

– Sinto-me melhor – disse Helen. – Até daqui a pouco. Por favor, não lave nem mais um prato.

Helen desligou, e Garp inspecionou novamente a cozinha. Achou que aquela meia hora de trabalho não tinha realmente feito bastante diferença para a sra. Ralph notar que fora feito algum esforço para diminuir a bagunça.

Garp procurou as roupas de Duncan entre as muitas pilhas espalhadas pela sala. Ele conhecia as roupas do filho, mas não conseguia localizar nenhuma. Lembrou-se, então, que Duncan, como um hamster, guardava suas coisas no fundo do saco de dormir e enfiava-se em seu ninho com elas. Duncan pesava cerca de quarenta quilos, fora o saco de dormir e suas tralhas, mas Garp achava que conseguiria carregá-lo até em casa. Duncan poderia pegar sua bicicleta em outro dia. Ao menos, Garp decidiu, não iria acordar o filho dentro da casa de Ralph. Poderia haver uma cena. Duncan poderia reclamar de ter que ir embora. Talvez até a sra. Ralph acordasse.

Então, Garp pensou na sra. Ralph. Furioso consigo mesmo, ele sabia que precisava dar uma última olhada. Sua repentina, recorrente ereção o fez lembrar que ele queria ver seu corpo bruto, maciço outra vez. Dirigiu-se rapidamente para a escada dos fundos. Ele poderia encontrar seu fétido quarto só pelo cheiro.

Garp olhou diretamente para seu ventre, o umbigo estranhamente retorcido, os mamilos pequenos (para seios tão grandes). Deveria ter olhado primeiro para seus olhos – então, teria visto que ela estava perfeitamente acordada e o encarava.

– Já terminou a louça? – perguntou a sra. Ralph. – Veio se despedir?

– Quis ver se você estava bem – disse ele.

– Bobagem – retrucou ela. – Você queria dar mais uma olhada.

– Sim – confessou ele; desviou o olhar. – Desculpe-me.

– Não se desculpe – disse ela. – Ganhei o dia com isso.

Garp tentou sorrir.

– Você está sempre se desculpando – disse a sra. Ralph. – Você pede desculpas demais. Exceto para sua mulher. Você não pediu desculpas para *ela*.

Havia um telefone ao lado da cama de água. Garp achou que nunca se enganara tanto a respeito do estado de uma pessoa quanto se enganara com o da sra. Ralph. De repente, ela estava tão sóbria quanto Bill. Ou a bebedeira passara milagrosamente ou ela estava desfrutando aquela meia hora de clareza entre o estupor e a ressaca – a meia hora sobre a qual Garp havia lido, mas que sempre acreditara ser um mito. Outra ilusão.

– Vou levar Duncan para casa – disse-lhe Garp.

Ela assentiu.

– Se eu fosse você, também o levaria para casa.

Garp reprimiu um novo pedido de desculpas, conseguindo suprimi-lo depois de um grande esforço.

– Me faz um favor? – disse a sra. Ralph. Garp olhou para ela; ela não se importava. – Não conte *tudo* sobre mim à sua esposa, sim? Não me retrate como uma porca. Talvez possa me descrever com um pouco de compaixão.

– Eu tenho muita compaixão – murmurou Garp.

– Você também tem uma *vara* muito dura aí embaixo do calção – disse a sra. Ralph, olhando fixamente para o calção levantado de Garp. – É melhor não levar *isso* pra casa. – Garp ficou calado. Ele, o puritano, achava que merecia algum castigo também. – Sua mulher realmente se preocupa com você, não é? – continuou a sra. Ralph. – Acho que você nem *sempre* foi um bom menino. Sabe como meu marido o teria chamado? Ele o teria chamado de "capacho".

– Seu marido deve ter sido um cretino – disse Garp.

Era bom dar o troco, ainda que de leve, mas Garp sentia-se tolo por ter julgado mal aquela mulher.

A sra. Ralph saltou da cama e ficou em pé diante de Garp, os bicos dos seios roçando-lhe o peito. Garp receou que sua ereção tocasse nela.

– Você vai voltar – disse a sra. Ralph. – Quer apostar?

Garp deixou-a sem dizer nada.

Ele não tinha caminhado mais do que dois quarteirões da casa da sra. Ralph – Duncan enfiado no saco de dormir, contorcendo-se no seu ombro –, quando o carro da polícia parou junto ao meio-fio,

e a luz azul ficou piscando sobre ele no lugar em que foi flagrado. Um sequestrador furtivo, seminu, andando sorrateiramente com uma vistosa trouxa de objetos roubados e uma criança sequestrada.
— O que você tem aí, amigo? – perguntou-lhe um policial. Havia dois policiais na radiopatrulha e uma terceira pessoa difícil de distinguir no banco de trás.
— Meu filho – disse Garp.
Os dois policiais saíram da viatura.
— Aonde vai com ele? – perguntou um dos policiais. – Ele está bem? – Iluminou o rosto de Duncan com uma lanterna. O garoto continuava tentando dormir. Ele apertou os olhos, procurando fugir da luz.
— Ele estava passando a noite na casa de um amigo – disse Garp. – Mas não deu certo. Estou levando-o para casa. – O policial virou o facho de luz para Garp, em seu traje de corrida. Calção, tênis, sem camisa.
— Tem alguma identificação? – perguntou o policial. Garp depositou Duncan e o saco de dormir, delicadamente, no gramado de alguém.
— Claro que não – disse Garp. – Se me der uma carona até em casa, poderei lhe mostrar um documento.
Os policiais se entreolharam. Haviam sido chamados ao local, horas antes, quando uma jovem deu queixa, dizendo ter sido abordada por um exibicionista – pelo menos, um atleta pelado. Provavelmente, fora uma questão de tentativa de estupro. Segundo ela, conseguira escapar porque estava de bicicleta.
— Está aqui há muito tempo? – perguntou um dos policiais a Garp.
A terceira pessoa, no banco de trás do carro da polícia, olhou pela janela para ver o que estava acontecendo. Ao ver Garp, disse:
— Olá, cara, como vai?
Duncan começou a acordar.
— Ralph? – disse Duncan.
Um dos policiais ajoelhou-se ao lado do garoto e apontou a lanterna para Garp.
— Este é o seu pai? – perguntou o policial a Duncan.

O menino estava meio zonzo. Seus olhos saltaram do pai para os policiais e para a radiopatrulha com as luzes piscando sem parar. O outro policial dirigiu-se à pessoa no banco de trás da viatura. Era o rapaz de caftan roxo. Os policiais o recolheram quando patrulhavam a vizinhança à procura do exibicionista. O rapaz não conseguira lhes dizer onde vivia – porque, na verdade, não vivia em lugar nenhum.

– Conhece aquele homem que está ali com a criança? – perguntou o policial ao rapaz.

– Sim, ele é um cara durão – disse o rapaz.

– Está tudo bem, filho – disse Garp. – Não tenha medo. Só estou levando você para casa.

– Filho? – perguntou o policial a Duncan. – Este homem é seu pai?

– Você está assustando-o – disse Garp ao policial.

– Eu não estou com medo – disse Duncan. – Por que você está me levando para casa? – perguntou ele ao pai. Parecia que todos queriam ouvir a resposta.

– A mãe de Ralph não estava se sentindo bem – disse Garp. Esperava que fosse o suficiente, mas o amante rejeitado, dentro do carro da polícia, começou a rir. O policial girou a lanterna para o rapaz e perguntou a Garp se o conhecia. Garp achava que aquela história não iria ter mais fim.

– Meu nome é Garp – disse ele, irritado. – T. S. Garp. Sou casado. Tenho dois filhos. Um deles, este aqui, chamado Duncan, o mais velho, estava passando a noite na casa de um amigo. Eu fiquei convencido de que a mãe desse amigo era inadequada para tomar conta do meu filho. Fui até a casa do amigo e peguei meu filho para levá-lo de volta para casa dele. Ou seja, eu estou tentando *chegar* em casa.

– *Aquele* rapaz – continuou Garp, apontando para a radiopatrulha – estava visitando a mãe do amigo do meu filho quando eu cheguei. A mãe queria que o rapaz fosse embora, *aquele* rapaz – disse Garp, apontando novamente para o jovem dentro do carro –, e ele foi embora.

– Qual é o nome dessa mãe? – perguntou um dos policiais. Ele tentava registrar tudo em um bloco gigantesco. Após uma pausa educada, o policial ergueu os olhos para Garp.

– Duncan? – perguntou Garp ao filho. – Qual é o nome de Ralph?
– Bem, está sendo mudado – disse Duncan. – Ele tinha o nome do pai, mas a mãe dele está tentando mudar isso.
– Sim, mas qual é o nome do pai dele? – perguntou Garp.
– Ralph – disse Duncan.
Garp fechou os olhos.
– Ralph Ralph? – perguntou o policial com o bloco.
– Não, Duncan, por favor, pense – disse Garp. – Qual é o *sobrenome* do Ralph?
– Bem, acho que esse é o nome que está sendo trocado – disse Duncan.
– Duncan, qual é o nome que está sendo *trocado*? – perguntou Garp.
– Você podia perguntar a Ralph – sugeriu Duncan.
Garp teve vontade de gritar.
– Você disse que o *seu* nome era Garp? – perguntou um dos policiais.
– Sim – respondeu Garp.
– E as iniciais são T. S.? – perguntou o policial.
Garp sabia o que iria acontecer em seguida; sentiu-se cansado.
– Sim, T. S. – disse ele. – Apenas T. S.
– Ei, seu merda! – gritou o rapaz na viatura, deixando-se cair para trás no assento, com um ataque de riso.
– O que a primeira inicial representa, sr. Garp? – perguntou o policial.
– Nada – disse Garp.
– Nada? – perguntou o policial.
– São apenas iniciais – disse Garp. – Foi o nome que minha mãe me deu.
– Seu primeiro nome é *T*? – perguntou o policial.
– As pessoas me chamam de Garp – disse ele.
– Que história, cara! – gritou o rapaz de caftan, mas o policial mais perto da radiopatrulha bateu no teto, advertindo-o.
– Se você colocar esses pés sujos no banco do carro outra vez, filho – disse ele –, vou fazê-lo limpar com a língua.

– Garp? – disse o policial que interrogava Garp. – Sei quem você é! – gritou ele repentinamente. Garp sentiu-se muito ansioso. – Foi você quem pegou aquele molestador no parque!

– Sim! – disse Garp. – Fui eu mesmo. Mas não foi aqui, e já faz muito tempo.

– Lembro-me como se tivesse sido ontem – disse o policial.

– O que foi? – perguntou o outro policial.

– Você é muito novo para saber – disse-lhe o policial. – Este é o homem chamado Garp que pegou um molestador no parque... qual era mesmo? Um molestador de *crianças*, isso mesmo. E o que era mesmo que você fazia? – perguntou ele a Garp, curioso. – Quero dizer, havia alguma coisa engraçada, não é?

– Engraçada? – disse Garp.

– O seu *trabalho* – disse o policial. – Em que era mesmo que você trabalhava?

– Sou escritor – disse Garp.

– Oh, sim – lembrou-se o policial. – Ainda é escritor?

– Sou – confessou Garp. Sabia, ao menos, que não era um conselheiro matrimonial.

– Sim, entendo – disse o policial, mas ainda havia alguma coisa perturbando-o. Garp podia ver que havia algo errado.

– Eu usava barba na época – disse Garp.

– Isso mesmo! – exclamou o policial. – E você raspou a barba?

– Certo – disse Garp.

Os policiais se reuniram na claridade vermelha das lanternas traseiras da radiopatrulha. Resolveram dar uma carona a Garp e Duncan, mas disseram que Garp ainda teria de mostrar-lhes algum documento de identificação.

– Eu não o estou reconhecendo, das fotos, sem a barba – disse o outro policial.

– Bem, já faz alguns anos – disse Garp, com tristeza – e foi em outra cidade.

Garp não gostou que o rapaz de caftan visse onde eles moravam. Imaginava que o jovem iria aparecer à sua porta um dia, pedindo alguma coisa.

– Lembra-se de mim? – perguntou o rapaz a Duncan.

– Acho que não – disse Duncan, educadamente.

– Bem, você estava quase dormindo – admitiu o rapaz. Para Garp, ele disse: – Você é muito estressado com crianças, cara. As crianças sabem se virar muito bem sozinhas. Ele é seu único filho?

– Não, eu tenho outro – disse Garp.

– Cara, você devia ter mais uma dúzia – disse o rapaz. – Assim, talvez, não ficasse tão tenso com um só, sabe? – Para Garp, isso soava como aquilo que sua mãe chamava de a Teoria Percy sobre Crianças.

– Pegue a próxima à esquerda – disse Garp ao policial que dirigia –, depois à direita e é na esquina.

O outro policial deu um pirulito a Duncan.

– Obrigado – disse Duncan.

– E eu? – disse o rapaz de caftan. – Eu também gosto de pirulitos.

O policial lançou-lhe um olhar fulminante. Quando ele se virou para a frente de novo, Duncan deu seu pirulito ao rapaz. Duncan não era fã de pirulitos, nunca fora.

– Obrigado – sussurrou o rapaz. – Está vendo, cara? – disse ele a Garp. – As crianças são simplesmente maravilhosas.

E Helen também, pensou Garp – parada na entrada, com a luz por trás. Seu roupão azul, comprido, tinha uma gola alta, virada para cima, como se ela estivesse com frio. Ela também estava usando os óculos, para que Garp soubesse que ela estivera ali, esperando por eles.

– Cara – sussurrou o jovem de *caftan*, cutucando Garp quando ele saía do carro. – Como será aquela linda mulher sem os óculos?

– Mamãe! Nós fomos presos – gritou Duncan para Helen.

A viatura da polícia parou junto ao meio-fio enquanto esperava Garp ir buscar o documento de identidade.

– Nós *não* fomos presos – disse Garp. – Eles nos deram uma *carona*, Duncan. Está tudo bem – disse ele com raiva, para Helen. Correu ao andar superior para pegar a carteira entre suas roupas.

– Você saiu assim? – perguntou Helen às suas costas. – Vestido assim?

– A polícia achou que ele estava me sequestrando – disse Duncan.

– Eles foram até a casa? – perguntou-lhe Helen.

– Não, papai estava me carregando para casa – disse Duncan. – Nossa, papai é mesmo esquisito.

Garp desceu as escadas ruidosamente e correu para a porta.

– Um caso de confusão de identidade – murmurou Garp para Helen. – Deviam estar procurando outra pessoa. Pelo amor de Deus, não fique aborrecida.

– Eu *não* estou aborrecida – retrucou Helen, rispidamente.

Garp mostrou a carteira de identidade à polícia.

– OK. Então, é apenas T. S., hein? – disse o policial mais velho. – Acho que é mais simples assim.

– Às vezes, não é – disse Garp.

Quando a radiopatrulha se afastava, o garoto de *caftan* gritou para Garp:

– Você não é um mau sujeito, cara, só precisa aprender a *relaxar*!

A impressão do corpo de Helen em Garp – esbelto, tenso e trêmulo sob o roupão azul – não o fez relaxar. Duncan estava inteiramente acordado e tagarelava sem parar. Também estava com fome, assim como Garp. Na cozinha, enquanto amanhecia, Helen observava-os friamente enquanto comiam. Duncan contou a trama de um longo filme da TV. Garp desconfiava que, na verdade, tratava-se de dois filmes, que Duncan adormecera antes que um terminasse e acordara depois que o outro começara. Ele tentou imaginar onde e quando as atividades da sra. Ralph encaixavam-se nos filmes de Duncan.

Helen não fez nenhuma pergunta. Em parte, Garp sabia, era porque não havia nada que ela pudesse dizer na frente de Duncan. Mas em parte, como Garp, ela estava editando rigorosamente o que queria dizer. Ambos sentiam-se gratos pela presença de Duncan. Até conseguirem conversar livremente um com o outro, a longa espera já poderá tê-los deixado mais gentis, e mais cuidadosos.

Quando amanheceu, não conseguiram esperar mais e começaram a falar através de Duncan.

– Conte à mamãe como era a cozinha – disse Garp. – E conte-lhe do cachorro.

– Bill?

– Isso mesmo! – disse Garp. – Conte a ela sobre o velho Bill.

– O que a mãe de Ralph estava usando enquanto vocês estavam lá? – perguntou Helen a Duncan. Ela sorriu para Garp. – Espero que estivesse usando mais roupas do que o papai.

– O que vocês comeram no jantar? – perguntou Garp a Duncan.

– Os banheiros são em cima ou embaixo? – perguntou Helen. – Ou nos dois andares?

Garp tentou lançar-lhe um olhar que dizia: Por favor, não comece. Ele podia sentir que ela afiava as velhas armas ao alcance da mão. Helen tinha uma ou duas *babysitters* que podia citar, e ele via que ela já colocava as *babysitters* em posição. Se ela trouxesse à baila um dos antigos e dolorosos nomes, Garp não tinha nenhum nome para contra-atacar. Helen não tinha *babysitters* contra ela; ainda não. Na mente de Garp, Harrison Fletcher não contava.

– Quantos telefones há na casa? – perguntou Helen a Duncan. – Há um telefone na cozinha e outro no quarto? Ou o único telefone fica no quarto?

Quando Duncan finalmente foi para o seu quarto, restava menos de meia hora a Helen e Garp antes de Walt acordar. Mas Helen tinha os nomes de suas inimigas preparados na ponta da língua. Há bastante tempo para causar danos quando você sabe onde estão os ferimentos de guerra.

– Eu o amo tanto e o conheço tão bem... – começou Helen.

12

Acontece com Helen

Telefonemas a altas horas da noite – esses verdadeiros alarmes antirroubo vibrando em nosso coração – sempre apavoraram Garp. Quem são as pessoas que eu amo?, o coração de Garp gritaria ao primeiro toque do telefone – quem foi atropelado por um caminhão, quem se afogou em cerveja ou jaz estatelado, abalroado por um elefante na terrível escuridão?

Garp temia receber chamadas depois da meia-noite, mas certa vez ele próprio fez uma – inconscientemente. Foi em uma noite quando Jenny os visitava. Sua mãe deixara escapar que Cushie Percy morrera de parto. Garp não soubera e, embora de vez em quando ele brincasse com Helen sobre sua antiga paixão por Cushie – e Helen zombasse dele por isso –, a notícia da morte de Cushie deixou-o abalado. Cushman Percy sempre fora tão ativa, tão cheia de vida, que parecia impossível. A notícia de um acidente com Alice Fletcher não o teria perturbado mais; sentia-se mais preparado para alguma coisa que acontecesse a ela. Infelizmente, sabia que sempre aconteceria alguma coisa à Silenciosa Alice.

Garp entrou na cozinha e, sem realmente perceber que horas eram, ou se lembrar de quando abrira outra cerveja, descobriu que havia discado o número da casa dos Percy. O telefone tocou. Lentamente, Garp pôde imaginar o longo caminho que o Ensopado Gordo teve de percorrer de seu sono profundo até conseguir atender o telefone.

– Santo Deus, pra quem você está telefonando? – perguntou Helen, entrando na cozinha. – São quinze para as duas da madrugada!

Antes que Garp pudesse desligar, Stewart Percy atendeu o telefone.

– Sim? – perguntou Ensopado Gordo, preocupado, e Garp podia imaginar a frágil e tola Midge sentando-se na cama ao lado dele, tão nervosa quanto uma galinha preocupada.

– Desculpe-me por acordá-lo – disse Garp. – Não percebi que era tão tarde.

Helen sacudiu a cabeça e saiu abruptamente da cozinha. Jenny apareceu à porta. Na expressão de seu rosto, havia um ar de crítica que só uma mãe pode lançar ao filho. É um olhar mais decepcionado do que zangado.

– Quem está falando? – disse Stewart Percy.

– É Garp, senhor – respondeu Garp, sentindo-se um menino outra vez, desculpando-se por seus genes.

– Mas que droga! – exclamou Ensopado Gordo. – O que é que *você* quer?

Jenny se esquecera de dizer a Garp que Cushie Percy morrera havia *meses*. Garp achava que estava dando os pêsames por uma desgraça recente. Assim, ele titubeou.

– Desculpe-me, eu sinto muito – disse Garp.

– Você já disse isso, já disse! – berrou Stewart.

– Eu acabo de saber – disse Garp – e queria dizer ao senhor e à sra. Percy o quanto lamento. Posso não ter lhe demonstrado, senhor, mas eu realmente gostava...

– Seu cretino miserável! Seu filho da mãe, japonês de merda! – exclamou Stewart Percy, batendo o telefone.

Nem mesmo Garp estava preparado para tanta agressividade. Mas ele não compreendeu a verdadeira situação. Somente anos mais tarde, ficou sabendo das reais circunstâncias de seu telefonema. A pobre Pooh Percy, a maluca Bainbridge, um dia explicaria a Jenny.

Quando Garp telefonou, Cushie estava morta havia tanto tempo, que Stewart não entendeu que Garp estava lhe dando as condolências pela perda de Cushie. Quando Garp ligou, era a noite do dia em que a fera negra, Bonkers, finalmente expirara. Stewart Percy achou que o telefonema de Garp era uma brincadeira cruel – falsas condolências pelo cachorro que Garp sempre odiara.

E agora, quando o telefone de Garp tocou, ele sentiu Helen agarrá-lo instintivamente, emergindo instantaneamente de seu sono. Quando pegou o receptor, Helen já prendera sua perna entre os joelhos dela – como se estivesse se agarrando com força à vida e à segurança que seu corpo significava para ela. Mentalmente, Garp repassou as possibilidades. Walt estava em casa, dormindo. Duncan também; ele não estava na casa de Ralph.

É meu pai, é seu coração, Helen pensou. Às vezes, ela pensava: Finalmente encontraram e identificaram minha mãe. Em um necrotério.

E Garp pensou: Mataram mamãe. Ou a sequestraram pelo resgate – homens que não aceitariam nada senão a violação pública de quarenta virgens antes de soltar a famosa feminista, sã e salva. E também exigirão a vida de meus filhos, e assim por diante.

Era Roberta Muldoon ao telefone, e isso apenas convenceu Garp de que a vítima era Jenny Fields. Mas a vítima era Roberta.

– Ele me deixou – disse Roberta, sua voz poderosa embargada em lágrimas. – Ele me abandonou. A *mim*! Pode acreditar?

– Nossa, Roberta! – disse Garp.

– Oh, eu não sabia como eram os homens até me tornar uma mulher – disse Roberta.

– É Roberta – sussurrou Garp para Helen, para que ela pudesse relaxar. – Seu amante abandonou o barco. – Helen suspirou, soltou a perna de Garp, virou-se de costas.

– Você nem se importa, não é? – perguntou Roberta a Garp, impaciente.

– Por favor, Roberta – disse Garp.

– Desculpe-me – disse Roberta. – Mas achei que já era muito tarde para telefonar para sua mãe. – Garp achou aquela lógica surpreendente, visto que sabia que Jenny ficava acordada até mais tarde do que ele; mas ele também gostava de Roberta, muito, e ela, sem dúvida, estava sofrendo.

– Ele disse que eu não era *bastante* mulher, que eu o confundia, que eu era confusa sexualmente! – disse Roberta, aos prantos. – Ah, meu Deus, que *canalha*. Tudo que ele queria era a novidade da situação. Ele só estava se exibindo para os colegas.

– Aposto como você podia acabar com ele, Roberta – disse Garp. – Por que não lhe deu uma surra?

– Você não compreende – disse Roberta. – Não tenho mais vontade de dar uma surra em ninguém. Eu sou uma *mulher*!

– As mulheres nunca têm vontade de dar uma surra em alguém? – perguntou Garp.

Helen aconchegou-se junto a ele e puxou seu pênis.

– Não sei o que as mulheres sentem – gemeu Roberta. – Quer dizer, não sei como elas *devem* se sentir. Só sei o que *eu* sinto.

– E o que é? – perguntou Garp, sabendo que ela queria lhe dizer.

– Tenho vontade de lhe dar uma surra *agora* – confessou Roberta –, mas, quando ele estava dizendo tudo aquilo para mim, só fiquei lá sentada, ouvindo. Até chorei. Eu chorei o dia inteiro! – disse, continuando a chorar. – E ele até me telefonou e disse que, se eu ainda estava chorando, estava enganando a mim mesma.

– Mande-o para o inferno – disse Garp.

– Tudo que ele queria era trepar comigo – continuou Roberta. – Por que os homens são assim?

– Bem... – disse Garp.

– Ah, eu sei que *você* não é – disse Roberta. – Provavelmente, nem sou atraente para você.

– Claro que você é atraente, Roberta – disse Garp.

– Mas não para *você* – insistiu Roberta. – Não minta. Não sou sexualmente atraente, não é?

– Na verdade, não para *mim* – confessou Garp –, mas, para muitos *outros* homens, você é. Claro que é.

– Bem, você é um bom amigo, isso é o mais importante – disse Roberta. – Na verdade, você também não é sexualmente atraente para mim.

– Tudo bem, Roberta.

– Você é baixo demais – disse Roberta. – Gosto de pessoas de aparência maior, quero dizer, sexualmente. Não se ofenda.

– Não estou ofendido – disse Garp. – *Você* também não se ofenda.

– Claro que não – disse Roberta.

– Por que não me liga de manhã? – sugeriu Garp. – Estará se sentindo melhor.

– Não, não estarei – disse Roberta, amuada. – Estarei *pior*. E estarei envergonhada por ter ligado para você.

– Por que não liga para o seu médico? – disse Garp. – O urologista? O sujeito que fez a sua operação, ele é seu amigo, não é?

– Acho que ele quer trepar comigo – disse Roberta, a voz séria. – Acho que foi o que ele *sempre* quis. Acho que ele recomendou toda essa operação só porque queria me seduzir, mas queria me transformar numa mulher primeiro. Eles são famosos por isso, uma amiga me contou.

– Uma amiga *maluca*, Roberta – disse Garp. – *Quem* é famoso por isso?

– Os urologistas – disse Roberta. – Oh, eu não sei. Os urologistas não lhe parecem um pouco esquisitos?

De fato, *pareciam*, mas Garp não queria aborrecer Roberta mais ainda.

– Ligue para mamãe – ouviu-se ele dizendo. – *Ela*, sim, vai animá-la, ela vai pensar em alguma coisa.

– Oh, ela *é* mesmo maravilhosa – disse Roberta, soluçando. – Ela sempre *pensa* em alguma coisa, mas acho que já abusei demais da bondade de Jenny.

– Ela adora ajudar, Roberta. – Garp sabia, ao menos, que estava dizendo a verdade. Jenny Fields estava sempre cheia de compaixão e paciência, e ele só queria dormir. – Acho que uma boa partida de *squash* pode ajudar, Roberta – sugeriu Garp, sem muita convicção. – Venha passar uns dias aqui e poderemos jogar umas boas partidas.

Helen virou-se para o lado dele, franziu a testa e mordeu seu mamilo. Ela gostava de Roberta, mas, no começo da fase de sua mudança de sexo, Roberta só sabia falar de si mesma.

– Eu me sinto tão *exausta*... – disse Roberta. – Não tenho energia, não tenho mais nada. Nem mesmo sei se poderia jogar.

– Mas não custa *tentar*, Roberta. É preciso que tente fazer alguma coisa.

Helen, já exasperada com ele, virou-se para o outro lado, afastando-se.

Helen, porém, mostrava-se afetuosa com ele quando atendia àqueles telefonemas altas horas da noite. Dizia que eles a assustavam e não queria saber do que se tratava. Foi estranho, portanto, que quan-

do Roberta Muldoon telefonou pela segunda vez, algumas semanas mais tarde, tenha sido *Helen* quem atendeu. O fato surpreendeu Garp, porque o telefone estava do seu lado da cama, e ela teve de passar por cima dele para atender. Na verdade, dessa vez, ela arremessou-se por cima dele e sussurrou rapidamente ao telefone:
– Sim? O que é?
Quando ouviu a voz de Roberta, ela logo passou o telefone para Garp, tornando óbvio que não estava preocupada em proteger o sono do marido.
Quando Roberta telefonou pela terceira vez, Garp sentiu uma ausência quando pegou o aparelho. Estava faltando alguma coisa.
– Ah, olá, Roberta.
O que estava faltando eram as pernas de Helen prendendo as suas. Não estavam lá. *Helen* não estava lá. Falou com Roberta, tentando consolá-la, sentindo que o lugar ao seu lado na cama estava frio. Eram duas horas da madrugada, a hora predileta de Roberta. Quando ela finalmente desligou, Garp desceu à procura de Helen, encontrando-a no sofá da sala, com um copo de vinho e um manuscrito no colo.
– Não conseguia dormir – disse ela.
Havia, no entanto, uma expressão em seu rosto que ele, de imediato, não conseguiu interpretar. Embora pensasse reconhecer aquela expressão, jamais a vira no rosto de Helen.
– Corrigindo trabalhos?
Ela balançou a cabeça, mas diante dela havia apenas um manuscrito. Garp apanhou-o.
– É apenas o trabalho de um aluno – disse ela, estendendo a mão para recuperá-lo.
O nome do aluno era Michael Milton. Garp leu um parágrafo.
– Parece um conto – disse Garp. – Não sabia que você fazia seus alunos escreverem *ficção*...
– E não faço mesmo, mas algumas vezes eles gostam de me mostrar o que escrevem.
Ele leu mais um parágrafo. Achou que o estilo do autor era inibido e forçado, mas não havia erros na página. Ao menos, ele demonstrava certa competência na redação.

– É um dos meus alunos de pós-graduação – disse Helen. – É muito inteligente, mas – começou Helen a dizer e deu de ombros. Seu gesto, no entanto, pareceu forçado como o de uma criança encabulada.

– Mas o quê? – insistiu Garp. Ele riu, achando graça por ver Helen tão infantil àquela hora da madrugada.

Mas Helen tirou os óculos, exibindo-lhe aquela *outra* expressão que ele já notara e não conseguia identificar. Parecendo ansiosa, ela disse:

– Bem... não sei. É *jovem* demais, talvez. Muito jovem ainda, sabe? Muito inteligente, mas muito jovem.

Garp virou uma página, leu metade de outro parágrafo e devolveu-lhe o manuscrito. Ele deu de ombros.

– Para mim, parece uma boa porcaria...

– Não, não é porcaria – disse Helen, muito séria.

Ali estava Helen, pensou Garp, a professora judiciosa. Disse-lhe que ia voltar para a cama.

– Eu também já vou subir – disse Helen.

Garp entrou no banheiro em cima e olhou-se no espelho. E foi então que identificou aquela expressão que vira, estranhamente deslocada, no rosto de Helen. Garp a reconheceu porque já a vira antes em seu próprio rosto, de tempos em tempos, mas que jamais vira no rosto de sua mulher. A expressão era de *culpa*, e isso o deixou intrigado. Ficou deitado, acordado, ainda por muito tempo, mas Helen não voltou para a cama. De manhã, ele se surpreendeu quando o primeiro pensamento que veio à sua mente foi o nome do aluno, Michael Milton, embora só houvesse passado os olhos nos originais. Olhou disfarçadamente para Helen, que agora estava deitada – e acordada – ali ao seu lado.

– Michael Milton... – falou Garp baixinho, não para ela, mas suficientemente alto para ser ouvido. Ficou olhando para o rosto impassível de Helen. Ela devia estar sonhando acordada ou, simplesmente, não o ouvira. Ou podia ser que o nome Michael Milton *já* estivesse em sua mente, de modo que, quando Garp o pronunciou, ela nem percebeu.

Michael Milton era um aluno do terceiro ano de pós-graduação em literatura comparada. Já tinha o curso superior de francês de Yale, onde se formara sem distinções. Anteriormente, se formara na Steering School, embora não desse valor aos seus anos de escola preparatória. Quando alguém descobria que cursara Yale, ele parecia subestimar isso também. O mesmo já não acontecia com o ano em que estudara na França. Quem ouvia Michael Milton falar não podia imaginar que ele houvesse passado apenas um ano na Europa, porque dava a impressão de haver morado na França toda a sua vida. Ele tinha 25 anos.

Embora houvesse passado tão pouco tempo na Europa, ele parecia ter comprado roupas para o resto da vida lá: paletós de tweed com grandes lapelas e punhos virados, bem como casacos e calças cortados sob medida, destacando a cintura e os quadris. Era o tipo de roupa que até mesmo os americanos do tempo de Garp na Steering chamavam de "europeu". Os colarinhos das camisas de Michael Milton, que ele usava meio abertas no peito (sempre com *dois* botões desabotoados), eram largos e frouxos, o que lhe dava uma elegância renascentista: uma maneira de vestir que dava ao mesmo tempo uma impressão de descuido e de perfeição absoluta.

Michael era tão diferente de Garp quanto um avestruz de uma foca. Quando vestido, tinha um corpo muito elegante; sem roupas, parecia uma garça. Era alto e esbelto, com uma ligeira corcunda que os casacos sob medida disfarçavam. O corpo parecia um cabide – perfeito para pendurar roupas. Mas, despido, ele quase não tinha corpo.

Era em quase tudo o oposto de Garp. A única coisa que Michael Milton tinha em comum com Garp era uma tremenda autoconfiança. Compartilhavam a virtude, ou o vício, da arrogância. Assim como Garp, ele era agressivo de uma maneira que só aqueles que acreditam plenamente em si mesmos podem ser. E foram justamente essas qualidades que, tempos atrás, tinham feito Helen sentir-se atraída por Garp.

Agora, ali estavam as mesmas qualidades, com nova roupagem e manifestando-se de forma bem diferente. Ainda assim, Helen as reconhecia. Em geral, ela não se deixava atrair por almofadinhas que se vestiam e falavam como se estivessem desencantados do mundo e possuíssem um *savoir-faire* especial adquirido em sua educação europeia, quando, na verdade, haviam passado a maior parte de suas curtas vidas no banco traseiro de carros em Connecticut. No entanto, em sua juventude, Helen *em geral* tampouco se sentia atraída por praticantes de luta livre. Ela gostava de homens confiantes, desde que essa confiança não fosse descabida.

Helen sentia-se atraída por Michael Milton pela mesma razão pela qual muitos homens e algumas poucas mulheres sentiam-se atraídos por ela. Helen, na casa dos 30, era uma mulher atraente não só pela beleza, mas também porque tinha uma aparência perfeita. Cabe observar que ela não só aparentava se cuidar, como também que tinha boas razões para isso. No caso de Helen, aquela aparência que amedrontava, ao mesmo tempo que atraía, não era enganosa. Ela era uma mulher bem-sucedida. Parecia ter tal controle de sua vida que somente os homens muito confiantes conseguiam sustentar seu olhar quando ela os encarava. Até mesmo nos pontos de ônibus, ela era encarada apenas enquanto não devolvesse o olhar.

Nos corredores do departamento de inglês, Helen não costumava ser encarada; todos a olhavam quando podiam, mas sempre de maneira furtiva. Ela estava, portanto, inteiramente despreparada para a maneira franca e demorada com que o jovem Michael Milton a olhara um dia. Ele simplesmente parou no corredor e ficou olhando-a vir em sua direção. Foi Helen, na verdade, quem desviou o olhar. Ele virou-se e continuou a olhá-la, quando ela passou por ele e seguiu pelo corredor. Ele perguntou a alguém ao seu lado, alto o suficiente para Helen ouvir, o que fazia ali aquela mulher. Estudava ou ensinava?

No segundo semestre daquele ano, Helen deu o curso Ponto de Vista da Narrativa. Era um seminário para alunos de pós-graduação e alguns poucos da graduação mais avançados. Helen interessava-se pelo desenvolvimento e sofisticação da técnica narrativa do romance moderno, com atenção especial para o ponto de vista da narrativa. Na primeira aula, notou aquele aluno que parecia mais velho, com um bigode ralo e louro e uma bela camisa com os dois botões superiores desabotoados. Ela desviou o olhar dele e distribuiu um questionário onde, entre outras questões, perguntava aos alunos qual a razão do interesse deles naquele curso em particular. Em resposta a essa pergunta, o aluno chamado Michael Milton escreveu: "Porque, desde a primeira vez que a vi, desejei ser seu amante."

Depois da aula, sozinha em seu gabinete, Helen leu essa resposta ao questionário. Ela sabia qual dos alunos era Michael Milton. Se soubesse que se tratava de outra pessoa, um dos rapazes que ela nem notara ainda, teria mostrado a Garp aquela resposta. Ele certamente diria: "Mostre-me quem é o sacana!" Ou: "Vamos apresentá-lo a Roberta Muldoon." Eles teriam dado boas risadas, e Garp brincaria com ela, dizendo-lhe que estava "dando bola" para os alunos. Se as intenções do rapaz pudessem ser discutidas assim às claras, fosse ele quem fosse, qualquer possibilidade de uma ligação real deixaria de existir. Helen sabia disso. O simples fato de não mostrar o questionário a Garp fez com que ela se sentisse culpada – mas achou que, se Michael Milton fosse quem ela achava que era, gostaria de ver até onde ele chegaria. Naquele instante, ali em seu gabinete, Helen sinceramente não acreditava que aquilo fosse *muito* mais longe. Que mal poderia haver?

Se Harrison Fletcher ainda fosse seu colega de trabalho, ela teria mostrado o questionário a *ele*. Independentemente de quem fosse Michael Milton, ainda que *fosse* aquele rapaz perturbador, ela teria tocado no assunto com Harrison. No passado, Helen e Harrison tinham alguns segredos desse tipo, que escondiam de Garp e Alice; eram segredos inocentes, mas permanentes. Ela sabia que, se Harrison estivesse a par do interesse de Michael Milton por ela, o caso não iria muito longe. Seria outra maneira de evitar qualquer ligação real.

Mas Helen não mencionou Michael Milton para Garp, e Harrison, naturalmente, já não trabalhava mais ali. A resposta ao questionário estava escrita em tinta preta, numa caligrafia do século XVIII, que só se conseguia com uma caneta muito especial. A mensagem de Michael Milton, escrita à mão, parecia mais permanente do que se fosse impressa, e Helen releu-a várias vezes. Ela atentou para as outras respostas ao questionário: data do nascimento, escolaridade, cursos anteriores no departamento de inglês ou em literatura comparada. Verificou seu histórico acadêmico – as notas eram boas. Telefonou para dois colegas que tinham sido professores de Michael Milton no semestre anterior e concluiu, pelas informações de ambos, que ele era um bom aluno, agressivo e orgulhoso a ponto de chegar às raias da vaidade. Também concluiu, pelas informações dos colegas, embora eles não tivessem dito isso explicitamente, que ele era um rapaz talentoso e antipático. Ela pensou na camisa deliberadamente aberta (tinha *certeza*, agora, de que se tratava realmente dele) e imaginou-se abotoando os dois botões. Pensou naquele bigodinho ralo, um traço fino acima do lábio. Garp comentaria mais tarde que o bigode de Michael Milton era um insulto ao mundo dos pelos e ao mundo dos lábios. Tratava-se de uma reles imitação de bigode, e Michael Milton faria um favor ao seu rosto se o raspasse.

Helen, porém, gostava daquele estranho bigodinho no lábio de Michael Milton.

– Você simplesmente detesta *qualquer* bigode – disse Helen a Garp.

– Eu não gosto é *daquele* bigode. Não tenho nada contra os bigodes em geral – insistiu Garp, embora Helen estivesse certa. Ele detestava todos os bigodes desde os tempos do tarado do parque. O Garoto do Bigode era responsável por sua eterna ojeriza a todos os bigodes.

Helen também gostava do comprimento das costeletas louras e crespas de Michael Milton. As de Garp eram aparadas à altura dos olhos escuros, quase junto à parte superior da orelha, embora seus cabelos fossem grossos e desalinhados, sempre no comprimento suficiente para cobrir o pedaço da orelha que Bonkers havia arrancado.

Helen também notava que as excentricidades do marido estavam começando a aborrecê-la. Talvez isso fosse mais visível agora que ele estava tão intermitentemente envolvido em seus problemas de escritor. Quando escrevia, talvez não tivesse tempo para dar atenção às suas excentricidades. Quaisquer que fossem as razões, ela achava seu comportamento muito irritante. Aquela sua maneira de dirigir até a entrada da garagem, por exemplo, deixava-a furiosa; era até mesmo contraditória. Para alguém que se preocupava tanto com a segurança das crianças, com motoristas irresponsáveis, com vazamento de gás e assim por diante, Garp tinha a mania de entrar na garagem à noite de um modo que a deixava aterrorizada.

O caminho de entrada da casa que levava à garagem fazia uma curva abrupta e em aclive, depois de um longo trecho de rua em declive. Quando Garp sabia que as crianças já estavam dormindo, ele desligava o motor *e* os faróis e soltava o carro. Assim, ganhava impulso na descida para entrar, subir o caminho da garagem, todo às escuras, passar por cima do topo do caminho e mergulhar na escuridão da garagem. Dizia que fazia isso para que o barulho do motor e a luz dos faróis não acordassem as crianças. Mas ele tinha de ligar o carro para manobrá-lo e levar a *babysitter* para casa, de qualquer forma. Helen dizia que ele fazia aquilo pelo simples prazer da emoção – era infantil e perigoso. Ele estava sempre passando por cima dos brinquedos que ficavam esquecidos na entrada escura ou então amassando as bicicletas que não tinham sido guardadas bem no fundo da garagem.

Certa vez, uma das *babysitters* chegara a reclamar com Helen que ela detestava descer o caminho da garagem com o motor desligado e os faróis apagados (*outra* de suas manias: só soltar a embreagem e acender as luzes quando atingiam a rua).

E *eu* é que sou impetuosa?, Helen se perguntava. Ela nunca se imaginara assim, até se dar conta da impetuosidade de Garp. E havia quanto tempo ela vinha se irritando com os hábitos e rotinas do marido? Ela nem mesmo sabia. Sabia apenas que só notara quanto estava irritada depois que lera o questionário de Michael Milton.

Helen dirigia para o trabalho, imaginando o que iria dizer ao insolente e pretensioso rapaz, quando a ponteira da alavanca de câmbio do Volvo soltou-se em sua mão, e a ponta da alavanca arranhou-lhe o punho. Ela praguejou, encostou o carro no meio-fio e examinou os danos causados pelo incidente.

Havia semanas que a ponteira vinha ameaçando cair, porque a rosca estava gasta, e Garp já tentara várias vezes prendê-la no lugar com fita adesiva. Helen reclamara daquele conserto precário, mas Garp nunca alegara ser habilidoso com esse tipo de serviço; a manutenção do carro passara a ser uma das responsabilidades domésticas de Helen.

Aquela divisão de tarefas, embora, em grande parte, aceita por ambas as partes, às vezes tornava-se confusa. Embora Garp se incumbisse das tarefas domésticas, era Helen quem passava a roupa ("porque", dizia Garp, "é você quem se importa com roupas passadas") e quem cuidava da manutenção do carro ("porque", dizia Garp, "é você que o dirige todo dia e, portanto, sabe melhor quando alguma coisa tem que ser consertada"). Helen concordava em passar a roupa, mas achava que era Garp quem deveria cuidar do carro. Não gostava de ter de aceitar uma carona para o trabalho no caminhão de reboque da oficina, sentada na cabine suja com um jovem mecânico um tanto descuidado na direção. Na oficina onde costumava consertar o carro, todos eram muito gentis com ela, mas Helen não gostava de ter de levar o carro lá. Havia sempre a comédia de *quem* a levaria ao trabalho depois que ela deixava o carro, e aquilo já se tornara cansativo. O mecânico-chefe gritava lá para dentro da oficina escura e suja:

– Quem é que pode levar a sra. Garp até a universidade?

Logo três ou quatro rapazes, sorridentes e sujos de graxa, largavam as ferramentas, saíam de baixo dos carros e se apresentavam com muito boa vontade, na esperança de compartilhar – por um breve e inebriante momento – aquela cabine apertada e atulhada de peças de carros que levaria a esbelta professora Garp à universidade.

Garp ressaltou para Helen que, quando *ele* deixava o carro na oficina, era difícil aparecer algum voluntário disposto a levá-lo de volta para casa. Geralmente, tinha de esperar mais de uma hora na oficina, até finalmente conseguir convencer algum preguiçoso a levá-lo. Como ele perdia toda a manhã de trabalho, Garp resolveu que o Volvo ficava aos cuidados de Helen.

Os dois vinham adiando a solução do problema da alavanca de câmbio.

– Você bem que podia telefonar pedindo uma nova – disse-lhe Helen. – Eu só teria que passar lá e esperar enquanto a colocavam no lugar. *Não* quero deixar o carro lá um dia inteiro enquanto eles tentam consertar *esta* ponteira velha.

Ela atirara a ponteira para ele, mas ele a levou até o carro e prendeu-a de volta na alavanca de câmbio, precariamente, com fita adesiva.

Por alguma razão, ela pensou, a ponteira sempre saía quando *ela* estava dirigindo, mas tinha de reconhecer que ela usava o carro mais do que ele.

– Droga!– exclamou, resolvendo dirigir para o trabalho sem a ponteira. Doía-lhe a mão sempre que tinha de mudar a marcha, e o punho arranhado sangrou um pouco, sujando a saia do costume que acabara de vestir. Estacionou o carro e levou a ponteira da alavanca de câmbio com ela pelo estacionamento, em direção ao prédio onde trabalhava. Pensou em atirá-la pelo ralo da galeria de águas pluviais, mas reparou que a peça tinha pequenos números gravados em sua superfície. Quando chegasse ao seu gabinete, telefonaria para a oficina e lhes daria os números. Somente então, poderia jogar a ponteira velha fora, onde bem quisesse. Pensou até em *enviá*-la a Garp pelo correio.

E, foi nesse estado de espírito, contrariada com ninharias, que Helen encontrou o pretensioso jovem no corredor, encostado à porta do seu gabinete, com a bela camisa aberta no peito, os dois primeiros botões desabotoados. Ela notou que seu casaco de *tweed* tinha ombreiras, que os cabelos eram um pouco escorridos e compridos demais, e que uma das pontas do bigode, fino como uma faca, ia até o canto da boca. Não tinha certeza se queria amar aquele rapaz ou simplesmente *arrumá-lo*.

– Você acordou cedo – disse-lhe ela, entregando-lhe a peça da alavanca para poder abrir a porta com a chave.

– Você se machucou? – perguntou ele. – Está sangrando.

Mais tarde, Helen imaginaria que ele devia ter um faro especial para sangue, porque o leve arranhão em seu punho não sangrava mais.

– Você vai se formar em medicina? – indagou ela, convidando-o a entrar.

– Eu *ia*, sim...

– E por que desistiu? – perguntou ela, ainda sem olhar de frente para ele e parecendo ocupar-se com o redor da mesa, arrumando o que já estava arrumado. Em seguida, procurou ajustar a persiana, que fora deixada exatamente no ponto em que ela queria. Tirou os óculos, de forma que, quando olhou para ele, tudo lhe pareceu embaçado.

– O que me fez desistir foi a química orgânica. Abandonei o curso. Aliás, o que eu queria mesmo era morar na França.

– Ah, você morou na França?

Helen fez a pergunta sabendo que era quase obrigatória, sabendo que era uma das coisas que ele achava especial a respeito de si mesmo e que não perdia tempo em introduzir na conversa. Até mesmo no questionário, ele mencionara o fato. Ela constatou imediatamente que ele era *muito* superficial. Esperava que ao menos fosse um pouquinho inteligente, mas curiosamente sentiu um grande alívio diante de sua superficialidade – como se isso o tornasse menos perigoso para ela e lhe desse mais liberdade de ação.

Conversaram sobre a França, e ela achou engraçado o fato de saber tanto quanto Michael Milton a respeito daquele país, embora nunca houvesse estado na Europa. Também lhe disse que seus motivos para frequentar o curso eram muito precários.

– Precários por quê? – indagou ele, sorrindo.

– Em primeiro lugar, o que espera do meu curso está completamente fora da realidade – disse-lhe Helen.

– Ah, você já *tem* um amante? – perguntou-lhe Michael Milton, ainda sorrindo.

De certo modo, ele era tão frívolo, que não chegou a insultá-la. Ela nem mesmo retrucou que já bastava ter um marido, que isso não era da conta dele, nem que ela não era da sua laia. Em vez disso, disse-lhe apenas que, para o que ele desejava, devia ao menos ter se inscrito como aluno independente. Ele disse que teria prazer em mudar de curso. Helen respondeu-lhe que nunca aceitava alunos independentes no segundo semestre.

Ela sabia que não o estava desencorajando completamente, mas também não lhe dera muita esperança. Michael Milton conversou com ela, com muita seriedade, durante uma hora, a respeito das matérias do curso. Ele discorreu sobre *As ondas* e *O quarto de Jacob*, de Virginia Woolf, de modo surpreendente, mas não se mostrou tão familiarizado com *Passeio ao farol*, e Helen logo percebeu que ele apenas fingia ter lido *Mrs. Dalloway*. Depois que ele saiu, Helen teve de concordar com seus dois colegas que haviam avaliado Michael Milton anteriormente: ele era desembaraçado, convencido e acessível, e tudo isso era desagradável. Mas ele também possuía alguma esperteza, apesar de muito superficial, e aquilo, de certa forma, *também* era desagradável. O que os colegas de Helen não haviam notado, no entanto, era seu sorriso audacioso e a maneira como se vestia, como se desafiadoramente estivesse nu. Mas os colegas de Helen eram homens e, portanto, não se podia esperar que tivessem, como Helen, condições de definir a audácia do sorriso de Michael Milton. Helen percebia que aquele sorriso lhe dizia: "Conheço você e tudo de que você gosta."

Era um sorriso que dava raiva, mas que também a atraía. Ela queria apagá-lo de seu rosto. Helen sabia que uma das maneiras de fazer isso era mostrar a Michael Milton que ele absolutamente *não* a conhecia – nem aquilo do que ela realmente gostava.

Ela também sabia que não dispunha de muitas maneiras para levar a cabo o seu intento.

Quando mudou a marcha do Volvo pela primeira vez, ao voltar para casa, a ponta rombuda da alavanca do câmbio tornou a machucar sua mão. Lembrava-se exatamente onde Michael Milton havia deixado a ponteira: no peitoril da janela, bem acima da cesta de papéis, onde o pessoal da limpeza a encontraria e provavelmente a jogaria fora. Parecia que *devia* mesmo ser jogada fora, mas Helen lembrou-se que não passara os números da peça para a oficina. Isso significava que ela, ou Garp, teria de telefonar para a oficina e tentar encomendar uma nova ponteira *sem* os malditos números – informando o modelo, o ano de fabricação do carro e assim por diante, e inevitavelmente acabando por receber uma ponteira errada.

Helen resolveu não voltar ao seu gabinete só por causa da maldita peça e já tinha muita coisa na cabeça para tentar se lembrar de ligar para o pessoal da limpeza e dizer-lhes para não jogar a peça fora. Além disso, já devia ser tarde demais.

E, de qualquer forma, Helen pensou, a culpa não é só *minha*. É de Garp também. Ou talvez não fosse culpa de ninguém, apenas uma dessas coisas que acontecem.

Ela, no entanto, não se sentia *inteiramente* isenta de culpa. Ainda não. Quando Michael Milton entregou-lhe os seus trabalhos para que ela os lesse – trabalhos antigos, de outros cursos –, ela não os recusou, porque ao menos era um assunto admissível e inocente para discutirem: seu trabalho. Quando ele criou mais coragem e tornou-se mais apegado a ela e até lhe mostrou seu trabalho *criativo*, contos e patéticos poemas sobre a França, Helen ainda sentia que suas longas conversas eram guiadas pelo relacionamento crítico e construtivo que deve existir entre aluno e professor.

Nada havia de errado em almoçarem juntos, já que afinal tinham o *trabalho* como assunto. Talvez ambos já percebessem que o trabalho dele não era tão especial. Para Michael Milton, *qualquer* tópico de conversa que justificasse estar próximo dela era bom. Helen, no entanto, estava preocupada com a conclusão óbvia: quando simplesmente os trabalhos se esgotassem, quando tivessem comentado todos os textos que ele tivera tempo de escrever, quando tivessem conversado sobre todos os livros que tinham em comum. Helen sabia que, então, precisaria encontrar um novo assunto. Sabia também que esse era um problema de sua única e exclusiva competência – que Michael Milton já sabia qual seria o assunto inevitável entre eles. Ela percebia que ele era presunçoso e apenas aguardava, de maneira irritante, que ela se decidisse. De vez em quando, ela imaginava se ele seria bastante atrevido para novamente abordar sua resposta original ao questionário. Acreditava que não. Talvez ambos soubessem que ele não precisaria recorrer a isso e que o próximo passo deveria ser dela. Sua paciência mostraria a ela quanto ele era adulto. O que Helen queria, acima de tudo, era surpreendê-lo.

No entanto, entre todos esses sentimentos que eram novos para ela, havia um único que a desagradava. Ela não estava acostumada a se sentir culpada. Helen Holm sempre se sentia bem com o que fazia e precisava se sentir sem culpa sobre esse problema também. Sentia que estava perto de alcançar aquele estado de espírito inteiramente livre de culpa, mas ainda não tinha chegado a isso. Ainda não.

Foi Garp quem lhe propiciou a sensação desejada. Talvez ele tenha pressentido que havia um competidor. Fora um sentimento de competição que desencadeara nele a necessidade de escrever e agora era uma crise similar de rivalidade que o arrancava de sua apatia literária.

Ele sabia que Helen estava *lendo* os textos de alguém mais. No entanto, não ocorreu a Garp que ela pudesse estar interessada em algo mais do que literatura, mas percebia, com o ciúme típico dos escritores, que as *palavras* de um outro escritor é que a mantinham acordada à noite. Fora por intermédio de "A pensão Grillparzer" que Garp a cortejara. E algum instinto lhe dizia que devia cortejá-la novamente.

Embora tenha sido um motivo aceitável para dar *início* à carreira de um jovem escritor, parecia-lhe um tanto dúbio agora – principalmente depois de ter ficado tanto tempo inativo. Talvez fosse uma fase necessária, a de repensar tudo, realimentar a fonte, preparar um livro para o futuro a partir de um apropriado período de silêncio. De certo modo, a nova história que Garp escreveu para Helen refletia as circunstâncias forçadas e artificiais de sua concepção. Foi escrita menos por qualquer reação verdadeira às entranhas da vida do que para aliviar as ansiedades do escritor.

Era provavelmente um exercício necessário para um escritor que nada escrevera durante muito tempo, mas Helen não se deixou impressionar pela urgência com que Garp lhe empurrou a história.

– Finalmente consegui terminar alguma coisa – disse ele.

Tinham acabado de jantar e as crianças já estavam dormindo. Helen queria ir para a cama com ele, queria um ato de amor longo, que a tranquilizasse, porque ela já chegara ao fim de tudo que Michael Milton escrevera. Já não havia mais nada dele para ler, e os assuntos de conversa haviam se esgotado. Ela sabia que não deveria demonstrar nem o mais leve desapontamento com o manuscrito que Garp lhe entregava, mas o cansaço a dominou, e ela apenas olhou-o por alto, tendo à frente uma pilha de pratos sujos.

– Pode deixar que eu lavo os pratos sozinho – propôs Garp, liberando o caminho para que ela lesse sua história.

Helen sentiu-se invadida pelo desânimo. Já tinha lido demais naquele dia. *Sexo* ou, pelo menos, romance era o assunto que finalmente lhe importava. Era melhor que Garp lhe proporcionasse isso antes que Michael Milton o fizesse.

– Eu agora só quero ser amada – disse Helen a Garp.

Ele recolhia a louça, como um garçom confiante de que vai receber uma boa gorjeta, e apenas deu uma risada.

– Leia o conto primeiro, Helen – disse ele. – *Depois*, a gente vai para a cama.

Ela não gostava quando *ele* estabelecia prioridades. Não podia haver comparação entre o que Garp *escrevia* e os trabalhos de estudante de Michael Milton. Embora muito melhor do que a maioria dos alunos, Helen sabia que Michael Milton nunca passaria de um simples *aluno* de literatura em toda a sua vida. O problema não era a literatura. O problema sou *eu*, Helen pensou. Preciso de alguém que me dê atenção. A maneira de Garp cortejá-la de repente pareceu-lhe ofensiva. O assunto *cortejado* era, no fim, o que ele escrevia. E esse não é o assunto entre nós, Helen pensou. Graças a Michael Milton, Helen estava muito à frente de Garp quando se tratava de considerar os assuntos declarados e subentendidos entre as pessoas. "Se as pessoas ao menos dissessem umas às outras o que estão pensando", escrevera Jenny Fields – um lapso ingênuo, porém desculpável. Tanto Garp quanto Jenny sabiam o quanto isso era difícil para as pessoas.

Garp começou a lavar a louça com cuidado, esperando que Helen lesse sua história. Instintivamente, como professora experiente que era, ela apanhou o lápis vermelho e começou a ler. Garp logo pensou que não era assim que ela deveria ler sua história; afinal, ele não era um de seus alunos. Mas continuou a lavar a louça em silêncio, pois sabia que nada a deteria.

VIGILÂNCIA
T. S. Garp

Quando corro os meus oito quilômetros por dia, sempre encontro algum motorista engraçadinho que emparelha comigo e pergunta (na segurança do assento do motorista): "Para que é que você está treinando?"

O segredo está na respiração profunda e regular. Eu nunca perco o fôlego. Nunca fico arquejante, nem deixo de respirar normalmente quando respondo: "Estou ficando em forma para perseguir carros."

Nesse ponto, as respostas dos motoristas variam, há toda uma escala de reações estúpidas, da mesma forma como há escalas para tudo o mais. É claro que nunca percebem que não me refiro a eles – não estou mantendo a forma para correr atrás de seus carros; ao menos, não na autoestrada. Deixo que sigam seu caminho, embora, às vezes, acredite que eu poderia alcançá-los. E também não corro em plena estrada somente para chamar a atenção dos motoristas, como muitos deles acreditam.

No meu bairro, não existe nenhum local onde se possa correr. É preciso sair dos subúrbios, mesmo para um corredor de médias distâncias. No lugar onde moro, existem quatro placas de parada em todos os cruzamentos, e as quadras são pequenas, com curvas fechadas que sacrificam os calcanhares. Além disso, as calçadas são ameaçadas por cães, estão cheias de brinquedos das crianças e são intermitentemente molhadas pelos sistemas de irrigação automática dos gramados. Mesmo quando sobra algum espaço para os corredores, sempre há uma pessoa idosa ocupando toda a calçada, equilibrando-se em suas muletas ou armada com sua bengala. Ninguém, em sã consciência, pode pedir-lhes que saiam do caminho. Até mesmo a ultrapassagem de um velho a uma distância segura, mas com minha velocidade habitual, parece assustá-lo. E não tenho a intenção de causar ataques cardíacos.

Assim, treino na estrada, mas é para correr nos subúrbios que estou treinando. Nas minhas condições, posso enfrentar quaisquer carros que ultrapassem o limite de velocidade em meu bairro. Desde que os motoristas façam ao menos menção de parar em cada cruzamento diante de uma placa de PARE, dificilmente poderão já ter atingido os oitenta quando forem obrigados a frear novamente na placa seguinte. Sempre consigo alcançá-los. Tenho a vantagem de poder cortar caminho pelos gramados, quintais e playgrounds, com seus balanços e piscinas infláveis, saltar por cima de cercas vivas, ou simplesmente atravessá-las. E, como o meu motor é silencioso, regular e sempre em boas condições, posso ouvir quando há algum carro vindo em alta velocidade. Além do mais, eu não tenho de parar nos cruzamentos.

Por fim, eu os alcanço e faço um sinal para pararem, e eles sempre param. Embora a minha impressionante condição física para perseguir automóveis seja evidente, não é isso o que intimida os infratores. Não, o que mais os intimida é a minha condição de pai, porque quase sempre são jovens. Sim, é a minha condição de pai que geralmente os impressiona.

– Você não viu meus filhos lá atrás? – pergunto-lhes, aos gritos e ansioso.

Os infratores contumazes, ao ouvirem essa pergunta, ficam logo apavorados, pensando que atropelaram meus filhos, e assumem imediatamente uma atitude defensiva.

– Tenho dois filhos pequenos – eu lhes digo. O tom de minha voz é deliberadamente dramático e, ao dizer isso, acrescento um ligeiro tremor na voz. É como se eu estivesse me esforçando para conter as lágrimas ou uma raiva tremenda, ou ambas. Talvez eles pensem que estou atrás de um sequestrador ou que suspeito que sejam molestadores de crianças.

– O que aconteceu? – perguntam, invariavelmente.

– Você nem viu meus filhos, não é mesmo? Um garotinho puxando uma menina num carrinho vermelho?

Isso, naturalmente, é pura ficção. Tenho dois meninos, que já não são tão pequenos, e eles não têm carrinho algum. Provavelmente, àquela hora, estavam vendo televisão ou andando de bicicleta no parque – onde é seguro porque ali não entram carros.

– Não – responde o assustado infrator. – Vi umas crianças, mas acho que não foram essas. Por quê?

– Porque você quase as matou – digo eu.

– Mas não vi criança alguma! – protesta o infrator.

– Você estava correndo demais, não poderia mesmo vê-las!

Atiro-lhes isso no rosto como se fosse uma prova de sua culpa. Sempre digo essa frase como se fosse uma evidência indiscutível. E eles nunca têm muita certeza. Já ensaiei essa parte muito bem. A essa altura, o suor da minha disparada começa a pingar do meu bigode e da ponta do meu queixo, escorrendo pela porta do carro. Eles sabem que somente um pai que genuinamente teme por seus filhos correria daquela forma, olharia para eles com aquela cara de maníaco e usaria um bigode tão assustador.

– Desculpe-me – costumam dizer.

– Este é um bairro cheio de crianças. Se gosta de correr, há muitos outros lugares onde pode fazer isso. Por favor, pelo bem das crianças, não corra mais por aqui, sim?

Nesse ponto, a minha voz não é mais ameaçadora, já é quase um apelo. Mas eles percebem que, por trás dos olhos sinceros e lacrimejantes, há um fanático em potencial.

Em geral, trata-se apenas de um garotão. Esses rapazes têm necessidade de queimar um pouco de óleo, querem correr ao ritmo frenético da música de seus rádios. Eu não tenho a pretensão de mudar sua atitude, só espero que façam isso em outro lugar. Reconheço que as estradas são domínio deles. Quando corro nelas, sempre me mantenho no meu lugar. Corro nos acostamentos, em cima da areia e do cascalho, sobre garrafas vazias, gatos e pássaros esmigalhados, camisas de vênus usadas. No meu bairro, entretanto, o automóvel não é o rei absoluto. Ainda não.

Quase sempre, eles aprendem.

Depois de minha corrida de oito quilômetros, faço 55 flexões, corro mais quinhentos metros, seguidos de 55 abdominais e mais 55 pontes para o pescoço. Isso não significa que eu dê importância especial ao número 5, mas que, com tantos exercícios extenuantes e repetitivos, torna-se mais fácil guardar um único número. Depois de um banho de chuveiro (por volta das cinco horas), durante o resto da tarde e à noite, tomo cinco cervejas.

Não corro atrás de carros à noite. É uma hora em que as crianças não devem estar brincando do lado de fora, nem no meu bairro, nem em qualquer outro. Acredito que à noite o carro seja o rei de todo o mundo moderno. Até mesmo nos subúrbios.

À noite, na verdade, eu raramente saio de casa, nem permito que os membros da minha família o façam. Certa vez, entretanto, saí para investigar um óbvio acidente: a escuridão havia sido repentinamente rasgada por fachos de luz apontando diretamente para cima e explodindo, o silêncio perfurado por um rangido agudo de metais e um guincho de vidro esmigalhado. A apenas meia quadra de distância, bem no meio da minha rua escura, estava um Land Rover de rodas para o ar, sangrando óleo e gasolina, formando uma poça tão grande e imóvel que eu podia ver a lua refletida nela. O único som eram os estalidos das peças quentes e do motor parado. O Land Rover parecia um tanque de guerra virado de rodas para o ar por uma mina. Pelos vestígios deixados no asfalto, via-se que ele havia capotado várias vezes antes de parar ali.

Milagrosamente, a porta do lado do motorista pôde ser aberta o suficiente para acender a luz. Ali, na cabine iluminada, ainda atrás do volante – de cabeça para baixo e ainda vivo – estava um sujeito gordo. Parecia nada ter sofrido. O topo de sua cabeça descansava desajeitadamente no teto do carro, que agora, naturalmente, estava rente ao chão. Mas o homem não parecia se dar conta de sua nova perspectiva. Parecia espantado, principalmente pela presença de uma bola de boliche marrom encostada à sua cabeça, como se fosse uma outra cabeça. Na realidade, ele estava de rosto colado com essa bola de boliche que ele talvez imaginasse ser a cabeça decepada da namorada – antes encostada em seu ombro.

– É você, Roger? – perguntou o homem, e eu não sabia se ele estava falando comigo ou com a bola, mas respondi por mim e por ela.

– Não sou Roger, não.

– Esse Roger é um trapalhão. Parece que misturamos as bolas dos nossos sacos.

Pareceu-me improvável que o homem gordo estivesse se referindo a alguma bizarra experiência sexual. Presumi que se referisse a uma partida de boliche.

– Esta bola é de Roger – ele explicou, indicando o globo marrom junto ao seu rosto. – Eu devia ter visto que não era a minha, porque não cabia no meu saco. A minha bola cabe no saco de qualquer um, mas a bola de Roger é realmente estranha. Eu estava tentando enfiá-la no meu saco, quando o carro saltou por cima da ponte.

Embora eu soubesse muito bem que não havia nenhuma ponte no bairro, tentei imaginar o que acontecera. Minha atenção, porém, voltou-se para a gasolina, que gorgolejava do tanque como se fosse cerveja descendo pela goela de uma pessoa sedenta.

– É melhor você sair daí – disse eu ao jogador de boliche virado de cabeça para baixo.

– Vou esperar pelo Roger – respondeu. – Ele logo estará aqui.

E, de fato, logo surgiu outro Land Rover, como se fossem um par desgarrado de uma coluna do exército em marcha. O Land Rover de Roger vinha com as luzes apagadas e não conseguiu frear a tempo. Entrou pelo primeiro carro e os dois juntos, engatados como vagões de trem, deslizaram por mais uns dez metros pela rua.

Tudo indicava que Roger era mesmo um trapalhão, mas apenas fiz a pergunta que seria de esperar.

– Você é Roger?

– Isso mesmo – disse o homem, cujo Land Rover ainda latejava às escuras, com o motor funcionando. Pequenos fragmentos do para-brisa, dos faróis e das grades do radiador caíram pelo chão, como uma ruidosa chuva de confete.

– Só podia ser o Roger! – gemeu o jogador de boliche gordo, ainda de pernas para o ar, e ainda vivo, dentro da cabine iluminada. Reparei que sangrava um pouco pelo nariz; tudo indicava que a bola atingira sua cabeça. – Você é mesmo um trapalhão, Roger! Ficou com a minha bola! – gritou.

– Bem, então alguém ficou com a minha bola! – retrucou ele.

– A sua está comigo, seu idiota!

– Mas não é só isso – disse Roger. – Você está com o meu carro! – Roger acendeu um cigarro, ainda dentro da cabine escura; não parecia preocupado em sair de dentro dos destroços.

– Você devia acender as luzes – sugeri – e aquele gordo devia sair de dentro do seu Land Rover. Há gasolina espalhada por toda parte e não acho que você deva fumar.

Roger, porém, não ligou e continuou a fumar, ignorando-me lá de dentro das profundezas do segundo Land Rover. O sujeito gordo gritou novamente – como se estivesse sonhando e tudo fosse recomeçar:

– É você, Roger?

Voltei para casa e chamei a polícia. Se fosse dia claro, no meu bairro, eu jamais teria tolerado aquela trapalhada, mas pessoas que vão jogar boliche em carros trocados não fazem parte dos infratores habituais, e concluí que estavam realmente perdidos.

– Alô, é da polícia? – disse eu.

Já aprendi tudo o que se pode e o que não se pode esperar da polícia. Sei que ela, na realidade, não se interessa muito em prender cidadãos. Sempre que dei parte à polícia em casos de excesso de velocidade, os resultados foram desalentadores. Nunca mostraram o menor interesse em conhecer os detalhes. Já me disseram que a polícia se interessa muito pela prisão de certas pessoas, mas a minha impressão é que, basicamente, eles veem com bons olhos os motoristas infratores e não gostam de ver cidadãos comuns fazendo prisões por eles.

Dei parte do acidente com os jogadores de boliche, indicando onde ocorrera. Quando a polícia perguntou, como sempre faziam, quem estava falando, respondi apenas que era Roger.

Conhecendo a polícia, eu sabia que aquilo seria interessante. Ela sempre se mostra mais interessada em incomodar as pessoas que dão parte dos crimes do que em incomodar os próprios criminosos. E, de fato, quando chegaram, só queriam saber quem era Roger. Eu conseguia vê-los discutindo à luz da rua, mas não conseguia entender tudo que diziam.

– O Roger é aquele ali – continuava a dizer o sujeito gordo. – É o Roger em pessoa.

– Mas não sou o Roger que chamou vocês, droga!

– Isso é verdade – declarou o gordo. – Este Roger não chamaria a polícia para coisa alguma deste mundo.

Depois de algum tempo, eles começaram a gritar, perguntando se havia mais algum Roger por ali.

– Roger! Roger! – até mesmo o sujeito gordo participava da gritaria, mas na minha casa e nas outras casas escuras do bairro tudo era silêncio. Quando amanhecesse, eu sabia, todos já teriam ido embora. Apenas os destroços continuariam ali.

Aliviado – e, como sempre, satisfeito com a destruição de mais dois automóveis –, fiquei observando até quase amanhecer, quando os dois Land Rovers engavetados foram finalmente separados e rebocados para longe dali. Pareciam dois rinocerontes exaustos, apanhados em flagrante fornicação naquele pacato subúrbio. Roger e o gordo ficaram ali discutindo e balançando suas bolas de boliche, até que as lâmpadas de nossa rua se apagaram. Em seguida, como se houvessem recebido algum sinal, os dois apertaram-se as mãos e partiram em direções opostas, a pé e com determinação, como se soubessem exatamente para onde iam.

Pela manhã, a polícia apareceu fazendo perguntas, ainda preocupada com a possibilidade de haver outro Roger, mas nada souberam de mim, da mesma forma como, aparentemente, nunca sabem de nada quando dou queixa de algum louco do volante circulando pelo bairro. A conclusão é sempre a mesma.

– Bem, se acontecer outra vez, nos informe logo.

Felizmente, quase não preciso da polícia. Sempre me saio muito bem quando são infratores primários. Somente uma vez tive que deter o mesmo infrator duas vezes. Era um rapaz arrogante, numa caminhonete vermelho-vivo de uma firma de desentupimento. Na carroceria, em letras amarelas, também berrantes, anunciava todos os serviços de encanamento e de desentupimento:

O. FECTEAU – PROPRIETÁRIO E ENCANADOR-CHEFE

Com infratores reincidentes, geralmente vou direto ao ponto.

– Vou chamar a polícia e telefonar para o seu chefe, o velho O. Fecteau. Eu devia ter feito isso da outra vez.

– Eu sou meu próprio chefe – disse o rapaz. – O negócio é meu. Caia fora.

Percebi, então, que estava falando com o próprio O. Fecteau, um jovem rude, mas bem-sucedido na vida, que não se deixava impressionar por autoridades constituídas.

– Há crianças neste bairro – disse eu. – E duas são minhas.

– É, você já me disse isso da outra vez.

O encanador acelerou o motor da caminhonete como se estivesse clareando a garganta. Havia uma insinuação de ameaça em sua voz, como no vestígio de barba que crescia em seu rosto jovem. Coloquei as mãos na porta – uma na maçaneta e a outra na janela.

– Por favor, não corra mais por aqui.

– Tá. Vou tentar.

Eu poderia deixar as coisas pararem por ali, mas o encanador acendeu um cigarro e sorriu para mim. Tive a impressão de que todo o deboche do mundo estava ali estampado na cara daquele miserável.

– Se eu pegar você dirigindo desse jeito outra vez, enfio seu desentupidor pelo seu cu adentro.

Ficamos nos encarando, O. Fecteau e eu. Então, o encanador acelerou o motor e apertou a embreagem. Fui obrigado a saltar para o meio-fio. Na sarjeta, vi um caminhãozinho de metal, um brinquedo de criança, sem as rodas dianteiras. Peguei-o e saí correndo atrás da caminhonete. Depois de correr cinco quadras, achei que já estava bastante perto e atirei o brinquedo, que bateu na cabine do carro. Fez muito barulho, não provocou maiores danos. Mesmo assim, O. Fecteau pisou com força nos freios. Cinco canos longos foram lançados para fora da parte traseira do veículo e uma de suas gavetas de metal se abriu, deixando cair uma chave de fenda e vários rolos de fio grosso. O encanador saltou do carro com uma chave inglesa na mão e bateu a porta com estrondo. Dava para notar que ele não gostava que arranhassem a carroceria de sua caminhonete vermelha. Agarrei um dos canos caídos, que tinha cerca de cinco pés de comprimento, e rapidamente arrebentei-lhe a lanterna traseira esquerda. De algum tempo para cá, as coisas vêm acontecendo comigo, naturalmente, em grupos de cinco. Por exemplo, a circunferência do meu peito, quando cheio, é de 55 polegadas.

– Sua lanterna traseira está quebrada – mostrei ao encanador. – Você não deve andar por aí com o carro assim.

– Eu é que vou dar parte de você à polícia, seu desgraçado! – disse O. Fecteau.

– Eu, como cidadão, estou prendendo você. Ultrapassou o limite de velocidade, pondo em risco a vida de meus filhos. Vamos juntos à polícia.

Enfiei o cano por baixo da placa do carro e dobrei-a como se fosse uma carta.

– Se tocar no meu carro de novo, vai se meter numa encrenca.

Mas o cano em minhas mãos parecia tão leve quanto uma raquete de badmington. Foi sem o menor esforço que girei o cano e estraçalhei a outra lanterna traseira.

— É você quem já está encrencado — falei. — Se passar por este bairro outra vez, é melhor que venha em primeira e com o pisca-pisca ligado.

Eu sabia que, primeiro, ele teria de mandar consertar o pisca-pisca. Continuei a balançar o cano em minha mão.

Nesse momento, uma senhora idosa saiu de sua casa para ver a briga. Ela me reconheceu imediatamente. Eu alcançava muitos infratores naquela esquina.

— Ah, muito bem! — exclamou ela.

Sorri e ela veio em minha direção, num passinho vacilante, parando para inspecionar seu gramado bem cuidado, onde o caminhãozinho de brinquedo aterrissara, atraindo sua atenção. Ela o apanhou, com um indisfarçável gesto de nojo, e trouxe-o para mim. Coloquei o brinquedo, junto com os cacos de vidro e plástico quebrados das lanternas e do pisca-pisca na traseira da caminhonete. O bairro é muito limpo e detesto sujeira. Quando estou correndo na estrada, é só o que vejo. Coloquei os outros canos de volta no veículo também e, com o cano que ainda segurava, como uma lança de guerreiro, empurrei a chave de fenda e os rolos de fio que estavam na sarjeta. O. Fecteau recolheu-os e tornou a colocá-los na gaveta de metal. Imaginei que ele devia ser melhor encanador do que motorista. Ele ainda tinha na mão a chave inglesa.

— Você devia se envergonhar — disse ela a O. Fecteau.

O encanador fitou-a com raiva.

— Ele é um dos piores — disse eu a ela.

— Imagine só! — exclamou ela. E voltando-se para o encanador, disse: — Você já é bem crescido. Devia ter mais juízo.

O. Fecteau voltou lentamente para dentro do carro, parecendo que ia atirar a chave de fenda em cima de mim, depois dar uma ré e atropelar a velha tagarela.

— Dirija com cuidado — disse-lhe eu.

Quando ele já estava instalado dentro da cabine, enfiei o cano na traseira da caminhonete, junto com os outros. Depois segurei o braço da velha senhora para ajudá-la a andar na calçada.

Quando a caminhonete arrancou de junto do meio-fio, rangendo os pneus com um barulho estridente e deixando no ar aquele cheiro acre de borracha queimada, senti a velha senhora estremecer através da ponta frágil de seu cotovelo, e uma parte do seu medo se transferiu para mim. Só então percebi quanto era arriscado provocar alguém até o ponto em que eu provocara O. Fecteau. Eu podia ouvi-lo, a umas cinco quadras de distância, dirigindo a toda velocidade, e rezei por todos os cachorros, gatos e crianças que pudessem estar perto daquelas ruas. Sem dúvida, pensei, a vida moderna é cinco vezes mais difícil do que costumava ser.

Concluí que eu devia parar com aquela cruzada contra os loucos do volante. Estou indo longe demais com eles, mas eles me deixam com muita raiva – com sua irresponsabilidade, sua negligência, seu modo de vida perigoso, ameaçando diretamente a minha própria vida e a vida de meus filhos. Sempre detestei carros e as pessoas que dirigem de forma estúpida. Tenho raiva de gente que põe em risco a própria vida e a vida dos outros. Eles que corram com seus carros, mas no deserto! Não permitiríamos um estande de tiro ao alvo nos subúrbios, em plena rua! Quem quiser saltar de aviões, que salte, mas em cima do mar! Não onde moram meus filhos.

– O que seria deste bairro se não fosse você? – divagava a velha senhora em voz alta. Eu nunca conseguia recordar o nome dela. Fiquei pensando que, talvez, sem a minha presença, o bairro fosse mais tranquilo. Talvez mais mortal, porém pacífico. – Todo mundo dirige tão depressa... – continuou ela. – Se não fosse você, chego a pensar que eles acabariam se amassando bem no meio da minha sala.

Mas eu me sentia encabulado de compartilhar minhas ansiedades com velhinhas de 80 anos, que meus temores fossem mais parecidos com as suas nervosas preocupações senis do que com as ansiedades normais de pessoas de meia-idade como eu.

Que vida incrivelmente sem graça a minha!, pensei, enquanto conduzia a mulher para a porta de sua casa e a ajudava a desviar-se dos buracos na calçada.

Então, o encanador voltou. Pensei que a velhinha ia morrer nos meus braços. O encanador subiu o meio-fio, passou por nós como um furacão, seguiu pelo gramado da velhinha, derrubando uma planta e quase capotando quando fez uma volta fechada que arrancou uma cerca viva pela raiz e pedaços da pavimentação do tamanho de bifes de dois quilos. Em seguida, a caminhonete desceu pela calçada e saltou novamente para o meio da rua, com uma explosão de ferramentas voando para fora do carro, conforme as rodas traseiras do veículo sacolejaram-se quando ele saltou o meio-fio. O. Fecteau partiu pela rua acima, aterrorizando o bairro outra vez. Vi quando o violento encanador passou por cima da calçada de novo na esquina da Dodge com a Furlong – onde bateu na traseira de um carro estacionado, fazendo com que o porta-malas se abrisse com o impacto e ficasse balançando.

Depois de ajudar a abalada velhinha a entrar em casa, chamei a polícia. Telefonei também para a minha mulher, dizendo-lhe que não deixasse as crianças saírem. O encanador tinha enlouquecido. É assim que eu ajudo os vizinhos, pensei, tornando os loucos ainda mais loucos.

A velha senhora sentou-se, com muito cuidado, como se fosse uma planta, em um poltrona, naquela sala muito atravancada. Quando O. Fecteau voltou, desta vez quase raspando a parede da janela da sala, passando por cima dos canteiros que protegiam as mudas recém-plantadas, tocando a buzina, ela nem se mexeu. Encostei-me à porta, esperando pelo assalto final, mas achei mais sensato me manter fora das vistas do louco. Eu sabia que, se ele me visse, entraria pela casa adentro.

Quando a polícia chegou, o encanador já tinha capotado, numa tentativa de se desviar de uma caminhonete no cruzamento da Cold Hill com a North Lane. Tinha fraturado a clavícula e estava sentado direito dentro da cabine, embora o carro estivesse tombado. Não conseguiu sair pela porta acima de sua cabeça ou, talvez, nem tivesse tentado. O. Fecteau parecia calmo e estava ouvindo o rádio.

Desde essa ocasião, tenho procurado não provocar muito os infratores. Quando percebo que se ofendem com minha interferência e crítica ao seu modo de agir, digo-lhes simplesmente que dei parte à polícia e vou embora.

O fato de ter descoberto que O. Fecteau tinha um longo histórico de reações exageradas e violentas em situações sociais não foi suficiente para eu me perdoar. Minha mulher chegou a me dizer que fiz bem em tirar aquele louco das ruas – e ela geralmente critica o fato de eu andar me metendo no comportamento dos outros. Mas eu só conseguia pensar que havia enlouquecido um trabalhador e que, durante seu acesso de fúria, se O. Fecteau tivesse matado uma criança, de quem teria sido a culpa? Em parte, teria sido minha.

Nos tempos modernos, em minha opinião, ou tudo é uma questão moral ou então já não existem mais questões morais. Nos dias de hoje, não existe transigência, ou então é só o que existe. Não me deixo influenciar e continuo em minha vigilância. Não posso esmorecer.

Não diga nada, disse Helen a si mesma. Aproxime-se e dê-lhe um beijo, esfregue-se nele, leve-o para cima o mais rápido possível e só fale dessa droga de conto mais tarde. *Muito* mais tarde, advertiu a si mesma. Mas ela sabia que ele não permitiria que isso acontecesse.

A louça estava lavada, e ele sentou-se à mesa, diante dela.

Helen armou-se do seu sorriso mais sedutor e disse-lhe:

– Quero ir para a cama com você.

– Não gostou?

– Vamos falar sobre isso na cama.

– Mas que droga, Helen! – disse ele. – É a primeira coisa que consigo terminar em muito tempo. Quero saber a sua opinião.

Ela mordeu o lábio e tirou os óculos. Não fizera uma única marca com o lápis vermelho.

– Eu o amo – disse ela.

– Eu sei, eu sei – disse ele, com impaciência. – Eu também a amo, mas a gente pode ir para a cama a qualquer hora. Quero saber o que acha do *conto*.

Ela finalmente relaxou. Percebeu que ele a desobrigara. Eu *tentei*, pensou. Sentia-se imensamente aliviada.

– Dane-se o conto – disse ela. – Não, eu *não* gostei dele. E também não quero falar sobre isso. Obviamente, você não está ligando para o que eu quero ou deixo de querer. Parece um garotinho na mesa de jantar. Sempre se serve primeiro.

– Você não gostou? – perguntou Garp.

– Não, não é *ruim*. Só que não é grande coisa. É insignificante, um pouco simples demais. Se você está se preparando para alguma coisa, eu gostaria de ver você chegar lá. Mas isso aqui não é nada, você deve saber disso. É só um lance rápido, não é? Você pode fazer mágicas assim com os olhos fechados, não é?

— Mas é *engraçado*, não é?

— Oh, não deixa de ser. Mas é engraçado como *piadas* são engraçadas. É cheio de "ditos espirituosos". Quer dizer, o que é que ele é, na verdade? Uma paródia de si mesmo? Você ainda não é tão velho, nem escreveu o suficiente para começar a zombar de você mesmo. É só para se satisfazer, uma autojustificativa. E, na realidade, só trata de você mesmo. É engraçadinho.

— Que merda! — exclamou. — *Engraçadinho?*

— Você está sempre falando de pessoas que escrevem bem, mas não têm nada a dizer. Muito bem, e que nome você dá a isto? Certamente, não é nenhum "Grillparzer". Não vale a quinta parte dele. Nem mesmo a *décima* parte.

— "A pensão Grillparzer" foi a primeira coisa que escrevi — disse Garp. — Isso é completamente diferente. É um outro tipo de ficção inteiramente diverso.

— Isso mesmo. Uma trata de alguma coisa, e a outra não trata de coisa nenhuma. Uma é a respeito de gente, e a outra é a respeito de você mesmo, só você. Uma tem mistério *e* precisão, e a outra só tem gracinhas.

Quando Helen disparava suas críticas, era muito difícil fazê-la parar.

— Não é justo comparar os dois contos — disse Garp. — Este é bem menor.

— Pois então não vamos mais falar sobre ele.

Garp ficou emburrado durante um minuto.

— Você também não gostou de *O segundo fôlego do corno* — disse ele —, e creio que também não vai gostar do próximo.

— E *qual* é o próximo, Garp? Você está escrevendo outro romance?

Ele ficou ainda mais emburrado. Ela o odiava por obrigá-la a fazer aquilo contra ele, mas também o desejava e sabia muito bem que o amava.

— Por favor — insistiu —, vamos para a cama.

Agora, porém, ele viu a *sua* oportunidade para uma pequena crueldade – e/ou uma pequena verdade –, e seus olhos brilharam de satisfação.

– Não vamos mais falar sobre isso, por favor, Garp. Vamos para a cama.

– Então, você acha que "A pensão Grillparzer" foi a melhor coisa que já escrevi, não é? – Ele sabia o que ela pensava de seu segundo romance e sabia também que, apesar de Helen gostar de *Procrastinação*, o primeiro romance é sempre o primeiro romance. Sim, ela de fato achava que "Grillparzer" era o que ele tinha feito de melhor.

– Até aqui, foi mesmo – disse ela, carinhosamente. – Você é um escritor adorável e sabe que essa é a minha opinião.

– Parece que eu só não fiz jus ao meu potencial – disse Garp, com certa rispidez.

– Você vai chegar lá – disse ela. A simpatia e o seu amor por ele estavam desaparecendo da voz de Helen.

Fitaram-se, e Helen foi a primeira a desviar o olhar. Ele começou a subir a escada.

– Você vem dormir? – perguntou Garp. Ele estava de costas, e ela não podia perceber suas intenções e seus sentimentos. Estavam escondidos dela ou então enterrados no seu maldito *trabalho*.

– Agora não – disse ela.

Ele parou no meio da escada.

– Tem alguma coisa para *ler*? – perguntou ele.

– Não. Já estou cheia de leituras por algum tempo.

Garp subiu. Quando ela entrou no quarto, ele já estava dormindo, o que só contribuiu para o seu desespero. Se ele estivesse pensando nela de alguma forma, como poderia ter adormecido? A verdade, porém, era que ele pensava em tanta coisa que se sentia confuso. Adormecera porque estava perturbado. Se tivesse conseguido concentrar seus sentimentos em uma *única* coisa, ainda estaria acordado quando ela subiu. Isso poderia ter evitado uma série de problemas para eles naquela ocasião.

Só restou a Helen ficar sentada a seu lado na cama, observando seu rosto com mais carinho do que pensava lhe ser possível. Percebeu que ele estava com uma ereção tão grande como se *tivesse* ficado à sua espera. Então, tomou-o em sua boca e chupou-o delicadamente, até sentir seu orgasmo.

Ele acordou, surpreso, a culpa estampada no rosto, quando pareceu se dar conta de onde estava e com quem estava. Helen, no entanto, não se sentia nem um pouco culpada, apenas triste. Mais tarde, ele pensaria que era como se ela *soubesse* que ele estava sonhando com a sra. Ralph.

Quando ele voltou do banheiro, ela já dormia. Adormecera rapidamente. Por fim isenta de culpa, Helen sentia-se livre para se deixar levar por seus sonhos. Garp ficou acordado ao seu lado, observando a incrível inocência em seu rosto, até que as crianças vieram acordá-la.

13

Walt pega um resfriado

Sempre que Walt ficava resfriado, Garp dormia mal. Era como se tentasse respirar pelos dois. Levantava-se no meio da noite para beijar e acariciar o filho. Quem o visse, poderia pensar que ele estava tentando fazer o resfriado de Walt desaparecer simplesmente transferindo-o para si próprio.

– Pelo amor de Deus, Garp – dizia-lhe Helen. – É apenas um resfriado. Duncan passava o inverno inteiro resfriado quando tinha 5 anos.

Quase aos 11 anos, Duncan parecia imunizado contra resfriados. Walt, entretanto, aos cinco, lutava contra um resfriado atrás do outro – ou era um único e longo resfriado que ia e vinha sem parar. Em março, no começo da primavera, Garp achava que Walt já não possuía resistência alguma. Pai e filho ficavam acordados a noite inteira, devido aos acessos de tosse convulsiva e encatarrada de Walt. Garp às vezes adormecia auscultando o peito do menino; depois, acordava assustado, achando que não ouvia mais as batidas do seu coração. Mas a verdade é que a criança simplesmente afastava a cabeça pesada do pai de cima de seu peito para poder se virar e dormir mais confortavelmente.

Tanto o médico quanto Helen diziam-lhe que se tratava apenas de uma tosse.

Garp, entretanto, não conseguia dormir, apavorado com a respiração irregular de Walt. Assim, geralmente estava acordado quando Roberta telefonava no meio da noite. As angústias da grande e forte srta. Muldoon já não assustavam Garp, uma vez que ele estava sempre à espera de seu telefonema, mas a própria insônia ansiosa de Garp estava deixando Helen de mau humor.

— Se você estivesse trabalhando em um novo livro, estaria cansado demais para passar metade da noite acordado – disse ela.

Helen dizia-lhe que era sua imaginação que o mantinha acordado. Garp sabia que era um sinal de que não andava escrevendo o suficiente quando ainda lhe restava muita imaginação para outras coisas. Um exemplo disso eram os recentes ataques de sonhos: Garp agora sonhava *apenas* com coisas terríveis acontecendo aos filhos.

Em um desses sonhos, uma coisa horrível aconteceu enquanto Garp lia uma revista pornográfica. Ele olhava sempre uma mesma foto, repetidamente; a foto era muito pornográfica. O pessoal da universidade que praticava luta livre, com quem Garp treinava de vez em quando, tinha um vocabulário peculiar para aquelas fotos. Tal vocabulário, Garp notou, não havia mudado desde os seus dias na Steering, quando o time de Garp comentava essas fotos da mesma maneira. O que havia mudado era a possibilidade crescente de acesso a elas fotos, mas os nomes eram os mesmos.

A foto que Garp olhava no sonho era considerada uma das melhores no ranking de fotografias pornográficas. Entre fotos de mulheres nuas, havia nomes para o quanto era possível ver. Se fosse possível ver apenas os pelos públicos, mas não as partes sexuais, dizia-se que era uma foto de moita ou simplesmente uma moita. Se fosse possível ver as partes sexuais, às vezes parcialmente ocultas pela "moita", a foto chamava-se castor. Um castor era melhor do que apenas uma moita. Um castor era tudo: os pelos e as partes. Se as partes estivessem *abertas*, o nome era um castor *rachado*. E, se a coisa toda *brilhasse*, era o máximo no mundo da pornografia: um castor rachado molhado. O fato de estar molhado implicava que a mulher não só estava nua, exposta e aberta, mas que também estava *pronta*.

Em seu sonho, Garp olhava aquela que o pessoal chamava de castor rachado molhado, quando ouviu um choro de crianças. Ele não sabia de quem eram as crianças, mas Helen e sua mãe, Jenny Fields, estavam com elas. Desceram a escada, passando em fila por ele, que procurava esconder aquilo que estivera olhando. Estavam lá em cima e haviam sido acordadas por alguma coisa terrível. Continuaram descendo as escadas, em direção ao porão, como se ali fosse um abrigo antiaéreo. Ao pensar nisso, Garp ouviu o barulho surdo, característico dos bombardeios, viu o reboco das paredes caindo, as luzes piscando. Então, percebeu o terror do que estava prestes a acontecer a eles. As crianças, duas a duas, marchavam, choramingando, atrás de Helen e Jenny, que as levavam para o abrigo, compenetradas como se fossem enfermeiras. Quando olhavam para Garp, o faziam com um certo ar de desprezo e tristeza, como se ele as houvesse desamparado e agora não tivesse condições de ajudá-las.

Talvez ele tivesse ficado olhando a foto pornográfica em vez de vigiar os céus à procura de aviões inimigos. Isso, dada a natureza dos sonhos, nunca ficava claro: precisamente *porque* ele se sentia culpado e *porque* elas o olhavam como se estivessem ofendidas.

No fim da fila de crianças, estavam Duncan e Walt, de mãos dadas – a falada camaradagem, tal como é desenvolvida nos acampamentos de verão, aparecia no sonho de Garp como a reação natural a um desastre entre crianças. O pequeno Walt chorava, da maneira como Garp o ouvira chorar quando tinha um pesadelo e não conseguia acordar. "Estou tendo um pesadelo!", dizia, choramingando. Agora, no sonho de Garp, ele olhou para o pai e quase gritou para ele: "Estou tendo um pesadelo!"

Em seu sonho, entretanto, Garp não conseguia acordar Walt *daquele* pesadelo. Duncan, estoicamente, olhava por cima do ombro para o pai com uma expressão silenciosa e bravamente compenetrada em seu belo rosto. Ultimamente, Duncan parecia ter crescido muito. O olhar de Duncan era um segredo entre ele e o pai: ambos sabiam que *não* se tratava de um sonho e que não poderiam socorrer Walt.

"Acordem-me", gritava Walt, mas a longa fila de crianças ia desaparecendo dentro do abrigo. Tentando se desvencilhar do irmão (Walt batia na altura do cotovelo de Duncan), ele olhava para o pai e gritava "Estou tendo um *sonho*!", como se estivesse tentando se convencer daquilo. Garp nada podia fazer; não dizia nada, nem mesmo tentava segui-los pelos últimos degraus. O reboco que desmoronava cobria tudo de branco. As bombas continuavam a cair.

"Você está sonhando! É um pesadelo!", gritou Garp para o pequeno Walt, embora soubesse que estava mentindo.

Então, Helen lhe deu um pontapé, e ele acordou.

Talvez ela temesse que a imaginação desvairada de Garp se desviasse de Walt e se voltasse para ela. Se Garp tivesse dado a Helen a metade da atenção que parecia compelido a dar a Walt, ele poderia ter percebido que alguma coisa estava acontecendo.

Helen imaginava ter absoluto controle do que estava acontecendo; ao menos, ela controlara o começo (quando abrira a porta de seu gabinete, como de costume, para o descontraído Michael Milton, que a esperava, pedindo-lhe que entrasse). Depois, fechara a porta e beijara-o rapidamente na boca, segurando-o pelo pescoço fino, de modo que ele nem mesmo conseguia respirar, e enfiando o joelho entre as pernas dele. Ele deu um pontapé na cesta de papéis e deixou cair seu caderno de notas.

– Não há mais nada a discutir – disse Helen, respirando fundo.

Passou a língua pelos lábios dele, para ver se gostava ou não daquele bigode. Concluiu que gostava, ao menos naquele instante.

– Vamos para o seu apartamento. Não há outro lugar – disse-lhe ela.

– É do outro lado do rio.

– Sei onde é. Mas é limpo?

– Claro. E tem uma linda vista para o rio.

– Não quero saber da vista. Quero que seja limpo.

– Está bastante limpo, mas posso limpá-lo mais ainda.

– Só podemos ir em seu carro.

– Não tenho carro.

– Sei que não tem, mas precisa arranjar um.

Ele sorria agora. Ficara surpreso, mas estava se sentindo confiante outra vez.

– Bem, não tenho que arranjar um *imediatamente*, não é? – perguntou ele, roçando o bigode em seu pescoço e apalpando-lhe os seios.

Helen desvencilhou-se do abraço.

– Arranje um quando quiser – disse ela. – Jamais usaremos o meu e não quero ser vista andando com você pela cidade ou viajando de ônibus. Se *alguém* souber disso, tudo estará acabado. Compreende?

Helen sentou-se à sua escrivaninha, e ele não se sentiu encorajado a dar a volta. Então, acomodou-se na cadeira onde costumavam se sentar os alunos que iam falar com ela.
— Claro, eu compreendo.
— Amo meu marido e nunca vou querer magoá-lo.
Michael Milton achou que não era hora de sorrir.
— Vou arranjar um carro agora mesmo.
— E trate de limpar o apartamento, ou mande alguém fazer isso.
— Sem dúvida — disse ele, já se atrevendo a esboçar um sorriso.
— Que espécie de carro você quer?
— Para mim, tanto faz. Só quero que funcione e que não enguice o tempo todo. E que tenha o banco da frente bem largo. — Ele pareceu mais espantando ainda, e ela explicou: — Quero poder deitar-me no banco, confortavelmente, com a cabeça em seu colo, de modo que ninguém me veja sentada ao seu lado. Compreende?
— Deixe comigo — disse ele, sorrindo novamente.
— Esta é uma cidade pequena. Não quero que ninguém saiba.
— Não é *tão* pequena assim — disse Michael Milton, confiante.
— Toda cidade é pequena, e esta é ainda menor do que você pensa. Quer que eu lhe diga?
— O quê?
— Você está dormindo com Margie Tallworth — disse Helen. — Ela é minha aluna em literatura comparada. Está no penúltimo ano. E você anda saindo com uma outra aluna *muito* jovem, do curso de língua inglesa, do Dirkson. Acho que ela é uma *caloura*, mas não sei se você já dormiu com ela. Se ainda não foram para a cama, não foi por falta de tentativas de sua parte. Que eu saiba, você ainda não se meteu com suas colegas de pós-graduação. Ainda não — disse Helen. — E certamente há mais alguém de quem me esqueci, ou *houve*.

Michael Milton mostrou-se ao mesmo tempo encabulado e orgulhoso. O perfeito controle que ele costumava ter sobre suas emoções escapou-lhe tão completamente que Helen não gostou da expressão que viu em seu rosto e desviou o olhar.
— Por aí você vê como esta cidade é pequena, como qualquer outra. Se ficar comigo, terá que desistir de todas as outras. Sei o que as garotas reparam e sei quanto estão dispostas a *dizer*.

– Sim – disse ele, parecendo estar pronto para tomar notas.

De repente, Helen se lembrou de alguma coisa e por um instante pareceu assustada.

– Você tem carteira de motorista, não tem?

– Ah, sim, claro! – disse Michael Milton. Ambos riram e Helen relaxou outra vez. Mas, quando ele deu a volta à mesa para tentar beijá-la, ela sacudiu a cabeça e fez sinal com a mão para que se afastasse.

– Nunca tente me tocar aqui – disse ela. – Não haverá intimidades nesta sala. Eu nunca tranco a porta. Nem gosto mesmo de mantê-la fechada. Por favor, abra-a.

Ele fez o que ela pediu.

Michael Milton arranjou um carro, um enorme Buick Roadmaster, um tipo *antigo* de caminhonete, com painéis de madeira verdadeira nas laterais. Era um Buick Dynaflow de 1951, pesado, com carvalho verdadeiro e cromados brilhantes anteriores à guerra da Coreia. Pesava quase três toneladas. Necessitava de sete litros de óleo e tinha um tanque com capacidade para oitenta litros de gasolina. Seu preço original era de 2.850 dólares, mas Michael Milton o comprara por menos de 600 dólares.

– São oito cilindros em linha, direção hidráulica, carburador Carter de corpo simples – disse o vendedor. – E não está muito enferrujado.

De fato, sua cor opaca, de sangue coagulado, não chamava muito a atenção. Tinha mais de um 1,80 m de largura e cinco de comprimento. O banco da frente era tão comprido e largo, que Helen podia estender-se nele sem quase ter de dobrar as pernas ou sem colocar a cabeça no colo de Michael Milton, embora sempre o fizesse.

Ela colocava a cabeça no colo de Michael não porque se visse obrigada, mas porque gostava da visão do painel e de estar perto do cheiro agradável do couro velho e marrom do banco liso e grande. Ela colocava a cabeça em seu colo porque gostava de sentir as pernas de Michael se retesarem e afrouxarem, sua coxa movendo-se ligeiramente quando ele acionava os freios e o acelerador. Era um colo tranquilo para descansar a cabeça porque o carro não tinha embreagem, e o motorista precisava apenas mover uma das pernas, de vez em quando. Michael Milton, atenciosamente, nunca levava moedas ou outro objeto qualquer no bolso direito da calça, de modo que havia apenas as macias listras do veludo cotelê de sua calça, que às vezes marcavam levemente o rosto de Helen. Outras vezes, sua ereção tocava-lhe a orelha ou até mesmo os cabelos da nuca.

Havia ocasiões em que ela pensava em tomá-lo em sua boca enquanto atravessavam a cidade naquele carrão, a enorme grade cromada do radiador parecendo a boca aberta de um peixe, com a marca *Buick Eight* atravessada nos dentes. Mas Helen sabia que isso seria uma imprudência.

O primeiro indício de que a segurança não era completa foi quando Margie Tallworth abandonou o curso de Helen sem uma simples nota de explicação. Helen temia que o motivo não fora o curso e chamou a jovem ao seu gabinete.

Margie Tallworth, no penúltimo ano da graduação, conhecia muito bem o regulamento da escola para saber que não devia nenhuma explicação. Até um certo ponto de qualquer semestre, o aluno tinha liberdade para abandonar qualquer curso sem precisar da permissão do professor.

– Preciso apresentar uma razão? – perguntou a jovem, contrariada.

– Não, não precisa. Mas, se você *tivesse* alguma razão, eu gostaria de saber qual é.

– Eu não preciso ter uma razão – disse Margie Tallworth.

Ela encarou Helen com mais insistência do que a maioria dos alunos o faria; em seguida, levantou-se para sair. Ela era bonita, pequena, e vestia-se melhor do que a maior parte das alunas, Helen reparou. Se havia alguma consistência entre a antiga namorada de Michael Milton e seu gosto atual, parecia ser apenas que ele gostava de mulheres bem-vestidas.

– Bem, sinto muito que não tenha gostado do curso – disse Helen, sinceramente, quando Margie saía, mas ainda estava tentando descobrir os verdadeiros motivos.

Ela sabia, Helen pensou, e imediatamente acusou Michael.

– Você já estragou tudo – disse-lhe friamente ao telefone, porque só assim *conseguia* falar friamente com ele. – Diga-me *como* foi que você rompeu com Margie Tallworth.

– Com muita delicadeza – explicou ele, presunçosamente. – Mas um rompimento é sempre um rompimento, qualquer que seja a maneira de fazer isso.

Helen não gostava quando ele tentava ensinar-lhe alguma coisa, a não ser em matéria de sexo. Nesse campo, ela era tolerante, e ele parecia ter necessidade de dominar. Aquela era uma situação diferente para ela e não se importava realmente que ele a dominasse. Às vezes, ele era rude, mas não chegava a ser perigoso; se ela resistisse a alguma coisa com firmeza, ele parava. Certa vez, tivera de lhe dizer: "Não! Não gosto disso, não quero fazer isso." Mas acrescentara "por favor", porque não confiava inteiramente nele. E ele parara. Às vezes, ele insistia com ela, mas de uma maneira aceitável. Ela achava excitante o fato de não confiar plenamente nele. Mas não poder confiar em sua *discrição* era inteiramente diferente. Se soubesse que ele falara a seu respeito, o caso estaria terminado.

– Eu não disse nada a ela – insistiu Michael. – Disse-lhe apenas que estava tudo acabado ou algo assim. Nem mesmo lhe disse que havia outra mulher e, *certamente*, não falei nada a seu respeito.

– Provavelmente ela ouvir você falar a meu respeito, antes – disse Helen. – Quero dizer, antes de tudo isso começar.

– De qualquer forma, ela nunca gostou do seu curso – disse Michael. – Falamos sobre isso um dia.

– Ela nunca gostou do curso? – repetiu Helen. Isso realmente a surpreendia.

– Bem, ela não é lá muito inteligente – disse ele, começando a se impacientar.

– É bom que ela não saiba. Estou falando sério. É melhor você tirar isso a limpo.

Mas ele nada conseguiu, porque Margie Tallworth se recusava a falar com ele. Tentou convencê-la, por telefone, de que uma antiga namorada reaparecera, vinda de outra cidade; ela não tinha onde ficar e uma coisa levara à outra. Margie Tallworth, entretanto, desligara antes que ele tivesse oportunidade de se explicar melhor.

Helen passou a fumar um pouco mais. Observou Garp com ansiedade durante alguns dias e, em certa ocasião, sentiu-se verdadeiramente culpada quando fez amor com ele e percebeu que não o fizera porque o desejasse, mas porque queria tranquilizá-lo, *caso* ele andasse pensando que havia alguma coisa errada.

Garp não desconfiava de nada. Ou quase. Na realidade, *desconfiara* de alguma coisa uma única vez, quando notara algumas manchas roxas nas coxas firmes de Helen. Apesar de ser um homem forte, Garp era muito delicado com os filhos e com a mulher. Ele também conhecia bem as marcas de dedos, porque praticara luta livre. Um ou dois dias depois, notou as mesmas marcas de dedos na parte de trás dos braços de Duncan – justamente onde Garp o segurara quando praticavam luta livre. Ele concluiu que as marcas em Helen também eram dele.

Ele era um homem vaidoso demais para se deixar levar por um ciúme fácil, e o nome que tinha nos lábios, certa manhã, ao acordar, já lhe escapara da mente. Não havia mais trabalhos de Michael Milton pela casa, mantendo Helen acordada à noite. Na realidade, ela estava indo para a cama cada vez mais cedo; precisava descansar.

Quanto a Helen, passara a gostar muito da alavanca de câmbio do Volvo, com sua ponta rombuda, sem ponteira. No fim do dia, ao voltar para casa, sentia tanto prazer em apertar a ponta da alavanca contra a base da palma de sua mão, que pouco faltava para lhe rasgar a pele. Assim, conseguia levar lágrimas aos olhos, e isso a fazia se sentir limpa outra vez ao chegar a casa, quando os meninos lhe acenavam da janela da sala de TV ou quando ela entrava na cozinha e Garp anunciava o que fizera para o jantar.

A possibilidade de Margie Tallworth ter conhecimento do caso assustou Helen, porque, apesar de ter dito a Michael – e a si mesma – que tudo estaria acabado no instante em que alguém soubesse, ela sabia agora que seria muito mais difícil terminar do que imaginara no começo. Ela abraçava Garp na cozinha, torcendo para que Margie Tallworth jamais viesse a descobrir.

Margie Tallworth *era* ignorante, mas não ignorava o caso de Michael Milton com Helen. Ela podia ser ignorante em muitos assuntos, mas não nesse. Era ignorante quando imaginava que sua própria paixão superficial por Michael "ultrapassara", como dizia, o lado "sexual", ao passo que, na sua opinião, Helen estava apenas se divertindo com Michael. A verdade, porém, é que Margie Tallworth havia, como ela mesma dizia, *chafurdado* completamente na sexualidade. Aliás, seria difícil dizer o que *mais* houvera em seu relacionamento com Michael Milton. Ela, no entanto, não estava inteiramente errada ao presumir que essa era também a ligação de Helen com Michael Milton. Margie era ignorante porque desconfiava demais de tudo e de todos, mas, naquele caso, ela acertara em cheio.

Na época em que Michael Milton e Helen estavam de fato discutindo o "trabalho" de Michael, Margie já desconfiava de que eles estivessem tendo um caso. Margie Tallworth não acreditava que alguém pudesse ter qualquer outro tipo de relacionamento com Michael Milton. Somente nesse ponto ela não era ignorante. Talvez Margie até mesmo já soubesse da espécie de relacionamento entre Helen e Michael antes mesmo que os dois soubessem.

E, das janelas do toalete feminino no quarto andar do prédio de inglês e literatura – cujos vidros deixavam ver de dentro para fora, mas não de fora para dentro –, ela podia ver através do para-brisa escurecido do Buick de três toneladas, movendo-se lenta e silenciosamente, como o esquife de um rei, para fora do estacionamento. Margie podia ver as pernas esbeltas da sra. Garp estendidas no banco da frente. Aquela era uma maneira bem estranha para se andar de automóvel, a não ser que o motorista fosse um amigo muito íntimo.

Margie conhecia os hábitos deles melhor do que os seus próprios. Fazia longas caminhadas, para tentar esquecer Michael Milton e para se familiarizar com o lugar onde Helen morava. Logo ficou conhecendo os hábitos do marido de Helen também, porque os hábitos de Garp eram muito mais constantes do que os de qualquer outra pessoa. Ele andava de um aposento para o outro todas as manhãs; talvez estivesse desempregado, o que se encaixava bem com a ideia que ela fazia dos cornos em potencial: homens desempregados. Ao meio-dia, ele irrompia pela porta da frente em trajes esportivos e saía correndo. Muitos quilômetros depois, ele voltava e lia a correspondência, que quase sempre chegava depois que ele saía. Então, andava de um lado para o outro da casa outra vez e despia-se, por partes, a caminho do chuveiro. Uma coisa que não se enquadrava na imagem que ela fazia de um corno era que ele tinha um corpo bonito. E por que ele passaria tanto tempo na cozinha? Margie Tallworth ficava imaginando se ele não seria um cozinheiro desempregado.

Depois, as crianças chegavam do colégio, e o coraçãozinho de Margie se enternecia. Era bonito vê-lo brincando com os filhos, o que também se encaixava nas suposições que Margie fazia dos cornos: alguém que se divertia muito com os filhos enquanto a mulher andava por aí *trepando* com outros. "Trepada" era também uma palavra usada pela rapaziada de luta livre que Garp conhecia e já usada naqueles velhos tempos "sangue e azul" da Steering School. Sempre havia alguém se gabando de ter trepado com um castor rachado e molhado.

Certo dia, quando Garp saiu para correr, Margie Tallworth esperou que ele estivesse bem longe e subiu ao alpendre da casa com um bilhetinho perfumado que pretendia jogar no meio de sua correspondência. Ela calculara tudo com muito cuidado: ele leria o bilhete e teria tempo suficiente para se recuperar do choque antes que as crianças chegassem. Era assim que ela achava que uma notícia como aquela era absorvida: repentinamente! Depois, haveria um período razoável de recuperação, e ele estaria pronto para receber os filhos. E ali estava uma outra situação sobre a qual Margie Tallworth era completamente ignorante.

O próprio bilhete lhe dera bastante trabalho porque ela não era muito boa com palavras. O fato de o bilhete ser perfumado não era intencional; simplesmente, tudo que Margie Tallworth possuía era perfumado. Se houvesse pensado melhor, teria visto que o perfume não era apropriado para aquele tipo de bilhete, mas isso também fazia parte de sua ignorância. Até mesmo os seus trabalhos escolares eram perfumados. Quando Helen lera o primeiro ensaio de Margie Tallworth em literatura comparada, ficara enjoada com o *cheiro*.

O bilhete de Margie para Garp dizia o seguinte:

Sua mulher está "envolvida" com Michael Milton.

Margie Tallworth acabaria se tornando o tipo de pessoa que diz que alguém "foi desta para melhor" em vez de dizer simplesmente que ele morreu. Assim, ela procurava ser delicada com as palavras ao dizer que Helen estava "envolvida" com Michael Milton. E ela segurava esse bilhetinho perfumado na mão, parada no alpendre dos Garp, quando começou a chover.

Nada fazia Garp voltar mais depressa de uma corrida do que a chuva. Detestava molhar seus tênis. Ele corria no frio e na neve, mas, quando chovia, corria de volta para casa, praguejando, e cozinhava durante uma hora, num terrível mau humor. Depois, vestia um agasalho e pegava o ônibus para ir ao ginásio a tempo de treinar luta livre. No caminho, pegava Walt na creche e levava-o ao ginásio. Assim que chegava, telefonava para casa, para ver se Duncan já tinha voltado da escola. Às vezes, quando deixava alguma coisa no fogo, dava instruções a Duncan, mas geralmente apenas recomendava que tivesse cuidado ao sair de bicicleta e interrogava-o para saber se ele sabia bem os números de emergência e o que fazer em caso de incêndio, explosões, assaltos a mão armada, confusão na rua.

Então, ele lutava e, depois do exercício, ia para o chuveiro e levava Walt com ele. Quando telefonava outra vez, Helen já estava em casa e ia buscá-los.

Era por isso que Garp não gostava de chuva. Apesar de gostar de praticar luta livre, a chuva complicava seus planos mais simples. E Margie Tallworth não estava preparada para vê-lo ali de volta no alpendre, atrás dela, irritado e ofegante.

Ela soltou um grito e agarrou o bilhete perfumado com todas as forças, como se fosse a artéria principal de um animal que se esvaía em sangue e que ela queria estancar.

– Olá – disse Garp. Ela lhe pareceu uma *babysitter*. Já fazia algum tempo que ele aprendera a se manter longe de *babysitters*. Simplesmente sorriu para ela com franca curiosidade.

– Aaaahhhh... – Margie Tallworth estava sem fala.

Garp olhou para o bilhete amassado na mão da jovem. Ela fechou os olhos com força e estendeu o bilhete para ele, como se estivesse colocando a mão numa fogueira.

Se, no começo, Garp achou que ela fosse uma das alunas de Helen, em busca de alguma coisa, não tardou a perceber que ela não conseguia falar e viu que lhe entregava o bilhete com determinação.

A experiência de Garp com mulheres sem fala e que entregavam bilhetinhos limitava-se às adeptas de Ellen James – e conseguiu esconder um momentâneo acesso de raiva ao imaginar que mais uma daquelas sinistras fanáticas estava se apresentando a ele. Ou teria vindo para atraí-lo a alguma cilada – ele, o filho recluso da famosa Jenny Fields?

"*Olá! Sou Margie. Da Sociedade Ellen James*",

devia dizer seu estúpido bilhete.

"*Sabe o que é a Sociedade Ellen James?*"

Garp imaginou que em breve elas estariam organizadas como os fanáticos religiosos que vivem trazendo à nossa porta aqueles panfletos moralistas que falam de Jesus. O que o deixava doente era ver que as fanáticas já estavam conseguindo aliciar pessoas tão jovens como aquela moça, que ainda nem sabia se iria querer uma língua em sua vida ou não. Ele sacudiu a cabeça e rejeitou o bilhete.

– Sim, sim, eu já sei, já sei – disse ele. – E daí?

A pobre Margie Tallworth não estava preparada para aquilo. Ela viera como um anjo vingador – para cumprir uma terrível obrigação, que era um grande fardo para ela! – para trazer uma notícia ruim que, de certo modo, deveria ser conhecida. Mas ele já *sabia* e não se incomodava!

Ela apertava o bilhete com as duas mãos contra os seios bonitos e trêmulos, fazendo aumentar ainda mais o perfume que exalava. Garp sentiu passar por ele uma onda do perfume da jovem e continuou parado, fitando-a.

– Eu já disse: "E daí?" Você realmente espera que eu mostre algum respeito por alguém que corte fora a própria língua?

Margie, com muito esforço, só conseguiu dizer:

– O quê?

Estava apavorada. *Agora* compreendia por que aquele pobre homem andava de um lado para o outro dentro de casa o dia inteiro, sem trabalhar: ele era maluco.

Garp ouviu distintamente o que ela disse. Não fora um simples "Aaaahhhh", nem mesmo uma palavra saída de uma boca com a língua amputada. Era uma palavra inteira.

– O quê? – perguntou ele.
– O quê? – repetiu ela.

Ele olhou para o bilhete que ela apertava contra o peito.

– Você pode *falar*?
– Claro – respondeu ela, numa voz rouca.
– O que é *isso*? – perguntou ele, apontando para o bilhete.

Mas agora ela estava com medo dele – um corno maluco. Só Deus sabia o que ele poderia fazer. Poderia matar as crianças, até mesmo ela. Parecia forte o suficiente para matar Michael Milton com um só braço. E todo homem parecia perigoso quando fazia perguntas. Ela recuou, saindo do alpendre.

– Espere! – gritou Garp. – Esse bilhete é para *mim*? O que *é* isso? É para a Helen? Quem é você?

Margie Tallworth apenas sacudiu a cabeça e murmurou:

– Foi um engano.

Quando se virava para fugir, ela colidiu com o carteiro, todo molhado, espalhando pelo chão as cartas de sua sacola, e caiu para trás, diretamente em cima de Garp. Ele lembrou-se de Duna, o urso senil, que lançara um carteiro pelas escadas em Viena e fora banido para sempre. Mas tudo que aconteceu a Margie Tallworth foi que ela caiu no alpendre, rasgou a meia e ralou um joelho.

O carteiro, imaginando que chegara num momento impróprio, procurou as cartas de Garp entre as que estavam espalhadas pelo chão, mas Garp agora só estava interessado naquele bilhete que a moça, ali em prantos, trouxera para ele.

– O que é? – perguntou ele, amavelmente, enquanto tentava ajudá-la a se levantar, mas ela queria permanecer sentada onde estava, embora continuasse a soluçar.

– Desculpe-me – disse Margie Tallworth.

Ela perdera a coragem, ficara um minuto a mais com Garp e, agora que achava estar até *gostando* dele, tinha dificuldade em lhe dar notícia tão desagradável.

– Não é nada sério esse arranhão no seu joelho, mas vou pegar alguma coisa para limpá-lo.

Entrou para buscar um antisséptico e ataduras, mas ela aproveitou para fugir, mancando. Não tinha coragem de enfrentá-lo com a notícia que trazia, mas também achava que devia contar-lhe. Deixou o bilhete para ele. O carteiro a viu descer a rua lateral, em direção ao ponto de ônibus que ficava na esquina; imaginou o que haveria com aquela família, que parecia receber mais correspondência do que as outras por ali.

Tratava-se de todas aquelas cartas que Garp escrevia e que seu editor, o pobre John Wolf, procurava responder. Havia, também, exemplares de livros a serem analisados e que Garp entregava a Helen, que ao menos os lia. Havia as revistas de Helen, que, na opinião de Garp, eram muitas. Havia as duas revistas de Garp, as únicas que assinava: *Gourmet* e *Amateur Wrestling News*. Havia ainda, naturalmente, as contas. E havia quase sempre uma carta de Jenny; era tudo que ela escrevia atualmente. E, uma vez ou outra, chegava uma carta, curta e carinhosa, de Ernie Holm. De quando em quando, Harry Fletcher escrevia para os dois, e Alice continuava a escrever, com grande fluência a respeito de absolutamente nada, para Garp.

E agora, no meio da correspondência habitual, havia aquele bilhete, muito perfumado e molhado de lágrimas. Garp largou as ataduras e o remédio. Não se deu ao trabalho de sair à procura da jovem. Segurou na mão o bilhete amarrotado e pensou que sabia, mais ou menos, o que ele continha.

Ficou imaginando por que não tinha pensado naquilo antes, porque havia muitos indícios apontando nessa direção. Agora que examinava o assunto, achava que a possibilidade já lhe ocorrera, embora não de maneira tão consciente. Alisou cuidadosamente o bilhete, com medo de rasgá-lo, provocando um barulho seco de folhas de outono, apesar de tudo ao redor de Garp mostrar que era março, um mês frio, a terra ferida transformando-se em lama. O bilhete estalava como pequenos ossos, conforme abria. Com o perfume que exalava, Garp imaginava que ainda podia ouvir o gritinho agudo da moça quando exclamara "O quê?".

Ele sabia o *que* era, só não sabia *com quem* – aquele nome, que em certa manhã havia povoado sua mente, mas que logo lhe fugira. O bilhete, é claro, lhe daria o nome: Michael Milton. O nome soava-lhe como o mais novo lançamento da sorveteria aonde costumava levar os meninos. Havia Turbilhão de Morango, Exagero de Chocolate, Loucura de Café e Michael Milton. Era um nome *nojento* – um sabor que Garp podia sentir. Ele caminhou até o ralo de águas pluviais, rasgou em pedaços o bilhetinho com seu perfume nauseante e jogou-o através da grade do ralo. Em seguida, entrou em casa e leu o nome no catálogo telefônico, inúmeras vezes.

Parecia-lhe agora que Helen estava "envolvida" com alguém havia muito tempo; parecia também que ele já sabia do caso havia muito. Mas o *nome*! Michael Milton! Garp o classificara – para Helen – em uma festa em que fora apresentado a ele. Garp dissera a Helen que Michael Milton era um palerma. Depois, falaram de seu bigodinho. Michael Milton! Garp leu o nome tantas vezes, que ainda estava com o catálogo nas mãos quando Duncan chegou da escola e achou que o pai estava, mais uma vez, folheando o catálogo em busca de nomes para seus personagens.

– Você ainda não foi buscar Walt? – perguntou Duncan.

Garp se esquecera completamente. E Walt está resfriado, pensou Garp. O menino não devia ter que esperar por mim, ainda mais com um resfriado.

– Vamos nós dois buscá-lo.

Para surpresa de Duncan, Garp atirou o catálogo telefônico na lixeira. Em seguida, caminharam para o ponto de ônibus.

Garp ainda estava em seus trajes de corrida e ainda chovia. Duncan achou aquilo estranho também, mas ficou calado. Em seguida, disse:

– Marquei dois gols hoje!

Por alguma razão, só se jogava futebol na escola de Duncan – outono, inverno e primavera. Era uma escola pequena, mas havia outra razão para tanta preferência por futebol. Garp já se esquecera qual era. De qualquer forma, nunca gostara da razão.

– Dois gols, papai! – repetiu Duncan.

– Que beleza!
– Um foi de cabeça!
– De cabeça, Duncan? Que maravilha!
– Ralph me deu um passe perfeito!
– Isso *também* é maravilhoso! Foi uma boa de Ralph também.

Passou o braço pelo ombro de Duncan, mas não o beijou, porque sabia que isso deixaria o menino encabulado. Era Walt quem gostava de ser beijado, pensou Garp. Então, pensou em beijar Helen e quase deu um passo na frente do ônibus.

– Papai! – gritou Duncan.

Depois que entraram no ônibus, ele perguntou ao pai se estava sentindo alguma coisa.

– Não. Estou bem – disse Garp.

– Pensei que você estivesse treinando luta – disse Duncan. – Está chovendo.

Da creche de Walt, era possível ver o outro lado do rio, e Garp tentou localizar a casa de Michael Milton, cujo endereço vira no catálogo.

– Onde é que vocês estavam? – queixou-se Walt, tossindo e com o nariz escorrendo. Parecia ter febre. Ele esperava ir treinar luta sempre que chovia.

– Por que não vamos todos para a sala de luta, já que estamos aqui? – perguntou Duncan. Ele soava cada vez mais lógico, mas Garp disse que não estava com vontade de treinar luta. – Por que não? – quis saber Duncan.

– Porque ele ainda está vestido para correr, seu bobalhão – disse Walt.

– Ah, cale essa boca, Walt – disse Duncan.

Eles começaram uma pequena luta no ônibus, até que Garp lhes disse que não podiam, porque lutar era ruim para o resfriado de Walt.

– Não estou doente – disse Walt.

– Está, sim – disse Garp.

– Está, sim – repetiu Duncan, provocando-o.

– Cale a boca, Duncan – advertiu Garp.

– Nossa, você está mesmo de amargar!

Garp teve vontade de beijar Duncan para mostrar-lhe que não estava de mau humor, mas, como sabia que ele ficava encabulado, beijou Walt.

– Pai! Você está todo molhado e suado! – queixou-se Walt.
– Porque ele ainda está com a roupa de corrida, seu bobalhão! – disse Duncan.
– Papai, ele me chamou de bobalhão!
– Eu ouvi.
– Mas eu não sou bobalhão.
– É, sim – insistiu Duncan.
– Calem-se, vocês dois – disse Garp.
– Papai hoje não está nos seus melhores dias, não é, Walt? – perguntou Duncan ao irmão.
– É mesmo.

Os dois acharam melhor provocar o pai em vez de brigar, até que o ônibus chegou à parada onde deviam descer – a algumas quadras da casa, sob a chuva cada vez mais forte. Os três estavam encharcados e ainda tinham de andar mais uma quadra, quando um carro que vinha em grande velocidade parou ao lado deles. O vidro da janela abaixou-se com algum esforço e, no vapor de dentro do veículo, Garp viu o rosto brilhante e cansado da sra. Ralph. Ela sorriu para eles.

– Vocês viram Ralph? – perguntou ela.
– Não – disse Duncan.
– O paspalhão não sabe que não deve andar na chuva? – disse ela.
– Acho que *você* também não – disse para Garp, num tom meloso.

Ela continuou a sorrir, e Garp tentou sorrir de volta, mas não soube o que dizer. Desconfiava de que devia controlar muito mal a expressão de seu rosto, porque a sra. Ralph normalmente não deixaria passar a oportunidade de continuar a provocá-lo na chuva. Em vez disso, no entanto, ela pareceu repentinamente chocada com o sorriso triste de Garp. Levantou de novo o vidro da janela e foi saindo. Lentamente.

– Tchau – despediu-se ela.
– Tchau – murmurou Garp.

Ele admirava a mulher, mas achava que talvez até mesmo *este* horror acabaria passando. Iria procurá-la.

Quando chegaram em casa, Garp preparou um banho quente para Walt, entrando na banheira com ele – uma desculpa, da qual sempre se aproveitava, para engalfinhar-se com o garoto. Duncan já era grande demais e não cabia na banheira junto com ele.

– O que é que temos para o jantar? – gritou Duncan lá de baixo.

Foi quando Garp se deu conta de que havia se esquecido do jantar.

– Eu me esqueci, Duncan – respondeu Garp.

– Você se *esqueceu*? – perguntou-lhe Walt, mas Garp mergulhou-o na banheira e fez-lhe cócegas, e o filho logo se esqueceu do problema.

– Você se esqueceu da *janta*? – berrou Duncan lá de baixo.

Garp resolveu que não ia sair da banheira e continuou adicionando água quente. A fumaça faria bem aos pulmões de Walt. Tentaria ficar ali com ele, enquanto o menino se mostrasse disposto a brincar.

Ainda estavam juntos no banho, quando Helen chegou.

– Papai se esqueceu do jantar – Duncan logo se queixou.

– Ele se esqueceu do jantar?

– Esqueceu completamente.

– Onde é que ele está?

– Está tomando banho com Walt. Já estão lá há *horas*!

– Santo Deus! – exclamou Helen. – Talvez tenham se afogado.

– Você adoraria que fosse verdade, não é? – gritou Garp do banheiro lá em cima.

Duncan soltou uma risada.

– Ele hoje está de amargar – disse Duncan à sua mãe.

– Estou vendo.

Ela colocou a mão no ombro de Duncan delicadamente, tomando cuidado para não lhe dar a entender que, na verdade, estava se apoiando nele agora porque precisava do seu apoio. De repente, não se sentia muito segura do seu equilíbrio. Parada ao pé da escada, gritou lá para cima:

– Teve um dia ruim?

Garp mergulhou para se controlar. Estava com muita raiva dela, mas não queria que Walt percebesse.

Não houve resposta, e Helen apertou mais o ombro de Duncan. Por favor, *não na frente das crianças*, ela pensou. Era uma situação nova para ela – se ver na defensiva em algum desentendimento com o marido – e ficou apavorada.

– Quer que eu suba? – perguntou.

Mais uma vez, não houve resposta. Ele podia prender a respiração por muito tempo.

Walt gritou para baixo:

– O papai está debaixo d'água!

– Papai está muito *esquisito* hoje – disse Duncan.

Garp emergiu para respirar, justamente no momento em que Walt gritava outra vez:

– Ele está prendendo a respiração!

Espero que esteja mesmo, pensou ela. Não sabia o que fazer e não conseguia sair do lugar.

Em mais ou menos um minuto, sussurrou Garp para Walt:

– Diga a ela que eu *ainda* estou debaixo d'água.

Walt ficou animado com a brincadeira e gritou para baixo, para Helen:

– Papai ainda está debaixo d'água!

– Caramba! – exclamou Duncan. – Devíamos registrar o tempo. Acho que é um novo recorde.

Helen, porém, já estava em pânico. Duncan soltou-se de sua mão e subiu para ver aquela nova proeza. Helen sentia como se suas pernas fossem de chumbo.

– Ele *ainda* está debaixo d'água.

Walt gritou novamente, a voz esganiçada.

– Ele *ainda* está debaixo d'água.

Garp, porém, já enxugava Walt com uma toalha e já começara a soltar a água da banheira. Os dois estavam nus em cima do tapete, ao lado do espelho grande. Quando Duncan entrou, Garp fez-lhe sinal para que ficasse calado.

– Agora, digam *juntos* – sussurrou Garp. – Quando eu contar até três, digam: "Ele ainda está mergulhado!" Um... dois... três!

– Ele *ainda* está mergulhado! – gritaram os dois.

Helen sentiu que eram os seus pulmões que iam estourar. Tentou gritar, mas não emitiu nenhum som. Subiu a escada correndo, imaginando que somente seu marido poderia ter concebido tal plano para se vingar dela: *afogar*-se na frente das crianças, deixando a ela o encargo de lhes explicar por que fizera aquilo.

Ela precipitou-se para dentro do banheiro, chorando, surpreendendo de tal maneira as crianças que teve de se recompor para não amedrontá-las. Garp estava nu diante do espelho, enxugando cuidadosamente entre os dedos dos pés e olhando-a de uma forma que lhe fazia lembrar as lições de Ernie Holm sobre como pegar os adversários desprevenidos.

– Você chegou tarde demais – disse-lhe ele. – Já estou morto. Mas é tocante, e um pouco surpreendente, ver que você se *importa*.

– Podemos conversar sobre isso mais tarde? – perguntou ela, esperançosa, e sorrindo, como se tivesse sido uma boa brincadeira.

– Nós enganamos você! – disse Walt, cutucando-a naquele osso pontudo do quadril.

– Puxa, você não teria gostado nem um pouco se nós tivéssemos pregado essa peça em *você* – disse Duncan ao pai.

– As crianças ainda não comeram – disse Helen.

– Ninguém comeu – disse Garp. – A menos que você já tenha jantado fora.

– Eu posso esperar – falou ela.

– E eu também – disse Garp.

– Vou arranjar alguma coisa para os meninos comerem. Devemos ter ovos e cereais – disse Helen, empurrando Walt para fora do banheiro.

– Para o *jantar*? – perguntou Duncan, surpreso. – Parece que vai ser um *ótimo* jantar.

– Eu me esqueci, Duncan – explicou Garp.

– Eu quero torrada – pediu Walt.

– Vou fazer torrada para você também – disse Helen.

– Tem certeza de que pode fazer isso? – perguntou Garp.

Ela apenas sorriu para ele.

– Nossa, até *eu* sei fazer *torradas*! – disse Duncan. – E acho que até *Walt* pode preparar os cereais.

– Os ovos são um pouquinho mais difíceis – disse Helen, tentando rir.

Garp continuou a enxugar entre os dedos dos pés. Depois que as crianças saíram do banheiro, Helen enfiou a cabeça pela porta outra vez.

– Desculpe-me. E eu o amo – disse ela.

Garp, porém, não ergueu os olhos. Continuou enxugando os pés cuidadosamente.

– Jamais tive intenção de magoá-lo – continuou Helen. – Como foi que você descobriu? *Nunca* deixei de pensar em você. Foi aquela menina? – Ela falava baixinho, mas ele só dava atenção aos seus pés.

Depois de servir as crianças (como se fossem *animais de estimação*, ela pensaria consigo mesma mais tarde), ela subiu novamente ao banheiro. Ele continuava diante do espelho, nu, sentado na beirada da banheira.

– Ele nada significa para mim. Ele nunca tirou nada que fosse seu. Está tudo acabado. Realmente acabado – explicou ela.

– Desde quando? – perguntou Garp.

– Desde agora. Eu só preciso contar a ele.

– *Não* diga nada a ele. Deixe-o tentar adivinhar.

– Não posso fazer isso – disse Helen.

– Tem casca no meu ovo! – gritou Walt lá de baixo.

– Minha torrada queimou! – gritou Duncan.

Conscientemente ou não, parecia que os dois estavam tramando uma forma de distrair os pais um do outro. Ocorreu a Garp que os filhos possuem um instinto para separar os pais quando eles precisam ser separados.

– Comam assim mesmo! – gritou Helen para eles. – Não está tão ruim assim.

Ela tentou tocá-lo, mas ele se esquivou e saiu do banheiro para se vestir.

– Comam tudo direitinho que eu os levo ao cinema! – gritou Garp para as crianças.

– Por que é que você está fazendo isso? – perguntou Helen.

– Eu não vou ficar aqui com você – disse ele. – Nós vamos sair. Telefone para aquele banana para se despedir.

– Ele vai querer me ver – disse Helen, apática. A realidade de ver tudo terminado, agora que Garp sabia, atuava nela como um anestésico. Se no começo ela se conscientizara do quanto havia magoado Garp, agora a dor que sentia por ele estava diminuindo, e ela já se concentrava em seus próprios sentimentos.

– Diga-lhe que vá se danar – disse Garp. – Você não vai tornar a vê-lo. Nada de última trepada de despedida. Apenas diga-lhe adeus. Por telefone.

– Ninguém falou em trepadas de despedida – disse Helen.

– Fale pelo telefone. Vou sair com as crianças. Vamos ao cinema. Por favor, tenha tudo terminado quando voltarmos. Você não vai mais se encontrar com ele!

– Não vou, prometo – disse Helen. – Mas *preciso* vê-lo, só uma vez, para lhe explicar.

– Imagino que você ache que conduziu tudo com muita decência – disse Garp.

Helen, até certo ponto, *realmente* pensava assim, mas ficou calada. Acreditava que nunca se afastara dos filhos e do marido durante aquela indulgência. Sentia-se no direito de lidar com a situação a seu modo agora.

– Vamos conversar sobre isso mais tarde – disse ela. – Então, será possível alguma perspectiva.

Ele teria batido nela, se as crianças não tivessem entrado no quarto nesse momento.

– Um, dois, três – cantou Duncan para Walt. E os dois gritaram ao mesmo tempo: – O cereal está mofado!

– Por favor, meninos – disse Helen. – Eu e seu pai estamos tendo uma briguinha. Vão lá para baixo.

Eles a fitaram com os olhos arregalados.

– Por favor, crianças – pediu Garp. Deu-lhes as costas para que não vissem que ele estava chorando. Mas Duncan devia ter percebido, e Helen certamente sabia. Walt provavelmente não se deu conta do que estava ocorrendo.

– Uma briga? – perguntou Walt.

– Vamos embora – disse Duncan, puxando Walt pela mão para fora do quarto. – Vamos, Walt, senão vamos perder o filme.
– Sim, o filme! – gritou Walt.
Para seu horror, Garp reconheceu a cena – Duncan descendo a escada, levando Walt; o mais novo virando-se e olhando para trás. Walt acenou, mas o irmão puxou-o pela mão. Já estavam lá embaixo, dentro do abrigo antiaéreo. Garp escondeu o rosto nas roupas e chorou.
Quando Helen fez menção de tocá-lo, ele gritou:
– Não me toque – disse e continuou chorando.
Helen fechou a porta do quarto.
– Oh, por favor, *não* faça isso – implorou ela. – Ele não merece. Ele não significava nada. Para mim, era apenas um *divertimento*.
Ela tentava explicar, mas Garp sacudiu a cabeça com violência e atirou as calças em cima dela. Ele ainda não estava completamente vestido, e Helen percebeu que aquela era talvez uma das situações mais comprometedoras para um homem: quando não eram nem uma coisa, nem outra. Uma mulher semidespida parecia ter algum poder, mas um homem não era tão bonito como quando estava completamente nu, nem tão seguro como quando estava completamente vestido.
– Por favor, vista-se – sussurrou ela, devolvendo-lhe as calças.
Garp vestiu as calças, mas continuou chorando.
– Farei como você quer – disse ela.
– Você não vai vê-lo outra vez?
– Não, nem uma única vez. Nunca mais.
– Walt está resfriado – disse Garp. – Ele nem devia sair, mas não é muito ruim para ele no cinema. E não vamos chegar tarde – acrescentou para ela. – Vá ver se ele está bem agasalhado.
Ela desceu.
Ele abriu a gaveta da cômoda onde ela guardava a *lingerie*. Tirou-a do móvel e mergulhou o rosto na maravilhosa maciez perfumada de suas roupas íntimas – como um urso segurando uma enorme cuba de comida com as patas e perdendo-se lá dentro. Quando Helen voltou ao quarto e encontrou-o fazendo aquilo, foi quase como se o tivesse surpreendido em plena masturbação. Encabulado, ele bateu a gaveta com o joelho, quebrando-a e fazendo as peças de roupa

voarem pelo quarto. Levantou a gaveta quebrada acima da cabeça e acabou de arrebentá-la contra a quina da cômoda, com um estalo que pareceu a espinha de um animal do tamanho da gaveta. Helen saiu correndo do quarto, e ele acabou de se vestir.

Ele viu o prato de Duncan quase limpo; viu que Walt não comera quase nada e que espalhara comida pela mesa e pelo chão.

– Se você não comer, Walt – disse Garp –, vai ser um *banana* quando crescer.

– Eu não vou crescer – disse Walt.

Aquilo aterrorizou Garp de tal modo, que ele virou-se bruscamente para Walt, assustando o menino.

– *Nunca* mais diga isso.

– Mas eu não *quero* crescer – repetiu Walt.

– Ah, sim – disse Garp, mais calmo. – Você quer dizer que *gosta* de ser criança, não é?

– Isso mesmo.

– Walt é tão esquisito, papai – disse Duncan.

– Não sou, *não*!

– É, sim.

– Vão para o carro – disse Garp. – E parem de brigar.

– *Vocês* é que estavam brigando – disse Duncan cautelosamente. Como não houvesse reação, ele puxou Walt para fora da cozinha.
– Vamos, Walt – disse.

– É mesmo! O *cinema*!

Garp dirigiu-se a Helen.

– Não quero que ele venha aqui, em hipótese alguma. Se você o deixar entrar nesta casa, ele não sairá vivo. E você também não vai sair de casa, de forma alguma. Por favor – ele acrescentou, dando-lhe as costas.

– Oh, querido.

– Ele é um completo *bestalhão*! – resmungou Garp.

– Não vê que jamais poderia ser alguém como *você*? Só poderia ser mesmo alguém completamente diferente.

Ele pensou nas *babysitters*, em Alice Fletcher e na sua inexplicável atração pela sra. Ralph, e naturalmente compreendeu o que ela queria dizer. Saiu da cozinha. Lá fora, estava chovendo e já estava escuro. Provavelmente, a chuva ia se congelar. A lama na entrada da casa estava molhada, mas firme. Ele manobrou o carro e depois, por força do hábito, levou-o para o topo do caminho de acesso. Desligou o motor e apagou as luzes. Deixou o Volvo deslizar para baixo, mas ele conhecia muito bem a curva escura do caminho de entrada. Os meninos ficaram entusiasmados com o ruído do cascalho e com a lama escorregadia na crescente escuridão. Quando soltou a embreagem no fim do caminho de entrada e ligou os faróis, Walt e Duncan bateram palmas.

– Qual é o filme que vamos ver? – perguntou Duncan.

– Vocês escolhem – disse Garp.

Foram à cidade para ver quais filmes estavam em cartaz.

Estava frio e úmido no carro, e Walt tossiu. O para-brisa estava sempre embaçado e era difícil ler o que diziam os letreiros. Os dois meninos começaram a brigar para ver quem ficaria no espaço entre os dois bancos da frente. Por alguma razão, eles sempre consideraram aquele um lugar privilegiado no banco de trás e sempre brigavam para ver quem iria se ajoelhar ou ficar em pé ali – empurrando-se e esbarrando no cotovelo de Garp quando ele acionava a alavanca do câmbio.

– Saiam daí, vocês dois – disse Garp.

– Mas é o único lugar de onde a gente pode ver lá fora, papai – protestou Duncan.

– *Eu* sou o único que precisa ver – disse Garp. – E este limpador é uma porcaria que não deixa *ninguém* ver pelo para-brisa – acrescentou.

– Por que você não escreve para o pessoal da Volvo? – disse Duncan.

Garp tentou imaginar uma carta para a Suécia a respeito daquela inconveniência, mas a ideia não durou muito tempo. No assoalho do carro, na parte de trás, Duncan ajoelhou em cima do pé de Walt e empurrou-o para fora do espaço entre os dois bancos dianteiros. Walt começou a chorar e a tossir.

– Eu cheguei primeiro – gritava Duncan.

Garp reduziu a marcha bruscamente, e a ponta descoberta da alavanca machucou sua mão.

– Está vendo, Duncan? – perguntou Garp, com raiva. – Está vendo esta alavanca? É como uma *lança*! Quer cair em cima dela se eu for obrigado a dar uma freada?
– E por que você não manda consertar?
– Saia já daí desse maldito buraco entre os bancos, Duncan! – disse Garp.
– Esta alavanca já está assim há meses – disse Duncan.
– Talvez apenas há algumas *semanas*, Duncan.
– Se é perigosa, devia mandar consertá-la – disse Duncan.
– É sua mãe quem cuida disso.
– Ela diz que é *você*, papai – disse Walt.
– Como está a sua tosse, Walt? – perguntou Garp.
Ele tossiu, e o ruído encatarrado em seu pequeno peito pareceu forte demais para uma criancinha.
– Meu Deus! – exclamou Duncan.
– Ótimo, Walt – disse Garp.
– A culpa não é *minha* – queixou-se Walt.
– Claro que não é – concordou Garp.
– É, sim – disse Duncan. – Walt está sempre com os pés nas *poças* d'água.
– É mentira! – protestou Walt.
– Procure algum filme interessante, Duncan – pediu Garp.
– Só posso ver se me ajoelhar entre os bancos – disse Duncan.
Eles deram a volta no quarteirão onde ficavam todos os cinemas. Tiveram de fazer isso várias vezes até se decidir sobre o filme e depois tiveram de dar mais algumas voltas até encontrar um lugar para estacionar.
As crianças escolheram o único filme em que havia uma longa fila de espera, desde a marquise do cinema e estendendo-se pela calçada, onde caía uma chuva gelada. Garp colocou o próprio casaco sobre a cabeça de Walt, que ficou parecendo um mendigo andrajoso – um anão todo molhado implorando a caridade naquele tempo horroroso. Logo ele pisou numa poça, encharcando os pés. Garp segurou-o no colo e auscultou-lhe o peito. Até parecia que ele pensava que a água dos sapatos de Walt iriam imediatamente pingar em seus pulmões.

– Você é mesmo *esquisito*, papai – disse Duncan.

Walt viu um carro estranho e apontou para ele. O carro vinha a uma certa velocidade pela rua encharcada, irrompendo pelas poças d'água, que ao espirrar faziam as luzes dos letreiros de neon se refletirem na carroceria. Era um carro grande, vermelho-escuro, da cor de sangue coagulado, com painéis laterais de madeira clara, brilhando à luz da rua. Os painéis pareciam costelas do esqueleto longo e iluminado de um enorme peixe que nadava ao luar.

– Olhe só aquele carro ali! – gritou Walt.

– Nossa! É um *carro funerário*! – exclamou Duncan.

– Não, Duncan. É um Buick antigo. Muito mais velho do que você – disse Garp.

O Buick que Duncan pensara ser um carro funerário estava indo para a casa deles, apesar de Helen ter feito o possível para desencorajar Michael Milton de ir até lá.

– *Não* posso me encontrar com você – disse Helen ao lhe telefonar. – Simplesmente não posso. Está tudo acabado, exatamente como eu disse a você que estaria no dia em que ele descobrisse. Não quero magoá-lo mais do que já magoei.

– E o que vai ser de mim, Helen?

– Sinto muito, mas você já *sabia*. Nós dois sabíamos.

– Quero *ver* você – disse ele. – Pode ser amanhã?

Mas ela lhe disse que o marido havia levado as crianças ao cinema somente a fim de deixá-la sozinha em casa para terminar tudo esta noite.

– Então, *eu* vou até aí – disse-lhe ele.

– Não, aqui não – pediu ela.

– Sairemos para dar uma volta.

– Também não posso sair.

– Estou indo para aí – disse Michael Milton e desligou.

Helen olhou as horas. Achava que tudo estaria bem se ela pudesse convencê-lo a sair logo. Os filmes levavam, pelo menos, uma hora e meia. Estava resolvida a não permitir que ele entrasse na casa de forma alguma. Ficou esperando a chegada do carro, viu os faróis subindo pelo caminho de entrada, e, quando o Buick parou – bem em frente à garagem, como um enorme navio atracando em um cais escuro –, ela saiu correndo de dentro de casa e encostou-se contra a porta do motorista antes que Michael Milton pudesse abri-la.

A chuva caía, transformando-se em uma lama macia aos seus pés; os pingos da chuva logo se congelavam e chegavam a doer quando batiam no seu pescoço descoberto, enquanto ela se debruçava para falar com ele pela janela aberta do carro.

Ele beijou-a imediatamente. Ela tentou beijá-lo de leve na face, mas ele segurou seu rosto e forçou a língua pela boca de Helen. Ela viu então, mais uma vez, o quarto do apartamento dele: com uma gravura acima da cabeceira da cama – *Simbad, o marujo*, de Paul Klee. Helen achava que era assim que ele se imaginava: um aventureiro ousado, mas sensível à beleza da Europa.

Helen afastou-se dele e sentiu que a blusa estava completamente encharcada.

– Não podemos simplesmente *parar*! – disse ele, desolado.

Helen não sabia dizer se era a chuva que entrava pela janela aberta ou se eram lágrimas que lhe escorriam pelo rosto. Para sua surpresa, ele havia raspado o bigode, e seu lábio superior parecia o beicinho de uma criança pequena – como o de Walt. Helen achava que ficava muito bem em Walt, mas não era sua ideia do lábio de um amante.

– O que foi que você fez com seu bigode? – perguntou ela.

– Achei que você não gostava dele. Fiz isso por você.

– Mas eu *gostava* dele! – disse ela, estremecendo sob a chuva gelada.

– Por favor, entre aqui comigo – pediu.

Ela sacudiu a cabeça. A blusa estava colada à pele fria, a saia comprida de veludo pesava como se fosse uma cota de malha, e as botas altas escorregavam na lama que ia endurecendo.

– Não vou levar você a lugar nenhum – prometeu ele. – Vamos só ficar aqui sentados no carro. Não podemos *parar* assim desta maneira – repetiu ele.

– Sabíamos que teria que ser assim – disse Helen. – Sabíamos que era só por pouco tempo.

Michael Milton deixou a cabeça cair em cima do anel brilhante da buzina, mas ela não tocou, porque o enorme Buick estava desligado. A chuva começava a grudar no para-brisa e nas janelas – o carro estava aos poucos ficando encerrado em gelo.

– Por favor, *entre* – implorou Michael Milton. – Eu não vou sair daqui – acrescentou, enfaticamente. – Não tenho medo dele. Não tenho que fazer o que ele manda.

– Mas sou *eu* quem está mandando também – disse Helen. – Você precisa ir embora.

– Não vou. Conheço seu marido. Sei tudo a respeito dele.

Eles jamais haviam conversado sobre Garp, Helen nunca permitira. Ela não sabia aonde Michael Milton queria chegar.

– Ele é um escritorzinho – disse Michael, com ousadia.

Helen ficou surpresa, pois, até onde sabia, Michael Milton nunca lera nada de Garp. Ele lhe dissera, em certa ocasião, que nunca lia autores vivos. Dizia valorizar a perspectiva que só era possível obter tempos depois da morte do escritor. Ainda bem que Garp não sabia dessa opinião. Sem dúvida, serviria somente para aumentar o desprezo que ele tinha pelo rapaz. No momento, serviu para aumentar o desapontamento de Helen com o pobre Michael.

– Meu marido é um escritor muito bom – disse ela, suavemente, e sentiu um tremor tão forte, que seus braços se abriram, e ela viu-se cruzar os braços outra vez sobre o peito, para esconder os seios.

– Ele não é um *grande* escritor – declarou Michael. – Higgins disse isso. Você, certamente, deve estar a par do conceito que fazem de seu marido no departamento.

Helen sabia que Higgins, seu colega no departamento, era um excêntrico, que estava sempre causando problemas, ao mesmo tempo que conseguia ser maçante a ponto de causar sono. Ela não o considerava um representante do departamento, exceto pelo fato de Higgins, assim como muitos de seus colegas mais inseguros, costumar fazer mexericos com os alunos de pós-graduação sobre os demais membros do departamento. Talvez, com esse recurso desesperado, ele esperasse conquistar a confiança dos alunos.

– Eu não sabia que o departamento se *ocupava* de Garp, de uma forma ou de outra – disse Helen, friamente. – A maioria não lê autores contemporâneos.

– Os que leem dizem que ele é insignificante.

Essa postura competitiva e patética não melhorou o sentimento de Helen em relação ao rapaz, e ela virou-se para entrar em casa.

– Eu não vou sair daqui! – gritou Michael Milton. – Vou *enfrentá-lo* para falar a nosso respeito! Agora mesmo. Ele não pode nos dizer o que devemos fazer.

– Sou *eu* que estou dizendo, Michael – retrucou Helen.

Ele deixou-se cair novamente em cima da buzina e começou a chorar. Ela estendeu o braço pela janela e tocou em seu ombro.

– Vou sentar-me aí com você um minuto só – disse-lhe Helen. – Mas você *tem* que me prometer que irá embora. Não quero que ele ou meus filhos vejam isso.

Ele prometeu.

– Me dê as chaves – disse Helen.

A mágoa no olhar de Michael quando viu que ela não confiava nele e tinha medo de que saísse com ela no carro, comoveu Helen mais uma vez. Ela guardou as chaves no bolso da saia e deu a volta para entrar pelo outro lado e sentar-se ao lado dele. Michael levantou o vidro da janela e ficaram ali sentados, sem se tocar, enquanto os vidros iam ficando cada vez mais embaçados, e o carro chegava a estalar sob o peso de uma camada de gelo.

Então, ele desmoronou e disse-lhe que ela significava mais do que toda a França para ele – e ela, naturalmente, sabia o que a França significara para ele. Ela o abraçou, então, apavorada, sem saber ao certo quanto *tempo* se passara. Mesmo que o filme não fosse muito longo, eles ainda deviam ter meia hora ou 45 minutos. Michael Milton, entretanto, não se mostrava disposto a ir embora. Ela beijou-o ardentemente, esperando que aquilo ajudasse, mas foi pior, porque ele começou a apalpar-lhe os seios molhados e gelados. Sentia-se completamente congelada ao lado dele, da mesma forma como se sentira lá fora na mistura de chuva e gelo. Mas permitiu que ele a tocasse.

– Michael, querido – disse ela, sem parar de pensar.

– Como é que podemos acabar, Helen? – foi tudo que ele disse.

Para Helen, porém, já tinha acabado, e ela só pensava em uma maneira de fazer com que acabasse para *ele* também. Ela o empurrou contra o encosto e deitou-se no banco, apoiando a cabeça no colo dele e ajeitando a saia molhada para cobrir os joelhos.

— Por favor, Michael, tente se *lembrar*. Esta era para mim a melhor parte: deixar você me levar em seu carro, sabendo para onde íamos. Será que isso não basta para fazê-lo feliz? Não pode guardar essa lembrança e deixar que tudo se acabe?

Ele permaneceu ali sentado, rígido, as duas mãos se esforçando para continuar segurando o volante, as coxas tensas sob a cabeça de Helen, sua ereção pressionando-lhe a orelha.

— Por favor, Michael, tente aceitar — disse ela, baixinho. Permaneceram assim por alguns instantes, imaginando que o velho Buick os estava levando ao apartamento de Michael outra vez. Mas Michael Milton não conseguiu se satisfazer só com a imaginação. Uma de suas mãos deslizou para a nuca de Helen, agarrando-a com força; a outra começou a abrir a braguilha da calça.

— Michael! — protestou ela, energicamente.

— Você sempre disse que queria...

— Está tudo *acabado*, Michael.

— Ainda não. Ainda não acabou.

Helen sentiu seu pênis roçar-lhe a testa, obrigando-a a fechar os olhos, e ela reconheceu que aquele era o velho Michael — o Michael do apartamento, o Michael que às vezes gostava de usar a *força*. Só que agora ela não estava gostando daquilo. Mas, se eu resistir, pensava, haverá uma cena. Ela só teve de imaginar *Garp* como parte da cena para se convencer de que o melhor mesmo seria evitá-la a qualquer custo.

— Não seja um canalha, não seja um animal, Michael — disse ela. — Não estrague tudo.

— Você sempre disse que queria isso — disse ele. — Mas não era seguro, você dizia. Bem, pois agora é seguro. O carro está parado. Não pode haver acidentes.

Helen percebeu que, estranhamente, ele tinha tornado as coisas mais fáceis para ela. Já não precisava se preocupar com um rompimento amigável. Sentia-se até grata por ele ter lhe facilitado a escolha de uma maneira tão definitiva. Sentiu-se tremendamente aliviada ao ver que suas prioridades eram Garp e os filhos. Walt não devia ter saído com aquele tempo, pensou, estremecendo. E Garp era *mais* importante para ela do que todos os seus colegas e alunos juntos.

Michael Milton se revelara a ela de uma maneira que lhe pareceu vulgar. *Chupe-o de uma vez*, ela pensou, tomando seu pênis na boca, e ele irá embora. Pensou com amargura que os homens, depois de ejacularem, logo desistiam de suas exigências. E, de sua breve experiência no apartamento de Michael Milton, Helen sabia que aquilo não levaria muito tempo.

O tempo era também um fator importante em sua decisão. Deviam restar pelo menos uns vinte minutos até mesmo para o filme mais curto que pudessem ter escolhido. Concentrou-se no que fazia como se aquela fosse a última obrigação de um negócio sujo que poderia ter terminado melhor, mas que poderia, também, ter sido muito pior. Sentia-se ligeiramente orgulhosa por ter afinal provado a si mesma que a família *era* sua primeira prioridade. Até mesmo Garp concordaria com aquilo, pensou. Algum dia, não agora.

Ela estava tão decidida, que não notou que Michael Milton tirou a mão de seu pescoço; ele segurou o volante com as duas mãos, como se, na realidade, estivesse pilotando aquela experiência. Ele que pense o que bem entender, Helen pensou. Ela pensava em sua família e não notou que a chuva quase se transformara em granizo e batia no Buick como se fossem inúmeros martelos enfiando pregos. E também não sentiu o velho carro gemer e estalar sob o túmulo de gelo cada vez mais espesso.

Helen também não ouviu o telefone que tocava lá dentro da casa bem aquecida. Havia a chuva e muitas outras interferências entre a casa e o lugar onde ela estava deitada.

Era um filme estúpido. Típico do gosto das crianças para filmes. Típico do gosto de uma cidade universitária. Típico do país inteiro. Típico do *mundo*, pensou Garp com raiva, prestando mais atenção à respiração difícil de Walt – e ao catarro que escorria de seu pequeno nariz.

– Cuidado para não se engasgar com essa pipoca – sussurrou ele para Walt.

– Não vou me engasgar – disse Walt, sem tirar os olhos da tela grande.

– Você não está *respirando* bem, portanto não encha muito a boca de cada vez. Pode se engasgar. É evidente que você não consegue respirar pelo nariz. – Limpou o nariz da criança outra vez. – Assoe – sussurrou. Walt assoou.

– Que legal! – falou Duncan, baixinho.

Garp percebeu que Walt estava com muita febre. Devia estar com quase quarenta graus. Garp revirou os olhos para Duncan.

– É, muito legal mesmo, Duncan – respondeu. O menino referia-se ao filme.

– Relaxe, papai – sugeriu Duncan, sacudindo a cabeça.

Garp sabia que *devia* acalmar-se, mas não conseguia. Só pensava em Walt, em sua bundinha macia, nas perninhas fortes e no cheiro agradável de seu suor, quando estava correndo e seus cabelos ficavam molhados atrás da orelha. Ele achava que um corpo tão perfeito nunca devia ficar doente. Eu devia ter deixado que *Helen* saísse nesta noite horrorosa, pensou. Devia ter dito a ela que fosse telefonar para aquele cretino do escritório.

Eu mesmo devia ter telefonado para aquele frangote. Devia ter ido à casa dele no meio da noite, pensou Garp. Quando se levantou e foi ver se havia um telefone na sala de espera, ouviu Walt tossindo.

Se ela ainda não tiver conseguido falar com ele, pensou Garp, digo-lhe para *parar* de tentar; digo-lhe que é a *minha* vez. Ele estava naquele ponto em seus sentimentos por Helen em que se sentia traído, mas ao mesmo tempo sinceramente amado e importante para ela. Ainda não tivera tempo suficiente para avaliar *quanto* se sentia traído ou *até onde*, na verdade, ela havia se mantido fiel a seus sentimentos por ele. Era um ponto delicado, entre o ódio e um amor intenso. Também não deixava de ver com certa simpatia as necessidades dela. Afinal, ele sabia muito bem que não tinha sido propriamente um anjo até ali (e certamente com mais agravantes). Até achava injusto que Helen, sempre cheia de boas intenções, tenha sido apanhada dessa forma. Ela era uma boa mulher e certamente merecia melhor sorte. Porém, quando Helen não atendeu ao telefone, todos aqueles sentimentos delicados de Garp por ela desapareceram repentinamente. Restaram-lhe apenas a raiva e a traição.

Cadela!, pensou ele. O telefone tocava sem parar.

O primeiro pensamento que lhe ocorreu foi que tinha saído para se encontrar com ele. Ou então estavam trepando lá mesmo, dentro de casa. Podia até mesmo ouvi-los dizendo: "Uma última vez." Aquele almofadinha franzino, com seus pretensiosos contos a respeito de relacionamentos frágeis que não chegam a se concretizar e que sempre se desenrolam em restaurantes europeus mal iluminados. (Talvez alguém tenha usado a luva errada, e o momento se perdeu para sempre. Houve um em que uma mulher se *recusa* só porque a camisa do homem tinha o colarinho muito apertado.)

Como Helen pôde ler tal porcaria? E como teve a coragem de tocar naquele corpo efeminado?

– Mas o filme não está nem na metade – protestou Duncan. – Vai haver um duelo.

– Quero ver o duelo – disse Walt. – O que é um duelo?

– Vamos embora – disse-lhes Garp.

– Não! – sibilou Duncan, furioso.

– Walt está doente. Ele não devia estar aqui.

– Eu não estou doente – protestou Walt.

– Não está *tão* doente assim – acrescentou Duncan.

– Levantem-se – ordenou-lhes Garp.

Ele teve de agarrar Duncan pela frente da camisa, o que fez Walt levantar-se e sair logo para o corredor. Duncan, resmungando, foi atrás dele.

– O que é um *duelo*? – perguntou Walt a Duncan.

– É muito legal – disse Duncan. – Agora, você nunca mais vai ver.

– Pare com isso, Duncan – disse Garp. – Não seja mesquinho.

– *Você* é que é mesquinho – retrucou Duncan.

– É mesmo, papai.

O Volvo estava coberto de gelo, que se solidificara sobre o para-brisa. Devia haver um monte de quinquilharias em algum lugar no porta-malas para raspar aquele gelo. Mas, quando chegava março, as viagens de inverno já haviam acabado com a maior parte do equipamento; ou as crianças, que gostavam de usá-lo para brincar, já o haviam danificado ou perdido. De qualquer modo, ele não ia perder tempo limpando o para-brisa.

– Como é que você vai enxergar? – perguntou Duncan.

– Eu moro aqui. Não preciso enxergar.

Na verdade, porém, ele teve de abaixar o vidro da janela do motorista e colocar a cabeça para fora na chuva gelada, quase uma chuva de granizo. E foi dirigindo assim até chegar em casa.

Walt tremia.

– Está *frio*! Feche a janela!

– Preciso manter a janela aberta, para poder ver.

– Pensei que você não precisava enxergar – disse Duncan.

– Estou com muito frio! – disse Walt, chorando e tossindo dramaticamente.

Mas tudo aquilo, na visão de Garp, era culpa de Helen. Ela era a única culpada pelo fato de Walt estar passando frio e estar cada vez pior do resfriado. E pela decepção de Duncan, quando o pai o arrancara à força do cinema. Era *dela* a culpa. Aquela cadela com seu amante magricelo!

Naquele momento, porém, seus olhos lacrimejavam com o vento frio e o granizo. Ele pensou no quanto era grande seu amor por Helen e que nunca mais seria infiel a ela novamente, jamais a magoaria daquele jeito. Era o que ele lhe prometeria.

Naquele exato momento, Helen sentia a consciência limpa. Seu amor por Garp era belo. E ela sentia que Michael Milton estava prestes a se liberar, já que exibia os sinais que ela conhecia bem. O ângulo de inclinação da cintura e a maneira peculiar de mover os quadris, a tensão daquele músculo no interior da coxa. Está quase terminado, pensou Helen. Seu nariz tocou o metal frio da fivela do cinto e a parte de trás de sua cabeça bateu na base do volante, que Michael Milton agarrava como se esperasse que o Buick de três toneladas estivesse prestes a levantar voo.

Garp chegou ao caminho de entrada a cerca de 60 quilômetros por hora. Saiu da rua em declive em terceira e acelerou assim que saiu. Reparou que o caminho de entrada da garagem estava coberto de lama congelada e, por um instante, teve medo de que o carro derrapasse na curva ascendente. Manteve o carro engrenado até sentir que ele aderia bem ao solo. Tudo estava bem, e ele puxou a alavanca para o ponto morto – um segundo antes de desligar o motor e apagar os faróis. Deslizaram pela subida, sob a chuva escura. A sensação era a mesma de quando o avião decola no fim da pista. As duas crianças gritaram, entusiasmadas. Garp sentia os dois às suas costas, junto ao seu cotovelo, empurrando-se para conseguir aquela posição privilegiada entre os dois assentos da frente.

– Como é que você consegue ver *agora*? – perguntou Duncan.

– Ele não precisa ver – disse Walt.

Havia um tom estridente na voz de Walt que sugeria a Garp que a criança tinha necessidade de convencer a si mesmo.

– Conheço este caminho de cor – disse Garp, procurando tranquilizá-lo.

– É como estar debaixo d'água – gritou Duncan, prendendo a respiração.

– É como um sonho! – disse Walt, segurando a mão do irmão.

14
O mundo segundo Marco Aurélio

E foi assim que Jenny Fields voltou a ser uma espécie de enfermeira novamente. Após todos aqueles anos em seu uniforme branco, cuidando do movimento feminista, Jenny estava apropriadamente vestida para desempenhar o seu papel. Foi por sugestão de Jenny que a família Garp mudou-se para a mansão dos Fields em Dog's Head Harbor. Havia quartos suficientes para acomodar a todos e o reconfortante ruído do mar, indo e vindo, purificava tudo.

Durante toda a sua vida, Duncan Garp associaria o barulho do mar com sua convalescência. A avó retirava o curativo e havia uma espécie de irrigação no buraco onde antes estivera o seu olho direito. O pai e a mãe não tinham coragem de olhar aquele buraco vazio, mas Jenny já estava calejada em matéria de ferimentos. Foi na mão de sua avó, Jenny Fields, que Duncan viu pela primeira vez um olho de vidro.

– Está vendo? – disse Jenny. – É grande e castanho. Não é tão bonito como o seu esquerdo, mas cuide para que as garotas vejam o esquerdo primeiro.

Não era uma coisa muito apropriada para uma feminista dizer, mas Jenny sempre dizia que, antes e acima de tudo, era uma enfermeira.

O olho de Duncan fora arrancado quando ele foi projetado para a frente, entre os dois bancos dianteiros. A alavanca de câmbio sem a ponteira foi a primeira coisa a aparar sua queda. O braço direito de Garp, lançado no vão entre os dois bancos, chegou tarde demais. Duncan passou por baixo do braço, furando o olho direito e quebrando três dedos da mão direita, presa no mecanismo do cinto de segurança.

Na melhor das hipóteses, o Volvo não poderia estar a mais de 30 – no máximo, 40 – quilômetros por hora, mas a colisão foi espantosa. O Buick, com suas três toneladas, não cedeu nem alguns centímetros com o impacto do carro em movimento. No momento da colisão, dentro do Volvo, as crianças estavam soltas como ovos fora de suas caixas, dentro de uma sacola de compras. Até mesmo no interior do Buick o solavanco causado pelo impacto foi surpreendente.

Helen teve a cabeça lançada para a frente, escapando por pouco da coluna da direção, que apanhou apenas a parte de trás de seu pescoço. Grande parte dos filhos de praticantes de luta livre tem o pescoço muito resistente, e foi por isso que o de Helen não quebrou, apesar de ter sido obrigada a usar um colar cervical durante seis semanas e sua coluna a incomodar pelo resto de sua vida. Sua clavícula direita quebrou-se, provavelmente devido ao movimento brusco do joelho de Michael Milton, e seu nariz sofreu um corte – que precisou de nove pontos – causado pela fivela do cinto de Michael Milton. A boca de Helen foi fechada com tanta força que ela teve dois dentes quebrados e precisou levar dois pontos na língua.

No começo, ela pensou que tinha arrancado a própria língua, porque podia sentir algo flutuando em sua boca, cheia de sangue. Mas sua cabeça doía tanto que ela não tinha coragem de abrir a boca, até precisar respirar; também não conseguia mover o braço direito. Ela cuspiu o que achava ser sua língua na palma da mão esquerda. Claro, não era a língua. Era um pedaço que correspondia a três quartos do pênis de Michael Milton.

O sangue quente que escorria pelo seu rosto tinha gosto de gasolina; ela começou a gritar, não por causa da própria segurança, mas pela de Garp e dos meninos. Sabia o que havia colidido com o Buick. Debateu-se para sair do colo de Michael Milton porque precisava ver o que acontecera com sua família. Deixou cair no chão do Buick aquilo que pensava ser sua língua e, com o braço esquerdo, que nada sofrera, socou Michael Milton, cujo colo a prendia à coluna do volante. Somente então ela ouviu outros gritos acima dos seus. Michael Milton gritava, é claro, mas Helen só ouvia os gritos que vinham além dele – do Volvo. Os gritos eram de *Duncan*, tinha certeza. Esticou o braço esquerdo por cima do colo ensanguentado de Michael Milton, a fim de alcançar a maçaneta. Quando a porta se abriu, empurrou Michael para fora do veículo. Sentia-se incrivelmente forte. Michael continuava curvado, ali sentado na lama congelada, como se ainda estivesse por trás do volante de seu carro, embora berrasse e sangrasse como um bezerro.

Quando a luz da porta se acendeu no enorme Buick, Garp pôde ver vagamente a sangueira dentro do Volvo – o rosto ensanguentado de Duncan, a boca escancarada pelos gritos lancinantes. Garp começou a berrar também, mas seus berros saíam como se fossem gemidos. O próprio som estranho que emitia o apavorou tanto que ele tentou falar baixinho com Duncan. E foi só então que Garp percebeu que não conseguia falar.

Quando Garp lançara o braço direito para tentar aparar a queda de Duncan, ele se virara quase de lado no banco do motorista e seu rosto bateu com força no volante, quebrando o maxilar e cortando a língua (12 pontos). Nas longas semanas de recuperação de Garp, passadas em Dog's Head Harbor, foi de muito valor para Jenny a experiência que havia adquirido com a Sociedade Ellen James, porque Garp não podia abrir a boca e só podiam se comunicar através de bilhetinhos. Às vezes, eram páginas e páginas escritas à máquina, que Jenny depois lia em voz alta para Duncan – porque, apesar de Duncan poder ler, as instruções dos médicos eram para que não forçasse seu único olho mais do que o estritamente necessário. Com o tempo, o olho são compensaria a falta do outro, mas Garp tinha muito a dizer, com urgência, e não havia outra maneira de fazê-lo. Quando percebia que sua mãe estava editando suas observações – para Duncan e para Helen (a quem também escrevia páginas e mais páginas), Garp grunhia em protesto através do aparelho metálico que prendia sua boca, com o cuidado de manter a língua dolorida absolutamente imóvel. E então Jenny Fields, como boa enfermeira que era, sabiamente o levava para outro quarto.

– Este é o Hospital Dog's Head Harbor – Helen comentou com Jenny certa vez. Apesar de poder falar, Helen não dizia muito. Não tinha páginas e páginas para dizer. Passava a maior parte do tempo de sua convalescença no quarto de Duncan, lendo para o filho, porque Helen lia muito melhor do que Jenny e só levara dois pontos na língua. Neste período de recuperação, Jenny Fields podia lidar melhor com Garp do que Helen.

Helen e Duncan costumavam sentar-se lado a lado no quarto dele, de onde se tinha uma bela vista para o mar. Duncan ficava contemplando o mar o dia inteiro com seu único olho, como se fosse uma câmera fotográfica. Acostumar-se a ver o mundo com um único olho é como acostumar-se a vê-lo através da lente de uma câmera. Há semelhanças nos problemas de profundidade de campo e foco de visão. Quando Duncan percebeu isso, Helen comprou-lhe uma câmera fotográfica reflex de uma só lente – para Duncan, era o tipo mais adequado.

Foi durante esse período, como Duncan Garp se recordaria, que ele começou a pensar em ser artista, pintor ou fotógrafo. Tinha quase 11 anos. Embora tivesse sido do tipo atlético, o fato de ter um só olho fez com que desprezasse para sempre (como seu pai) todos os esportes que envolvessem bola. Ele dizia que, mesmo para correr, incomodava-o a falta de visão periférica; fazia com que parecesse desajeitado. Mais tarde, a tristeza de Garp seria ainda mais aumentada quando o filho também não se interessou por luta livre. Duncan falava em termos de câmera fotográfica e dizia a seu pai que um dos seus problemas com a profundidade de campo era não saber exatamente a que distância estava o tapete.

– Quando eu luto – disse a Garp –, sinto-me como se estivesse descendo uma escada no escuro. Só sei que cheguei ao chão quando o *sinto*.

Garp concluiu, naturalmente, que o acidente tornara Duncan inseguro para os esportes, mas Helen ressaltava que ele sempre demonstrara uma certa timidez, uma reserva – embora fosse bom em jogos e tivesse uma boa coordenação, ele nunca se interessara muito por esportes. Ao menos, não com a mesma energia demonstrada por Walt, que era intrépido e se atirava em todas as novas circunstâncias com fé, graça e temeridade. Helen dizia que, dos dois, Walt era o único atleta. Após algum tempo, Garp achou que ela estava com a razão.

– Helen quase sempre tem razão – disse Jenny para Garp certa noite, em Dog's Head Harbor.

O contexto dessa observação poderia ter sido qualquer um, mas fora feita logo após o acidente, porque todos eles tinham seu próprio quarto separado.

Jenny lhe dissera que Helen estava sempre com a razão, mas Garp ficou zangado e escreveu, referindo-se a Michael ou, até mesmo, a tudo o que acontecera.

Não desta *vez, mamãe.*

Não foi expressamente por causa de Michael Milton que Helen pediu demissão. Aquele hospital particular de Jenny ali na praia, como Garp e Helen passaram a reconhecer, dava-lhes a oportunidade de abrir mão da familiaridade indesejável da antiga casa – e daquela entrada para a garagem.

Pelo código de ética das universidades, "torpeza moral" está relacionada como uma razão para cancelamento de contrato – embora isso nunca tivesse chegado a ser discutido. O fato de ir para a cama com alunos não era, em geral, tratado com muita severidade. Poderia ser uma razão oculta para não confirmar um professor no cargo, mas raramente uma razão para revogar um contrato já existente. Helen deve ter imaginado que decepar com os dentes três quartos do pênis de um aluno era uma infração grave que devia estar no topo da escala de possíveis abusos praticados contra alunos. Ir para a cama com eles era fato corriqueiro, embora não fosse incentivado. Havia maneiras bem piores de avaliar e classificar alunos para o resto de suas vidas. Entretanto, a amputação de órgãos genitais era certamente coisa grave, até mesmo para os piores alunos, e Helen sentiu-se inclinada à autopunição. Assim, negou a si própria o prazer de continuar a exercer a função para a qual tanto se preparara e abdicou da satisfação que os livros e sua discussão sempre lhe haviam proporcionado. Mais tarde em sua vida, Helen se pouparia muita infelicidade recusando-se a se considerar culpada. Mais tarde em sua vida, todo o caso com Michael Milton frequentemente a faria sentir-se mais zangada do que triste – porque ela era suficientemente forte para acreditar que era uma boa mulher, o que realmente era, que fora obrigada a sofrer demais por causa de uma pequena indiscrição.

Durante algum tempo, pelo menos, Helen se dedicaria à sua recuperação e à de sua família. Sem jamais ter tido mãe, e não tendo tido tempo de fazer de Jenny uma substituta para ela, Helen submeteu-se àquele período de hospitalização em Dog's Head Harbor. Acalmava-se cuidando de Duncan e esperava que Jenny fizesse o mesmo com Garp.

Aquele clima de hospital não era novidade para Garp, cujas experiências anteriores – com temores, sonhos e sexo – haviam sempre ocorrido no ambiente hospitalar da velha Steering School. Adaptou-se. O fato de ter de escrever o que queria dizer ajudou-o, porque isso fazia com que fosse mais cuidadoso; fazia com que reconsiderasse muitas das coisas que *pensava* em dizer. Quando via escritos aqueles pensamentos brutos, compreendia que não podia ou não devia dizê-los. Quando tentava corrigi-los, caía em si e jogava tudo fora. Houve um para Helen que dizia:

Três quartos não são suficientes.

Jogou-o fora.
Em seguida, escreveu-lhe outro, que foi entregue.

Não a culpo.

Depois, escreveu um outro:

Também não me sinto culpado.

Para sua mãe, escreveu Garp:

Somente assim poderemos curar o corpo e a alma.

E Jenny Fields andava em seus trajes brancos pela casa úmida da maresia, levando seus cuidados de enfermeira e os bilhetes de Garp. Era tudo que ele podia escrever agora.

A mansão de Dog's Head Harbor, naturalmente, já estava acostumada a convalescenças. As mulheres sofredoras de Jenny haviam se recuperado ali. Aqueles quartos cheirando a maresia tinham assistido a muitas histórias de tristezas superadas. Entre elas, a tristeza de Roberta Muldoon, que vivera ali com Jenny os períodos mais difíceis de sua transformação sexual. Na verdade, Roberta não conseguia viver só e, como havia desistido de viver com homens, voltara a morar com Jenny em Dog's Head Harbor quando os Garp se mudaram para lá.

À medida que a primavera tornava os dias mais quentes e que o buraco do olho direito de Duncan cicatrizava lentamente, tornando-o menos vulnerável a grãos de areia, Roberta começou a levá-lo à praia. Foi na praia que Duncan descobriu seu problema de profundidade de campo. Roberta Muldoon quis jogar com ele, mas a bola logo o atingiu no rosto. Desistiram do jogo, e Roberta começou a traçar diagramas na areia, mostrando a Duncan quais tinham sido suas posições em alguns dos jogos em que atuara no passado, no Eagles da Filadélfia. Contou-lhe passagens memoráveis em jogos em que ela era Robert Muldoon, número 90, e reviveu para Duncan seus melhores passes e manobras.

– Foi contra o Cowboys – disse a Duncan. – Estávamos jogando em Dallas, quando aquela víbora no gramado, o "Bola Oito", como era chamado, surgiu no meu lado cego...

Quando Roberta reparou no menino ali calado e triste, com um lado cego para toda a vida, rapidamente mudou de assunto.

Quando conversava com Garp, o assunto de Roberta era sempre o detalhe mais controverso da transformação sexual, porque ele parecia interessado, e ela sabia que Garp gostava de conversar a respeito de um problema tão diferente do seu.

– Sempre achei que devia ter nascido menina – disse ela a Garp. – Eu sonhava que era amada por homens, mas nos sonhos eu sempre era mulher. *Nunca* era um homem sendo amado por outro homem.

Havia mais do que uma simples insinuação de desagrado nas referências de Roberta a homossexuais, e Garp achava estranho que uma pessoa capaz de tomar uma decisão que a incluiria definitivamente em uma minoria pudesse ser tão pouco tolerante com outras minorias. Roberta até demonstrava uma certa agressividade quando reclamava das outras mulheres com problemas que vinham se recuperar em Dog's Head Harbor com Jenny Fields.

– Essas malditas lésbicas – queixou-se com Garp. – Estão tentando transformar sua mãe em uma coisa que ela não é.

– Às vezes, acho que é para isso que ela serve – disse Garp, implicando com Roberta. – Ela torna as pessoas felizes fazendo-as acreditar que ela é algo que na realidade não é.

– Bem, elas tentaram me confundir – disse Roberta. – Quando eu me preparava para a operação, todas elas tentaram me fazer desistir. "Seja um homossexual", diziam. "Se você deseja homens, tenha-os assim como é. Tornando-se uma mulher, você só terá decepções." São todas umas covardes – Roberta concluiu, embora Garp soubesse, com tristeza, que ela de fato só *tivera* decepções, uma atrás da outra.

A veemência de Roberta não era a única ali. Garp ficava pensando como aquelas outras mulheres entregues aos cuidados de sua mãe tinham, *todas* elas, sido vítimas de intolerância e, mesmo assim, a maioria também lhe parecia intolerante em relação às outras. Era uma espécie de luta interna que não fazia nenhum sentido para Garp. Ficava maravilhado com a capacidade de sua mãe de lidar com todas elas, mantendo-as felizes e longe dos cabelos umas das outras. Robert Muldoon, Garp sabia, passara vários meses como travesti antes da operação. Ele saía pela manhã vestido como Robert Muldoon e comprava roupas de mulher; quase ninguém sabia que ele custeava sua mudança de sexo com os honorários recebidos pelos discursos que fazia em clubes masculinos. À noite, na casa de Dog's Head Harbor, Robert Muldoon exibia a Jenny e às outras mulheres que lá estavam as roupas que comprara. Quando os hormônios de estrógeno começaram a aumentar seus seios e arredondar suas formas, Robert desistiu dos discursos. Saía da casa de Jenny em trajes femininos um tanto masculinizados e perucas discretas. Ele tentou *ser* Roberta muito antes da operação. Agora, clinicamente, Roberta tinha os mesmos órgãos genitais e um aparelho urológico semelhante ao de qualquer outra mulher.

– É claro que não posso conceber – disse a Garp. – Não tenho ovulação, nem menstruação.

Como milhões de outras mulheres, Jenny Fields lhe dissera, para tranquilizá-la.

– Quando saí do hospital, Garp, sabe o que sua mãe me disse quando voltei para casa?

Garp sacudiu a cabeça. "Casa", para Roberta, era aquela mansão em Dog's Head Harbor.

– Ela me disse que eu era sexualmente menos ambígua do que a maior parte das pessoas que conhecia. Eu realmente precisava ouvir aquilo – disse –, porque tinha que usar aquele terrível dilatador o tempo todo para impedir que a vagina se fechasse. Eu me sentia uma *máquina*.

Grande mulher a mamãe,

escreveu Garp.

– Há muita compaixão pelas pessoas em tudo que você *escreve*, Garp, mas não vejo essa compaixão na sua vida real – disse-lhe Roberta de repente. Era a mesma acusação que Jenny sempre lhe fazia.

Agora, no entanto, ele sentia isso com mais intensidade. Com a boca costurada, vendo sua mulher o dia inteiro com o braço na tipoia e Duncan com somente a metade de seu belo rostinho intacto, Garp sentia-se muito mais generoso com aquelas infelizes que vinham pedir abrigo em Dog's Head Harbor.

Era uma cidade de veraneio. Fora da temporada, aquela casa caiada, com seus alpendres e sótãos, era a única mansão ocupada ao longo das dunas cinza-esverdeadas e da praia branca ao fim da Ocean Lane. Um ou outro cachorro aparecia para cheirar os detritos cor de osso que vinham dar à praia, e velhos aposentados, que moravam a alguns quilômetros para o interior, em suas antigas casas de verão, às vezes vinham passear na praia, à procura de conchas. No verão, havia muitos cães, crianças e babás em toda a extensão da praia e sempre um ou dois barcos vistosos na enseada. Na época em que os Garp se mudaram para a casa de Jenny, a costa parecia abandonada; a praia deserta estava sempre cheia de detritos trazidos pelas marés altas do inverno. O oceano Atlântico, de abril a maio, tinha a cor lívida de uma contusão – a mesma cor do nariz de Helen.

Os estranhos que apareciam na cidade fora da temporada eram rapidamente identificados como mulheres perdidas em busca da famosa enfermeira Jenny Fields. No verão, essas mulheres geralmente passavam um dia inteiro em Dog's Head Harbor, tentando encontrar alguém que soubesse onde Jenny morava. Mas todos os residentes permanentes sabiam. "É a última casa no fim da Ocean Lane", diziam às mulheres com problemas que buscavam informação. "É grande como um hotel, querida. Não tem como errar."

Muitas vezes, essas visitantes iam primeiro à praia, para olhar a casa durante um longo tempo antes de reunir coragem de bater à porta e ver se Jenny estava em casa. De vez em quando, Garp as via, sozinhas ou em grupos de duas ou três, sentadas nas dunas fustigadas pelo vento e observando a casa de longe, como se tentassem avaliar o grau de simpatia que existia lá dentro. Quando vinham em grupo, havia uma espécie de conferência na praia e então uma delas era escolhida para ir bater à porta, enquanto as outras esperavam, bem juntas, nas dunas, como cachorros que tivessem recebido ordens de ficar ali até que fossem chamados.

Helen comprou um telescópio para Duncan e ele, de seu quarto com vista para o mar, espionava as ansiosas visitantes e muitas vezes anunciava sua presença horas antes de baterem à porta da mansão. Ele então dizia, sem tirar o olho do telescópio:

– Visita para a vovó. Deve ter uns 24 anos. Ou talvez 14. Carrega uma mochila azul. Tem uma laranja na mão, mas não acho que vá comê-la. Há mais alguém com ela, mas não consigo ver seu rosto. Ela está se deitando. Não, está vomitando. Não, ela usa uma espécie de máscara. Talvez ela seja a mãe da outra. Não, não, a irmã. Ou talvez apenas uma amiga. Agora, ela está comendo a laranja. Parece que não está boa.

Roberta também olhava e, às vezes, até mesmo Helen. Na maior parte das vezes, era Garp quem atendia à porta.

– Sim, ela é minha mãe – dizia –, mas saiu para fazer compras. Entre, por favor, se quiser esperar por ela.

Então, ele sorria, embora quase sempre as examinasse com o mesmo cuidado com que os aposentados da cidade examinavam as conchas que apanhavam na praia. Antes da cicatrização do queixo e da língua, ele atendia à porta com um suprimento já pronto de bilhetes. Muitas das visitantes não se surpreendiam com aquilo, já que era assim que elas se comunicavam também.

Olá! Meu nome é Beth. Sou da Sociedade Ellen James.

E Garp lhe entregava o seguinte:

Olá! Meu nome é Garp. Estou com o maxilar quebrado.

Ele sorria e lhes entregava um outro bilhete, dependendo da ocasião. Um deles dizia:

Temos um fogo gostoso no fogão de lenha da cozinha. Dobre à esquerda.

E havia outro que dizia:

Não fique aflita. Minha mãe não demora. Há outras mulheres aqui. Quer falar com elas?

Foi nesse período que Garp começou a usar um casaco esportivo outra vez, não por nostalgia de seus dias na Steering ou em Viena –, e certamente não pela necessidade de se apresentar bem-vestido em Dog's Head Harbor, onde Roberta parecia ser a única mulher a se preocupar com o que vestia – mas apenas por causa dos bolsos, para que pudesse sempre ter seus bilhetes à mão.

Tentou correr na praia, mas foi obrigado a desistir, porque chacoalhava seu maxilar e fazia a língua atritar contra os dentes. Mas caminhava quilômetros pela areia. Ele voltava de uma dessas caminhadas no dia em que um carro da polícia levou o rapaz até a casa de Jenny. Segurando-o pelos braços, os policiais o ajudaram a subir até a grande varanda da frente.

– Sr. Garp? – perguntou um dos policiais.

Garp usava trajes de corrida em suas caminhadas e não trazia nenhum bilhete consigo, mas balançou a cabeça afirmativamente. Sim, ele era o sr. Garp.

– O senhor conhece este rapaz?

– Claro que ele me conhece – disse o rapaz. – Vocês, tiras, nunca acreditam em ninguém. Não sabem *relaxar*.

Ali estava o garoto do caftan roxo, o rapaz que ele escoltara para fora do quarto da sra. Ralph – algo que, para Garp, parecia ter ocorrido havia anos. Ele pensou em negar, mas, finalmente, balançou a cabeça afirmativamente.

– Este rapaz não tem dinheiro – explicou um dos policiais. – Não mora por aqui e não tem emprego. Não está cursando escola alguma e quando telefonamos para seus pais, eles disseram que nem sequer sabiam por onde ele andava, nem pareciam muito interessados em descobrir. Mas diz que mora com o senhor, que poderá responder por ele.

Garp, é claro, não estava em condições de responder por ninguém. Ele apontou para os fios de metal em sua boca e fez menção de escrever alguma coisa na palma da mão.

– Onde foi que você arranjou este aparelho para os dentes? – perguntou o rapaz. – Todo mundo usa isso quando é criança. É o aparelho mais louco que eu já vi em toda a minha vida.

Garp escreveu um bilhete no verso de um talão de multas que o policial lhe apresentou.

Sim, eu me responsabilizo por ele. Mas não posso responder por ele, porque estou com o maxilar quebrado.

O garoto leu o bilhete por cima do ombro do policial.

– Caramba! – exclamou, rindo. – O que aconteceu com o *outro* cara?

Perdeu três quartos de seu pênis, pensou Garp, embora não pudesse escrever isso no verso de um talão de multas de trânsito. Nem em qualquer outro lugar.

O garoto, afinal, tinha lido os romances de Garp enquanto estava na prisão.

– Se eu soubesse que você era o autor daqueles livros – disse o garoto –, nunca teria lhe faltado com o respeito.

O nome do rapaz era Randy e agora se tornara um de seus mais fervorosos fãs. Garp estava convencido de que a maioria de seus fãs era de crianças abandonadas, retardados, malucos e apenas ocasionalmente cidadãos que não sofriam de nenhum tipo de perversão. Randy, porém, viera procurar Garp como se ele fosse o único guru que merecesse seu respeito e obediência. Dentro do espírito da casa de sua mãe em Dog's Head Harbor, Garp não via como recusar abrigo ao rapaz.

Roberta Muldoon assumiu a tarefa de explicar a Randy o que acontecera com Garp e sua família.

— Quem é essa garota tão bacana? — perguntou Randy a Garp num sussurro, sem esconder seu assombro.

Garp escreveu:

Não a reconhece? Ela era uma das estrelas do Eagles da Filadélfia.

Mas nem mesmo o azedume de Garp conseguiu diminuir o entusiasmo de Randy. Não imediatamente. O rapaz distraía Duncan durante horas. Garp queixou-se a Helen.

Só Deus sabe como. Ele, provavelmente, está contando a Duncan todas as suas experiências com drogas.

— O garoto não é viciado. Sua mãe falou com ele — disse Helen.

Então, ele está contando a Duncan a excitante história de sua vida no crime.

— Randy quer ser escritor — disse Helen.

Agora todo mundo quer ser escritor!

Mas não era verdade. *Ele* próprio não queria mais ser escritor. Quando tentava escrever, só lhe ocorriam os assuntos mais sinistros. Ele sabia que tinha de esquecer. Não devia acalentar suas lembranças e exagerar o horror de sua memória por meio de sua arte de escritor. Era loucura, mas, sempre que pensava em escrever, seu único tema o acolhia com seu sarcasmo, com suas poças de vísceras frescas e seu fedor de morte. E então ele não escrevia mais, nem mesmo tentava.

Finalmente, Randy foi-se embora. Apesar de Duncan lamentar sua partida, Garp se sentiu aliviado.
Ele não mostrou a ninguém o bilhete que Randy lhe deixara.

Nunca serei tão bom como você em coisa alguma. Mesmo isso sendo verdade, você poderia ser um pouco mais generoso na maneira como insiste nisso.

Então, eu não sou uma pessoa gentil, pensou Garp. Qual é a novidade? E jogou fora o bilhete de Randy.

Quando retirou os aros da boca e a língua melhorou, Garp voltou a correr. Quando os dias se tornaram mais quentes, Helen saiu para nadar. Disseram-lhe que era bom para restaurar o tônus muscular e fortalecer a clavícula, embora ainda doesse um pouco, especialmente no nado de peito. Para Garp, parecia que ela nadava quilômetros mar afora e, depois, vinha costeando a praia. Dizia que ia tão longe porque o mar era mais calmo lá; mais perto da praia, as ondas interfeririam em seu exercício. Mas Garp se preocupava. Ele e Duncan costumavam acompanhá-la pelo telescópio. Garp se perguntava o que faria se algo lhe acontecesse. Ele, aliás, nadava mal.

– Mamãe é uma boa nadadora – dizia Duncan, para tranquilizá-lo. Duncan também estava se tornando um bom nadador.

– Ela vai longe demais – dizia Garp.

Quando os veranistas começaram a chegar, a família Garp passou a se exercitar com menos ostentação; só iam à praia de manhã bem cedo.

Nas horas de maior movimento do dia e ao cair da noite, eles ficavam observando o movimento das varandas sombreadas da casa de Jenny Fields. Depois, se recolhiam para o interior da casa enorme e fresca.

Garp melhorou um pouco e começou a escrever – a princípio, um tanto desajeitado: longos esboços de tramas e especulações sobre seus personagens. Evitava as figuras centrais. Ao menos, achava que eram as figuras principais – o marido, a mulher, o filho. Em vez disso, concentrava-se em um detetive, alguém fora da família. Ele sabia que o terror estava à espreita no cerne de seu livro e talvez por essa razão abordasse a história por meio de um personagem tão distante de sua ansiedade pessoal quanto um inspetor de polícia em relação ao crime. Como *eu* posso escrever sobre um inspetor de polícia?, pensou, e assim o transformou em alguém que até ele podia entender. Então, Garp se aproximou do ponto crucial. Duncan já não tinha curativos na cavidade do olho e agora usava um tapa-olho preto, que assentava bem em seu rosto bronzeado. Garp respirou fundo e começou a escrever um romance.

Foi no fim do verão da convalescença de Garp que ele começou a escrever *O mundo segundo Bensenhaver*. Foi mais ou menos nessa época que Michael Milton teve alta do hospital, de onde saiu caminhando curvado, como acontece com os que são operados, o rosto abatido e acabrunhado. Devido a uma infecção, resultado de uma drenagem malfeita – agravada por um problema urológico comum –, o pouco que lhe restara do pênis teve de ser retirado. Garp nunca ficou sabendo disso; a essa altura, isso nem sequer o teria animado.

Helen sabia que Garp estava escrevendo novamente.

– Não vou ler o que você escrever – disse ela. – Nem uma única palavra. Sei que você precisa escrever, mas não quero ver o que é. Não quero magoá-lo, mas você precisa compreender. *Eu* tenho que esquecer tudo; se *você* precisa escrever sobre isso, que Deus o ajude. Cada um enterra essas coisas de forma diferente.

– Não é exatamente a respeito "daquilo" – disse-lhe ele. – Eu não escrevo ficção autobiográfica.

– Eu sei, Garp. Mas, mesmo assim, prefiro não ler.

– Claro, eu compreendo.

Escrever, ele sempre soube, era um ato solitário. Era triste que um ato solitário tivesse de ser ainda mais solitário. Ele sabia que Jenny leria – ela era "durona". Jenny constatava a melhora que se operava em todos eles, ao mesmo tempo que via novas pacientes chegarem e partirem.

Uma delas era uma jovem muito feia chamada Laurel, que cometeu o erro de falar mal de Duncan certa manhã, durante o café.

– Será que eu não poderia dormir em outra parte da casa? – perguntou ela a Jenny. – Tem esse menino bizarro, com o telescópio, a câmera e o tapa-olho. Parece um maldito pirata, me espionando.

Até garotinhos gostam de apalpar a gente com os olhos, até mesmo com *um* olho só!

Garp tinha levado um tombo quando corria na praia quase ao amanhecer, machucara o maxilar outra vez e estava, de novo, de boca trancada. Não tinha nenhum de seus antigos bilhetes à mão para o que queria dizer à garota, mas rabiscou apressadamente no guardanapo:

Foda-se.

Em seguida, atirou-o em cima da jovem espantada.

– Olhe – disse a garota a Jenny –, foi justamente de coisas assim que eu fugi. Sempre um homem me perseguindo o tempo todo, algum machão me ameaçando com sua violência sexual. Quem precisa disso? Quero dizer, especialmente *aqui*? Eu vim até aqui para encontrar a mesma coisa?

O segundo bilhete de Garp foi mais contundente:

Quero que você se foda até morrer.

Jenny apressou-se a levar a moça para fora e contou-lhe a história do tapa-olho de Duncan, seu telescópio e a câmera. Depois disso, e até o fim de sua permanência ali, ela sempre evitava um encontro com Garp.

Essa permanência foi de apenas alguns dias, quando alguém apareceu para buscá-la – um carro esporte com placa de Nova York e um homem que realmente parecia um machão e que havia, de fato, ameaçado a pobre Laurel, o tempo todo, com "violência sexual".

– Ei, vocês aí, seus cretinos! – gritou para Garp e Roberta, que estavam sentados no grande balanço da varanda, como amantes à moda antiga. – É aqui o bordel onde vocês esconderam a Laurel?

– Nós não estamos exatamente "escondendo" ela – disse Roberta.

– Cala essa boca, sapatão! – disse o sujeito de Nova York. Ele subiu à varanda. Deixara o motor do carro ligado e o ponto morto, desregulado, acelerava, desacelerava e acelerava de novo. O homem usava botas de caubói e calças boca de sino de camurça verde. Era alto e de peito largo, mas não tão alto e de peito largo quanto Roberta Muldoon.

– Não sou sapatão – disse Roberta.

– Bem, também não é nenhuma virgem vestal – disse ele. – Onde é que a Laurel se meteu, porra!?

Ele usava uma camiseta cor de laranja com letras verdes brilhantes no peito, entre os mamilos:

CRESÇA E APAREÇA

Garp vasculhou os bolsos à procura de um lápis para escrever um bilhete, mas tudo que encontrou foram uns velhos bilhetes que não se aplicavam ao caso daquele sujeito agressivo.

– Laurel está à sua espera? – perguntou Roberta Muldoon.

Garp logo percebeu que Roberta estava novamente às voltas com seu problema de identidade sexual. Ela provocava o imbecil na esperança de se sentir justificada em aplicar-lhe uma boa surra. Mas, para Garp, o sujeito era páreo para Roberta. Todo aquele estrogênio havia mudado mais do que as formas de Roberta, pensou Garp – seus músculos já não eram os mesmos de Robert Muldoon, algo que Roberta parecia inclinada a esquecer.

– Olhem aqui, queridinhas – disse o homem, dirigindo-se a Garp e Roberta. – Se Laurel não vier já, eu vou fazer uma limpa nesta casa. Que tipo de espelunca é esta? Todo mundo já ouviu falar dela. Não tive nenhuma dificuldade em descobrir onde ela veio se esconder. Todas as putas loucas de Nova York conhecem este bordel.

Roberta sorria. Ela estava começando a se balançar de uma forma que deixava Garp tonto e enjoado. Ele procurava freneticamente em todos os bolsos, passando os olhos nos bilhetes que encontrava, mas nada servia.

– Olhem aqui, seus palhaços – disse o homem. – Sei perfeitamente que tipo de lugar é este, um bordel de lésbicas, não é mesmo? – Ele empurrou a ponta do balanço com sua bota de caubói, fazendo-o se mover estranhamente. – E você quem é? – perguntou, dirigindo-se a Garp. – É o homem da casa ou o eunuco da corte?

Garp entregou um bilhete ao sujeito.

Temos um fogo gostoso no fogão de lenha da cozinha. Dobre à esquerda.

Mas era agosto, estavam no verão. O bilhete não servia.
— Que merda é essa? — disse o sujeito.
Garp, então, entregou-lhe outro bilhete, o primeiro que lhe saiu do bolso.

Não fique aflita. Minha mãe não demora. Há outras mulheres aqui. Quer falar com elas?

— Quero que sua mãe se *foda*! — disse o homem. — Laurel! — berrou. — Você está aí, sua vagabunda?
Enquanto falava, encaminhava-se para a grande porta de tela. Mas foi Jenny Fields quem veio ao seu encontro.
— Olá! — disse ela.
— Sei quem *você* é — disse o homem. — Estou reconhecendo este uniforme idiota. A minha Laurel não faz seu gênero, queridinha. Ela *adora* trepar.
— Talvez não com você — disse Jenny.
Quaisquer que tenham sido os palavrões que o homem da camiseta CRESÇA E APAREÇA estivesse preparado para despejar em cima de Jenny Fields, não chegaram a ser pronunciados. Roberta Muldoon aplicou-lhe um violento golpe que atingiu o sujeito por trás dos joelhos e o deixou atônito. Aquela era uma falta flagrante, que teria lhe valido uma penalidade de 15 metros, se Roberta ainda jogasse no Eagles da Filadélfia. O homem foi lançado nas tábuas cinzentas do assoalho da varanda com tal força que chegou a balançar os vasos de plantas pendurados. Tentou levantar-se, mas não conseguiu. Parecia ter sofrido uma séria contusão no joelho, muito comum no futebol americano e a verdadeira razão para tal golpe ser considerado falta grave e sujeita a penalidade. Ele perdeu toda a valentia para continuar agredindo verbalmente as pessoas. Ficou ali estatelado, a expressão calma e pálida no rosto por causa da dor.
— Você foi *dura* demais, Roberta — disse Jenny.

– Vou buscar Laurel – disse Roberta, encabulada.

Garp e Jenny sabiam que, no fundo do coração, Roberta era mais feminina do que qualquer outra mulher, mas seu corpo continuava sendo uma rocha bem treinada.

Garp encontrara um outro bilhete e largou-o em cima do peito do nova-iorquino, bem em cima do letreiro CRESÇA E APAREÇA. Era um bilhete que ele sempre tinha em quantidade.

Olá! Meu nome é Garp. Meu maxilar está quebrado.

– Meu nome é Harold – disse o sujeito. – Lamento o que houve com o seu maxilar.

Garp encontrou um lápis e escreveu outro bilhete.

Lamento o que houve com o seu joelho, Harold.

Laurel, finalmente, apareceu.
– Oh, querido! Você me *encontrou*!
– Acho que não vou poder dirigir a droga do carro – disse Harold.

No meio da Ocean Lane, o carro esporte de Harold continuava a bufar como um animal querendo comer areia.

– Eu sei dirigir, querido – disse Laurel. – Mas você nunca me *deixa* dirigir.

– Pois agora vou deixar – disse Harold, com um gemido. – Pode crer.

– Oh, querido! – disse Laurel.

Roberta e Garp carregaram o homem até o carro.

– Acho que preciso mesmo da Laurel – confidenciou-lhes o homem. – Esses bancos separados são uma merda – queixou-se, quando finalmente conseguiram acomodá-lo. Harold era grande demais para aquele carro.

Garp tinha a impressão de que já haviam se passado anos desde a última vez em que estivera tão perto de um carro. Roberta colocou a mão em seu ombro, mas ele se afastou.

– Acho que Harold precisa de mim – disse Laurel a Jenny Fields, encolhendo os ombros.

— Mas por que será que *ela* precisa *dele*? — perguntou Jenny Fields, sem se dirigir a ninguém em particular, quando o pequeno carro partiu.

Garp havia se afastado. Roberta, punindo-se pelo seu momentâneo lapso de feminilidade, foi procurar Duncan para exercer seu lado maternal.

Helen falava ao telefone com Harrison e Alice Fletcher, que queriam ir visitá-los. Isso pode nos ajudar, Helen pensou. Tinha certeza disso e estar certa de alguma coisa novamente restaurou a confiança de Helen em si mesma.

Os Fletcher ficaram uma semana. Havia finalmente uma criança para brincar com Duncan, apesar de não serem da mesma idade, nem do mesmo sexo. Ao menos, era uma criança que sabia o que acontecera com seu olho, e isso fez com que ele em parte perdesse a cisma que tinha com o tapa-olho. Quando os Fletcher foram embora, ele já se mostrava mais disposto a ir à praia sozinho, até mesmo nos horários em que poderia encontrar outras crianças que lhe perguntassem o que tinha havido com seu olho ou mesmo que zombassem dele.

Como antigamente, Helen encontrou em Harrison um confidente. Contou-lhe coisas sobre Michael Milton que eram simplesmente difíceis demais para contar a Garp, mas ela precisava desabafar. Ela agora necessitava de alguém com quem falar a respeito de suas ansiedades sobre o casamento e de como estava lidando com o acidente de maneira tão diferente de Garp. Harrison sugeriu outro filho. Engravide, aconselhou. Helen confidenciou-lhe que não estava mais usando a pílula, embora não lhe dissesse que nunca mais, depois do acidente, tivera relações com Garp. Ela, na verdade, não precisava ter lhe contado isso, porque Harrison já havia notado os quartos separados.

Alice aconselhou Garp a desistir daqueles bilhetes tolos. Ele podia falar, se tentasse, se não fosse tão vaidoso para se preocupar com o som estranho de sua voz. Se *ela* conseguia falar, Alice ponderou, ele também podia, assim mesmo como estava, com os dentes amarrados e a língua machucada. Poderia, ao menos, tentar.

— Aliche — disse Garp.

– Chim – disse ela. – Eche é o meu nome. Qual é o cheu?
– Arp – conseguiu Garp articular, com esforço.
Jenny Fields, a figura de branco que passava por ali a caminho de outro aposento, estremeceu como um fantasma e seguiu em frente.
– Eu *chinto* falta dele – confessou Garp a Alice.
– Eu chei, Garp, é *claro* que chente – disse ela, abraçando-o enquanto ele chorava.

Foi somente algum tempo depois que os Fletcher foram embora que Helen foi ao quarto de Garp à noite. Não ficou surpresa ao encontrá-lo acordado, porque ele estava ouvindo o que ela também ouvira. E era por isso que não conseguira dormir.

Alguma das últimas hóspedes de Jenny estava tomando banho. Primeiro, os Garp ouviram a banheira encher e depois o barulho da água e de alguém se ensaboando. Parecia até mesmo que alguém cantarolava baixinho.

Os dois se lembravam, naturalmente, de quando Walt tomava banho, e eles ficavam prestando atenção a qualquer barulho revelador ou até mesmo à falta de barulho, que poderia significar algo mais sério. Então, chamavam:

– Walt?

E Walt respondia:

– O que é?

E eles diziam:

– Nada, só estamos checando!

E eles se tranquilizavam, sabendo que o menino não escorregara e se afogara.

Walt gostava de ficar deitado na banheira com os ouvidos embaixo d'água, ouvindo seus dedos se esfregarem na banheira e, em geral, não ouvia quando Garp ou Helen o chamava. Ficava espantado quando olhava para cima e via os rostos ansiosos dos dois repentinamente acima dele, espiando para dentro da banheira.

– Eu estou bem... – dizia, sentando-se.

– Pelo amor de Deus, Walt – pedia-lhe Garp. – Responda quando nós o chamarmos.

– Mas eu não ouvi.

– Pois então fique com a cabeça fora d'água – dizia-lhe Helen.

— Mas como é que eu vou lavar meus cabelos? – argumentava Walt.

— Essa é uma maneira muito ruim de lavar os cabelos, Walt. Chame e eu *virei* lavá-los para você – dizia Garp.

— OK – concordava Walt.

E, quando o deixavam sozinho, ele colocava a cabeça embaixo d'água outra vez para ouvir o mundo daquela forma.

Helen e Garp ficaram deitados juntos na estreita cama de Garp em um dos quartos de hóspedes no sótão em Dog's Head Harbor. A casa tinha tantos banheiros que eles nem sabiam ao certo de onde vinha o barulho, mas continuaram o ouvindo.

— Acho que é uma mulher – disse Helen.

— Aqui? – retrucou Garp. – É *claro* que é uma mulher.

— No começo, achei que fosse uma criança.

— Eu sei – disse Garp.

— Acho que foi o cantarolar. Você lembra como ele gostava de falar sozinho?

— Lembro, sim.

Ficaram juntos na cama, que estava sempre um pouco úmida por causa da proximidade com o mar e por conta de tantas janelas abertas durante todo o dia, enquanto as portas de tela abriam e fechavam, batendo com força.

— Quero outro filho – disse ela.

— Está bem.

— Assim que for possível – continuou Helen.

— Agora mesmo, é claro.

— Se for menina, seu nome será Jenny, por causa de sua mãe.

— Muito bem.

— Não sei que nome terá, se for menino.

— Não será Walt – disse Garp.

— Está bem.

— De *maneira alguma* será Walt, embora eu saiba que muita gente faz isso.

— Eu também não gostaria.

— Um outro nome qualquer, se for menino – disse Garp.

— Espero que seja uma menina.

– Para mim, não faz diferença.
– Claro. Para mim, também não.
– Desculpe-me, Helen – disse ele, abraçando-a.
– Não, sou *eu* quem pede desculpas – disse ela.
– Não, não. Sou *eu*.
– *Sinto* muito, Garp.
– *Sinto* muito, Helen.

Fizeram amor com tanta cautela, que Helen se sentiu como Roberta Muldoon, recém-saída da operação, experimentando sua vagina nova. Garp procurou não pensar em coisa alguma.

Sempre que começava a pensar, ele só via à sua frente aquele Volvo ensanguentado. Ouvia os gritos de Duncan e, do lado de fora, os gritos de Helen, chamando, e os de mais alguém. Conseguira se esgueirar de seu lugar por trás do volante e se ajoelhara no banco do motorista. Segurava a cabeça de Duncan nas mãos, mas o sangue não estancava, e Garp não conseguia ver o que estava sangrando.

Falava baixinho para Duncan:

– Está tudo bem. Fique quietinho, tudo vai dar certo. – Mas por causa de sua língua, as palavras não saíam. Saía apenas um sopro úmido.

Duncan continuava a gritar, e Helen também gritava, mas havia alguém que continuava a rosnar, como um cachorro quando está sonhando. Mas o que era que ele também ouvia e que o aterrorizava tanto? O que *mais*?

– Está tudo bem, Duncan. Acredite em mim – sussurrava Garp, ininteligivelmente. – Você vai ficar bem.

Ele limpou com a mão o sangue que escorria da garganta do menino, mas viu que não havia nenhum corte ali. Limpou o sangue das têmporas do menino e viu que também ali não havia nenhum ferimento. Abriu a porta do carro com um chute, para ter certeza. A luz da porta se acendeu, e ele pôde ver que um dos olhos de Duncan se agitava, buscava socorro, e podia enxergar tudo. Tornou a limpar o sangue do rosto do filho com a mão, mas não conseguiu encontrar o outro olho.

– Está tudo bem – sussurrou para Duncan, mas Duncan gritava cada vez mais alto.

Por cima do ombro do pai, Duncan vira sua mãe na porta aberta do Volvo. O sangue escorria dos cortes no nariz e na língua de Helen, e ela segurava o braço direito como se estivesse quebrado perto do ombro. O que mais aterrorizou Duncan, no entanto, foi o *pavor* que ele viu no rosto da mãe. Garp virou-se e a viu. Então, outra coisa o aterrorizou.

Não eram os gritos de Helen, nem os gritos de Duncan. E Garp sabia que Michael Milton estava gemendo e, para ele, podia continuar gemendo até à morte que ele pouco se importava. Era alguma outra coisa. Não era um som. Era a *ausência* de qualquer som.

– Cadê o Walt? – gritou Helen, tentando olhar dentro do Volvo. Ela parou de gritar.

– Walt! – gritou Garp. Ele prendeu a respiração. Duncan parou de gritar.

Nada ouviam. E Garp sabia que, quando Walt estava resfriado, era possível ouvi-lo do quarto ao lado. Até mesmo a dois quartos de distância se ouvia o chiado do peito congestionado da criança.

– Walt! – gritaram os dois juntos.

Mais tarde, Helen e Garp, falando baixinho, diriam um ao outro que, naquele instante, imaginaram Walt com os ouvidos embaixo d'água, ouvindo atentamente seus dedos se esfregarem na banheira.

– Eu ainda o vejo lá – sussurrou Helen, mais tarde.

– O tempo todo, Helen. Eu sei.

– Basta eu fechar os olhos.

– É verdade. Eu sei.

Era Duncan, porém, quem se expressava melhor. Ele dizia que, às vezes, era como se seu olho direito não tivesse se perdido completamente.

– É como se eu ainda pudesse ver com ele às vezes. Mas o que eu vejo é uma lembrança, não é real.

– Talvez ele tenha se tornado o olho com que você vê os seus sonhos, Duncan – disse-lhe Garp.

– Pode ser. Mas parece tão real!

– É o seu olho *imaginário* – disse Garp. – Isso pode ser bem real.

– É com esse olho que eu ainda vejo Walt, sabe? – disse Duncan.

– Eu sei – disse Garp.

São muitos os filhos de praticantes de luta livre que possuem pescoços resistentes, mas nem todos possuem pescoços suficientemente resistentes.

Para Duncan e Helen, agora, Garp parecia ter um imenso reservatório de carinho. Durante um ano, ele só lhes falara baixo e suavemente. Durante um ano, ele nunca se mostrara impaciente. Eles talvez se impacientassem com tanto carinho e delicadeza de sua parte. Jenny Fields percebeu que os três iriam precisar de um ano para se cuidar mutuamente.

Jenny se perguntava o que eles fariam, nesse ano, com os *outros* sentimentos que todos os seres humanos possuem. Helen os escondeu; Helen era muito forte. Duncan só os via com o olho que não tinha mais. E Garp? Ele era forte, mas não tão forte assim. Escreveu um livro chamado O *mundo segundo Bensenhaver*, para dentro do qual fluíram todos os seus outros sentimentos.

Quando o editor de Garp, John Wolf, leu o primeiro capítulo de O *mundo segundo Bensenhaver*, logo escreveu para Jenny Fields.

– Que diabo está havendo por aí? É como se a dor de Garp tivesse pervertido seu coração.

T. S. Garp, porém, sentia-se guiado por um impulso tão antigo quanto Marco Aurélio, que teve a sabedoria e a urgência de dizer que "Na vida de um homem, seu tempo é apenas um momento... os sentidos, a luz mortiça de uma vela".

15

O mundo segundo Bensenhaver

Hope Standish estava em casa com o filho, Nicky, quando Oren Rath entrou na cozinha. Ela estava enxugando a louça e viu imediatamente a longa faca de pescador, de lâmina muito fina, com um lado afiado, para cortar, e o outro denteado, para escamar e degolar. Nicky ainda não tinha 3 anos e comia na cadeirinha alta. Ele estava comendo sua primeira refeição do dia quando Oren Rath entrou por trás dele e encostou o lado denteado da faca na garganta da criança.

– Deixe os pratos de lado – disse ele a Hope.

A sra. Standish fez o que o homem mandava. Nicky gorgolejou para o estranho; a ponta da faca fazia apenas uma cócega embaixo de seu queixo.

– O que você quer? – perguntou Hope. – Eu lhe darei qualquer coisa que quiser.

– Claro que vai dar – disse Oren Rath. – Qual é o seu nome?

– Hope.

– O meu é Oren.

– É um nome bonito – disse Hope.

Nicky não podia se virar na cadeirinha para ver o estranho que lhe fazia cócegas na garganta. Estava com os dedos sujos do cereal que comia e, quando esticou o bracinho para pegar a mão de Oren Rath, o sujeito passou para o lado da cadeirinha e encostou a lâmina afiada da faca de pescador na bochecha gordinha da criança. Fez um corte rápido e superficial no rostinho, como se estivesse delineando a maçã do rosto da criança. Em seguida, deu um passo para trás, para observar o rosto espantado de Nicky e seu choro fraco. Logo surgiu uma fina linha de sangue, como a costura de um bolso, no rosto da criança. Era como se, de repente, houvesse nascido uma guelra no menino.

— Estou falando sério — disse Oren Rath. Hope fez menção de correr para o filho, mas Oren fez sinal com a mão para que ela se afastasse. — Ele não precisa de você. Ele não gosta de cereal. Ele quer um biscoito.

Nicky começou a berrar.

— Ele está chorando e vai se engasgar com biscoito — disse Hope.

— Está querendo discutir comigo? — retrucou Oren. — Quer conversar sobre engasgar? Corto fora o pinto dele e enfio-o pela goela dele abaixo, se você quer falar em engasgar.

Hope deu uma torrada a Nicky, e ele parou de chorar.

— Está vendo? — disse Oren Rath. — Ele pegou a cadeirinha com o menino e apertou-a contra o peito. — Agora vamos para o quarto. — Fez sinal com a cabeça para Hope. — Você vai na frente.

Foram juntos pelo corredor. Na época, a família Standish morava em uma casa no campo. Com um filho pequeno, eles achavam que uma casa no campo era mais segura em caso de incêndio. Hope entrou no quarto, e Oren Rath largou a cadeirinha com Nicky no lado de fora. O rosto do menino já quase parara de sangrar; havia apenas um fio de sangue, que Oren Rath limpou com a mão. Depois, limpou a mão nas calças. Em seguida, entrou no quarto onde estava Hope. Quando fechou a porta, Nicky começou a chorar.

— Por favor — disse Hope. — Ele pode mesmo se engasgar. E ele sabe sair daquela cadeira, que pode virar com ele. Nicky não gosta de ficar sozinho.

Oren Rath foi até a mesinha de cabeceira e cortou o fio do telefone com a mesma facilidade de quem corta uma pera madura.

— Não vai querer discutir comigo, não é? — disse ele.

Hope sentou-se na cama. Nicky chorava, mas não histericamente. Parecia que ia parar. Hope começou a chorar também.

— Vá tirando as roupas — disse Oren.

Ele ajudou-a a se despir. Era alto e ruivo, com cabelos tão lisos e grudados na cabeça como capim depois de uma enchente. Cheirava a estábulo e Hope lembrou-se da caminhonete azul-turquesa que vira na porta, antes que ele aparecesse em sua cozinha.

— Você tem até tapete no quarto — disse ele.

Era magro, mas musculoso, as mãos eram grandes e desajeitadas, como as patas de um cachorrinho que ainda vai crescer muito. Seu corpo parecia quase desprovido de pelos – era tão branco e tão louro, que quase não se viam os pelos contra a pele.

– Você conhece meu marido? – perguntou Hope.

– Sei quando ele está em casa e quando não está – disse Rath. – Ouça – ele falou repentinamente; Hope prendeu a respiração. – Está ouvindo? O seu garoto está quietinho agora.

Nicky balbuciava alguns sons de vogais do lado de fora da porta do quarto, babando e falando com sua torrada. Hope começou a chorar mais alto. Quando Oren Rach a tocou, sem jeito e com pressa, ela sentiu-se tão seca que não serviria nem mesmo para o seu dedo horrível.

– Por favor, espere – disse ela.

– Não discuta comigo, dona.

– Não, não, eu posso ajudá-lo. – Ela queria que aquilo terminasse o mais rápido possível e só pensava em Nicky na cadeirinha alta no corredor. – Posso tornar isso melhor. – Ela falava sem muita convicção, sem saber como dizer o que queria. Oren Rath agarrou um dos seus seios de tal maneira que Hope logo percebeu que ele nunca fizera aquilo antes. A mão dele estava tão fria, que ela se encolheu. Em sua atrapalhação, ele bateu o topo da cabeça contra sua boca.

– Não discuta – rosnou ele.

– Hope! – alguém chamou. Os dois ouviram e ficaram paralisados. Oren Rath olhava de boca aberta para o fio do telefone cortado.

– Hope?

Era Margot, uma vizinha e amiga. Oren Rath encostou a lâmina fria no bico do seio de Hope.

– Ela vai entrar aqui agora mesmo – sussurrou Hope. – É uma amiga minha.

– Meu Deus, Nicky, você está sujando a casa toda com sua torrada. Sua mãe está se vestindo?

– Vou ter que trepar com as duas e depois mato todo mundo – disse Oren Rath baixinho.

Hope agarrou-o pela cintura com suas pernas fortes e apertou-o contra o peito, com faca e tudo.

– Margot! – gritou ela. – Pegue o Nicky e fuja! Por favor! Há um louco aqui que vai nos matar! Leve o Nicky! Leve o Nicky!

Oren Rath permaneceu preso a ela, rigidamente, como se fosse a primeira vez que alguém o abraçava. Ele não se debateu, nem tentou usar a faca. Os dois ficaram ali, rígidos, ouvindo Margot arrastar o menino pelo corredor e sair pela porta da cozinha. Uma das pernas da cadeira alta partiu-se de encontro à geladeira, mas Margot não parou para tirar o menino senão quando já estava a meia quadra de distância, abrindo com um pontapé a porta de sua casa.

– Não me mate – sussurrou Hope. – Vá embora depressa e conseguirá fugir. Ela vai chamar a polícia.

– Vista-se – disse Oren Rath. – Ainda não trepei com você, mas vou fazer isso.

No local onde a cabeça dele batera em sua boca, o lábio de Hope se cortara contra os dentes e agora sangrava.

– Estou falando sério – repetia ele, mas sem muita convicção. Era desengonçado como um novilho. Ele a fez enfiar o vestido em cima da pele e empurrou-a descalça pelo corredor, levando suas botas debaixo do braço. Só quando já estava sentada ao lado dele na caminhonete é que Hope percebeu que ele vestira uma das camisas de flanela de seu marido.

– Margot com certeza anotou a placa deste carro – disse-lhe ela.

Ela virou o espelho retrovisor para se olhar e limpou o sangue do lábio com a ampla gola do vestido. Oren Rath deu-lhe um tapa no ouvido, e ela bateu com a cabeça na porta do lado do passageiro.

– Preciso deste espelho para ver lá atrás – disse ele. – Não mexa em nada ou vou machucá-la de verdade.

Ele trouxera o sutiã de Hope e usou-o para amarrar seus pulsos nas dobradiças grossas e enferrujadas da portinhola do porta-luvas, que ficou escancarado à frente dela.

Ele dirigia como se não estivesse com nenhuma pressa de deixar a cidade. Não se mostrou impaciente quando ficou parado no sinal perto da universidade. Observava todos os pedestres que atravessavam a rua e sacudia a cabeça, estalando a língua, quando via como se vestiam alguns estudantes. De onde estava, sentada ali na caminhonete, Hope podia ver a janela do escritório do marido, mas não sabia se ele estaria lá ou se estaria dando aula naquele momento.

Na verdade, ele estava em seu escritório, no quarto andar. Dorsey Standish chegou à janela e viu quando o sinal mudou, e os carros puderam seguir novamente, enquanto a multidão de estudantes era retida temporariamente no cruzamento. Dorsey Standish gostava de observar o movimento do tráfego. Em uma cidade universitária, há muitos carros estrangeiros e vistosos, mas ali eles contrastavam com os veículos dos residentes: os caminhões das fazendas, os que tinham carroceria especial para transportar porcos e gado, estranhas máquinas agrícolas, todos eles sujos de lama das fazendas e das estradas do interior. Standish nada sabia sobre fazendas, mas era fascinado pelos animais e pelas máquinas, especialmente as perigosas cuja utilidade desconhecia. Lá ia passando uma agora, com uma prancha inclinada e uma mistura de cabos que puxavam ou suspendiam alguma coisa pesada. O que seria aquilo? Standish gostava de imaginar como as coisas funcionavam.

Lá embaixo, ele via agora uma sinistra caminhonete azul-turquesa seguindo o fluxo do tráfego. Os para-lamas estavam bombardeados, a grade do radiador estava amassada e escura de insetos esmagados ou até mesmo – na imaginação de Standish – incrustada de cabeças de passarinhos. Na cabine, ao lado do motorista, Dorsey Standish imaginou ver uma mulher bonita – alguém cujos cabelos e perfil eram parecidos com os de Hope. Uma visão de relance do vestido da mulher chamou sua atenção, pois era de uma cor que sua mulher gostava de usar. No entanto, ele estava no quarto andar, o carro já tinha passado, e o vidro traseiro da cabina estava tão sujo de lama que ele não pôde mais ver a mulher. Aliás, já estava na hora de sua aula das nove e meia. Dorsey Standish concluiu que uma mulher que estivesse viajando em uma caminhonete tão feia dificilmente poderia ser bonita.

– Aposto que seu marido está sempre trepando com suas alunas – disse Oren Rath. Sua mão grande, com a faca, estava no colo de Hope.

– Não, não acredito nisso – disse Hope.

– Merda. Você não sabe de nada. Vou dar em você uma trepada tão gostosa que você não vai querer parar mais.

– Não me importa o que você faça – disse-lhe Hope. – Não pode mais fazer mal ao meu filho.

— Mas posso fazer a você – disse Oren Rath. – Posso fazer muitas coisas.

— Já sei. Você está falando sério – disse Hope, caçoando dele.

Já estavam fora da cidade, entrando na zona rural. Rath ficou calado durante algum tempo. Então, disse:

— Não sou tão louco quanto você pensa.

— Acho que você não tem nada de louco – mentiu Hope. – Acho apenas que é um garoto bobo, tarado, que nunca deu uma trepada.

Oren Rath deve ter sentido naquele momento que estava perdendo rapidamente a vantagem de causar terror. Hope procurava conseguir qualquer vantagem que pudesse, mas ainda não descobrira se Oren Rath era suficientemente são para se sentir humilhado.

Saíram da estrada e entraram em um caminho de terra batida que ia dar numa casa de fazenda cujas janelas estavam todas isoladas com plásticos. O gramado mal cuidado estava cheio de peças de trator e sucata. Na caixa de correio, lia-se: R. R. W. E. & O. RATH.

Esses Rath nada tinham a ver com os famosos Rath das linguiças, mas pareciam ser criadores de porcos. Hope viu uma série de galpões cinzentos e inclinados, com telhados enferrujados. Na rampa, ao lado do celeiro escuro, estava uma porca adulta, deitada de lado, respirando com dificuldade; ao seu lado, estavam dois homens que olharam para Hope como se fossem mutantes da mesma geração que havia produzido Oren Rath.

— Quero a caminhonete preta, agora – disse-lhes Oren. – Tem gente procurando esta aqui.

Despreocupadamente, ele cortou com a faca o sutiã que prendia as mãos de Hope ao porta-luvas.

— Merda – disse um dos homens.

O outro deu de ombros. Ele tinha no rosto uma mancha grande e vermelha – uma espécie de sinal de nascença, que parecia uma framboesa. Por isso, era chamado assim por toda a família: Framboesa Rath. Hope, felizmente, não sabia disso.

Eles nem olharam para Oren ou Hope. A porca ofegante abalou a tranquilidade do terreno com um tremendo peido.

— Que merda! Lá vai ela de novo! – disse o homem que não tinha o sinal de nascença. A não ser pelos olhos, seu rosto era mais ou menos normal. Chamava-se Weldon.

Framboesa leu o rótulo em uma garrafa escura que estendia na direção da porca como se fosse uma bebida.

— Diz aqui que pode produzir excesso de gases e flatulência.

— Não diz nada a respeito de produzir uma porca como esta — disse Weldon.

— Quero a caminhonete preta — repetiu Oren.

— Bem, as chaves estão lá, Oren — disse Weldon Rath. — Se é que acha que pode fazer isso sozinho.

Oren Rath empurrou Hope para a caminhonete preta. Framboesa segurava o vidro de remédio da porca e olhava para Hope. Então, ela falou:

— Ele está me raptando. Vai me violentar. A polícia já está à procura dele.

Ele ficou olhando para Hope, mas Weldon voltou-se para Oren.

— Só espero que não esteja fazendo nenhuma besteira — disse ele.

— Não estou, não — Oren disse.

Os dois homens voltaram toda a sua atenção para a porca.

— Acho melhor esperar mais uma hora e então damos mais uma dose — disse Framboesa. — Já estamos cheios do veterinário esta semana.

Ele esfregou o pescoço sujo de lama da porca com a ponta da bota; ela soltou outro peido.

Oren levou Hope para trás do celeiro, onde o milho transbordava do silo. Alguns leitões pequeninos, pouco maiores do que gatinhos, brincavam por ali. Saíram correndo para todos os lados, assustados, quando Oren deu partida na caminhonete preta. Hope começou a chorar.

— Você vai me soltar? — perguntou ela a Oren.

— Eu ainda não acabei com você — respondeu ele.

Os pés descalços de Hope estavam frios e sujos da lama da primavera.

— Meus pés estão doendo — disse ela. — Aonde vamos?

Hope tinha visto um velho cobertor na traseira da caminhonete, manchado e salpicado de palha. Era para lá que imaginava estar indo, para a lavoura de milho. Ali se deitariam no solo macio da primavera. E, quando tudo estivesse terminado, sua garganta tivesse sido cortada e suas entranhas, extirpadas com a faca de pescador, ele a embrulharia no cobertor que estava jogado no chão da caminhonete, como se fosse um animal natimorto.

– Tenho que achar um lugar bom para possuir você – disse Oren Rath. – Eu teria ficado na casa, mas aí teria que compartilhar você com os outros.

Hope Standish estava tentando descobrir a estranha maneira de pensar de Oren Rath. Ele não funcionava como os seres humanos que ela conhecia.

– O que você está fazendo é errado – disse ela.

– Não, não é – disse ele. – Não é!

– Você vai me violentar – continuou Hope. – Isso é errado.

– Eu só quero possuir você – disse ele.

Desta vez, ele não se dera ao trabalho de amarrá-la ao porta-luvas. Não havia nenhum lugar para onde ela pudesse fugir. Eles estavam apenas rodando, devagar, sempre para oeste, pelos caminhos rurais entre os lotes de mais ou menos um quilômetro e meio de lado, da mesma forma com que um cavalo no tabuleiro de xadrez: uma casa em frente e duas para o lado, uma para o lado e duas em frente. Para Hope, aquilo não fazia sentido, mas então ela imaginou que ele devia conhecer tão bem as estradas, que assim conseguia vencer uma boa distância sem atravessar nenhuma cidade. Só viam as placas nas estradas indicando as cidades, e, apesar de não poderem estar a mais de 40 quilômetros da universidade, ela não reconhecia nenhuma daquelas nas placas: Coldwater, Hills, Fields, Plainview. Talvez não fossem cidades, imaginou, e sim toscos sinais para os residentes locais, como se eles não conhecessem os simples nomes das localidades que viam todos os dias.

– Você não tem o direito de fazer isso comigo – disse Hope.

– Merda! – exclamou ele.

Freou bruscamente, lançando-a para a frente contra o sólido painel da caminhonete. Sua testa ricocheteou do para-brisa, e as costas de sua mão machucaram-lhe o nariz. Ela sentiu alguma coisa no peito, como se um pequeno músculo ou osso houvesse cedido. Em seguida, ele pisou fundo no acelerador e atirou-a de volta para trás, contra o assento.

– Detesto discussões – disse ele.

O nariz de Hope sangrava. Inclinou-se para a frente, a cabeça nas mãos, e o sangue pingava em seu colo. Ela fungou um pouco; o sangue começou a escorrer pelo lábio, sujando-lhe os dentes. Inclinou a cabeça para trás para poder sentir o seu gosto. Por alguma razão, aquilo a acalmou, permitindo-lhe pensar. Ela sabia que havia um galo, cada vez mais roxo, crescendo em sua testa, por baixo da pele fina. Quando passou a mão para sentir o calombo, Oren Rath olhou para ela e riu. Ela cuspiu nele e, em sua saliva, havia laivos de sangue. Atingiu-lhe o rosto e escorreu pela gola da camisa de flanela de seu marido. Com a mão grande e grossa como a sola de uma bota, ele puxou-a pelos cabelos. Ela agarrou seu braço com as duas mãos, levou o pulso dele à boca e fincou os dentes na parte macia da carne, onde não havia pelos e onde as veias azuis levam o sangue.

Ela queria matá-lo dessa forma impossível, porém mal teve tempo de arranhá-lo. Seu braço era tão forte que a levantou e empurrou de costas sobre o volante, fazendo a buzina disparar. Depois, quebrou-lhe o nariz com a mão esquerda. Voltou a segurar o volante com essa mão. Agarrou-lhe a cabeça com a mão direita, apertando-a contra sua barriga. Quando sentiu que ela já não se debatia, deixou a cabeça de Hope em seu colo. Tampou-lhe o ouvido com a mão em concha, como se quisesse guardar ali o som da buzina. Ela mantinha os olhos fechados, sentindo a dor no nariz.

Ele ainda fez várias voltas para a direita e para a esquerda. Ela sabia que cada volta significava, mais ou menos, um quilômetro e meio. A mão dele agora a segurava pela nuca. Ela já podia ouvir outra vez e sentiu que ele corria os dedos pelos seus cabelos. Sentia o rosto completamente dormente.

– Eu não quero matar você – disse ele.

– Então não mate.

– Vou ser obrigado – disse-lhe Oren Rath. – Depois que acabarmos, serei obrigado.

Aquilo a afetou da mesma forma que o gosto de seu sangue. Ela sabia que ele não queria discutir. Compreendeu que havia perdido a partida: ele iria estuprá-la. Ela devia considerar isso como fato consumado. O que importava agora era continuar viva. Sabia que, para isso, era preciso sobreviver a ele. Sabia que isso significava fazer com que fosse preso, ou morto, ou então matá-lo.

Sentiu contra o rosto as moedas que ele trazia no bolso. Seus jeans eram macios e estavam sujos da poeira da fazenda e da graxa das máquinas. A fivela do cinto machucava-lhe a testa, e seus lábios tocavam o couro oleoso. Ela sabia que a faca de pescador estava guardada na bainha. Mas onde estava a bainha? Não conseguia vê-la. Não se atrevia a procurá-la com as mãos. De repente, de encontro ao seu olho, ela sentiu o pênis dele se endurecer. Sentiu-se, então, pela primeira vez, tomada de um enorme pânico, quase paralisada, impedida de qualquer ação e já sem condições de tomar uma decisão. Mais uma vez, no entanto, foi Oren Rath que veio em seu auxílio.

– Veja as coisas do seguinte modo – disse ele. – Seu garotinho escapou. Eu ia matá-lo também, sabe?

A lógica da peculiar versão de sanidade de Oren Rath tornou tudo mais nítido para Hope. Ela ouvia os carros que passavam. Não eram muitos, mas, a cada intervalo de alguns minutos, passava um. Ela gostaria de poder ver, mas sabia que, ao menos, já não se encontravam tão isolados quanto antes. Agora, ela pensou, antes que ele chegasse ao seu destino, se é que tinha mesmo um destino. Ao menos, antes que ele saia desta estrada; antes que eu me encontre outra vez num lugar deserto.

Oren Rath acomodou-se no banco. Não se sentia muito confortável com aquela ereção. O rosto quente de Hope em seu colo, sua mão em seus cabelos estavam afetando-o. Tem que ser agora, Hope pensou. Moveu o rosto em seu colo como se procurasse uma posição mais confortável em um travesseiro – na verdade, seu pênis. Continuou a se mexer até que aquele bolo dentro das calças rançosas cresceu, sem ainda tocar seu rosto. Ela, porém, podia alcançá-lo com sua respiração. Aquilo já estava bem perto de sua boca, e ela começou a expirar em cima dele. Sentia uma dor terrível no nariz quando expirava. Abriu os lábios em forma de "O", como se fosse beijar, concentrou-se em sua respiração e, suavemente, expirou.

Pensou em Nicky. E em Dorsey, seu marido. Já tinha esperanças de vê-los novamente. A Oren Rath, ela dedicou, com cuidado, o calor de sua respiração. Foi nele que ela concentrou friamente todo o seu pensamento: Vou pegar você, seu filho da mãe.

Era evidente que a experiência sexual de Oren Rath não tinha envolvido sutilezas como a respiração intencional de Hope. Ele tentou mover a cabeça dela em seu colo, para ter novamente contato com seu rosto, mas ao mesmo tempo não queria interromper aquela agradável respiração. O que ela estava fazendo o fez desejar um contato maior, mas era excruciante imaginar a perda daquela sensação provocante que tinha agora. Ele começou a se remexer. Hope não se apressou. Foi ele mesmo, com seus movimentos, que finalmente fez o bolo que estava dentro dos jeans tocar os lábios dela. Ela fechou a boca, mas não fez nenhum movimento. Oren Rath sentia apenas o ar quente que atravessava suas calças e soltou um gemido. Um carro se aproximou e o ultrapassou; ele corrigiu a direção, percebendo que começava a se desviar para o meio da estrada.

– O que está fazendo? – perguntou ele a Hope.

Bem de leve, ela o mordiscou, por cima do tecido. Ele levantou o joelho para pisar no freio, sacudindo a cabeça de Hope e machucando-lhe o nariz. Ele enfiou a mão entre seu colo e o rosto de Hope. Ela pensou que ia agredi-la outra vez, mas ele tentava abrir o zíper das calças.

– Eu já vi fotos dessas coisas – comentou ele.

– Deixe que eu faço isso – disse ela.

Hope teve de levantar-se um pouco para abrir o zíper, mas também queria ver onde estavam. Ainda estavam no campo, é claro, mas havia linhas pintadas na estrada. Ela tirou o pênis para fora e colocou-o na boca, sem encará-lo.

– Merda – disse ele.

Ela pensou que fosse se engasgar e tinha medo de vomitar. Colocou-o no canto da boca, onde achava que conseguiria retê-lo por bastante tempo. Ele continuava sentado tão rígido, embora tremendo, que ela percebeu que ele já havia ultrapassado até mesmo suas experiências imaginárias. Isso deu mais confiança a Hope, e ela sentiu que tinha o tempo a seu favor. Continuou muito devagar, sempre prestando atenção aos outros carros que passavam. Percebia que ele diminuíra a velocidade. Ao primeiro sinal de que ele estava saindo da estrada, ela teria de mudar seus planos. Passou-lhe pela mente decepar aquela porcaria de uma vez, mas logo se convenceu de que não seria fácil, ao menos não com a necessária rapidez.

Foram então ultrapassados por dois caminhões, um seguido do outro. Ouviu, ao longe, a buzina de outro carro. Começou a trabalhar mais depressa. Ele ergueu o colo mais um pouco. Ela achou que a caminhonete tinha acelerado. Um carro passou bem junto deles, tocando a buzina, e Oren Rath gritou-lhe um palavrão. Ele começava a se movimentar no assento, para cima e para baixo, machucando-lhe o nariz. Ela agora precisava ter cuidado para não o machucar, embora esse fosse seu mais ardente desejo. Faça-o perder a cabeça, disse a si mesma, encorajando-se.

De repente, ela ouviu o ruído de cascalhos batendo na parte de baixo da caminhonete. Fechou bem a boca, sem soltá-lo. No entanto, nem estava havendo um acidente, nem ele estava saindo da estrada – ele estava parando no acostamento. O motor do veículo morreu. Ele segurou o rosto de Hope com as duas mãos; suas coxas enrijeceram-se e bateram no queixo dela. Vou sufocar, ela pensou, mas ele levantou sua cabeça e afastou-a de seu colo.

– Não! Não! – gritou ele. Um caminhão passou por eles a toda velocidade, atirando-lhes pedrinhas e abafando suas palavras. – Eu não estou com aquela coisa – disse ele. – Se você tiver germes, eles vão me contaminar.

Hope sentou-se sobre os joelhos, os lábios quentes e doloridos, o nariz latejando. Ele queria colocar um preservativo, mas, quando abriu a pequena embalagem de papel aluminizado, ficou olhando para ele, como se não fosse absolutamente o que ele esperava ver, como se pensasse que devia ser verde-brilhante. Como se não soubesse como usá-lo.

– Tire a roupa – disse ele. Sentia-se encabulado porque ela o encarava.

Hope via os campos de milho dos dois lados da estrada e a parte de trás de um outdoor a alguns metros de distância. Não havia casas, não havia placas, não havia estradas transversais. Ela imaginou que seu coração ia simplesmente parar.

Oren Rath arrancou a camisa de seu marido e atirou-a pela janela. Hope a viu ondulando na estrada. Ele tirou as botas com a ajuda do pedal de freio, batendo os joelhos pequenos e louros contra o volante.

– Chegue para lá – ordenou ele.

Ela se encostou à porta do lado do carona. Sabia que, ainda que conseguisse fugir, ele a alcançaria. Estava descalça, e as solas dos pés dele pareciam de couro.

Ele estava tendo dificuldades com as calças. Segurou o preservativo entre os dentes. Então, ficou nu – tinha atirado longe as calças e enfiara o preservativo com brutalidade, como se o seu pênis fosse tão pouco sensível quanto o rabo coriáceo de uma tartaruga. Ela tentava desabotoar o vestido, sentindo suas lágrimas voltarem, embora se esforçasse para contê-las. Ele agarrou seu vestido e arrancou-o pela cabeça, mas ele ficou preso nos braços. Empurrou brutalmente seus braços para trás, e ela quase gritou de dor.

Ele era alto demais e não cabia na cabine. Era preciso deixar uma das portas aberta. Ela estendeu a mão para a maçaneta acima de sua cabeça, mas ele mordeu-a no pescoço.

– Não! – berrou ele.

Ele agitava os pés, e ela viu que um de seus tornozelos sangrava. Ele o cortara no anel da buzina. Seus calcanhares batiam na maçaneta da porta do lado do motorista. Com um safanão dos dois pés, ele conseguiu abri-la. Por cima dos ombros dele, ela via que seus tornozelos compridos se projetavam na pista, mas agora não havia nenhum movimento na estrada. Sua cabeça doía; ela estava imprensada contra a porta. Precisou escorregar mais para baixo no banco, ficando ainda mais debaixo dele, e seu movimento o fez gritar alguma coisa ininteligível. Ela sentiu o pênis envolto no preservativo esfregando-se em sua barriga. Então, seu corpo inteiro se retesou e ele mordeu seu ombro com força. Ele já gozara.

– Merda! – exclamou ele. – Já me esporrei todo!

– Não! Não! – disse ela, abraçando-o. – Você pode fazer outra vez.

Ela sabia que, se considerasse tudo terminado, ele a mataria.

– Muito mais – sussurrou ela em seu ouvido, que cheirava a poeira. Ela molhou os dedos, para se umedecer. Meu Deus, nunca vou conseguir que ele entre em mim, pensou, mas, quando o segurou, percebeu que a camisa de vênus era daquelas que já vêm lubrificadas.

– Oh! – exclamou ele. Ficou deitado, imóvel, em cima dela. Parecia surpreso, como se, na realidade, tivesse perdido a noção de onde estava. – Oh! – repetiu.

E agora? Hope não sabia o que iria acontecer. Prendeu a respiração. Um carro, um rápido clarão vermelho, passou por eles, junto da porta aberta, com a buzina tocando. Alguns assovios e exclamações sarcásticas foram sumindo à medida que se afastava. Claro, ela pensou, parecemos gente da roça trepando à beira da estrada. Provavelmente, acontece o tempo todo. Ninguém iria parar, a não ser a polícia. Ela já imaginava um patrulheiro aparecendo por cima do ombro de Rath, com o talão de multa na mão.

– Não se deve fazer isso na estrada, companheiro – diria ele.

E, quando ela lhe gritasse que estava sendo violentada, o policial simplesmente piscaria o olho para Oren Rath.

O atônito Rath parecia buscar alguma coisa, cautelosamente, dentro dela. Se ele acabou de gozar, Hope pensava, quanto tempo terei até que ele consiga gozar de novo? Mas ele parecia mais um bode do que um ser humano para ela e o ruído infantil que escapou de sua garganta, quente contra seu ouvido, pareceu-lhe o último som que ouviria antes de morrer.

Ela olhava para tudo que estava ao alcance de sua vista. As chaves, balançando-se na ignição, estavam longe demais para que pudesse alcançá-las – e o que poderia fazer com um molho de chaves? Doíam-lhe as costas, e ela esticou a mão para o painel, a fim de mudar um pouco a posição dele sobre ela. Isso o excitou, e ele soltou um grunhido.

– Não se mexa! – disse ele. Ela tentou fazer o que ele dizia. – Assim! – disse, com aprovação. – Como é bom! Vou matar você rapidamente. Você nem perceberá. Continue fazendo assim, e matarei você direitinho.

A mão de Hope passou por cima de um botão de metal, liso e redondo; seus dedos o tocaram, e ela nem precisou se virar e olhar para saber o que era. Era o botão que abria o porta-luvas, e ela apertou-o. A porta abriu-se em sua mão. Ela soltou um longo e sonoro "Aaaahhhh!" para abafar o barulho das coisas que chocalhavam dentro dele. Sua mão tocou em um pano, e os dedos sentiram a sujeira.

Havia um rolo de fio, alguma coisa afiada, mas muito pequena, e pequenos objetos como parafusos e pregos, um ferrolho, talvez uma dobradiça. Nada que pudesse lhe ser útil. Seu braço doía com o movimento dentro do porta-luvas, e ela deixou-o cair, tocando o chão da cabine. Quando outro caminhão passou por eles – assovios, gritos, toques de buzina, mas sem ao menos diminuir a velocidade para ver o que se passava –, ela começou a chorar.

– Vou ter que matar você – suspirou Rath.

– Já fez isso antes? – perguntou-lhe ela.

– Claro – disse ele, penetrando-a estupidamente, como se suas brutas investidas pudessem impressioná-la.

– E também matou as outras? – perguntou Hope. Sua mão, agora desocupada, encontrara alguma coisa no chão da cabine.

– Eram animais – admitiu Rath. – Mas tive que matá-los também.

Hope sentiu náuseas. Os dedos já tinham agarrado o que estava no chão. Parecia uma jaqueta velha ou algo assim.

– Porcos? – indagou ela.

– Porcos? Merda, ninguém faz isso com porcos! – Hope imaginou que provavelmente devia haver alguém que fazia. – Eram ovelhas – disse ele. – E houve também uma bezerra.

Ela sabia que a situação era desesperadora. Sentiu que ele amolecia dentro dela; ela o estava distraindo. Abafou um soluço que, se escapasse, certamente iria fazer sua cabeça explodir.

– Por favor, tente ser bonzinho comigo, sim? – disse Hope.

– Cale a boca. Mexa-se como estava fazendo antes.

Ela mexeu-se, mas aparentemente não da maneira certa. Ele soltou um "Não!", fincando os dedos em sua espinha dorsal. Ela mexeu-se de outro jeito.

– Isso... – disse ele. Ele também se mexia agora, com determinação e propósito, de forma mecânica e idiota.

Oh, meu Deus!, pensava Hope. Oh, Nicky! E Dorsey! Então, ela percebeu o que tinha nas mãos: as calças dele. Seus dedos, repentinamente ativos e alertas como os de um cego lendo em braile, localizaram o zíper, passaram por cima das moedas no bolso e deslizaram pelo cinto largo.

– Isso, isso, isso! – gemia Oren Rath.

Pela cabeça de Hope, passavam ovelhas e a bezerra.

– Oh, concentre-se! – gritou ela, embora falasse para si mesma.

– Cale a boca! – disse Oren Rath.

Agora, porém, sua mão já segurava a bainha de couro, longa e dura. Este é o pequeno gancho, seus dedos lhe disseram, e este é o fecho de metal. E aquele – oh, sim! – era o cabo de osso da faca de pescador que ele usara para cortar o rosto de seu filho.

O corte no rosto de Nicky não era grave. Na verdade, todos tentavam adivinhar como ele se ferira daquela forma. Nicky ainda não falava. Ele gostava de se ver no espelho, com aquela meia-lua já cicatrizada.

– Deve ter sido algo muito afiado – disse o médico da polícia.

Margot, a vizinha, achara melhor chamar um médico também; ela encontrara sangue no babador da criança. A polícia também encontrara sangue no quarto, uma única gota na colcha creme da cama. Ficaram intrigados; não havia nenhum outro sinal de violência, e Margot vira a sra. Standish partir. Ela parecia estar bem. O sangue era do corte no lábio de Hope, causado quando Oren lhe dera uma cabeçada, mas ninguém podia imaginar aquilo. Margot pensava na possibilidade de violência sexual, mas não poderia afirmar com certeza. Dorsey Standish estava aturdido demais para poder pensar. A polícia achava que não houvera tempo para sexo. O médico sabia que o ferimento de Nicky não fora causado por um tapa nem mesmo por uma queda.

– Uma navalha? – sugeriu ele. – Ou uma faca muito afiada.

Quem encontrou o fio de telefone cortado no quarto foi o inspetor de polícia, um homem corpulento e afogueado, a apenas um ano de sua aposentadoria.

– Foi uma faca – disse ele. – Uma faca muito afiada, com um certo peso.

Seu nome era Arden Bensenhaver e já fora superintendente de polícia em Toledo, de onde saíra por causa de seus métodos pouco ortodoxos.

Apontou para o rostinho de Nicky.

– Foi um ferimento desfechado de modo leve e rápido – disse ele. Demonstrou o movimento adequado do pulso. – Mas não se veem muitas facas de mola por aqui. É o tipo de ferimento feito por uma faca de mola, provavelmente uma faca de caça ou de pesca.

Margot descrevera Oren Rath como um rapaz do campo, numa caminhonete rural, exceto que a cor do veículo revelava a influência pouco natural da cidade e da universidade sobre o pessoal do campo, já que era um vistoso azul-turquesa. Dorsey Standish nem associou isso com a caminhonete azul-turquesa que vira da janela de seu gabinete, ou com a mulher na cabine que ele achara parecida com Hope. Continuava sem entender coisa alguma do que se passara.

– Deixaram algum bilhete? – perguntou ele. Arden Bensenhaver olhou-o espantado. O médico abaixou os olhos para o chão. – Um bilhete exigindo resgate?

Dorsey era um homem factual em busca de uma explicação factual. Parecia-lhe ter ouvido a palavra "sequestro". Geralmente não havia resgate em caso de sequestro?

– Não há nenhum bilhete, sr. Standish – disse-lhe Bensenhaver. – Não me parece que seja isso.

– Eles estavam no quarto quando encontrei Nicky no lado de fora – disse Margot –, mas Hope estava bem quando saiu, Dorsey. Eu a vi.

Ninguém havia lhe contado sobre a calcinha de Hope, jogada no chão do quarto; não tinham conseguido encontrar o sutiã correspondente. Margot dissera a Arden Bensenhaver que Hope sempre usava sutiã. Sabiam também que ela partira descalça. E Margot reconhecera a camisa de Dorsey que o rapaz vestia. Ela não conseguira ver bem a placa, que parecia ser uma placa comercial do estado, sendo que os dois primeiros números indicavam que era do condado. Não conseguira ver o número inteiro porque a placa traseira estava muito suja de lama, e o veículo não tinha a placa dianteira.

– Nós os encontraremos – disse Arden Bensenhaver. – Não há muitas caminhonetes dessa cor por aqui. Os rapazes do xerife provavelmente sabem a quem pertence.

Dorsey pegou o filho no colo.

– Nicky, o que foi que aconteceu? O que foi que aconteceu com a mamãe?

O menino apontou para o lado de fora da janela.

– Então, ele ia violentá-la? – Dorsey Standish dirigiu a pergunta a todos eles.

Foi Margot quem respondeu:

– Vamos esperar, Dorsey, até descobrirmos.

– Esperar? – perguntou ele.

– Desculpe-me, mas preciso lhe perguntar – disse Arden Bensenhaver. – Sabe se sua mulher andava se encontrando com alguém? Bem... sabe como é...

Dorsey não respondeu logo à pergunta, mas parecia estar considerando-a seriamente.

– Não, não estava – disse Margot a Bensenhaver. – De forma alguma!

– Perguntei ao sr. Standish – disse Bensenhaver.

– Meu Deus! – exclamou Margot.

– Não, não acredito que isso estivesse acontecendo – disse Standish ao inspetor.

– Claro que não estava, Dorsey – disse Margot. – Vamos levar Nicky para dar uma volta.

Margot era uma mulher ativa e decidida, de quem Hope muito gostava. Ela entrava e saía da casa deles várias vezes por dia. Estava sempre terminando alguma coisa. Duas vezes por ano, ela mandava desligar o telefone e depois tornava a ligá-lo, como fazem algumas pessoas que querem deixar de fumar. Margot também tinha filhos, mas eram mais velhos e ficavam na escola o dia inteiro. Frequentemente, ela tomava conta de Nicky para que Hope pudesse fazer alguma coisa sozinha. Para Dorsey Standish, era como se Margot fizesse parte da casa. Embora soubesse que ela era uma pessoa amável e generosa, essas não eram qualidades que especialmente prendiam sua atenção. Margot, ele percebia agora, também não era particularmente atraente. Ela não era sexualmente atraente, ele pensou, e um sentimento amargo floresceu em Standish ao pensar que ninguém jamais tentaria violentar Margot, ao passo que Hope era uma bela mulher, qualquer pessoa podia ver isso. Qualquer um poderia desejá-la.

No entanto, Dorsey Standish estava completamente errado nesse ponto. Ele não sabia a premissa básica de qualquer estupro: a vítima dificilmente importava. Sempre existiram pessoas que tentam forçar relações sexuais com praticamente qualquer pessoa imaginável. As vítimas podem ser crianças e idosos, até mesmo pessoas mortas e animais.

O inspetor Arden Bensenhaver, que sabia muito a respeito de estupros, anunciou que precisava ir embora e prosseguir com seu trabalho.

Bensenhaver sentia-se melhor com muito espaço aberto à sua volta. Seu primeiro emprego fora uma ronda noturna numa radiopatrulha, circulando pela antiga Rota 2, entre Sandusky e Toledo. No verão, a estrada ficava salpicada de espeluncas e pequenos letreiros improvisados, anunciando BOLICHE! SINUCA! PEIXE DEFUMADO! ISCAS VIVAS! Arden Bensenhaver rodava devagar, passando pela baía Sandusky e ao longo do lago Erie, até Toledo, esperando pelos carros cheios de adolescentes e pescadores embriagados que gostavam de lhe pregar peças naquela estrada de duas pistas, sem iluminação. Mais tarde, quando já era o superintendente de polícia de Toledo, Bensenhaver circulava de carro, à luz do dia, por aquele inofensivo trecho de estrada. As lojas de iscas, cervejarias e lanchonetes pareciam muito vulneráveis à luz do dia. Era como ver algum valentão, antes temível, se aprontar para uma briga. Com seu pescoço grosso, peito largo e braços musculosos – até a hora em que tirava a camisa e você via a barriga flácida e melancólica.

Arden Bensenhaver detestava a noite. A grande reivindicação de Bensenhaver junto à municipalidade de Toledo sempre fora uma iluminação melhor nos sábados à noite. Toledo era uma cidade de trabalhadores, e Bensenhaver acreditava que, se a cidade pudesse custear uma iluminação melhor, ao menos nos sábados à noite, metade das brigas e agressões com ferimentos graves – as queixas mais comuns – acabaria. Toledo, no entanto, não se entusiasmou com o projeto. A cidade questionava suas ideias, assim como questionava seus métodos.

Agora, Bensenhaver relaxava naquele campo aberto, ao ar livre. De onde estava, tinha a perspectiva que sempre quisera ter deste mundo perigoso: sobrevoava de helicóptero a região descampada e plana, inspecionando, lá de cima, seu pequeno e bem iluminado reino.

Um patrulheiro do condado dissera-lhe:

— Só existe uma caminhonete azul-turquesa por aqui e pertence aos malditos Rath.

— Rath? — perguntou Bensenhaver.

— É uma família inteira — disse o policial. — Detesto ir até lá.

— Por quê? — perguntou Bensenhaver. Lá embaixo, ele via a sombra do helicóptero atravessar um riacho, uma estrada e mover-se ao longo de uma plantação de milho e de uma de soja.

— Eles são muito esquisitos....

Bensenhaver olhou para o policial — um rapaz de rosto cheio e olhos pequenos, mas de aparência agradável; os cabelos longos, projetando-se de baixo do chapéu apertado, iam quase até os ombros. Bensenhaver pensou em todos os jogadores de futebol que usavam os cabelos longos, saindo por baixo dos capacetes. Imaginou que alguns deles podiam até fazer trancinhas. Agora, até mesmo os policiais usavam aquilo. Ainda bem que faltava pouco para a sua aposentadoria. Não conseguia entender por que tantas pessoas queriam andar daquele jeito.

— Esquisitos? — repetiu Bensenhaver. Todos usavam também a mesma linguagem, pensou. Usavam apenas quatro ou cinco palavras para tudo.

— Bem... eu recebi uma queixa a respeito do mais moço na semana passada.

Bensenhaver reparou na maneira informal com que ele usou o "eu" quando disse "eu recebi uma queixa" — quando, na realidade, Bensenhaver sabia que a queixa devia ter sido apresentada ao xerife ou à delegacia, e que o xerife provavelmente julgara o caso insignificante e destacara o policial mais jovem para cuidar dele. Bensenhaver só não compreendia por que haviam destacado um rapaz tão novo para o seu caso.

— O nome do irmão mais novo é Oren. Os outros também têm nomes estranhos.

— Qual foi a queixa? — perguntou Bensenhaver. Seus olhos seguiram uma longa estradinha de terra que levava a um aglomerado de galpões e construções toscas, uma das quais ele sabia ser a casa principal da fazenda onde moravam as *pessoas*. Mas Arden Bensenhaver não conseguia distinguir qual era, já que todas lhe pareciam mais apropriadas para animais do que para pessoas.

— Bem... a queixa era de que esse Oren andava trepando com a cadela de alguém.

— Andava trepando? — perguntou Bensenhaver com paciência, já que aquilo podia significar muita coisa.

— Bem... os donos da tal cadela achavam que Oren estava querendo fazer aquilo com o animal.

— E estava mesmo? — perguntou Bensenhaver.

— Provavelmente, mas não consegui descobrir nada. Quando cheguei lá, Oren não estava por perto, e a cadela parecia estar bem. Quero dizer, como eu poderia saber o que tinha havido com a cadela?

O piloto do aparelho entrou na conversa.

— Você devia ter perguntado a ela!

Um garoto, Bensenhaver reparou, ainda mais novo do que o policial, que também olhou para o piloto com desdém.

— É um desses imbecis que a Guarda Nacional manda para cá — sussurrou o patrulheiro, mas Bensenhaver já tinha avistado a caminhonete azul-turquesa lá embaixo. Estava estacionada ao ar livre, ao lado de um barracão baixo. Ninguém se dera ao trabalho de escondê-la.

Em um longo chiqueiro, uma grande quantidade de porcos corria de um lado para outro, espantados pelo helicóptero que baixava. Dois homens magros, de macacão, estavam ao lado de uma porca, esparramada em uma rampa que dava acesso ao celeiro. Olharam para cima, protegendo o rosto da nuvem de poeira que o helicóptero levantava.

— Não desça tão perto. Desça lá no gramado — disse Bensenhaver ao piloto. — Está espantando os animais.

— Não estou vendo Oren, nem o velho — disse o policial. — Há muitos outros além desses dois.

— Vá perguntar aos dois onde está Oren — disse Bensenhaver. — Quero dar uma olhada naquela caminhonete.

Os homens, evidentemente, conheciam o policial; mal lhe deram atenção quando ele se aproximou. Mas ficaram observando Bensenhaver, de terno e gravata, atravessando o terreiro na direção da caminhonete azul-turquesa. Arden Bensenhaver não olhou para eles, embora ainda assim pudesse vê-los. É gente muito bronca, ele pensou. Bensenhaver já vira toda espécie de homens maus em Toledo – homens violentos, homens enfurecidos sem razão, homens perigosos, ladrões covardes e tarados, homens que matavam por dinheiro e homens que matavam por sexo. Jamais vira, porém, uma tal corrupção benigna como imaginava estar vendo nos rostos de Weldon Rath e de seu irmão, que tinha o apelido de Framboesa. Sentiu um calafrio. Viu logo que era preciso encontrar a sra. Standish o mais rápido possível.

Ele não sabia bem o que estava procurando quando abriu a porta da caminhonete azul-turquesa, mas Arden Bensenhaver sabia procurar muito bem. Viu-o imediatamente, foi fácil – o sutiã cortado, com um pedaço ainda preso à dobradiça do porta-luvas e os outros dois pedaços atirados no chão. Não havia sangue. O sutiã era bege, macio e muito fino, pensou Arden Bensenhaver. Ele próprio não era nenhum conhecedor de roupas finas, mas já vira gente morta de todas as espécies e sabia reconhecer as pessoas pelas roupas que usavam. Apanhou os pedaços do sutiã de seda e, em seguida, enfiou as duas mãos nos bolsos largos e desengonçados do casaco, começando a atravessar o terreno na direção do policial, que conversava com os irmãos Rath.

– Não viram o garoto o dia inteiro – informou o patrulheiro ao inspetor. – Dizem que Oren às vezes passa a noite fora.

– Pergunte a eles quem foi o último a dirigir essa caminhonete – disse Bensenhaver ao policial. Ele se recusava a olhar para os Rath. Tratava-os como se não pudessem entendê-lo, caso lhes falasse diretamente.

– Já perguntei, mas eles dizem que não se lembram.

– Então, pergunte-lhes quando foi a última vez que uma moça bonita viajou nela – disse Bensenhaver, mas o policial não teve tempo. Weldon soltou uma risada. Bensenhaver ficou satisfeito quando o outro, o que tinha a mancha no rosto, como vinho derramado, ficou calado.

– Merda! – disse Weldon. – Não há nenhuma mulher bonita por aqui, nenhuma mulher bonita jamais sentou a bunda naquela caminhonete.

– Diga a ele – disse Bensenhaver ao patrulheiro – que está mentindo.

– Você é um mentiroso, Weldon – disse o patrulheiro.
Framboesa resolveu falar, dirigindo-se ao policial.
– Que merda! Quem é esse cara que vem aqui querendo nos dar ordens?
Arden Bensenhaver tirou os três pedaços de sutiã do bolso. Olhou para a porca deitada ao lado dos homens. A porca parecia olhar para todos eles ao mesmo tempo, apavorada, com um só olho, sem que fosse possível saber para onde se dirigia o outro.
– Este porco é menino ou menina? – perguntou Bensenhaver.
Os dois Rath soltaram uma risada.
– Qualquer um pode ver que é uma porca – falou Framboesa.
– Vocês costumam castrar os machos? – indagou Bensenhaver. – Vocês mesmos fazem isso? Ou pagam a alguém para fazer?
– Somos nós mesmos que castramos – disse Weldon. Ele próprio parecia um porco selvagem, com tufos de cabelos saindo pelas orelhas. – Somos muito bons nisso. Não é nada de mais, é muito fácil.
– Bem – disse Bensenhaver, mostrando-lhes o sutiã –, isso é exatamente o que a nova lei manda fazer com quem comete crimes sexuais. – Nem o patrulheiro, nem os Rath falaram. – Qualquer crime sexual – disse Bensenhaver – agora é punido com castração. Se vocês violentarem alguém ou ajudarem qualquer pessoa a fazer isso, sem tentar impedir, então podemos castrá-los.
Weldon Rath olhou para o irmão, Framboesa, que parecia perplexo. Mas Weldon deu uma risada irônica e disse, cutucando o irmão.
– Vocês mesmos fazem isso? Ou pagam a alguém para fazer?
Framboesa tentou rir, entortando sua marca de nascença.
Bensenhaver, no entanto, permaneceu impassível, girando o sutiã nas mãos.
– Claro que não somos nós que fazemos isso – disse ele. – Há todo um equipamento novo para isso agora. Quem faz é a Guarda Nacional. É por isso que estamos com o helicóptero da Guarda Nacional. Nós apenas levamos o culpado para o hospital da Guarda Nacional e depois ele é levado de volta para casa. É tudo muito fácil. Vocês sabem como se faz isso, não é mesmo? Não é nada de mais – disse ele. – Como vocês sabem.

— Somos uma grande família. Uma porção de irmãos — disse Framboesa. — A gente nunca sabe, assim de repente, quem é que andou com os carros.

— Eles têm outra caminhonete? — perguntou Bensenhaver ao policial. — Você não me disse isso.

— Têm, sim. Eu tinha me esquecido — disse o policial. — Uma caminhonete preta.

Os dois irmãos balançaram a cabeça, confirmando.

— E onde é que está agora? — indagou Bensenhaver. Ele procurava se conter, mas estava muito tenso.

Os irmãos entreolharam-se. Weldon disse:

— Já faz algum tempo que não vejo ela.

— Pode ser que esteja com Oren — disse Framboesa.

— Pode ser também que esteja com o pai — emendou Weldon.

— Não temos tempo para esta merda — disse Bensenhaver ao policial, rispidamente. — Veja quanto eles pesam e depois pergunte ao piloto se podemos levá-los. — O policial, pensou Bensenhaver, é quase tão idiota quanto os dois irmãos. — Vá andando, rapaz! — apressou-o Bensenhaver. Em seguida, com impaciência, virou-se para Weldon Rath:
— Nome?

— Weldon.

— Peso?

— Peso?!

— Sim, isso mesmo. Quanto você pesa? Se tivermos que levar vocês conosco, precisamos saber quanto pesam.

— Uns 90, mais ou menos.

— E você? — perguntou Bensenhaver ao mais novo.

— Uns 95.

— Isso faz uns 185, mais ou menos. Vá falar com o piloto. Veja se podemos carregar esse peso — disse ao patrulheiro.

— O senhor não vai nos levar para lugar nenhum, vai? — perguntou Weldon.

— Só vamos levar vocês para o hospital da Guarda Nacional. Depois, se encontrarmos a mulher e ela estiver bem, traremos vocês de volta.

– E se ela não estiver bem? Então, podemos ter um advogado, não é? – perguntou Framboesa a Bensenhaver. – Um desses caras que andam nos tribunais, não é mesmo?

– Se quem não estiver bem? – perguntou-lhe Bensenhaver.

– Bem, essa tal mulher que vocês estão procurando – disse Framboesa.

– Bem, se ela não estiver 100%, então já teremos vocês dois lá no hospital e poderemos castrá-los imediatamente. Voltarão para casa no mesmo dia. Vocês dois sabem melhor do que eu como é isso. Nunca assisti a nenhuma, mas é coisa rápida, não é? Será que sangra muito?

– Mas há os tribunais e um advogado! – exclamou Framboesa.

– Claro que há. Cale essa boca – disse Weldon.

– Não, nada disso. Com a nova lei, não há mais tribunais, nem advogados para os crimes sexuais – disse Bensenhaver. – Os crimes de violência sexual são especiais e, com os novos aparelhos, torna-se tão fácil castrar alguém, que o melhor mesmo é fazer o serviço logo de uma vez.

– OK! O peso está OK! – gritou o policial lá do helicóptero. – Podemos levá-los.

– Que merda! – disse Franboesa.

– Cale a boca – disse Weldon.

– Ninguém vai cortar fora minhas bolas! – gritou Framboesa para ele. – Eu nem mesmo trepei com ela.

Weldon deu um soco tão forte na boca do estômago de Framboesa que o rapaz se dobrou para o lado e caiu em cima da porca prostrada na rampa. Ela protestou, aos guinchos, esticou as pernas curtas e evacuou de repente, de uma forma horrível; depois, não se mexeu mais. Framboesa ficou deitado, arquejante, ao lado dos dejetos fétidos da porca. Bensenhaver tentou atingir Weldon Rath nos testículos. Weldon, no entanto, foi mais rápido. Ele agarrou a perna de Bensenhaver pelo joelho e atirou o velho inspetor para trás, em cima de Framboesa e da pobre porca.

– Com mil demônios! – gemeu Bensenhaver.

O patrulheiro puxou a arma e deu um tiro para o ar. Weldon caiu de joelhos e tapou os ouvidos.

– O senhor está bem, inspetor? – perguntou o patrulheiro.

– Sim, claro que estou – respondeu Bensenhaver.

Sentou-se entre o rapaz e a porca, e percebeu, sem a menor sombra de vergonha, que estavam os três ali mais ou menos em pé de igualdade.

– Framboesa – disse ele, o próprio nome fazendo Bensenhaver fechar os olhos –, se você quer conservar suas bolas, diga-nos onde está a mulher.

O sinal de Framboesa brilhava como se fosse um letreiro de neon.

– Fique calado, Framboesa – disse Weldon.

Bensenhaver dirigiu-se ao policial:

– Se ele abrir a boca outra vez, dê-lhe um tiro nos colhões aqui mesmo. Vai nos poupar a viagem. – Depois, pediu a Deus que o policial não fosse tão estúpido a ponto de cumprir a ordem.

– Ela está com Oren. Ele levou a caminhonete preta – disse Framboesa a Bensenhaver.

– Para onde ele a levou?

– Não sei – respondeu Framboesa. – Levou-a para dar uma volta.

– Ela estava bem quando saiu daqui? – perguntou Bensenhaver.

– Acho que estava. Quer dizer, acho que Oren ainda não tinha tocado nela. Acho que nem tinha trepado com ela ainda.

– E por quê? – perguntou Bensenhaver.

– Bem, se já tivesse, por que ia querer ficar com ela?

Bensenhaver fechou os olhos outra vez. Levantou-se e dirigiu-se ao patrulheiro:

– Descubra há quanto tempo foi isso. Depois, faça com que aquela caminhonete azul não possa ser usada por ninguém. Depois, volte depressa para o helicóptero.

– E vai deixá-los aqui? – perguntou o policial.

– Claro. Haverá tempo de sobra para voltarmos e castrá-los mais tarde.

Arden Bensenhaver fez o piloto enviar uma mensagem dizendo que o nome do sequestrador era Oren Rath e que ele estava dirigindo uma caminhonete preta, não azul-turquesa. Essa mensagem coincidiu com uma outra, recebida de um patrulheiro, a respeito de um homem sozinho em uma caminhonete preta dirigindo perigosamente, ziguezagueando na estrada como se estivesse embriagado ou drogado. O patrulheiro não dera maior importância ao caso porque, na ocasião, ele devia ficar alerta para uma caminhonete azul-turquesa. Bensenhaver, é claro, não poderia saber, naquela altura, que o homem não estava sozinho e que Hope Standish, na verdade, estava deitada com a cabeça em seu colo. Essa notícia fez Bensenhaver sentir um novo calafrio. Se Oren estava sozinho, então ele já dera cabo da mulher. O inspetor berrou para o policial para que voltasse correndo para o helicóptero, a fim de procurarem a caminhonete preta que fora vista pela última vez em uma estrada secundária, perto de uma cidade chamada Sweet Wells.

– Sabe onde é? – perguntou Bensenhaver ao patrulheiro.

– Claro que sei.

Levantaram voo, deixando lá embaixo, mais uma vez, os porcos em pânico. A pobre porca doente sobre a qual tinham caído continuava deitada, imóvel, da mesma forma que antes. Os irmãos Rath, porém, brigavam – ferozmente, ao que parecia – e, quanto mais alto e mais longe o helicóptero voava, mais o mundo parecia voltar ao nível de sanidade que agradava a Bensenhaver. Quando as figurinhas lá embaixo e para o leste não eram mais que miniaturas empenhadas numa briga, e ele já estava bem longe de seu sangue e medo, e quando o patrulheiro disse que Framboesa venceria Weldon, desde que não se deixasse intimidar por ele, foi que Bensenhaver começou a rir, com aquele seu riso impassível dos tempos de Toledo.

– São uns animais – disse ao patrulheiro que, apesar de toda a crueldade e cinismo que pudesse haver nele, parecia chocado. – Se eles se matassem mutuamente agora, pense na quantidade de comida que já tinham consumido em suas vidas e que podia ter alimentado tantos outros seres humanos.

O policial percebia agora que todas aquelas mentiras de Bensenhaver a respeito da nova lei da castração sumária para os crimes sexuais eram um pouco mais do que uma simples invenção. Para Bensenhaver, embora soubesse muito bem que tal lei não existia, a punição para os crimes sexuais deveria ser exatamente aquela. Esse era um dos métodos que Arden Bensenhaver empregava em Toledo.

– Aquela pobre mulher – disse Bensenhaver. Enquanto falava, torcia os pedaços do sutiã nas mãos de veias grossas. – Que idade tem esse tal de Oren? – perguntou ao policial.

– Dezesseis, talvez 17. É um garoto – disse o policial, que devia ter no mínimo 24 anos.

– Se ele tem idade bastante para ter tesão – disse Arden Bensenhaver –, também tem idade bastante para ser castrado.

Mas o que devo cortar? Onde posso cortá-lo?, perguntava-se Hope – a faca longa e fina agora bem segura. Seu sangue pulsava na palma da mão, mas, para Hope, parecia que a faca tinha sua própria pulsação. Ela levou a mão bem devagar até a altura do quadril, por cima da borda da almofada do assento, de onde pudesse ver a lâmina. Devo usar o lado serrilhado ou o que parece tão afiado?, perguntava-se. Como se mata um homem com uma dessas? Ao lado das nádegas suadas, em movimento, de Oren Rath, aquela faca em sua mão era um milagre frio e distante. Seria melhor cortá-lo ou perfurá-lo? Quisera saber. As duas mãos quentes de Oren estavam sob as nádegas dela, erguendo-a, movendo-a. O queixo estava enterrado em sua clavícula como uma pedra pesada. Então, ela sentiu que ele soltava uma das mãos e seus dedos, quando tentava alcançar o chão, roçaram na sua mão que empunhava a faca.

– Mexa-se! – rosnou ele. – Mexa-se mais!

Ela tentou arquear as costas, mas não conseguiu. Tentou em vão mover os quadris. Sentiu que ele buscava encontrar seu próprio ritmo peculiar, para gozar mais uma vez. A mão que estava por baixo dela agora apertava a parte baixa de suas costas, enquanto a outra se agitava no chão.

Então, ela compreendeu. Ele tateava o chão à procura da faca. Quando seus dedos encontrassem a bainha vazia, ela estaria perdida.

– Aaaahhhh! – gritou ele.

Depressa!, pensou ela. Entre as costelas? Ou do lado, rasgando de baixo para cima? Ou enfiá-la com toda a força entre as omoplatas, até atingir o pulmão, até sentir a ponta da faca do outro lado, ferindo seu próprio seio? Ela levantou o braço acima das costas dele. Viu a lâmina oleosa brilhar – e a mão dele, levantando-se de repente, atirar suas calças para cima do volante.

Ele tentava desvencilhar-se dela, mas seu corpo, da cintura para baixo, agora estava preso ao próprio ritmo que tanto procurara, os quadris estremecendo em pequenos espasmos que ele não conseguia controlar. Mas ele conseguiu erguer o peito, afastando-se dela, e enfiou as mãos violentamente em seus ombros. Seus polegares procuravam alcançar-lhe a garganta.

– Cadê minha faca? – perguntou ele. Sacudia a cabeça para frente e para trás, olhava para todos os lados. Seus polegares empurravam o queixo de Hope para cima. Ela fazia tudo para proteger a garganta.

Ela trancou as pernas, prendendo-o pelas nádegas. Ele não conseguia interromper seus movimentos, apesar de seu cérebro lhe dizer que de repente havia surgido uma outra prioridade.

– Onde está minha faca? – tornou ele a perguntar.

Ela passou a mão por cima de seus ombros e (mais rápido do que ela própria pôde ver) cortou-lhe a garganta com a parte afiada da faca. Por um segundo, ela não viu nenhum ferimento. Sabia apenas que ele a estrangulava. Então, ele soltou uma das mãos do pescoço dela e apalpou a própria garganta. Ele escondeu o talho que ela esperava ver. Finalmente, porém, ela viu o sangue escuro jorrando entre seus dedos. Ele retirou a mão do próprio pescoço e começou a procurar a mão de Hope que empunhava a faca. De sua garganta cortada, um jato de sangue jorrou sobre ela. Hope ouviu um ruído como o de alguém que procura sorver o resto de um líquido com um canudinho entupido. Ela já podia respirar novamente. Onde estariam as mãos dele?, perguntou-se. No mesmo instante, pareceram relaxar e cair ao seu lado, em cima do banco, debatendo-se como passarinhos em pânico.

Hope esfaqueou-o, logo acima da cintura, imaginando que pudesse ter atingido um rim, porque a lâmina entrou e saiu com facilidade. Oren Rath tinha encostado o rosto ao dela, como uma criança. Ele teria gritado, é claro, mas o primeiro golpe decepara-lhe a traqueia e as cordas vocais.

Hope tentou enfiar a faca mais acima, mas encontrou uma costela ou algo difícil; remexeu a faca, procurando, depois desistiu e retirou-a. Ele se debatia, frouxamente, como se quisesse sair de cima dela. Seu corpo tentava enviar sinais de agonia a si mesmo, mas os sinais não chegavam ao seu destino. Conseguiu erguer-se contra o encosto do assento, mas sua cabeça pendia para o lado e o pênis, ainda se movendo, continuava a prendê-lo a Hope. Ela aproveitou a oportunidade para esfaqueá-lo outra vez. A lâmina penetrou facilmente no lado do corpo e rasgou sua barriga até perto do umbigo, onde tornou a encontrar uma obstrução. O corpo amoleceu e caiu novamente em cima dela, prendendo-lhe a mão, mas ela se libertou facilmente, ainda segurando a faca. Os intestinos dele relaxaram. Hope ficou espantada com o líquido e com o cheiro. Largou a faca no chão.

Oren Rath esvaziava-se, aos borbotões. Ela o sentiu mais leve. Seus corpos estavam tão escorregadios que ela se desvencilhou dele facilmente. Empurrou-o, virando-o de costas no banco, e agachou-se ao lado dele no chão imundo do carro. Os cabelos de Hope estavam empapados do sangue que jorrara em cima dela. Quando piscava, suas pestanas grudavam-se. Uma das mãos dele tremeu e ela deu-lhe um tapa.

– Pare com isso! – disse ela. O joelho dele ergueu-se e, em seguida, caiu, amolecido. – Pare com isso! Pare, agora! – Ela referia-se ao coração, à vida dele.

Hope não conseguia olhar para seu rosto. Contrastando com toda a imundície escura que cercava seu corpo, o preservativo branco, translúcido, envolvia seu pênis encolhido como um fluido congelado, completamente diferente da matéria humana de sangue e fezes. Hope lembrou-se de uma vez, em um zoológico, quando um camelo cuspira em seu suéter vermelho.

Os testículos dele contraíram-se. Ela enfureceu-se.

– Pare com isso! – gritou. Eram pequenos, redondos e firmes, mas logo se afrouxaram. – Por favor, pare! – murmurou ela. – Por favor, morra logo!

Ouviu-se um leve suspiro, como se alguém houvesse soltado a respiração com um suspiro leve demais para ser contido. Hope ficou ali, agachada ao lado dele, sentindo seu coração bater e confundindo suas próprias pulsações com as dele. Somente mais tarde, ela percebeu que ele havia morrido rapidamente.

Projetando-se pela porta aberta da caminhonete, os pés limpos e brancos de Oren Rath, com os dedos sem vida, apontavam para cima no dia ensolarado. Dentro da cabine quente, o sangue coagulava-se. Tudo se endurecia. Hope Standish sentiu os pelos de seus braços se arrepiarem e provocarem uma comichão à medida que a pele secava. Tudo estava se tornando pegajoso.

Eu devia me vestir, Hope pensou. Mas parecia haver alguma coisa errada com o tempo.

Pelas janelas da caminhonete, Hope viu a luz do sol piscar, como se fosse a luz de uma lâmpada atravessando as pás de um ventilador em movimento. O cascalho da estrada mexia-se em pequenos redemoinhos e as palhas de milho da safra anterior, já secas, esvoaçavam pelo solo plano e árido, como se um vento forte soprasse – mas de uma direção estranha. Este vento parecia vir diretamente de cima para baixo. E que barulho! Era como estar na carroceria de um caminhão em alta velocidade, mas não havia nenhum movimento na estrada.

É um tornado!, pensou Hope. Ela detestava o clima estranho do Meio-Oeste. Viera da Costa Leste e podia compreender um furacão. Mas tornados! Nunca vira um, mas a previsão do tempo estava sempre cheia de alertas para tornados. Mas quais seriam as precauções?, ela sempre se perguntara. Estes deveriam ser os primeiros sinais – aquele ruído ensurdecedor, aquele vento que levantava a terra em volta. O sol escureceu.

Ela ficou tão indignada, que bateu no corpo frio e sem vida de Oren Rath. Depois de ter sobrevivido a tudo aquilo, agora havia um maldito tornado! O barulho parecia o de um trem passando por cima do carro. Hope imaginava o funil do tornado descendo, outros automóveis e caminhonetes já sugados para dentro dele. No entanto, ouvia que seus motores ainda funcionavam. A areia entrava pela porta aberta e colava-se ao seu corpo pegajoso. Procurou o vestido e descobriu-o com as mangas arrancadas. Teria de vesti-lo assim mesmo.

Ela teria de sair da cabine para vestir-se lá fora. Não havia espaço ali dentro por causa de Rath e sua imundície, agora cobertos de areia. Ela não tinha dúvida de que, lá fora, o vestido seria arrancado de suas mãos, e ela seria sugada completamente nua até o céu.

– Não estou arrependida – disse ela, baixinho. – Não estou arrependida! – gritou, batendo novamente no corpo de Rath.

Então, uma voz, uma voz terrível, mais alta do que qualquer alto-falante que já ouvira, a fez tremer: "SE VOCÊ ESTÁ AÍ DENTRO, SAIA JÁ

COM AS MÃOS PARA CIMA. SAIA DAÍ, SUBA NA PARTE DE TRÁS DO CARRO E FIQUE BEM DEITADO!"

Estou realmente morta, pensou Hope. Já estou no céu e esta é a voz de Deus. Ela não era religiosa e aquilo lhe parecia apropriado. Se houvesse um Deus, sua voz deveria ser assim mesmo, retumbante, como a de um alto-falante.

"SAIA DAÍ. SAIA IMEDIATAMENTE", falou a voz de Deus.

Muito bem. E por que não?, pensou. O que mais você pode me fazer agora, desgraçado? O estupro era um ultraje que nem mesmo Deus compreendia.

No helicóptero, pairando sobre a caminhonete preta, Arden Bensenharver berrava ao megafone. Tinha certeza de que Hope estava morta. Não tinha como saber de quem eram aqueles pés que se projetavam para fora da porta aberta da cabine. Só sabia que os pés não se moveram durante a descida do helicóptero, que estavam descalços e sem cor à luz do sol. Bensenharver tinha certeza de que eram pés de uma pessoa morta. Jamais poderia passar pela cabeça do patrulheiro ou de Bensenharver que o morto fosse Oren Rath.

Eles não conseguiam entender por que Rath abandonaria a caminhonete depois de ter cometido seu crime hediondo. Bensenharver, então, disse ao piloto para manter o aparelho pairando em cima do veículo.

– Se ele ainda estiver lá dentro com ela – disse Bensenharver ao policial –, talvez a gente consiga apavorar o filho da mãe.

Quando Hope Standish saiu, roçando naqueles pés mortos, e encolheu-se junto à carroceria da caminhonete, tentando proteger os olhos da areia levantada pelo helicóptero, Arden Bensenharver sentiu seu dedo amolecer no megafone. Hope tentou proteger o rosto com o vestido que se agitava como uma vela de barco rasgada. Ela foi tateando até a traseira da caminhonete, tentando se esquivar das pedrinhas que a feriam e se grudavam nas partes de seu corpo onde o sangue ainda não secara completamente.

– É a mulher! – exclamou o patrulheiro.

– Afaste-se! – disse Bensenharver ao piloto.

– Meu Deus! O que terá acontecido a ela? – disse o policial, apavorado.

Bensenharver entregou-lhe o megafone, bruscamente.

– Saia daqui – disse ele ao piloto. – Pouse no meio da estrada.

Hope sentiu o vento mudar de direção, e o ronco do funil do tornado pareceu passar por cima dela. Ajoelhou-se à beira da estrada. O vestido acalmou-se em suas mãos. Segurou-o contra a boca porque a poeira a estava sufocando.

Surgiu um carro, mas Hope nem notou sua presença. O motorista vinha pela pista certa – a caminhonete preta estacionada fora da estrada, à sua direita, o helicóptero pousando fora da estrada, à sua esquerda. A mulher ensanguentada, ajoelhada, nua e com terra grudada no corpo, nem mesmo reparou quando ele passou por ela. O motorista teve a visão de um anjo que voltava do inferno. A reação dele foi tão lenta que já estava a uns cem metros de distância da cena quando surpreendentemente tentou fazer a volta no meio da estrada. Sem diminuir a velocidade. As rodas da frente afundaram na terra macia do acostamento, o carro resvalou pela vala ao lado da estrada e foi lançado no campo recém-arado de uma plantação de soja, onde afundou até à altura do para-choque, de modo que não era possível abrir a porta. O motorista abaixou o vidro e ficou olhando o que acontecia na estrada – como um homem que estivesse tranquilamente sentado num cais que, de repente, se solta e se afasta da terra, boiando em direção ao alto-mar.

– Socorro! – gritou ele.

A visão daquela mulher tinha-o aterrorizado tanto que ele temia haver outras parecidas com ela por perto ou que o autor de tudo aquilo ainda estivesse por ali, à procura de outra vítima.

– Deus do céu! – disse Bensenharver ao piloto. – Você vai ter que ir até lá ver se aquele maluco está bem. Não sei por que deixam qualquer um sair por aí dirigindo um carro.

Bensenharver e o patrulheiro desceram do helicóptero e logo se atolaram na mesma lama em que o motorista se afundara.

– Que droga! – disse Bensenharver.

– Caramba! – exclamou o patrulheiro.

Do outro lado da estrada, Hope Standish os viu pela primeira vez. Dois homens praguejavam e caminhavam em sua direção pelo meio da lama. As pás da hélice do helicóptero estavam quase parando. Havia também um outro homem, apalermado, espreitando pela janela do carro, mas ele parecia bem distante. Hope enfiou o vestido. Um dos lados, de onde a manga fora arrancada, estava rasgado, e Hope teve de prendê-lo junto ao corpo com o cotovelo para não expor o seio. Só então se deu conta de como lhe doíam os ombros e o pescoço.

Arden Bensenharver, sem fôlego e com as pernas cobertas de lama do joelho para baixo, surgiu repentinamente diante dela. A lama fazia as calças grudarem nas pernas, de modo que, para Hope, ele parecia um velho usando bombachas.

– Sra. Standish? – perguntou ele.

Ela deu-lhe as costas, escondendo o rosto e balançando a cabeça.

– Que sangueira! – exclamou, desolado. – Desculpe-nos por ter demorado tanto. A senhora está ferida?

Ela se voltou e o encarou. Ele viu os olhos inchados e o nariz quebrado. E o calombo roxo em sua testa.

– Quase todo o sangue é dele – disse ela. – Mas eu fui violentada. Ele conseguiu – disse ela a Bensenharver.

O inspetor tirou um lenço do bolso e fez menção de limpar o rosto de Hope, como limparia a boca de uma criança. Mas logo viu o que teria de ser feito para limpá-la completamente e guardou o lenço.

– Sinto muito – disse ele. – Desculpe-nos. Chegamos o mais rápido que pudemos. Vimos o seu filho e ele está bem – disse Bensenharver.

– Eu tive que colocá-lo em minha boca – disse-lhe Hope. Bensenharver fechou os olhos. – E depois ele me violentou, várias vezes. Disse que ia me matar quando já estivesse satisfeito. Disse que faria isso. Fui obrigada a matá-lo primeiro. E não me arrependo.

– Claro que não, nem deveria, sra. Standish. Estou certo de que agiu bem.

Hope balançou a cabeça para ele, depois abaixou os olhos. Ela estendeu o braço para o ombro de Bensenharver, e ele deixou que ela se aninhasse em seu peito, embora ela fosse um pouco mais alta do que ele e, para apoiar a cabeça contra ele, tivesse de se encolher um pouco.

Bensenharver, então, notou que o patrulheiro estava de volta, depois de ter ido ver como estava a cabine da caminhonete. Ao ver Oren Rath, o policial vomitara em cima do para-choque do veículo e diante do piloto, que voltava depois de socorrer o motorista atolado do outro lado da estrada. O policial estava pálido como os pés de Oren Rath e queria, por força, que o inspetor também fosse ver. Mas Bensenharver queria dar todo o seu apoio à sra. Standish.

– Então, você o matou depois que ele a violentou, quando ele relaxou e deixou de prestar atenção? – perguntou ele.

– Não, foi durante – sussurrou ela junto ao seu pescoço.

O inspetor ficou zonzo com o mau cheiro que Hope exalava, mas continuou bem perto dela, para poder ouvir o que tinha a contar.

– Quer dizer que foi enquanto ele a violentava, sra. Standish?

– Sim. Ele ainda estava dentro de mim quando consegui pegar a faca. Estava nas calças dele, no chão, e ele ia usá-la para me matar quando tivesse acabado. Então, tive que matá-lo.

– Claro que sim, a senhora fez muito bem – disse Bensenharver. – Isso não importa. – Ele queria dizer que ela deveria matá-lo de qualquer forma, mesmo que ele não a tivesse ameaçado primeiro. Para Arden Bensenharver, não havia crime pior do que o estupro, nem mesmo o assassinato, a não ser que a vítima fosse uma criança. Mas isso ele não sabia bem, porque não tinha filhos.

Estava casado havia sete meses, quando sua mulher, grávida, fora estuprada e morta em uma lavanderia automática, enquanto ele a esperava no carro. Tinham sido três garotos. Eles haviam aberto a porta de uma secadora, enfiando-a da cintura para cima dentro da máquina, onde ela só podia gritar para dentro dos lençóis e fronhas quentes, a voz abafada no tambor de metal. Seus braços também estavam enfiados na máquina, e os pés não alcançavam o chão. A porta de mola obrigava-a a mexer-se para cima e para baixo, sob eles, embora ela provavelmente tenha tentado não se mexer. Claro que os garotos não sabiam que estavam violentando a mulher do superintendente de polícia. Nem mesmo a melhor iluminação possível das ruas de Toledo em um sábado à noite poderia ter ajudado a salvá-la.

Os Bensenharver formavam um casal jovem e gostavam de acordar cedo para irem juntos à lavanderia automática nas manhãs de segunda-feira, antes do café da manhã. Durante o ciclo da lavagem, liam os jornais. Depois, colocavam a roupa na secadora e iam para casa tomar café. Mais tarde, a sra. Bensenharver levava o marido à delegacia e, no caminho, passavam pela lavanderia. Ela entrava para pegar as roupas já secas, enquanto ele esperava no carro. Às vezes, alguém tirava as roupas da secadora enquanto estavam tomando café, e a sra. Bensenharver tornava a colocá-las na secadora por mais alguns minutos, enquanto o marido esperava lá fora. Preferiam ir bem cedo porque raramente havia alguém na lavanderia àquela hora.

Somente quando Bensenharver viu os três garotos saírem foi que começou a se preocupar com o tempo que a mulher estava levando para pegar a roupa seca. Mas não é preciso muito tempo para violentar alguém, nem mesmo três vezes. Bensenharver entrou na lavanderia e viu as pernas de sua mulher saindo da secadora, os sapatos caídos no chão. Aqueles não eram os primeiros pés mortos que Bensenharver via, mas eram pés muito importantes para ele.

Ela morrera sufocada em sua própria roupa lavada – ou sufocara quando vomitara, mas os garotos não tiveram intenção de matá-la. Sua morte fora um acidente, e o fato de não ter sido uma morte premeditada fora muito explorado no tribunal durante o julgamento. O advogado dos garotos insistia em afirmar que eles haviam tido a intenção "apenas de violentar, não de matar". E aquela alegação, "foi apenas violentada" – como se alguém dissesse: "Ela teve sorte de ser apenas estuprada, é de admirar que não tenha sido morta!" –, deixara Arden Bensenharver horrorizado.

– Fez muito bem em matá-lo – disse Bensenharver, baixinho, a Hope Standish. – Não poderíamos ter lhe aplicado o castigo certo – confidenciou-lhe. – Ele teve o que merecia. Fez muito bem – sussurrou. – Muito bem mesmo.

Hope esperara outro tipo de experiência com a polícia. Esperava uma investigação mais crítica – ao menos, um policial mais desconfiado, e certamente um homem muito diferente de Arden Bensenharver. Estava grata por ele ser velho, claramente com mais de 60 anos – como um tio para ela, até mesmo alguém sexualmente mais remoto, como um avô. Ela disse que se sentia melhor, que estava bem. Quando se afastou dele, notou que sujara o colarinho de sua camisa e seu rosto de sangue, mas Bensenharver não reparara, ou não se importara.

— Muito bem, vamos dar uma olhada — disse Bensenharver ao policial, mas sorriu amavelmente para Hope outra vez.

O patrulheiro conduziu-o até à cabine aberta.

— Oh, meu Deus! — dizia o motorista do carro atolado. — Santo Deus, olhe para isto! E o que é aquilo ali? Virgem Maria, olhe, acho que é o fígado. Um fígado é assim, não é?

O piloto estava boquiaberto, assombrado. Bensenharver pegou ambos pelos ombros e afastou-os dali. Fizeram menção de caminhar para a traseira do carro, onde Hope procurava se compor, mas Bensenharver sibilou, de mau humor.

— Fiquem longe da sra. Standish. Fiquem longe da caminhonete. — dirigiu-se ao piloto. — Envie um rádio dando nossa posição. Precisam trazer uma ambulância ou coisa parecida. A sra. Standish vai conosco.

— Vão precisar de um saco plástico para ele — disse o policial, apontando para Oren Rath. — Ele está esparramado por toda parte.

— Posso ver com meus próprios olhos — disse Arden Bensenharver. Deu uma olhada para dentro da cabine e assoviou, admirado.

O policial começou a perguntar:

— Ele estava...

— Isso mesmo.

Bensenharver enfiou a mão na terrível sujeira perto do acelerador, sem parecer se importar. Estava querendo pegar a faca caída no chão, no lado do passageiro. Apanhou-a com o lenço e examinou-a com cuidado, depois enrolou-a e colocou-a no bolso.

— Olhe — sussurrou o patrulheiro, num tom conspiratório. — O senhor já viu algum estuprador que usasse preservativo?

— Não é comum — disse Bensenharver. — Mas já houve casos.

— Para mim, é bem estranho — disse o policial.

Ficou espantado quando viu Bensenharver pegar o preservativo, arrancá-lo e levantá-lo, sem derramar uma só gota, e olhá-lo contra a luz. O saco era do tamanho de uma bola de tênis e não tinha vazado. Estava cheio de sangue.

Bensenharver pareceu satisfeito. Deu um nó no preservativo, como se fosse uma bexiga, e depois o atirou bem longe, no meio do campo de soja.

– Não quero que alguém me apareça com a ideia de não ter sido um estupro – disse Bensenharver baixinho ao policial. – Entendeu?

Não esperou a resposta do policial. Bensenharver foi para trás do carro, ao encontro da sra. Standish.

– Quantos anos ele tinha... o garoto? – perguntou Hope a Bensenharver.

– Tinha idade bastante – disse-lhe Bensenharver. – Cerca de 25 ou 26 anos – acrescentou.

Ele não queria que nada diminuísse a luta dela pela sobrevivência, principalmente aos seus próprios olhos. Fez sinal para o piloto para que ajudasse a sra. Standish a subir no aparelho. Em seguida, foi dar as ordens ao policial:

– Você fica aqui com o corpo e com o motorista maluco.

– Eu não sou maluco – queixou-se o sujeito. – Meu Deus, se o senhor tivesse visto aquela mulher lá, na estrada...

– E não deixe ninguém se aproximar da caminhonete – completou Bensenharver.

A camisa do marido da sra. Standish continuava no meio da estrada. Bensenharver pegou-a e caminhou apressadamente para o helicóptero, naquele seu jeito engraçado de homem gordo. Os outros dois observaram Bensenharver subir a bordo e o helicóptero levantar voo. O sol fraco de primavera pareceu ir embora com o helicóptero, e eles de repente sentiram frio, sem saber para onde ir. Claro que não iriam ficar dentro da caminhonete e também não iriam para o carro atolado, porque seriam obrigados a passar pela lama. Foram para a caminhonete, abaixaram a porta traseira e sentaram-se ali.

– Será que ele vai mandar um reboque para tirar meu carro do atoleiro? – perguntou o motorista.

– É bem provável que esqueça – disse o policial.

Estava pensando em Bensenharver. Admirava-o, mas, ao mesmo tempo, o temia. Também achava que não se podia confiar inteiramente nele. Havia questões de ortodoxia, se fosse possível chamar assim, que o patrulheiro nunca levara em consideração. Principalmente, porque tinha coisas demais em que pensar.

O motorista andava de um lado para outro na carroceria da caminhonete, e aquilo já estava irritando o policial porque o sacudia ali onde estava sentado. O motorista evitava o cobertor sujo, embolado no canto perto da cabine. Limpou um pedaço do imundo vidro traseiro da cabine e, de vez em quando, dava uma olhada para dentro, para o corpo eviscerado e rígido de Oren Rath. Todo o sangue já tinha secado e, através do vidro sujo, aquele corpo dava-lhe a impressão, em cor e brilho, de uma berinjela. Ele foi sentar-se ao lado do policial, que se levantou e foi até a janela traseira da cabine para dar uma olhada no corpo mutilado.

– Sabe de uma coisa? – disse o motorista. – Até mesmo no estado em que ela estava, dava para ver que era uma mulher muito bonita.

– É verdade – concordou o patrulheiro. O motorista agora andava ao seu lado, de um lado para o outro, na carroceria. O policial, então, voltou a sentar-se na traseira do veículo.

– Não fique aborrecido – disse o motorista.

– Não estou aborrecido.

– Eu não quero dizer que dou razão a quem se sentisse tentado a violentá-la, sabe – disse o motorista.

– Sei o que você não quis dizer.

O policial já estava até o pescoço com tudo aquilo, mas aquele simplório obrigava-o a adotar uma atitude semelhante à atitude de desprezo que Bensenharver adotava com ele.

– Você vê muitos crimes desse tipo, não é? – perguntou o motorista. – Estupros e assassinatos.

– O suficiente.

O policial falou com certo constrangimento, pois, na verdade, nunca vira um caso de estupro ou assassinato antes e, mesmo agora, percebia que não via com seus próprios olhos e que fora apresentado à experiência através de Arden Bensenharver. Ele tinha visto estupro e assassinato segundo o ponto de vista de Bensenharver, pensou. Sentia-se confuso e tentava encontrar um ponto de vista próprio.

– Bem – disse o motorista, espreitando pelo vidro traseiro outra vez –, vi alguma coisa quando prestei serviço militar, mas nada como isso aqui.

O policial não achou o que dizer.

– Isto aqui é como a guerra – disse o motorista. – Ou como um hospital ruim.

O patrulheiro pensava se deveria permitir que aquele idiota ficasse espiando o corpo de Rath, se isso fazia diferença ou não, e para quem. Certamente, não para Rath. Mas... e para a família do morto? E para ele mesmo? Ele não sabia. E o inspetor, teria alguma objeção?

– Escute – disse o motorista –, se incomoda se eu lhe fizer uma pergunta pessoal? Não vai ficar zangado, hein?

– Pode fazer – disse o patrulheiro.

– Bem – disse o motorista. – O que fizeram com o preservativo?

– Que preservativo? – perguntou o policial. Ele podia alimentar dúvidas quanto à sanidade do inspetor, mas naquele caso ele tinha razão. No mundo segundo Bensenharver, nenhum detalhe trivial deveria amenizar o ultraje de um estupro.

Naquele momento, Hope Standish sentia-se finalmente segura no mundo de Bensenharver. Flutuava e mergulhava sobre as terras cultivadas, sentada ao lado dele, fazendo tudo para não enjoar. Já começava a perceber seu corpo novamente, sentir o mau cheiro que exalava, sentir cada ponto dolorido. Sentia-se tão enojada, mas ali estava aquele policial simpático, que a admirava e, com o coração cheio de alegria, aprovava o seu sucesso, apesar de violento.

– O senhor é casado, sr. Bensenharver? – perguntou-lhe.

– Sou, sim, sra. Standish.

– O senhor tem sido muito amável – disse-lhe Hope –, mas acho que vou vomitar.

– Tudo bem – disse Bensenharver.

Ele apanhou um saco de papel encerado que estava junto a seus pés. Era a embalagem do almoço do piloto; ainda havia um resto de batatas fritas no fundo e a gordura havia tornado o papel encerado translúcido. Bensenharver podia ver a própria mão através das batatas fritas e do fundo do saco.

– Tome – disse ele. – Pode vomitar.

Ela já tinha ânsias de vômito. Pegou o saco de papel e virou a cabeça para o outro lado. O saco não lhe parecia grande o suficiente para conter tudo de ruim que havia dentro dela. Sentiu a mão dura e pesada de Bensenharver em suas costas. Com a outra, ele afastava uma mecha de seus cabelos endurecidos pelo sangue.

– Tudo bem – ele a encorajava. – Ponha tudo para fora e logo se sentirá melhor.

Hope lembrou-se de que sempre dizia a mesma coisa a Nicky quando ele vomitava. Admirava-se com a maneira com que Bensenharver conseguia transformar até mesmo o seu enjoo em vitória, mas sentia-se realmente muito melhor. O ritmo da ânsia era tão calmante quanto aquelas mãos secas que seguravam sua cabeça e davam-lhe pancadinhas nas costas. Quando o saco rasgou-se e entornou tudo, Bensenharver disse:

– Muito bem, sra. Standish. Já não precisa do saco. Este é um helicóptero da Guarda Nacional. Ela é que vai se preocupar em limpá-lo. Afinal, para que serve a Guarda Nacional?

O piloto continuou a seguir sua rota, com a cara amarrada, sem mudar sua expressão.

– Que dia esse foi para a senhora! – continuou Bensenharver a animá-la. – Seu marido vai se sentir muito orgulhoso da senhora.

Bensenharver, no entanto, estava pensando que era melhor ele ter uma conversa com Dorsey. A experiência ensinara a Arden Bensenharver que os maridos e outras pessoas nem sempre compreendem os casos de estupro.

16

O primeiro assassino

"O que você quer dizer com 'Este é o primeiro capítulo'?", escreveu-lhe John Wolf, o editor de Garp. "Como pode haver mais de uma coisa destas? Já é demais, assim como está! Como vai conseguir continuar?"

"Pois vai continuar. Espere e verá", respondeu Garp, também por carta.

John Wolf recorreu ao telefone.

– Eu não quero ver nada. Por favor, desista disso. Pelo menos, deixe-o de lado por algum tempo. Por que não faz uma viagem? Seria bom para você. E tenho certeza de que para Helen também. E Duncan também já pode viajar, não é?

Garp, porém, não só insistia em que *O mundo segundo Bensenharver* ia ser um romance, como queria que John Wolf tentasse vender o primeiro capítulo para uma revista. Garp nunca tivera um agente, John Wolf era o primeiro a cuidar das obras de Garp e administrar tudo o mais, da mesma forma como fazia para Jenny Fields.

– Vender *isso*?!

– Sim, vender. Como publicidade de pré-lançamento para o romance.

O mesmo já fora feito com os dois livros anteriores de Garp, quando alguns trechos foram vendidos a revistas. John Wolf, porém, tentava convencer Garp de que aquele capítulo era (1) impublicável e (2) a pior publicidade possível – caso algum louco o publicasse. Disse a Garp que ele tinha uma reputação "pequena, mas séria" como escritor, que seus dois primeiros romances haviam recebido críticas satisfatórias, angariando-lhe adeptos respeitáveis e um público "pequeno, mas sério". Garp disse que *detestava* essa reputação "pequena, mas séria", embora percebesse que isso agradava a John Wolf.

– Prefiro ser rico e não dar a menor importância ao que os idiotas chamam de "sério" – disse a John Wolf. Mas quem consegue não dar importância a isso?

Na verdade, Garp achava que podia comprar uma espécie de isolamento do terrível mundo real. Imaginava uma espécie de fortaleza onde ele, Duncan e Helen (e o filho que esperavam) pudessem viver "o resto de suas vidas", como dizia, sem serem molestados ou, até mesmo, tocados.

– Do que você está falando, Garp? – perguntou-lhe John Wolf.

Helen também lhe perguntara. Assim como Jenny. Mas Jenny Fields gostara daquele primeiro capítulo de *O mundo segundo Bensenharver*. Achava que o capítulo tinha todas as prioridades na ordem certa – definia claramente quem eram os heróis em tal situação, expressava a indignação necessária e tornava adequadamente grotesca toda a maldade existente na *luxúria*. A verdade, porém, era que o fato de Jenny ter gostado do primeiro capítulo perturbava Garp mais do que as críticas de Wolf. Garp sempre suspeitava, acima de tudo, dos julgamentos literários de sua mãe.

– Meu Deus, basta ver o livro *dela*! – ele vivia dizendo a Helen.

Ela, porém, como havia prometido, não se deixava envolver na discussão. Não queria ler nada do novo livro, nem sequer uma palavra.

– Por que é que ele quer ficar *rico* assim de repente? – perguntou John Wolf a Helen. – O que é que ele está pensando?

– Não sei – disse Helen. – Acho que ele imagina que só assim vai poder nos proteger.

– Mas proteger contra o *quê*? Contra *quem*?

– Você vai ter que esperar até ler o livro todo, John – disse Garp a seu editor. – Todo negócio é uma merda. Estou tentando tratar este livro como um negócio e quero que você faça o mesmo. Não me interessa se você *gosta* dele ou não. Só quero que o *venda*.

– Não sou um editor vulgar – disse John Wolf. – E você também não é um escritor vulgar. Lamento muito ter que lhe dizer isso.

John Wolf estava magoado e com raiva de Garp por causa de sua presunção de querer falar de um assunto que ele, John Wolf, conhecia muito melhor. Mas ele sabia que Garp havia atravessado uma fase difícil, sabia que Garp era um bom escritor, que iria escrever mais e (ele acreditava) melhores livros, e ele queria continuar a ser seu editor.

– Todo negócio é uma merda – repetiu Garp. – Se você acha que o livro é vulgar, então vai ser fácil vendê-lo.

– Mas não é só assim que o negócio funciona, Garp. Ninguém descobriu ainda a razão para um livro vender bem – disse Wolf, desanimado.

– Já ouvi isso antes.

– Você não tem o direito de falar comigo dessa forma, Garp. Sabe muito bem que sou seu amigo.

Garp sabia que era verdade, então desligou o telefone, deixou de responder às cartas que recebia e terminou *O mundo segundo Bensenharver* duas semanas antes de Helen dar à luz, assistida apenas por Jenny, o seu terceiro filho. Era uma menina e isso poupou Garp e Helen do problema de ter de escolher um nome de menino que de nenhuma forma se parecesse com Walt. A menina recebeu o nome de Jenny Garp, que seria o nome completo de Jenny, se ela tivesse se dado ao trabalho de ter um filho de uma maneira mais convencional.

Jenny ficou encantada por ter alguém com um nome igual ao seu, ainda que em parte. No entanto, advertiu:

– Mas vai haver alguma confusão com nós duas por aqui.

– Eu sempre a chamei de mamãe – Garp a fez lembrar.

Ele não quis lembrar à mãe que um estilista de moda já dera o nome dela a uma de suas criações. O modelo fora muito popular em Nova York durante um certo ano: um uniforme branco de enfermeira, com um coração vermelho-vivo bordado sobre o seio esquerdo, onde se lia: UM ORIGINAL JENNY FIELDS.

Quando Jenny Garp nasceu, Helen não disse nada. Sentia-se agradecida. Pela primeira vez, depois do acidente, sentia-se livre da insanidade da dor que a havia esmagado com a morte de Walt.

O mundo segundo Bensenharver, que também liberara Garp da mesma insanidade, encontrava-se em Nova York, onde John Wolf lia-o repetidas vezes. Ele conseguira fazer publicar o primeiro capítulo em uma revista pornográfica tão abominável que até o próprio

Garp, ele acreditava, se convenceria de que o livro estava fadado à ruína. A revista chamava-se *Instantâneos de Sexo*, e era repleta daquelas fotos de castores molhados e rachados da juventude de Garp, tudo entre as páginas de sua história de estupro, violência e consequente vingança. Logo de saída, Garp acusou John Wolf de ter deliberadamente escolhido aquela revista em vez de tentar outras mais conceituadas. Mas Wolf lhe garantiu que havia tentado todas as outras e que aquela fora a última de sua lista – e essa fora exatamente a maneira pela qual a sua história fora interpretada. Chocante, com violência e sexo sensacionalistas, sem nenhum valor que a redimisse.

– Mas o livro não vai ser nada disso – argumentou Garp. – Você vai ver.

Garp, porém, sempre pensava naquele primeiro capítulo de *O mundo segundo Bensenharver*, publicado em *Instantâneos de Sexo*. Ficava imaginando se alguém o teria lido, se os compradores daquela espécie de revista davam ao menos uma olhada nos textos.

"Talvez eles leiam algumas das histórias depois de se masturbarem diante das fotos", escreveu ele a Wolf. E ele se perguntava se esse seria um bom estado de espírito para ler: depois da masturbação, o leitor estava ao menos relaxado, provavelmente solitário ("um estado propício à leitura", disse Garp a John Wolf). Poderia ser também que o leitor se sentisse culpado, humilhado, além de terrivelmente responsável (condição não muito propícia para ler, na opinião de Garp). Aliás, ele sabia que também não era uma boa condição para *escrever*.

O mundo segundo Bensenharver trata do desejo impossível do marido, Dorsey Standish, de proteger a mulher e o filho de um mundo brutal. Então, ele contrata Arden Bensenharver (compulsoriamente aposentado da polícia, devido a seus métodos pouco ortodoxos) para morar com os Standish, como uma espécie de tio guarda-costas, que se torna muito querido da família, mas que Hope é obrigada, finalmente, a rejeitar. Embora o pior do mundo real tenha acontecido a Hope, é seu marido quem mais teme o mundo. Depois de Hope rejeitar a ideia de Bensenharver morar com eles, Standish continua a sustentar o velho policial, como uma espécie de anjo protetor. Bensenharver é pago para vigiar o menino Nicky, mas o velho inspetor é um estranho guarda-costas, arredio e sujeito a acessos de suas próprias e terríveis recordações. Aos poucos, ele passa a ser visto mais como uma ameaça do que uma proteção. Ele é descrito como "alguém que espreita nos últimos resquícios de luz, um policial aposentado, que mal consegue sobreviver nos limites da escuridão".

Hope contraria as ansiedades do marido e insiste para que tenham outro filho. A criança nasce, mas Dorsey parece destinado a criar um monstro de paranoia atrás do outro. Quando se sente mais tranquilo a respeito de possíveis ataques contra sua mulher e seus filhos, ele começa a suspeitar de que Hope está tendo um caso. Aos poucos, vai chegando à conclusão de que isso o magoaria mais do que se ela fosse estuprada (outra vez). Ele questiona seu amor por ela e chega até a duvidar de si mesmo. Cheio de sentimentos de culpa, suplica a Bensenharver que vigie a mulher, a fim de saber se ela é mesmo infiel. Mas Arden Bensenharver se recusa a fazer esse serviço para Dorsey. O velho policial argumenta que foi contratado para proteger a família Standish do mundo exterior, e não para restringir o livre-arbítrio da família de viver como achar melhor. Sem o apoio de Bensenharver, Dorsey Standish entra em pânico. Certa noite, ele deixa a casa (e as crianças) sem proteção, para ir vigiar a mulher. Durante sua ausência, o filho mais novo se engasga com um chiclete de Nicky e morre asfixiado.

Todos se sentem culpados. Em tudo que Garp escreve, sempre há culpas para todos os lados. Hope também se sente culpada, porque ela realmente estava se encontrando com outro homem (embora ninguém pudesse culpá-la por isso). Bensenharver, sentindo-se morbidamente responsável, sofre um derrame. Parcialmente paralisado, ele volta a morar com a família Standish – Dorsey se sente responsável por ele. Hope insiste para que tenham outro filho, mas os acontecimentos tornaram Dorsey estéril. Então, ele concorda em encorajar Hope e o amante – mas apenas para que ele a "insemine", conforme sua própria expressão. (Ironicamente, essa foi a única parte do livro que Jenny classificou de "implausível".)

Mais uma vez, Dorsey Standish procura "uma situação de controle – mais como um laboratório experimental de vida do que a própria vida", escreveu Garp. Hope, entretanto, não se submete a esse arranjo clínico. Do ponto de vista emocional, ou ela tem um amante ou não tem. Insistindo na ideia de os dois se encontrarem apenas para a "inseminação", Dorsey tenta controlar o lugar, o número de vezes e a duração dos encontros. Desconfiando de que Hope esteja se encontrando com o amante clandestinamente, além dos horários estabelecidos pelo plano, Standish alerta o senil Bensenharver quanto à possível existência de um sequestrador e estuprador em potencial, que já foi visto rondando a vizinhança.

Não satisfeito ainda, Dorsey Standish começa a voltar inesperadamente para casa, nos horários mais improváveis. Ele não consegue pegar Hope em nenhum flagrante, mas Bensenharver, armado e perigosamente senil, surpreende Dorsey. Sendo um inválido astuto, Arden Bensenharver é surpreendentemente ágil e silencioso em sua cadeira de rodas; também ainda é pouco ortodoxo em seus métodos. Bensenharver atira em Dorsey Standish com uma espingarda calibre 12 de uma distância inferior a dois metros. Dorsey estava escondido no closet no andar de cima, tropeçando nos sapatos de sua mulher, esperando que ela viesse telefonar do quarto, onde poderia facilmente ouvi-la. Naturalmente, ele merecia aquele tiro.

O ferimento é fatal. Arden Bensenharver, completamente louco, é levado dali. Hope está grávida do amante. Quando a criança nasce, Nicky, agora com 12 anos, sente-se liberado da tensão que existia na família. Todos ficam finalmente livres da terrível ansiedade de Dorsey Standish, que tanto sacrificava a família. Hope e seus filhos continuam vivendo, até mesmo aturando com uma certa alegria as manias do velho Bensenharver, duro demais para morrer e que continua com suas versões de um mundo apocalíptico, ali da cadeira de rodas, num asilo para criminosos loucos. Ele é visto, afinal, como estando no lugar onde sempre deveria ter estado. Hope e os filhos vão visitá-lo com frequência, não só por serem bons, o que realmente são, mas para se lembrarem de suas próprias e preciosas condições de sanidade. A resistência de Hope e a sobrevivência de seus dois filhos tornam toleráveis os desvarios do velho, finalmente se tornando até cômicos para ela.

Aquele estranho asilo para velhos criminosos loucos, aliás, assemelha-se muito ao improvisado hospital para mulheres mantido por Jenny Fields em sua mansão em Dog's Head Harbor.

Não se trata de saber se "o mundo segundo Bensenharver" está errado ou não, ou mesmo se é visto de uma perspectiva errada. A questão é saber se essa visão está em desacordo com a necessidade de prazer sensual do mundo, e a necessidade e capacidade de calor humano. Dorsey Standish tampouco "está de acordo" com o mundo. Ele é demasiadamente vulnerável devido à maneira extremamente *delicada* com que ama a mulher e os filhos. Ele é considerado, da mesma forma como Bensenharver, "inadequado para viver neste planeta". Onde a imunidade conta.

Hope e os filhos poderão ter melhores oportunidades – ou, ao menos, é o que o leitor espera. Implícito no romance, está o sentimento de que as mulheres estão mais preparadas do que os homens para enfrentar o medo e a brutalidade, e para conter a ansiedade de sentir quanto somos vulneráveis às pessoas que amamos. Hope é vista como uma forte sobrevivente em um mundo de homens fracos.

John Wolf estava em Nova York, torcendo para que o realismo visceral da linguagem de Garp e a intensidade de seus personagens pudessem, de alguma forma, resgatar o livro, para que ele não se tornasse uma simples e barata novela de TV. John pensava também que talvez pudessem intitulá-lo *Ansiedade da vida*. Daria um fantástico seriado para a programação diurna da televisão, desde que bem adaptado para inválidos, velhos e crianças abaixo da idade escolar. John Wolf chegara à conclusão de que *O mundo segundo Bensenharver*, a despeito do "realismo visceral da linguagem de Garp" e tudo o mais, era mesmo uma novela de TV de classificação explícita para maiores de 18 anos.

Muito tempo depois, naturalmente, até mesmo Garp concordaria que aquele fora o seu pior trabalho. "Acontece que a droga deste mundo nunca me deu crédito pelos meus dois primeiros romances. Ficou me devendo", ele escreveu a John Wolf. Garp achava que era assim mesmo que tudo funcionava na maior parte do tempo.

John Wolf, no entanto, tinha preocupações mais práticas: ele pensava se conseguiria justificar a publicação do livro. Com os livros que decididamente não lhe agradavam, John Wolf tinha um sistema que raramente falhava. Em sua editora, ele era invejado pelo recorde de acertos em sua previsão sobre os livros destinados a serem populares. Quando ele dizia que um livro seria um sucesso popular – o que nada tinha a ver com o fato de ser bom ou apreciado –, quase sempre acertava. Naturalmente, havia muitos livros que se tornavam populares sem que ele previsse, mas nenhum dos que ele considerava populares chegou a desmentir sua previsão.

Ninguém sabia como ele conseguia isso.

A primeira vez que utilizou seu sistema infalível foi com o livro de Jenny Fields – e desde então nunca deixara de pô-lo em prática, a cada um ou dois anos, com livros cujo sucesso foi considerado surpreendente.

Tudo começou quando uma das funcionárias da editora disse a John Wolf que nunca lera um livro que não tivesse lhe dado vontade de fechá-lo e ir dormir. Ela era um desafio para John Wolf, que amava os livros, e ele passou muitos anos dando a essa mulher livros bons e livros ruins para que ela os lesse. Mas todos tinham o mesmo poder de fazê-la dormir. Ela dizia-lhe sempre que não gostava de ler, mas ele não desistia. Ninguém mais na editora jamais pedira a essa mulher para ler qualquer livro. Na verdade, jamais pediam sua opinião sobre o que quer que fosse. Ela transitava por entre os livros que se encontravam por todos os cantos da editora como se fosse uma não fumante em meio a cinzeiros. Ela era a faxineira da casa. Todos os dias esvaziava as cestas de papéis e, durante a noite, depois que todos saíam, limpava os escritórios. Todas as segundas-feiras, ela passava o aspirador de pó nos tapetes do corredor; às terças-feiras, limpava as vitrines; às quartas, limpava as mesas das secretárias; às quintas, esfregava os banheiros; e às sextas, espalhava purificador de ar por toda parte. Então, dizia a John Wolf que a editora inteira tinha todo o fim de semana para absorver o perfume e ficar cheirosa durante a semana seguinte. Ele a observara durante anos e nunca a surpreendera olhando, nem mesmo de relance, para qualquer livro.

Quando lhe perguntava sobre livros, ela lhe respondia que nenhum deles prestava. Mesmo assim, ele continuava a usá-la para testar os livros sobre os quais ainda não tinha opinião formada – e também aqueles sobre os quais tinha posição definida. Ela era coerente em sua aversão aos livros, e ele já quase desistira de tentar mudá-la, quando lhe deu para ler os originais de *Uma suspeita sexual*, a autobiografia de Jenny Fields.

A faxineira leu-o de um dia para o outro e pediu a John Wolf que lhe desse um exemplar quando o livro fosse impresso, pois queria relê-lo muitas vezes.

Depois disso, John Wolf, escrupulosamente, buscava a opinião da faxineira. Ela nunca o desapontou. Não gostava da maior parte dos livros que lia, mas, quando algum deles lhe agradava, Wolf sabia que quase todo mundo iria gostar também.

Foi quase como um ato de rotina que ele deu à faxineira *O mundo segundo Bensenhaver*. Depois, foi para casa e ficou pensando no assunto. No fim de semana, quase lhe telefonou para que ela nem se desse ao trabalho de ler aquilo. Lembrava-se do primeiro capítulo e não queria ofender a mulher, que era a avó de alguém e, naturalmente, também mãe de alguém. Ela nunca se dera conta de que era *paga* para ler os livros que John Wolf lhe dava; só ele sabia que seu salário de faxineira era realmente alto. Ela imaginava que *todas* as boas faxineiras eram bem pagas, como *deveriam* ser.

Seu nome era Jillsy Sloper, e John Wolf ficou espantado quando verificou que não havia nenhum Sloper com a primeira inicial J no catálogo telefônico de Nova York. Aparentemente, Jillsy nutria pelos telefonemas a mesma aversão que sentia pelos livros. John Wolf resolveu que lhe pediria desculpas logo na segunda-feira de manhã. Passou o resto de um triste fim de semana tentando encontrar palavras para dizer a T. S. Garp que, atendendo aos seus próprios interesses – e aos da editora, naturalmente –, NÃO poderia publicar *O mundo segundo Bensenharver*.

Foi um fim de semana difícil para ele, porque John Wolf gostava de Garp e acreditava nele. Sabia também que Garp não tinha amigos que pudessem impedir que ele se colocasse em uma situação embaraçosa – é, na verdade, uma das coisas mais valiosas para que servem os amigos. Havia somente Alice Fletcher, que amava tanto Garp, que era capaz de adorar, indiscriminadamente, qualquer coisa que ele proferisse – ou então ficava em silêncio. E havia Roberta

Muldoon, cuja opinião literária, segundo John Wolf, se existisse, era ainda mais recente e inepta do que o sexo que adotara. Helen recusara-se a ler os originais. E Jenny Fields, John Wolf sabia, não era uma admiradora incondicional do filho, como todas as mães. Ela já demonstrara seu gosto duvidoso ao criticar alguns dos melhores trabalhos que o filho escrevera. O problema com Jenny, John Wolf sabia, era o tema. Um livro *sobre* um assunto importante era, para Jenny Fields, um livro importante. E Jenny achava que o novo livro do filho tratava das estúpidas ansiedades masculinas que as mulheres são obrigadas a aturar. Ela nunca se interessava pelo estilo.

Essa foi uma das razões que levaram John Wolf a se interessar pela publicação do livro. Se Jenny Fields gostou de *O mundo segundo Bensenhaver*, o livro era ao menos potencialmente controverso. Mas John Wolf, assim como Garp, sabia que o status de Jenny como figura política se devia, em grande parte, à maneira um tanto nebulosa como sua personalidade era mal compreendida.

Wolf passou todo o fim de semana pensando no caso e acabou se esquecendo completamente de pedir desculpas a Jillsy Sloper na manhã de segunda-feira. De repente, Jillsy surgiu à sua frente, com os olhos vermelhos e fremindo como um esquilo, segurando com firmeza os originais de *O mundo segundo Bensenhaver* nas mãos grossas e escuras.

– Deus do céu! – exclamou ela, revirando os olhos e sacudindo os originais.

– Oh, Jillsy, eu sei – disse John Wolf. – Quero lhe pedir desculpas...

– Deus do céu! – repetiu ela, a voz rouca. – Foi o pior fim de semana que já tive. Não consegui dormir, nem comer. Nem mesmo tive tempo de ir ao cemitério visitar a família e os amigos.

John Wolf achou estranho o fim de semana da faxineira, mas ficou calado. Queria apenas ouvir o que a mulher tinha a dizer, da mesma forma com que a ouvia havia 12 anos.

– Esse homem é *maluco*! – disse Jillsy. – Nenhum homem em seu juízo perfeito escreveria uma coisa dessas!

– Eu não devia ter-lhe dado o livro, Jillsy – disse John Wolf. – Devia ter me lembrado daquele primeiro capítulo.

— Até que o primeiro capítulo não é tão ruim assim. O primeiro capítulo não é *nada* comparado com o resto. Foi o *19º* que me pegou de jeito! – disse Jillsy. – Deus do céu! Deus do céu!

— Você leu 19 capítulos, Jillsy? – perguntou John Wolf.

— Foi só o que você me deu. Deus do céu! Então tem *mais*? O livro continua?

— Não, não – disse John Wolf. – São só esses. O livro termina aí.

— Espero que seja mesmo – disse Jillsy. – Não sobrou nada para *continuar*. Ele colocou aquele policial maluco no lugar em que devia estar, finalmente! E aquele marido maluco com o tiro na cabeça! Se quer saber, essa era a coisa mais certa que devia acontecer com a cabeça dele: ser explodida!

— Você *leu* tudo mesmo?

— Deus do céu! Parecia até que tinha sido *ele* que foi estuprado, da maneira como passou a agir! Se quer saber – disse Jillsy –, os homens são assim mesmo. Num minuto, trepam com a gente, deixando-nos quase mortas, e, no minuto seguinte, ficam loucos querendo saber com quem é que a gente anda *trepando* por nossa livre vontade! *Eles* não têm nada a ver com isso, de um modo ou de outro, não é mesmo?

— Não sei bem... – disse John Wolf, sentado à sua mesa, completamente assombrado. – Quer dizer que você não gostou do livro, não é?

— Se eu *gostei*? – guinchou Jillsy, estridente. – Mas não há nada ali para a gente gostar!

— Mas você leu o livro todo. Por que se deu ao trabalho?

— Deus do céu! – exclamou Jillsy, como se tivesse pena de John Wolf por ser tão estúpido. – Às vezes, eu me pergunto se o senhor realmente entende alguma coisa a respeito de todos esses livros que faz. – Sacudiu a cabeça. – Às vezes, fico pensando por que é o *senhor* quem faz esses livros e sou *eu* quem limpa os banheiros. Só que, na verdade, prefiro mesmo limpar os banheiros a ler a maioria desses livros... Meu Deus do céu!

— Mas se você detestou o livro, por que o leu até o fim? – perguntou-lhe John Wolf.

– Pela mesma razão por que eu leio qualquer outro. Para ver o que *acontece* no fim.

Ele ficou olhando para ela.

– Na maior parte dos livros, a gente já *sabe* que não vai acontecer nada. Deus do céu! O senhor sabe muito bem disso. Em outros livros, a gente sabe exatamente *o que* vai acontecer, e então não precisa ler até o fim. Mas *este* livro – disse Jillsy –, este livro é tão *idiota* que a gente *sabe* que vai acontecer alguma coisa, mas não consegue descobrir *o que* é. A gente tem que ser idiota também para imaginar o que vai acontecer *neste* livro.

– Então, você leu até o fim só para ficar sabendo?

– É claro que não há outra razão para se ler um livro, não é mesmo? – disse Jillsy Sloper. Ela colocou os pesados originais na mesa de John Wolf e puxou o longo fio de extensão (para o aspirador de pó) que carregava ao redor da larga cintura às segundas-feiras. – Quando virar livro – disse ela, apontando para o manuscrito –, eu bem que gostaria de ganhar um exemplar dele. Se for possível – acrescentou.

– Você quer um exemplar?

– Se for possível...

– Agora que você já sabe o que acontece, por que você iria querer ler o mesmo livro outra vez?

– Bem...

Jillsy parecia confusa, e John Wolf nunca a vira assim. Ela sempre parecia sonolenta.

– Bem... pode ser para *emprestar*. Conheço muita gente que precisa saber como é que os homens são neste mundo.

– E você o leria de novo?

– Bem... acho que *todo*, não. Pelo menos, não de uma só vez, ou não imediatamente – disse, parecendo confusa outra vez. – Bem, acho que tem alguns pedaços que eu gostaria de ler mais uma vez.

– Por quê?

– Deus do céu! – disse ela, com ar cansado, como se estivesse ficando impaciente com ele. – Tudo ali parece *verdadeiro* – entoou ela, fazendo a palavra "verdadeiro" soar como o grito de um mergulhão voando sobre um lago à noite.

– Tudo ali parece verdadeiro – repetiu John Wolf.

– Mas então o senhor não *acha* que parece mesmo? Se o senhor não sabe quando um livro diz a verdade – proclamou Jillsy –, então nós realmente *devíamos* trocar de emprego. – Ela sacudiu-se numa risada, segurando o pino de tomada do aspirador de pó como uma arma na mão. Depois, disse, com a voz mais macia: – Às vezes, sr. Wolf, fico pensando se o senhor sabe ver quando um banheiro está bem limpo – ela abaixou-se para olhar a cesta de papéis – ou quando uma lixeira está vazia. Um livro é verdadeiro quando fala a verdade – disse-lhe, impaciente. – Ou então quando a gente pode dizer: "É isso mesmo! É assim que as malditas pessoas se *comportam* o tempo inteiro." É assim que a gente sabe quando eles são verdadeiros.

Inclinou-se sobre a cesta de papéis, apanhou o único pedaço de papel que jazia sozinho lá no fundo e enfiou-o no bolso do avental. Era a primeira página amarrotada da carta que John Wolf tentara escrever para Garp.

Meses mais tarde, quando *O mundo segundo Bensenharver* já ia para a impressão, Garp queixou-se a John Wolf que ele não tinha ninguém a quem dedicar o livro. Não queria dedicá-lo *à memória de* Walt, porque Garp detestava aquilo que chamava de "capitalização barata dos acidentes autobiográficos das pessoas, para tentar induzir o leitor a pensar que o *autor* é melhor do que realmente é". Também não queria dedicá-lo à sua mãe, porque "detestava a maneira como todo mundo pegava carona na popularidade do nome Jenny Fields". Helen, naturalmente, estava fora de cogitação. Garp sentia, com certa vergonha, que não podia dedicar a Duncan um livro que ele não teria permissão para ler. Não tinha idade suficiente ainda. Como pai, não lhe agradava escrever alguma coisa que o filho não pudesse ler.

Sabia que os Fletcher não gostariam de ver um livro dedicado ao casal, e seria um insulto para Harry se o livro fosse dedicado somente a Alice.

– Não dedique a *mim* – disse o editor. – Não este.

– Eu não estava pensando em você – mentiu Garp.

– E por que não a Roberta Muldoon? – sugeriu John Wolf.

— O livro não tem absolutamente nada a *ver* com Roberta — disse Garp, embora soubesse que Roberta, ao menos, não faria objeção à dedicatória. Era engraçado escrever um livro cuja dedicatória não agradaria a ninguém!
— Acho que vou dedicá-lo à Sociedade Ellen James — disse Garp, amargurado.
— Não vá se meter em encrenca, Garp. Seria uma estupidez.
Garp ficou emburrado.

Para a sra. Ralph?,

ele pensou. Mas a dificuldade é que ele não sabia seu verdadeiro nome. Havia ainda o pai de Helen, seu velho e bom instrutor de luta livre, Ernie Holm — mas Ernie não compreenderia o gesto. Dificilmente ele apreciaria esse tipo de livro. Na verdade, Garp esperava que ele nem o lesse. Era engraçado escrever um livro e depois ficar torcendo para que alguém não o lesse!

Ao Ensopado Gordo,

pensou.

A Michael Milton
Em memória de Bonkers

Por fim, desistiu. Não conseguia encontrar ninguém.
— Eu conheço alguém — disse John Wolf. — Posso perguntar a ela se faz alguma objeção.
— Muito engraçado — disse Garp.
Mas John estava pensando em Jillsy Sloper, a pessoa que afinal fora a verdadeira responsável pela publicação do livro.
— Ela é uma mulher muito especial que *adorou* o livro. Disse que era muito verdadeiro.
Garp interessou-se pela ideia.
— Ela levou o manuscrito num fim de semana e só conseguiu largá-lo quando terminou.

– E por que você lhe deu o manuscrito? – perguntou Garp.
– Bem... ela me parecia a pessoa certa – disse John Wolf. Um bom editor não partilha seus segredos com ninguém.
– Está bem, então – disse Garp. – É *estranho*, não ter ninguém. Diga-lhe que ficarei grato. É uma boa amiga sua?
O editor piscou o olho, e Garp balançou a cabeça.
– O que isso significa? – perguntou Jillsy Sloper a John Wolf, desconfiada. – Então ele quer dedicar a mim aquele livro terrível?
– Significa que a sua reação foi de grande valor para ele. Ele pensa que o livro foi escrito especialmente para você.
– Deus do céu! – exclamou Jillsy. – Escrito para mim? O que é que *isso* significa?
– Eu contei a ele qual foi sua reação, e ele acha que você é o público mais perfeito que ele poderia encontrar.
– O público mais perfeito? Deus do céu, o homem é maluco mesmo, hein?
– Ele não tem mais ninguém a quem dedicar o livro – admitiu John Wolf.
– É assim como quem precisa de uma testemunha para um casamento, não é? – perguntou Jillsy Sloper.
– É mais ou menos isso.
– Não quer dizer que eu *aprovo* o livro, não é?
– Não, de modo algum.
– Deus do céu, de jeito nenhum, mesmo?
– Ninguém vai culpá-la por coisa alguma que esteja no livro, se é isso que você está pensando.
– Bem...
John Wolf mostrou a Jillsy onde ficaria a dedicatória. Mostrou-lhe outras dedicatórias em outros livros. Todas pareceram bem bonitas para Jillsy Sloper, e ela balançou a cabeça, assentindo, cada vez mais satisfeita com a ideia.
– Outra coisa – disse ela. – Não vou ser obrigada a *conhecê*-lo, vou?
– Não, claro que não.
Então, Jillsy concordou.

Restava apenas mais um golpe de gênio para lançar *O mundo segundo Bensenhaver* naquela meia-luz estranha onde, por vezes, os livros "sérios" brilham, por algum tempo, como sendo também populares. John Wolf era um homem esperto e cínico. Conhecia bem todas as sujas associações autobiográficas que fazem aqueles fanáticos leitores de fofocas se entusiasmarem com alguma obra de ficção.

Anos mais tarde, Helen diria que o sucesso de *O mundo segundo Bensenhaver* devia-se inteiramente à sua sobrecapa. Wolf costumava permitir que Garp escrevesse também as orelhas, mas a descrição de Garp de seu próprio livro foi tão ponderada e sombria que John Wolf achou melhor cuidar ele mesmo daquilo e foi direto ao duvidoso âmago do assunto.

"*O mundo segundo Bensenhaver*", diziam as orelhas da capa, "é sobre um homem que, de tão temeroso que coisas ruins acontecessem a seus entes queridos, acaba criando uma atmosfera de tamanha tensão que as coisas ruins se tornam inevitáveis. E acontecem."

"T. S. Garp é o filho único da famosa feminista Jenny Fields." John Wolf estremeceu quando viu essas palavras impressas, porque, embora tivesse sido ele mesmo quem as escrevera e soubesse perfeitamente *por que* as escrevera, também tinha consciência de que era o tipo de informação que Garp jamais permitira vincular a seus próprios livros. "T. S. Garp também é pai e recentemente sofreu a trágica perda de um filho de 5 anos. Este romance torturado surge da angústia sentida por um pai depois de uma desgraça...", e por aí continuava o texto das orelhas. John Wolf sacudiu a cabeça, envergonhado diante do lixo que acabara de escrever.

Na opinião de Garp, aquela era a razão mais sórdida para se ler um livro. Ele sempre dizia que a pergunta que ele mais detestava, sobre sua obra, era quanto ela era "verdadeira" – quanto era baseada em "experiência pessoal". *Verdadeira* não no bom sentido com que Jillsy Sloper usava a palavra, mas verdadeira como na "vida real". Geralmente, com grande paciência e autocontrole, Garp dizia que a base autobiográfica – se é que existia – era o aspecto menos interessante de um romance. Dizia sempre que a arte da ficção era o ato de *imaginar* a verdade – era, como qualquer outra arte, um processo de seleção. Recordações e histórias pessoais – "todos os traumas relembrados de nossas vidas indignas de serem lembradas" – eram, na opinião de Garp, modelos suspeitos de ficção. "A ficção deve ser mais bem-feita do que a vida", escreveu Garp. E ele consistentemente detestava o que chamava de "falsa exploração das desgraças pessoais" – os escritores cujos livros eram "importantes" porque algo importante acontecera em suas vidas. Escreveu, ainda, que a pior razão para alguma coisa fazer parte de um romance era a de haver realmente acontecido. "*Tudo* já aconteceu realmente, em algum momento!", declarou, furioso. "A única razão para alguma coisa acontecer num romance é o fato de ser o acontecimento perfeito para ter ocorrido naquela ocasião."

Certa vez, respondendo a uma entrevistadora, Garp disse:

– Conte-me uma coisa, *qualquer* coisa, que já tenha lhe acontecido e eu posso melhorar a história. Posso tornar os detalhes melhores do que eram na realidade.

A entrevistadora, uma mulher divorciada com quatro filhos pequenos, um dos quais estava morrendo de câncer, encarou-o, cética. Garp percebeu sua decisiva infelicidade e a terrível importância que aquilo tinha para ela. Então, disse-lhe, carinhosamente:

– Se for triste, até mesmo *muito* triste, posso criar uma história que seja ainda mais triste.

Ele viu em seu rosto, porém, que jamais a convenceria; ela nem sequer estava fazendo anotações do que ele dizia. Nem seria incluído na entrevista.

E John Wolf sabia que a primeira coisa que um leitor deseja é saber tudo o que for possível a respeito da *vida* do autor. John Wolf escreveu a Garp: "Para a maioria das pessoas de imaginação curta, a ideia de melhorar a realidade é pura tolice." Nas orelhas de O *mundo segundo Bensenhaver*, John Wolf criou uma falsa impressão da importância do autor (o filho único da famosa feminista Jenny Fields) e uma simpatia sentimental por sua experiência pessoal ("a trágica perda de um filho de 5 anos"). O fato de ambas as informações serem essencialmente irrelevantes para a *arte* do romance de Garp não preocupava muito John Wolf. Garp o deixara aborrecido com toda a sua conversa de preferir o dinheiro à seriedade.

Ao enviar a Garp as provas do livro, John Wolf escreveu-lhe uma longa carta:

"Este não é seu melhor livro. Um dia você também reconhecerá isso. Mas ele vai ser o seu maior livro. Espere e verá. Você ainda não pode imaginar quanto vai detestar algumas das razões para o seu sucesso, por isso eu o aconselho a sair do país por alguns meses. Aconselho-o também a só ler as críticas que eu lhe enviar. E, quando tudo acabar – porque um dia tudo acaba –, você poderá voltar para casa e ter uma agradável surpresa quando passar pelo banco. E você pode esperar que a popularidade de *Bensenhaver* seja grande o suficiente para fazer as pessoas se interessarem em ler seus dois primeiros livros – pelos quais você *merece* ser mais conhecido.

"Peça a Helen que me *desculpe*, Garp, mas acho que precisa saber que sempre zelei pelos seus interesses. Se você quer *vender* este livro, vamos fazer isso. 'Todo negócio é uma merda', Garp. E eu estou citando *você*."

Garp ficou muito intrigado com o teor da carta. John Wolf, naturalmente, ainda não lhe mostrara as orelhas.

"Por que você se *desculpa*?", escreveu Garp em resposta. "Não chore. Trate de vender o livro."

– Todo negócio é uma merda – repetiu Wolf.
– Eu sei, eu sei – disse Garp.
– Aceite o meu conselho, Garp.
– Mas eu *gosto* de ler as críticas – protestou Garp.
– Não, dessas você não vai gostar. Vá viajar, Garp. Por favor.

Depois, John Wolf enviou uma cópia das orelhas a Jenny Fields. Pediu-lhe um voto de confiança e que ela fizesse com que o filho fosse viajar.

– Faça uma viagem, saia do país – disse Jenny ao filho. – É a melhor coisa que pode fazer por você e por sua família.

Helen gostou muito da ideia, já que nunca saíra do país. Duncan havia lido o primeiro conto de seu pai, "A pensão Grillparzer", e queria por força conhecer Viena.

– Viena não é *realmente* assim, Duncan.

Garp, no entanto, ficou bastante sensibilizado ao saber que o filho gostara daquele velho conto. Garp também gostava muito dele. Na realidade, estava começando a desejar que Duncan gostasse de tudo o mais que ele já havia escrito.

– Com uma criança pequena, por que ir para a Europa? – queixou-se Garp. – Não sei. É complicado. Os passaportes... e o bebê vai precisar de um monte de vacinas.

– Você mesmo vai precisar de umas vacinas. Não haverá problemas com o bebê – disse Jenny Fields.

– Você não tem vontade de rever Viena? – perguntou Helen.

– Ah, imagine só! Rever as cenas de seus velhos crimes! – disse John Wolf, entusiasmado.

– Velhos crimes? – murmurou Garp. – Não sei, não.

– Por favor, papai – disse Duncan.

Garp nunca resistia a um pedido do filho. Concordou.

Helen ficou entusiasmada e chegou até mesmo a dar uma olhada nas provas de O *mundo segundo Bensenhaver*, uma olhada rápida e nervosa, sem nenhuma intenção de lê-las. A primeira coisa que chamou sua atenção foi a dedicatória.

Para Jillsy Sloper

– Quem é essa Jillsy Sloper? – indagou Helen.

– Eu realmente não sei – respondeu Garp. Helen franziu a testa. – Não, eu *realmente* não sei. É uma amiga de John; ela adorou o livro. Leu-o num fôlego só. John achou que aquilo era uma espécie de preságio, eu acho. A ideia foi toda *dele*, de qualquer forma. E eu gostei.

– Hum – resmungou Helen, largando as provas.

Os dois ficaram em silêncio, imaginando quem seria a amiga de John. Ele já era divorciado quando o conheceram. Embora conhecessem seus filhos, já crescidos, não conheciam sua primeira e única mulher. Tinha havido um certo número de namoradas, todas mulheres atraentes, inteligentes e elegantes – e todas mais novas do que John Wolf. Algumas trabalhavam no ramo editorial, mas a maioria era de jovens com seus próprios divórcios – e dinheiro. O dinheiro estava sempre presente ou, ao menos, a *aparência* de dinheiro. Garp lembrava-se da maior parte delas pelo perfume agradável que usavam e pelo tipo de batom. E pela qualidade dos vestidos, lustrosos e macios ao toque.

Nem Garp, nem Helen poderiam jamais imaginar que Jillsy Sloper fosse filha de um branco e uma mulata com um quarto de sangue negro nas veias, o que fazia dela uma mulata clara, com um oitavo de sangue negro. Sua pele era castanho-amarelada, como uma tábua de pinho ligeiramente manchada. O cabelo era curto, liso e bem negro, começando a ficar grisalho na franjinha, mal cortada e bem curta, deixando à mostra a testa enrugada e brilhante. Era baixa, com braços longos, e não tinha o dedo anular da mão esquerda. Pela cicatriz profunda que tinha no lado direito do rosto, era fácil imaginar que o dedo fora cortado na mesma batalha e com a mesma arma, talvez durante um mau casamento, pois ela, sem dúvida, tivera um mau casamento. Sobre o qual jamais falava.

Jillsy Sloper devia ter cerca de 45 anos, mas parecia ter 60. Tinha o tronco de uma cadela labrador-retriever prestes a dar à luz e sempre andava se arrastando porque seus pés a matavam. Em poucos anos – muito tempo depois de ter notado aquele caroço no seio, do qual mais ninguém sabia –, ela morreria, desnecessariamente, de câncer.

O número de seu telefone não figurava na lista (como John Wolf descobrira) porque seu ex-marido vivia ameaçando-a regularmente de morte, e ela se cansou de suas ameaças. A única razão para ter um telefone eram os filhos, que ligavam em chamadas a cobrar, para lhe pedir dinheiro.

Helen e Garp, no entanto, quando pensavam em Jillsy Sloper, jamais imaginavam, por um momento sequer, que ela fosse aquela mulata triste e trabalhadora.

– Parece que John Wolf está fazendo tudo que é possível por este livro, exceto escrevê-lo – disse Helen.

– Gostaria que ele tivesse feito isso também – disse Garp repentinamente.

Ele havia relido o livro e agora estava cheio de dúvidas. Achava que em "A pensão Grillparzer" havia uma certeza da maneira como o mundo se comportava. Em *O mundo segundo Bensenhaver*, essa certeza já não existia. Isso, naturalmente, era uma indicação de que ele estava ficando mais velho. Ele sabia, no entanto, que os artistas também deveriam ficar *melhores*.

Com o bebê Jenny e o filho Duncan de um olho só, Garp e Helen embarcaram para a Europa em um dia fresco de agosto na Nova Inglaterra, quando a maior parte dos viajantes transatlânticos ia na direção oposta.

– Por que não esperar até depois do Dia de Ação de Graças? – perguntou Ernie Holm.

O mundo segundo Bensenhaver, entretanto, chegaria às livrarias em outubro. John Wolf já recebera algumas respostas às provas ainda não corrigidas que ele fizera circular durante o verão. Todas as reações tinham sido entusiásticas, tanto em elogios quanto em condenações. Wolf teve dificuldade em evitar que Garp visse as provas de impressão do livro – a sobrecapa, por exemplo. Mas o próprio entusiasmo de Garp pelo livro era tão esporádico, e geralmente tão fraco, que John Wolf conseguira ir protelando.

Garp agora estava entusiasmado com a viagem e só falava nos outros livros que iria escrever. ("Um bom sinal", disse John Wolf a Helen.)

Jenny e Roberta levaram os Garp até Boston de carro, de onde pegaram um avião para Nova York.

– Não se preocupe com o avião, Garp – disse Jenny. – Ele não vai cair.

– Meu Deus, mamãe! – exclamou Garp. – O que você entende de aviões? Eles caem o tempo todo.

– Fique sempre batendo os braços, como se fossem asas – disse Roberta a Duncan.

– Não meta medo no menino, Roberta – disse Helen.

– Eu não estou com medo – disse Duncan.

– Se seu pai ficar *falando* durante todo o tempo, vocês não cairão – disse Jenny.

– Se ele fizer isso, não conseguiremos *aterrissar* – emendou Helen.

Elas percebiam que ele estava realmente tenso.

— Eu vou *peidar* o tempo todo, se vocês não me deixarem em paz — disse Garp. — E então o avião explodirá.

— Escrevam sempre — disse Jenny.

Lembrando-se do velho e querido Tinch, e de sua última viagem para a Europa, Garp disse a sua mãe:

— Desta vez, eu só vou ab-ab-absorver muita coisa. Não vou escrever nem uma só pa-pa-palavra.

Os dois riram muito, e Jenny Fields chegou até a chorar um pouco, mas somente Garp notou, quando lhe deu um beijo de despedida. Roberta, cuja mudança de sexo fizera dela uma beijoqueira inveterada, beijou todo mundo diversas vezes.

— Nossa, Roberta! — exclamou Garp.

— Vou tomar conta da velha enquanto vocês estiverem fora — disse Roberta, passando o enorme braço pelos ombros de Jenny, que parecia muito pequena e subitamente grisalha ao lado dela.

— Não preciso que ninguém tome conta de mim — disse Jenny Fields.

— É mamãe quem toma conta de todo mundo — disse Garp.

Helen abraçou Jenny, sabendo quanto aquilo era verdade. Do avião, Garp e Duncan viam Jenny e Roberta acenando-lhes lá de cima da plataforma de observação. Tinham mudado de lugar, porque Duncan fazia questão de ficar junto à janela, no lado esquerdo do avião.

— O lado direito também é muito bom — disse a aeromoça.

— Não quando não se tem o olho direito — respondeu Duncan, com tanta amabilidade que Garp ficou admirado de ver como ele encarava a sua adversidade.

Helen e a criança estavam sentadas ao lado deles, do outro lado do corredor.

— Você está vendo a vovó, Duncan? — indagou Helen.

— Estou, sim — respondeu Duncan.

Embora a plataforma de observação tivesse ficado repentinamente cheia de gente querendo ver a decolagem, Jenny, como sempre, apesar de ser baixa, destacava-se em seu uniforme branco.

— Por que é que a vovó parece tão alta? — perguntou Duncan a Garp.

Era verdade. Jenny Fields estava mais alta do que todo mundo, e Garp percebeu que Roberta a levantava como se fosse uma criança.

– Ah! É a *Roberta* que está levantando a vovó! – gritou Duncan.

Garp viu a mãe, erguida no ar para poder lhes dar adeus, segura nos braços do antigo campeão. Ele comoveu-se com o sorriso tímido e confiante de Jenny e acenou-lhe, embora soubesse que Jenny não podia vê-lo dentro do avião. Pela primeira vez, sua mãe lhe pareceu envelhecida. Desviou o olhar para o outro lado, onde Helen estava sentada com a menina no colo.

– Lá vamos nós – disse Helen.

Helen e Garp deram-se as mãos pelo meio do corredor enquanto o avião decolava, porque Garp sabia que Helen tinha pavor de aviões.

Em Nova York, John Wolf fizera questão de hospedá-los em seu apartamento. Ele cedeu o próprio quarto para o casal e a garotinha, e ficou no quarto de hóspedes com Duncan.

Os adultos jantaram tarde, com muito conhaque. Garp falou com John Wolf sobre os próximos três romances que iria escrever.

– O primeiro terá como título *As ilusões de meu pai* – disse Garp. – É a respeito de um pai idealista com muitos filhos. Ele está sempre criando pequenas utopias para a vida das crianças. Depois que os filhos crescem, o pai funda pequenas universidades. Todos, no entanto, fracassam... as universidades e os filhos. Ele está sempre tentando fazer um discurso na ONU, mas todas as vezes é expulso. O discurso é sempre o mesmo, que ele está sempre revisando e procurando melhorar. Depois, ele tenta dirigir um hospital de atendimento gratuito, que também resulta em desastre. Em seguida, tenta implantar um sistema nacional de transporte gratuito. Nesse meio-tempo, sua mulher divorcia-se e os filhos, que já estão mais velhos, tornam-se cada vez mais infelizes ou fracassados... ou então perfeitamente normais. A única coisa que possuem em comum são as terríveis recordações das utopias do pai. Finalmente, o pai se torna governador de Vermont.

– Vermont? – pergunta John Wolf.

– Isso mesmo. Vermont. Ele se torna governador de Vermont, mas, na realidade, se julga um rei. Mais utopias, como estão vendo.

– *O rei de Vermont!* – disse John Wolf. – É um título melhor.

– Não, não – discorda Garp. – Esse é outro livro. Nenhuma relação entre os dois. O segundo livro, depois de *As ilusões de meu pai*, vai se chamar *A morte de Vermont*.

– Com os mesmos personagens? – perguntou Helen.

– Não, não. É outra história. É a respeito da morte de Vermont.

– Bem, gosto das coisas que são aquilo que alegam ser – disse John Wolf.

– Num determinado ano, a primavera não chega – continuou Garp.

– Nunca há primavera em Vermont, de qualquer maneira – disse Helen.

– Não, não – disse Garp, franzindo a testa. – Nesse ano, o verão também não chega. O inverno não termina. Então, um dia, o tempo esquenta, e as árvores se cobrem de brotos. Talvez em maio. Em um dia de maio, as árvores se cobrem de brotos. No dia seguinte, já se veem folhas. E, no dia seguinte, todas as folhas amarelecem. Já é outono. E as folhas caem.

– Uma estação bem curta – disse Helen.

– Muito engraçado – retrucou Garp –, mas é exatamente isso o que acontece. Já é inverno outra vez, será inverno para sempre.

– E as pessoas morrem? – perguntou John Wolf.

– Ainda não tenho certeza quanto às pessoas – disse Garp. – Algumas delas fogem de Vermont, é claro.

– A ideia não é má – disse Helen.

– Alguns ficam, e outros morrem. Talvez todos morram – disse Garp.

– E qual é o significado disso? – perguntou John Wolf.

– Saberei quando chegar lá – respondeu Garp, e Helen deu uma risada.

– E há um *terceiro* romance, depois desse? – perguntou John Wolf.

– Intitula-se *A conspiração contra o gigante* – respondeu Garp.

– Isso é um poema de Wallace Stevens – disse Helen.

– Sim, claro – concordou Garp e passou a recitá-lo:

A CONSPIRAÇÃO CONTRA O GIGANTE

Primeira moça
Quando esse caipira chegar, rosnando
e lambendo os beiços,
eu correrei ao seu encontro, espalhando os melhores perfumes,
de gerânios e outras flores.
Isso o deterá.

Segunda moça
Eu correrei ao seu encontro,
acenando panos salpicados de pintas coloridas,
pequenas como ovas de peixe.
Isso o espantará.

Terceira moça
Oh, la... le pauvre!
Eu correrei ao seu encontro,
bufando de maneira estranha.
Ele vai parar e ouvir com atenção.
Começarei a sussurrar
labiais celestes em um mundo de guturais.
E isso será o seu fim.

– É um belo poema – disse Helen.
– O romance será em três partes – continuou Garp.
– Moça 1, Moça 2 e Moça 3? – perguntou John Wolf.
– E liquidam mesmo o gigante? – perguntou Helen.
– Isso nunca acontece – disse Garp.
– E, no romance, ele é mesmo um gigante *de verdade*? – perguntou John Wolf.
– Ainda não sei – respondeu Garp.
– Ele é *você*? – perguntou Helen.
– Espero que não – respondeu Garp.
– Eu também espero – disse Helen.
– Escreva esse primeiro – sugeriu John Wolf.

– Não, não, escreva esse por último – propôs Helen.

– O mais lógico seria que *A morte de Vermont* fosse o último – disse o editor.

– Não, para mim o último é *A conspiração contra o gigante* – disse Garp.

– Espere para escrevê-lo depois da minha morte, Garp – disse Helen.

Houve uma risada geral.

– Mas são só três – disse John Wolf. – O que acontece depois? O que acontece depois dos três?

– Eu morro – disse Garp. – Isso dará seis romances ao todo, o que já é suficiente.

Todos riram novamente.

– E você sabe *como* é que você morre? – perguntou John Wolf.

– Vamos parar com isso – disse Helen. Voltou-se para Garp. – E, se você disser que será num desastre de avião, eu não o perdoarei.

Por trás do humor levemente tocado pela bebida na voz de Helen, John Wolf detectou uma inequívoca seriedade. Ele esticou as pernas.

– É melhor vocês dois irem para a cama – disse ele – e descansarem para a viagem.

– Então não querem sabe como vou morrer? – perguntou-lhes Garp.

Eles ficaram em silêncio.

– Eu me mato – disse Garp descontraidamente. – Acho que isso é quase indispensável para firmar a reputação de alguém. Estou falando sério. Hoje em dia, vocês hão de concordar que essa é a melhor maneira de um escritor ser reconhecido como sério. Já que a *arte* da literatura nem sempre torna evidente a seriedade do escritor, às vezes é necessário revelar a profundidade de sua angústia pessoal por outros meios. O suicídio parece significar que afinal a pessoa era mesmo séria. É *verdade* – disse Garp, mas seu sarcasmo era desagradável, e Helen suspirou. John Wolf espreguiçou-se de novo. – E, depois disso – continuou Garp –, surge muita seriedade em sua obra, seriedade essa que não havia sido notada antes.

Garp sempre dizia, com irritação, que esse seria seu dever final como pai e chefe de família. Gostava de citar exemplos de escritores medíocres que agora eram adorados e lidos com avidez *porque* tinham cometido suicídio. Garp esperava apenas que ao menos alguns desses escritores-suicidas, a quem ele também – em alguns casos – realmente admirava, conhecessem, no momento em que realizaram o ato, esse aspecto agradável de sua infeliz decisão. Ele sabia perfeitamente bem que as pessoas que faziam isso não tinham, de modo algum, uma ideia romantizada do suicídio. Elas não respeitavam a "seriedade" que o ato supostamente emprestava à sua obra – um costume nojento do mundo da literatura. Entre leitores *e* críticos.

Garp sabia também que *ele* não era um suicida, embora tivesse se sentido um pouco em dúvida após a morte de Walt. Estava tão distante do suicídio quanto do estupro; não conseguia se imaginar cometendo nenhum deles. No entanto, gostava de imaginar o escritor suicida rindo de seu vitorioso intento, enquanto lia e corrigia a última mensagem que deixaria – um bilhete repleto de desespero e apropriadamente isento de humor. Gostava de imaginar aquele momento com amargura: quando o suicida, achando perfeito seu bilhete, toma da arma, do veneno ou apronta-se para o mergulho, rindo sinistramente e sabendo, sem sombra de dúvida, que ele estava finalmente se vingando dos leitores e críticos. Um dos bilhetes que ele imaginava diria mais ou menos o seguinte: "Esta é a última vez, seus idiotas, que vocês vão me compreender mal."

– Que ideia doentia – disse Helen.

– A morte perfeita para um escritor – concluiu Garp.

– Já está tarde – disse John Wolf. – Lembrem-se do voo.

No quarto de hóspedes, onde pretendia dormir imediatamente, John Wolf encontrou Duncan Garp ainda acordado.

– Perdeu o sono por causa da viagem, Duncan? – perguntou Wolf ao garoto.

– Meu pai já esteve na Europa – disse Duncan –, mas eu nunca fui lá.

– Eu sei.

– Meu pai vai ganhar muito dinheiro? – perguntou Duncan.

– Espero que sim.

– Nós, realmente, não precisamos, porque minha avó é muito rica.
– Mas sempre é bom ter seu próprio dinheiro.
– Por quê?
– Bem, é bom ser famoso.
– Acha que meu pai vai ser famoso?
– *Acho* que vai.
– Minha avó já é famosa.
– Eu sei.
– Mas acho que ela não gosta de ser.
– Por quê?
– Muita gente estranha pela casa. É o que a vovó diz, eu já ouvi. "A casa está sempre cheia de estranhos."
– Bem, seu pai provavelmente não vai ser famoso da mesma maneira como sua avó.
– E quantas maneiras existem de se ficar famoso?

Wolf respirou fundo e começou a explicar a Duncan Garp as diferenças entre livros muito populares e livros que apenas faziam sucesso. Falou sobre livros políticos, livros polêmicos e livros de ficção. Enumerou para Duncan os principais pontos da atividade editorial. Na verdade, naquela noite, ele revelou a Duncan muito mais de suas opiniões pessoais sobre a publicação de livros do que jamais dissera a Garp. A verdade é que Garp não se interessava pelo assunto. Nem Duncan. O menino não seria capaz de se lembrar de um *único* ponto importante, porque adormeceu assim que John Wolf começou a explanação.

Era apenas do tom da voz de John Wolf que Duncan gostava. Daquela história comprida, daquela fala mansa. Era a voz de Roberta Muldoon – de Jenny Fields, de sua mãe, de Garp – contando-lhe histórias à noite na casa de Dog's Head Harbor, fazendo-o dormir tão profundamente que ele não tinha nenhum pesadelo. Duncan já se acostumara com aquele tom de voz e não conseguiria dormir ali em Nova York sem ouvi-lo.

De manhã, Garp e Helen divertiram-se com o que encontraram no closet de John Wolf. Havia ali uma bela camisola que certamente pertencia a uma de suas elegantes e recentes namoradas – alguém que não fora convidada a passar aquela noite ali. Havia cerca de 30 ternos escuros, todos listrados e muito elegantes, e todos com as pernas das calças muito compridas para Garp. Ele vestiu o terno que mais lhe agradou e saiu para o café da manhã, com as pernas das calças dobradas.

– Nossa, você tem uma coleção de ternos, John! – disse ele a John Wolf.

– Fique com um. Leve dois ou três. Leve este que está usando.

– É comprido demais – disse Garp, levantando a perna.

– Então mande encurtar – sugeriu John Wolf.

– Você não tem *nenhum* terno, Garp – disse Helen.

Garp gostou tanto daquele terno que resolveu ir com ele para o aeroporto, dobrando a bainha das calças.

– Santo Deus! – exclamou Helen.

– Estou me sentindo até meio envergonhado de ser visto com você nesses trajes – confessou John Wolf, mas levou-os ao aeroporto. Queria ter certeza de que Garp ia mesmo sair do país.

– Oh, o seu livro – disse ele para Garp, já no carro. – Me esqueci outra vez de trazê-lo.

– Eu notei.

– Vou mandar-lhe um exemplar.

– Eu nem cheguei a ver a sobrecapa.

– Uma foto sua, na quarta capa. É uma foto antiga. Tenho certeza de que você sabe qual é.

– E como é a capa? – perguntou Garp.

– Bem, tem o título – disse John Wolf.

– É mesmo? Pensei que você tinha deixado o título de fora.

– Só o título, sobreposto a uma espécie de fotografia.

– "Uma espécie de fotografia" – repetiu Garp. – *Que* espécie de fotografia, John?

– Talvez eu tenha uma na minha pasta. Darei uma olhada quando chegarmos ao aeroporto.

Wolf agia com cautela. Já deixara escapar que, na sua opinião, *O mundo segundo Bensenhaver* era "uma novela de TV proibida para menores". Garp não parecera se importar. "Mas não se esqueça de que é uma novela de TV muito bem escrita. Ainda assim, é uma novela de TV, e isso é *demais*, de certa forma", tinha dito Wolf. Garp suspirara. "A *vida*", dissera, "também é demais, de certa forma. A *vida* é uma novela proibida para menores, John."

Na pasta de John Wolf, havia a primeira capa de O *mundo segundo Bensenhaver*, sem a fotografia de Garp da quarta capa e sem as orelhas, naturalmente. Planejara entregar o material a Garp apenas momentos antes da despedida. A primeira capa estava em um envelope fechado, que, por sua vez, estava dentro de outro envelope fechado. John Wolf tinha certeza de que Garp só conseguiria vê-la quando estivesse a bordo do avião.

Quando Garp chegasse à Europa, John Wolf lhe enviaria o resto da sobrecapa de O *mundo segundo Bensenhaver*. Estava certo de que Garp não se zangaria a ponto de voar de volta para casa.

– Este avião é maior do que o outro – disse Duncan, sentado junto à janela do lado esquerdo, um pouco à frente da asa.

– Tem que ser maior mesmo, porque vai atravessar o oceano – explicou Garp.

– Por favor, Garp, não fale mais nisso – pediu Helen.

Do outro lado do corredor, uma comissária começou a arrumar um estranho tipo de funda para o bebê, nas costas da cadeira diante de Helen, como se a pequenina Jenny fosse filha de uma outra pessoa que a estivesse carregando às costas, como fazem as índias.

– John Wolf disse que você vai ser rico e famoso – contou Duncan ao pai.

– Hum – resmungou Garp. Estava muito ocupado no difícil processo de abrir os envelopes que John Wolf lhe dera.

– Vai mesmo? – perguntou Duncan.

– *Espero* que sim.

Finalmente, ali diante dele, estava a capa de O *mundo segundo Bensenhaver*. Não saberia dizer se tinha sido a repentina decolagem do grande avião, fazendo-o parecer sem peso, que lhe dera um arrepio – ou se tinha sido a fotografia.

Ampliada em preto e branco, com a granulação da foto parecendo flocos de neve, estava a fotografia de uma ambulância descarregando um doente à porta de um hospital. A expressão taciturna nos rostos cinzentos dos enfermeiros mostrava claramente que já não havia razão para pressa. O corpo sob o lençol era pequeno e estava completamente coberto. A foto transmitia o mesmo pavor imediato que provoca a palavra EMERGÊNCIA sobre a entrada de qualquer hospital. E aqueles *eram* um hospital qualquer e uma ambulância qualquer – e um pequeno corpo qualquer chegando tarde demais.

Um acabamento lustroso proporcionava à foto uma aparência molhada, a qual – aliada ao aspecto granulado e ao fato de que o acidente parecia ter ocorrido em uma noite chuvosa – tornava-a uma foto tirada de um jornal barato *qualquer*. Era uma catástrofe *qualquer*, uma morte anônima, ocorrida em qualquer lugar, a qualquer tempo. Era claro, porém, que despertava em Garp a recordação do sombrio desespero em seus rostos quando se depararam com a visão de Walt morto.

A capa de O *mundo segundo Bensenhaver*, uma telenovela proibida para menores, era um sombrio brado de alerta: aquela era a história de um desastre. A capa, com seu apelo barato, chamava a atenção e conseguia seu intento. A capa prometia uma tristeza aflita e repentina; Garp sabia que era isso que o livro proporcionaria.

Se, naquele momento, Garp tivesse lido as orelhas com a descrição de seu romance e de sua vida, certamente pegaria o primeiro avião de volta para Nova York, assim que chegasse à Europa. No entanto, ele teria tempo para se resignar àquela espécie de propaganda – exatamente como John Wolf havia planejado. Quando ele lesse as orelhas, já teria absorvido o choque daquela horrível fotografia da capa.

Helen, porém, jamais o absorveria e jamais perdoaria John Wolf por isso. Nem jamais o perdoaria por aquela fotografia na quarta capa. Era uma foto de Garp tirada vários anos antes do acidente, com Duncan e Walt. Fora Helen quem havia tirado a foto, que Garp enviara a Wolf como um cartão de Natal. Garp estava num cais do Maine, usando apenas um calção de banho e exibindo uma excelente forma física – que, aliás, ele tinha. Duncan estava atrás dele com o bracinho magro em cima dos ombros do pai. Duncan estava muito bronzeado e também usava um calção de banho, e um boné branco de marinheiro de lado na cabeça, dando-lhe um ar engraçado. Ele sorria para a câmera, fitando-a diretamente com seus lindos olhos.

Walt estava sentado no colo de Garp, ainda todo molhado, parecendo um escorregadio filhote de foca. Garp tentava enrolá-lo numa toalha, da qual Walt procurava se livrar. Estava incrivelmente alegre, e o rostinho redondo e radiante abria-se para a câmera e para a mãe, que tirava a foto. Ao olhar para aquela foto, Garp pôde sentir o corpo molhado e frio de Walt aquecendo-se contra o seu.

Abaixo da foto, a legenda apelava para um dos menos nobres instintos do ser humano.

T. S. GARP COM OS FILHOS
(ANTES DO ACIDENTE)

A dedução era que, se você lesse o livro, ficaria logo sabendo *qual* tinha sido o acidente. Claro que isso não aconteceria. *O mundo segundo Bensenhaver* não diria nada a respeito daquele acidente, embora os acidentes desempenhem um importantíssimo papel no romance. A única coisa que se poderia descobrir a respeito do acidente mencionado na foto estava naquela sujeira que John Wolf escrevera nas orelhas da sobrecapa. No entanto, ainda assim, aquela foto de um pai com os filhos fadados à adversidade era a forma certa de *fisgar* os leitores.

As pessoas comprariam em massa o livro do triste filho de Jenny Fields.

No avião, a caminho da Europa, Garp tinha apenas a foto da ambulância para dar asas à sua imaginação. Mesmo àquela altitude, ele ficava visualizando as pessoas, em massa, comprando seu livro, e sentia nojo delas, assim como sentia nojo de si mesmo por ter escrito um livro que atraía pessoas em massa.

"Massa" de qualquer coisa, mas especialmente de gente, não era nenhum conforto para T. S. Garp. Sentado ali, naquele avião, a única coisa que desejava era mais isolamento e privacidade – para si mesmo e para sua família –, de uma forma que jamais experimentaria novamente.

– O que é que vamos fazer com todo o dinheiro, papai? – perguntou-lhe Duncan repentinamente.

– Todo o dinheiro?

– Quando você for rico e famoso. O que vamos fazer?

– Vamos nos divertir pra valer – disse-lhe Garp, mas o olho único do filho, tão bonito, contemplou-o, em dúvida.

– Estamos voando a uma altitude de dez mil metros – disse a voz do piloto pelo alto-falante.

– Caramba! – exclamou Duncan.

Garp estendeu o braço para pegar a mão de Helen do outro lado do corredor. Um homem gordo caminhava, um tanto inseguro, pela passagem, em direção ao lavatório. Garp e Helen só puderam trocar olhares e transmitir uma espécie de contato imaginário com os olhos.

A imagem de sua mãe, Jenny Fields, toda de branco, suspensa contra o céu pelos braços fortes de Roberta Muldoon, não lhe saía da cabeça. Ele não sabia o significado daquilo, mas a visão de Jenny Fields suspensa acima da multidão deixava-o tão arrepiado quanto aquela ambulância na capa de O *mundo segundo Bensenhaver*. Então, ele começou a conversar com Duncan sobre qualquer assunto, por mais trivial que fosse.

Duncan começou a falar sobre Walt e sobre as correntes marinhas – uma famosa história da família. Desde quando Duncan podia se lembrar, toda a família ia passar o verão em Dog's Head Harbor, New Hampshire, onde os quilômetros de praia em frente à mansão de Jenny Fields eram assolados por terríveis correntezas. Quando Walt já tinha idade suficiente para se aventurar perto da água, Duncan lhe dizia, da mesma forma com que Garp e Helen lhe haviam dito antes, para tomar cuidado com a correnteza. Ele ainda se lembrava bem dos avisos.

– A correnteza está feia hoje.

– A correnteza está muito forte hoje.

– A correnteza hoje está muito *traiçoeira*.

"Traiçoeira" era uma palavra muito importante em New Hampshire, e não apenas para as correntezas.

E, durante anos, Walt prestara atenção àquilo. Desde o começo, quando ele perguntara o que ela podia fazer, a resposta fora que ela arrastava as pessoas para o fundo do mar. Ela o sugava para baixo, o afogava e o arrastava para longe.

Foi no quarto verão de Walt em Dog's Head Harbor, Duncan lembrava-se muito bem, que os pais e ele viram Walt na areia, observando o mar. Ele estava na água espumante até os tornozelos e espiava as ondas, sem se mover, durante muito tempo. Então, toda a família foi até à beira da água para falar com ele.

– O que é que você está fazendo, Walt? – perguntou Helen.

– O que é que você está procurando aí, seu boboca? – perguntou Duncan.

– Estou tentando ver o "sapo no fundo".

– Ver o quê, Walt?

– O sapo lá no fundo, papai – disse Walt. – Ele é muito *grande*?

Garp, Helen e Duncan ficaram ali com a respiração suspensa, percebendo que, durante todos aqueles anos, o menino vivera apavorado com um sapo gigantesco à espreita, pronto para arrastá-lo para o fundo do mar. Era o temível "sapo no fundo". Ele confundira correnteza (*undertow*) com "sapo no fundo" (*under toad*), por causa da pronúncia semelhante em inglês.

Para Garp e Helen, o "sapo no fundo" ficou sendo um código para ansiedade. Muito tempo depois de tudo a respeito do monstro ter sido esclarecido para Walt, Garp e Helen costumavam evocar o monstro como uma forma de se referirem à sua própria sensação de perigo. Sempre que o tráfego estava congestionado, quando a estrada estava escorregadia de gelo ou quando, da noite para o dia, surgira a depressão, eles diziam um para o outro: "O sapo no fundo está forte hoje."

– Lembra, papai – perguntou Duncan no avião –, que Walt perguntou se ele era verde ou marrom?

Os dois soltaram uma risada. Mas não era nem verde, nem marrom. Era ele *mesmo*. Era Helen. E tinha a cor do mau tempo. E era do tamanho de um automóvel.

Em Viena, Garp achava que o "sapo no fundo" estava forte. Helen parecia não sentir isso, e Duncan, como um menino de 11 anos, passava constantemente de um sentimento a outro. Para Garp, voltar àquela cidade era como voltar à Steering School. As ruas, os prédios, até mesmo os quadros nos museus tinham envelhecido, como seus antigos professores. Ele mal os reconhecia, e eles, por sua vez, não o reconheciam de modo algum. Helen e Duncan iam a toda parte, queriam ver tudo. Quanto a ele, gostava de sair com a filha. Fazia longas caminhadas naquele outono longo e ameno, levando-a num carrinho tão barroco quanto a própria cidade. Sorria e balançava a cabeça para todos os velhos que olhavam a menina e estalavam a língua, em sinal de aprovação. Os vienenses pareciam bem alimentados e ostentavam luxos que eram novidade para Garp. A cidade estava a anos de distância da ocupação russa, das lembranças da guerra e das ruínas. Se Viena estava morrendo, ou até mesmo se já estava morta, quando ali estivera com a mãe, ele agora achava que alguma coisa nova, mas comum, tinha nascido no lugar da antiga cidade.

Ao mesmo tempo, Garp gostava de mostrar a cidade à mulher e ao filho. Apreciava os passeios de sua história pessoal misturada à história de Viena contada pelos guias turísticos.

– E foi daqui que Hitler falou pela primeira vez depois de invadir a cidade. E era aqui que eu costumava fazer compras nas manhãs de sábado. Este aqui é o quarto distrito, uma zona de ocupação russa. Ali está a famosa Karlskirche, e os Belvederes Inferior e Superior. E ali, entre a Prinz-Eugen-Strasse, à esquerda, e a Argentinierstrasse, está a ruazinha onde minha mãe e eu...

Alugaram quartos em uma pensão muito boa no quarto distrito. Discutiram a possibilidade de matricular Duncan em uma escola de língua inglesa, mas isso significava uma longa viagem de *Strassenbahn* todas as manhãs, e eles não pretendiam ficar nem seis meses. Vagamente, imaginavam o Natal em Dog's Head Harbor, com Jenny, Roberta e Ernie Holm.

John Wolf finalmente enviou o livro completo, com sobrecapa e orelhas, e a sensação de "sapo no fundo" de Garp cresceu insuportavelmente por vários dias, mas depois mergulhou mais fundo, abaixo da superfície. Deu a impressão de haver desaparecido. Garp conseguiu escrever uma carta bem contida ao seu editor, dizendo-lhe quanto se sentia magoado pessoalmente, embora soubesse que tudo fora feito com a melhor das intenções, levando em conta apenas o sentido comercial. Mas... e assim por diante. Até onde poderia ir a sua indignação com Wolf? Garp fornecera o material, Wolf apenas o promovera.

Jenny escreveu-lhe dizendo que as primeiras críticas não tinham sido "muito agradáveis", mas – a conselho de John Wolf – não incluiu na carta nenhum recorte de jornal ou revista. Um dia, John Wolf enviou-lhe a primeira crítica entusiástica publicada num importante jornal de Nova York: "O movimento feminista finalmente exibiu uma significativa influência sobre um escritor importante", escreveu a autora da crítica, uma professora de estudos sobre a condição feminina em alguma escola. Ela prosseguia dizendo que *O mundo segundo Bensenhaver* era "o primeiro estudo em profundidade, feito por um homem, da neurótica pressão peculiarmente masculina que muitas mulheres são obrigadas a suportar..." E assim por diante.

– Meu Deus! Até parece que escrevi uma tese – disse Garp. – É uma droga de um *romance*, é uma *história* totalmente inventada por mim!

– Bem, mas parece que ela *gostou*! – disse Helen.

– Não foi *disso* que ela gostou. Foi de outra coisa.

A crítica, contudo, fez correr o boato de que *O mundo segundo Bensenhaver* era um romance feminista.

"Como eu", escreveu Jenny ao filho, "parece que você vai ser o beneficiário de um dos muitos mal-entendidos populares de nossos tempos."

Outras críticas diziam que o livro era "paranoico, alucinado, entulhado de violência e sexo gratuitos". Garp não viu a maioria dessas críticas, mas a verdade é que elas não chegaram a prejudicar as vendas.

Um outro crítico reconhecia que Garp era um escritor sério, "cujas tendências para o exagero barroco haviam escapado ao seu controle". John Wolf não resistiu a enviar-lhe essa crítica, provavelmente porque concordava com ela.

Jenny escreveu dizendo que estava se "envolvendo" na política de New Hampshire.

"A campanha para o governo do estado está tomando todo o nosso tempo", escreveu Roberta Muldoon.

"Como alguém pode dedicar todo o seu tempo a um governador de New Hampshire?", escreveu Garp em resposta.

Aparentemente, havia alguma questão feminista em jogo, e alguns crimes e tolices intoleráveis dos quais o atual governador muito se orgulhava. A administração se jactava de ter sido negado o direito de aborto a uma jovem de 14 anos que fora violentada, e que assim estava detendo a onda de degeneração que assolava o país. O governador era realmente um idiota reacionário. Entre outras coisas, ele parecia acreditar que os pobres não deviam receber ajuda estadual, nem federal, principalmente porque, na opinião do governador de New Hampshire, aquele era um castigo merecido, um julgamento justo e moral de um Ente Superior. O governador em exercício era detestável, mas inteligente, e um exemplo disso foi o sentimento de *medo* que ele conseguiu incutir ao dizer que New Hampshire estava correndo o perigo de ser sacrificado por ondas de mulheres divorciadas de Nova York.

Ele alegava que as divorciadas de Nova York estavam se mudando em massa para Hew Hampshire. A intenção delas era transformar as mulheres do estado em lésbicas, ou, no mínimo, encorajá-las a serem infiéis aos maridos. Sua intenção também incluía seduzir os maridos do estado, assim como os adolescentes dos colégios. As divorciadas de Nova York aparentemente representavam uma promiscuidade generalizada, socialismo, pensões alimentícias e algo que a imprensa estadual sinistramente designou de "Grupos de mulheres que vivem juntas".

Um dos centros desses "Grupos de mulheres que vivem juntas" era a casa de Jenny em Dog's Head Harbor, naturalmente, o "reduto da notória feminista radical Jenny Fields".

Ainda segundo o governador, tinha havido uma grande incidência de doenças venéreas, "um conhecido problema entre os defensores da liberação das mulheres". Ele sabia mentir muito bem. O candidato que ia concorrer para governador com esse renomado idiota era, aparentemente, uma mulher. Jenny escrevia dizendo que ela, Roberta e "equipes de divorciadas de Nova York" estavam conduzindo a campanha.

No único jornal de ampla circulação no estado, o romance "degenerado" de Garp era considerado "a nova Bíblia do movimento feminista".

Um crítico da Costa Oeste escreveu que o livro era "um hino violento à depravação moral e ao perigo sexual de nosso tempo".

"Um doloroso protesto contra a violência e o combate sexual de nossa era indecisa", dizia um outro jornal.

Quer fosse apreciado ou não, o livro era considerado *notícia*. Uma das maneiras de os romances terem sucesso é fazer com que a ficção se pareça com a versão de alguém a respeito da notícia. Foi isso que aconteceu com *O mundo segundo Bensenhaver*. Da mesma forma como o estúpido governador de New Hampshire, o livro de Garp se tornou notícia.

"New Hampshire é um estado atrasado, com uma política muito suja. Pelo amor de Deus, não se meta nisso", escreveu Garp a sua mãe.

"Isso é o que você sempre diz", escreveu Jenny de volta. "Você vai ser um homem famoso quando voltar. Então, quero ver como vai fazer para não se envolver."

"Você vai ver. Nada pode ser mais fácil", escreveu Garp.

O envolvimento de Garp com a correspondência transatlântica tinha, momentaneamente, desviado a sua atenção da sensação terrível e letal do "sapo no fundo", mas Helen disse-lhe que também sentia a presença do monstro.

– Vamos voltar para casa – disse Helen. – Já nos divertimos bastante.

Receberam um telegrama de John Wolf.

"Fiquem onde estão", dizia. "O livro está vendendo em massa."

Roberta enviou a Garp uma camiseta onde se lia:

AS DIVORCIADAS DE NOVA YORK
FAZEM BEM A NEW HAMPSHIRE

– Meu Deus, Helen. Se temos que voltar, é melhor deixar para depois dessa eleição maluca.

E foi assim que ele, felizmente, não leu a "opinião feminista dissidente" sobre *O mundo segundo Bensenhaver*, publicada numa revista frívola e popular. O romance, dizia a crítica, "consistentemente defende a ideia preconceituosa de que as mulheres são apenas uma montagem de orifícios e presas fáceis de homens predatórios... T. S. Garp dá continuidade a essa revoltante mitologia masculina: o homem bom é o guarda-costas da família, a mulher boa nunca permite conscientemente que outro homem entre por sua porta, literal ou figurativa".

Até Jenny Fields foi convencida a escrever uma crítica sobre o livro do filho, a qual, felizmente, ele nunca chegou a ler. Jenny dizia que, embora se tratasse do melhor romance do filho, já que discutia seu tema mais sério, não deixava de ser um romance "marcado por repetidas obsessões masculinas, que poderiam torná-lo tedioso para suas leitoras". O filho, no entanto, dizia Jenny, era um bom escritor, ainda novo, e com o tempo só iria melhorar. "Seu coração", acrescentou, "está no lugar certo."

Se Garp tivesse lido isso, teria permanecido muito mais tempo em Viena. Mas, afinal, resolveram voltar. Como sempre, a ansiedade apressou todos os seus planos. Certa noite, Duncan não voltou do parque antes de escurecer, e Garp saiu correndo para procurá-lo, gritando para Helen que aquele era o derradeiro sinal de que deveriam voltar o mais cedo possível. A vida na cidade, de um modo geral, fazia com que ele sempre temesse pela segurança do filho.

Garp saiu correndo pela Prinz-Eugen-Strasse em direção ao Memorial de Guerra russo, na Schwarzenbergplatz. Havia uma confeitaria ali que Duncan costumava frequentar, apesar de Garp sempre avisá-lo de que ia estragar o seu jantar.

Ele corria gritando o nome do filho, e sua voz ricocheteava contra os sólidos edifícios de pedra e voltava para ele como se fosse o coaxar do "sapo no fundo", aquele monstro viscoso cuja asquerosa proximidade ele sentia como se fosse sua respiração.

Duncan, porém, devorava tranquilamente uma torta Grillparzer na confeitaria.

– É que cada dia escurece mais cedo – queixou-se. – Não estou *tão* atrasado assim.

Garp foi obrigado a admitir. Voltaram juntos para casa. O "sapo no fundo" desapareceu numa ruela estreita e escura – ou então não estava interessado em Duncan, pensou Garp. Pareceu sentir a maré arrastando-o pelos tornozelos, mas foi uma sensação passageira que logo desapareceu.

O telefone, aquele antigo brado de alarme – um guerreiro apunhalado em seu posto de guarda, gritando, apavorado –, espantou a pensão onde eles moravam e levou a proprietária até os aposentos dele, trêmula e assombrada, como se tivesse visto um fantasma.

– *Bitte, bitte* – exclamava, muito aflita. Informou, com pequenos tremores de agitação, que havia um telefonema dos Estados Unidos para eles.

Eram cerca de duas horas da madrugada, a calefação já tinha sido desligada, e Garp, tremendo de frio, seguiu a velha senhora pelo corredor da pensão. Lembrava-se de que o tapete do corredor era fino e tinha uma cor sombria. Escrevera isso alguns anos antes e agora procurava descobrir onde estava o resto do elenco: o cantor húngaro, o homem que só podia caminhar com as mãos, o infeliz urso e todos os outros integrantes daquele triste circo da morte que ele imaginara.

No entanto, todos eles já haviam desaparecido. Só havia ali aquela velha magra, muito empertigada, mostrando-lhe o caminho. Aquela sua postura ereta, no entanto, parecia artificial, como se ela estivesse forçando-se a corrigir uma corcova. Não havia nenhuma fotografia de times de patinação de velocidade nas paredes, não havia nenhum monociclo encostado na parede do WC. Desceram uma escada e entraram em uma sala com uma luz forte no teto, como se fosse uma sala de operações improvisada em uma cidade sitiada. Garp sentiu que seguia o Anjo da Morte, a parteira do sapo, cujo cheiro de maresia ele percebeu no bocal do telefone.

– Sim...? – sussurrou ele, ao atender.

Por um instante, sentiu-se aliviado ao ouvir a voz de Roberta Muldoon: outra rejeição sexual, talvez fosse apenas isso. Também podia ser que quisesse lhe dar as últimas notícias a respeito da corrida eleitoral em New Hampshire. Garp ergueu os olhos para o rosto enrugado, com uma expressão de interrogação muda, da dona da pensão. Na pressa, ela nem tivera tempo de colocar a dentadura e mais parecia um esqueleto, com as faces sugadas para dentro da boca, a pele flácida e caída. A sala fedia a sapo.

– Não queria que você soubesse pelo noticiário – dizia Roberta. – Não sabia ao certo se apareceria na televisão daí. Ou mesmo nos jornais. Não queria que você ficasse sabendo dessa forma...

– Quem foi que ganhou? – Garp fez a pergunta com a voz descontraída, embora soubesse muito bem que aquele telefonema nada tinha a ver com as eleições em New Hampshire.

– Deram um *tiro* em sua mãe – disse Roberta. – Mataram sua mãe, Garp. Um desgraçado atirou nela com um rifle de caça.

– Quem? – perguntou Garp, baixinho.

– Um *homem*! – Aquela era a pior palavra que lhe ocorreu no momento: um *homem*. – Um homem que odeia as mulheres. Um caçador – disse Roberta, em prantos. – Estamos na estação da caça, ou quase, e ninguém reparou naquele homem com uma espingarda. Ele atirou nela.

– Está morta?

– Eu a segurei antes que caísse – disse Roberta, soluçando. – Ela nem chegou ao chão. Não disse uma palavra. Tenho certeza de que nem percebeu o que tinha acontecido.

– Prenderam o sujeito?

– Alguém atirou nele, ou ele atirou em si mesmo.

– Está morto?

– Está sim, o desgraçado! Ele também está morto.

– Você está sozinha, Roberta?

– Não. Estamos aqui em *sua* casa. Somos muitas.

Garp pôde logo imaginar todas aquelas mulheres na casa de Dog's Head Harbor, chorando sua líder assassinada.

– Ela queria que seu corpo fosse doado a uma escola de medicina – disse Garp. – Roberta?

– Estou ouvindo, Garp. Isso é tão horrível!

– Era o que ela queria.

– Eu sei. Você precisa vir para casa.

– Vou imediatamente.

– Não sabemos o que *fazer*.

– O que *há* para fazer, Roberta? Não há nada a fazer.

– Tem que haver *alguma* coisa. Mas ela sempre dizia que não queria um funeral.

– Eu sei disso. Ela queria que seu corpo fosse doado a uma escola de medicina. Faça isso, Roberta. É o que ela queria.

– Mas tem que haver alguma coisa que possamos fazer – protestou Roberta. – Talvez não uma cerimônia religiosa, mas alguma outra coisa.

– Não faça nada até eu chegar aí – disse-lhe Garp.

– Estão falando muita coisa. As pessoas querem um comício, ou algo assim.

– Sou o único que resta de sua família. Diga isso a elas.

– Ela significa muito para todas nós, Garp – disse Roberta, mais enfaticamente.

"E foi isso que a matou", pensou Garp, mas não disse nada.

Roberta continuava a chorar.

– Eu tentei protegê-la. Disse-lhe que não fosse àquele estacionamento!

– Ninguém tem culpa, Roberta – disse ele, suavemente.

– Mas *você* acha que alguém é culpado, Garp. Você sempre acha.

– Por favor, Roberta. Você é minha melhor amiga.

– Pois eu lhe digo quem são os culpados. São os *homens*, Garp. São as pessoas do seu sexo nojento e assassino. Se não conseguem o que querem de nós, então nos matam de uma centena de formas diferentes!

– Não *eu*, Roberta, por favor.

– Sim, você também – retrucou ela, num sussurro. – Não há homem que seja amigo das mulheres.

– Eu sou *seu* amigo, Roberta – disse Garp.

Ela continuou a chorar, e o som do seu choro era tão aceitável para ele quanto a chuva caindo em um lago profundo.

– Sinto muito, Garp – sussurrou Roberta. – Se eu tivesse visto aquele homem com a espingarda um segundo antes, eu a teria protegido com meu corpo. Você sabe que eu *teria*.

– Sim, eu sei disso, Roberta.

Garp ficou imaginando se *ele* teria feito o mesmo. Claro que amava a mãe e agora sofria com sua perda. Mas teria ele algum dia sentido a mesma *devoção* que as seguidoras de Jenny Fields lhe dedicavam?

Pediu desculpas à velha dona da pensão por aquele telefonema em hora tão imprópria. Quando disse a ela que sua mãe fora assassinada, a mulher fez o sinal da cruz – as faces encovadas e as gengivas vazias eram indicações mudas, mas evidentes, de que ela também tivera de sobreviver às mortes em sua família.

Helen foi quem mais chorou; não queria mais largar a pequenina Jenny Garp. Duncan e Garp procuraram a notícia nos jornais, mas nada encontraram – só chegaria à Áustria um dia depois, a não ser pela maravilha da televisão.

Garp viu o assassinato de sua mãe pela televisão da dona da pensão.

Um evento eleitoral qualquer estava sendo realizado em um centro comercial. A paisagem tinha um ar vagamente litorâneo, e Garp reconheceu o lugar, que ficava a alguns quilômetros de distância de Dog's Head Harbor.

O governador em exercício era a favor de tudo que fosse estúpido, grosseiro e idiota. A mulher que concorria com ele parecia educada, idealista e bondosa, porém mal conseguia esconder a indignação diante das coisas estúpidas, grosseiras e idiotas que o governador representava.

A área do estacionamento do centro comercial estava circundada por caminhonetes, repletas de homens usando casacos e bonés de caçadores. Aparentemente, eles representavam os interesses locais de New Hampshire, em oposição aos interesses que haviam sido encampados pelas divorciadas de Nova York.

A simpática mulher que concorria com o governador era também uma espécie de divorciada de Nova York. O fato de que ela havia morado em New Hampshire durante 15 anos e de que seus filhos cursavam a escola ali era mais ou menos ignorado pelo governador em exercício e por seus seguidores que circundavam o estacionamento em suas caminhonetes.

Havia muitos cartazes e constantes vaias e gritos.

Havia também um time de futebol do ginásio, uniformizado – as chuteiras estalando contra o cimento do estacionamento. Um dos filhos da candidata era do time e reunira os jogadores no estacionamento, na esperança de mostrar aos eleitores de New Hampshire que era perfeitamente másculo votar em sua mãe.

Os caçadores nas caminhonetes eram de opinião que votar naquela mulher era o mesmo que votar pela devassidão, pelo lesbianismo, pelo socialismo e pelas pensões às divorciadas de Nova York. E assim por diante. Garp tinha a impressão, diante da TV, de que nada disso era tolerado em New Hampshire.

Garp, Helen, Duncan e a pequena Jenny ali estavam, em uma pensão vienense, prestes a assistir ao assassinato de Jenny Fields. A dona da pensão, completamente atônita, serviu-lhes café e bolinhos, mas somente Duncan comeu alguma coisa.

Então, chegou a vez de Jenny Fields falar à multidão reunida no estacionamento. Ela falava de cima da carroceria de uma caminhonete. Roberta Muldoon a ajudara a subir e ajustara o microfone para ela. A mãe de Garp parecia muito pequenina na carroceria da caminhonete, especialmente ao lado de Roberta, mas o uniforme de Jenny era tão branco que se destacava, claro e brilhante.

– Eu sou Jenny Fields – começou ela, debaixo de alguns aplausos, assobios e vaias.

Ouviu-se um barulho ensurdecedor de buzinas das caminhonetes ao redor do pátio. A polícia dispersava-os, mas logo voltavam e continuavam.

– A maioria de vocês sabe quem eu sou – continuou Jenny Fields.

Houve mais aplausos, vaias e buzinadas – e, então, um único tiro de espingarda, tão decisivo quanto uma onda arrebentando-se na praia.

Ninguém viu de onde partira o tiro. Roberta Muldoon segurava Jenny nos braços. Uma pequena mancha escura pareceu surgir em seu uniforme branco. Então, Roberta saltou da carroceria e, carregando-a nos braços, atravessou a multidão como se estivesse conduzindo a bola para marcar o ponto. A multidão ia se abrindo. O uniforme branco de Jenny estava quase escondido nos braços de Roberta. Um carro da polícia foi ao encontro de Roberta. Quando já estavam próximos, Roberta ergueu o corpo de Jenny Fields para a radiopatrulha. Por um instante, Garp viu o uniforme branco de sua mãe, imóvel, ser levantado acima da multidão e depositado nos braços de um policial, que levou Jenny para o carro, junto com Roberta.

O carro partiu a toda velocidade. A câmera passou a acompanhar uma confusão que parecia estar acontecendo entre os carros estacionados em círculos e vários outros carros da polícia. Depois, viu-se o corpo de um homem, com casaco de caçador, deitado e imóvel em cima de uma poça que parecia ser de óleo. A seguir, surgiu no vídeo, em close, uma arma que os repórteres identificaram como sendo um rifle de caça.

Alguém ressaltou que a estação de caça ainda não tinha sido oficialmente aberta.

A não ser pelo fato de não ter havido nenhuma cena de nudez e sexo, a reportagem poderia ser classificada, do princípio ao fim, como uma novela barata de TV, proibida para menores.

Garp agradeceu à dona da pensão por deixá-los ver o noticiário. Dentro de duas horas, já estavam em Frankfurt, onde fizeram a conexão em outro voo para Nova York. O "sapo no fundo" não estava com eles no avião – nem mesmo com Helen, que tanto medo tinha de voar. Eles sabiam que, durante algum tempo, o monstro estaria ausente.

Tudo em que Garp conseguia pensar, quando sobrevoavam o Atlântico, era que sua mãe conseguira proferir "suas últimas palavras" de forma bem adequada. Jenny Fields encerrara sua vida dizendo: "A maioria de vocês sabe quem eu sou."

Ali mesmo no avião, repetiu Garp baixinho:

– A maioria de vocês sabe quem eu sou.

Duncan estava dormindo, mas Helen ouviu-o. Ela estendeu o braço pela passagem e apertou-lhe a mão.

Milhares de metros acima do nível do mar, T. S. Garp chorou no avião que o levava de volta ao seu violento país, onde seria famoso.

17

O primeiro funeral feminista e outros funerais

"Desde que Walt morreu", escreveu T. S. Garp, "passei a ver a minha vida como um epílogo."

Quando Jenny Fields morreu, Garp deve ter sentido crescer o seu atordoamento – aquela sensação de ver o tempo passar segundo um plano. Mas qual era esse plano?

Garp estava sentado no escritório de John Wolf em Nova York, tentando compreender a pletora de planos que cercavam a morte de sua mãe.

– Eu não autorizei um funeral. Como é que vai haver um funeral? Onde está o corpo, Roberta?

Roberta Muldoon disse pacientemente que o corpo estava onde Jenny queria que estivesse e que a questão do corpo não tinha importância. Ia haver simplesmente uma espécie de cerimônia em sua intenção. Era melhor não pensar mais naquilo como um enterro. Os jornais haviam publicado a notícia de que aquele seria o primeiro funeral feminista em Nova York.

A polícia dissera que poderia haver violência.

– O primeiro funeral feminista? – indagou Garp.

– Ela significava tanto para tantas mulheres! Não fique zangado. Você não era o *dono* dela, não é mesmo?

John Wolf revirou os olhos.

Duncan Garp olhava pela janela do escritório de John Wolf, 40 andares acima de Manhattan. Provavelmente, sentia-se como se estivesse no avião de onde saíra pouco antes.

Helen telefonava de uma outra sala. Tentava falar com o pai, na velha cidade de Steering. Queria que ele fosse esperá-la no aeroporto em Boston, para onde iam.

– Está bem – disse Garp, devagar, com a pequena Jenny no colo. – Está bem. Você sabe que não aprovo a ideia, Roberta, mas irei assim mesmo.

– Você *vai?* – perguntou John Wolf, espantado.

– Não! – disse Roberta. – Quero dizer, você não *precisa* ir.

– Eu sei – disse Garp. – Mas você tem razão. Ela provavelmente gostaria de uma cerimônia assim, então eu vou. Como é que vai ser?

– Vai haver muitos discursos – explicou Roberta. – Você não vai gostar.

– E vão ler trechos do livro dela. Fizemos doação de muitos exemplares – informou John Wolf.

– Mas você *não* quer ir, Garp. Por favor, não vá – disse Roberta, muito nervosa.

– Eu quero ir – disse Garp. – Prometo não vaiar. Aquelas idiotas podem dizer o que quiserem. Tenho alguma coisa dela que também poderia ler, se alguém estiver interessado. Vocês já leram o que ela escreveu sobre ser chamada de feminista?

Roberta e John Wolf se entreolharam, espantados e preocupados.

– Ela disse: "Detesto ser chamada de feminista, porque é um rótulo que eu não escolhi para descrever meus sentimentos sobre os homens ou a forma como escrevo."

– Não quero discutir com você, Garp – disse Roberta. – Agora, não. Sabe perfeitamente que ela também disse outras coisas. Ela *era* uma feminista. Quer gostasse do rótulo ou não. Era uma feminista simplesmente porque mostrava as injustiças cometidas contra as mulheres. Ela só queria que as mulheres vivessem suas próprias vidas e fizessem suas próprias escolhas.

– É mesmo? – falou Garp. – E você acha que ela acreditava que *tudo* que acontecia às mulheres só acontecia *porque* eram mulheres?

– Você precisa ser muito estúpido para acreditar numa coisa dessas, Garp. Você nos confunde com as mulheres da Sociedade Ellen James.

– Parem com isso, vocês dois – disse John Wolf.

Jenny Garp resmungou um pouco e esperneou no joelho de Garp. Ele olhou para ela, surpreso – como se tivesse esquecido que ela era um ser vivo em seu colo.

– O que foi? – perguntou-lhe.

A menina se aquietara novamente, entretida com alguma coisa no cenário do escritório de John Wolf que era invisível para o resto deles.

– E a que horas vai ser essa trapalhada? – perguntou Garp a Roberta.

– Às cinco da tarde – respondeu Roberta.

– Acho que esse horário foi escolhido para que metade das secretárias de Nova York possa deixar o local de trabalho uma hora mais cedo – disse John Wolf.

– Nem todas as mulheres que trabalham em Nova York são secretárias – disse Roberta.

– Mas são as únicas que farão *falta* entre quatro e cinco horas – disse John Wolf.

– Caramba! – exclamou Garp.

Helen voltou, dizendo que não conseguira encontrar o pai.

– Deve estar dando aula, Helen.

– Mas a temporada de luta livre ainda não começou – disse Helen.

Garp olhou para o calendário de seu relógio de pulso, que não estava marcando a hora dos Estados Unidos. Ainda estava com a hora de Viena. Mas Garp sabia que a luta livre em Steering só começava oficialmente depois do Dia de Ação de Graças. Helen tinha razão.

– Quando liguei para seu escritório no ginásio, disseram que ele estava em casa – disse Helen a Garp. – E, quando liguei para casa, ninguém atendeu.

– Alugaremos um carro no aeroporto – disse Garp. – De qualquer modo, só poderemos ir à noite. Tenho que ir a esse maldito funeral.

– Não, você *não* tem que ir – insistiu Roberta.

– Na realidade – disse Helen –, você *não pode*.

Roberta e John Wolf entreolharam-se novamente, preocupados. Garp simplesmente parecia não entender.

– E por que é que eu *não* posso ir? – perguntou Garp.

– Porque é um funeral feminista – disse Helen. – Você *realmente* leu os jornais ou só as manchetes?

Garp olhou acusadoramente para Roberta Muldoon, mas ela olhava para Duncan, que olhava pela janela, com seu telescópio, espionando Manhattan.

– Você não pode ir mesmo, Garp – admitiu Roberta. – É verdade. Só não lhe disse antes porque sabia que você ia ficar furioso. Aliás, nunca pensei que você *quisesse* ir.

– Quer dizer que não tenho *permissão* para ir?

– É uma cerimônia para *mulheres* – disse Roberta. – As *mulheres* que a amavam, as mulheres que vão chorar por ela. Foi isso que quisemos fazer.

Garp lançou-lhe um olhar fulminante.

– *Eu* a amava – disse ele. – Sou seu único filho. Quer dizer que não posso ir a essa palhaçada só porque sou *homem*?

– Gostaria que não chamasse nossa homenagem de palhaçada – disse Roberta.

– O que é uma palhaçada? – perguntou Duncan.

Jenny Garp choramingou outra vez, mas Garp não lhe deu atenção. Helen tirou-a de seu colo.

– Você quer dizer que nenhum homem pode ir ao funeral de minha mãe?

– Não é exatamente um funeral, Garp, como eu já lhe expliquei – disse Roberta. – É mais como um comício, é uma espécie de exibição de forças reverente.

– Eu vou, Roberta. Não importa o *nome* que vocês deem a isso.

– Nossa! – exclamou Helen, saindo do escritório e levando a menina. – Vou tentar falar com meu pai outra vez.

– Estou vendo um homem com um braço só – disse Duncan.

– Por favor, não vá, Garp – disse Roberta, calmamente.

– Ela tem razão – concordou John Wolf. – Eu também queria ir. Afinal de contas, fui seu editor. Mas deixe que elas façam as coisas ao jeito delas, Garp. Creio que Jenny teria gostado da ideia.

– Não me interessa se ela gostaria ou não – retrucou Garp.

– Isso é provavelmente verdade – disse Roberta. – Mais uma razão para você não ir.

– Você não sabe, Garp, como certas mulheres desse movimento reagiram ao *seu* livro – advertiu Wolf.

Roberta Muldoon revirou os olhos. A acusação de que Garp estava se aproveitando da reputação da mãe e do movimento feminista já tinha sido feita antes. Roberta vira os anúncios de O *mundo segun-*

do Bensenhaver que John Wolf mandara publicar logo após o assassinato de Jenny. O livro de Garp parecia se aproveitar de mais essa tragédia. O anúncio transmitia uma noção doentia de um escritor infeliz que perdeu um filho "e agora também a mãe".

Foi uma felicidade Garp não ter visto o anúncio. Até mesmo John Wolf se arrependia de tê-lo publicado.

O mundo segundo Bensenhaver continuava a vender uma edição após a outra. Durante anos, seria um livro controvertido e até objeto de estudo em universidades. Felizmente, os outros livros de Garp também seriam estudados em universidades, esporadicamente. Havia um curso onde se estudava a autobiografia de Jenny, juntamente com os três romances de Garp e *A história da Academia de Everett Steering*, de Stewart Percy. O objetivo desse curso, aparentemente, era mostrar tudo o que havia sobre a *vida* de Garp, procurando nesses livros o que parecesse ser *verdade*.

Felizmente, Garp também nunca soube da existência desse curso.

– Estou vendo um homem com uma perna só – anunciou Duncan Garp, que procurava nas ruas e nas janelas de Manhattan todos os que fossem aleijados, uma tarefa que poderia durar anos.

– Pare com isso, Duncan – disse-lhe Garp.

– Se você realmente quiser ir, Garp, terá que ir travestido – disse Roberta baixinho.

– Se é tão difícil assim para um homem entrar – retrucou Garp, rispidamente –, só espero que não façam um teste de cromossomos na porta.

Arrependeu-se imediatamente do que disse. Viu Roberta contrair-se como se ele tivesse lhe dado uma bofetada. Tomou nas suas as mãos grandes de Roberta e segurou-as até que ela correspondesse ao seu aperto.

– Desculpe-me – sussurrou ele. – Se você acha que tenho que ir disfarçado, então é bom que esteja aqui para me ajudar a me vestir. Quero dizer, você está acostumada com isso, certo?

– Claro – disse Roberta.

– Isso é ridículo – disse John Wolf.

– Se alguma daquelas mulheres o reconhecer – disse Roberta a Garp –, elas vão estraçalhá-lo. Na melhor das hipóteses, não o deixarão entrar.

Helen voltou ao escritório com Jenny Garp choramingando, enganchada em seu quadril.

– Liguei para o reitor Bodger – disse ela a Garp. – Pedi a ele que tentasse localizar meu pai. Ele não costuma desaparecer assim dessa maneira.

Garp sacudiu a cabeça.

– A gente devia ir para o aeroporto agora – continuou Helen. – Alugaremos um carro em Boston e iremos até Steering. As crianças precisam descansar. Depois disso, se você quiser voltar a Nova York para alguma cruzada, poderá fazê-lo.

– *Você* vai – disse Garp a Helen. – Eu irei depois, em outro voo e alugarei meu próprio carro.

– Isso é tolice – disse Helen.

– E uma despesa desnecessária – completou Roberta.

– Tenho muito dinheiro agora – disse Garp. Seu sorriso irônico a John Wolf não foi retribuído.

O editor ofereceu-se para levar Helen e as crianças ao aeroporto.

– Um homem com um braço só, outro homem com uma perna só, dois mancos e um cara sem nariz – disse Duncan.

– Espere um pouco para ver o seu pai – disse Roberta Muldoon.

Garp pensou em si mesmo, na figura do antigo lutador, enlutado e vestido de mulher para a cerimônia fúnebre de sua mãe. Beijou Helen, as crianças e até mesmo John Wolf.

– Não se preocupe com seu pai – disse Garp a Helen.

– E não fique preocupada com Garp – disse-lhe Roberta. – Vou disfarçá-lo de tal maneira que ninguém se meterá com ele.

– Gostaria que *você* deixasse todo mundo em paz – disse Helen a Garp.

De repente, surgiu uma mulher no escritório já movimentado de John Wolf. Ela procurava chamar a atenção de Wolf. Quando falou, fez-se silêncio, e todos olharam para ela.

– Sr. Wolf? – disse a mulher. Era velha, tinha os cabelos grisalhos e parecia estar com os pés doendo muito. Trazia uma extensão de fio elétrico enrolado duas vezes ao redor da cintura grossa.

– Sim, Jillsy? – disse John Wolf.

Garp olhou-a, espantado. Naturalmente, era Jillsy Sloper, e Wolf devia saber que os escritores sempre se lembram de nomes.

– Eu estava pensando – continuou Jillsy – se poderia sair mais cedo hoje, porque quero assistir à cerimônia fúnebre.

Ela falava com o queixo caído, apenas algumas palavras entrecortadas. Não gostava de abrir a boca perto de estranhos. Além do mais, reconhecera Garp e não queria, de forma alguma, ser apresentada a ele.

– Sim, claro que pode – respondeu John Wolf rapidamente. Ele também não queria apresentá-la a Garp.

– Espere um instante – disse Garp. Jillsy Sloper e John Wolf ficaram paralisados. – Você é Jillsy Sloper?

– Não! – exclamou John Wolf.

Garp fulminou-o com o olhar.

– Como vai o senhor? – disse Jillsy a Garp, sem encará-lo.

– Como vai a senhora? – disse Garp. Ele pôde ver imediatamente que aquela pobre mulher *não* podia ter "adorado" o seu livro, como John Wolf dissera.

– Sinto muito por sua mãe – disse Jillsy.

– Muito obrigado – respondeu Garp.

No entanto, ele pôde ver – *todos* que estavam ali presentes podiam ver! – que Jillsy Sloper estava fervilhando de raiva.

– Ela era duas ou três vezes melhor do que o *senhor*! – gritou Jillsy subitamente para Garp. Havia lágrimas em seus olhos castanho-amarelados. – Ela valia quatro ou cinco de seus terríveis livros! Deus do céu! Deus do céu! – murmurava, chorando, enquanto saía do escritório de John Wolf. – Deus do céu! Deus do céu!

Mais uma pessoa manca, pensou Duncan Garp, mas podia ver que o pai não estava interessado em sua contagem.

Na primeira cerimônia fúnebre feminista realizada na cidade de Nova York, todos que estavam ali para homenagear a falecida não sabiam bem como proceder. Talvez porque a reunião não fosse numa igreja, mas em um desses enigmáticos prédios do sistema universitário estadual – um auditório já cansado de fazer ecoar discursos que ninguém ouvia. O lugar gigantesco estava ligeiramente impregnado do sentimento de antigas aclamações – não só dirigidas a bandas de *rock*, como a um ou outro poeta famoso. Aquele espaço, no entanto, também tinha a seriedade do conhecimento inequívoco de que fora palco de grandes conferências. Naquele lugar, centenas de pessoas já haviam tomado suas notas.

O nome do lugar era Anfiteatro da Escola de Enfermagem – portanto, um lugar estranhamente apropriado como local de tributo a Jenny Fields. Era difícil perceber a diferença entre as presentes que usavam o modelo Jenny Fields, com o coraçãozinho vermelho bordado no peito, e as verdadeiras enfermeiras, com seus uniformes muito brancos e deselegantes, que tinham outras razões para estar nas vizinhanças e só haviam entrado para dar uma espiada na cerimônia – por mera curiosidade ou por real solidariedade, ou por ambas.

Havia tantos uniformes brancos na enorme plateia, onde todos se movimentavam, falando baixinho, que Garp logo reclamou com Roberta.

– Eu falei que seria melhor eu ter vindo vestido de enfermeira – disse Garp entre dentes. – Chamaria menos atenção.

– Achei que você chamaria atenção se viesse de enfermeira – disse Roberta. – Nunca poderia imaginar que haveria tantas aqui.

– Vai se tornar uma mania nacional. Espere e verá – murmurou Garp.

Depois, não disse mais nada e ficou ali, encolhido em seus trajes espalhafatosos, ao lado de Roberta, achando que todo mundo olhava para ele com curiosidade e, de algum modo, pressentindo sua masculinidade – ou, ao menos, como Roberta lhe avisara, sua hostilidade.

Sentaram-se bem no meio do imenso auditório, logo na terceira fila à frente do palco e da plataforma dos oradores. Um mar de mulheres entrou e sentou-se bem atrás deles – fileiras e fileiras – e, lá no fundo, no amplo espaço aberto onde não havia cadeiras, as mulheres menos interessadas em se sentar e assistir à cerimônia inteira, mas que desejavam prestar suas homenagens, entravam em fila, devagar, por uma porta e saíam pela outra. Era como se a imensa plateia sentada fosse o caixão aberto de Jenny Fields que aquelas mulheres andando devagar tinham vindo só para ver.

Garp, naturalmente, sentia-se como se *ele* fosse um caixão aberto e que todas aquelas mulheres tinham vindo observá-lo. Para ver sua palidez, para ver seu ridículo disfarce.

Roberta provavelmente tinha lhe arranjado aquela roupa para se vingar por ele ter insistido tanto em ir – ou por sua cruel piada a respeito dos cromossomos. Vestira-o com um traje inteiro, uma espécie de macacão, azul-turquesa, da cor da caminhonete de Oren Rath. A roupa tinha um zíper dourado que ia da forquilha entre as pernas até a garganta de Garp. Ele não preenchia adequadamente os quadris da roupa, mas os seios – ou melhor, os seios falsos que Roberta lhe arranjara – estavam bem apertados contra os bolsos de abas no peito e forçavam um pouco o vulnerável zíper.

– Que belos melões você tem! – dissera-lhe Roberta.

– Vá para o inferno, Roberta – sussurrara Garp entre dentes.

As alças do horroroso e enorme sutiã machucavam seus ombros. Sempre que percebia alguma mulher olhando-o com atenção, talvez em dúvida quanto ao seu sexo, ele simplesmente ficava de lado para se exibir, acreditando que aquilo eliminaria qualquer possibilidade de dúvida.

Não se sentia tão seguro em relação à peruca. Uma cabeleira desgrenhada como de uma prostituta de cabelos cor de mel, que causava uma grande comichão em seu próprio couro cabeludo.

Em volta do pescoço, um bonito lenço de seda verde.

O rosto moreno fora exageradamente empoado de um tom acinzentado, mas Roberta dissera que isso disfarçaria a barba. Os lábios finos estavam bem vermelhos, cor de cereja, mas, como os lambia constantemente, manchara um dos cantos da boca.

– Está parecendo que você acaba de ser beijado – disse Roberta.

Embora ele sentisse frio, Roberta não permitira que usasse sua parca de esquiar – deixaria seus ombros muito largos. Nos pés, ele usava um formidável par de botas que chegavam até os joelhos, de um vinil vermelho que combinava, segundo Roberta, com a cor do seu batom. Garp vira seu reflexo em uma vitrine e disse a ela que estava parecendo uma prostituta adolescente.

– Uma prostituta adolescente que está *envelhecendo* – corrigiu Roberta.

– Uma bicha paraquedista – dissera Garp.

– Nada disso, você parece uma mulher, Garp – ela tentou acalmá-lo. – Não uma mulher de muito bom gosto, mas uma mulher.

E ali estava Garp, irrequieto em sua cadeira, no Anfiteatro da Escola de Enfermagem, torcendo os cordões ásperos da ridícula bolsa de palhinha com desenho oriental, que mal comportava sua carteira. Em sua enorme bolsa a tiracolo, Roberta guardara todas as roupas de Garp – a sua outra identidade.

– Aquela é Manda Horton-Jones – sussurrou Roberta, apontando uma mulher magra e de nariz adunco, que lia um discurso formal, preparado de antemão, com sua voz anasalada e de cabeça baixa.

Garp deu de ombros, já que não sabia quem era a mulher que teria de aturar. Os discursos abrangiam uma gama que ia de estridentes apelos políticos pela unidade até tristes e dolorosas reminiscências de Jenny Fields. A plateia não sabia se devia aplaudir ou rezar, ou se apenas aprovava, balançando a cabeça tristemente. A atmosfera era ao mesmo tempo de um velório e de urgente necessidade de união – aliados a um forte desejo de seguir em frente. Pensando bem, Garp achava aquilo natural e adequado, tanto em relação à sua mãe quanto à sua vaga percepção do que realmente era o movimento feminista.

– Essa é Sally Devlin – sussurrou Roberta.

A mulher que agora subia à plataforma de oradores parecia amável, inteligente e vagamente familiar. Garp sentiu imediatamente a necessidade de se defender dela.

– Ela tem pernas bonitas – sussurrou, não a sério, mas apenas para provocar Roberta.

– Mais bonitas que as suas – respondeu ela, dando-lhe um beliscão na coxa com seus dedos grandes e fortes, que, Garp imaginava, já tinham sido quebrados muitas vezes quando ela jogava pelo Eagles da Filadélfia.

Sally Devlin fixou os olhos suaves e tristes na plateia, como se estivesse repreendendo, silenciosamente, uma turma de crianças desatentas e que não conseguiam parar sentadas.

– Esse assassinato sem sentido não merece, realmente, nada disso – falou, tranquilamente. – Jenny Fields, no entanto, apenas ajudava um sem número de *pessoas*, era simplesmente paciente e generosa com as mulheres que atravessavam dificuldades. Qualquer pessoa que já tenha sido ajudada por alguém deve sentir tremendamente o que lhe aconteceu.

Era exatamente o que Garp sentia naquele momento. Ouviu a combinação de suspiros e soluços de centenas de mulheres. Ao seu lado, os ombros largos de Roberta sacudiam-se contra ele. Sentiu a mão de alguém, provavelmente da mulher que estava sentada diretamente atrás dele, apertar seu ombro, espremido dentro da terrível roupa azul-turquesa. Imaginou se estava prestes a ser agredido por seus trajes ofensivos e fora de propósito, mas a mão apenas continuou a apertar-lhe o ombro. Talvez a mulher precisasse de apoio. Naquele momento, Garp sabia, todas elas se sentiam como irmãs.

Levantou a cabeça, para ver o que Sally Devlin estava dizendo, mas os próprios olhos estavam turvos de lágrimas, impedindo que a visse com clareza. No entanto, podia *ouvi*-la, e percebeu que ela estava soluçando. Soluços profundos e sentidos! Ela tentava retomar o fio do discurso, mas os olhos não conseguiam encontrar o lugar na página onde parara; o papel, chocalhando em suas mãos trêmulas, estalava contra o microfone. Uma mulher muito forte, que Garp achava já ter visto antes – uma daquelas que pareciam guarda-costas de sua mãe e a acompanhavam a toda parte –, tentou ajudar Sally Devlin a sair, mas ela se recusava a descer da plataforma.

– Eu não pretendia fazer isso – disse ela, sempre chorando, referindo-se aos seus soluços e à perda de controle. – Eu ainda tinha muito a dizer... – protestou, mas não conseguia dominar a voz. – Droga! – disse, finalmente, com uma dignidade que emocionou Garp.

A mulher grandalhona e forte viu-se repentinamente sozinha diante do microfone. A plateia esperava em silêncio. Garp sentiu a mão que apertava seu ombro estremecer ou puxá-lo. Olhou para as mãos de Roberta e calculou que a outra, que lhe apertava o ombro, devia ser bem pequena.

A mulher grandalhona parecia estar querendo dizer alguma coisa, e a plateia esperou. Mas teriam de esperar a vida toda para ouvir uma palavra dela. Roberta sabia quem ela era. Levantou-se e começou a aplaudir o silêncio desesperador da mulher em frente ao microfone. Outras pessoas começaram a aplaudir também – até mesmo Garp, apesar de não fazer a menor ideia da razão dos aplausos.

– Ela é da Sociedade Ellen James – sussurrou-lhe Roberta. – Ela *não pode* dizer nada.

A mulher, contudo, dominava a plateia com seu rosto triste. Abriu a boca como se fosse cantar, mas não emitiu nenhum som. Garp imaginou estar vendo o que lhe restara da língua decepada. Lembrou-se de como a mãe apoiava aquelas malucas. Jenny era maravilhosa com todas que vinham lhe pedir auxílio, mas até mesmo ela, por fim, admitira sua desaprovação àquela loucura – e talvez só a tivesse revelado ao filho.

– Elas estão se tornando vítimas de si mesmas, Garp – dissera Jenny. – E, no entanto, detestam os homens por lhes haverem feito a mesma coisa. Por que não preferem fazer um voto de silêncio ou nunca falar na presença de um homem? Não é lógico se mutilar só para mostrar o que sentem.

Garp, porém, já agora sensibilizado por aquela loucura, sentia toda a história da automutilação do mundo, que, embora violenta e ilógica, expressava, talvez como nenhum outro ato de revolta, uma dor terrível. "Estou terrivelmente *ferida*", dizia o rosto da mulher, que se dissolvia diante dele por causa de suas próprias lágrimas.

Então, a pequenina mão em seu ombro apertou-o com força. Ele lembrou-se de que era um homem naquele ritual só de mulheres, e então se voltou, dando de cara com a moça de ar cansado que estava atrás dele. Seu rosto era-lhe familiar, mas ele não conseguia identificá-lo.

– Eu conheço você – disse a jovem, baixinho. Não parecia *feliz* por conhecê-lo.

Roberta dissera-lhe categoricamente para não abrir a boca para ninguém, nem sequer *tentar* falar. Ele estava preparado para enfrentar esse problema. Sacudiu a cabeça. Tirou do bolso um bloco, um pouco amassado por ter ficado espremido contra seus enormes peitos falsos. Abriu a bolsa absurda e pegou um lápis. Os dedos perfurantes da mulher mais pareciam garras em seu ombro, como se ela quisesse impedir sua fuga. Escreveu no papel:

Olá! Sou da Sociedade Ellen James.

Arrancou a folha do bloco e entregou-a à jovem. Ela não a pegou.
– Uma ova que você é! – disse ela. – Você é T. S. Garp.

A palavra *Garp* ressoou como o arroto de um animal desconhecido em meio àquela plateia silenciosa, ainda conduzida pela mulher muda no palco. Roberta Muldoon virou-se, apavorada. Ela nunca vira aquela jovem em toda a sua vida.

– Não sei quem é sua companheira grandalhona, mas você é T. S. Garp – continuou a jovem. – Não sei onde arranjou essa peruca ridícula ou essas tetas enormes, mas eu o reconheceria em qualquer lugar. Você não mudou nada desde o tempo em que andava trepando com minha irmã, até causar-lhe a *morte*.

Só então Garp percebeu quem era sua inimiga. Era a caçula da família Percy. Bainbridge! A pequena Pooh Percy, que usava fraldas até já ser bem crescida e que, na opinião de Garp, era bem possível que ainda as usasse.

Garp encarou-a. Seus seios eram maiores do que os dela. Pooh vestia-se assexuadamente, com os cabelos cortados à moda unissex e um rosto que não era nem delicado, nem rude. Ela usava uma camisa do exército com as divisas de sargento e um distintivo de campanha da mulher que esperara ser a nova governadora do estado de New Hampshire. Foi um choque para Garp perceber que a candidata a governadora era Sally Devlin. Ficou imaginando se ela ganhara ou não a eleição.

– Olá, Pooh – disse Garp, e viu seu rosto se crispar em reação àquele *odiado* apelido, pelo qual ninguém a chamava mais. – Bainbridge – murmurou Garp, mas já era tarde demais para uma atitude amistosa.

Ele estava *anos* atrasado. Muito tempo havia se passado desde a noite em que Garp mordera a orelha de Bonkers e violara Cushie na enfermaria da Steering School. Nunca a amara realmente – não comparecera ao seu casamento, nem ao seu enterro.

Quaisquer que fossem suas mágoas contra Garp, quaisquer que fossem suas mágoas contra os homens em geral, Pooh tinha agora o inimigo à sua mercê – finalmente.

A mão grande e quente de Roberta apertava as costas de Garp, e seu vozeirão insistia com ele:

– Caia fora daqui. Depressa. Não diga nem uma só palavra.

– Há um *homem* aqui! – gritou Bainbridge Percy em meio ao silêncio reinante no anfiteatro. Aquilo chegou até mesmo a fazer com que a muda que estava no palco emitisse um pequeno som, talvez um grunhido. – Há um homem aqui! – Pooh tornou a gritar. – E é T. S. Garp. *Garp* está aqui! – berrou ela.

Roberta tentou conduzi-lo para a passagem entre as fileiras de assentos, mas nem mesmo seus antigos dotes de campeão a ajudaram a afastar todas aquelas mulheres.

– Por favor – dizia Roberta. – Com licença, por favor. Ela era *mãe* dele, devem saber disso. Seu *único* filho.

Minha única *mãe*!, Garp pensava, agarrado às costas de Roberta. Sentiu quando as garras afiadas de Pooh Percy arranharam seu rosto. Ela arrancou sua peruca; ele pegou-a de volta e agarrou-a junto ao peito, como se significasse muito para ele.

– Ele violou minha irmã e levou-a à *morte*! – gritava Pooh.

Garp jamais conseguiria descobrir como Pooh chegara *àquela* conclusão – mas obviamente ela estava convencida. Pooh saltou por cima da cadeira que Garp abandonara e foi juntar-se a Roberta e Garp, que finalmente conseguiram chegar à passagem.

– Ela era minha mãe – tentou Garp explicar a uma mulher grávida que passava. Em seu rosto, ele viu discernimento e bondade; também viu censura e desprezo.

– Deixem-no passar – murmurava a mulher grávida, sem muita convicção.

Algumas outras pareciam mais solidárias. Alguém gritou que ele tinha o direito de estar ali, mas outras coisas também foram gritadas e que não demonstravam nenhuma simpatia ou bondade.

Mais adiante na passagem, ele sentiu que lhe socavam os peitos. Esticou o braço, procurando Roberta, e viu que ela estava "fora do jogo", como se diz no futebol. Ela estava caída. Várias mulheres com casacos da marinha pareciam estar sentadas em cima dela. Ocorreu a Garp que pudessem pensar que Roberta *também* fosse um homem disfarçado; a descoberta da verdade podia ser penosa.

– Vá embora, Garp! – gritou Roberta.

– Sim, *corra*, seu filho da mãe! – gritou entre dentes uma mulher de jaqueta da marinha.

Ele correu.

Estava quase chegando ao fim do salão, quando uma delas acertou-o no lugar certo. Ele nunca mais fora atingido nos testículos, desde os tempos em que praticava luta livre na Steering, havia muitos anos. Percebeu que aquilo era capaz de deixar um homem inteiramente incapacitado. Procurou proteger-se, encolhendo-se, deitado de lado sobre um dos quadris. Elas continuaram tentando arrancar-lhe a peruca e a minúscula bolsa das mãos. Ele defendia-se como se estivesse sendo vítima de um assalto na rua. Sentiu alguns pontapés, alguns tapas, mas logo em seguida percebeu a respiração de uma mulher mais velha sobre seu rosto.

– Tente se levantar – disse ela, gentilmente.

Garp percebeu que se tratava de uma enfermeira. Uma enfermeira de verdade, sem aquele coração vermelho pregado no peito. Havia apenas uma plaquinha de metal com letras azuis, indicando que ela era uma enfermeira diplomada.

– Meu nome é Dotty – disse-lhe a enfermeira, que devia ter no mínimo 60 anos.

– Oi! Muito obrigado, Dotty.

Ela tomou-o pelo braço e conduziu-o a passos rápidos pelo resto da turba, sem que nenhuma das mulheres tentasse detê-los. Deixaram-no ir.

– Tem dinheiro para o táxi? – perguntou-lhe a enfermeira chamada Dotty, quando estavam do lado de fora do Anfiteatro da Escola de Enfermagem.

– Acho que sim – respondeu Garp.

Abriu aquela bolsinha horrorosa e viu que sua carteira ainda estava ali. E a peruca – ainda mais amarfanhada – continuava debaixo do braço. Roberta estava com suas roupas, e ele procurou em vão algum sinal dela emergindo do primeiro funeral feminista.

– É melhor colocar a peruca – aconselhou-o Dotty. – Você pode ser confundido com um desses travestis que andam por aí. – Ele tentou recolocar a peruca, e ela o ajudou. – As pessoas são muito severas com travestis – acrescentou. Ela tirou vários grampos de seus cabelos grisalhos e prendeu melhor a peruca de Garp.

O arranhão em seu rosto, ela lhe disse, logo pararia de sangrar.

Nos degraus da saída do anfiteatro, uma mulher preta alta, que parecia páreo para Roberta, brandiu o punho cerrado para Garp, mas não disse nada. Talvez fosse mais uma das mudas da Sociedade Ellen James. Algumas outras mulheres já estavam se juntando ali, e Garp temia que pudessem estar pensando na possibilidade de um novo ataque. Estranhamente no limiar de um grupo de mulheres, mas aparentando não ter nenhuma ligação com elas, estava uma mocinha magrela, parecendo ainda uma criança. Tinha cabelos louros sujos e os olhos penetrantes eram da cor de manchas de café – como os olhos de uma viciada em drogas, ou então de alguém que estava sempre chorando. Garp sentiu-se paralisado com seu olhar e chegou até a sentir medo dela – como se ela fosse *realmente* louca, uma espécie de assassina de aluguel adolescente trabalhando para o movimento feminista, com uma arma na enorme bolsa. Ele agarrou com força sua própria bolsinha, lembrando-se de que sua carteira estava cheia de cartões de crédito. Tinha dinheiro suficiente para o táxi até o aeroporto, e os cartões de crédito garantiam-lhe uma passagem para Boston e para o seio, por assim dizer, do que restava de sua família. Bem que gostaria de se ver livre daqueles peitos incômodos, mas lá estavam eles, como se tivesse nascido assim – e nascido também naquele traje ao mesmo tempo apertado e folgado. Mas era tudo que tinha e, portanto, não havia escolha. Pelo barulho que vinha do anfiteatro, Garp sabia que Roberta estava enfronhada nos debates, se não nos combates. Trouxeram para fora alguém que desmaiara, ou fora surrada, e outros policiais entraram.

– Sua mãe era uma enfermeira de primeira e uma mulher da qual todas as outras podiam se orgulhar – disse a enfermeira Dotty. – Aposto que era também uma excelente mãe.

– Sim, era mesmo.

A enfermeira arranjou-lhe um táxi, e depois ele a viu caminhando de volta para o anfiteatro. As mulheres que haviam parecido tão ameaçadoras, nos degraus do lado de fora do edifício, não a perturbaram quando ela entrou. Chegavam mais carros da polícia. Garp procurou a menina de olhar estranho, mas não a viu entre as outras mulheres.

Garp perguntou ao motorista do táxi quem era o novo governador de New Hampshire, tentando disfarçar a voz grossa. O motorista, porém, familiarizado com as excentricidades do seu trabalho, não pareceu surpreso nem com a aparência, nem com a voz de Garp.

– Eu estava fora do país – explicou Garp.
– Não perdeu nada, queridinha. A mulher não aguentou o rojão.
– Sally Devlin? – disse Garp.
– Ela desmoronou, bem diante da TV. Ficou tão nervosa com o assassinato que não aguentou. Estava fazendo um discurso, mas parou no meio. Para mim, ela sempre pareceu uma completa idiota. Como é que podia ser governadora se não conseguia nem se controlar?

Garp percebeu, então, o que o movimento feminista tinha perdido. Talvez o maldito governador em exercício tivesse se valido do incidente para dizer que Sally Devlin se comportara "como uma mulher". Derrotada pela demonstração de seus sentimentos por Jenny Fields, ela foi julgada incompetente para desempenhar seus deveres como governadora, fossem lá quais fossem esses deveres.

Garp estava envergonhado. Sentia vergonha pelo comportamento das outras pessoas.

– Na minha opinião – disse o motorista –, foi preciso acontecer uma coisa assim como o atentado para mostrar que as mulheres não têm condições de exercer um cargo desses, não é mesmo?
– Cale a boca e dirija – disse Garp.
– Olhe aqui, queridinha – disse o motorista –, não sou obrigado a aturar nenhuma *grosseria*.
– Você não passa de um completo imbecil e, se não me levar para o aeroporto com a boca fechada, vou chamar um guarda e dar queixa de que você tentou me apalpar.

O motorista pisou fundo no acelerador e dirigiu durante algum tempo num silêncio furioso, esperando que a velocidade e a maneira louca de dirigir espantassem a passageira.

– Se você não diminuir a velocidade, direi ao guarda que tentou me estuprar – disse Garp.
– Bichona de merda! – disse o motorista, mas reduziu a velocidade e dirigiu até o aeroporto sem dizer mais nenhuma palavra. Garp colocou as moedas da gorjeta em cima do capô, e uma delas rolou para a fresta que havia entre o motor e o para-choque.

– *Mulheres* de merda! – rosnou o motorista.

– *Homens* de merda! – disse Garp, achando, com sentimentos contraditórios, que tinha contribuído para a continuidade da guerra entre os sexos.

No aeroporto, duvidaram de seu cartão de crédito da American Express e pediram-lhe outras identificações. Inevitavelmente, também perguntaram a respeito das iniciais T. S. A recepcionista da companhia aérea encarregada de emitir passagens obviamente não estava em dia com o mundo literário, já que não sabia quem era T. S. Garp.

Ele lhe disse que as iniciais correspondiam a Tillie Sarah.

– Tillie Sarah Garp?

A jovem mostrava claramente que desaprovava a aparência e a indumentária estranha e vulgar de Garp.

– Não tem nada para despachar, nem bagagem de mão? – perguntou-lhe.

– Não, nada – respondeu ele.

A aeromoça também o recebeu com um olhar condescendente.

– Não tem um casaco?

– Não, nada – respondeu Garp. A aeromoça espantou-se com sua voz grossa. – Nem bolsa, nem nada para pendurar – disse ele, sorrindo.

Garp achava que tudo que estava levando eram os *seios* – aquelas tetas enormes que Roberta lhe arranjara; era obrigado a andar curvado para tentar mantê-los para dentro, mas não havia como disfarçá-los.

Tão logo escolheu um lugar, um homem veio sentar-se ao seu lado. Garp virou-se para a janela. Ainda havia passageiros dirigindo-se, apressados, para o seu avião. Entre eles, viu a menina de cabelos louros sujos. Ela também não trazia casaco, nem bagagem de mão. Apenas aquela sacola enorme, suficientemente grande para conter uma bomba. Garp pressentiu a presença do "sapo no fundo". Virou-se para o corredor, para poder ver onde a jovem iria se sentar, mas deparou-se com o olhar malicioso do homem que estava ao seu lado.

– Quem sabe se, depois que já estivermos voando – disse o sujeito descaradamente –, eu possa oferecer-lhe uma bebida? – Os olhos pequenos, muito juntos, estavam fixos no zíper repuxado do apertado macacão azul-turquesa de Garp.

Garp sentiu-se dominado por uma espécie peculiar de injustiça. Ele não pedira para ter aquela anatomia. Queria ter tido a oportunidade de conversar tranquilamente com aquela mulher bonita e agradável, Sally Devlin, que fora derrotada na eleição do futuro governador de New Hampshire. Ele teria lhe dito que ela era boa demais para aquele cargo tão sujo.

– Você está com uma *roupa* muito bonita, sabe? – disse o seu vizinho na poltrona ao lado.

– Meta-se com sua vida, ouviu? – disse Garp.

Afinal de contas, ele era o filho de uma mulher que esfaqueara um bolinador em um cinema de Boston – havia muitos, muitos anos.

O sujeito tentou se levantar, mas não conseguiu, por causa do cinto de segurança. Olhou desesperado para Garp, que se inclinou para ele e desatou o cinto, quase sufocando com a quantidade de perfume que Roberta despejara em cima dele. Segurou a fivela do cinto de segurança e abriu-a com um estalo. Em seguida, Garp sussurrou num tom ameaçador na orelha muito vermelha do sujeito:

– Quando já estivermos voando, engraçadinho, vá ao banheiro e se masturbe lá.

O homem saiu às pressas, apavorado, deixando vago o assento ao lado de Garp. Ele olhou com raiva para o lugar vazio, como se desafiasse um homem que tivesse coragem de se sentar ali. A pessoa que se aproximou, entretanto, abalou sua confiança momentânea. Ela era muito magra, as mãos ossudas agarrando a enorme sacola. Não pediu licença e foi logo se sentando. O "sapo no fundo" hoje, pensou Garp, era uma mocinha magra. Quando ela enfiou a mão na bolsa, ele segurou-a pelo pulso, tirou sua mão da sacola e colocou-a no colo. Ela não era forte e, em sua mão, não havia nenhuma arma; nem mesmo uma faca. Garp viu apenas um bloquinho e um lápis com a borracha na ponta muito mordida.

– Desculpe-me – murmurou ele. Se ela não era uma assassina, ele achava que sabia quem ela era. "Por que será que minha vida é tão cheia de pessoas com problemas de locução? Ou será apenas porque sou escritor que reparo em tais anomalias vocais à minha volta?", escrevera em certa ocasião.

A mocinha magra ao seu lado no avião, que nada tinha de violenta, escreveu um bilhete apressadamente e entregou-o a ele.
– Sim, sim – disse ele, cansado. – Você pertence à Sociedade Ellen James.
A garota, entretanto, mordeu o lábio e sacudiu a cabeça energicamente. Ela enfiou o bilhete em sua mão.

Meu nome é Ellen James. E não faço parte da Sociedade.

– Você é a própria Ellen James?
Era uma pergunta desnecessária e ele sabia disso – bastava olhar para ela. Tinha a idade certa. Não havia muito tempo, com apenas 11 anos, fora estuprada e tivera a língua decepada. Os olhos, que lhe pareceram manchas de café, nada tinham de manchas quando vistos de perto. Estavam apenas congestionados, talvez devido a insônias. Havia uma cicatriz em seu lábio inferior. Parecia mordido como a borracha na ponta do lápis.
Ela continuou a escrever.

Eu vim de Illinois. Meus pais morreram recentemente em um acidente de automóvel. Vim para a Costa Leste para conhecer sua mãe. Eu lhe escrevi uma carta, e ela me respondeu! Uma resposta maravilhosa. Convidou-me para ir morar com ela. Também me aconselhou a ler todos os seus livros.

Ele ficou lendo as pequenas páginas do bloco, sacudindo a cabeça e sorrindo.

Mas sua mãe foi assassinada!

Da sacola enorme, Ellen James tirou um lenço marrom e assoou o nariz.

Fui ficar com um grupo de mulheres em Nova York. Mas eu já conhecia mulheres da Sociedade Ellen James demais. Aliás, era só o que eu conhecia. Eu recebo centenas de cartões de Natal.

Ela fez uma pausa, para que ele tivesse tempo de ler.
– Sim, sim, claro que recebe – disse ele, encorajando-a.

Eu fui ao funeral, é claro. Fui porque sabia que você estaria lá. Sabia que você não faltaria.

Ela parou e sorriu para ele. Em seguida, escondeu o rosto no lenço sujo.
– Você queria falar *comigo*? – perguntou Garp.
Ela balançou a cabeça energicamente. Tirou da enorme bolsa seu exemplar surrado de O *mundo segundo Bensenhaver.*

A melhor história de estupro que já li.

Ele fez uma careta.

Sabe quantas vezes já li este livro?

Ele olhou para aqueles olhos cheios de lágrimas e de admiração e sacudiu a cabeça, numa mudez igual à das adeptas de sua Sociedade. Ela tocou-lhe o rosto, desajeitadamente, como uma criança. Ergueu os dedos para que ele contasse: os cinco de uma das mãos e mais três da outra. Ela lera oito vezes aquele livro horroroso!
– Oito vezes – murmurou Garp.
Ela balançou a cabeça e sorriu. Depois, recostou-se na poltrona do avião como se sua vida estivesse completamente realizada, agora que estava ali sentada ao lado dele, a caminho de Boston. Se não na companhia da mulher que admirava, ao menos na de seu filho único. Devia contentar-se com isso.
– Esteve na universidade? – perguntou-lhe Garp.
Ellen James levantou um dedo sujo e fez uma expressão de tristeza.
– Só um ano? – traduziu Garp. – Mas você não gostou. Não deu certo para você?
Ela balançou a cabeça ansiosamente.

— E o que é que você quer ser? – perguntou-lhe. Teve de se conter para não acrescentar "quando crescer".

Ela apontou para ele e ficou vermelha. Quase chegou a tocar em seus fartos "seios".

— Quer ser escritora?

Ela ficou mais tranquila e sorriu. Seu rosto parecia dizer-lhe como estava agradecida pela facilidade com que ele entendia o que ela queria dizer. Garp sentiu um aperto na garganta. Ela lhe parecia uma daquelas infelizes crianças sobre as quais havia lido – já nascem condenadas porque não possuem anticorpos, não têm defesas naturais contra as doenças. São obrigadas a viver dentro de bolhas de plástico para não morrer de um simples resfriado. Ali estava Ellen James de Illinois, fora de sua bolha.

— Seu pai e sua mãe morreram? – perguntou Garp.

Ela balançou a cabeça e mordeu o lábio.

— E não tem mais ninguém de sua família?

Ela sacudiu a cabeça.

Ele sabia exatamente o que sua mãe faria. Sabia que Helen não faria objeções. E Roberta, naturalmente, seria de grande ajuda. E havia ainda todas aquelas mulheres infelizes que haviam sofrido violências.

— Muito bem, pois você *agora* já tem uma família – disse Garp a Ellen James. Ele segurou sua mão, surpreso consigo mesmo ao ouvir a proposta que fazia. Sua voz parecia o eco da voz de sua mãe no seu velho papel de novela barata: *As aventuras da boa enfermeira.*

Ellen James fechou os olhos como se houvesse desmaiado de alegria. Nem ouviu quando a aeromoça lhe pediu que afivelasse o cinto de segurança. Garp afivelou o cinto para ela. Durante todo o curto voo para Boston, ela não parou de escrever.

Detesto todas essas mulheres da Sociedade Ellen James. Jamais faria uma coisa dessas comigo mesma.

Abriu a boca e mostrou-lhe o que estava faltando ali. Garp contraiu-se, horrorizado.

Eu quero falar. Quero dizer tudo que sinto.

Garp notou que o polegar e o indicador da mão que ela usava para escrever tinham quase o dobro da espessura dos dedos da outra mão. Nunca vira coisa igual. Pensou consigo mesmo que ela jamais sentiria a famosa cãibra dos escritores.

As palavras não param de vir.

Ela ficava esperando a aprovação dele, linha por linha. Ele sacudia a cabeça, e ela então continuava. Escreveu contando-lhe toda a sua vida. A professora de inglês do colégio, a única que fora realmente importante para ela. O eczema de sua mãe. O Ford Mustang que o pai dirigia em alta velocidade.

Já li tudo que podia.

Garp contou-lhe que Helen também adorava ler. Ela ia gostar de sua mulher. A jovem fitou-o com um olhar esperançoso.

Qual era seu escritor preferido quando você era pequeno?

– Joseph Conrad – respondeu Garp.
Ela suspirou, aprovando.

A minha era Jane Austen.

– Muito boa.
Quando chegaram ao aeroporto de Logan, ela estava quase dormindo em pé. Garp conduziu-a pelos corredores e encostou-a no balcão, enquanto preenchia os formulários necessários para alugar o carro.
– T. S.? – perguntou o atendente.
Um dos seios postiços de Garp estava escorregando para o lado, e o homem parecia preocupado com a possibilidade de todo aquele corpo azul-turquesa se autodestruir.

Dentro do carro, viajando para o norte, na estrada escura que levava a Steering, Ellen James dormia como uma gatinha, toda enroscada no banco traseiro. Pelo espelho retrovisor, Garp notou que seu joelho estava ralado e que ela chupava o polegar quando dormia.

Afinal de contas, a cerimônia fúnebre em memória de Jenny Fields fora uma coisa boa. Uma mensagem essencial havia passado de mãe para filho. Ali estava ele, bancando a enfermeira para alguém. Mais importante ainda era que Garp descobrira qual fora o talento especial de sua mãe. Seus instintos eram certos. *Jenny Fields sempre fazia o que era certo.* Garp esperava que um dia ele compreendesse a ligação entre aquela lição e as coisas que escrevia. Mas essa era uma meta pessoal e, como outras, levaria algum tempo para atingi-la. O importante era que, naquele carro, viajando para Steering com a verdadeira Ellen James dormindo e entregue aos seus cuidados, T. S. Garp decidiu que tentaria ser mais parecido com a mãe.

Ocorreu-lhe, então, que aquilo teria agradado muito a Jenny, se tivesse tomado essa decisão quando ela ainda era viva.

"Parece que a morte", escreveu Garp, "não gosta de esperar até que estejamos preparados para ela. A morte é indulgente e, sempre que possível, põe em prática seu talento pelo dramático."

E foi assim que Garp, com a guarda baixa e livre da sensação da presença do "sapo no fundo" – ao menos, desde sua chegada a Boston –, entrou na casa de Ernie Holm levando Ellen James adormecida nos braços. Ela devia ter uns 19 anos, mas era mais fácil de carregar do que Duncan.

Garp não estava preparado para encontrar a figura envelhecida do reitor Bodger, sozinho na penumbra da sala de estar de Ernie, diante da TV. O velho reitor, às vésperas da aposentadoria, não pareceu muito espantado ao ver Garp vestido como uma prostituta, mas olhou horrorizado para a adormecida Ellen James em seus braços.

– Ela está...

– Apenas dormindo – disse Garp. – Onde está o pessoal?

Ao fazer a pergunta, Garp ouviu o barulho do "sapo no fundo", batendo no assoalho frio da casa silenciosa.

– Eu tentei falar com você... foi Ernie... – disse-lhe o reitor Bodger.

– Seu coração? – arriscou Garp.

– Sim – disse Bodger. – Deram alguma coisa a Helen para fazê-la dormir. Ela está lá em cima. Achei melhor ficar esperando você chegar. Assim, se as crianças acordassem ou precisassem de alguma coisa, não seria preciso chamá-la. Eu sinto muito, Garp. Essas coisas às vezes vêm todas ao mesmo tempo, ou pelo menos é o que parece.

Garp sabia quanto Bodger gostava de sua mãe. Colocou Ellen James no sofá da sala e desligou a TV, que dava uma aparência cadavérica ao rosto da jovem.

– Ele morreu dormindo? – perguntou Garp a Bodger, arrancando a peruca. – Você encontrou o Ernie aqui?

O pobre reitor pareceu nervoso.

– Ele estava na cama lá em cima. Eu gritei lá para cima, mas sabia que teria de subir. Depois, ajeitei-o um pouco antes de chamar outra pessoa.

– Ajeitou-o?! – Garp abriu o zíper do terrível macacão azul-turquesa e arrancou os seios. O velho reitor provavelmente pensou que aquele era um disfarce comum que o agora famoso escritor usava para viajar.

– Por favor, não conte a Helen – disse Bodger.

– Não contar o quê?

Bodger tirou a revista que estava escondida embaixo do colete folgado. Era um exemplar da *Instantâneos de Sexo*, onde fora publicado o primeiro capítulo de *O mundo segundo Bensenhaver*. A revista parecia ter sido bem folheada.

– Ernie estava olhando a revista quando seu coração parou.

Garp tirou a revista das mãos de Bodger e ficou imaginando a cena da morte. Ernie Holm estava se masturbando diante das fotos de castor rachado quando seu coração parou. Na época de Garp na Steering, havia uma piada que dizia que aquela era a melhor maneira de "partir". Assim, Ernie se fora daquele modo. O bom reitor puxou suas calças para cima e escondeu a revista, para que a filha do técnico não a visse.

– Mas tive que contar ao médico-legista – disse Bodger.

Uma metáfora desagradável do passado de sua mãe tomou conta de Garp numa onda nauseante, mas ele nada disse ao velho Bodger. A luxúria tinha liquidado mais um bom homem. Garp sentiu-se deprimido com a vida solitária de Ernie.

Já do lado de fora, na varanda, sob a luz fria que se projetava no escuro campus da Steering, Bodger suspirava e sacudia a cabeça ao despedir-se de Garp.

– Sua mãe foi uma pessoa muito especial – disse, pensativamente. – Era uma lutadora! – exclamou com orgulho. – Ainda tenho as cópias dos bilhetes que ela escreveu para Stewart Percy.

– Você sempre foi muito bom para ela.

– Sabe, Garp, ela valia mais do que uma centena de Stewart Percys.

– É verdade – concordou Garp.

– Você sabia que ele também morreu?

– Ensopado Gordo?

– Ontem – disse Bodger. – Depois de uma longa doença. Sabe o que isso geralmente significa, não é?

– Não – disse Garp. Ele nunca havia pensado sobre isso.

– Câncer, geralmente – disse Bodger, sério. – Tinha isso há muito tempo.

– Bem, eu sinto muito – disse Garp.

Ele estava pensando em Pooh e, naturalmente, em Cushie também. E em seu antigo desafeto, Bonkers. Às vezes, em seus sonhos, ainda sentia o gosto da orelha do cachorro.

– Vai haver uma certa confusão na capela da escola – explicou Bodger. – Helen lhe falará sobre isso. Vai haver uma cerimônia para Stewart de manhã e a de Ernie será mais tarde. E, certamente, você sabe que vai haver uma homenagem a Jenny, não é?

– Que homenagem?

– A cerimônia em memória, não sabe?

– Meu Deus, não – disse Garp. – Uma cerimônia *aqui*?

– Temos moças aqui agora, você deve saber – disse Bodger. – Eu deveria dizer *mulheres* – acrescentou, sacudindo a cabeça. – Não sei. Elas são muito jovens. Para mim, são apenas garotas.

– Alunas? – perguntou Garp.

– Sim, alunas – respondeu Bodger. – Elas querem dar o nome de sua mãe à enfermaria.
– À enfermaria?
– Bem, você sabe que ela nunca teve um nome – disse Bodger. – A maioria de nossos prédios têm nomes.
– Enfermaria Jenny Fields – murmurou Garp, aturdido.
– É bonito, não é?
Bodger não tinha certeza se Garp gostaria, mas a verdade é que o filho de Jenny Fields não dava importância a isso.

Durante aquela longa noite, a pequenina Jenny acordou uma vez. Quando Garp conseguiu desembaraçar-se do corpo quente de Helen, que dormia profundamente, viu que Ellen James já pegara Jenny no colo e estava esquentando uma mamadeira para a menina. Da boca sem língua de Ellen James, saíam arrulhos e pequenos sons acalentadores, próprios para bebês. Ela havia trabalhado em uma creche em Illinois, como escrevera para Garp na viagem de avião. Conhecia tudo a respeito de crianças e até mesmo conseguia imitar os ruídos que elas faziam.

Garp agradeceu-lhe com um sorriso e voltou para a cama.

De manhã, ele contou a Helen a respeito da Ellen e depois falaram de Ernie.

– Ainda bem que ele morreu dormindo – disse Helen. – Fico pensando em sua mãe...

– É, eu sei.

Duncan foi apresentado a Ellen James. Garp ficou imaginando que um sem-olho e uma sem-língua certamente iriam garantir a união da família.

Quando Roberta telefonou para contar sobre sua prisão, Duncan, que era o mais falador da casa, contou-lhe sobre a morte de Ernie.

Helen encontrou o macacão azul-turquesa e o enorme sutiã dos seios artificiais e não pôde deixar de achar graça. As botas de vinil cor de cereja serviam-lhe muito bem, mas Helen as jogou fora mesmo assim. Ellen James quis ficar com o lenço verde, e Helen levou-a para comprar algumas roupas. Duncan pediu e ganhou a peruca, a qual, para irritação de Garp, ele usou a manhã inteira.

Bodger telefonou, oferecendo seus serviços.

O novo diretor das dependências físicas da Steering School foi conversar com Garp em particular. Explicou-lhe que a casa onde Ernie morava pertencia à escola e, tão logo fosse conveniente para Helen, seria preciso remover os pertences dele. Garp sabia que a casa da família Steering, onde morava Midge Steering Percy, fora doada à escola alguns anos antes – um presente de Midge e do marido, pelo qual houve até uma cerimônia no ato de doação. Garp disse ao diretor que esperava que Helen tivesse o mesmo tempo que Midge para entregar a casa.

– Oh, bem, nós vamos *vender* aquele elefante branco – confidenciou o sujeito a Garp. – É um verdadeiro abacaxi em nossas mãos.

Até onde Garp conseguia se lembrar, a casa da família Steering não era nenhum abacaxi.

– Ela tem muita história – disse Garp. – Acho que isso devia ser levado em conta. Afinal, foi uma doação.

– O encanamento está em péssimas condições – disse o diretor. Ele pareceu insinuar que Midge e Stewart, cada vez mais senis, tinham deixado a casa cair aos pedaços. – Pode ser que seja uma bonita casa antiga e tudo o mais, mas a escola tem que olhar para o futuro. Já temos muita *história* por aqui. Não podemos gastar nossas verbas de moradia em edifícios velhos para manter a história. Precisamos de mais prédios que a escola possa usar. Por mais reformas que fizermos, ela não deixará de ser uma velha mansão. Apenas mais uma casa de família.

Quando Garp contou a Helen que a casa de Percy Steering ia ser vendida, ela não se conteve. Naturalmente, ela estava chorando por causa de seu pai e tudo o mais. Porém, a ideia de que a Steering School não *queria* mais aquela magnífica mansão de sua juventude deprimia tanto Garp quanto Helen.

Depois, Garp foi combinar com o organista da capela da Steering para que a música tocada na cerimônia de Ernie não fosse a mesma já executada para Stewart Percy. Helen estava muito aflita com isso, e Garp não questionou a aparente falta de sentido de sua incumbência.

A capela da escola era uma construção um tanto acachapada com pretensões a ser de estilo Tudor. A igreja estava tão densamente coberta de hera que até dava a impressão de ter brotado do chão e que agora se esforçava para varar aquele manto de trepadeiras. As calças escuras e listradas do terno de John Wolf arrastavam-se sob os calcanhares de Garp, quando ele espiou para dentro da capela que cheirava a mofo. Ele não mandara as calças para um alfaiate e tentara ele mesmo fazer a modificação, encurtando as pernas. A primeira onda da música sombria do órgão pairou acima dele como se fosse fumaça. Pensou que chegara com bastante antecedência, mas logo verificou, apavorado, que o funeral do Ensopado Gordo já havia começado. As pessoas presentes eram velhas e dificilmente reconhecíveis. Os decanos da comunidade da Steering, sempre presentes em todas as cerimônias fúnebres, como se, numa dupla demonstração de simpatia, estivessem antecipando suas próprias mortes. As pessoas presentes a *esta* morte, em particular, pensou Garp, só tinham comparecido em atenção a Midge, já que Stewart fizera poucos amigos. Os bancos estavam cheios de viúvas, com seus chapeuzinhos pretos e véus que mais pareciam escuras teias de aranha caídas do teto sobre aquelas velhinhas.

– Ainda bem que você está aqui, Jack – disse um homem de preto a Garp. Ele sentara-se, quase sem ser notado, num dos últimos bancos da igreja, esperando até que aquele suplício terminasse para poder falar com o organista. – Precisamos de um braço forte para ajudar a carregar o caixão – continuou o sujeito. Só então Garp o reconheceu como o motorista do carro fúnebre da empresa funerária.

– Não estou entre os que vão segurar as alças do caixão – disse Garp.

– Mas vai ter que ajudar – disse o motorista – ou não vamos conseguir tirá-lo daqui. É um sujeito muito *grande*.

O motorista cheirava a charutos, mas Garp só precisou olhar para a assistência nos bancos para ver que ele tinha razão. Entre os poucos homens que havia ali, ele só via carecas e cabelos grisalhos; devia haver umas 13 ou 14 bengalas penduradas nos bancos. Havia ainda duas cadeiras de roda.

Garp deixou o motorista do carro fúnebre tomar seu braço.

– Disseram-me que haveria muitos homens – queixou-se o motorista –, mas não há ninguém aqui em condições.

Garp foi levado para os bancos da frente, onde estava a família. Verificou, horrorizado, que havia um velho estirado no banco onde deveria se sentar. Fizeram-lhe um sinal, e ele foi sentar-se ao lado de Midge. Garp se perguntou, por um instante, se o velho estirado no banco não seria outro defunto aguardando a vez.

– Aquele é o tio Harris Stanfull – disse Midge baixinho para Garp, indicando com a cabeça o velho adormecido, que parecia um morto, do outro lado da passagem.

– Tio *Horace Salter*, mamãe – disse o homem do outro lado de Midge. Garp reconheceu Stewie Dois, corpulento, com o rosto vermelho – era o filho mais velho e o único filho homem que sobrevivera. Tinha negócios de alumínio em Pittsburgh. Stewie Dois não o via desde que Garp tinha 5 anos; não deu nenhum sinal de tê-lo reconhecido, assim como Midge também não parecia reconhecer *ninguém*. Com os cabelos brancos e manchas marrons no rosto do tamanho e complexidade de amendoins com casca, Midge tinha um tique nervoso que a fazia ficar balançando a cabeça como uma galinha indecisa que não consegue decidir o que vai beliscar.

Num relance, Garp percebeu que as alças do caixão seriam seguradas por Stewie Dois, o motorista do carro fúnebre e ele próprio. Não acreditava que conseguiriam levar o corpo. Como era horrível ser tão detestado!, pensou, olhando para o enorme caixão cinzento, felizmente já fechado.

– Desculpe-me, rapaz – disse-lhe Midge, baixinho. Sua mão, com luva, pousou muito de leve no braço de Garp, como se fosse um dos periquitos da família. Não deixara de ser graciosa em sua senilidade. – Não me lembro do seu *nome*...

Garp pigarreou e ficou hesitante entre um "Smith" ou um "Jones", mas a palavra que lhe escapou foi "Smoans", surpreendendo Midge e ele próprio. Stewie Dois não pareceu notar.

– Sr. Smoans? – disse Midge.

– Sim, Smoans – disse Garp. – Smoans, Classe de 61. O sr. Percy foi meu professor de história. "Minha parte do Pacífico."

– Oh, sim, sr. Smoans! Que gentileza sua ter vindo – disse Midge.

– Senti muito quando soube.

— Eu sei. *Todos* nós sentimos – disse Midge, olhando cautelosamente para toda a capela praticamente vazia. Uma espécie de convulsão fez todo o seu rosto se sacudir, e a pele flácida das faces fez um pequeno ruído.

— Mamãe – Stewie Dois procurava acalmá-la.

— Sim, sim, Stewart. – Para o sr. Smoans, disse ela: – É uma pena que nem todos os nossos filhos tenham podido vir.

Garp, naturalmente, sabia que Dopey tinha morrido de um ataque cardíaco, que William morrera numa guerra e que Cushie morrera de parto. Quanto a Pooh, ele sabia mais ou menos onde ela estava. Para seu alívio, Bainbridge Percy *não* estava no banco da família.

Foi ali, no banco dos membros remanescentes da família Percy, que Garp lembrou-se de um outro dia.

Cushie Percy, certa vez, perguntara à sua mãe:

— Para onde é que a gente vai quando morre?

Ensopado Gordo arrotou e saiu da cozinha. Todos os filhos estavam presentes: William, que tinha uma guerra esperando por ele; Dopey, cujo coração já começava a se encher de gordura; Cushie, que não podia ter filhos e que morreria de parto; Stewie Dois, que se meteria em negócios de alumínio. E só Deus sabia o que aconteceria com Pooh. O pequeno Garp também estava ali – na suntuosa cozinha da enorme e imponente mansão da família Steering.

— Bem, quando morremos – disse Midge Steering Percy às crianças, inclusive o pequeno Garp –, vamos todos para uma casa muito grande, parecida com esta.

— Mas muito *maior* – disse Stewie Dois, muito sério.

— Assim espero – disse William, preocupado.

Dopey não compreendia o assunto da conversa. Pooh ainda não falava. Cushie disse que não acreditava naquilo, e somente Deus sabe para onde *ela* foi.

Garp pensou naquela grande e imponente mansão da família Steering e que agora ia ser vendida. Percebeu que tinha vontade de comprá-la.

— Sr. Smoans? – cutucou-o Midge.

— Hum?! – exclamou Garp.

— O caixão, Jack – sussurrou-lhe o motorista.

Stewie Dois, muito gordo, ao seu lado, olhava sério para aquele enorme caixão, que agora continha os restos mortais de seu pai.

– Precisamos de quatro pessoas – disse o motorista. – Pelo menos, quatro.

– Pode deixar, eu me encarrego sozinho de um dos lados – disse Garp.

– O sr. Smoans parece muito forte – disse Midge. – Não é muito *grande*, mas é forte.

– Mamãe! – disse Stewie Dois.

– Está bem, Stewart, está bem.

– Precisamos de quatro. Não há outro jeito – disse o motorista.

Garp não era da mesma opinião. *Ele* podia aguentar um lado sozinho.

– Vocês dois vão para o outro lado – disse ele – e vamos levantá-lo.

Garp ouviu um frágil burburinho entre os presentes, que estavam espantados com o problema que surgira. Mas ele acreditava em si mesmo. Era apenas a morte que havia ali dentro. Claro que seria pesado – como sua mãe, Jenny Fields, como Ernie Holm e como o pequeno Walt (o mais pesado de todos). Só Deus sabia quanto todos eles pesavam juntos, mas Garp plantou-se num dos lados do enorme caixão cinzento do Ensopado Gordo. Estava pronto para levá-lo.

Foi o reitor Bodger, afinal, quem se apresentou como voluntário para ser o quarto.

– Nunca imaginei que fosse encontrar *você* por aqui – sussurrou-lhe Bodger.

– Conhece o sr. Smoans, sr. Bodger? – perguntou Midge ao reitor.

– Smoans, turma de 61 – disse Garp.

– Sim, sim. *Smoans*, claro – disse Bodger.

E, então, o caçador de pombos, o xerife de pernas tortas da Steering School, ajudou Garp e os outros a levarem o caixão. Lançaram o Ensopado Gordo para uma outra vida. Ou talvez para uma outra casa, de preferência bem maior.

Bodger e Garp caminharam atrás dos últimos que se arrastavam até seus carros, que os levariam ao cemitério de Steering. Quando já não havia mais velhinhos por perto, Bodger levou Garp para a lanchonete Buster's Snack and Grill, a fim de tomarem um café. Bodger, aparentemente, entendia que era um hábito de Garp disfarçar seu sexo à noite e mudar de nome durante o dia.

— Ah, Smoans — disse Bodger. — Talvez agora sua vida se acalme e você consiga ser feliz e próspero.

— Ao menos próspero, Bodger.

Esquecera-se completamente de pedir ao organista que não repetisse a música de Ensopado Gordo durante a cerimônia de Ernie Holm. Garp nem notara a música, de qualquer forma, e não a reconheceria se fosse repetida. E, como Helen não estivera lá, não saberia dizer a diferença. E Garp sabia muito bem que Ernie também não.

— Por que não fica aqui conosco por algum tempo, Garp? — perguntou Bodger. Com sua mão forte e gorda, limpava as janelas da lanchonete e apontava para o campus da Steering School. — Isto aqui não é nada *mau*, realmente...

— E é o único lugar que conheço, Bodger — disse ele, com voz neutra.

Garp sabia que sua mãe, um dia, escolhera Steering para viver, ao menos como um bom lugar para criar os filhos. Ele também sabia que os instintos de Jenny Fields eram sempre certos. Tomou o café e apertou a mão do reitor Bodger com carinho. Garp ainda tinha mais uma cerimônia fúnebre pela frente. Depois, junto com Helen, pensaria no futuro.

18

Os hábitos do "sapo no fundo"

Apesar de ter recebido um convite muito cordial do Departamento de Inglês, Helen não sabia ainda se aceitaria ensinar na Steering School.

— Pensei que você quisesse ensinar outra vez — disse Garp, mas Helen queria pensar melhor antes de aceitar um emprego na escola onde, no seu tempo, meninas não eram admitidas.

— Talvez, quando Jenny já tiver idade para ser matriculada — disse Helen. — Enquanto isso, me contento em ler, apenas ler.

Como escritor, Garp tanto invejava quanto desconfiava de pessoas que liam tanto quanto Helen.

Os dois estavam desenvolvendo um medo que chegava a preocupá-los. Ali estavam eles, pensando tão cautelosamente em suas vidas, como se fossem velhos. Sem dúvida, Garp sempre tivera essa obsessão de proteger os filhos. Agora, finalmente, via que aquela ideia de Jenny de continuar a viver com o filho não era tão anormal, afinal de contas.

Os Garp decidiram ficar em Steering. Tinham agora todo o dinheiro de que pudessem precisar. Helen não *tinha* de trabalhar, se não quisesse. Garp, porém, precisava de alguma coisa para fazer.

— Você precisa escrever — dizia Helen, cansada.

— Não por algum tempo ainda. Pode ser até que nunca mais. Certamente, não por algum tempo.

Para Helen, isso realmente soou como um sinal de senilidade prematura. Ela, porém, passara a partilhar a ansiedade dele — seu desejo de defender o que já tinha, inclusive a sanidade — e sabia que ele partilhava com ela a vulnerabilidade do amor conjugal.

Ela não disse nada quando ele procurou o Departamento de Atletismo da Steering e se ofereceu como técnico, no lugar de Ernie.

– Vocês não precisam me pagar. Não faço questão de dinheiro. Tudo o que desejo é ser o novo técnico de luta livre da escola.

É claro que eles logo perceberam que ele seria a pessoa certa. O programa de luta livre, que fora muito intenso durante a vida de Ernie, logo se deterioraria se ele não fosse substituído.

– Você não quer receber pagamento por isso? – perguntou-lhe o diretor do departamento.

– Não *preciso* de dinheiro – disse-lhe Garp. – Preciso é de alguma coisa para *fazer*, algo que *não* seja escrever.

Helen era provavelmente a única pessoa a saber da razão pela qual ele não queria escrever (no momento). Sua teoria seria posteriormente expressa pelo crítico A. J. Harms, que alegava que a obra de Garp estava se enfraquecendo progressivamente, à medida que aumentavam os paralelos cada vez mais estreitos com sua história pessoal.

"À medida que ele se tornava mais autobiográfico, sua obra ficava cada vez mais limitada; ao mesmo tempo, ele não se sentia muito à vontade com isso. Era como se ele soubesse que não somente o trabalho se tornava *pessoalmente* penoso para ele – essa dragagem da memória –, como também mais insignificante e menos imaginativo", escreveu Harms.

Garp perdera a liberdade de *imaginar* a vida verdadeiramente, o que prometera a si mesmo e a todos desde o início, com o brilho demonstrado em "A pensão Grillparzer". Segundo Harms, Garp agora só podia ser verdadeiro através das *lembranças*, e esse método, bem diferente do imaginativo, não só era psicologicamente nocivo para ele, como também muito menos frutífero.

Mas essa visão em retrospecto de Harms era fácil; Helen soube que esse era o problema de Garp no momento em que ele reivindicou o cargo de técnico de luta livre na Steering School. Ambos sabiam que ele jamais seria tão bom quanto Ernie, mas sabiam também que ele teria a seu cargo um programa respeitável e que seus alunos sempre ganhariam mais do que perderiam.

– Tente contos de fadas – sugeriu Helen; ela levava mais a sério a profissão de escritor do marido do que *ele* próprio. – Procure fazer alguma coisa inteiramente inventada. – Mas jamais lhe dizia "como *A pensão Grillparzer*, por exemplo". Helen nunca falava sobre esse conto, embora soubesse que até mesmo ele agora concordava com ela: era a melhor coisa que escrevera. Triste, porém, era o fato de ter sido o primeiro.

Sempre que Garp procurava escrever, via apenas os fatos apagados de sua vida pessoal: aquele estacionamento cinzento em New Hampshire, a imobilidade do corpinho de Walt, os casacos e bonés vermelhos dos caçadores e o fanatismo indignado e desprovido de sexo de Pooh Percy. Imagens que não levavam a parte alguma. Ele passava grande parte do tempo executando pequenas tarefas na casa nova.

Midge Steering Percy nunca soube quem comprou a mansão da família e que fora sua doação para a Steering School. Se Stewie Dois conseguiu descobrir, tinha sido sensato o bastante para não dizer à mãe, cuja lembrança de Garp era ofuscada pela do amável Smoans. Midge Steering Percy morreu numa casa de repouso em Pittsburgh, para onde o filho a havia levado, porque ficava perto do centro de seus negócios com alumínio.

Só Deus sabe o que aconteceu com Pooh.

Helen e Garp reformaram a velha mansão Steering, conforme continuava a ser chamada pela comunidade da escola. O nome Percy desapareceu depressa. Na memória de muitas pessoas, agora, Midge era apenas Midge *Steering*. A nova casa de Garp era a mais bonita e elegante das redondezas. Quando os alunos da escola saíam com os pais ou com seus futuros colegas para lhes mostrar as instalações, raramente diziam: "É aqui que mora T. S. Garp, o escritor. Esta casa, originalmente da família Steering, foi construída por volta de 1781." Os alunos eram muito mais descontraídos. Geralmente, diziam apenas: "É aqui que mora nosso técnico de luta livre." Os pais trocavam olhares de simples polidez, mas os futuros alunos sempre perguntavam se a luta livre era um esporte importante ali na Steering.

Dentro de pouco tempo, Garp pensava, Duncan seria aluno da Steering. Era um prazer sem nenhum constrangimento que ele aguardava ansiosamente. Sentia falta da presença de Duncan na sala de treinamento, mas, ao mesmo tempo, ficava satisfeito por ele ter escolhido a piscina, onde, tanto por sua natureza, quanto por sua vista, sentia-se perfeitamente à vontade. Às vezes, Duncan aparecia na sala de treinamento, enrolado em toalhas e tremendo, ao voltar da piscina. E ali ficava, sentado nos tapetes macios, sob um dos aquecedores.

– Como vai indo lá? – perguntava-lhe Garp. – Não está molhado, está? Não molhe o tapete, hein?

– Não vou molhar nada, papai – respondia Duncan. – Estou bem.

Helen aparecia por lá com mais frequência. Ela estava lendo tudo que podia novamente e ia à sala de luta para ler – "como se estivesse numa sauna", conforme dizia muitas vezes –, levantando os olhos do que estava lendo sempre que ouvia uma pancada extraordinariamente forte ou um grito de dor. O único inconveniente que Helen encontrava em ler naquela sala era que seus óculos ficavam sempre embaçados.

– Será que já chegamos à meia-idade? – perguntou Helen a Garp certa noite em sua bela casa, de cuja sala da frente, numa noite clara, era possível ver as janelas iluminadas da Enfermaria Jenny Fields e avistar do outro lado do gramado verde-escuro, bem ao longe, a luz solitária acima da porta do anexo da enfermaria, onde Garp passara sua infância.

– Meu Deus! – exclamou Garp. – Meia-idade? Nós já estamos *aposentados*, isso é o que somos. Saltamos por cima da meia-idade e fomos diretamente para o mundo dos *idosos*.

– Isso o deixa deprimido? – perguntou Helen, com certa cautela.

– Ainda não – disse Garp. – Quando começar a me sentir deprimido, farei outra coisa. Ou melhor, farei *alguma coisa*. Acho, Helen, que levamos vantagem sobre todo mundo. Podemos nos dar ao luxo de uma pausa, um longo *time-out*.

Helen começava a sentir-se cansada da terminologia de luta livre de Garp, mas, afinal, crescera nesse meio. Sem ela, Helen Holm sentir-se-ia um peixe fora d'água. E, apesar de Garp não estar escrevendo, aos olhos de Helen, ele parecia feliz. À noite, Helen lia, e Garp assistia à TV.

O trabalho de Garp tinha desenvolvido uma curiosa reputação, não muito diferente daquela que desejaria ter, e até mesmo mais estranha do que John Wolf imaginara. Embora fosse embaraçoso para Garp e para John Wolf perceber como, politicamente, *O mundo segundo Bensenhaver* era tanto admirado quanto desprezado, a reputação do livro levara os leitores, ainda que pelas razões erradas, a procurar os trabalhos anteriores de Garp. Educadamente, ele recusava convites para dar palestras em universidades, onde era requisitado para representar um dos lados das chamadas questões da mulher. Queriam também que falasse sobre seu relacionamento com a mãe, sobre o trabalho dela e sobre os "papéis sexuais" que ele atribuía aos vários personagens de seus livros. Ele chamava aquilo de "a destruição da arte pela sociologia e pela psicanálise". Recebia ainda um número quase igual de convites simplesmente para ler seus próprios livros. Ele aceitava um ou outro, principalmente se fosse de um lugar que Helen desejasse conhecer.

Garp sentia-se feliz com Helen. Já não era mais infiel a ela; esse pensamento raramente lhe ocorria. Talvez tenha sido o seu contato com Ellen James que o tenha curado, fazendo-o perder para sempre o prazer de olhar para moças com outras intenções. Quanto às demais mulheres, da idade de Helen ou mais velhas, ele demonstrava uma força de vontade que não lhe era muito difícil manter. A luxúria já exercera influência demais em sua vida.

Ellen James, que tinha apenas 11 anos quando foi violentada e tivera a língua cortada, já estava com 19 quando fora morar com os Garp. Ela imediatamente se tornou uma irmã mais velha para Duncan e participante da sociedade de deficientes a que ele timidamente pertencia. Os dois eram muito amigos. Ela ajudava Duncan com os deveres da escola, porque Ellen James era muito boa em leitura e escrita. Duncan fez Ellen se interessar por natação e fotografia. Garp, então, construiu uma câmara escura na mansão Steering, onde eles passavam horas revelando e tirando cópias, com Duncan sempre tagarelando a respeito de luz e aberturas do diafragma. Ellen James respondia com seus *ooohs* e *aaahs* guturais.

Helen comprou uma filmadora para eles, e Ellen e Duncan escreveram um roteiro e atuaram em seu próprio filme – a história de um príncipe cego cuja visão é parcialmente recuperada quando ele beija uma jovem faxineira. Somente a visão de um dos olhos é recuperada, porque ela só lhe permite beijos no rosto. Ela fica encabulada quando alguém tenta beijá-la na boca, devido ao fato de não ter língua. Apesar de tudo, no entanto, os dois se casam. A trama é toda desenvolvida em pantomimas e legendas de autoria de Ellen. Mais tarde, Duncan diria que a melhor coisa do filme era que ele só durava sete minutos.

Ellen James também ajudava muito Helen a cuidar da pequena Jenny. Ellen e Duncan eram *babysitters* de primeira classe para a menina, que Garp levava todas as tardes de domingo à sala de treinamento. Lá, segundo ele, ela aprenderia a andar, correr e cair à vontade, sem perigo de se machucar, embora Helen achasse que aqueles tapetes macios dariam à criança uma impressão errada – de uma esponja macia e pouco firme – a respeito dos pisos do mundo.

– Mas é assim *exatamente* que o mundo é! – dizia Garp.

Desde que deixara de escrever, o único ponto de tensão na vida de Garp era o relacionamento com sua melhor amiga, Roberta Muldoon. Roberta, no entanto, não era a *fonte* da tensão. Depois da morte de Jenny Fields, Garp descobriu que seu espólio era tremendo e que Jenny, como se quisesse atormentar o filho, tinha-o designado testamenteiro e curador de sua fabulosa fortuna e da propriedade da praia em Dog's Head Harbor, aquela imensa mansão para mulheres vítimas de violência.

– Por que *eu*? – gritara Garp para Roberta. – Por que não *você*?

Roberta Muldoon, na verdade, sentia-se um pouco magoada por não ter sido escolhida.

– Não consigo imaginar. Por que ela teve que escolher logo você, Garp?

– Mamãe quis ir à forra comigo – concluiu Garp.

– Ou queria fazer você *pensar* – sugeriu Roberta. – Mostrar-lhe como foi uma boa mãe.

– Essa não! – exclamou Garp.

Durante semanas, ele tentou decifrar a única frase com que Jenny revelara suas intenções quanto à maneira de gastar o seu dinheiro e como seria utilizada sua enorme propriedade na praia.

Quero deixar um lugar onde mulheres dignas possam se recolher para simplesmente serem elas mesmas, na companhia de outras mulheres.

– Essa não! – exclamou Garp.
– Uma espécie de fundação? – tentou adivinhar Roberta.
– Fundação Fields – sugeriu Garp.
– Isso é o máximo! – disse Roberta. – Isso mesmo. *Doações* para mulheres e um lugar onde ficar.
– Para ficar fazendo *o quê*? – perguntou Garp. – E doações *para* quê?!
– Para se curarem, se precisarem disso, ou para ficarem sozinhas, se isso for preciso. E também para escrever... ou pintar...
– Ou então um lar para mães solteiras? – disse Garp. – Um *fundo* para se restabelecerem? Caramba!
– Fale sério, Garp. Não vê como isso é importante? Ela queria que *você* compreendesse a necessidade, queria que você tivesse que lidar com os problemas.
– E quem decide se uma mulher é "digna"? – perguntou Garp. – Caramba, mamãe! – exclamou. – Eu poderia torcer seu pescoço por causa dessa porcaria!
– É *você* quem decide – disse Roberta. – E *isso* obrigará você a pensar.
– E o que é que *você* vai fazer, Roberta? É o tipo de problema que diz respeito a *você*.
Roberta estava obviamente dividida. Ela compartilhava com Jenny Fields o desejo de educar Garp e outros homens quanto à legitimidade e complexidade das necessidades femininas. Também achava que Garp seria péssimo nisso, enquanto ela saberia perfeitamente o que fazer.
– Vamos trabalhar juntos – disse Roberta. – Você será o chefe e eu, sua assessora. Eu lhe direi quando achar que você está cometendo um erro.
– Roberta, você está *sempre* me dizendo que estou cometendo erros.
Roberta, numa demonstração de carinho, beijou-o na boca e deu-lhe um tapa nas costas, tudo feito com tal violência, que ele chegou a se encolher.
– Santo Deus! – exclamou Garp.

– A Fundação Fields! Vai ser uma maravilha. – Roberta estava exultante.

E, assim, a *tensão* foi mantida na vida de T. S. Garp que, sem algum tipo de tensão, provavelmente teria perdido o contato com o mundo. Foi a tensão que o manteve vivo quando não estava escrevendo; Roberta Muldoon e a Fundação Fields iriam, no mínimo, proporcionar-lhe aquela tensão de que ele tanto necessitava.

Roberta tornou-se a administradora residente da Fundação Fields em Dog's Head Harbor. A casa logo se transformou numa colônia de escritoras, um centro de recuperação e uma clínica de aconselhamento para gestantes – e os poucos aposentos bem iluminados do sótão proporcionavam luz e solidão para as pintoras. Tão logo foi conhecida a existência da Fundação Fields, um grande número de mulheres quis saber quais eram as condições para serem ali admitidas. Garp também se perguntava a mesma coisa. Todas as pretendentes deveriam escrever a Roberta, que já organizara um pequeno grupo de auxiliares que alternadamente gostavam de Garp e o detestavam, mas sempre discutiam com ele. Duas vezes por mês, Roberta e seu Conselho de Curadoras reuniam-se na presença mal-humorada de Garp para escolher entre as pretendentes.

Quando o tempo estava bom, sentavam-se na agradável varanda lateral da casa de Dog's Head Harbor, embora Garp se recusasse, cada vez mais, a comparecer.

– Todas aquelas mulheres estranhas que moram lá me trazem à lembrança outros tempos, Roberta.

Então, eles passaram a se reunir em Steering, na mansão da família Steering, na casa do técnico de luta livre, onde ele se mostrava mais à vontade na companhia daquelas mulheres agressivas.

Ele iria se sentir *mais* confortável, sem dúvida, se a reunião pudesse ser feita na sala de treinamento. Mas Garp sabia perfeitamente que, até mesmo lá, a ex-Robert Muldoon sempre teria uma briga séria para cada ponto em discussão.

A pretendente número 1.048 chamava-se Charlie Pulaski.
– Pensei que tivessem que ser mulheres – disse Garp. – Achei que pelo menos esse fosse um critério unânime.

— Charlie Pulaski *é* mulher — disse Roberta. — Acontece que sempre a chamaram de Charlie.

— Eu diria que isso seria o suficiente para desqualificá-la — disse alguém. Era Marcia Fox, uma poeta magra, miúda, com quem Garp sempre andava às turras, embora admirasse seus poemas. Ele jamais conseguiria alcançar sua economia de palavras.

— E o que é que Charlie Pulaski *quer*? — perguntou Garp, automaticamente.

Havia as que só queriam dinheiro. Havia as que queriam ficar algum tempo na casa de Dog's Head Harbor. Havia as que queriam muito dinheiro *e* uma residência permanente.

— Ela só quer dinheiro — disse Roberta.

— Para trocar de nome? — perguntou Marcia Fox.

— Ela quer largar o emprego para escrever um livro — respondeu Roberta.

— Essa não! — exclamou Garp.

— Diga-lhe para continuar no emprego, Roberta — sugeriu Marcia Fox. Ela era uma dessas escritoras que não gostavam de concorrência, nem dos escritores já estabelecidos, nem dos que almejavam se tornar escritores.

— Marcia não gosta nem dos escritores *mortos* — dissera Garp a Roberta.

Marcia e Garp, no entanto, leram os originais apresentados por Charlie Pulaski e concordaram que ela deveria continuar no seu emprego, qualquer que fosse ele.

A pretendente 1.073, uma professora de microbiologia, também queria se ausentar do trabalho para escrever um livro.

— Um romance? — perguntou Garp.

— Não. É um estudo sobre virologia molecular — respondeu a dra. Joan Axe.

Ela estava de licença do Centro Médico da Duke University para fazer pesquisas por conta própria. Quando Garp lhe perguntou o que aquilo significava, ela respondeu, misteriosamente, que estava interessada nas "doenças invisíveis da corrente sanguínea".

A pretendente número 1.081 era viúva, e o marido, que não possuía seguro, morrera num desastre de avião. Tinha três filhos com menos de 5 anos e precisava de mais um semestre para terminar seu mestrado em francês. Queria voltar à escola e obter o mestrado, para então conseguir um bom emprego. Queria dinheiro para os estudos, quartos na casa de praia para as crianças e uma *babysitter*.

O Conselho de Curadoras decidiu por unanimidade que ela receberia o dinheiro suficiente para completar o curso e para pagar uma *babysitter* permanente, mas deveria continuar morando na cidade onde fosse completar os estudos. A casa de Dog's Head Harbor não era para crianças e *babysitters*. Havia mulheres ali que ficariam loucas só de ver ou ouvir uma única criança. Havia mulheres ali cujas vidas haviam sido destruídas por causa de *babysitters*.

Foi uma decisão fácil.

A pretendente 1.088 criou alguns problemas. Era a ex-mulher do homem que assassinara Jenny Fields. Tinha três filhos, um dos quais estava num reformatório juvenil, e o pagamento da pensão dos filhos tinha sido suspenso quando o marido, o assassino de Jenny Fields, fora fuzilado pela polícia de New Hampshire e por alguns outros caçadores que estavam no estacionamento onde se realizava o comício.

O morto, Kenny Truckenmiller, divorciara-se havia menos de um ano. Dissera a amigos que não aguentava mais pagar a pensão para os filhos. Disse que o movimento de liberação das mulheres havia transtornado de tal forma a cabeça de sua mulher que ela se divorciara dele. A advogada que ganhara a causa em favor da sra. Truckenmiller era uma divorciada de Nova York. Durante quase 13 anos, Kenny Truckenmiller espancara a mulher pelo menos duas vezes por semana e maltratara os filhos física e psicologicamente em várias ocasiões. Mas a sra. Truckenmiller jamais soubera o suficiente a respeito de si mesma ou dos direitos que lhe competiam, até o dia em que lera *Uma suspeita sexual*, a autobiografia de Jenny Fields. O livro fez com que começasse a pensar que talvez as surras semanais e os maus-tratos aos filhos fossem realmente culpa do marido. Durante 13 anos imaginara que fosse um problema *dela*, e sua sina.

Kenny Truckenmiller tinha culpado o movimento feminista pela conscientização da mulher. A sra. Truckenmiller sempre trabalhara por conta própria como cabeleireira na cidade de North Mountain e continuou trabalhando quando o marido foi obrigado a sair de casa por determinação judicial. Agora, porém, quando Kenny já não dirigia um caminhão para a prefeitura, a sra. Truckenmiller estava encontrando dificuldades para se manter. Ela escreveu, numa caligrafia quase ilegível, que se vira obrigada a certas transigências para poder viver, mas que não queria tornar a fazer isso no futuro.

A sra. Truckenmiller, que, em nenhum momento, mencionou seu primeiro nome em toda a carta, dizia que sabia que o ódio por seu marido era tão grande que, certamente, iria influenciar o conselho contra ela. Dizia ainda que compreenderia se sua carta fosse ignorada pela diretoria.

John Wolf, que fazia parte do conselho (embora a contragosto) como membro honorário e cujo valor era reconhecido por sua capacidade em assuntos financeiros, disse imediatamente que nada poderia ser melhor para a Fundação Jenny Fields como publicidade do que conceder "àquela infeliz o auxílio que ela pedia, apesar de ter sido mulher do assassino de Jenny". O fato seria explorado pelos meios de comunicação e mostraria a natureza não política das finalidades da fundação. Constituiria, ainda, segundo John Wolf, um bom investimento, trazendo lucros para a fundação, com as volumosas doações que certamente ocorreriam.

– Já estamos indo muito bem em doações – disse Garp, evasivamente.

– E se ela não passar de uma prostituta? – sugeriu Roberta, a respeito da infeliz sra. Truckenmiller, e todos olharam para ela.

Roberta tinha uma vantagem sobre todos ali: ser capaz de pensar como uma mulher *e* como um campeão do Eagles da Filadélfia.

– Pensem um pouco – continuou Roberta. – Suponhamos que ela seja mesmo uma piranha, alguém que está sempre tolerando *transigências*, achando que não tem nada demais nisso. Aí, então, vamos ficar com cara de idiotas, vamos ser alvo de piadas por termos caído na conversa dela.

– Então, precisamos ter referências de seu caráter – disse Marcia Fox.

– Alguém tem que ir ver a mulher, conversar com ela – sugeriu Garp. – Descobrir se é uma pessoa séria que está *tentando* viver com independência.

Todos olharam para ele.

– Bem – disse Roberta –, mas não sou *eu* quem vai sair em campo para descobrir se ela é ou não uma vagabunda.

– Ah, não! *Eu*, não! – disse Garp.

– Onde é que fica North Mountain? – perguntou Marcia Fox.

– *Eu* também não posso ir – disse John Wolf. – Já ando me ausentando demais de Nova York.

– Caramba! – disse Garp. – Vamos supor que ela me reconheça? Isso está sempre acontecendo, sabe?

– Duvido muito que isso aconteça – disse Hilma Bloch, uma psiquiatra e assistente social que Garp detestava. – As pessoas mais motivadas a ler autobiografias, como a de sua mãe, raramente se dão ao trabalho de ler ficção, mesmo de forma superficial. Quero dizer que, se ela leu *O mundo segundo Bensenhaver*, terá sido apenas por você ser quem é. E isso não teria sido razão suficiente para lê-lo até o fim. O mais provável, levando em conta que, afinal, ela é uma cabeleireira, é que ela logo desistiria. E também não o reconheceria pelo retrato na capa. Talvez pelo seu rosto e, assim mesmo, apenas vagamente, já que os jornais publicaram sua foto, mas, na verdade, isso só aconteceu por ocasião do assassinato da Jenny. Certamente, na época, só o retrato dela deve ter chamado sua atenção. Essa espécie de mulher assiste muito à televisão, não é uma grande leitora. Duvido muito que uma mulher dessas guardasse a sua fisionomia.

John Wolf desviou os olhos de Hilma Bloch. Até Roberta revirou os olhos.

– Obrigada, Hilma – disse Garp, serenamente.

Ficou decidido que Garp iria entrevistar a mulher do assassino para chegar a uma conclusão mais definitiva a respeito de seu caráter.

– Veja, pelo menos, se descobre o seu primeiro nome – disse Marcia Fox.

– Aposto que é Charlie – disse Roberta.

Passaram, então, a examinar os relatórios: quem estava morando na casa de praia atualmente; quais eram as que estavam no fim de seus prazos de permanência; quem estava para chegar; quais os problemas existentes.

Havia duas pintoras – uma no sótão da ala norte e a outra no sótão da ala sul. A pintora que estava na ala sul queria para ela a *luz* que havia na ala norte e por duas semanas elas se desentenderam. Não se falavam na hora do café da manhã e acusavam-se mutuamente pelo desvio de correspondência. E assim por diante. Depois, tudo dava a entender que haviam se amigado. Agora, era só a da ala norte que pintava o dia inteiro, aproveitando a luz – estudos da pintora da ala sul, que servia de modelo para nus. Aquela nudez, na parte de cima da casa, incomodava ao menos uma das escritoras, uma dramaturga que não tinha papas na língua e era inimiga ferrenha das lésbicas. Ela viera de Cleveland e dizia que não conseguia dormir por causa do barulho das ondas. O mais provável era que sua perturbação se devesse aos amores das pintoras. De qualquer forma, ela foi descrita como "exagerada". Suas queixas, no entanto, cessaram quando uma outra escritora residente sugeriu que todas as hóspedes da casa lessem em voz alta trechos da peça que ela estava escrevendo. Isso foi feito, para contentamento geral, e os andares superiores da casa agora estavam em paz.

A "outra escritora", uma excelente contista, que Garp recomendara entusiasticamente no ano anterior, ia sair porque seu prazo de residência estava expirando. Era preciso saber quem iria ocupar sua vaga.

A mulher cuja sogra acabara de obter a custódia de seus filhos, depois do suicídio do marido?

– Eu *disse* a vocês que não a aceitassem – declarou Garp.

As duas mudas da Sociedade Ellen James que haviam simplesmente aparecido ali um dia?

– Esperem um pouco! O que é isso? Que conversa é essa de mulheres sem língua aparecendo por aqui? Isso não é permitido – opôs-se Garp.

– Mas Jenny sempre as recebia, Garp – disse Roberta.

– Os tempos são outros, Roberta – retrucou Garp.

Os outros membros do conselho estavam, mais ou menos, de acordo com Garp. Aquelas mulheres não eram muito admiradas ali, nunca haviam sido, e o radicalismo delas estava se tornando cada dia mais obsoleto e patético.

– Mas é quase uma tradição – argumentou Roberta. Ela passou a descrever duas "antigas" adeptas da Sociedade Ellen James que acabavam de voltar da Califórnia, onde tinham passado maus bocados. Anos antes, elas haviam morado na casa de Dog's Head Harbor. A volta era uma espécie de recuperação sentimental para elas.

– Pelo amor de Deus, Roberta – disse Garp –, livre-se delas.

– Mas sua mãe sempre cuidou dessas pessoas – insistiu Roberta.

– Essas, pelo menos, *não* farão barulho – disse Marcia Fox, cuja economia de palavras Garp *sempre* admirara. Mas ele foi o único que riu.

– Acho que o melhor é você se livrar delas, Roberta – disse a dra. Joan Axe.

– Elas, na realidade, estão contra toda a *sociedade* – disse Hilma Bloch. – Isso poderia ser infeccioso. Por outro lado, elas são quase a essência do *espírito* da fundação.

John Wolf revirou os olhos.

– Temos aquela médica que está fazendo pesquisas sobre abortos nos casos de câncer – disse Joan Axe. – O que vamos fazer com ela?

– Vamos colocá-la no segundo andar – disse Garp. – Já fui apresentado a ela. Vai espantar qualquer uma que queira ir lá para cima.

Roberta franziu a testa.

A parte térrea da mansão de Dog's Head Harbor era a maior de todas. Tinha duas cozinhas e quatro banheiros completos; 12 pessoas podiam dormir com conforto e privacidade ali. Além disso, havia as salas de conferências, como Roberta as chamava, que eram salas de estar e enormes estúdios na época de Jenny Fields. Sem contar a enorme sala de jantar, onde se comia e se recebia a correspondência, e onde as pessoas que quisessem companhia podiam se reunir para conversar a qualquer hora do dia ou da noite.

O térreo era a parte mais social da casa e geralmente a menos apropriada para escritoras e pintoras. Era o melhor andar para suicidas em potencial, dissera Garp ao conselho, "porque serão forçadas a se afogar no mar, em vez de saltar pelas janelas".

Mas Roberta cuidava de tudo de uma maneira maternal, eficaz e decidida. Era capaz de dissuadir praticamente qualquer pessoa de uma ideia e, se não conseguisse, ela ainda podia usar a força. Roberta era mais bem-sucedida em fazer da polícia local uma aliada do que a própria Jenny jamais conseguira. Uma vez ou outra, algumas infelizes eram apanhadas na beira da praia ou no cais da pequena cidade com intenções sinistras e logo devolvidas a Roberta com grande delicadeza. A polícia de Dog's Head Harbor era constituída de ardentes fãs de futebol americano, que tinham grande admiração pelas proezas do ex-campeão Robert Muldoon.

– Eu gostaria de apresentar uma moção para que *nenhuma* dessas mudas da Sociedade Ellen James jamais seja aceita pela Fundação Jenny Fields – disse Garp.

– Eu aprovo – disse Marcia Fox.

– A proposta está aberta a discussão – disse Roberta. – Não vejo necessidade de uma regra desse tipo. Não estamos interessados em apoiar uma coisa que consideramos uma forma estúpida de expressão política, mas isso não significa que uma dessas mulheres sem língua não possa estar genuinamente necessitada de ajuda. Eu diria até que elas já demonstraram uma necessidade bem definida de se situar. Podemos estar certos de que os pedidos continuarão a chegar. São mulheres que realmente precisam de ajuda.

– São todas malucas – argumentou Garp.

– Isso já é generalizar demais – disse Hilma Bloch.

– *Há* mulheres produtivas – disse Marcia Fox – que não se privaram de suas vozes. Na verdade, lutam para *usar* suas vozes. Não concordo que se recompensem a estupidez e o silêncio autoimposto.

– O silêncio também é uma virtude – observou Roberta.

– Santo Deus, Roberta! – exclamou Garp e, então, começou a vislumbrar uma luz naquele tema obscuro. Por alguma razão, as fanáticas da Sociedade Ellen James tinham o dom de irritá-lo muito mais do que, até mesmo, os Kenny Truckenmillers deste mundo. Embora percebesse que aquele fanatismo já estava ficando fora de moda, achava que já era tempo de que desaparecesse por completo. E não apenas desaparecesse, mas que caísse em desgraça. Helen já lhe dissera que seu ódio por aquelas mulheres era um pouco fora de propósito.

— O que elas fizeram foi apenas um ato de loucura de gente simplória e ignorante — dissera Helen. — Por que você não pode simplesmente ignorá-las e deixá-las em paz?

— Então vamos falar com Ellen James. É justo, não é? — retrucou Garp. — Vamos ver qual é a opinião *dela* sobre essas mulheres. Meu Deus! Como eu gostaria de *publicar* a opinião dela! Você sabe como é que ela se sente com isso?

— É um assunto muito pessoal — disse Hilma.

Todos ali já tinham sido apresentados a Ellen e sabiam quanto ela *detestava* não ter língua e quanto detestava as mulheres daquela organização.

— Vamos deixar esta discussão de lado, por enquanto — disse John Wolf. — Proponho que se adie indefinidamente a moção.

— Caramba! — exclamou Garp.

— Está bem, Garp. Vamos votar agora mesmo — disse Roberta.

Todos sabiam que a proposta de Garp seria rejeitada. Isso liquidaria a questão.

— Eu retiro a moção — disse Garp, provocador. — Um viva às mulheres da Sociedade Ellen James!

Ele, contudo, não se retirou.

Fora a loucura que assassinara Jenny Fields. Aquilo era extremismo. Era uma autocomiseração farisaica, fanática e monstruosa. Kenny Truckenmiller era apenas um tipo especial de débil mental: um crente sincero que era também um assassino. Era um homem tão cegamente dominado pela autopiedade que transformava em inimigos incondicionais as pessoas que apenas contribuíam com ideias para sua desgraça.

E que diferença havia entre ele e aquelas fanáticas? O gesto delas não era tão desesperado e tão desprovido de compreensão da complexidade humana quanto o dele?

— Ora, vamos, Garp — disse John Wolf. — Elas não *assassinaram* ninguém.

– Ainda não – disse Garp. – Mas não lhes falta potencial. Elas são capazes de tomar decisões loucas e sempre acham que estão com a *razão*.

– É preciso mais do que isso para assassinar uma pessoa – disse Roberta.

Deixaram Garp entregue à sua fúria. O que mais podiam fazer? A tolerância com os intolerantes não era um dos pontos fortes de Garp. A loucura das pessoas deixava-o louco. A forma como elas se entregavam à loucura o deixava furioso – em parte por causa do esforço que às vezes tinha de fazer para se comportar com sanidade. Sempre que alguém fracassava ou desistia de sua luta pela sanidade, Garp suspeitava de que o esforço não fora suficiente.

– A tolerância para com os intolerantes é uma tarefa difícil que os tempos que correm exigem de nós – dizia Helen.

Embora soubesse que sua mulher era inteligente e que, muitas vezes, via mais longe do que ele, Garp era cego a respeito das mulheres da Sociedade Ellen James.

Elas, naturalmente, também eram cegas no que se referia a ele.

As críticas mais radicais a Garp – concernentes ao seu relacionamento com a mãe *e* ao seu próprio trabalho – tinham partido de algumas dessas mulheres. Elas viviam provocando-o, e ele retribuía na mesma moeda. Era difícil ver como tudo tinha começado, mas Garp se tornara um caso de controvérsia entre feministas em grande parte por causa da provocação das mulheres da Sociedade Ellen James – e pela provocação dele em troca. Pelas *mesmas* razões, Garp era apreciado por muitas feministas e desprezado por tantas outras.

Quanto às mulheres da Sociedade, não eram mais complicadas em seus sentimentos por Garp do que o eram em sua simbologia. Suas línguas haviam sido decepadas para compensar o fato de Ellen James ter tido a sua decepada violentamente.

Ironicamente, foi a própria Ellen James quem deu ímpeto àquela antiga guerra fria.

Ela se habituara a mostrar a Garp tudo que escrevia. Suas muitas histórias e lembranças dos pais e de Illinois; seus poemas; suas penosas analogias com os que não podiam falar; sua apreciação das artes visuais e da natação. Escrevia bem, com esmero e com uma energia penetrante.

– Ela é uma verdadeira escritora, Helen – dizia Garp. – Ela tem talento e paixão. E acredito que terá o vigor necessário também.

O mencionado "vigor", Helen não levou em conta, porque temia que Garp já não tivesse mais o seu, embora certamente ainda tivesse talento e paixão. Ela sentia, no entanto, que ele enveredara pelo caminho errado – perdera a direção – e que somente o vigor conseguiria fazê-lo crescer outra vez em todas as diferentes formas.

Aquilo a entristecia. Ela continuava pensando que, por enquanto, devia se contentar com as novas paixões do marido – a luta livre e até mesmo sua aversão às mulheres sem língua. Helen acreditava que energia gerava energia e, mais cedo ou mais tarde, ele voltaria a escrever.

Apenas por isso ela não interferiu com veemência quando Garp se entusiasmou com o ensaio que Ellen James escrevera e lhe mostrara. Intitulava-se "Por que não faço parte da Sociedade Ellen James". Era um texto forte e tocante, que levou Garp às lágrimas. Contava como fora seu estupro, as dificuldades dele decorrentes para ela e seus pais. Fazia com que o ato daquelas fanáticas parecesse uma triste imitação, superficial e inteiramente política, de um trauma muito íntimo. Ellen James disse que o sacrifício daquelas mulheres só havia servido para prolongar sua agonia e fazer dela uma vítima pública. Era claro que Garp se sentia muito suscetível às vítimas públicas.

E, naturalmente, para ser justo, a melhor parte daquelas mulheres tivera realmente a *intenção* de dar publicidade ao pavor que tão brutalmente ameaçava mulheres e meninas. Para muitas daquelas mudas, a imitação do horrível decepamento de língua não tinha sido "inteiramente político". Fora uma identificação muito pessoal. Em alguns casos, é claro, algumas dessas mulheres também haviam sido violentadas, e, por meio de seu ato, queriam dizer que *sentiam* como se suas línguas também houvessem sido decepadas. Em um mundo de homens, sentiam-se como se tivessem sido caladas para sempre.

Ninguém podia negar que aquela organização estava cheia de gente maluca. Nem mesmo algumas integrantes da sociedade negavam isso. Era verdade, de uma maneira geral, que elas eram um exaltado grupo político de feministas radicais, que frequentemente depreciavam a extrema seriedade com que se conduziam outras mulheres e outras feministas à sua volta. No entanto, o ataque de Ellen James contra elas quase se equiparava à desconsideração demonstrada pelo grupo contra a própria Ellen – elas nem imaginavam que uma menina de 11 anos preferiria que sua desgraça não tivesse merecido publicidade.

Todos nos Estados Unidos sabiam como Ellen James perdera a língua, exceto a nova geração, que estava crescendo agora e que muitas vezes confundia Ellen James com as que se haviam sacrificado voluntariamente. Essa confusão era muito dolorosa para ela, porque significava que era suspeita de ter infligido aquele sofrimento a si mesma.

– Ela precisava dar vazão à sua raiva – disse Helen a Garp, a respeito do ensaio de Ellen. – Tenho certeza de que ela tinha necessidade de escrever isso e que o desabafo deve lhe ter feito muito bem. Já disse isso a ela.

– E *eu* a aconselhei a publicar – disse Garp.

– Não – protestou Helen. – Não concordo. O que iria lucrar com isso?

– O que iria *lucrar*? – perguntou Garp. – Mas é a *verdade*! E creio que seria bom para ela.

– E para *você* também, não é?

Ela sabia que ele desejava uma humilhação pública para aquelas mulheres de línguas decepadas voluntariamente.

– Está bem, está bem, está bem, Helen – disse ele. – Mas ela tem *razão*, droga! Aquelas malucas deviam ouvir a verdade de sua fonte original.

– Mas por quê? – disse Helen. – A quem isso serviria?

– Muito bem, muito bem – murmurou Garp, contrariado, embora no íntimo soubesse que Helen tinha razão.

Garp aconselhou Ellen a guardar o ensaio. Ela não gostou e passou uma semana sem falar com eles.

Foi somente quanto John Wolf telefonou que eles ficaram sabendo que Ellen lhe enviara o texto.

– O que devo fazer com isso? – perguntou ele.

– Ora, mande-o de volta – respondeu Helen.

– Não, droga! – disse Garp. – Pergunte a *Ellen* o que ela quer que você faça.

– O velho Pôncio Pilatos lavando as mãos outra vez – comentou Helen.

– O que é que *você* quer fazer com ele, John?

– *Eu?!* – disse John Wolf. – Isso não significa nada para mim. Mas tenho certeza de que merece ser publicado. Quero dizer, está muito bem escrito.

– Mas não é por isso que merece ser publicado – disse Garp – e você sabe muito bem disso.

– Bem, eu sei que não – concordou John Wolf. – Mas é *bom* ver que está bem escrito.

Ellen disse a John Wolf que queria publicar. Helen tentou dissuadi-la. Garp não quis se envolver.

– Mas você *está* envolvido – disse-lhe Helen. – E, se ficar calado, sabe que vai conseguir o que quer: que esse doloroso ataque seja realmente publicado. É isso que você quer.

Então, Garp resolveu falar com Ellen James. Explicou-lhe as razões por que não deveria publicar, tentando mostrar-se entusiasmado com seu raciocínio. Eram mulheres doentes, tristes, confusas, torturadas, que tinham sofrido abusos por parte de outras pessoas e agora abusavam de si mesmas. Por que criticá-las? Dentro de uns cinco anos, ninguém se lembraria mais delas. Distribuiriam seus bilhetinhos, e as pessoas perguntariam: "Que sociedade é essa? Quer dizer, vocês não podem falar? Não têm língua?"

Ellen ficou emburrada, parecendo ainda mais determinada.

Sou eu que não consigo esquecê-las!,

ela escreveu a Garp.

Nunca vou esquecê-las, nem em 5, nem em 50 anos; sempre me lembrarei delas, da mesma forma que me lembro da minha língua.

Garp admirava a maneira correta como Ellen sempre usava a pontuação. Disse-lhe, carinhosamente:
— Acho melhor você não publicar isso, Ellen.

Você ficará zangado comigo se eu publicar?

Ele respondeu que não ficaria.

E Helen?

— Helen só ficará zangada *comigo* — respondeu Garp.
— Você torna as pessoas muito raivosas — disse-lhe Helen, na cama. — Você as deixa tensas, você *incita as* pessoas. Precisa perder essa mania. Devia cuidar só da sua vida e fazer seu trabalho, Garp. Apenas o seu trabalho. Você costumava dizer que a política era estúpida e que nada significava para você. Você tinha razão. É estúpida mesmo, *realmente* não significa nada. Você está fazendo isso porque é mais *fácil* do que sentar-se e criar alguma coisa, do zero. E você sabe disso. Você está fazendo estantes pela casa toda e envernizando assoalhos, está sempre remexendo o *jardim*. Pelo amor de Deus, Garp, será que me casei com um biscateiro? Será que algum dia exigi que você fosse um cruzado?

"Você devia estar escrevendo os livros e deixando as estantes para outra pessoa. E você sabe que eu tenho razão, Garp."
— Você tem razão — disse ele.

Ele tentou se lembrar de como lhe ocorrera aquela primeira frase em "A pensão Grillparzer".

"Meu pai trabalhava no Departamento de Turismo da Áustria."

De onde teria vindo aquela ideia? Tentou pensar em frases parecidas e o que lhe ocorreu foi a seguinte: "O menino tinha 5 anos e uma tosse mais profunda que seu peitinho ossudo." Tudo que conseguia eram torturantes recordações. Ele já não tinha mais nenhuma imaginação pura.

Na sala de treinamento de luta livre, ele se exercitou durante três dias seguidos com os pesos pesados. Seria para se punir?

— Isso é o mesmo que andar remexendo no jardim — disse-lhe Helen.

Então, ele anunciou que tinha uma missão, tinha de fazer uma viagem pela Fundação Fields. Iria a North Mountain, New Hampshire, para verificar se valia a pena ajudar uma mulher chamada Truckenmiller.

— Novamente, é o mesmo que ficar remexendo no jardim ou fazendo estantes — disse Helen. — É mais política. Mais cruzadas. É o que fazem as pessoas que *não conseguem* escrever.

Mesmo assim, ele viajou. Não estava em casa quando John Wolf telefonou, dizendo que uma revista de grande circulação iria publicar o ensaio "Por que não faço parte da Sociedade Ellen James", de Ellen James.

A voz de John Wolf ao telefone tinha o toque rápido, frio e impessoal de um velho conhecido: o "sapo no fundo", Helen pensou. Mas ela não sabia o motivo. Ainda não.

Ela deu a notícia a Ellen James. Helen perdoou Ellen de imediato e até mesmo se deixou entusiasmar. Foram de carro até a praia com Duncan e a pequena Jenny. Compraram lagostas — o prato predileto de Ellen — e mexilhões para Garp, que não gostava muito de lagosta.

Champanha!

Ellen escreveu no carro.

Será que champanha vai bem com lagostas e mexilhões?

— Claro! — disse Helen.

Compraram também o champanha e pararam na casa de Dog's Head Harbor para convidar Roberta para o jantar.

— Quando papai vai voltar? — perguntou Duncan.

— Eu nem sei onde fica North Mountain em New Hampshire — respondeu Helen —, mas ele disse que estaria de volta a tempo de jantar conosco.

Ele também me disse isso,

escreveu Ellen James.

O Salão de Beleza Nanette, em North Mountain, New Hampshire, era, na verdade, a cozinha da sra. Kenny Truckenmiller, cujo primeiro nome era Harriet.

– Você é Nanette? – perguntara Garp timidamente, dos degraus da entrada, cobertos de sal e de lama derretida.

– Não existe Nanette nenhuma. Eu sou Harriet Truckenmiller – disse-lhe a mulher.

Por trás dela, na cozinha escura, um cachorro espreguiçou-se e rosnou. A sra. Truckenmiller impediu que ele atacasse Garp dando-lhe um safanão com os quadris. Depois, abriu a porta com o pé, mostrando o tornozelo pálido e arranhado. Calçava chinelos azuis. Seu corpo desaparecia dentro do roupão longo, mas Garp pôde perceber que ela era alta – e que estava saindo do banho.

– Hum... a senhora corta cabelos de *homem*? – indagou Garp.

– Não – disse ela.

– Mas *poderia* cortar o meu? Não confio em barbeiros.

Harriet Truckenmiller olhou desconfiada para o gorro preto de esquiar de Garp, que estava enterrado até as orelhas e escondia todo o seu cabelo, exceto as mechas grossas que lhe tocavam os ombros na parte de trás do pescoço curto.

– Não posso ver seus cabelos – disse ela.

Ele tirou o gorro, mostrando os cabelos arrepiados pela eletricidade estática e emaranhados pelo vento frio que soprava.

– Não quero só um corte de cabelo – continuou Garp, com um tom de voz neutro, examinando o rosto triste e cansado da mulher, com pequeninas rugas nos olhos cinzentos. Os cabelos dela, muito louros, estavam presos com rolinhos.

– O senhor não marcou hora – disse Harriet Truckenmiller.

Ele via claramente que ela não era uma prostituta. Era uma mulher cansada e que estava com medo dele.

– Mas, afinal de contas, o que é exatamente que quer que eu faça nos seus cabelos?

— Só uma aparadinha — murmurou Garp —, mas também gostaria de encrespá-los levemente.
— Encrespar? — disse Harriet Truckenmiller, tentando imaginar cachos nos cabelos muito lisos de Garp. — Quer dizer, uma permanente? — perguntou ela.
— Bem — disse ele, passando a mão pelos cabelos desgrenhados. — Pode fazer o que achar melhor.
Harrie Truckenmiller deu de ombros.
— Vou me vestir primeiro — disse ela.
O cachorro, traiçoeiro e forte, enfiou grande parte de seu corpanzil entre as pernas dela e meteu a cara larga, de dentes arreganhados, na abertura entre a porta de tela e a porta principal. Garp ficou tenso, à espera do ataque, mas Harriet Truckenmiller atacou-o com uma firme joelhada no focinho, fazendo-o cambalear para trás. Ela torceu a mão na pele solta do pescoço do animal, que soltou um gemido e desapareceu na cozinha atrás dela.
O quintal enregelado, Garp viu, era um mosaico de enormes monturos de fezes de cachorro encapsuladas em gelo. Havia também três carros ali, mas ele duvidava que algum deles funcionasse. Havia um monte de lenha, que ninguém se dera ao trabalho de empilhar direito. Uma antena de TV, que um dia estivera no telhado, agora estava encostada à parede de alumínio amarelado da casa, e seus fios, que mais pareciam uma teia de aranha, saíam por uma janela quebrada.
A sra. Truckenmiller deu um passo para trás e abriu a porta para deixá-lo entrar. Na cozinha, ele sentiu os olhos ressecados por causa do calor do fogão a lenha. O lugar cheirava a biscoitos assados e produtos para cabelos — na realidade, a cozinha parecia dividida entre as funções de uma cozinha propriamente dita e as de um salão com a parafernália de Harriet para o seu negócio. Havia uma pia cor-de-rosa, onde estava acoplado um tubo com um chuveirinho na ponta para lavar os cabelos; latas de tomates em conserva; um espelho de três faces, emoldurado com lâmpadas, como o espelho de um camarim; uma prateleira de madeira com temperos e um batedor de carne; fileiras de cremes e loções. Havia ainda uma banqueta de metal

acima da qual se via um secador de cabelos, suspenso de uma haste de metal – como uma invenção original de uma cadeira elétrica.

O cachorro havia desaparecido, assim como Harriet Truckenmiller. Ela saíra para se vestir, e seu companheiro mal-humorado parecia ter ido com ela. Garp penteou os cabelos. Olhou-se no espelho como se estivesse tentando reconhecer-se. Imaginava que estava prestes a ficar diferente e irreconhecível para todo mundo.

A porta da rua abriu-se, e um homem grande, com um casaco e um boné vermelho de caçador, entrou, carregando nos braços uma enorme quantidade de lenha, que colocou na caixa ao lado do fogão. O cachorro, que durante todo o tempo estivera agachado debaixo da pia – a poucos centímetros dos joelhos trêmulos de Garp –, levantou-se e foi ao seu encontro. O animal moveu-se silenciosamente, sem sequer rosnar. O sujeito era conhecido ali.

– Vá se deitar, seu porcaria! – falou ele, e o cão obedeceu.

– É você, Dickie? – gritou Harriet Truckenmiller de algum lugar lá dentro da casa.

– Quem mais você estava esperando? – berrou ele.

Então, virou-se e viu Garp em frente ao espelho.

– Olá! – disse Garp.

O grandalhão chamado Dickie ficou olhando para ele. Devia ter uns 50 anos. Seu rosto grande e vermelho parecia castigado pelo gelo. Garp percebeu imediatamente, de sua familiaridade com as expressões de Duncan, que ele tinha um olho de vidro.

– Oi – respondeu Dickie.

– Tenho um freguês! – gritou Harriet.

– Estou vendo.

Garp passou a mão pelos cabelos nervosamente, como se pudesse sugerir a Dickie quanto seus cabelos eram importantes para ele, já que fora até ali, New Mountain, New Hampshire, ao Salão de Beleza Nanette, só para o que devia parecer a Dickie a simples necessidade de cortá-los.

– Ele quer fazer uma *permanente*! – gritou Harriet.

Dickie não tirara o gorro vermelho, mas Garp podia ver que ele era careca.

— Não sei o que você está querendo *realmente*, meu chapa — sussurrou Dickie para Garp —, mas vai ter a sua permanente e nada mais. Está ouvindo?

— Não confio em barbeiros — disse Garp.

— Eu não confio em *você* — respondeu Dickie.

— Dickie, ele não fez nada — disse Harriet Truckenmiller.

Ela agora estava vestida em calças apertadas azul-turquesa, que faziam Garp se lembrar do macacão que usara, e uma blusa estampada com flores que não existiam em New Hampshire. Os cabelos estavam amarrados para trás com um lenço de estampa diferente da da blusa, e ela se maquiara discretamente. Tinha uma boa aparência, a aparência da mãe que procura apresentar-se bem. Garp achava que ela era alguns anos mais nova do que Dickie, mas não muito.

— Ele não quer *permanente* nenhuma, Harriet — disse Dickie. — Para que ele vai querer mexer nos cabelos, hein?

— Ele não confia em barbeiros — disse Harriet Truckenmiller.

Por um breve instante, Garp imaginou se Dickie seria um barbeiro. Concluiu que não deveria ser.

— Não tive a menor intenção de desrespeitar ninguém — disse Garp. Ele já vira tudo que precisava ver. Queria voltar e dizer à Fundação Fields para dar a Harriet Truckenmiller todo o dinheiro que ela precisasse. — Se isso causa algum problema — disse Garp —, não insisto.

Estendeu o braço para pegar sua parca, que ele colocara em uma cadeira vazia, mas viu que o cachorro estava sentado em cima dela.

— O senhor pode ficar, por favor — disse a sra. Truckenmiller. — Dickie só está querendo me proteger.

Dickie pareceu envergonhado consigo mesmo e ficou ali de pé, com uma de suas enormes botas em cima da outra.

— Só vim trazer um pouco de lenha seca para você — disse ele a Harriet. — Acho que devia ter *batido* — disse ele, emburrado, ao lado do fogão.

— *Não*, Dickie — disse-lhe Harriet, beijando-o carinhosamente no rosto grande e vermelho.

Ele saiu da cozinha, lançando um último olhar desconfiado para Garp.

— Espero que fique satisfeito com o corte de cabelo — disse.

– Muito obrigado – disse Garp. Quando ele falou, o cachorro sacudiu sua parca no chão.

– Pare com isso! – gritou Harriet para o cachorro, pegando a parca e colocando-a de novo na cadeira.

– O senhor pode ir embora, se quiser, mas Dickie não lhe fará nada. Ele só quer me proteger.

– É seu marido? – Garp fez a pergunta sabendo que não era.

– Meu marido foi Kenny Truckenmiller. Todo mundo sabe disso, e você, seja lá quem for, deve saber quem *ele* foi.

– Eu sei.

– Dickie é meu irmão. Ele se preocupa muito comigo – disse Harriet. – Alguns caras andaram rondando por aqui depois que Kenny morreu...

Ela sentou-se diante da iluminada bancada de espelhos, ao lado de Garp, e colocou as mãos longas e cheias de veias sobre as coxas turquesas. Soltou um suspiro e falou, sem olhar para Garp.

– Não sei o que o senhor andou ouvindo por aí a meu respeito, e também não me importo. Eu sou cabeleireira e *só* trato de cabelos. Se realmente quiser que eu faça alguma coisa em seus cabelos, eu posso fazer. Mas é só isso – disse Harriet. – Não importa o que o senhor possa ter ouvido por aí, mas eu só cuido de cabelos.

– Só cabelos – disse Garp. – É só isso que eu quero.

– Muito bem, então – disse ela, ainda sem encará-lo.

Havia pequenas fotos presas sob a moldura dos espelhos. Uma era de um casamento, onde se via uma jovem Harriet Truckenmiller ao lado de um Kenny sorridente. Desajeitadamente, tentavam cortar um bolo.

Outra foto mostrava Harriet Truckenmiller, grávida, segurando um bebê no colo, enquanto um menino, mais ou menos da idade de Walt, apoiava o rosto contra seu quadril. Harriet parecia cansada, mas não intimidada. E havia ainda uma foto de Dickie, ao lado de Kenny Truckenmiller, ambos junto a uma árvore de onde pendia um veado estripado, de cabeça para baixo. A árvore ficava no quintal da frente do Salão de Beleza Nanette. Garp logo reconheceu aquela foto, que fora publicada em uma grande revista logo depois do assassinato de Jenny. Aparentemente, ela fora publicada para mostrar aos fracos de espírito que Kenny Truckenmiller era um matador de nascença e de criação. Além de matar Jenny Fields, ele já matara, também a tiro, um veado.

– Por que *Nanette*? – perguntou Garp a Harriet mais tarde, quando ousou olhar apenas para seus dedos pacientes e não para seu rosto triste, e certamente não para seus próprios cabelos.

– Achei que parecia francês – respondeu Harriet.

Mas ela sabia que ele vinha de um outro mundo, longe de North Mountain, New Hampshire – e riu de sua tolice.

– Pois parece *mesmo* – disse Garp, rindo também. – Mais ou menos – acrescentou, e ambos riram amistosamente.

Quando estava pronto para ir embora, ela limpou a baba do cachorro de sua parca com uma esponja.

– Você não vai nem sequer olhar como ficou? – perguntou ela. Falava de seus cabelos.

Ele respirou fundo, olhou-se no espelho de três faces. Seus cabelos, ele achou, estavam lindos! Eram os mesmos cabelos de sempre, a mesma cor, até o mesmo comprimento, mas pela primeira vez em sua vida, pareciam combinar com sua cabeça. Os cabelos continuavam grudados ao crânio, mas ainda assim estavam leves e soltos. Uma ligeira ondulação fazia com que não se visse tanto o seu nariz quebrado e o pescoço grosso. Garp sentia-se satisfeito com seu rosto de uma maneira que nunca acontecera, e que ele nem mesmo julgara possível. Claro que aquela era a primeira vez que ele ia a um salão de beleza. Na verdade, até ele se casar com Helen, era Jenny quem cortava seus cabelos, e depois Helen se encarregara disso. Garp nunca fora a um barbeiro.

– Está uma beleza! – disse ele. Sua orelha cortada continuava habilmente escondida.

– Ah, que nada – disse Harriet, dando-lhe um empurrãozinho amistoso.

Mas ele diria à Fundação Fields, em seu relatório, que não fora, *de modo algum*, um empurrãozinho mal-intencionado. Teve vontade de contar-lhe que ele era o filho de Jenny Fields, mas sabia que sua motivação para fazê-lo seria inteiramente egoísta. Só serviria para mostrar que fora pessoalmente responsável pela concessão do que ela pedia.

"É injusto se aproveitar da vulnerabilidade emocional de alguém", escrevera a polêmica Jenny Fields. Daí vinha o novo credo de Garp: não se aproveitar das emoções alheias.

– Muito obrigado e até a vista – disse ele à sra. Truckenmiller.

Dickie estava lá fora, rachando lenha, e via-se que era bom naquilo. Ele parou quando Garp apareceu.

– Até a vista – gritou Garp para ele.

Mas Dickie veio ao seu encontro – com o machado na mão.

– Vamos ver como ficou o penteado – disse Dickie.

Garp ficou parado, enquanto o outro o examinava.

– Você era amigo de Kenny Truckenmiller, não era? – disse Garp.

– Era, sim. Eu era o *único* amigo que ele tinha. Fui eu quem o apresentou a Harriet.

Garp sacudiu a cabeça. Dickie continuou examinando o trabalho da irmã.

– Foi uma tragédia – disse Garp, referindo-se a tudo que tinha acontecido.

– Não está nada mau – disse Dickie, referindo-se ao cabelo de Garp.

– Jenny Fields era minha mãe – revelou Garp. Ele queria que alguém soubesse e tinha certeza de que não estava se aproveitando do estado emocional de Dickie.

– Você não contou isso a ela, não é?

– Não, não. Claro que não.

– Fez bem. Ela não quer ouvir falar do assunto.

– Foi o que pensei – disse Garp, e Dickie balançou a cabeça com aprovação. – Sua irmã é uma mulher muito boa – acrescentou Garp.

– É, sim. É muito boa, mesmo – disse ele, com orgulho.

– Muito bem. Até a vista, Dickie.

Dickie tocou-o de leve com o cabo do machado.

– Fui um dos que atiraram nele – disse Dickie. – Você sabia disso?

– Você atirou em Kenny?

– Eu e muitos outros – disse Dickie. – Kenny estava maluco. Alguém tinha que matá-lo.

– Eu sinto muito – disse Garp.

Dickie deu de ombros.

– Eu gostava dele – disse. – Mas ele ficou maluco contra Harriet e ficou maluco contra sua mãe. Ele não tinha mais cura. Odiava todas as mulheres. Era fácil ver que ele nunca ficaria bom.

– Foi uma coisa terrível – disse Garp.

– Até a vista – falou Dickie, voltando novamente para sua pilha de lenha.

Garp caminhou para o carro, desviando-se dos bolos de fezes congeladas que pontilhavam o quintal.

– Seu cabelo ficou ótimo! – gritou-lhe Dickie.

O comentário parecia sincero. Ele continuava a rachar lenha quando Garp acenou-lhe do carro. Da janela do Salão de Beleza Nanette, Harriet Truckenmiller também lhe acenou em despedida, mas Garp tinha certeza de que aquele aceno não continha nenhuma maldade. Ele voltou, atravessando o vilarejo de North Mountain – tomou um café na única lanchonete e abasteceu o carro no único posto de gasolina. Todo mundo olhava para seus cabelos. E *Garp* também os admirava em cada espelho que encontrava.

Chegou em casa a tempo de comemorar a primeira publicação de Ellen. Se ficou tão preocupado quanto Helen com a notícia, não demonstrou. Comeu a lagosta, os mexilhões, e bebeu o champanha, esperando pelos comentários de Helen ou Duncan sobre seus cabelos. Foi somente quando estava lavando a louça que Ellen James entregou-lhe um bilhete molhado:

Você arrumou os cabelos?

Ele balançou a cabeça, irritado.

– Eu não gosto – disse-lhe Helen, na cama.

– Pois eu estou achando o máximo – respondeu Garp.

– Não combina com você – disse Helen, no escuro, fazendo todo o possível para despenteá-lo. – Parece cabelo de defunto.

– Um defunto?! Santo Deus!

– Sim. Um corpo preparado por um agente funerário – disse Helen, passando as mãos nos cabelos dele quase freneticamente. –

Todos os fios no lugar certo. Está perfeito demais! Você não parece estar vivo!

Então, de repente, desatou a chorar, um pranto histérico, e Garp a abraçou, sussurrando-lhe palavras de conforto, tentando descobrir o que estava acontecendo.

Garp não compartilhava com ela, naquele momento, a sensação do "sapo no fundo". Ele continuou falando com ela, sem parar, e acabaram fazendo amor. Finalmente, ela adormeceu.

O ensaio de Ellen James não criou grande celeuma logo de saída. Leva algum tempo até que a maioria das cartas ao editor seja publicada.

Houve as esperadas cartas pessoais a Ellen James: condolências de idiotas, propostas de homens doentes – tiranos nojentos e antifeministas e perseguidores de mulheres que, conforme Garp já a havia prevenido, faziam parecer que estavam do *seu* lado apenas para tirar alguma vantagem.

– As pessoas sempre tomam partido – disse Garp –, a respeito de tudo.

Não houve uma única das fanáticas sem língua que escrevesse uma só palavra.

A primeira equipe de luta livre de Garp na Steering tinha conseguido um bom resultado quando se aproximava o encontro final com seu arquirrival: a equipe de rufiões de Bath. Naturalmente, a força do time estava nos bons lutadores que Ernie havia preparado nos últimos dois ou três anos, mas Garp mantinha todos em sua melhor forma. Ele tentava calcular as vitórias e derrotas – em cada categoria de peso, para o próximo confronto com Bath –, sentado à mesa da cozinha da imensa casa da família Steering, quando Ellen James entrou de repente, em prantos, com o último número da revista que publicara o seu ensaio um mês antes.

Ele percebeu que deveria tê-la alertado a respeito de revistas também. Naturalmente, a revista agora publicava um ensaio longo e epistolar, assinado por mais de vinte mulheres da Sociedade Ellen James. Era uma resposta ao ousado ataque de Ellen, em que ela declarava ter sido usada por aquelas mulheres e que, por isso, não as tolerava. Era exatamente o tipo de polêmica que as revistas adoram. Ellen sentia-se especialmente traída pelo editor da revista que, obviamente, revelara às mulheres que Ellen James agora morava com o notório T. S. Garp.

Assim, suas adversárias tinham como atingi-la: Ellen James, uma pobre criança, sofrera uma lavagem cerebral que a levara a uma posição antifeminista. E o responsável fora o vilão Garp, o homem que traíra a própria mãe! O miserável que capitalizava a política do movimento feminista. Nas várias cartas, Garp era visto como um sedutor nojento e falso em seu relacionamento com Ellen James.

Desculpe-me!

– Está bem, está bem, Ellen. Não é culpa sua – disse Garp, tentando tranquilizá-la.

Eu não sou antifeminista.

– Claro que não.

Para elas, tudo é preto no branco!

– É isso mesmo.

É por isso que eu as detesto! Querem nos forçar a ser iguais a elas... se não formos, nos tratam como inimigas.

– É isso mesmo, é isso mesmo, Ellen.

Como seria bom se eu pudesse falar.

E então, ela desatou em prantos no ombro de Garp, um choro tão alto, enfurecido e mudo, que chegou até Helen, na distante sala de leitura no outro lado da imensa casa, tirou Duncan do quarto escuro e acordou a pequena Jenny.

Assim, tolamente, Garp resolveu tomar as dores de Ellen contra aquelas mulheres adultas, malucas e fanáticas, que, mesmo quando rejeitadas pelo símbolo que haviam escolhido, teimavam em insistir que sabiam mais a respeito de Ellen James do que a própria Ellen James.

"Ellen James não é um símbolo", ele escreveu. "Ela é a vítima de um estupro e de uma mutilação quando ainda não tinha idade suficiente para saber o que era sexo e como eram os homens." Esse foi o começo, pois ele prosseguiu, incansável. E é claro que publicavam tudo o que ele escrevia, já que era mais lenha para a fogueira. Era também a primeira coisa que T. S. Garp escrevia e publicava desde o famoso romance *O mundo segundo Bensenhaver*.

Na verdade, era a segunda. Em uma revista de pequeno porte, logo depois da morte de Jenny, Garp publicara seu primeiro e único poema. Era um poema estranho, a respeito de camisa de vênus.

Garp achava que toda a sua vida fora marcada por esse preservativo – um dispositivo criado pelo homem para poupar a si e aos outros das consequências de sua luxúria. Os homens, Garp achava, viviam atolados em camisinhas durante toda a vida – camisinhas encontradas pela manhã nos pátios de estacionamento, camisinhas descobertas pelas crianças nas areias das praias, camisinhas usadas para recados (como a que ele deixara para sua mãe na maçaneta do pequeno apartamento no anexo da enfermaria), camisinhas boiando nas privadas dos dormitórios da Steering School, camisinhas expostas acintosamente nos mictórios públicos. Um dia, ele encontrou uma camisinha entregue junto com o jornal de domingo. Outro dia, na caixa de correio. E uma vez chegou a encontrar uma na alavanca de câmbio do velho Volvo; alguém usara o carro durante a noite, mas não para passear.

Garp atraía as camisinhas da mesma maneira que o açúcar atrai formigas. Ele viajava quilômetros, mudava de continente, e lá estava ela – no bidê de um hotel absolutamente limpo... lá, no banco traseiro do táxi, como o olho de um grande peixe arrancado à força... lá, na sola do sapato, sem saber onde a apanhara. As camisinhas vinham de todos os lados para surpreendê-lo. A história de Garp e das camisas de vênus vinha de longa data. Estavam, de certa forma, ligados desde o princípio. Lembrava-se sempre do choque que tivera diante das primeiras que vira, lá na boca dos canhões.

Era um poema sincero, mas quase ninguém o lera por causa do seu caráter repugnante. Mas foi muito maior o número dos que leram seu ensaio a respeito de Ellen James contra as fanáticas da Sociedade Ellen James. Aquilo era notícia, era um acontecimento contemporâneo. Garp percebia, com tristeza, que isso era mais importante do que a arte.

Helen suplicou-lhe que não mordesse a isca, que não se deixasse envolver. Até Ellen James lhe disse que aquela era uma briga *sua* e que não pedira o apoio dele.

– Mais jardinagem – advertiu-o Helen. – E mais estantes.

Ele, no entanto, escrevia furiosamente, e bem. Declarava com mais firmeza o que Ellen James pretendera dizer. Dirigia-se com eloquência àquelas mulheres sérias que sofriam, por associação, "a autoflagelação radical" das mulheres que haviam tomado Ellen James como símbolo – "o tipo de besteira que dava má fama ao feminismo". Não resistia à tentação de desmascará-las, e embora o fizesse com propriedade, Helen perguntou-lhe, com razão:

– Mas para *quem*? As mulheres sérias já *sabem* que aquelas mudas são loucas. Não, Garp, você está fazendo isso por *elas*. Não é nem mesmo por Ellen. Você faz isso por aquelas malditas malucas. Você faz isso para se aproximar delas. E por quê? Meu Deus, dentro de mais um ano ninguém se lembraria mais delas, nem tampouco por que fizeram o que fizeram. Tudo não passou de um *modismo*, um estúpido modismo, mas você simplesmente não pode ignorá-las. *Por quê?*

O assunto o deixava aborrecido, com a previsível atitude de alguém que sempre quer ter razão – a qualquer custo – e por isso mesmo se pergunta se estaria errado. Era um sentimento que o isolava de todo mundo, até mesmo de Ellen, que estava disposta a dar o caso por encerrado e arrependia-se de haver começado.

– Mas foram *elas* que começaram, Ellen – insistia Garp.

Não, na verdade, não. Quem começou foi o primeiro homem que violentou alguém e depois procurou impedir que a vítima falasse cortando-lhe a língua,

escreveu Ellen James.

– Está bem, está bem, está bem! – disse Garp. A triste verdade da jovem o magoou. O que ele quis não foi apenas defendê-la?

A equipe de luta livre da Steering venceu a Academia Bath no confronto decisivo da temporada e terminou com 9 a 2. Obteve ainda o troféu do segundo lugar no torneio da Nova Inglaterra e revelou um campeão individual, um atleta de 85 quilos, e que Garp treinara cuidadosamente. Mas a temporada estava terminada e, agora, Garp, o escritor aposentado, tinha tempo de sobra pela frente.

Ele estava sempre com Roberta. Jogavam partidas intermináveis de *squash*. Em três meses, os dois já tinham quebrado quatro raquetes e o dedo mínimo da mão esquerda de Garp. A força da esquerda de Garp fora a responsável por nove pontos no nariz de Roberta. Desde os seus tempos no Eagles da Filadélfia que Roberta não levava nenhum ponto e ela queixou-se furiosamente. Em compensação, num golpe cruzado violento, o joelho de Roberta atingiu Garp na virilha e o fez capengar durante uma semana.

– Francamente – dizia-lhes Helen –, por que vocês dois não têm logo um caso tórrido, bem passional? Seria mais *seguro*.

Eles, no entanto, eram grandes amigos e, se algum dia tal desejo lhes ocorresse – tanto a Garp como a Roberta –, logo o transformariam em piada. Além do mais, a vida amorosa de Roberta estava agora friamente organizada; como se já tivesse nascido mulher, ela dava muito valor à sua privacidade. Roberta adorava o cargo de diretora da Fundação Fields em Dog's Head Harbor. Ela reservava o seu lado sexual para as frequentes, mas não excessivas, visitas à cidade de Nova York, onde mantinha um número razoável de amantes sempre à espera de suas visitas e encontros inesperados.

– Essa foi a única maneira que encontrei para lidar com isso – disse a Garp.

– É uma boa maneira, Roberta. Nem todos têm a sorte de possuir esse controle.

E, então, continuavam jogando *squash*. Quando o tempo esquentou, passaram a correr nas estradas sinuosas que iam de Steering até o mar. A mansão da praia ficava apenas a uns três quilômetros da mansão Steering e geralmente eles corriam de uma mansão à outra. Quando Roberta ia para Nova York tratar de seus negócios, Garp corria sozinho.

Ele estava só, quase na metade do caminho para a casa de Dog's Head Harbor, de onde voltaria para Steering, quando um Saab branco e muito sujo passou por ele, pareceu reduzir a marcha, depois seguiu em frente em grande velocidade, até desaparecer de vista. Aquilo foi a única coisa estranha que Garp notou. Ele corria pelo acostamento, no lado esquerdo da estrada, para poder ver os carros que vinham em sua direção. O Saab passara por ele na pista da direita, na sua mão, e não havia nada de estranho.

Garp vinha pensando numa sessão de leitura que pretendia fazer na fundação em Dog's Head Harbor, para todos os seus membros e convidados, a convite de Roberta. Afinal, ele era o principal administrador. Roberta costumava organizar pequenos concertos, leituras de poesia e eventos semelhantes, mas Garp não queria tomar parte naquilo. Ele detestava leituras, e agora especialmente para mulheres. A atitude que assumira no caso das mudas da Sociedade Ellen James tinha desagradado a muitas mulheres. Naturalmente, muitas mulheres sérias concordavam com ele, mas a maioria era suficientemente inteligente para identificar em suas críticas uma espécie de vingança pessoal que se sobrepunha à lógica. Sentiam nele uma espécie de instinto assassino – basicamente masculino e basicamente intolerante. Ele era, como Helen dizia, intolerante demais para com os intolerantes. Muitas mulheres, sem dúvida, achavam que fora ele o autor do ensaio de Ellen a respeito das fanáticas da Sociedade Ellen James, mas por que fora tão agressivo? Era possível que, para usar a terminologia da luta livre, ele fosse culpado de "agressividade desnecessária"? Era dessa brutalidade que muitas mulheres desconfiavam. E agora, quando fazia uma sessão de leitura, ainda que para plateias mistas, principalmente em universidades, onde a agressividade já parecia fora de moda, ele sentia uma reprovação silenciosa. Ele era um homem que perdera a calma publicamente, ele demonstrara quanto podia ser cruel.

Roberta o aconselhara a não ler cenas de sexo, não porque as mulheres da fundação fossem essencialmente hostis, mas eram particularmente sensíveis.

— Você tem muitas outras cenas para ler, além de sexo — disse Roberta.

Nenhum dos dois, entretanto, mencionou a possibilidade de ele não ter nada *novo* para ler. Era principalmente por essa razão — não ter nada novo para ler — que Garp detestava cada vez mais aquelas leituras, fossem onde fossem.

Garp chegou ao topo de uma pequena elevação, junto a uma fazenda de criação de gado Angus Preto, a única elevação entre Steering e o mar, e passou pelo marco dos três quilômetros. Via os focinhos preto-azulados dos animais, que apontavam para ele como uma espingarda de dois canos por cima do muro de pedras; Garp gostava de conversar com os bois, mugindo para eles.

O Saab branco e sujo aproximava-se agora, e Garp refugiou-se no acostamento de terra batida. Um dos Angus Pretos mugiu para ele em resposta e dois outros se afastaram do muro. Garp olhava para eles. O carro não estava a grande velocidade, e o motorista não parecia ser um dos loucos ao volante. Não havia razão para Garp fixar nele sua atenção.

Foi somente sua memória que o salvou. Os escritores possuem o dom de uma memória seletiva e, felizmente para Garp, ele se lembrou de como, pouco antes, o carro diminuíra a velocidade ao passar por ele, na direção contrária — e como o motorista pareceu procurá-lo pelo espelho retrovisor.

Garp voltou-se, desviando o olhar dos Angus, e viu o silencioso Saab, com o motor desligado, deslizando em sua direção pelo acostamento, deixando um rastro de poeira para trás do quieto veículo branco e acima da cabeça imóvel, inclinada para a frente, do motorista.

Aquele motorista, apontando o carro em sua direção, era a imagem mais próxima que ele jamais teria de um metralhador de torre em plena atividade.

Garp correu para o muro de pedra e saltou-o, sem ver o fio único da cerca elétrica que corria por cima dele. Sentiu um pequeno choque na coxa quando roçou no fio, mas alcançou o outro lado do muro, caindo sobre a relva verde e molhada do pasto, marcada por montículos de estrume.

Ficou ali parado, abraçando o solo molhado, ouviu o coaxar do "sapo no fundo", sentiu seu gosto amargo na garganta seca, e ouviu a explosão dos cascos dos bois fugindo em disparada. Ele ouviu o choque entre pedra e metal – o Saab branco e sujo contra o muro de pedras. Duas pedras, do tamanho de sua cabeça, caíram ao lado dele. Um touro Angus, de olhar feroz e arregalado, permaneceu onde estava, mas a buzina do Saab disparara e talvez tenha sido o barulho intenso o que impediu a arremetida do touro.

Garp sabia que estava vivo e que o sangue em sua boca tinha sido provocado por uma mordida no lábio. Caminhou ao longo do muro, até o ponto de impacto, onde o carro estava encravado. A motorista tinha perdido mais do que a língua.

Devia ter uns 40 anos. O motor do Saab, com o choque, lançara seus joelhos por cima da barra retorcida da direção. Ela não usava anéis, e seus dedos eram curtos e avermelhados pelo frio do inverno inclemente, ou pelos muitos invernos que já vivera. A coluna da porta do lado do motorista, ou talvez a moldura do para-brisa, atingira seu rosto, estraçalhando a têmpora e a face esquerdas, e dando-lhe uma estranha aparência torta. Os cabelos castanhos manchados de sangue estavam emaranhados pelo vento quente de verão, que soprava pelo buraco onde antes existira o para-brisa.

Garp olhou para os olhos dela e viu que estava morta. Olhou para sua boca e viu que ela era uma das fanáticas da Sociedade Ellen James. Olhou também em sua bolsa. Havia apenas os previsíveis bloquinho e lápis. Havia também vários bilhetinhos novos e usados. Um deles dizia:

Olá! Meu nome é...

e assim por diante. Um outro dizia:

Foi você mesmo quem pediu isto.

Garp imaginou que aquele era o bilhete que ela pretendia deixar preso ao cós ensanguentado de seu calção de corrida, quando o deixasse morto e estropiado na beira da estrada.

Havia um que era quase lírico, e que os jornais adorariam e usariam um sem-número de vezes:

Nunca fui estuprada, e jamais desejei sê-lo. Nunca estive com um homem, tampouco jamais desejei isso. Todo o sentido de minha vida tem sido compartilhar o sofrimento de Ellen James.

Garp ficou espantado, mas deixou o bilhete ali para ser descoberto com seus pertences. Ele não era o tipo de escritor, ou de homem, que esconde mensagens importantes – nem mesmo quando demonstram loucura.

O salto sobre o muro agravara sua antiga contusão na virilha, mas ele conseguiu caminhar na direção da cidade, até que um caminhão de iogurte lhe deu uma carona. Ele e o motorista foram à polícia contar o que havia acontecido.

Quando o motorista do caminhão de iogurte passou pela cena do acidente, antes de encontrar Garp, o touro negro, que havia escapado pela brecha aberta no muro, farejava ao redor do Saab branco como se fosse um parente enlutado, grande e bestial, guardando aquele frágil anjo morto num carro estranho.

Ainda acordada, junto ao marido que dormia profundamente, Helen pensava se não teria sido aquilo a sensação do "sapo no fundo" que havia sentido. Ela abraçou com força o corpo quente de Garp, sentindo em todo ele o cheiro ativo de seu próprio sexo. Imaginava se aquela mulher morta e sem língua não seria o próprio sapo no fundo, que agora já desaparecera. Ela apertou-o com tanta força que ele acordou.

– O que foi? – perguntou. Helen, sem falar, muda como Ellen James, agarrou-o pelos quadris, os dentes batendo contra o peito dele. Garp a abraçou até a tremedeira passar.

Uma "porta-voz" da Sociedade Ellen James declarou que aquele fora um ato isolado de violência, não sancionado pela organização, mas que obviamente fora provocado "pela personalidade de T. S. Garp, tipicamente masculina, agressiva e estupradora". A sociedade não se responsabilizava por aquele "ato isolado", mas também não se surpreendia nem mesmo lamentava que houvesse acontecido.

Roberta disse a Garp que, naquelas circunstâncias, ela compreenderia se ele não quisesse falar a um grupo de mulheres. Mas Garp falou para as mulheres da Fundação Fields e suas convidadas em Dog's Head Harbor – um grupo de menos de cem pessoas, confortavelmente instaladas na antiga mansão de Jenny Fields. Leu para elas "A pensão Grillparzer", começando com uma introdução.

"Esta foi a primeira e a melhor coisa que já escrevi em minha vida, e até hoje não sei como a ideia me ocorreu. Acho que é a respeito da morte, que eu nem conhecia muito bem naquela ocasião. Agora que já sei mais a respeito, não me animo a escrever nem uma palavra. Há 11 personagens principais neste conto e sete deles morrem, um fica louco, e o outro foge com uma mulher. Não vou contar o que aconteceu com os outros dois personagens, mas podem ver que a possibilidade de sobrevivência não é muito grande neste conto."

Em seguida, passou à leitura. Algumas mulheres riram; quatro delas choraram; houve muitos fungamentos e tosses, que poderiam ser atribuídos à umidade do mar. Ninguém saiu no meio da leitura, e todas aplaudiram. Uma mulher mais velha, em uma das últimas fileiras, junto ao piano, dormiu profundamente durante toda a leitura, mas acordou com os aplausos e uniu-se a eles com entusiasmo.

O evento pareceu dar novo ânimo a Garp. Duncan estivera presente – aquele conto era o seu preferido entre os trabalhos do pai (na verdade, uma das poucas coisas escritas pelo pai que ele tinha permissão para ler). Duncan era um jovem e talentoso artista, e tinha mais de cinquenta desenhos dos personagens e de situações do conto, que ele mostrou ao pai quando chegaram de volta a casa. Alguns dos desenhos eram irônicos e despretensiosos; Garp ficou encantado com todos. Lá estava o velho urso enganchado no monociclo absurdo; os tornozelos finos como palitos da avó expostos na parte inferior da porta do WC. A expressão maldosa e enganadora que se via nos olhos vivos do homem dos sonhos. A beleza estranha da irmã de Herr Theobald ("...como se a sua vida e as de seus companheiros jamais tivessem sido exóticas para *ela*, como se eles sempre tivessem protagonizado um esforço ridículo e fadado ao insucesso para obter uma reclassificação"). E o bravo otimismo do homem que só andava com as mãos.

– Desde quando você vem fazendo isso? – perguntou Garp a Duncan. Estava tão orgulhoso que sentia vontade de chorar.

Isso lhe deu ainda mais ânimo. Propôs a John Wolf uma edição especial, um *livro* de "A pensão Grillparzer", ilustrado por Duncan. "A história é boa o suficiente para ser publicada separadamente como um livro", escreveu Garp a John Wolf. "E certamente sou bastante conhecido por ela para ter sucesso de vendagem. A não ser em uma pequena revista e em uma ou duas antologias, este conto nunca foi realmente publicado. E além disso, os desenhos são encantadores! E o conto faz jus a eles.

"Eu realmente detesto quando um escritor quer se valer de sua reputação e começa a publicar todo o refugo que está no fundo da gaveta e a republicar toda a *velha* porcaria de sua obra que merecia ficar esquecida para sempre. Mas este não é o caso, John, e você sabe disso!"

John Wolf sabia. Achou que os desenhos de Duncan eram originais e despretensiosos, mas também que não eram, realmente, muito bons. Afinal, por mais talentoso que fosse, o menino ainda não tinha 13 anos. Mas John Wolf também sabia reconhecer uma boa ideia para publicação logo que a via. Para se certificar, entretanto, submeteu o livro e os desenhos ao Teste Secreto de Jillsy Sloper. O conto de Garp e especialmente os desenhos de Duncan passaram pelo escrutínio de Jillsy com grandes elogios. Sua única ressalva dizia respeito ao fato de Garp usar muitas palavras que ela não conhecia.

John Wolf achava que um livro de pai e filho seria um bom lançamento para o Natal. A tristeza delicada do enredo, toda a sua piedade e a pouca violência poderiam talvez amenizar a tensão existente na guerra entre Garp e as mulheres sem língua.

Ele já se recuperara da lesão na virilha e, durante todo o verão, fazia sua corrida diária na estrada, de Steering até o mar, nunca se esquecendo de cumprimentar os Angus, já que agora tinham em comum a segurança daquele providencial muro de pedras. Garp sentia-se identificado para sempre com aqueles animais grandes e felizes. Pastavam satisfeitos, reproduziam-se satisfeitos, até que um dia, de repente, iam para o matadouro. Garp não queria nem pensar naquela matança. Nem na sua. Estava sempre atento aos carros, mas não se mostrava ansioso.

– Foi um fato isolado – dissera ele a Helen, Roberta e Ellen James. Elas balançaram a cabeça, mas Roberta, sempre que podia, corria com ele. Helen achava que ficaria mais tranquila quando o tempo esfriasse novamente, e ele passasse a correr na pista interna da Miles Seabrook Field House. Ou quando ele recomeçasse as aulas de luta livre e passasse a quase não sair mais. Aqueles tapetes quentes e a sala acolchoada eram um símbolo de segurança para Helen Holm, que fora criada naquela espécie de incubadora.

Garp, também, esperava ansiosamente a próxima temporada de luta e a publicação de *A pensão Grillparzer* – um conto de T. S. Garp, ilustrado por Duncan Garp. Finalmente, um livro de Garp para crianças *e* para adultos! Era, é claro, como um recomeço. Era voltar ao início e começar de novo. Que mundo de ilusões brota com a ideia de "começar de novo".

De repente, Garp começou a escrever outra vez.

Começou escrevendo uma carta para a revista que publicara o seu ataque contra as mulheres da Sociedade Ellen James. Na carta, ele se desculpava pela veemência e presunção de seus comentários.

"Embora eu acredite que Ellen James foi usada por essas mulheres, que pouco se importavam com a vida da verdadeira Ellen James, concordo que a *necessidade* de usá-la de alguma forma era genuína. É claro que me sinto parcialmente responsável pela morte daquela pobre mulher carente e violenta que se sentiu provocada o suficiente para tentar matar-me. Sinto muito."

As desculpas, é claro, raramente são aceitáveis para aqueles que acreditam na bondade pura ou na maldade pura. Todas as respostas de mulheres da Sociedade Ellen James que foram publicadas diziam que Garp obviamente temia pela própria vida e por uma sucessão infinita de matadoras que a sociedade poria em seu encalço até que finalmente o pegassem. Diziam que, além de ser um porco e um perseguidor de mulheres, T. S. Garp era também claramente "um merdinha covarde, sem colhões".

Se Garp leu essas respostas, não pareceu se importar. O mais provável era que nem as tenha lido. Ele escrevera para desculpar-se, principalmente por sua escrita. Era um ato destinado a limpar sua escrivaninha, não sua consciência. Queria tirar da mente os cuidados com o jardim e a construção de estantes, trivialidades que haviam ocupado seu tempo enquanto esperava a ocasião para escrever seriamente outra vez. Achava que podia fazer as pazes com aquelas mulheres para depois esquecê-las completamente. Helen, porém, *jamais* as esqueceria. O mesmo certamente aconteceria com Ellen James e até com Roberta, que estava sempre alerta e nervosa quando saía com Garp.

Em um belo dia, quando já estavam quase dois quilômetros além da fazenda de touros, correndo em direção ao mar, Roberta ficou repentinamente convencida de que o Volkswagen que vinha na direção contrária abrigava um possível assassino. Deu um tremendo empurrão em Garp, atirando-o para fora do acostamento. Garp resvalou por um barranco de mais de três metros e foi cair na vala enlameada. Ele torceu o tornozelo e ficou gritando. Roberta apanhou uma pedra e com ela ameaçou o fusca, cheio de jovens assustados que voltavam de uma festa na praia. Ela, então, convenceu-os a dar um lugar a Garp e o levar à Enfermaria Jenny Fields.

– Você é uma verdadeira *ameaça*! – gritou Garp para Roberta.

Helen, porém, sentia-se muito tranquila com a presença de Roberta ao lado do marido, sempre alerta com seus instintos de jogador de futebol americano.

O tornozelo torcido de Garp manteve-o fora da estrada por duas semanas, dando um impulso no que estava escrevendo. Ele trabalhava no livro que chamava de "livro dos pais". Era o primeiro dos três do audacioso projeto que ele descrevera para John Wolf na noite anterior à sua partida para a Europa. Seria um romance intitulado *As ilusões de meu pai*. Como estava inventando um pai, Garp sentia-se mais em contato com o espírito da pura imaginação que, na sua opinião, engendrara "A pensão Grillparzer" e do qual, erroneamente, muito se afastara. Ele se deixara impressionar demais por aquilo a que agora chamava "simples acidentes e acontecimentos da vida diária, e o compreensível trauma daí decorrente". Sentia-se entusiasmado outra vez, capaz de inventar qualquer coisa.

"Meu pai queria que todos nós tivéssemos uma vida melhor", Garp começou, "mas não sabia exatamente melhor em *quê*. Não creio que ele soubesse o que era a vida, sabia apenas que queria que ela fosse *melhor*."

Como em "A pensão Grillparzer", ele *inventou* uma família, constituída de irmãos, irmãs e tias – até mesmo um tio excêntrico e demoníaco. Com isso, sentiu-se novamente um romancista. Para sua satisfação, uma trama começou a tomar corpo.

À noite, Garp lia em voz alta para Ellen James e Helen. Duncan, às vezes, também ficava para ouvir, e, quando Roberta aparecia para jantar, ele lia para ela também. De repente, tornou-se generoso para com tudo que dissesse respeito à Fundação Fields. Os demais membros da diretoria já estavam exasperados com ele, já que queria atender a todas as pretendentes. Dizia sempre que "pareciam sinceras" ou então que tinham passado por "maus bocados" e que a fundação "tinha dinheiro suficiente".

– Não terá mais se começarmos a gastar deste jeito – disse Marcia Fox.

– Se não selecionarmos melhor as pretendentes, Garp, estaremos perdidos – disse Hilma Bloch.

– Perdidos? Como poderíamos nos perder?

Da noite para o dia, parecia a todas (exceto Roberta), ele se tornara um liberal da pior espécie. Não queria avaliar ninguém. Mas ele estava cheio de imaginação no que dizia respeito a histórias tristes de sua família fictícia. Desse modo, cheio de simpatia por tudo e por todos, ele era presa fácil no mundo real.

O aniversário do assassinato de Jenny e dos enterros inesperados de Ernie Holm e Stewart Percy passou bem rápido para Garp, em meio à sua renovada energia criativa. Então, chegou a nova temporada de luta livre. Helen jamais o vira tão atarefado e ativo, tão completamente envolvido e concentrado. Ele tornou-se outra vez o decidido jovem Garp por quem se apaixonara; sentia-se tão ligada a ele que, muitas vezes, chegava a chorar quando estava sozinha, sem saber bem por que chorava. Passava muito tempo sozinha, agora que Garp retomara suas atividades. Helen concluiu que se mantivera inativa por muito tempo. Aceitou um cargo de professora que lhe foi oferecido na Steering School, para poder ensinar e usar a mente em suas próprias ideias outra vez.

Ela ensinara Ellen James a dirigir, e a jovem ia duas vezes por semana à universidade estadual, onde se matriculara em um curso de redação criativa. Garp dizia, brincando com ela:

– Esta família não é grande o suficiente para comportar dois escritores, Ellen.

Todos estavam encantados com seu novo estado de espírito. Helen, por sua vez, agora que voltara a trabalhar, estava bem menos ansiosa.

No mundo segundo Garp, uma noite podia ser hilariante, e a manhã seguinte podia ser tenebrosa.

Mais tarde, todos (inclusive Roberta) observariam como tinha sido bom que ele tivesse podido ver a primeira edição de "A pensão Grillparzer" – ilustrada por Duncan Garp, que saíra na época do Natal –, antes de se encontrar com o "sapo no fundo".

19
A vida depois de Garp

Garp adorava os epílogos, conforme nos mostrou em "A pensão Grillparzer".
"Um epílogo", escreveu Garp, "é mais do que um remate final. Um epílogo, disfarçado de resumo do passado, é realmente uma forma de nos alertar sobre o futuro."
Naquele dia de fevereiro, Helen o ouviu contando piadas para Ellen James e Duncan durante o café da manhã. Ele sem dúvida parecia otimista em relação ao futuro. Helen deu banho na pequenina Jenny Garp, passou talco em seu corpinho, óleo em sua cabeça, cortou suas minúsculas unhas e enfiou-a numa roupa amarela que já fora usada por Walt. Sentia o cheiro do café preparado por Garp e podia ouvir Garp apressando Duncan para sair para a escola.
– *Esse* chapéu não, Duncan, pelo amor de Deus! – disse Garp. – Não serviria nem para aquecer um passarinho. Lá fora está dois graus abaixo de zero.
– Está dois *acima*, papai – disse Duncan.
– Isso é acadêmico. A verdade é que está muito frio.
Ellen devia ter entrado pela porta da garagem e dado um bilhete a Garp, porque Helen ouviu Garp dizer que iria ajudá-la num instante. Obviamente, Ellen não conseguia dar partida no carro.
Depois, tudo ficou silencioso naquela casa grande. Helen ouvia apenas o rangido das botas na neve e o girar do motor que não queria pegar. Ouviu também quando Garp gritou para Duncan, que já devia estar descendo o longo caminho da entrada da garagem, desejando-lhe "um bom dia", e o filho respondeu:
– Para você também, pai!
O carro pegou, afinal. Ellen James devia estar de saída para a universidade.

– Dirija com muito cuidado! – gritou Garp para Ellen.

Helen tomou o seu café sozinha. Havia ocasiões em que Jenny ficava balbuciando numa linguagem inarticulada que lembrava a Helen as mulheres sem língua, e também Ellen, quando estava nervosa, mas não naquela manhã. A bebê estava em silêncio, entretida com alguns brinquedos de plástico. Ouvia-se apenas a máquina de escrever de Garp e mais nada.

Ele escreveu durante três horas. A máquina batia três ou quatro páginas, depois ficava silenciosa durante tanto tempo que Helen chegava a imaginar que Garp parara de respirar. Então, quando já havia esquecido o fato e estava ocupada em suas leituras ou cuidando de Jenny, a máquina disparava outra vez.

Às 11:30 daquela manhã, Helen ouviu-o telefonar para Roberta Muldoon. Garp queria jogar uma partida de *squash* antes da aula de luta livre, se Roberta pudesse fugir das "garotas" – como ele chamava as mulheres da Fields Foundation.

– Como estão as "garotas" hoje, Roberta? – indagou Garp.

Roberta não poderia jogar. Helen sentiu o desapontamento na voz do marido.

Tempos depois, a pobre Roberta repetiria sem cessar que ela deveria ter ido jogar com ele. Se tivesse ido, talvez tivesse percebido o que ia acontecer. Talvez estivesse por perto, alerta e preparada, reconhecendo o rasto da maldade do mundo real, vendo as pegadas que ele nunca via ou simplesmente ignorava. Roberta Muldoon, porém, não pudera ir jogar *squash*.

Garp escreveu durante mais meia hora. Helen sabia que ele estava escrevendo uma carta – ela conseguia notar a diferença na batida da máquina. Ele estava escrevendo uma carta para John Wolf sobre *As ilusões de meu pai*, contando-lhe como estava satisfeito com o desenvolvimento do livro. Reclamava que Roberta levava seu cargo muito a sério e que estava ficando fora de forma. *Nenhum* cargo administrativo merecia todo o tempo que ela dedicava à fundação. Dizia ainda que já esperava uma venda pequena de *A pensão Grillparzer*. O importante era que o livro era realmente encantador – ele gostava de folheá-lo, de dá-lo de presente aos amigos, e o renascimento da obra fora também o seu renascimento. Dizia ainda esperar que a temporada de luta livre fosse melhor do que a do ano anterior, apesar de ter perdido um peso pesado por causa de uma operação no joelho, além do seu campeão na Nova Inglaterra, que se formara. Dizia que viver com alguém que lia tanto como Helen era ao mesmo tempo irritante e inspirador. Ele queria dar-lhe algo para ler que a fizesse abandonar todos os outros livros.

Ao meio-dia, ele foi beijar Helen, acariciou seus seios, beijou a pequena Jenny inúmeras vezes, enquanto a vestia com uma roupa para neve que também fora usada por Walt e até mesmo por Duncan. Garp levou Jenny para a creche assim que Ellen James voltou com o carro. Em seguida, foi à lanchonete Buster's Snack and Grill, onde, como de costume, tomou uma xícara de chá com mel e comeu uma banana e uma tangerina. Aquele era todo o seu almoço quando corria ou treinava luta livre, conforme explicou a um jovem professor de inglês que acabara de se formar e adorava sua obra. Chamava-se Donald Whitcomb e sua gagueira nervosa fazia Garp se lembrar com carinho do falecido sr. Tinch e de Alice Fletcher, cuja lembrança ainda fazia seu pulso se acelerar.

Naquele dia, Garp estava ansioso para falar a respeito de literatura com qualquer pessoa, e o jovem Whitcomb estava ansioso para ouvir. Donald Whitcomb se lembraria mais tarde de que Garp lhe falara sobre a sensação de se começar um romance.

– É como se a gente estivesse tentando ressuscitar um morto – disse. – Não, não é bem isso. É mais como se alguém tentasse manter uma pessoa viva para sempre. Mesmo as que devem morrer no fim. São as mais importantes de se conservar vivas. – Por fim, Garp explicou de uma maneira que pareceu satisfazê-lo: – O romancista é um médico que só aceita casos desenganados.

O jovem Whitcomb ficou tão impressionado que anotou a frase.

Anos mais tarde, seria a biografia escrita por Whitcomb que seria invejada e atacada por todos os pretensos biógrafos de Garp. Whitcomb dizia que aquele Período Áureo, como ele o chamava, na obra de Garp era na verdade devido ao seu senso de mortalidade. O atentado contra a vida de Garp por aquela mulher da Sociedade Ellen James em um Saab branco e sujo, segundo Whitcomb, mostrara-lhe como era urgente recomeçar a escrever. Helen endossaria essa tese.

Não era uma ideia inteiramente ruim, mas Garp, sem dúvida, teria rido dela. Ele, na realidade, já se esquecera daquelas mulheres loucas e não se preocupava mais com possíveis atentados. No entanto, talvez inconscientemente, era possível que tivesse aquele sentimento de urgência mencionado pelo jovem Whitcomb.

Na Buster's Snack and Grill, Garp manteve Whitcomb fascinado até a hora de sair para as suas aulas de luta livre. Na saída (deixando a despesa por sua conta, como Whitcomb recordaria mais tarde, com bom humor), encontrou-se com o reitor Bodger, que estivera hospitalizado durante três dias devido a complicações cardíacas.

– Não encontraram nada de errado comigo, Garp – disse Bodger.
– Mas conseguiram encontrar seu coração? – perguntou Garp.

O reitor, o jovem Whitcomb e Garp – todos riram muito. Bodger disse que só levara *A pensão Grillparzer* para ler no hospital e, como era um livro muito curto, fora obrigado a lê-lo por inteiro três vezes. Era uma história um tanto sombria para ser lida num hospital, disse Bodger, embora tivesse a satisfação de ainda não ter sonhado o sonho da avó. Assim, sabia que iria viver um pouco mais. Bodger disse que adorara o livro.

Whitcomb se lembraria mais tarde que Garp ficara encabulado, embora, obviamente, tivesse gostado de ver seu livro elogiado por Bodger. Whitcomb e Bodger despediram-se de Garp. Viram que ele esquecera seu gorro de esqui, mas Bodger disse a Whitcomb que o levaria para ele no ginásio. O reitor disse a Whitcomb que gostava de assistir às aulas de Garp de vez em quando.

– Dá para ver que ele está em seu elemento ali – completou Bodger.

Donald Whitcomb não era fã de luta livre, e sim do que Garp escrevia. Os dois, o jovem e o velho, chegaram à mesma conclusão: Garp era um homem dotado de uma notável energia.

Whitcomb lembrava-se de que voltara ao seu pequeno apartamento em um dos dormitórios e tentara anotar tudo que o impressionara a respeito de Garp. Teve de parar, sem chegar ao fim, por causa da hora de jantar. Quando Whitcomb se dirigiu ao refeitório, era um dos poucos na Steering School que não sabia nada do que tinha acontecido. Foi o reitor Bodger – com os olhos vermelhos, o rosto repentinamente muito mais velho – quem o deteve quando entrava no salão. O reitor, que havia deixado as luvas no ginásio, agarrava o gorro de esqui de Garp nas mãos frias. Quando Whitcomb viu que o reitor ainda estava com o gorro de Garp, compreendeu – antes mesmo de olhar nos olhos de Bodger – que algo de errado havia acontecido.

Garp sentiu falta do gorro assim que chegou ao caminho cheio de neve que levava da lanchonete ao ginásio. Mas, em vez de voltar para buscá-lo, ele apressou o passo e correu para o ginásio. Quando chegou lá, em menos de três minutos, a cabeça e os pés estavam frios. Assim, foi aquecer os pés na sala de treinamento antes de calçar os sapatos de luta.

Conversou brevemente com um aluno que envolvia o dedo mínimo junto com o anular para dar suporte ao que o treinador dissera ser apenas uma entorse. Garp perguntou-lhe se tirara uma radiografia; o rapaz respondeu que sim, e o resultado fora negativo. Garp deu-lhe um tapa no ombro, perguntou-lhe quanto ele estava pesando e franziu a testa ao ouvir a resposta – provavelmente mentirosa e que, ainda assim, estava dois quilos e meio acima do peso certo. Em seguida, foi se vestir.

Parou mais uma vez na sala de treino, dizendo que só queria passar um pouco de vaselina na orelha para protegê-la. Garp estava ficando com uma "orelha de couve-flor", comum nos atletas de artes marciais, e a vaselina a deixava escorregadia. Ele achava que isso a protegia. Não gostava de lutar com protetores de orelhas. Esses protetores não eram obrigatórios no seu tempo, e ele não via razão para começar a usá-los agora.

Ele correu cerca de dois quilômetros na pista coberta junto com o aluno antes de ir para a sala de luta. Garp desafiou o rapaz para uma corrida de velocidade final na última volta, mas o aluno tinha mais fôlego e venceu-o por uma diferença de dois metros. Depois, Garp "brincou" com o aluno, em lugar de fazer aquecimento, na sala de luta. Ele derrubou o rapaz com facilidade, cinco ou seis vezes, então o atacou por mais uns cinco minutos no tapete, até o rapaz dar sinais de cansaço. Em seguida, Garp inverteu o treino, deixando que o aluno o atacasse e tentasse imobilizá-lo, enquanto ele se defendia.

Quando sentiu que um músculo em suas costas estava tenso e se recusava a se estender como ele queria, Garp disse ao aluno que fosse procurar um outro parceiro. Sentou-se, encostado à parede acolchoada, suado e satisfeito, vendo sua equipe entrar na sala. Deixou que cada um fizesse o seu aquecimento – ele detestava ginástica de alongamento organizada – antes de demonstrar o primeiro dos exercícios que deveriam fazer.

– Arranjem um parceiro, arranjem um parceiro – disse, por hábito. E acrescentou: – Eric? Escolha um parceiro mais *duro* ou vai lutar comigo.

Eric pesava 61 quilos, mas tinha o costume de driblar um treinamento mais pesado, escolhendo como parceiro um colega mais leve, do time reserva, que era seu companheiro de quarto e também o seu melhor amigo.

Quando Helen entrou na sala, a temperatura já estava em 30 graus e continuava subindo. Os rapazes, empenhados na luta, já respiravam com dificuldade. Garp tinha os olhos fixos em um cronômetro.

– Só mais um minuto! – gritou ele.

Quando Helen passou por ele, o apito já estava em sua boca, e ela não pôde beijá-lo.

Durante toda a sua vida, que seria bem longa, ela se lembraria daquele apito e do fato de não ter podido dar aquele beijo.

Helen foi sentar-se no seu canto de costume, onde não poderia ser atingida facilmente pelos que lutavam, e abriu o livro. Seus óculos se embaçaram. Ela os limpou. Já recolocara os óculos quando a enfermeira entrou na sala pela porta do outro lado. Mas Helen nunca levantava a cabeça do seu livro, a menos que houvesse uma batida sonora de um corpo no tapete ou um grito de dor excepcionalmente forte. A enfermeira fechou a porta da sala ao entrar e passou rapidamente pelos corpos dos lutadores no chão, em direção a Garp, que tinha o cronômetro na mão e o apito na boca. Ele tirou o apito da boca e gritou:

– Faltam 15 segundos!

Esse era todo o tempo que lhe restava também. Garp recolocou o apito na boca, aprontando-se para apitar.

Quando viu a enfermeira, pensou que fosse a mulher simpática e bondosa chamada Dotty que o havia ajudado a escapar daquela primeira cerimônia fúnebre feminista. Garp estava julgando-a apenas pelos cabelos, que eram grisalhos, com uma trança, enrolada como uma corda ao redor da cabeça – era uma peruca, obviamente. A enfermeira sorriu-lhe. Provavelmente, não havia ninguém com quem Garp se sentisse mais confortável do que com uma enfermeira. Ele retribuiu o sorriso, depois olhou para o relógio. Dez segundos.

Quando olhou para a enfermeira outra vez, Garp viu o revólver. Ele estava justamente pensando em sua mãe, Jenny Fields, e em como devia ser quando entrou naquela sala, uns vinte anos antes. Pensava que Jenny seria bem mais moça do que aquela que ali estava. Se Helen tivesse levantado a cabeça e visto aquela enfermeira, talvez tivesse pensado que fosse sua mãe desaparecida que finalmente resolvera sair do seu esconderijo.

Quando Garp viu a arma, também notou que o uniforme não era verdadeiro. Era um daqueles chamados Original Jenny Fields, com o característico coração vermelho bordado no peito. Foi então que Garp viu os seios da enfermeira – eram pequenos, mas firmes e eretos demais para uma mulher de cabelos grisalhos. Ainda, a enfermeira tinha quadris estreitos e as pernas de uma pessoa bem jovem. Quando Garp olhou outra vez para ela, notou os traços familiares: o maxilar quadrado que Midge Steering transmitira a todos os seus filhos e a testa inclinada, que fora a contribuição de Ensopado Gordo. A combinação dava às cabeças de todos os Percy a forma de um navio de guerra.

O primeiro tiro arrancou o apito da boca de Garp com um trinado agudo e lançou longe o cronômetro. Ele sentou-se. O tapete estava quente. A bala atravessara sua barriga e fora alojar-se na espinha. Faltavam menos de cinco segundos para o ponteiro do cronômetro completar a volta quando Bainbridge Percy atirou pela segunda vez. A bala atingiu o peito de Garp e lançou-o contra a parede acolchoada, ainda sentado. Os alunos, assombrados, todos eles garotos, não conseguiam se mexer. Foi Helen quem jogou Pooh Percy no tapete, impedindo que disparasse pela terceira vez.

Os gritos de Helen despertaram os rapazes. Um deles, o peso-pesado do time reserva, prendeu Pooh Percy no tapete, de barriga para baixo, e puxou a mão com a arma, que ela mantinha embaixo do corpo. Seu cotovelo, com o movimento, feriu o lábio de Helen, que nem se deu conta disso. O titular que tinha o dedo mínimo amarrado ao dedo anular arrancou a arma da mão de Pooh, quebrando-lhe o polegar.

No momento em que seu osso *estalou*, Pooh Percy gritou. Até Garp viu o que ela fizera – a operação devia ser recente. Na boca aberta de Pooh Percy, qualquer um que estivesse perto podia ver os pontos pretos ainda não retirados, como formigas aglomeradas no toco que restava de sua língua. O peso-pesado do time reserva ficou tão apavorado com Pooh, que a apertou com força demais e quebrou uma de suas costelas. A recente loucura de Bainbridge Percy – se juntar às fanáticas da Sociedade Ellen James – devia estar sendo muito dolorosa para ela.

Ela berrava imprecações ininteligíveis, que agora só poderiam ser compreendidas por suas companheiras sem língua.

O rapaz que estava com a arma segurava-a com o braço esticado, apontando para o tapete e para um canto vazio da sala. Pooh Percy continuava a insultá-lo, mas ele olhava, trêmulo, para seu treinador. Com um pouco de atenção, era possível entender que Pooh Percy estava querendo dizer "malditos porcos".

Helen segurou Garp, mas ele já começava a escorregar contra a parede. Ele sabia que já não podia falar, sentir ou tocar. Possuía apenas um forte sentido de olfato, uma visão fraca e sua vívida memória.

Ao menos desta vez, Garp sentiu-se satisfeito por Duncan não se interessar por luta livre. Graças à sua preferência por natação, ele não presenciara aquela tragédia. Garp sabia que, àquela hora, Duncan estaria saindo da escola ou já estaria na piscina.

Garp lamentava que Helen estivesse ali, mas sentia-se feliz por tê-la ao seu lado. Estava gostando de sentir seu cheiro e os outros odores da sala de luta livre da Steering. Se pudesse falar, teria dito a Helen que ela não precisava mais ter medo do sapo no fundo. Surpreendeu-se ao ver que o sapo não era nenhum estranho, nem sequer era misterioso. O sapo era muito familiar, como se sempre o tivesse conhecido, como se tivessem crescido juntos. Era macio como os acolchoados da sala de luta, tinha o mesmo cheiro do suor de garotos limpos – e de Helen, a primeira e última mulher que ele amara. Garp sabia agora que o sapo no fundo podia até parecer-se com uma enfermeira: uma pessoa já acostumada com a morte e treinada para providências práticas contra a dor.

Quando Bodger abriu a porta da sala trazendo o gorro de esqui na mão, Garp não teve dúvidas de que o reitor chegara, mais uma vez, para organizar a equipe de resgate – para aparar o corpo que cairia do telhado do anexo da enfermaria, quatro andares acima de onde o mundo era seguro. O mundo não era seguro. Garp sabia que o reitor Bodger faria o que fosse possível e então sorriu, agradecido, para ele e para Helen – e também para os rapazes, alguns dos quais choravam agora. Olhou com carinho para seu aluno peso-pesado da reserva que soluçava, sentado em cima de Pooh. Sabia que a temporada ia ser difícil para aquele rapaz gordo.

Garp olhou para Helen. Ele só conseguia mover os olhos. Viu que ela tentava sorrir para ele também. Com os olhos, Garp tentou tranquilizá-la: "Não se preocupe. E daí se não houver vida após a morte? Pode crer, haverá vida após Garp. Ainda que haja apenas morte após a morte (após a morte), mostre-se sempre grata pelas pequenas bênçãos. Às vezes, há o nascimento após o sexo. E, para as pessoas que tiverem sorte, às vezes há sexo após o nascimento! É isho meshmo, como diria Alice Fletcher." E os olhos de Garp diziam ainda que, "enquanto houver vida, haverá esperança de ter energia. E nunca se esqueça, Helen, de que sempre restam as recordações".

"No mundo segundo Garp", escreveria mais tarde o jovem Donald Whitcomb, "somos obrigados a nos lembrar de tudo."

Garp morreu antes de poder ser retirado da sala. Tinha 33 anos, a mesma idade de Helen. Ellen James estava entrando na casa dos 20. Duncan tinha 13. A pequena Jenny Garp ia fazer 3. Walt teria 8.

A notícia da morte de Garp resultou na impressão imediata da terceira e quarta edição do livro de pai e filho, *A pensão Grillparzer*. Durante um longo fim de semana, John Wolf bebeu demais e pensou em abandonar o ramo editorial. Às vezes, sentia-se nauseado ao ver como uma morte violenta podia ser tão boa para os negócios. Sentia-se, porém, reconfortado ao pensar na maneira como Garp teria recebido a notícia. Nem mesmo Garp poderia ter imaginado que sua morte violenta seria *melhor* que o suicídio para estabelecer a *sua* seriedade literária e a sua fama. Nada mau para alguém que, aos 33 anos, tinha escrito um bom conto e talvez um romance e meio de boa qualidade, dos três que escreveu. Aquela maneira rara de morrer era, na realidade, tão perfeita, que John Wolf tinha de sorrir ao pensar como Garp teria se sentido satisfeito com aquilo. Wolf achava que aquela era uma morte que, em sua casualidade, estupidez e falta de necessidade – uma morte feia, cômica e bizarra –, reforçava tudo o que Garp havia escrito sobre a maneira como o mundo funcionava. Conforme John Wolf disse a Jillsy Sloper, era uma cena de morte que somente Garp poderia ter escrito.

Helen comentou com amargura, mas apenas uma única vez, que a morte de Garp fora, na verdade, quase um suicídio. "No sentido em que sua *vida* fora um suicídio", disse ela misteriosamente. Mais tarde, ela explicaria que tudo que quis dizer foi que ele deixava as pessoas muito revoltadas.

Uma coisa bem clara era que ele provocara demais a fúria de Pooh.

Ele obrigava os outros a lhe pagarem tributos pequenos e estranhos. O cemitério da Steering School teve a honra de ter a sua lápide, ainda que não o seu corpo. Como o de sua mãe, o corpo de Garp foi para a escola de medicina. A Steering School também o homenageou, dando seu nome a um dos prédios que ainda não foram batizados. A ideia partiu do velho Bodger. Se havia uma Enfermaria Jenny Fields, argumentou o reitor, deveria haver também um Anexo Garp.

Anos depois, as funções dos dois prédios seriam outras, mas os nomes permaneceriam os mesmos: Enfermaria Jenny Fields e Anexo Garp. A enfermaria se tornaria a ala antiga da nova Clínica de Saúde e Laboratórios Steering; o Anexo Garp seria usado como uma espécie de depósito para os suprimentos médicos, de sala de aula e de cozinha da escola. Também poderia ser usado em casos de epidemias, embora isso fosse uma coisa rara. Garp, provavelmente, teria gostado da ideia de ter um armazém com seu nome. Certa vez, ele escrevera que um romance era "apenas um local de armazenagem, onde se guardavam as coisas úteis que um romancista não tem ocasião de usar durante a sua vida".

Ele também teria gostado da ideia de um epílogo – um epílogo "que nos alertasse sobre o futuro", como T. S. Garp o teria imaginado.

ALICE E HARRISON FLETCHER continuariam casados, nos bons e maus momentos – em parte, seu casamento durou devido à dificuldade de Alice em terminar o que quer que fosse. Sua filha única tocava violoncelo – esse instrumento grande e incômodo, com sons melodiosos – de uma forma tão graciosa que o som puro e profundo chegava a agravar a dificuldade de fala de sua mãe durante horas depois de cada execução. Harrison, após algum tempo, conseguiu ser efetivado em seu cargo e acabou superando a mania de perseguir as alunas bonitas, mais ou menos na época em que sua talentosa filha começou a se firmar como uma boa artista.

Alice, que jamais terminaria seu segundo romance, nem o terceiro, nem o quarto, também não teve mais filhos. Ela continuou a ser suavemente fluente na escrita, mas sempre teria dificuldade em concretizar a ideia. Ela nunca mais se apaixonou por qualquer outro homem como se apaixonara por Garp. Até mesmo em suas recordações, ele era uma paixão tão forte que a impedia de se aproximar de Helen. A antiga paixão de Harry por Helen foi desaparecendo a cada novo caso amoroso, sempre de curta duração, até que o casal se afastou definitivamente dos Garp sobreviventes.

Em certa ocasião, Duncan Garp encontrou-se com a filha deles, após seu primeiro recital solo na perigosa cidade de Nova York, e levou-a para jantar.

– Ele se parece com a mãe? – perguntou Harrison à filha.

– Não me lembro muito bem dela – respondeu a filha.

– Ele tentou dar uma cantada em você? – perguntou Alice.

– *Acho* que não – disse sua filha, cujo eleito e parceiro mais amado seria sempre aquele desajeitado instrumento.

Os Fletcher, tanto Harrison quanto Alice, morreriam no auge da meia-idade em um desastre de avião, quando iam passar as festas de fim de ano na Martinica. Uma das alunas de Harrison levou-os de carro ao aeroporto.

— She você mora na Nova Inglaterra — falou Alice para a aluna —, é preciso sempre tirar umas férias ao shol, não é meshmo, Harrishon?

Helen sempre achara que Alice era "um tanto maluquinha".

HELEN HOLM, que durante a maior parte de sua vida seria conhecida como Helen Garp, viveria até uma idade avançada. A morena esbelta, de rosto lindo e fala precisa, teria seus amantes, mas nunca tornaria a se casar. Todos os seus amantes sofreriam com a presença de Garp, não só devido a suas inexoráveis recordações, como também às coisas materiais que enchiam a velha mansão Steering, de onde ela raramente saía. Ali estavam os livros de Garp, os retratos tirados por Duncan e até mesmo seus troféus de luta livre.

Helen costumava dizer que jamais poderia perdoar Garp por ter morrido tão cedo, deixando-a sozinha a maior parte de sua vida. Dizia ainda que ele a "mimara" demais para que ela pudesse sequer considerar seriamente a possibilidade de viver com outro homem.

Helen viria a ser uma das mais respeitadas professoras que a Steering School jamais tivera, apesar de nunca perder o sentimento de sarcasmo a respeito da escola. Tinha alguns amigos, mas poucos: o velho reitor Bodger, até a morte dele, e o jovem Donald Whitcomb, que se encantaria tanto com Helen como já se encantara antes com a obra de Garp. Havia também uma escultora que morava na fundação e que lhe fora apresentada por Roberta.

John Wolf foi um amigo de toda a vida, a quem ela perdoou aos poucos, mas nunca completamente, por seu sucesso em fazer de Garp um sucesso. Helen e Roberta continuaram muito ligadas, e Helen algumas vezes a acompanhava em suas rápidas escapadas à cidade de Nova York. As duas, mais velhas e mais excêntricas, foram as senhoras absolutas da Fundação Fields durante anos. Os comentários correntes no mundo exterior sobre a administração delas acabaram transformando a mansão em Dog's Head Harbor em uma espécie de atração turística. De tempos em tempos, quando Helen se sentia solitária e entediada em Steering, quando seus filhos já estavam crescidos e seguindo a própria vida em outros lugares, ela ia ficar com Roberta na antiga propriedade de Jenny Fields. Era um lugar sempre animado. Quando Roberta morreu, Helen pareceu envelhecer 20 anos.

Já em um estágio bem posterior de sua vida, e somente depois de se haver queixado a Duncan pelo fato de estar sobrevivendo a todos os seus contemporâneos, Helen Holm foi repentinamente atacada por uma doença que afeta as membranas mucosas do corpo. Ela morreu dormindo.

Helen tinha conseguido sobreviver a muitos biógrafos implacáveis que só esperavam sua morte para se precipitar contra o que restava de Garp. Ela guardara suas cartas, os originais inacabados de *As ilusões de meu pai* e a maior parte de seus diários e anotações. A todos os pretensos biógrafos, ela dizia exatamente o que ele teria dito: "Leia a obra. Esqueça a vida."

Ela própria escreveu vários artigos, muito respeitados em seu campo. Um deles intitulava-se "O instinto do aventureiro na narração". Era um estudo comparativo entre a técnica narrativa de Joseph Conrad e de Virginia Woolf.

Helen sempre se considerara uma viúva com três filhos – Duncan, a pequena Jenny e Ellen James. Eles sobreviveram a Helen e choraram copiosamente na ocasião de sua morte. Quando Garp morreu, eles ainda eram muito jovens e estavam muito atônitos para chorar tanto assim.

DEAN BODGER, que chorou a morte de Garp quase tanto quanto Helen, permaneceu fiel e tenaz até o fim. Muito depois de aposentado, ele ainda vagava pelo campus da escola à noite, quando perdia o sono, à procura de intrusos e namorados que se escondiam ao longo das trilhas e se abraçavam no solo macio – no meio das moitas, ao longo das paredes dos belos prédios antigos, e assim por diante.

Bodger permaneceu ativo na Steering até a formatura de Duncan Garp.

– Eu vi seu pai se formar, rapaz – disse Bodger a Duncan. – Verei você se formar também. E, se eles me deixarem, permanecerei aqui até sua irmã se formar.

Mas ele foi forçado a se aposentar por causa dos problemas que criava, como seu hábito de falar sozinho na capela, suas prisões bizarras, no meio da noite, de garotos e garotas que fugiam dos dormitórios. E também nunca abandonou sua antiga fantasia de haver apanhado nos braços o menino Garp – e não apenas um pombo – muitos e muitos anos antes. Bodger recusou-se a sair do campus mesmo depois de aposentado e, a despeito de sua obstinação, ou talvez por causa dela, tornou-se o mais conceituado membro honorário da escola. Era arrastado, quase à força, a todas as cerimônias da escola. Era levado até o palco e apresentado àqueles que não o conheciam e, depois, conduzido para fora. Talvez tolerassem seu comportamento estranho só para poder apresentá-lo nessas ocasiões solenes. Já na casa dos 70 – e durante semanas a fio –, Bodger imaginava que *ainda* ocupava seu antigo cargo de reitor da escola.

– Mas você *é* realmente o reitor – costumava Helen dizer, brincando com ele.

– É claro que sou! – dizia Bodger, com seu vozeirão.

Os dois estavam sempre juntos, cada vez com mais frequência, e, à medida que Bodger se tornava cada dia mais surdo, era quase sempre visto de braço dado com Ellen, que tinha lá suas maneiras de falar com aqueles que não podiam ouvir.

O reitor continuou leal até mesmo à equipe de luta livre da Steering, cujos anos de glória logo desapareceram da lembrança da maioria das pessoas. Os rapazes nunca mais tiveram um técnico do gabarito de Ernie Holm, nem mesmo de Garp. Passaram a ser um time de perdedores, embora Bodger sempre os incentivasse com seus gritos até o último instante, quando já não havia mais esperança de vitória.

Foi, afinal, durante uma partida de luta livre que Bodger morreu. Na categoria sem limite de peso, numa contenda bem equilibrada, o peso-pesado da Steering debatia-se no tapete com o adversário, igualmente fora de forma e exausto. Como filhotes de baleia encalhados na praia, procuravam obter a supremacia e conquistar o ponto antes do apito.

– Quinze segundos! – berrou o locutor.

Os rapazes continuavam engalfinhados. Bodger levantou-se, gritando e batendo os pés.

– *Gott!* – gritou ele, a sua última palavra escapando em alemão. Quando a luta terminou e as arquibancadas se esvaziaram, lá estava o reitor aposentado – morto em sua cadeira. Foram necessárias muitas palavras de conforto da parte de Helen para que o jovem e sensível Whitcomb se conformasse com a perda de Bodger.

Donald Whitcomb nunca teve qualquer relação sexual com Helen, apesar dos mexericos dos pretensos e invejosos biógrafos, que estavam de olho na propriedade e na viúva de Garp. Ele seria, durante toda a sua vida, uma espécie de monge recluso, escondido na Steering School. Foi uma grande sorte sua conhecer Garp pouco antes de sua morte, e maior sorte ainda ter se tornado amigo de Helen, que ainda cuidava dele. Helen sabia que ele adorava seu marido com muito menos restrições do que ela própria.

O pobre rapaz foi chamado durante toda a sua vida de "jovem Whitcomb", embora sua juventude não fosse eterna. A barba nunca cresceu em seu rosto, e as faces permaneceram coradas até o fim, desde quando seus cabelos eram escuros, até quando ficaram grisalhos e finalmente brancos como a neve. Ele permaneceria gago e sua voz, um falsete ansioso. E nunca perderia o hábito de torcer as mãos. Mas seria a Whitcomb que Helen confiaria os registros literários e de família.

Ele viria a ser o biógrafo de Garp. Helen leu todos os capítulos, exceto o último, que Whitcomb levou anos para escrever. Era um capítulo só de elogios a ela. Whitcomb era o maior estudioso de Garp e passou a ser a autoridade máxima em tudo que se referia a ele. Whitcomb possuía a humildade indispensável a um bom biógrafo, conforme Duncan costumava dizer, zombando dele. Era um bom biógrafo, do ponto de vista da família Garp. Ele acreditava em tudo o que Helen lhe dizia, acreditava em cada anotação deixada por Garp – e em tudo que Helen lhe dizia ter sido escrito por Garp.

"A vida", escrevera Garp, "infelizmente não é estruturada como um bom romance de antigamente. Em vez disso, o seu fim ocorre quando aqueles que deveriam bater as botas já bateram as botas mesmo. E tudo o que resta são recordações. Mas até mesmo um niilista tem suas recordações."

Whitcomb admirava Garp mesmo quando ele se mostrava mais caprichoso e pretensioso.

Entre os pertences de Garp, Helen encontrou um bilhete:

"Sejam quais forem as minhas últimas palavras, por favor digam que foram as seguintes: 'Nunca foi segredo para mim que a busca da excelência é um hábito letal.'"

Donald Whitcomb, que adorava Garp sem restrições, da mesma forma como os cães e as crianças, disse que essas foram mesmo as suas últimas palavras.

Duncan sempre dizia:

– Se Whitcomb disse isso, então foram mesmo.

Jenny Garp e Ellen James eram da mesma opinião.

Ellen James escreveu:

Era uma questão de família defender Garp de seus biógrafos.

– E por que não? – perguntou Jenny Garp. – O que ele deve ao *público*? Papai sempre dizia que era grato apenas aos outros artistas e àqueles que o *amavam*.

Nesse caso, quem é que merece uma parte dele agora?

Donald Whitcomb foi fiel até mesmo ao último desejo de Helen. Apesar de ela já ser idosa, a doença fatal foi repentina, e foi Whitcomb quem ouviu seu último desejo no leito de morte. Helen não queria ser enterrada no cemitério da Steering School, ao lado de Garp e Jenny, seu pai e Ensopado Gordo, além de todos os outros. Ela queria ir para o cemitério da cidade, que também era muito bom. Também não queria que seu corpo fosse doado à escola de medicina, já que era velho demais e pouca utilidade teria. Disse a Whitcomb que queria ser cremada e que suas cinzas fossem entregues a Duncan, Jenny Garp e Ellen James. Depois de enterrarem uma parte de suas cinzas, eles poderiam fazer o que bem entendessem com o resto, contanto que *não* fossem espalhadas em nenhum lugar de propriedade da Steering School. Helen disse a Whitcomb que de modo algum a Steering

School, que não admitia alunas na ocasião em que ela atingira a idade necessária, ficaria com uma parte dela agora.

A inscrição em sua lápide no cemitério municipal, disse a Whitcomb, deveria dizer simplesmente que ela era Helen Holm, filha do técnico de luta livre Ernie Holm, e que não pudera se matricular na Steering School apenas por ser mulher. Além disso, deveria constar ali também que fora a mulher muito amada do escritor T. S. Garp, cujo túmulo estava no cemitério da Steering School, porque ele fora homem.

Whitcomb cumpriu fielmente o pedido, que muito divertiu Duncan.

— Puxa, papai teria adorado *isso*! — dizia Duncan. — Nossa, chego até a ouvir o que ele diria.

Jenny Garp e Ellen James estavam sempre ressaltando o quanto Jenny Fields teria aplaudido a decisão de Helen.

ELLEN JAMES viria a ser uma escritora. Uma escritora "de verdade", como Garp teria dito. A influência de seus dois mentores — Garp e o fantasma de sua mãe, Jenny Fields — seria demais para Ellen, que, por causa de ambos, não se dedicaria à ficção, nem à não ficção. Ela tornou-se, então, uma grande poetisa, embora, naturalmente, não pudesse se apresentar como declamadora.

Seu maravilhoso primeiro livro de poemas, *Discursos dirigidos a plantas e animais*, teria feito com que Garp e Jenny Fields se sentissem orgulhosos dela. Helen, por sua vez, não escondia seu orgulho por ela — eram boas amigas e eram também como mãe e filha.

Ellen sobreviveria a todas aquelas fanáticas da Sociedade Ellen James, como seria de esperar. O assassinato de Garp as mergulhou ainda mais fundo na clandestinidade e, ocasionalmente, ao longo dos anos, quando saíam à superfície, o faziam disfarçadas e até constrangidas.

Seus bilhetinhos agora diziam:

Olá! Eu sou muda.

Ou então:

Sofri um acidente e não posso falar. Mas escrevo bem, como pode ver.

De vez em quando, alguém lhes perguntava se pertenciam àquela cambada de malucas de uma sociedade Ellen Não-sei-o-quê. Elas haviam aprendido a responder:

Uma o quê?

As mais sinceras escreviam:

Não, não pertenço mais.

Agora, eram apenas mulheres que não podiam falar. Sem grande alarde, muitas procuravam alguma coisa que pudessem fazer. A maioria passou a agir de uma forma construtiva, ajudando àqueles que tinham alguma outra forma de impedimento. Davam assistência a pessoas portadoras de deficiências físicas e também àquelas muito deprimidas. Aos poucos, foram perdendo seus rótulos, e todas se apresentavam com nomes que elas mesmas escolhiam.

Algumas chegaram até mesmo a receber auxílio da Fundação Jenny Fields, pelo bem que praticavam.

Outras, naturalmente, teimaram em continuar com aquele fanatismo em um mundo que já se esquecera de quem elas eram. Havia até quem pensasse que a sociedade era uma gangue criminosa que florescera em meados do século por um breve período. Outros, ironicamente, as confundiam com as próprias pessoas contra as quais as fanáticas protestavam, ou seja, imaginavam que fossem estupradores. Uma delas escreveu a Ellen James contando que deixara de pertencer ao grupo quando uma menina conhecida sua, a quem perguntara se sabia quem eram as mulheres da Sociedade Ellen James, respondera: "São as que violentam meninos, não é mesmo?"

Houve ainda um romance ruim, mas muito popular, publicado uns dois meses depois da morte de Garp. Fora escrito em três semanas e publicado em cinco. Intitulava-se *Confissões de uma mulher da*

Sociedade Ellen James e muito contribuiu para acabar definitivamente com aquela loucura. O livro fora escrito por um homem, é claro. Seu livro anterior chamava-se *Confissões de um rei da pornô* e o anterior a esse intitulava-se *Confissões de um mercador de crianças escravas*. Ele era um sujeito perverso e astuto, que mudava de atividade a cada seis meses.

Uma das piadas mais cruéis em *Confissões de uma mulher da Sociedade Ellen James* era a que ele imaginava sua heroína-narradora como uma lésbica que, somente *após* decepar a língua, percebe que também se tornara indesejável como *amante*.

A popularidade daquele lixo vulgar foi o bastante para constranger definitivamente aquelas fanáticas e levar algumas delas ao suicídio. "*Sempre* há suicídios entre as pessoas que não conseguem dizer o que querem", Garp já escrevera.

No final, porém, Ellen James foi procurá-las e tornou-se amiga de algumas. Ela imaginava que aquilo era o que Jenny Fields teria feito. Ellen começou a organizar sessões de leitura de seus poemas, que eram declamados na voz poderosa e retumbante de Roberta Muldoon. Enquanto ouvia, sentada ao lado de Roberta, era fácil perceber quanto ela desejaria estar lendo ela própria os seus poemas. Isso fez com que algumas mudas da sociedade, que também desejavam que *elas* pudessem falar, saíssem de seus esconderijos. Algumas delas tornaram-se boas amigas de Ellen.

Ellen James jamais se casaria. Talvez tenha se relacionado com algum homem, mas isso se deveria mais à condição dele de poeta do que de homem. Ela era uma boa poetisa e uma ardente feminista que acreditava numa vida igual à de Jenny Fields e acreditava que poderia escrever com a mesma energia e a mesma visão pessoal de T. S. Garp. Em outras palavras, ela era teimosa o suficiente para ter suas opiniões pessoais, mas também era gentil com as outras pessoas. Por toda a vida, Ellen manteria uma espécie de flerte com Duncan Garp – na realidade, seu irmão mais moço.

A morte de Ellen James causou uma grande tristeza a Duncan. Já com uma idade mais avançada, ela tornou-se uma nadadora de longa distância – mais ou menos na época em que substituiu Roberta como diretora da Fundação Fields. Gostava de nadar atravessando várias vezes a larga entrada da baía de Dog's Head Harbor. Os últimos e melhores de seus poemas usavam a natação e as "correntezas do mar" como metáforas. Ellen James, porém, continuou a ser a jovem do Meio-Oeste que nunca chegaria a compreender muito bem as correntezas. Em um dia frio de outono, quando já estava muito cansada, a correnteza levou-a.

Escrevendo para Duncan, ela dissera: "Quando nado, lembro-me de como eram cansativas, mas também graciosas, as discussões que eu tinha com seu pai. Sinto também como o mar procura se mostrar aflito para me pegar – para chegar até a parte seca bem no meio do meu peito, onde está meu pequeno coração aferrolhado. 'Minha pequena bunda aferrolhada', seu pai diria, com certeza. Nós, porém, estamos sempre nos provocando, o mar e eu. Sei que *você*, como homem obsceno, diria que isso é o meu substituto para o sexo."

FLORENCE COCHRAN BOWLSBY, mais conhecida para Garp como a sra. Ralph, teve uma vida tumultuada, sem nenhum substituto à vista para o sexo – ou para a constante necessidade dele. Ela finalmente terminou o doutorado em literatura comparada e acabou sendo nomeada por um grande e confuso departamento de inglês, cujos membros só eram unidos pelo pavor que ela lhes causava. Em várias ocasiões, ela seduzira e desprezara nove dos 13 membros mais velhos do departamento, que eram alternadamente atraídos para a sua cama e depois expulsos e ridicularizados. Os alunos a chamavam de "professora dinamite". Com isso, ela ao menos demonstrava aos outros, e talvez a si mesma, alguma confiança em outra área além de sexo.

Seus amantes, apavorados e com o rabo entre as pernas, raramente sequer se referiam a ela. Eles a faziam lembrar a maneira como Garp um dia saíra de sua casa.

Por solidariedade, diante da chocante notícia da morte de Garp, a sra. Ralph foi uma das primeiras a escrever a Helen. "Ele foi uma sedução", escreveu a sra. Ralph, "que aliás não chegou a ocorrer, o que sempre lamentei, mas também respeitei."

Helen acabou gostando daquela mulher, com quem passou a se corresponder esporadicamente.

Roberta Muldoon também teve oportunidade de se corresponder com a sra. Ralph, cujo pedido de auxílio à Fundação Fields foi negado. O bilhete que escreveu surpreendeu bastante Roberta e dizia simplesmente:

Vá tomar naquele lugar.

A sra. Ralph não gostava de rejeições.
Seu próprio filho, Ralph, morreria antes dela. Ralph se tornaria um respeitado jornalista, mas, da mesma forma que William Percy, morreu na guerra.

BAINBRIDGE PERCY, mais conhecida por Garp como Pooh, viveria uma vida longa. O último de uma série de psiquiatras alegaria que a havia reabilitado, mas Pooh Percy pode simplesmente ter saído da análise – e de uma série de clínicas mentais – tão *entediada* com a reabilitação que não tinha mais capacidade para qualquer violência.

Fosse como fosse, Pooh foi, após muito tempo, tranquilamente reintegrada na sociedade, se não como um membro falante, ao menos como um membro operacional, numa função que, embora um tanto marginal, era mais ou menos segura e até mesmo útil. Quando já estava na casa dos 50 anos, ela começou a se interessar por crianças. Trabalhava especialmente bem e pacientemente com retardados. Nessa especialidade, tinha frequentes contatos com outras mulheres mudas e que, da mesma forma que ela, tinham se reabilitado – ou, ao menos, estavam muito mudadas.

Pooh passara quase 20 anos sem mencionar sua falecida irmã Cushie, mas seu amor pelas crianças acabou confundindo-a. Ficou grávida aos 54 anos, sem que ninguém imaginasse como, e foi novamente internada numa clínica mental, pois estava convencida de que também morreria de parto, como a irmã. Quando isso não aconteceu, ela tornou-se uma mãe dedicada. Também continuou a trabalhar com crianças retardadas. A própria filha de Pooh Percy, que, anos mais tarde, sofreria um enorme choque ao tomar conhecimento da história de violência de sua mãe, felizmente *não* era retardada. Na verdade, ela teria feito Garp lembrar-se de Cushie.

Pooh Percy, segundo alguns, era um exemplo positivo para os que defendiam a extinção da pena de morte, tendo em vista sua impressionante reabilitação. Não para Helen, nem para Duncan Garp, que desejaram durante a vida inteira que Pooh Percy tivesse morrido naquele mesmo instante em que soltara pela última vez seu horrível grito gutural na sala de luta livre da Steering School.

Claro que o dia de Pooh chegaria. Ela sucumbiu a um derrame cerebral, quando visitava a filha na Flórida. O fato de ter sobrevivido a ela foi para Helen um triste consolo.

O fiel Whitcomb descreveria Pooh Percy da mesma forma como Garp a descrevera certa vez, logo depois de haver escapado daquela primeira cerimônia fúnebre feminina. "Uma andrógina desprezível", dissera Garp a Bodger, "com uma cara de fuinha e a mente completamente obtusa por haver passado quase 15 anos de fraldas."

A biografia oficial de Garp, que Donald Whitcomb intitulou *Loucura e tristeza: a vida e a arte de T. S. Garp*, seria publicada pelos sócios de John Wolf, já que ele não vivera para ver pronto aquele livro. John Wolf muito contribuiu para a cuidadosa confecção do livro e trabalhara como editor de Whitcomb, examinando os originais, antes de sua inesperada morte.

John Wolf morreu de câncer no pulmão, em Nova York, ainda relativamente jovem. Sempre fora um homem cuidadoso, consciencioso, atento e até mesmo elegante, durante toda a sua vida. Mas sua profunda inquietação e irredutível pessimismo só eram aplacados e aliviados com três maços de cigarros sem filtro por dia, desde os 18 anos. Como muitos homens excessivamente ocupados, mas que sempre parecem calmos e controlados, John Wolf fumou até a morte.

Os serviços que prestou a Garp, e a seus livros, foram inestimáveis. Embora às vezes se sentisse responsável pela fama que, por fim, resultaria na violenta morte de Garp, Wolf era um homem por demais sofisticado para se preocupar com um ponto de vista tão estreito. O assassinato, na opinião de Wolf, era "um esporte de amadores cada vez mais popular na atualidade"; e os "verdadeiros crentes políticos", como ele chamava quase todo mundo, eram sempre os inimigos declarados do artista e insistiam com arrogância na superioridade de uma visão pessoal. Além do mais, como ele sabia, não se tratava apenas do fato de Pooh Percy ter aderido à Sociedade Ellen James, mordendo a isca que Garp lhe estendia. Seu caso já vinha desde a infância, possivelmente agravado pela política, mas basicamente enraizado em sua longa necessidade de fraldas. Ela se convencera de que o fato de Cushie e Garp gostarem de fazer sexo tinha finalmente sido letal para a irmã. Ao menos, é verdade, fora letal para Garp.

Como um profissional em um mundo que frequentemente reverenciava a contemporaneidade que criava, John Wolf insistiu até o fim em que a publicação de que mais se orgulhava era a edição de pai e filho de *A pensão Grillparzer*. Naturalmente, ele também se orgulhava dos primeiros romances de Garp e chegou a falar de *O mundo segundo Bensenhaver* como "inevitável, quando concebemos a violência a que Garp se expunha". Era "Grillparzer", no entanto, que mais o entusiasmava, juntamente com os originais inacabados de *As ilusões de meu pai*, que John Wolf considerava, com amor e tristeza, "o caminho tomado por Garp para voltar a escrever direito". Durante anos, Wolf editou, juntamente com Helen e Duncan, os confusos rascunhos dos originais do romance inacabado de Garp, discutindo seus méritos e falhas.

– Somente depois da minha morte – insistia Helen. – Garp não entregava nada se não tivesse certeza de haver terminado.

Wolf concordava, mas ele morreu antes de Helen. Ficaria a cargo de Whitcomb e Duncan a publicação de *As ilusões de meu pai*, muitos anos depois da morte do autor.

Foi Duncan quem passou mais tempo com John Wolf durante a sua dolorosa morte de câncer no pulmão, num hospital particular de Nova York, onde ele ainda, às vezes, fumava um cigarro por meio de um tubo plástico inserido na garganta.

– O que você acha que seu pai diria disto, Duncan? – perguntou Wolf. – Não acha que se enquadraria bem em uma de suas cenas de morte? Não acha que é adequadamente grotesco? Ele nunca lhe contou a respeito da prostituta que morreu em Viena, no Rudolfinerhaus? Como era mesmo o nome dela?

– Charlotte.

Duncan tornara-se íntimo de John Wolf, que acabara até gostando dos primeiros desenhos que Duncan fizera para *A pensão Grillparzer*. E Duncan havia se mudado para Nova York. Ele contara a Wolf que descobrira seu desejo de ser pintor e fotógrafo naquele dia em que, da janela de seu escritório, ficara observando Manhattan lá embaixo – o dia do primeiro funeral feminista realizado em Nova York.

Em uma carta que John Wolf ditou para Duncan de seu leito de morte, ele comunicou a seus sócios que Duncan Garp teria licença para vir contemplar Manhattan da janela de seu escritório quantas vezes desejasse, enquanto a editora ocupasse aquele edifício.

Durante muitos anos depois da morte de John Wolf, Duncan se valeu da oferta. Um novo editor passou a ocupar o escritório que fora de John Wolf, mas o nome Garp fazia todas as portas da editora se abrirem.

Durante anos, as secretárias entrariam no escritório e diriam ao seu ocupante:

– Desculpe-me, mas é o jovem *Garp* que está aí para olhar pela janela outra vez.

Duncan e John Wolf passaram as muitas horas que Wolf levou para morrer discutindo os méritos de Garp.

– Ele um dia seria muito, muito especial, Duncan.

– Seria, *talvez*, John. Mas o que mais você poderia me dizer?

– Não, não, não estou mentindo. Não há necessidade. Ele tinha a visão e também tinha a linguagem certa. Mas principalmente a visão. Ele era sempre muito pessoal. Ele desviou-se por algum tempo, mas voltara ao caminho certo com aquele livro novo. Estava de volta aos bons impulsos outra vez. "A pensão Grillparzer" é o que ele deixou de mais encantador, mas não é o mais original. Ele ainda era muito jovem; outros escritores poderiam ter escrito aquele conto. *Procrastinação* é uma ideia original e um brilhante primeiro romance, mas é sempre um primeiro romance. *O segundo fôlego do corno* é muito engraçado, e é também o seu melhor título. Também é muito original, mas é um romance de costumes e um tanto estreito. Naturalmente, *O mundo segundo Bensenhaver* é o mais original de todos, ainda que seja uma novela barata de TV, proibida para menores. Mas é muito cruel. É alimento cru; bom, mas muito cru. Quero dizer, quem precisa disso? Quem é que quer sofrer tanto?

"Seu pai era um sujeito difícil, Duncan. Nunca cedia um centímetro, mas aí é que está. Ele sempre seguia o *seu* faro, aonde quer que o levasse, ele sempre o seguia. E também era ambicioso. Ele se atreveu a escrever sobre o *mundo* quando era apenas um *garoto*, pelo amor de Deus! Depois, por algum tempo, como acontece com muitos escritores, ele só conseguia escrever a respeito de si mesmo. Mas também escrevia a respeito do mundo, embora não de forma muito clara. Ele estava começando a se entediar de escrever sobre sua própria vida e estava começando a escrever sobre o mundo outra vez. Ele estava apenas começando. E, pelo amor de Deus, Duncan, você não pode esquecer que ele ainda era muito *jovem*! Tinha só 33 anos."

– E tinha muita energia – disse Duncan.

– Oh, ele teria escrito muito mais, não há dúvida – disse John Wolf. Mas ele começou a tossir e teve de parar de falar.

– Mas ele nunca conseguia relaxar – disse Duncan. – E daí? Ele não acabaria se esgotando da mesma maneira?

– Não, ele não! – disse John Wolf, arfante. Sacudindo a cabeça devagar, para não soltar o tubo em sua garganta, ele continuou tossindo.

– E você acha que ele poderia ter continuado assim toda a vida? – perguntou Duncan. – Acha mesmo?

Wolf balançou a cabeça, tossindo. Ele morreria tossindo.

Roberta e Helen, naturalmente, compareceram ao seu enterro. Os mexeriqueiros sussurravam, porque, na pequena cidade de Nova York, sempre correram boatos de que John Wolf não havia cuidado apenas do espólio *literário* de Garp. Para quem conhecia Helen, parecia muito improvável que ela jamais tenha tido esse tipo de relacionamento com John Wolf. Sempre que Helen ouvia boatos sobre seu relacionamento com alguém, ela apenas ria. Roberta Muldoon, entretanto, era mais veemente.

– Com John Wolf? Helen e John? Você deve estar brincando!

A confiança de Roberta tinha razões sólidas. Houve uma época em que, durante suas incursões a Nova York, Roberta Muldoon tivera um ou dois encontros com John Wolf.

– E pensar que eu a via jogar! – disse John Wolf a Roberta certa vez.
– Você *ainda* pode me ver jogar – disse Roberta.
– Estou falando de futebol – retrucou John Wolf.
– Há coisas melhores do que futebol.
– Mas você faz tudo tão bem, Roberta.
– Ah!
– É verdade!
– Todos os homens são mentirosos.
Ela falava com conhecimento de causa, uma vez que já fora homem.

ROBERTA MULDOON, que já fora Robert Muldoon, número 90 do Eagles da Filadélfia, sobreviveria a John Wolf – e à maioria de seus amantes. Não sobreviveria a Helen, mas Roberta viveu o suficiente para, afinal, sentir-se satisfeita com seu novo sexo. Quando se aproximava dos 50 anos, disse a Helen que sofria a vaidade do homem de meia-idade *e* as ansiedades da mulher naquela mesma faixa etária. "Mas", Roberta acrescentou, "essa perspectiva não é inteiramente desprovida de vantagens. Agora, eu sempre sei o que os homens vão dizer antes que abram a boca."
– Mas *eu* também sei, Roberta – disse Helen.
Roberta soltou sua estrondosa gargalhada habitual. Tinha por hábito abraçar com força os amigos, e aquilo deixava Helen nervosa. Em certa ocasião, Roberta chegara a quebrar os óculos de Helen.
Roberta conseguira dominar sua enorme excentricidade tornando-se responsável – principalmente no desempenho de suas funções na Fundação Fields, onde agia com tanto vigor que Ellen James lhe dera um apelido:

Capitão Energia.

– Ora essa! – exclamou Roberta. – *Garp* era o Capitão Energia.
Roberta era também muito admirada na pequena comunidade de Dog's Head Harbor, porque a propriedade de Jenny nunca fora

tão respeitável nos velhos tempos, e Roberta era uma participante muito mais ativa nos assuntos da cidade. Durante dez anos, fora a presidente do conselho-diretor da escola local – embora, naturalmente, jamais pudesse ter seus próprios filhos. Ela organizou, treinou e jogou no Time de Beisebol Feminino do Condado de Rockingham – durante 12 anos, o melhor time do estado de New Hampshire. Em certa ocasião, o mesmo estúpido governador do estado sugeriu que Roberta fosse submetida a um teste de cromossomos antes de poder participar de um jogo decisivo. Roberta respondeu convidando o governador a encontrar-se com ela antes do início do jogo, "para ver se ele sabia lutar como homem". Aquilo não deu em nada e, sendo a política o que é, o governador atirou a primeira bola, e Roberta marcou o ponto com cromossomos e tudo o mais.

E, graças à confiança do diretor de atletismo da Steering School, Roberta foi convidada para dirigir o time de futebol da escola. Roberta, entretanto, delicadamente recusou.

– Eu me meteria em sérias encrencas com toda aquela rapaziada – disse Roberta, com doçura.

Seu rapaz predileto, durante toda a vida, foi Duncan Garp, a quem sempre tratou como mãe e irmã, sufocando-o com seu perfume e sua afeição. Duncan a adorava e era um dos poucos convidados masculinos bem recebidos na mansão de Dog's Head Harbor, embora Roberta tivesse se zangado com ele e deixado de convidá-lo por quase dois anos, depois que Duncan seduziu uma jovem poetisa.

– Ele é bem o filho de seu pai – disse Helen. – Ele é encantador.

– Esse garoto é encantador *demais* – disse Roberta. – E aquela poetisa não é muito certa. Também era velha demais para ele.

– Você parece estar com ciúmes, Roberta – disse Helen.

– Foi uma violação de *confiança* – disse Roberta, quase gritando.

Helen concordou. Duncan pediu desculpas. Até a poetisa pediu desculpas.

– Fui *eu* que o seduzi – disse a poetisa.

– Não, não foi. Isso *não* seria possível.

Tudo foi finalmente esquecido em uma primavera em Nova York, quando Roberta surpreendeu Duncan com um convite para jantar.

– Vou levar uma garota estonteante, só para você – disse ela. – Uma amiga minha. Portanto, trate de tirar toda a tinta de suas mãos, lave bem os cabelos e apresente-se bem-vestido. Eu disse a ela que você era encantador, e eu sei que você pode ser. Você vai gostar dela.

Depois de ter arrumado uma companhia para Duncan, uma mulher da *sua* escolha, Roberta sentiu-se melhor. Após muito tempo, descobriu-se que Roberta *detestava* a tal poetisa com quem Duncan se relacionara, e isso fora a pior parte do problema.

Quando Duncan sofreu um desastre com sua moto, perto de um hospital de Vermont, Roberta foi a primeira a chegar lá, porque estava esquiando perto dali, um pouco mais ao norte, quando Helen lhe telefonara.

– Andando de moto na neve! O que você acha que seu pai diria?

Roberta o recriminava com seu vozeirão, e Duncan mal conseguia sussurrar. Tinha os braços e as pernas na tração e parecia que tinha havido uma complicação com um dos rins. Na ocasião, Roberta e Duncan não sabiam, mas um de seus braços teria de ser amputado.

Helen, Roberta e a irmã de Duncan, Jenny Garp, ficaram esperando por três dias até Duncan ser considerado fora de perigo. Ellen James ficara nervosa demais para esperar ali também. Roberta não cessava de reclamar.

– Que diabo ele estava fazendo numa motocicleta se só tem um olho? Que visão periférica é *essa*, se ele só vê de um lado?

Fora exatamente isso o que acontecera. Um bêbado avançara um sinal de repente, e Duncan só vira o carro tarde demais. Quando tentou desviar, a neve o prendeu, e ele se tornou um alvo quase imóvel para o motorista bêbado.

Ele se quebrara todo.

– Ele é parecido demais com o pai – lamentou-se Helen.

O Capitão Energia, no entanto, sabia que Duncan, sob alguns aspectos, *não* era parecido com o pai. Na opinião de Roberta, ele não tinha senso de *direção*.

Quando Duncan já estava fora de perigo, Roberta desabafou diante dele.

– Se você se matasse antes de eu morrer, seu filho da mãe – disse, chorando –, isso me *mataria*! E provavelmente mataria sua mãe também, e possivelmente até mesmo Ellen. Mas pode ter certeza quanto a mim. Isso me *mataria*, Duncan, seu desgraçado!

Ela se debulhava em lágrimas, e Duncan chorava também, porque ele sabia que era verdade. Roberta o amava e, dessa forma, era extremamente vulnerável a tudo o que acontecia a ele.

Jenny Garp, que estava no primeiro ano, abandonou a universidade para ficar com Duncan em Vermont enquanto ele se recuperava. Ela se formara na Steering School com louvor; não teria problemas em retornar à universidade quando Duncan se recuperasse. Ofereceu-se como voluntária para trabalhar no hospital, como ajudante de enfermeira, e era uma grande fonte de otimismo para Duncan, que tinha uma longa e dolorosa convalescença pela frente. Mas Duncan, é claro, já tinha experiência em matéria de convalescença.

Helen vinha da Steering todos os fins de semana para vê-lo, e Roberta foi a Nova York para pôr em ordem o estúdio em que Duncan morava. Duncan tinha medo que roubassem os seus quadros e fotografias, bem como o som estéreo.

Na primeira vez em que chegou ao estúdio de Duncan, encontrou uma garota alta e esguia morando lá, usando as roupas de Duncan e toda suja de tinta. No entanto, a jovem não estava fazendo um bom trabalho com as louças sujas na cozinha.

– Vamos tratar de ir dando o fora daqui, queridinha – disse Roberta, entrando no estúdio com a chave de Duncan. – Duncan voltou para o seio de sua família.

– Quem é você? – perguntou a garota. – A mãe dele?

– A *mulher* dele, queridinha – disse Roberta. – Sempre gostei de homens mais novos.

– *Mulher* dele? Eu não sabia que ele era casado! – A garota estava de boca aberta diante de Roberta.

– Os filhos dele já estão subindo pelo elevador – disse Roberta. – É melhor você ir pela escada. São todos grandes como eu.

– *Filhos* dele? – exclamou a garota e saiu correndo.

Roberta mandou limpar e arrumar tudo, depois convidou uma garota que conhecia para ficar tomando conta do estúdio. Ela acabara de passar por uma transformação sexual e precisava adaptar sua nova identidade a uma nova moradia.

– Vai ser perfeito para você – disse Roberta à nova mulher. – É de um rapaz sedutor que vai ficar ausente por algum tempo. Cuide de tudo que é dele e sonhe com ele. Eu a avisarei quando você tiver que sair.
Em Vermont, disse Roberta a Duncan o que sentia.
– Espero que você limpe a sua vida. Nada mais de motocicletas e de complicações. E deixe de lado as garotas que nada sabem a seu respeito. Meu Deus, dormindo com estranhas! Você ainda não é o seu pai! Ainda nem começou a *trabalhar*! Se *fosse* realmente um artista, Duncan, não teria *tempo* para todas essas porcarias. Especialmente para aquelas que só servem para destruí-lo.
Agora que Garp estava morto, o Capitão Energia era a única pessoa que podia falar assim com ele. Helen não tinha coragem de criticá-lo – sentia-se feliz demais por ele ainda estar vivo. E Jenny tinha menos 10 anos do que ele. Tudo o que podia fazer era cuidar dele, amá-lo e ficar ao seu lado enquanto durasse sua longa convalescença. Ellen James, que amava Duncan feroz e possessivamente, ficou tão exasperada com ele, que, em suas explosões, atirava o bloquinho e o lápis para o ar. Depois, é claro, não podia dizer coisa alguma.
– Imaginem só! Um pintor de um olho só e de um braço só! – reclamou Duncan.
– E tem muita sorte de ainda ter cabeça e coração – disse Roberta. – Você conhece algum pintor que segure o pincel com as duas mãos? Você precisa de dois olhos para dirigir uma motocicleta, boboca, mas apenas de um para pintar.
Jenny Garp, que adorava o irmão como se ele fosse irmão *e* pai, porque era muito pequena quando o pai morreu, escreveu um poema para Duncan durante a sua recuperação no hospital. E aquele foi o primeiro e último que a jovem Jenny Garp escreveu em sua vida. Não tinha a mesma inclinação artística do pai e do irmão. E só Deus sabia qual teria sido a inclinação de Walt.

E aqui está o primogênito, alto e esbelto,
com um braço ativo e outro perdido,
com um olho brilhante e outro ausente,
com as recordações da família no corpo estropiado.
Este é o filho que deve manter intacto
o que resta da casa que Garp construiu.

Era um poema horroroso, é claro, mas Duncan adorou-o.

– Vou me manter intacto – prometeu ele a Jenny.

A jovem transexual que Roberta instalara no estúdio-apartamento de Duncan em Nova York enviava-lhe postais, desejando-lhe melhoras.

As plantas estão indo bem, mas aquele quadro grande, amarelo, junto à lareira, está se entortando. Acho que não foi bem esticado. Então, eu o tirei de lá e coloquei-o junto com os outros na copa, onde é mais frio. Adoro aquele quadro azul e os desenhos! Adoro todos os desenhos! E especialmente aquele que Roberta me disse ser um autorretrato.

– Caramba! – exclamou Duncan, com um gemido.

Jenny leu para ele toda a coleção de Joseph Conrad, que tinha sido o escritor preferido de Garp quando garoto.

Era bom para Helen ter suas obrigações de professora, para distraí-la das preocupações com Duncan.

– Esse garoto vai tomar jeito – disse Roberta, procurando tranquilizá-la.

– Ele já é um *homem*, Roberta – disse Helen. – Não é mais um *garoto*, apesar de se comportar como tal.

– Para mim, todos eles são garotos – disse Roberta. – Garp era um garoto. *Eu* era um garoto, antes de me tornar uma garota. Duncan sempre será um garoto para mim.

– Nossa! – exclamou Helen.

– Você devia praticar um esporte, Helen. Para relaxar.

– Por favor, Roberta – disse Helen.

– Por que não experimenta *correr*?

– *Você c*orre, Roberta. Eu leio.

Roberta não deixava de correr. Perto dos 60 anos, ela já se esquecia do estrogênio que todo transexual deve tomar pelo resto da vida, para manter em forma um corpo feminino. Os lapsos com o estrogênio e a intensificação de suas corridas provocavam mudanças no corpanzil de Roberta, diante dos olhos de Helen.

– Há ocasiões em que não sei o que está *acontecendo* com você, Roberta – disse.
– Pois para mim é empolgante. Nunca sei como vou me sentir. Também nunca sei qual vai ser a minha *aparência*, Helen.
Roberta participou de três maratonas depois dos 50 anos, mas surgiram problemas com veias que arrebentavam, e ela foi aconselhada pelo médico a correr distâncias menores. Quarenta quilômetros eram demais para quem já estava no fim da casa dos 50, até mesmo para um antigo campeão. Duncan costumava brincar com ela chamando-a de "o velho número 90". Roberta era apenas poucos anos mais velha do que Garp e Helen. E aparentava ser. Voltou a correr os três quilômetros de Steering até a praia, como fazia antes com Garp, e Helen nunca podia prever quando ela iria aparecer na casa de Steering, suada e ofegante, querendo usar o chuveiro. Roberta mantinha um roupão e mudas de roupa na casa de Helen para essas ocasiões, quando Helen erguia os olhos de seu livro e via Roberta Muldoon em trajes de corrida, com o cronômetro nas grandes mãos de atleta.
Roberta morreu naquela primavera, enquanto Duncan ainda estava no hospital de Vermont. Estivera fazendo corridas curtas e rápidas na praia em Dog's Head Harbor, mas havia parado de correr e subido à varanda, queixando-se de "estalos" na parte de trás da cabeça – ou talvez nas têmporas. Disse que não conseguia localizá-las bem. Sentou-se na rede da varanda e ficou olhando para o mar, enquanto Ellen James ia buscar um chá gelado. Ellen enviou um bilhetinho a Roberta por uma das mulheres da casa.

Limão?

– Não, só açúcar! – gritou Roberta para dentro da casa.
Quando Ellen lhe trouxe o chá, ela virou o copo todo em poucos goles.
– Está perfeito, Ellen. Perfeito mesmo. Quero outro igual a este! Quero que toda a minha *vida* seja perfeita assim!
Quando Ellen voltou com o chá gelado, Roberta Muldoon estava morta na rede. Alguma coisa havia estalado, alguma coisa havia estourado.

A morte de Roberta foi um duro golpe para Helen e a deixou deprimida, mas Helen tinha Duncan para se preocupar e isso, ao menos, serviu para distraí-la. Ellen James, a quem Roberta tanto ajudara, não pôde se entregar à dor de sua perda por causa de suas novas responsabilidades – ela teve de assumir o lugar de Roberta na direção da Fundação Fields, embora os sapatos de Roberta fossem grandes demais para os seus pequenos pés. A jovem Jenny Garp nunca fora tão próxima de Roberta quanto Duncan, por isso foi ele, ainda em tratamento no hospital, quem mais sofreu. Jenny permaneceu ao seu lado, tentando consolá-lo, mas ele não se esquecia de todas as vezes em que ela viera em socorro da família e, especialmente, dele.

Duncan chorou incansavelmente. Chorou tanto que foi preciso trocar o gesso em seu peito.

Sua inquilina transexual enviou-lhe um telegrama de Nova York.

VOU EMBORA. AGORA QUE R. MORREU, SE VOCÊ NÃO QUISER QUE EU CONTINUE AQUI, IREI EMBORA. SERÁ QUE EU PODERIA FICAR COM AQUELE RETRATO DELA? AQUELE DE R. COM VOCÊ. ACHO QUE ERA VOCÊ COM A BOLA, ENFIADO NA CAMISA 90, MUITO GRANDE PARA VOCÊ.

Duncan nunca respondera aos seus postais, às suas notícias sobre as plantas ou às perguntas quanto à colocação certa para os seus quadros. E foi no espírito do velho número 90 que ele se decidiu a responder àquela pobre garota-garoto que Roberta quis proteger.

Por favor, fique o tempo que quiser. Mas eu também gosto muito daquela foto. Quando eu voltar, farei uma cópia para você.

Roberta havia lhe dito para tomar jeito na vida, e Duncan lamentava não poder mais *mostrar*-lhe como ele era capaz de fazê-lo. Sentia uma grande responsabilidade agora e pensava em seu pai, que *fora* um escritor quando ainda era tão jovem, que tivera filhos, tivera Duncan, quando era tão jovem. Duncan tomou uma série de resoluções ali naquele hospital de Vermont. E quase todas seriam cumpridas.

Ele escreveu a Ellen James, que ainda estava abalada demais com seu acidente e sem coragem para ir vê-lo todo engessado e cheio de pinos.

Já é hora de nós dois começarmos a trabalhar, embora eu ainda tenha algumas coisas para acertar – para acertar com você. Agora que a 90 não está mais aqui, somos uma família bem menor. Vamos fazer tudo para não perdermos mais ninguém.

Ele teria escrito para sua mãe dizendo-lhe que ela iria se orgulhar dele, mas sabia que seria uma tolice, já que ela era tão forte, que não precisava de quem a consolasse. Foi para a jovem Jenny que Duncan voltou seu novo entusiasmo.

– Droga, precisamos ter energia – disse Duncan a sua irmã, que tinha muita energia. – Foi uma coisa que você perdeu, por não ter conhecido bem o velho. Energia! Você tem que ter a sua própria energia!

– Eu *tenho* energia de sobra, Duncan – disse Jenny. – Meu Deus! O que você pensa que eu tenho *feito*? Somente tomar conta de *você*?

Era uma tarde de domingo. Duncan e Jenny sempre assistiam ao futebol na TV do quarto de Duncan. Ele pensava que era um presságio ainda melhor que a estação de Vermont estivesse retransmitindo, naquele domingo, da Filadélfia, onde o Eagles estava perdendo do Cowboys. O jogo em si não importava. Foi a cerimônia que antecedeu o jogo que Duncan realmente apreciou. A bandeira estava a meio mastro por causa da morte de Robert Muldoon. O placar eletrônico mostrava 90! 90! 90! Duncan notou como os tempos haviam mudado. Por exemplo, havia funerais feministas por toda parte agora; acabara de ler a respeito de um grande, que fora celebrado em Nebraska. E, na Filadélfia, o locutor esportivo anunciava com muita seriedade que a bandeira a meio-mastro era uma homenagem prestada a *Roberta* Muldoon.

– *Ela* foi uma grande atleta – disse o locutor. – Um magnífico par de mãos.

– Uma pessoa extraordinária – disse o comentarista.

O locutor voltou a falar:

– Sim – disse ele –, ela fez muito pelas... – e ele não encontrava a palavra certa, enquanto Duncan esperava aflito para ouvir a continuação. Ele iria dizer que Roberta tinha feito muito pelas bichas, pelos esquisitos, pelas aberrações sexuais, por seu pai e sua mãe, por ele, Duncan, e também por Ellen James?

– Ela fez muito pelas pessoas que tinham vidas complicadas – disse afinal o locutor esportivo com dignidade, para sua própria surpresa *e* para a de Duncan Garp.

A banda tocou. O Cowboys de Dallas entrou, e o jogo teve início. Seria a primeira de muitas derrotas para o Eagles. Duncan Garp ficou pensando como seu pai teria apreciado o tato e a dignidade do locutor. Chegou até a imaginar o pai comemorando com Roberta. De certo modo, Duncan imaginava que Roberta estaria lá, assistindo aos elogios que lhe eram dirigidos. Ela e Garp ririam muito da incongruência da notícia.

Garp imitaria o locutor: "Ela fez muito pela reforma da vagina!"

Roberta daria estrondosas gargalhadas, enquanto Garp não pararia de exclamar: "Caramba! Caramba!"

Duncan lembrava-se de que, quando Garp fora assassinado, Roberta ameaçara fazer outra operação para reverter a primeira e voltar a ser homem. Exclamara, chorando, que "preferia ser uma porcaria de *homem* outra vez a pensar que há mulheres neste mundo que estão se *regozijando* com este assassinato nojento praticado por uma *boceta nojenta*!".

Pare com isso! Pare com isso! Nunca mais pronuncie essa palavra!
Existem apenas pessoas que o amavam e pessoas que não o conheciam
– homens e mulheres,

escreveu Ellen James.

Depois, Roberta Muldoon erguera todos eles, um por um. Dera a cada um – formal, séria e generosamente – seu famoso abraço de urso.

Quando Roberta morreu, uma das residentes da Fundação Fields que podia falar telefonou para Helen. Reunindo toda a sua coragem – mais uma vez –, Helen telefonou para Vermont, pedindo a Jenny que desse a notícia a Duncan. Jenny Garp herdara de sua avó, a famosa Jenny Fields, o dom de conversar com os doentes sentando-se à beira da cama.

– Más notícias, Duncan – sussurrou a jovem Jenny, beijando o irmão nos lábios. – A velha camisa 90 deixou cair a bola.

DUNCAN GARP, que sobreviveu tanto ao acidente que lhe custou um dos olhos e ao acidente que lhe custou um dos braços, tornou-se um pintor sério e famoso. Ele foi uma espécie de pioneiro no artisticamente suspeito ramo da fotografia em cores, que desenvolvia com seu olho de pintor para as cores e com o hábito de seu pai de uma visão insistente e *pessoal*. Obviamente, ele nunca pintou imagens absurdas, mas dotou sua pintura de um realismo etéreo, sensual, quase narrativo. Era fácil, sabendo quem ele era, dizer que aquilo competia mais a um *escritor* do que a um pintor; e também era fácil criticá-lo, como era criticado, por ser demasiadamente "literal".

– Seja lá o que for que *isso* signifique – Duncan sempre dizia. – O que esperam de um artista que só tem um olho e um braço e que ainda por cima é filho de Garp? Não me permitem falhas?

Ele, afinal de contas, tinha o mesmo senso de humor do pai, e Helen sentia-se muito orgulhosa dele.

Ele deve ter pintado uma centena de quadros da série intitulada *Álbum de família*, a fase de sua obra pela qual ficou mais conhecido. Eram quadros que haviam tido por modelos as velhas fotos que ele tirara, ainda criança, após ter perdido um olho. Eram fotos de Roberta e de sua avó, Jenny Fields; de Helen nadando em Dog's Head Harbor; de seu pai correndo ao longo da praia, com o maxilar recuperado. Havia uma série de 12 quadros pequenos mostrando um Saab branco e sujo; a série recebeu o nome de *As cores do mundo*, porque, como Duncan dizia, todas as cores deste mundo podem ser vistas naquelas 12 versões do Saab branco e sujo.

Havia, também, quadros de Jenny Garp ainda pequena; e, nos grandes retratos de grupos – na maior parte imaginados, e não tirados de fotografias –, a figura sem rosto ou uma muito pequena, sempre presente, de costas para a máquina, diziam os críticos, era Walt.

Duncan não queria ter filhos.

– São muito vulneráveis – explicou à sua mãe. – Eu não aguentaria vê-los crescer.

O que ele realmente queria dizer é que não aguentaria *não* os ver crescer.

Já que pensava assim, não ter filhos não era um problema para Duncan, não chegava nem mesmo a ser uma preocupação – e nisso ele teve sorte. Ele voltou para casa depois de quatro meses de hospitalização em Vermont e encontrou uma transexual extremamente solitária, ali instalada em seu estúdio-apartamento em Nova York. O lugar fora arrumado de tal forma, que dava a impressão de que um verdadeiro artista já morava ali. Por um curioso processo, que era quase uma espécie de osmose de suas coisas, ela já parecia saber tudo a respeito dele. E também já se apaixonara por ele – através de seus quadros. Mais um presente para a vida de Duncan que Roberta Muldoon lhe dava! E havia até mesmo quem dissesse, como Jenny Garp, por exemplo, que ela também era linda.

Casaram-se, porque, se havia alguém sem nenhuma discriminação em seu coração a respeito de transexuais, esse alguém era Duncan Garp.

– É um casamento feito no céu – disse Jenny Garp à sua mãe.

Ela, naturalmente, se referia a Roberta. Helen, no entanto, não conseguia deixar de se preocupar com o filho. Desde que Garp morrera, ela tivera de assumir grande parte da preocupação. E, desde que Roberta morrera, Helen sentia que era obrigada a assumir *toda* a preocupação a respeito de Duncan.

– Não sei... não sei, Jenny – disse Helen. O casamento de Duncan a deixara ansiosa. – A danada da Roberta sempre conseguia o que queria!

Mas assim não há possibilidade de uma gravidez indesejada,

Ellen James escreveu.

– Oh, pare com isso! – disse Helen. – Eu até que gostaria de ter netos, sabe. Um ou dois, pelo menos...

– *Eu* lhe darei netos, mamãe – prometeu Jenny.

– Nossa! Será que viverei até lá, garotinha?

A triste verdade foi que não viveu mesmo, apesar de ter chegado a ver Jenny grávida e poder *imaginar* que ela era avó.

"Imaginar alguma coisa sempre é melhor do que recordar", Garp escrevera em certa ocasião.

E Helen, sem dúvida, tinha todos os motivos para se sentir feliz vendo como Duncan tomara jeito na vida, como Roberta prometera.

Depois da morte de Helen, Duncan trabalhou muito com o tímido sr. Whitcomb para conseguir uma respeitável apresentação do romance inacabado de Garp, *As ilusões de meu pai*. Assim como fora feito para a edição ilustrada de *A pensão Grillparzer*, Duncan também ilustrou o livro inacabado – o retrato de um pai tentando, de forma ambiciosa e impossível, criar um mundo em que seus filhos pudessem viver seguros e felizes. As ilustrações feitas por Duncan eram, em sua maior parte, retratos de Garp.

Algum tempo depois da publicação do livro, Duncan recebeu a visita de um homem muito velho, cujo nome ele não conseguia lembrar. O velho dizia que estava trabalhando numa "biografia crítica" de Garp, mas Duncan achou suas perguntas irritantes. Ele perguntou inúmeras vezes sobre as circunstâncias que levaram ao terrível acidente que resultou na morte de Walt. Duncan, porém, não lhe dizia nada. Aliás, pouco *sabia*. O homem foi embora de mãos vazias, biograficamente falando. Ele não era outro senão Michael Milton. Duncan tivera a impressão de que estava faltando alguma coisa naquele homem, mas jamais poderia imaginar que fosse seu pênis.

O livro que ele supostamente estava escrevendo nunca foi visto, e ninguém mais teve notícias dele.

Se o mundo da crítica se contentava, após o lançamento de *As ilusões de meu pai*, em considerar Garp meramente um "escritor excêntrico" ou um "escritor bom, mas não um grande escritor", Duncan não se importava. Nas palavras do próprio Duncan, Garp era "original" e também "verdadeiro". Afinal, Garp fora o tipo de pessoa que compelia a uma lealdade cega.

– A lealdade de um olho só – como dizia o filho.

Havia muito tempo, Duncan tinha um código com a irmã, Jenny, e com Ellen James, e os três eram extremamente unidos.

Sempre que bebiam juntos, nunca deixavam de levantar um brinde ao "Capitão Energia".

– Não existe sexo como o "transexo"! – costumavam gritar, quando bebiam demais, o que às vezes encabulava um pouco a mulher de Duncan, embora, certamente, ela fosse da mesma opinião.

"Como vai a energia?", era o que diziam nas cartas, telefonemas e telegramas mútuos sempre que desejavam saber como iam as coisas. E então, quando a energia estava no máximo, a resposta era sempre: "Estou cheio de Garp".

Embora Duncan tivesse uma vida extremamente longa, ele morreria desnecessariamente, e ironicamente, *por causa* do seu senso de humor. Morreria rindo de uma de suas próprias piadas, comuns na família Garp. Foi numa festinha de apresentação de uma nova transexual, amiga de sua mulher. Duncan engasgou-se com uma azeitona e morreu em poucos segundos, vítima de uma estrondosa gargalhada. Era uma maneira estúpida e horrível de morrer, mas todos que o conheciam diriam que ele não reclamaria, não só da morte, como também da vida que tivera. Duncan Garp sempre dizia que seu pai sofrera com a morte de Walt mais do que toda a família jamais sofrera por qualquer outra coisa. Aliás, em todas as formas de morte, o resultado era sempre o mesmo. Jenny Fields dissera em certa ocasião que "a morte é a única coisa compartilhada igualmente por homens e mulheres".

Jenny Garp, que a respeito de morte estava muito mais traquejada do que sua famosa avó, não teria concordado. A jovem Jenny sabia que, entre homens e mulheres, nem mesmo a morte é compartilhada igualmente. Morrem mais homens do que mulheres.

JENNY GARP sobreviveria a todos eles. Se ela estivesse na festa em que seu irmão morrera engasgado, era bem provável que tivesse conseguido salvá-lo. Ao menos, saberia exatamente o que devia ser feito. Ela era médica. Sempre dizia que fora o tempo passado no hospital em Vermont, cuidando de Duncan, que a convencera a fazer medicina – e não a história de sua famosa avó como enfermeira, pois ela só viera a saber disso em segunda mão.

A jovem Jenny foi uma aluna brilhante. Como sua mãe, aprendia tudo com facilidade e, com a mesma facilidade, sabia como transmitir aos outros tudo o que aprendia. Como Jenny Fields, foi percorrendo hospitais que ela aprendeu a perceber os sentimentos alheios, distribuindo amor e bondade sempre que possível e sabendo reconhecer quando já não era mais possível.

Foi durante o seu estágio como residente que ela conheceu outro jovem médico com quem se casou. Jenny Garp, porém, não abriu mão do nome de família. Continuou sendo Garp e, depois de uma terrível briga com o marido, conseguiu que os filhos também continuassem sendo Garp. Acabou divorciando-se e tornando a se casar, mas fez isso tudo sem muita pressa. O segundo marido combinou melhor com ela. Era um pintor, muito mais velho do que ela, e, se tivesse restado alguém de sua família para implicar com ela sobre o casamento, sem dúvida teria dito que ela estava vendo alguma coisa de Duncan em seu segundo marido.

"E daí?", ela teria dito. Como sua mãe, Jenny tinha opinião própria. Como Jenny Fields, ela sempre conservou seu próprio nome.

E seu pai? De que forma Jenny Garp seria parecida com ele, a quem não conhecera bem? Afinal, era muito pequena quando ele foi assassinado.

Bem, ela *era* excêntrica. Fazia questão de entrar em toda livraria e perguntar pelos livros do pai. Se não tinham em estoque, ela os encomendava. Possuía o sentido da imortalidade, comum aos escritores: se o escritor tivesse livros impressos e nas prateleiras, estava vivo. Jenny Garp deixou nomes e endereços falsos por todo o país, acreditando que os livros por ela encomendados acabariam sendo vendidos para *alguém*. T. S. Garp jamais teria seus livros esgotados. Não enquanto sua filha vivesse.

Ela também era igualmente dedicada à famosa feminista, sua avó, Jenny Fields. Porém, tal como o pai, Jenny Garp não dava muito valor ao que Jenny Fields *escrevera*. Não andava pelas livrarias a fim de verificar se *Uma suspeita sexual* ainda estava nas prateleiras.

A sua maior semelhança com o pai se resumia na *espécie* de médica que veio a ser. Jenny Garp dedicou-se inteiramente às pesquisas e deixou de clinicar. Só ia a hospitais quando se sentia doente.

Jenny passou alguns anos trabalhando com o Registro de Tumores de Connecticut e mais tarde veio a dirigir uma agência do Instituto Nacional do Câncer. Da mesma forma que um bom escritor, que precisa amar e zelar por todos os detalhes, Jenny Garp passava horas observando os hábitos de uma única célula humana. Da mesma forma que um bom escritor, ela era ambiciosa. Esperava descobrir tudo o que houvesse sobre o câncer. De certa forma, ela conseguiria. Ela morreu vitimada por ele.

Como todos os médicos, Jenny Garp prestou o juramento sagrado de Hipócrates, considerado o pai da medicina, e de acordo com o qual ela se obrigava a dedicar-se a alguma coisa parecida com o que Garp descrevera ao jovem Whitcomb – embora, no seu caso, ele se referisse às ambições de um escritor ("... tentar manter todos vivos, para sempre. Até aqueles que deverão morrer no fim. Esses são os mais importantes para se conservar vivos.") Assim, a pesquisa sobre o câncer não deprimia Jenny Garp, que gostava de descrever-se como seu pai descrevia um bom romancista:

"Um médico que só trata de doentes desenganados."

No mundo segundo seu pai, Jenny Garp sabia que era preciso ter muita energia. Sua famosa avó, Jenny Fields, nos classificara a todos como Externos, Órgãos Vitais, Ausentes e Desenganados. No mundo segundo Garp, entretanto, somos todos doentes desenganados.

EPÍLOGO

JOHN IRVING
E *O MUNDO SEGUNDO GARP*

Vinte anos após o lançamento de O *mundo segundo Garp*, em 1978, John Irving descreveu a experiência de escrever o livro, seu significado e a reação do público.

Meu filho mais velho, Colin, tinha 12 anos quando leu O *mundo segundo Garp* pela primeira vez – ainda nos originais, antes da publicação do livro – enquanto eu aguardava ansiosamente sua reação. (Ainda acredito que há cenas no livro que não são adequadas para crianças de 12 anos.) Apesar de *Garp* ser meu quarto romance, foi o primeiro que Colin pôde ler e lembro-me de me sentir ao mesmo tempo orgulhoso e nervoso com a perspectiva de ser julgado por um dos meus filhos. O fato de o livro ser dedicado a Colin, e a seu irmão mais novo Brendan, tornava o momento ainda mais tenso e emocionante.

Certamente todos sabem quais são as duas perguntas mais comuns feitas a qualquer escritor: "Do que trata o livro?" e "Ele é autobiográfico?". Essas perguntas e suas respostas nunca foram de grande interesse para mim – se for um bom romance, tanto as perguntas quanto as respostas são irrelevantes –, mas, enquanto meu filho de 12 anos lia O *mundo segundo Garp*, imaginei que essas seriam exatamente as perguntas que ele me faria. E pensei muito em como deveria responder a elas.

Agora, 20 anos depois e tendo escrito vários outros romances, ocorre-me que nunca pensei tanto em como responder a essas perguntas "irrelevantes" como na época em que Colin estava lendo O *mundo segundo Garp*. O que quero dizer, naturalmente, é que é perfeitamente compreensível e completamente admissível que uma criança de

12 anos faça essas perguntas, ao passo que, em minha opinião, não cabe a um adulto fazê-las. Ao ler um romance, um adulto deve saber do que ele trata. Deve saber, também, que o fato de ser autobiográfico ou não é irrelevante – a menos que esse adulto seja irremediavelmente inexperiente ou desconheça inteiramente as particularidades da ficção.

De qualquer forma, enquanto Colin estava em seu quarto lendo o manuscrito de *Garp*, eu me angustiava tentando definir o tema do livro. Para meu horror e desgosto, concluí precipitadamente que o livro versava sobre as tentações da luxúria – a luxúria leva qualquer pessoa à ruína. Havia até um capítulo intitulado "Mais luxúria", como se já não houvesse o bastante. Fiquei decididamente envergonhado com as proporções com que o tema "luxúria" era tratado no livro, sem contar o quanto o romance parecia ser punitivo. De fato, todo personagem na história que se deixa levar pela luxúria é severamente castigado. E, entre culpados e vítimas, sobravam mutilações físicas: perda de olhos, braços e línguas – até mesmo de pênis!

Quando comecei a escrever *Garp*, pareceu-me que a polarização dos sexos era o tema dominante. Era uma história sobre homens e mulheres que se distanciavam cada vez mais. Considere a trama: uma mulher notável, apesar de exageradamente franca (a mãe de Garp, Jenny Fields), é assassinada por um lunático que odeia as mulheres. O próprio Garp é assassinado por uma lunática que odeia os homens.

"Neste mundo de mentes sujas", costumava Jenny pensar, "ou você é esposa ou é amante de alguém – ou está rapidamente a caminho de se tornar uma coisa ou outra. Se você não se encaixa em nenhuma das duas categorias, então sempre encontra alguém que tenta convencê-la de que há algo de errado com você." Mas não há nada de errado com a mãe de Garp. Em sua autobiografia, Jenny escreve: "Eu queria um emprego e queria morar sozinha. Isso fazia de mim uma suspeita sexual. Depois, eu quis um filho, mas não queria ter que compartilhar meu corpo nem minha vida com ninguém. E isso também fez de mim uma suspeita sexual." E ser o que ela chama de "uma suspeita sexual" também torna Jenny um alvo do ódio antifeminista – assim como Garp, seu filho, se torna alvo de feministas radicais.

Mas o ponto principal a respeito da mãe de Garp está declarado no primeiro capítulo: "Jenny Fields descobrira que as pessoas eram mais respeitadas quando se comportavam de maneira chocante do que tentando viver a própria vida com um pouco de privacidade." Hoje, 20 anos após, a descoberta de Jenny parece ainda mais verdadeira – sem mencionar que bem mais defensável – do que me parecia em 1978. E eu nem sempre concordo com Jenny. "A morte é a única coisa compartilhada igualmente por homens e mulheres", diz ela. Mais adiante, no último capítulo, eu discordo dela ao escrever: "Entre homens e mulheres, nem mesmo a morte é compartilhada igualmente. Morrem mais homens do que mulheres."

Houve uma ocasião em que Jenny ameaçou dominar o romance, quando eu não tinha certeza se o principal personagem era Garp ou sua mãe; um pouco da minha indecisão permanece no enredo. Em outra ocasião, quis começar o livro pelo capítulo 11 (o capítulo "sra. Ralph"), mas isso iria exigir um *flashback* de quase trezentas páginas. Em seguida, tentei começar o romance com o capítulo 9, intitulado "O eterno marido". Minha primeira frase foi: "Nas Páginas Amarelas do catálogo telefônico de Garp, 'Matrimônio' estava listado perto de 'Madeira'." Eu acreditava que o romance fosse a respeito de casamento, especificamente sobre os perigos do casamento – ou, mais especificamente ainda, sobre a ameaça que a luxúria significava para o casamento. "Garp nunca percebera", escrevi, "que havia mais conselheiros matrimoniais do que madeireiras." (Não é de admirar que eu estivesse preocupado com o fato de um menino de 12 anos estar lendo o livro.)

Em outra ocasião ainda, *O mundo segundo Garp* começava pelo capítulo 3 ("O que ele queria ser quando crescesse"). Afinal, a história não é sobre isso também? Garp quer ser escritor; é um romance sobre um escritor, embora quase nenhum leitor o considere assim. As origens de Garp como escritor são cruciais para a história – "o começo de um transe de escritor há muito tempo buscado, onde o mundo é abrangido por um único e envolvente tom de voz". E desde o começo houve um epílogo. Antes de começar, eu já sabia tudo que iria acontecer – eu sempre sei. "Um epílogo", escreveu Garp, "é mais do que um remate final. Um epílogo, disfarçado de resumo do passado, é realmente uma forma de nos alertar sobre o futuro."

Mas começar o romance como tentei, pelo capítulo 3, seria muito histórico, muito emocionalmente distante. "Em 1781, a viúva e os filhos de Everett Steering fundaram a Steering Academy, como foi chamada inicialmente, porque Everett Steering anunciara à família, enquanto destrinchava seu último ganso de Natal, que sua única decepção com a *sua* cidade era não ter dado aos filhos uma academia capaz de prepará-los para uma educação superior. Não se referiu às filhas." Lá estava, novamente, o tema da polarização sexual – desde 1781!

Enquanto isso, na privacidade de seu quarto, Colin continuava a ler. *O mundo segundo Garp* jamais seria apreciado por um garoto de 12 anos se fosse apenas um romance sobre um escritor, apesar de que grande parte do que me interessava a respeito do livro fosse exatamente isso. Sempre verei Garp rondando pela vizinhança à noite, com uma visão sombria dos aparelhos de televisão de seus habitantes. "Há uma espécie de gorjeio ininterrupto, quase imperceptível, de algumas televisões sintonizadas no *The Late Show*, e o clarão cinza-azulado das telas dos aparelhos de TV pulsam de algumas das casas. Para Garp, aquele clarão lembra um câncer, insidioso e entorpecedor, fazendo o mundo adormecer. Talvez a televisão cause câncer, Garp pensa, mas sua verdadeira irritação é a de um escritor: ele sabe que, onde quer que haja uma televisão ligada, há alguém que não está lendo."

E o "sapo no fundo"? Colin estava familiarizado com sua origem. Foi seu irmão Brendan que o compreendeu mal em uma praia de Long Island no verão. "Cuidado com a correnteza, Brendan", Colin o advertira – na época, Brendan tinha 6 anos. Colin tinha 10. Brendan nunca ouvira falar em "correnteza" (em inglês, "undertow") e achou que Colin tivesse dito "sapo no fundo" (em inglês, "under toad"). De algum lugar, lá no fundo do mar, espreitava um perigoso sapo.

"O que isso pode fazer com você?", Brendan perguntou ao irmão.

"Puxá-lo para baixo, sugá-lo para o fundo do mar", explicou Colin.

Isso foi o suficiente para Brendan não se aproximar mais da água na praia. Semanas mais tarde, eu o vi parado a alguma distância da beira da água, olhando intensamente para as ondas.

– O que está fazendo? – perguntei a ele.

– Estou procurando o "sapo no fundo" – respondeu Brendan.

– De que tamanho ele é? De que cor? Ele nada muito rápido?

O mundo segundo Garp não existiria sem o "sapo no fundo". Foi Brendan quem deu início a tudo.

Para minha surpresa, Colin não me perguntou sobre o que o livro tratava – ele me disse. "Acho que é sobre o medo da morte", Colin começou. "Talvez, mais precisamente, o medo da morte dos filhos, ou de qualquer pessoa que você ame."

Lembrei-me, então, que entre outras tentativas de iniciar o romance, eu havia certa vez começado com o que seria a última frase ("... no mundo segundo Garp, somos todos doentes desenganados").

No entanto, Colin, meu filho de 12 anos, surpreendeu-me dizendo-me qual era o tema central do meu livro. O capítulo "sra. Ralph", minha primeira tentativa de iniciar o romance, começa da seguinte maneira: "Se Garp pudesse ter um pedido amplo e ingênuo atendido, pediria que lhe fosse possível tornar o mundo seguro. Para crianças e adultos. Garp achava o mundo desnecessariamente perigoso para ambos." Aos 12 anos, Colin concentrara sua atenção nesse aspecto. Garp mora no subúrbio de uma cidade pequena e segura, mas nem ele, nem seus filhos estão seguros. O "sapo no fundo" o pegará, no final – assim como pega sua mãe e seu filho caçula. "Tenha cuidado!", Garp está sempre advertindo os filhos, como eu faço com os meus.

É um romance sobre ser cuidadoso e sobre como não ser suficientemente cuidadoso.

O verdadeiro começo do livro, o que finalmente escolhi, descreve o hábito de Jenny de carregar um bisturi na bolsa. Jenny é enfermeira e uma mulher solteira que não quer saber de homens; ela carrega o bisturi para autodefesa. E assim *O mundo segundo Garp* começa com um ato de violência – Jenny ataca um soldado com seu bisturi, um estranho que enfia a mão por baixo de sua saia (seu uniforme de enfermeira). "A mãe de Garp, Jenny Fields, foi presa em Boston, em

1942, por ter ferido um homem num cinema." Finalmente, foi muito simples: comecei pelo começo da história principal, antes de Jenny ficar grávida de Garp – no momento em que ela decide que quer ter um filho sem ter um marido.

É interessante notar que Colin nunca me perguntou se o livro era autobiográfico. Porém, um ano após o lançamento de *O mundo segundo Garp*, visitei a Northfield Mount Hermon School – uma escola secundária particular em Massachusetts. Eu fora convidado para fazer uma leitura para os alunos e aceitara o convite porque Colin havia sido recentemente admitido na escola – iria começar ali no ano letivo seguinte – e achei que seria uma oportunidade para Colin conhecer um pouco o lugar e alguns rapazes e moças que seriam seus futuros colegas. Assim, Colin acompanhou-me à leitura, após a qual houve algumas perguntas da audiência. (Fora anunciado que Colin começaria a frequentar a escola a partir do outono próximo – ele já fora apresentado ao público.) Inesperadamente, uma jovem muito bonita fez uma pergunta a Colin – e não a mim.

– Garp é o seu pai? Seu pai é o Garp? – perguntou ela.

Pobre Colin! Ele deve ter ficado encabulado, mas era impossível saber pela sua imperturbável serenidade. Ele era um pouco mais novo do que a média dos alunos ali reunidos, mas me pareceu muito mais velho e maduro do que a maioria. Além do mais, ele era um especialista em *O mundo segundo Garp*.

– Não, meu pai não é Garp – respondeu Colin –, mas os temores de meu pai são os temores de Garp, são os medos de qualquer pai.

Portanto, é disso que trata *O mundo segundo Garp* – os temores de um pai. Como tal, o romance é e não é autobiográfico. Pergunte a Colin, a Brendan ou – dentro de alguns anos, quando ele tiver idade suficiente para ler o livro – ao meu filho mais novo, Everett. (Atualmente, Everett tem 6 anos.)

Posso ter escrito este romance há 20 anos, mas revisito esses temores quase todos os dias. Até mesmo o menor detalhe de *O mundo segundo Garp* é uma expressão de medo; até mesmo a curiosa marca no rosto da prostituta vienense – é também a expressão daquele terrível medo. "Aquela marca funda e prateada em sua testa era quase do tamanho de sua boca e dava a Garp a impressão de um pequeno túmulo aberto." O túmulo de uma criança...

Quando Garp foi publicado, muitas pessoas que haviam perdido seus filhos me escreveram. "Eu também perdi um filho", diziam-me. Eu lhes confessava que não havia perdido nenhum filho. Sou apenas um pai com uma imaginação fértil. Em minha imaginação, eu os perco todos os dias.

Este livro foi impresso na Editora JPA Ltda.,
Av. Brasil, 10.600 – Rio de Janeiro – RJ,
para a Editora Rocco Ltda.